뇌과학이 바꾼 자폐의 삶

나는 감정이 없다고 생각했습니다

SWITCHED ON

나는 감정이 없다고 생각했습니다

초판 1쇄 인쇄 2019년 7월 31일
초판 1쇄 발행 2019년 8월 7일

글쓴이 존 엘더 로비슨
옮긴이 이현정

펴낸이 이경민
펴낸곳 (주)동아엠앤비
출판등록 2014년 3월 28일(제25100-2014-000025호)
주소 (03737) 서울특별시 서대문구 충정로 35-17 인촌빌딩 1층
전화 (편집) 02-392-6901 (마케팅) 02-392-6900
팩스 02-392-6902
전자우편 damnb0401@naver.com
SNS

ISBN 979-11-6363-053-1 (03840)

※『뇌에 스위치를 켜다』 개정판입니다.
※ 책 가격은 뒤표지에 있습니다.
※ 잘못된 책은 구입한 곳에서 바꿔 드립니다.
※ 이 도서의 국립중앙도서관 출판예정도서목록(CIP)은 서지정보유통지원시스템 홈페이지(http://seoji.nl.go.kr)와 국가자료공동목록시스템(http://www.nl.go.kr/kolisnet)에서 이용하실 수 있습니다.(CIP제어번호: CIP2019026606)

나는 감정이 없다고 생각했습니다

존 엘더 로비슨 지음 • 이현정 옮김

동아엠앤비

우리 가족을 사랑으로 보듬어준 마리팻,

그리고 너무 일찍 우리 곁을 떠난 메리에게

"나는 여태껏 존재를 몰랐던 선명함과 아름다움의 극치 속에 살고 있어.

내 온몸이 과제에 집중하지.

낮 동안에는 내 몸 구석구석으로 지식을 받아들여.

그리고 밤에는, 잠들기 바로 전에 말이야,

머릿속에 폭죽이 터지듯 생각이 떠올라.

어떤 문제에 대한 해답을 재빨리 찾는 것보다 즐거운 건 없어.

이 넘쳐나는 에너지로 뭐든지 할 수 있다니, 놀라운 일이지.

내가 하는 모든 일에 열정이 넘쳐흘러.

지난 몇 달간 흡수한 지식이 응집돼서,

나를 빛과 지식의 최고점에 올려놓은 것만 같아.

이건 바로 아름다움, 사랑, 진실이 한데 뭉쳐 있는 기분이지.

이게 행복이야."

– 대니얼 키스, 『앨저넌에게 꽃을』

차례

작가의 글 • 8
책머리에 • 10
프롤로그 • 14

짜릿한 제안 20
객관성의 가치, 1978년 무렵 34
의료용 자기장 54
왜 변화가 필요할까? 61
마력 67
사전 동의 74
뇌 자극의 역사 87
뇌를 지도화하기 97
음악이 살아나던 밤 112
감정 131
구급차를 향한 노래 140
가족 이야기 154
사람들을 들여다보기 164
환각과 현실 182
각성 203
공상과학이 현실로 222

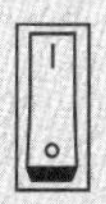

제로섬 게임 241

빛나는 음악 257

실험의 여파 265

타고난 엔지니어 284

언어 능력 294

좀 더 미묘한 효과 301

다른 종류의 성공 315

개인사 다시 쓰기 323

두려움 330

새로운 시작 343

잡음을 걷어내고 348

독심술사 362

가족의 죽음 374

다시 리듬을 타고 388

P.S. 뇌과학의 미래 401

덧붙이는 글 · 419
연구 결과 및 참고 문헌 · 425
감사의 글 · 436

작가의 글

이 책의 내용이 실화인지 궁금해할 독자들이 있을 거다. 물론 실화다. 이 책은 일련의 뇌 활성 실험에 참가한 내 경험과 그 경과를 다룬 회고록이다.

나는 여러 사건 및 대화를 글로 풀어내면서 메모와 이메일, 그리고 이 놀라운 경험을 나와 공유한 다른 이들의 기억을 종합해서 최대한 충실히 재현하려고 노력했다. 물론 타인들, 특히 하버드 의대 부속 베스 이스라엘 디코니즈 병원Beth Israel Deaconnes Medical Center(이하 베스 이스라엘 병원)의 의사 및 과학자들과 나눈 대화를 일일이 적거나 녹음해서 그대로 실었다는 건 아니다. 내 관점을 중심으로 최대한 정확히 재현하려 했다는 말이다.

그렇기에 나는 책에 등장하는 주요 인물들에게 원고를 읽어봐 달라고 청했다. 혹시나 그들이 한 행동이나 말을 내가 의도치 않게 오해한 일이 없는지 확인하기 위해서였다.

의사 및 과학자들, 그리고 기타 등장인물들은 내 기억이 맞다고 입증해주었다. 그들 중 몇 명은 사생활 보호를 위해 이름을 바꿔 싣고 그 사실을 밝혀놓았다. 하지만 그 외 다른 모든 사건은 내 기억이 허락하는 한 정확히 기재했다.

또한 복잡한 뇌과학 지식을 서술할 때는 오류를 범하지 않도록 노력했다. 기술적 정확성을 확보하기 위해 주요 과학자들에게 책의 검토를 부탁하기도 했다. 그들의 도움으로 많은 부분을 수정하고 보충 설명을 덧붙였다. 그래도 오류가 남아 있다면 그 책임은 전적으로 나에게 있다.

앞으로 만나게 될 여정은 의학박사 알바로 파스콸-리온Albaro Pscual-Leone과 베스 이스라엘 병원 내 비외과적 뇌 자극Non-invasive Brain Stimulation을 위한 베런슨-앨런 센터Berenson-Allen Center 의료진들의 수고와 안목을 통해 이루어졌다. 이들이 없었다면, 이 책은 탄생하지 못했을 것이다.

존 엘더 로비슨

책머리에

이 책을 통해 존 로비슨은 놀랍고도 흥미로운, 그리고 감동적인 이야기를 들려준다. 내가 의사가 되기로 마음먹었던 애초의 결심을 다시 일깨워줄 정도다. 나는 진료를 봐오며 '히포크라테스 선서'를 잊지 않으려고 무던히 노력했다. 히포크라테스는 현대 의학의 아버지로 일컬어지지 않는가. 그는 "만약 어떤 병과 병을 가진 환자 중에서 하나를 공부해야 한다면, 늘 후자를 택하라"고 말했다.

인지 및 행동 신경학자로서 나의 사명은 자폐, 간질, 뇌졸중, 파킨슨병, 약물이 듣지 않는 우울증 같은 여러 신경 정신적 증상으로 인해 고통받는 환자들을 돕는 것이다. 현대 의학은 최신 과학에 근거한 의사 결정과 특정 질병에 대한 전문 지식의 축적을 굉장히 중시한다. 하지만 임상 의학은 '사람을 돕는 것'에 가장 핵심을 두어야 마땅하다. 존의 경험은 나에게 이 진실과 다시 마주하게 했다. 이 진실은 내가 매일 아침 베스 이스라엘 병원의 문을 드나들 때마다 내 머리를 울린다. 바로 이곳이 이 책의 주된 배경이다.

'뇌 가소성'은 뇌와 신경 시스템이 스스로를 변화시키는 지속적인 능력을 일컫는다. 우리의 모든 행동과 사고, 그리고 감정 하나하나가 뇌를 변화시키는 것이다. 뇌졸중 및 치명적 뇌 손상은 뇌 가소성에 악영향을 미친다. 또한 뇌 가소성은 자폐와 같은 발달장애와도 연관이 있다. 뇌 가소성의 증가는 개인에게 예기치 못한 새로운 능력들을 심어주기도 한다. 이 책을 통해 존이 그 경험을 기록했듯이 말이다. 존이 경험한 TMS 요법, 즉 경두개자기자극술Transcranial Magnetic Stimulation은 뇌 가소성의 메커니즘에 대해 알게 되는 흔치 않은 기회를 제공한다. 또한 피험자가 가진 문제 증상의 원인이 되는 뇌 네트워크 내 변형을 짚어낼 뿐 아니라 회복의 가능성도 엿보게 해준다.

지난 30년간 TMS는 정신과학 및 신경과학의 중요한 도구로 발전해왔다. 이 책은 뇌 자극, 특히 TMS에 대한 전반적인 관심이 급성장하는 시기에 출간되는 것이다. 미국에서는 FDAFood and Drug Administration(미국 식품의약국)가 약이 듣지 않는 우울증, 두통 및 수술 전 뇌 지도화brain mapping에 이미 여러 TMS 기계의 사용을 승인했다. 또 국제적으로는 발달장애, 통증 및 뇌졸중의 회복, 간질, 치매 치료에까지 그 저변이 확대돼 있다. 현재 미국에는 1천 곳에 달하는 TMS 클리닉이 존재한다. 약물 치료로 효과를 보지 못하는 환자에게는 물론 기타 전통적인 치료요법에도 TMS가 적용되고 있다. 하지만 의학계 및 대중 사이에서 TMS의 효과와 가능성에 대한 지식은 아직 제한적이다. 그래서 TMS의 효과를 볼 수 있는 많은 환자들이 아직 그 치료법에 접근하지 못하는 실정이다. 나는 존의 사례와 같은 경험담이 널리 퍼짐으로써 이 부분이 빠른 시일 안에 바뀌기를 희망한다. 동시에 치료 요법으로서의 가능성을 향상시키고 위험성을 감소하려면, 뇌에 미치는 TMS의 효과에 대한 연구가 활발히 진행될 필요가 있다.

여기서 존의 경험담은 의학 치료를 받는 환자의 얘기가 아님을 명심해야 한다. 존이 참여한 건 하버드 의대의 윤리위원회와 베스 이스라엘 병원의 승인을 받아 내가 이끈 연구일 뿐이며, 나는 존에게 의사로서 자폐에 대한 치료를 처방한 것이 아니다. 이 연구의 목적은 자폐 스펙트럼 장애를 지닌 이들의 뇌가 기능하는 근본 메커니즘을 관찰하는 것이었고, 존은 이 연구의 실험 참여자 중 한 명이었다. 따라서 존의 경험은 개인적이고 특수한 사례이다. 물론 그의 특별한 주관적 관점은 헤아릴 수 없이 높은 가치를 지녔지만, 앞으로 펼쳐질 존의 체험담은 극히 개인적인 경험이다. 물론 반박이 불가한 진실이고 놀라운 여정이지만, 연구의 본 목적과는 별개인 셈이다. 이건 중요한 포인트다. 그럼에도 나는 존의 경험담이 모든 과학 애호 독자들에게 큰 영감을 주리라고 믿는다. 뇌 안의 놀라운 움직임과 TMS 같은 기술이 약속하는 희망찬 미래에 대해 숙고해보기를 진심으로 바란다.

환자들을 대하는 의사이자 연구 과학자로서 내 진심과 태도는 종종 갈릴 때가 있다. 의사로서 나의 최종적 의무는 환자들의 기분을 좋아지게 만드는 것이지만 과학자로서는 특정 개인의 경험을 넘어서 병 또는 뇌 기능 및 상태에 대한 근본적 진실을 밝혀야 한다. 만약 내 연구에서 한 환자가 기분이 향상됐다면, 나는 응당 그 이유를 짚어내고 이해해야 할 것이다. 나는 평균적인 통계치를 중시해야 할지, 아니면 매 연구마다 환자들의 개인적 경험에 치중해야 할지를 두고 자주 고민한다. 사실 이 두 가지의 균형이 잡혀야 한다. 존의 경험담을 통해 나는 의학 연구란 사람이 관여하는 일이며 한 명 한 명의 환자가 소중한 통찰력을 보태준다는 사실을 다시금 깨달았다.

의학 저널은 객관적인 연구 결과 보고에 초점이 맞춰진다. 하지만 가끔 환자의 주관적인 경험이 예기치 못한 놀라움을 가져다주기도 한다. 그런 결과는 전통적인 환자 보고의 측정 예상치를 뛰어넘는다. 실험에 참가하는 환자의 경험을 듣는 건 매우 소중한 일이다. 존의 이야기로 인해 더 많은 연구 경험담이 생겨나길 바랄 뿐이다. 얼마 전 작고한 신경과 의사 올리버 색스Oliver Sax는 환자 중심의 의학 역사 서술에 있어 타고난 이야기꾼이었다. 많은 면에서 존의 이야기는 올리버의 흥미로운 의학 사례들을 떠올리게 한다. 다만 올리버는 대부분 타인에 대한 경험을 쓴 데 반해, 존은 극히 개인적인 얘기를 써 내려 갔다는 차이가 있다. 존의 놀라운 변화의 경험, 그리고 장애 증상을 극복하고 실험으로부터 삶의 개선책을 찾아내는 과정은 우리 모두에게 감동적인 본보기가 된다. 이 책은 '인간의 감정'이라는 본질에 대한 매우 감동적인 서술이다. 개개인의 신경적 차이를 이해하고자 하는 모든 이들에게 더없이 좋은 기회가 되리라 믿어 의심치 않는다.

의학박사 알바로 파스칼 리온

하버드 의대 신경학과 교수,

하버드 의대 임상중개연구소 부학장, 하버드 의대 인지신경학과 원장,

베스 이스라엘 병원 내 비외과적 뇌 자극을 위한 베런슨-앨런 센터 책임자

프롤로그

나는 매사추세츠 고속도로의 좌측 차선을 시속 120킬로미터로 달리고 있었다. 아무런 전조도 없이, 문득 나는 1984년 보스턴의 한 나이트클럽으로 시간 여행을 떠나는 기분이 들었다. 이때가 2008년 4월 15일 저녁 8시쯤이었다. 자동차 스테레오의 스위치를 켜는 순간 모든 게 변하고 말았다.

나는 쉰 살이었다. 소싯적에 시끄러운 음악을 연주하는 로큰롤 밴드들과 어울린 탓에 귀가 반쯤 먹은 데다, 하루 종일 자동차를 수리하느라 매우 지쳐 있었다. 게다가 보스턴 소재의 베스 이스라엘 병원에서 막 나온 참이었다. 그곳에서는 하버드 의대 의료팀이 나를 대상으로 실험을 했다. 고전력의 자기장으로 내 뇌를 재정비하고 감성지능에 변화를 일으키려는 목적이었다. 나는 감성지능 쪽에 늘 문제를 겪어왔다. 자폐증의 일종인 아스퍼거 증후군을 가졌기 때문이다. 자폐인들 중에는 대화를 주고받는 데 어려움을 겪는 이들도 있다. 하지만 아스퍼거 증후군은 대개 말하고 알아듣는 데는 큰 문제를 겪지 않는다. 다만 몸짓 언어나 목소리 톤, 섬세한 표현같이 드러나지 않는 신호를 종종 놓칠 뿐이다. 이 모두가 대화에서 무척이나 중요한 부분이 아닌가! 그런 것들을 알아채는 데는 영 소질이 없었다. 다행히 나는 기술적 능력을 가진 덕에 이런 사회적 장애를 어느 정도 보완할 수 있었다. 하지만 어릴 때는 남달리 발달한 기술적 능력 탓에 오히려 외롭고 마음 상한 적이 많았다. 지금이야 기술 덕에 먹고살지만 말이다. 그래도 어린 시절의 상흔은 늘 내 안에 남아 있었다. 그래서 친구들이 미친 짓이라며 말리건 말건 과학자들의 실험에 응하기로 한 거다.

거창한 새 치료법으로 내 증상을 고친다는 게 이론상으로는 멋져 보였다. 하지만 그게 여태껏 별 효과가 없었다는 게 문제다. 과학자들은 전자석(전류가 흐르면 자기화되고 전류를 끊으면 원래의 상태로 되돌아가는 자석—옮긴이)을 이용해 내 뇌의 연결성을 재정비하겠다는 제안을 했다. 마치 공상과학의 한 장면 같지 않은가? 아니 어쩌면 공상과학적 망상에 불과한지도 몰랐다. 어쨌든 그날도 나는 장장 네 시간을 병원에서 보내고 차에 몸을 실었다. 병원에 들어갈 때보다 지치고 짜증이 난 상태였다. 그것 말고는 내가 느끼기에 별로 달라진 점이 없었다.

보스턴의 병원까지 가는 데만 두 시간이 걸렸는데, 이제 집으로 돌아가기 위해 또 같은 시간을 운전해야 했다. '도대체 무슨 생각으로 거기에 갔었담?' 나는 자문했다. 하지만 답은 이미 나와 있었다. 병원의 자폐 성인 대상 연구에 자원한 건 나 스스로를 발전시키고 싶어서였다. 좀 유치하게 들릴지는 몰라도, 그 욕구가 무척 강했다. 이런 종류의 오만 가지 생각이 밀려왔다. 아이팟의 전원을 켜자 차 안이 노래로 가득 찼다. 이건 수천 번이나 해오던 습관이었다. 여느 때 같으면 스테레오에 노래가 흐르고 시야에 긴 도로가 내다보이는 게 전부였을 것이다. 하지만 이번에는 전혀 달랐다. 갑자기 나 자신이 차 안에 있지 않다는 기분이 들기 시작했다. 아니 정신이 내 몸에 온전히 붙어 있지도 않은 듯했다. 온 정신이 과거로 흘러들어 가기 시작했다. 어둡고 담배 연기가 자욱한 클럽에 서서 터배리스 브라더스The Tavares Brothers의 소울 음악을 듣고 있는 내가 느껴졌다.

수년 전, 나는 꼭 그런 무대에서 음향 기사로 일했었다. 무대 진행에 필요한 음향 기기들이 잘 돌아가는지 체크하는 게 내 일이었다. 사실 요즘도 파트타임 사진작가로 그런 무대들을 돌아다니기는 한다. 음악가들의 마법 같은 순간을 렌즈에 담아내기 위해서다. 하지만 음향 기사는 전혀 다른 일이다. 로큰롤 공연 내내 하는 일이란 소리가 제대로 나는지 나지 않는지를 짚어내는 것뿐이다. 사진작가로 일하는 요즘에는 음악가들에게 집중하느라 무슨 소리가 나는지조차 들리지 않지만 말이다. 하지만 그날 밤 스테레오에서 흘러나오는 음악은 나를 그 옛날의 공연장으로 데려다주었다. 이건 정말이지 난생처음 겪는 신기한 경험이었다.

시간여행은 순간적이었다. 레인지로버 차량을 몰고 도로를 누비던 내 눈앞에 일순간 나이트클럽에서 노래하는 다섯 명의 가수들의 모습이 펼쳐졌다. 천장의 조명이 무대를 환히 비췄고 나는 어두운 구석에 서 있었다. 내 왼편의 무대에는 터배리스 브라더스가 나비넥타이와 스포츠재킷 차림으로 서 있었다. 그 뒤로는 코러스 밴드가 보였다. 역시 뒤에 서 있던 플루트 연주자는 몇 소절마다 끼어들어 멋진 멜로디를 완성했다. 터배리스 브라더스는 영화 〈토요일 밤의 열기〉의 수록곡인 〈모어 댄 어 우먼More Than a Woman〉을 부른 걸로 유명했다. 하지만 이전부터 뉴잉글랜드 지역에서 정평이 나 있는, 보유곡이 많은 가수였다. 30년 전의 나는 음향 기사 및 특수효과 디자이너로서 그런 음악계에 몸담았었다. 보스턴 지역의 수많은 대형 공연장에서 내 음향 및 조명 기술을 반겼다. 얼마나 많은 무대에서 셀 수 없이 많은 공연을 지켜봤는지 모른다. '정말 그 공연이 내 앞에 다시 펼쳐지는 건가? 아니면 그냥 상상의 한 조각일 뿐일까?' 나는 도무지 알 수 없었다. 사실 오늘날까지도 잘 모르겠다. 한 가지 확실한 건 그 경험이 놀랍도록 생생했다는 점뿐이다. 옷에 스며든 담배 연기 냄새까지 맡을 수 있을 만큼 말이다. 그런데 그 와중에도 내 안의 다른 한편에서는 계속 차를 운전했다. 그걸 인지했던 건 아니지만 어쨌든 사고는 나지 않았으니까.

가수들의 목소리는 그야말로 생생했다. 나는 내 의식이 자유롭게 흐르도록 내버려 뒀다. 내 바로 앞에 악기를 든 음악가들의 무대가 보였다. 무대 양옆에는 스피커와 악기 케이스들이 어둠 속에 뒤엉켜 있었다. 클럽 안을 살펴보니 악기를 제대로 갖춘 키보드 연주자가 눈에 들어왔다. 이내 무대 위의 한 가수가 마이크를 들고 내 앞으로 걸어왔다. 징 하고 전선이 울리는 소리가 났다.

환영은 너무나 맑고 깨끗했다. 머리는 온갖 소리로 차올랐고 나는 살아 있음을 절절히 느꼈다. 마치 내 아이팟 속의 메마른 디지털 음원이 생생히 살아난 것만 같았다. 그러자 갑자기 감정이 심하게 복받쳐 올랐다. 나는 울기 시작했다. 행복하거나 기뻐서가 아니었다. 단지 그 경험이 너무도 강렬했기 때문이다.

나는 음량을 더 높였다. 그리고 멜로디 속으로 점점 더 빠져들었다. 가수들이 노래를 불렀고, 차는 계속해서 앞을 향했다. 뺨에는 눈물이 하염없이 흘러내렸다. 아름다운 음악이 내 몸 전체를 포근히 감싸 안았다. 음 하나하나가 새로운 생명력을 얻어 깨어났다. 마치 30년 전에 음악을 듣던 방식과 비슷했다. 그때 나는 깨어 있는 대부분의 시간 동안 공연에 귀 기울이곤 했다. 눈앞의 오실로스코프(브라운관을 사용하여 변화가 심한 전기 현상의 파형을 눈으로 관찰하는 장치—옮긴이) 화면 속 음향 시그널을 응시하거나, 마음속으로 악기들의 소리를 떠올리면서 말이다. 그 시절의 나에게 있어 음악을 듣는다는 건 정말 구체적인 작업이었다. 무대 위 악기 하나하나의 소리와 위치를 파악했으니까. 제 차례가 되면 나오는 코러스 가수 한 명 한 명의 소리도 또렷이 감지했다. 하지만 지금 차 안에서 듣는 음악은 달랐다. 뭐랄까, 감정이 한 겹 더해져서 좀 더 굵고 진하게 들리는 듯했다.

그러다 퍼뜩 이런 생각이 떠올랐다. '이게 바로 음악을 있는 그대로 순수하게 듣고 있는 건지도 몰라. 자폐라는 왜곡된 렌즈를 통해서가 아니라. 남들은 음악을 들으며 늘 이런 감정을 느끼는지도 모르지. 이제 나도 그럴 수 있어.' 아마 그런 생각에 울었는지도 모른다. 나도 음악을 '느낄 수' 있었으니까. 자폐인들은 일상에서 보고 듣는 것에서 이런 식의 감정을 잘 경험하지 못한다. 물론 나는 어떤 음악이 행복하고 슬픈지는 알고 있었다. 하지만 그날 밤 터배리스 브라더스의 노래는 전혀 예상치 못한 강하고 새로운 전율로 다가왔다.

그 몇 시간 전, 나는 병원 복도에서 화가 난 두 사람이 서로에게 소리치는 걸 들었다. 나는 그 광경에 한 치의 감정도 느끼지 못한 채, 그저 "화가 났나 보네." 하고 중얼거렸었다. 나는 정확하고 논리적인 관찰자였다. 그러던 내가 이제는 터배리스 브라더스의 노래를 들으며 울고 있지 않은가! 〈쉬즈 곤She's Gone〉이나 〈워즈 앤드 뮤직Words and Music〉, 〈당신의 생각에 1페니를A Penny for Your Thoughts〉 같은 노래 가사에도 감정이 솟아오르는 게 느껴졌다. 수없이 들은 노래건만, 그런 기분을 느낀 적은 이제껏 단 한 번도 없었다. 그날 아침만 해도 가사의 논리적인 의미만 알아들었을 뿐이다.

그날 밤에 나는 실험을 이끌던 과학자에게 메시지를 보냈다. "정말이지 큰 마법의 힘이 실험에 숨어 있나 봐요!" 그리고 그 실험은 이제 막 시작이었다.

짜릿한 제안

내 여정은 몇 개월 전에 다소 불안정하게 시작됐다. 나는 매사추세츠 주 치코피 지역의 엘름스 칼리지 도서관 강당 입구에 서 있었다. 내 옆에는 쿠키가 산더미처럼 놓인 테이블이 있었다. 그저 학생식당 쿠키 맛이었지만, 누구라도 먹어줘야 한다는 신념으로 서 있었던 거다.

사실 나는 엘름스 칼리지에 초청을 받은 터였다. 학생이건 교수건, 그 추운 1월 저녁에 찾아오는 누구와라도 대화를 해달라는 거였다. 학교는 저녁 프로그램의 일환으로 '자폐 워크숍'을 열었다. 그리고 그 워크숍의 리더는 누가 봐도 나였다. 그 사실만으로도 이미 놀라웠다. 내가 대학의 워크숍을 맡는다니! 최근까지 내가 맡았던 워크숍이라고 해봤자 내가 일하는 로비슨 자동차 수리소에서였다. 그곳에서는 벤츠나 재규어, 랜드로버 같은 차량을 수리한다. 여하튼 나는 대학교수도 아니지 않은가. 실은 대학 문턱도 밟지 못했다.

내 생애 첫 직업은 로큰롤 공연의 음향 및 조명 효과 엔지니어였다. 모두 독학으로 터득한 기술을 썼다. 그러다 20년 전에 공연계를 떠나 조그만 사업을 시작했다. 오늘날의 나는 자동차 수리공이자 프리랜서 사진작가다. 그런데 아스퍼거 증후군에 대한 자서전을 출간한 뒤로는 와서 얘기 좀 해달라는 초청이 늘기 시작했다. 그것도 꽤 놀라운 곳들에서 말이다.

자라면서 나는 내가 남과 다르다는 걸 알았다. 물론 그 이유는 몰랐다. 아스퍼거 증후군은 1990년대 이전에는 별로 큰 주목을 받지 못했기 때문에 나는 40대에 들어선 1997년에야 아스퍼거 판정을 받았다. 내가 왜, 어떻게 남과 다른가를 깨닫자 힘이 불끈 솟고 해방감이 밀려왔다. 내 얘기를 세상과 나누겠다는 강한 의지도 생겼다. 내가 책을 쓴다고 하니 수리소의 동료들은 미쳤다는 반응을 보였다. 하지만 내 친동생 어거스텐 버로스가 몇 년 전에 『가위 들고 달리기』라는 책을 낸 적이 있기에 나는 '나라고 못할 게 뭐람.' 하고 생각했던 거다. 그리고 정말로 현실이 되었다. 출간과 동시에 나는 상상도 못했던 많은 이들과 만나게 되었다. 모두가 자폐에 큰 관심을 갖고 있었다.

처음 만난 이들은 뉴잉글랜드 지역 아스퍼거 증후군 연합(요즘은 '뉴잉글랜드 아스퍼거 자폐 네트워크'로 불린다) 사람들이었다. 정말 멋진 모임이었다. 회원들은 매달 두 번씩 만나 서로의 삶의 고충에 귀를 기울였다. 온통 따뜻함이 가득했다. 자폐라는 공통분모가 얼마나 사람들을 하나 되게 하는지 나는 새삼 놀랐다. 또 자폐 아이들의 부모들과도 대화를 나눴다. 그들은 내가 스스로를 부양하는 독립적인 성인으로 자라난 걸 보고 용기를 얻는 듯했다. 그들이 놀라는 모습을 보니, 내가 자폐증을 가졌다는 걸 모르고 살아온 게 오히려 약이 된 게 아닌가 싶기도 했다. 사실 자라면서 한 번도 내가 돈을 벌지 못하리라는 생각은 하지 않았으니까. 굶어 죽을 수는 없는 노릇이니, 달리 방법이 없지 않은가? 하지만 많은 부모들은 자폐 아이들이 아침에 일어나서 옷 입고 비디오게임을 하는 것 이상은 할 수 없다고 여기는 것 같았다.

그런 낮은 기대치는 내게 충격이었다. 요즘의 잦은 자폐 진단에 따른 의도치 않은 부작용은 아닌지 의문이 들 정도다. '요즘 자폐 아이들은 영악한 응석받이인지도 몰라. 부모가 평생 먹이고 재워주고 놀거리를 제공하도록 길들이는 건 아닐까?' 물론 내가 이런 의견을 몇몇 부모들에게 말했을 때, 별로 달가워하는 것 같지는 않았다.

나는 첫 책인『나를 똑바로 봐』를 출간하기 전에도 강연한 적이 있었다. 주로 학생들이 대상이었고, 때로는 범죄자들 앞에서도 했다. 그래서 나는 책 출간이 강연의 연장선일 뿐이라고 생각했다. 물론 책 출간 후에 청중이 늘어날 거라고는 예상했다. 하지만 그런 열렬한 성원은 꿈에도 생각지 못했다. 자폐에 관심 있는 이들로부터 수많은 이메일, 전화, 메시지가 쏟아졌다. 나는 책을 집필하는 건 문학적이고 지적인 일이라 믿었지만 누구도 내 글의 창의적, 기술적 면에는 관심이 없는 듯했다. 오로지 자폐가 중점이었다. 강연을 가는 곳마다 독자들은 책에 실린 내 생각과 신념에 대한 질문을 했다. 초기에 내게 연락해온 이들 중 하나가 바로 엘름스 칼리지의 총장인 짐 멀런이었다. 그는 책 출간 전에 미리 원고를 구해 읽었다고 했다. 그는 나를 캠퍼스

투어에 초대하고 학교의 새 자폐 프로그램을 소개했다. 교수진에도 소개시켰다. 그 후, 대학원에서 신설 중인 자폐 치료요법 프로그램에 참여하겠느냐는 의사를 물었다. 수업에 내 의견이 요긴하게 쓰인다니, 어쩐지 우쭐한 기분이었다. 내게 볼보나 스바루 차량의 수리를 맡기던 교수들을 놀래주면 재밌지 않겠는가! 나는 "자동차 수리공이 또 무슨 사고를 칠지 몰라요!"라고 입버릇처럼 농담을 해왔으니까.

특히 파트타임 사진작가로 일할 때 수리소 고객들을 만나면 그런 농담을 던지곤 했다. 공연 무대나 높은 줄에 매달린 곡예사, 사자가 나오는 서커스장을 찍으러 돌아다닐 때 말이다. 사진작가용 조끼를 입고 명찰을 멘 채 어깨에 카메라 세 대를 척 둘러메면 수리공일 때의 모습과 전혀 달라 보인다. 게다가 키가 194센티미터나 되니 눈에 띄지 않을 리 없다. 재미있게도 곡예사나 음악가들도 자동차 수리공인 내 모습을 낯설어한다. 그런데 책 출간 이후 나는 또 전혀 다른 세계를 만나게 됐다. 옛날의 나를 아는 누구도 나와 연관 짓지 못할 만큼 말이다. 엘름스 칼리지의 워크숍 날 밤, 나는 '자폐 전문가'가 된 지 꼭 4개월째였다.

나는 책에서 자동차, 전자 기술, 그리고 내 삶에 대한 면만 다뤘다. 그럼에도 독자들은 자폐에 대한 내 안목이 전문가가 되기에 충분하다고 입을 모았다. 나는 그들의 기대에 부응하고 싶었다.

단지 걱정으로 떠오른 건 내가 '자폐 전문가가 되기에 역량이 부족한 게 아닐까?' 하는 마음이었다. 내 전문 지식이라고 해봤자, 남달랐던 어린 시절 같은 지극히 개인적인 경험이 전부였으니 말이다. 혹시 부적절한 예로 잘못된 충고를 할까 봐 걱정됐다. 그래서 자폐에 대해 최대한 지식을 쌓기로 마음먹었다. 사람들이 나를 보는 시선은 바꿀 수 없지만, 자폐에 대한 내 지식은 얼마든지 넓힐 수 있지 않은가. 나는 재빨리 이를 실행에 옮겼다.

내 강연을 듣는 청중이 누가 될지는 전혀 예상치 못했다. 저명한 자폐 전문의와 치료사들도 있었다. 교사, 상담사, 심리학자, 정신과 의사를 비롯해 다른 의사들도 여럿 만났다. 모두가 내 경험에 경탄했다. 나는 이를 도무지 어떻게 받아들여야 할지 몰랐다. 사람들이 내 경험에 동질감을 느꼈을까? 혹시 '연구 대상자가 말을 하네!'라고 여기지는 않았을까? 아마도 두 가지 반응이 섞인 듯했다.

어쨌든 자폐 전문가들이 내게 다가올 때마다 나는 그들의 말을 경청했다. 혹시 모르던 중요한 사실을 깨달을까 싶어서였다. 물론 가짜들 사이에서 진짜 전문가를 골라내야 했다. 단지 목소리가 큰 일반인이나 괴짜들도 걸러야 했다. 그래서 엘름스 칼리지의 워크숍 날 린지 오버만이 내게 말을 걸었을 때, 나는 그녀가 어떤 부류일까 궁금했다. 그녀는 학생 나이로 보였다. 젊고 열의 넘치는 전형적인 대학원생 말이다. 얌전한 스웨터에 청바지 차림이었다. 주변에는 화려한 장신구며 이국적인 문신에 피어싱을 한 사람들도 눈에 띄었다. 그런데 린지는 핸드백과 책 한 권만 들고 있었다.

그렇게 간소한 차림에도 그녀는 눈에 띄었다. 그녀가 왜 그렇게 인상 깊었는지 지금도 모르겠다. 나보다 사람을 잘 꿰뚫는 이라면 짚어낼 수 있겠지만. 여하튼 그녀는 어딘가 똑똑하고 달라 보였다.

"저는 베스 이스라엘 병원의 포닥postdoctoral 연구원이에요." 린지가 내게 명함을 내밀며 말했다. '린지 오버만 박사'라고 쓰여 있었다. "저희는 자폐에 관한 연구를 하고 있어요. 연구에 대한 안내 전단지를 좀 두고 가도 될까요? 사실 자폐인의 감성지능 강화 프로젝트에 자원할 성인들을 찾고 있거든요."

'이건 또 듣도 보도 못한 일이군.' 나는 생각했다.

갑자기 청중들이 연못 속의 물고기들처럼, 린지는 낚싯대와 그물을 들고 강둑에 앉아 있는 낚시꾼처럼 보이기 시작했다. 양동이에 하나 가득 물고기를 잡아다 미궁의 운명 속으로 데려가려는 게 아닐까? 대체 성인 자원자들을 대상으로 뭘 하려는 걸까 싶었다. 배고픈 이들을 꿰어 가 수프를 먹인 뒤 심리학 실험 대상으로 쓰는 애처로운 이미지가 떠올랐다.

이런 찝찝한 생각에 미치자, 나는 선뜻 대답할 말이 떠오르지 않았다. '나더러 자기 연구를 지지하고, 사람들에게 자원을 종용해달라며 부탁하는 건가? 아니, 일단 무슨 연구인지도 모르지 않나.' 그래서 나는 물어보기로 했다.

그러자 그녀는 자폐에 대한 본인의 관심을 늘어놓기 시작했다. 자폐 증상의 완화법을 찾는 게 목표라고 했다. "TMS라고 불리는 새로운 기술을 실험 중이에요. 경두개자기자극술의 약자죠. 전자기장을 이용해 뇌 피질에 신호를 유도해내는 거예요. 자폐인들이 타인의 감정을 읽는 능력을 기르도록 돕는 겁니다."

마지막 말이 내 관심을 끌었다. 하마터면 "그게 바로 내 문제인데요."라고 내뱉을 뻔했다. 하지만 다행히 입 밖으로 내지는 않았다. 내 조부가 "장사치 앞에서 선뜻 관심을 내보이면 안 된다."라고 늘 말씀하셨으니까. 그러면 가격만 올라갈 뿐이라는 얘기였다. 아직 린지는 가격적인 부분은 말도 안 꺼내지 않았는가. 오늘 실험 참가에 사인하면, 단돈 1,999달러의 특별가로 모신다고 말을 맺는 건 아니겠지?

그러더니 그녀는 5분 동안 거울신경, 전자석, 펄스 에너지 등에 대한 설명을 늘어놓았다. '내 책을 읽었나? 아니면 내가 엔지니어로 일한 이력을 아는 걸까?' 하는 생각이 들었다. 그녀의 설명은 내가 18년 전에 다루던 레이저 및 음향 시스템과 비슷한 구석이 있었다. 전자석은 공연장을 소리로 채우던 스피커로, 그리고 펄스 레이저는 붐비는 무도회장에 흩뿌려진 조명 빛(혹은 달에서 뿜어져 나오는 빛)으로 생각할 수 있었다.

"사람들에게도 그 비슷한 기술을 쓰는 거예요." 린지가 말했다. 즉 전자석을 진동시켜 미세한 에너지 샷을 일으키고 이를 뇌에 전달하는 것이었다. 나는 그 가능성에 대해 생각해본 적이 없었다. 하지만 매우 흥미로웠다.

거울신경도 재미있었다. 사실 최근에 그것에 대해 읽은 적이 있었다. 거울신경이란 우리가 보고 듣는 행동을 하도록 돕는 뇌세포를 일컬었다. 예를 들어 엄마가 아기를 보고 웃으면, 아기의 거울신경이 웃는 반응을 일으키는 거다. 마치 '원숭이가 사람 흉내 내기' 같지 않은가. 실제로 거울신경은 원숭이 대상의 실험에서 처음 발견되기도 했다.

전자기로 거울신경을 자극한다는 건, 나 같은 테크놀로지 애호가에게는 너무나 멋진 일이었다. 왠지 프랑켄슈타인의 귀를 전기로 자극하는 이미지가 떠올랐다. 물론 린지의 실험은 훨씬 덜 극단적이겠지만.

수년 전, 나는 레이저와 스피커를 수만 와트의 전력으로 작동시킨 적이 있었다. 물론 뇌에 주는 에너지 자극은 그에 비하면 몇 만 분의 1 정도로 약할 것이다. '미세한 펄스 에너지를 전달시켜 생각의 과정을 바꾼다?' 정말이지 흥미로운 도전이었다. 내가 지금까지 엔지니어로 일했다면, 당장이라도 그런 기계를 만드는 데 자원했을 거다.

'의학용 자기장'이라는 린지의 언급은 단숨에 내 관심을 사로잡았다. 내게 익숙한 기술적 원리를 전혀 새롭게 쓴다는 사실에 끌렸는지도 모른다. 아니면 내 부족한 사회적 능력의 원인을 응용 전자 엔지니어링을 통해 찾고 싶었는지도. 어쨌든 나는 예쁜 여자를 보고 번개처럼 찌릿한 기분을 느끼는 코미디 영화의 남자 주인공이 된 기분이었다.

'에너지를 통해 뇌를 바꾼다니, 그게 가능한 일인가?' 나는 생각했다. 마치 공상과학 영화의 한 장면 같았다. 린지는 나를 설득했다. "매우 과학적인 근거가 있어요. TMS가 전자기 에너지를 뇌 회로에 전달하면 뇌 회로는 새로운 연결성을 갖게 되죠. 그러면 우리가 원하는 뇌의 특정 연결성을 강화시킬 수 있어요."

"연구실에서 이미 실험 중이라니까요." 그녀가 말을 이었다. "저를 대상으로 실험한 적도 있는걸요. 정말 안전해요." 사실 이 말을 듣기 전까지 나는 '뇌에 에너지 자극을 주면 위험하지 않을까?' 하고 걱정하고 있었다.

나는 생각나는 대로 재빨리 질문들을 쏘아댔다. 린지도 대뇌 피질이며 뇌 가소성 같은 용어를 써가며 적극적으로 답을 했다. 그런데 내가 파워 레벨이나 극성極性, 전파 패턴 등에 대해 질문하자 머뭇거렸다. TMS에 대한 그녀의 이해는 제한적이었던 것이다. 그녀는 전자기 기술의 이용자이지, 제작자는 아니었으니까. 물론 뇌 관련 용어에는 빠삭했다. 그렇지만 그녀가 뇌의 어느 위치를 자극한다고 말해도 내가 알 턱이 없었다. 나는 뇌과학에는 완전히 문외한이었으니 말이다. 반대로 린지는 전자 엔지니어링 용어에 익숙지 않았다. 서로 다른 전파가 각기 다른 효과를 낸다는 정도만 이야기할 뿐이었다. 내가 그 효과에 대해 묻자 그녀는 '증강'과 '둔화'라는 두 단어를 언급했다. 나는 무슨 뜻인지 물었다. 그녀는 뇌의 어느 부위를 활성화시키고 어느 부위는 억제시킨다는 의미라고 했다. "만약에 언어 중추를 둔화시킨다면 말하는 데 어려움을 겪겠지요." 그녀는 빠르게 설명을 덧붙였다.

정확히 어떻게 그런 현상이 생기는지 묻자, 그녀는 쉽사리 답을 하지 못했다. 그녀 자신이 모르는 것인지, 아니면 과학계 전체에 알려진 바가 없는지는 알 수 없었다. 어쨌든 나는 더 알고 싶은 마음이 생겼다.

"저보다는 저희 지도교수님이 더 잘 설명하실 거예요." 그녀가 말했다. 그러고는 내게 준 명함의 뒷면에 '알바로 파스콸-리온 박사'라고 적어주며 다음 주에 찾아가보라는 말을 덧붙였다.

전자기의 진동으로 뇌를 변화시킨다는 것에 내가 흥미를 느낀 이유는 또 있었다. 우리 가족은 정신질환 가족력이 있었다. 그래서 난 항상 돌파구를 찾았던 거다. 내가 10대일 때부터 어머니는 1년에 두 번 정도는 정신적 문제를 겪곤 했다. 주립병원에 실려가 진정제를 맞고 좀비처럼 멍한 상태로 지내는 적도 있었다. 그러다가 내가 33살 때, 뇌졸중을 겪은 후 어머니의 뇌에 변화가 생겼다. 2년 뒤에 어머니가 재활병원에 있을 때 의사는 놀라운 발언을 했다. 당시 어머니는 언어 기능의 대부분을 상실하고 몸의 반쪽이 마비된 상태였다. "뇌졸중 때문에 정신질환을 일으켰던 뇌의 특정 부분이 죽은 듯하네요. 물론 지금 상황을 감당하기 쉽지 않으시겠지만, 그래도 그 점은 다소 희망적입니다."

뿐만 아니라 외삼촌은 정신분열증을 앓았고, 외할아버지도 평생을 심각한 우울증에 시달렸다. 따라서 나는 늘 내게 또 무슨 일이 생길지도 모른다고 생각해왔다. 그런데 몸에 손 하나 대지 않고 머릿속을 고치는 방법이 있다니? 성격, 시력, 신체 조절 능력 등의 변화 없이 뇌의 손상된 부분만 고친단 말인가? 어쩌면 성격 자체도 변화시킬 수 있는 걸까?

사실 TMS에 대한 린지의 설명을 통해 그 해답을 어느 정도 찾을 수 있었다. 하지만 그녀는 내게 어떤 긍정적인 변화를 약속하지는 않았다. "아직 그저 연구일 뿐이에요. 시험 치료도 아니고요. 나중에는 그 단계까지 가겠죠. 확실히 효과가 있다고 밝혀지면 말이에요." 아무런 확답도 없었지만, 나는 참여를 결정했다. 나는 평생 내가 남보다 못하다는 열등감에 시달렸다. 물론 50년을 살아오면서 내 운명을 받아들이기는 했다. 하지만 내 눈앞에 2등 시민 처지에서 벗어날 기회가 보이니, 어떻게라도 그 기회를 잡아야 했다.

그러다 갑자기 엉뚱한 생각이 들었다. 린지의 지도교수가 엔지니어는 아닐까? 그보다 좋은 일이 있을까! 그럼 마치 동료처럼 함께 자폐라는 수수께끼를 해결해나갈 텐데. 의료 자기장으로 자폐인을 슈퍼맨으로 만드는 거야! 유명해지고 돈도 많이 벌겠지? 하지만 단꿈은 금방 깨지고 말았다. "알바로 박사님은 뇌과학자세요." 린지가 말했다.

처음 자폐에 대해 강연을 시작했을 때, 나는 몇몇 이상한 이론들을 접했었다. "자폐의 원인이 수은 중독이라고 생각하진 않나요?"라고 묻는 이들이 적어도 두 명은 있었다. 고집 센 부모 한 명은 위험한 중금속 제거 치료야말로 자폐에서 벗어나 건강한 삶을 사는 길이라고 우겼다. 그런가 하면, '형제 사랑 순회 구원회'에서는 내게 구원의 길을 제시해왔다. 또 다른 부모 한 명은 고압산소실의 효과가 뛰어나다고 귀띔했다. 중금속 제거 치료가 듣지 않을 땐 이 방법이 최고라면서 말이다. 사실 이들을 만나기 전에는 내 증상을 고쳐야 할 필요성을 느끼지 못했다. 내 자폐 증상을 무슨 병이나 백신 주사 부작용처럼 보다니, 어쩐지 기분 상했다. 물론 내가 남들과 다른 건 알았다. 하지만 마음속 깊은 곳에서는 '내가 무슨 정부와 의료계의 백신 음모론으로 탄생한 이상 생물체도 아니고 말이야. 아니면 내가 51구역의 외계인 수용소를 탈출한 특수 인간이라도 되나?' 하는 생각이었다. 다행히도 린지는 나를 그렇게 보지 않는 듯했다. 내 자폐 원인을 넘겨짚지도 않았다. 다만 뇌를 재정비해 기능을 강화할 방법을 제안했을 뿐이다. 전자기에 대한 내 평소 지식에 새로운 뇌과학 이론을 접목해 보니, 린지의 제안은 무한한 가능성이 있어 보였다.

엔지니어인 내게 TMS는 처음으로 '말이 되는' 요법이었다. 전자기 결합을 통해 통제된 에너지를 뇌의 국소 부위에 전달한다는 게 와닿았다. 사실 나는 정신과 약물 치료를 신뢰하지 못하는 편이었다. 약이 증상과 관련 없는 세포 수만 개를 어떻게 변화시킬지도 모르는 일이니까. 정신과 약은 마치 기름이 떨어져가는 차의 몸체 위에 기름을 들이붓는 격이라고 생각했다. 그러면 기름이 어느 정도는 채워지겠지만, 결국은 난장판이 되지 않겠는가. 혈관 내의 약 성분도 그럴지 몰랐다. 몸 전체를 타고 돌아다니니 말이다. 하지만 TMS는 아주 작은 부위만 건드릴 뿐이다. 의학박사가 아니라도 그 점은 충분히 이해가 가능했다.

그날 저녁, 나는 온라인에서 린지와 그녀의 지도교수를 검색해보았다. 그제야 나는 베스 이스라엘 병원이 하버드 의대의 부속 병원임을 알았다. 파스콸-리온 박사는 의학박사이자 뇌과학자로 현재 베스 이스라엘 병원의 교수로 재직 중이었다. '린지도 오버만 박사라고 불러야 했었나?' 나는 생각했다. 물론 그녀는 내게 편히 이름을 부르라고 했지만, 강당에서 그녀에게 좀 더 정중히 대했어야 하는 게 아닐까? 사실 린지는 고등학교를 갓 졸업한 내 아들 커비 나이로 보였다. 그런데 온라인에는 그녀가 샌디에이고 주립대학에서 박사학위를 받고, 곧 세계 유수 대학의 교수로 임용될 예정이라고 나와 있었다. 그러고 보니 나는 나이를 가늠하는 데는 소질이 없었다. 외모는 썩 믿을 게 못 되는 듯싶다.

린지는 V. S. 라마찬드란 교수의 지도 아래 박사논문을 썼다고 내게 말했었다. 우연찮게 나도 막 라마찬드란의 '환각지'(사지가 절단된 후에도 마치 그것이 존재하는 것처럼 감각되는 현상—옮긴이)에 관한 놀라운 발견에 대해 읽은 참이었다. 노먼 도이지 박사가 쓴 『기적을 부르는 뇌』라는 책에서였다. 한마디로 라마찬드란은 인지뇌과학계의 전설이었다. 그런 사람과 일했다니, 나는 감탄하지 않을 수 없었다.

라마찬드란도 자폐에 깊은 관심을 가진 연구자였다. 그의 연구실에서 일하며 린지도 자폐에 관심을 갖게 되었다고 했다. 나는 전자 엔지니어링에 대해 잘 모르던 그녀를 떠올리며, '뭐, 최고의 프로그래머가 되기 위해 컴퓨터 하드웨어를 잘 알아야 하는 건 아니지.'라고 생각했다. 린지를 다음에 만났을 때 나는 이런 비교에 대해 어떻게 생각하는지를 물었다. "뇌 회로가 정확히 어떻게 움직이는지 아는 사람은 과학계에 없을 거예요. 컴퓨터 칩에 대해 아는 것만큼 말이죠." 그제야 나는 뇌가 얼마나 복잡한 구조인지 깨달았다. 뇌는 그 어떤 회로보다도 훨씬 더 정교했다.

그럼에도 나는 린지의 설명을 내 전자 기술 경험에 대입해 생각할 수밖에 없었다. 로큰롤 공연장에서 일했을 때, 나는 음악가들을 위해 맞춤형 전자기타를 만들어주곤 했었다. 악기를 연주하는 내 실력이야 초보 수준이었지만 말이다. 내가 음악적 능력 없이 기타를 만들고 음악가는 악기의 작동 원리를 모르고도 그 기타로 멋진 멜로디를 뽑아내는 것, 이 점은 언제나 흥미로웠다. 아마 린지는 '사람 뇌를 다루는 음악가'가 아닐까. 이 생각을 하니 갑자기 이상한 느낌이 들었다. 린지가 음악가 같은 존재라면, 실험에 참가하는 나는 악기 자체가 아닌가! 예전에 수많은 공연장에서 기타 줄이 끊어질 때까지 연주하던 음악가들이 떠올랐다. 설마 나도 그 악기처럼 되진 않겠지. 음악가가 히트곡을 내면 기타에게는 별로 좋은 일이 아니었다.

그래도 린지와 대화를 나누면서 희망이 몽실몽실 솟아올랐다. TMS는 전혀 새로운 세계로 통하는 출입문과도 같았다. 나는 그 문 안으로 들어가고 싶었다. 천성적으로 퉁명스러운 내 태도가 린지를 질리게 하지 않기를 바랄 뿐이었다.

객관성의 가치,

1978년 무렵

웨스트스프링필드에서 홀리요크로 가는 하행차선에 포드 토리노 차량 한 대가 서 있었다. 차 밑으로는 두 다리가 삐져나와 있었다. 다리의 주인인 사내는 죽은 게 분명했다. 움직임이 전혀 없었기 때문이다. 나는 가까이 걸어가 보았다. 사내를 깔고 있는 차는 미동도 없이 조용했다. 엔진은 꺼진 채였다. 아마도 사내가 깔린 지 꽤 오랜 시간이 흐른 듯했다. 그로부터 2미터쯤 옆에는 또 다른 남자가 있었다. 그는 양반다리를 하고 앉아 아무 말 없이 몸을 앞뒤로 천천히 흔들어댔다. 그에게 소리쳤지만 그는 내 말을 무시했다. 도대체 그가 사건 현장에 어떻게 연루됐는지 알 길이 없었다. 차 안에 있다 나온 걸까? 다친 것 같진 않았다. 하지만 차 밑에 깔린 사내는 응급조치가 불가능한 지경이었다. 이들을 마주쳤을 때가 일요일 새벽 4시 30분경이었다. 나는 밤샘 작업을 하고 집으로 차를 몰아 가는 중이었다.

완만한 커브 길을 돌다가 사고 차량을 발견한 참이었다. 몇 백 미터 떨어진 데서는 사고로 사람이 차에서 튕겨 나간 듯 보였다. 그 무렵 내 하루 일과는 술집들이 문을 닫고도 한참 지난 시각에야 끝나곤 했다. 이런 음주운전 사고를 거의 매일 퇴근길마다 마주하는 듯했다. 경찰 업무시간에 사고가 났다면 경찰차와 앰뷸런스가 즉각 출동했을 것이다. 하지만 새벽 3시 이후로는 도로가 텅 빈다. 그러면 사고가 나도 누군가가 발견하기까지 꽤나 오래 걸리게 마련이다.

요즘은 문제가 생겼을 때 휴대폰으로 911만 누르면 되지만, 그때는 1970년대였다. 휴대폰이 있을 리 만무했다. 도로에는 사람도 별로 없었다.

나는 내 차가 안전하게 잘 있는지 뒤돌아 살폈다. 차 사고나 고장 때문에 밖으로 나온 새에 불량배가 몰래 뛰어들어 차를 몰고 가버리는 일도 빈번하니까. 하지만 주변에는 아무도 없었다. 내겐 다행이었다.

사실 나는 일상 대화에서 사람들에게 어떻게 말해야 할지 감을 잡지 못할 때가 많았다. 하지만 이런 사고나 응급상황이라면 달랐다. 언제든 뭘 해야 할지를 알았다. 어린 시절에 배운 그대로 행동하는 거였다. 내 증조부는 조지아 주 그위넷 카운티의 미국 농무부USDA 소속 농업 고문이었다. 또 증조부의 사촌 형님은 근처 캐럴 카운티의 보안관이었다. 두 분은 내게 일상 매너를 주입하는 데는 실패했지만, 기계 관련 응급상황에 어찌할지는 잘 가르쳤다. 기계에 관한 한, 난 늘 실력이 괜찮았으니까.

우선 나는 도로 한복판에 내 차를 세웠다. 그리고 헤드라이트를 켜서 토리노 차량에 비췄다. 또 비상등도 켜놓았다. 그 시간에는 많은 운전자들이 술에 취해 졸며 다닐 테니, 도로 위의 남자를 치어버릴지도 모르는 일이다. 내 차를 그렇게 해두면 안전하게 보호할 수 있다.

내가 마주하는 사고 현장은 시끌벅적하고 피범벅인 경우도 있었다. 하지만 이번엔 달랐다. 모든 게 이상하리만큼 깨끗하고 조용해 보였다. 사내는 상반신이 차에 깔려 있었지만 피도 흐르지 않았다. 숨 쉬는 소리나 앓는 소리도 들리지 않았다. 물론 가슴팍을 1.4톤짜리 차가 짓누르고 있으니 당연한 일이다. 대부분의 술고래들이 곯아떨어져 있을 시간이었다. 귀뚜라미 울음도 사그라지고, 새들도 아직 동이 트는 걸 알리지 않았다. 해가 뜨려면 적어도 한 시간 남짓 남아 있었다.

주변에 불빛이라고는 내 차의 헤드라이트뿐이었다. 그 당시는 그 마을에 가로등도 아직 생기지 않았을 때다. 이 상태로 얼마나 기다려야 할까? 차를 세운 순간부터 나는 사건에 끼어든 거나 다름없었다.

"대체 무슨 일이죠?" 나는 바닥에 주저앉은 남자를 향해 다시 물었다. 하지만 그는 아무 말도 없이 계속 몸을 앞뒤로 흔들어댈 뿐이었다. 나는 마약에 깊게 취한 이들이 그러는 걸 본 적이 있었다. 건드리기라도 하면 완전히 폭발해서 난동을 부리곤 했다. 때로 너무 큰 충격을 받은 이들도 그러는 걸 봤다. 어쨌든 그는 나한테 반응을 보일 마음이 없어 보였다. 나는 그를 내버려두고 주위를 살폈다.

요즘은 내가 이런 장면을 목격했다고 말하면 사람들이 경악한다는 걸 안다. 하지만 그때의 나는 그런 감정을 전혀 느끼지 못했다. 바로 그게 자폐의 영향이다. 대다수의 사람들과 다른 반응을 보이는 거다. 물론 그때는 그 사실을 깨닫지 못했었다. 사고 현장이 불러일으키는 충격이나 슬픔이 그저 피부에 와 닿지 않았으니까. 원래 다른 사람의 감정을 잘 읽지 못하는 데다, 눈앞의 두 사내는 생판 남이 아닌가! "저 사람들의 문제가 내게 무슨 상관이죠?" 그때의 나라면 아마 그렇게 말했을 거다. 그래도 어쨌든 살아남은 사람을 보호해야 했다. 상황에 맞는 적절한 감정을 느끼지는 못해도, 나는 옳은 일을 했다.

감정적인 반응이 결여됐다는 사실이 무관심 또는 도덕적 관념의 부재와 같은 의미는 아니다. 물론 나는 선악의 구별은 잘했다. 다른 이에게도 최대한 올바르게 대했다. 단지 내 감정적 능력이 제한적이라 남들의 기대에 맞게 행동하지 못할 뿐이었다.

물론 눈앞의 사고에 한순간 두려움이 스치기는 했다. 하지만 위험은 없어 보였다. 사고 차량 근처를 한 바퀴 도니 알 수 있었다. 왼쪽 앞바퀴의 타이어가 휠에서 떨어져 나와 너부러져 있었다. 처음에는 사고의 충격으로 타이어가 빠졌다고 생각했다. 하지만 아니었다. 타이어 옆에 낡은 범퍼 잭(범퍼에 거는 승용차용 소형 잭—옮긴이)이 놓여 있었던 거다. 즉 사내는 사고를 당한 게 아니었다. 타이어에 바람이 빠졌을 뿐이었다. 하지만 어떤 이유에서인지 그는 차 밑으로 기어 들어갔고, 잭이 미끄러지는 바람에 봉변을 당한 것이었다.

내 조부는 처음 내게 타이어 가는 법을 가르칠 때 "차가 바닥에 온전하게 서기 전에 차 밑으로 기어 들어가면 안 된다."라고 했다. 난 그 말을 잊은 적이 없었다. 나는 다시 도로 위의 남자에게로 시선을 돌렸다. "괜찮아요?" 하지만 여전히 답은 없었다. 나는 그를 좀 더 가까이에서 들여다봤다. 다친 데는 없어 보였다. 내 차를 세워뒀으니, 그대로 놔둬도 괜찮을 것 같았다. 자리를 옮기라고 했다가 괜한 시비라도 붙으면 안 되니까. 기름이 새는 파이프나 불꽃이 튀는 전선 등은 보이지 않았다. 말하자면 꽤나 '안전한' 사고 현장이었다.

나는 그대로 꼼짝 않고 서 있었다. 신선한 새벽 공기가 코를 찔렀다. '이제 뭘 한담?'

그때 갑자기 쨍! 하고 아주 작은 금속끼리 부딪히는 소리가 났다. 사실 작은 소리였지만, 새벽인지라 총소리만큼이나 크게 들렸다. 나는 1미터 정도 폴짝 뛰어올라 잽싸게 뒤를 돌았다. 그리고 소리가 난 곳을 찾았다. 타이어의 중심에 있던 너트가 빠져서, 차의 앞 범퍼 옆에 놓여 있던 휠캡 위에 떨어진 것이었다. 너트는 휠캡 판을 앞뒤로 굴렀다. 이 칠흑 같은 어둠 속에 또 뭐가 어디에 떨어져 돌아다닐지 모를 일이었다.

'어떻게든 되겠지.' 하고 나는 되뇌었다. 하지만 여전히 음산하고 모골이 송연한 느낌이었다. 어둠이 모든 것을 덮으려는 듯 짙게 깔렸다. 뭔가를 해야만 한다는 생각이 들었다.

'근데 뭘 하지?' 잠시 나는 그냥 가버릴까도 생각했다. 하지만 그러다 잡히기라도 할까 봐 걱정이 됐다. '경찰을 부르는 게 낫겠어.' 그길로 나는 도로를 걸어가 1킬로미터쯤 떨어진 곳에서 집 한 채를 발견했다. 하지만 그 집에도, 옆집에도 사람이 없었다. 다시 그 옆집을 두드리자, 지독한 술 냄새를 풍기는 반백의 노인이 목욕가운 차림으로 나왔다. 손에는 야구 방망이가 들려 있었다.

홀리요크 아랫동네 사람들은 한 성질 하는 걸로 유명했다. 이 노인도 예외는 아니었다. 다행히 그는 잠이 덜 깨서인지 움직임이 둔했다. "경찰을 불러요." 내가 말했다. "차 사고가 나서 누가 죽었어요." 그러자 노인은 나를 힐끗 보더니, 바깥의 도로를 내다봤다. 그러고는 아무 말 않고 문을 닫아버렸다.

성질이 급한 사람이라면 그 순간 문을 발로 차고 "경찰을 부르라니까요!" 하며 소리쳤을 거다. 하지만 나는 내 조부가 가르친 대로 그 노인의 눈을 들여다봤었다. '곧 경찰을 부르겠군.' 나는 믿었다. 어쨌든 충분히 구조 요청을 했다고 생각한 나는 다시 차로 돌아갔다. 그리고 그 노인이 경찰을 부를 것을 믿고 차 안에서 기다렸다. 그렇게 10분이 흘렀다. 자신감이 점점 떨어져갔다. 바로 그때, 멀리서 파란 불빛이 보였다. 나는 곧 차에서 내려 도로 한편으로 향했다. 경찰도 밤늦게는 쉬이 놀라기 마련이다. 경찰이 잘 볼 수 있는 곳으로 천천히 움직일 필요가 있었다. 범죄자나 뛰어가지, 법을 준수하고 경찰을 존중하는 나 같은 시민은 꼿꼿이 서 있으면 되는 거다. 이윽고 경찰의 크루저 차량이 멈췄다. 나는 팔을 흔들어댔다. 인사도 하고, 손에 총이 없음을 표시하기 위해서였다.

차 안에는 경찰관 한 명만 있었다. 그는 차에서 내려 내 곁으로 조심스레 다가왔다.

그러고는 현장검증을 시작했다. 경찰은 몸을 구부려 죽은 사내의 다리 한쪽을 만졌다. 정말 사람인가를 확인하려는 듯했다. 내게는 현장의 모든 게 명백했다. "사고 현장에선 아무것도 만지지 말거라."라고 했던 보안관 할아버지의 충고도 잘 지킨 터였다. 경찰은 재빨리 몸을 일으켜 도로에 앉은 다른 남자에게 다가갔다. 하지만 그 역시 아무런 답을 듣지 못했다. 그러자 그는 "여기서 잠시 기다리세요."라고 내게 말한 뒤에 차로 돌아갔다. 차 안의 무전기에서 외치는 목소리가 들려왔다. 몇 분 뒤, 앞뒤로 경찰차가 도착했다. 구급차도 왔다. 구급대원들은 도로에 앉은 사내를 쑥 집어 올려 그대로 싣고 가버렸다. 또 다른 구급차도 와서 견인차가 토리노 차량을 들어 올릴 때까지 기다렸다.

아무도 내게는 신경을 쓰지 않는 듯했다. 그래도 가버릴 순 없었다. 지금은 목격자지만, 슬쩍 가버리면 최악의 경우 용의자가 될 수도 있으니까. 물론 내 눈엔 잭이 떨어지는 바람에 사내가 깔리게 된 것임이 분명해 보였다. 하지만 어떻게 그 지경까지 갔는지는 미스터리였다. 아마 사내가 차 밑에 있는 동안, 다른 사내가 잭을 쓰고 있었는지도 모른다. '도대체 차 밑에 왜 들어갔담?' 타이어를 교체하려 굳이 차 밑에 들어갈 필요는 없는 일이다. 이 모든 게 내겐 그저 추측이었지만, 경찰에겐 조사 대상이었다.

그렇게 한 시간 반이 지났다. 처음부터 상관하지 말았어야 했다 싶었다. 어차피 내 일도 아니었으니까. 하지만 때로 한 사람의 도움이 큰 영향을 미치는 법이다. 몇 년 전에 나는 오토바이 사고를 겪었다. 낯선 이가 멈춰서 다른 차들이 오지 못하게 도로를 가로막아 주지 않았다면 큰일을 당할 뻔했다.

사고 현장에 처음 도착한 경찰이 상관 한 명과 함께 내게로 와서 질문했다. 나는 자초지종을 읊었다. 그리고 내 면허증을 보여주었다. 나는 타이어와 잭을 언급하면서 내 추리를 펼쳐 보였다. "뭘 만지거나 옮겼습니까?" 상관이 내게 물었다. "아니요. 아무것도 만지지 않았어요. 도로에 앉은 사내에게 말을 걸었지만, 아무 대꾸도 않더군요. 처음 볼 때부터 한마디도 하지 않고 움직이지도 않더라고요."

다른 경찰관이 내 말을 열심히 적었다.

"이 시간에 뭘 하고 있었습니까?" 인적이 드문 거리라 상관은 나를 수상쩍게 생각한 모양이었다. "집에 가고 있었죠. 클럽에서 음향과 조명을 담당해서 밤늦게까지 일하거든요. 오늘은 아라비안나이트 클럽에서 일했어요. 새로 조명 달린 무도회장을 짓는 중이라서요." 그는 내 파란색 엘도라도 캐딜락을 힐끔 쳐다보더니, 아무 말도 하지 않았다. 내가 취하거나 위협적이지 않다고 판단한 모양이었다.

도시의 큰 나이트클럽 소유주들은 음지에서 서로 관련된 이들이 많았다. 유명한 클럽에는 돈도 많이 연루되어 있었다. 모두 현금이었다. 하지만 나는 그런 부류도 아니고, 클럽 소유주도 아니지 않은가. 일개 직원일 뿐이었다.

게다가 나는 그런 소유주들이 사는 동네에 살지도 않았다. 내 주소는 강 건너 사우스해들리였다. 홀리요크에서는 내 차가 뚜쟁이 혹은 마약 거래상이나 모는 차로 보일 터였다. 하지만 내가 사는 동네에서는 보험 외판원이나 의사들이 그런 차를 몬다. 물론 나는 전자도 후자도 아니게 보일 거다. 하지만 너무나 피곤한 몰골이니 의심을 살

만했다. "만일의 경우에 연락 가능한 전화번호가 있습니까?" 경찰관이 물었다. 나는 그에게 전화번호를 줬다. 하지만 그 뒤로 연락은 오지 않았다.

이런 일이 바로 내 젊은 시절의 일상이다. 사람들은 내 어설픈 태도, 전자사전 같은 말투, 남에 대한 무관심을 갖고 놀려댔다. 물론 나는 내가 그저 논리적일 뿐이지 이상하다고 생각하지 않았으나, 지인들은 그런 면을 높이 사지 않았다. 그게 슬펐다. 하지만 문제가 생길 때마다 논리적인 내 기질은 유용했다. 술집이나 콘서트장에서 일했으니 문제도 많이 발생했던 거다. 내 나이 또래의 대학생들이 기숙사에서 잠을 잘 시간에 나는 홀로 나이트클럽에서 일했다. 클럽에는 예쁜 여자들도 많았고 고급 술과 마약도 넘쳐났다. 내가 이를 가까이하는 요령만 알았어도, 아마 얼마든지 이용해먹을 수 있었을 거다. 하지만 매일 밤 나는 망가진 음향 기기 따위나 들고 집에 터덜터덜 들어갔다. 그날 밤도 야마하 파워 앰프 한 대를 싣고 운전하는 중이었다. 클럽에서 수다를 떠는 이들은 자연스러운 대화를 잘도 해댔다. 대체 그게 어떻게 가능한지 난 늘 궁금했다.

그때까지의 과정도 재미있다. 나는 어려서부터 내가 남들과 다른 걸 알았다. 아이들은 내 특이한 취미와 집착을 놀려대곤 했다. 후일에야 내 음향 및 조명에 대한 관심 덕에 클럽 운영자들에게 보수를 받게 됐다. 하지만 그게 다였다. 기술적 능력으로 캐딜락과 멋진 옷은 살 수 있지만 친구를 사귈 수는 없었으니까.

나는 왜 그 모양이었을까? 그때는 나도 몰랐다. 나를 로봇 같다고 하는 이도 있었다. 또 어떤 이는 내가 무심하고 동떨어져 있다고 했다. 신참 경찰관들도 경악을 금치 못하는 끔찍한 사고 현장에서 나는 왜 냉담하기 그지없었던 걸까?

그저 내가 문제에 올바르게 대처했다는 것만 알았다. 논리적인 마음이 앞섰기 때문이다. 오늘날은 그 모두가 자폐 때문이었음을 안다. 자폐는 내게 장애와 능력을 동시에 가져다준 셈이다. 다른 이들의 감정적 사인을 읽지 못하는 건 치명적이지만, 논리와 순서에 대한 남다른 감각은 큰 장점이었다.

나는 삶의 매 순간마다 마치 외부 관찰자처럼 살아왔다. 자갈들 사이로 조심스레 발을 내딛으며 걷는 기분이었다. 최대한 문제를 피해 가려고 애썼다. 세상에 내가 느끼는 행복은 별로 없었다. 다행히 나는 기계를 다루고 움직이게 하는 데 타고난 재주가 있었다. 하지만 사람들은 내게 완벽한 미스터리였다. 늘 친구를 사귀고 인기인이 되기를 깊이 갈망했지만 그나마 사람들과 어울려 일하는 정도가 최선이었다. 일터에서조차 나는 마치 외로운 늑대 한 마리 같았다.

결국 나는 사회의 중심에서 멀어졌다. 몇 명 있는 친구들도 나처럼 사회 부적응자이거나 괴짜였다. 날 고용하는 이들은 갱단 출신 클럽 운영자 아니면 특이한 음악가들이었다. 내 꿈은 깨끗한 옷을 입고 깨끗한 사무실에서 일하는 '진짜 직업'을 갖는 거였다. 하지만 그런 꿈에서 몇 광년이나 멀어져버린 듯했다.

물론 나는 어려서도 인기 없는 아이였다. 친구를 몇 명 사귄 적도 있지만, 아예 외톨이였던 때도 있었다. 내 어린 시절은 대개 외로웠지만 그렇게 나쁘진 않았다. 잘 잊어버리는 천성이 나를 보호해준 듯했다. 나를 놀리고 욕하는 아이들도 있었다. 하지만 난 곧 잊어버렸다. 나에게 하는 말을 정확히 들었지만 그 뜻을 크게 개의치는 않은 거다. 어른이 된 오늘날 사람들이 과거에 내게 했던 몇몇 안 좋은 말들을 떠올려보자면, 아마 그런 말들이 수만 개는 있었을 거다. 다행히 내 의식에 박히지는 않았지만 말이다. 어려서 내 유일한 즐거움은 독서와 장난감 쌓기였다. 나에게는 팅커 토이, 링컨 로그스, 리얼 이렉터 세트 따위의 블록 장난감이 있었다. 이런 장난감들을 통해 생애 첫 성취감을 느꼈다. 사교적으로는 부족했지만, 훌륭한 어린이 엔지니어였던 셈이다. 적어도 내가 보기엔 그렇다.

하지만 아쉽게도 이런 능력이 학업 성취로 이어지지는 않았다. 선생님들은 내가 똑똑하지만 게으르다고 했다. 물론 학교 공부에는 관심이 없었다. 그러나 기계에 대한 내 이해는 날로 높아만 갔다. 그러다가 전자 기술을 발견한 거다. 그게 내겐 성공으로 가는 지름길이 됐다. 열여섯 살이 됐을 때, 나는 집을 나와버렸다. 그러고는 곧장 취직을 했다. 학교는 내게 무의미했고 가정사도 순탄치 않았기 때문이다. 어머니의 정신 건강은 점점 악화되어, 내가 10대 때는 병원에 입원까지 했다. 아버지는 거의 매일 술에 취해 폭력을 휘둘렀다. 그러니 누구라도 그런 환경을 벗어나려 했을 거다.

많은 사람들이 어린 시절의 첫사랑을 떠올리곤 한다. 나의 첫사랑은 매시퍼거슨 사의 135 트랙터다. 내게 삶의 방식을 일깨워준 기계다. 기계와 엔진 따위가 내 위대한 첫사랑이자 나의 구원자인 셈이다. 나는 곧 기계에 대한 내 적성이 꽤나 특이함을 알아챘다. 평범한 사람이라면 시동 걸린 오토바이를 보고 시끄럽다고 끄려고만 할 거다. 하지만 나는 달랐다. 내게는 각각의 연소 가스가 펑 터져 나오는 소리며 잡다한 소음이 마치 하나의 기계적인 교향곡처럼 들렸다.

엔진과 친해지는 기쁨을 맛본 나는 곧 다음 관심사에 봉착했다. 바로 전자 기술과 음악이었다. 20대에 나는 음악계에 둥지를 틀었다. 남들에게 없는 요상한 기술적 능력으로 큰돈도 벌게 됐다. 처음에는 동네 밴드들과 어울렸다. 그게 점점 더 큰 무대로 나가는 계기가 됐다. 1970년대 중반에는 부모님이 교수로 재직했던 매사추세츠 대학 내 여러 큰 프로덕션에서 엔지니어로 일하게 됐다. 이를 통해 영국에서 갓 진출한, 핑크 플로이드의 음향 담당 회사인 브리타니아 로 오디오 사와 만나게 된 거다. 미국으로 실려 온 산더미 같은 기계들을 수리하는 일이 내게 맡겨졌다. 이를 성공적으로 마치자, 이번에는 멋진 특수효과를 맡을 기회를 주었다. 몇 년 뒤에 나는 록밴드 키스의 트레이드마크가 된, 불이 뿜어져 나오고 로켓처럼 발사되는 기타를 디자인했다. 그렇게 나는 큰돈을 벌게 됐지만, 여전히 외톨이였다. 그런데 갑자기 이상한 처지에 놓였다. 내 기술적 성공이 꽤나 눈에 띄었는지, 수많은 젊은이들이 내가 하는 일을 원했다. 유명 음악가들을 위해 기타를 만들고, 그 기타가 매디슨스퀘어가든 같은 큰 공연장에서 연주되는 걸 보는 것 말이다. 사람들은 내게 "맙소사, 정말 부럽군요!" 하고 말하곤 했다. 나는 그들이 이상했다. 그 모든 것에 별로 개의치 않았기 때문이다. 오히려 사랑받고 인기를 얻는 것과 맞바꾼 대가라고 생각했다.

그때는 몰랐지만, 그게 자폐의 숨겨진 부작용이었다. 결과적으로 나는 내가 패배자라는 생각에 음악계를 떠나고 말았다. 사람들이 내 작품을 어떻게 보는지, 나에 대해 어떻게 생각하는지도 정확히 몰랐던 거다. 처음 동네 밴드와 일했을 때는 뭔가 동료애를 느꼈다. 하지만 그런 감정은 좀 더 유명하고 화려한 밴드와 일하게 되면서 사라졌다. 순회공연을 다닐 때도 나는 늘 혼자거나 방에 처박혀 있었다. 공연이 없을 때는 홀로 실험실에서 기계를 만들었다. 10대 때 나를 환영했던 음악계는 20대가 되자 나를 혼자 내버려두는 듯했다.

그래서 나는 잠시 전자 장난감 및 게임을 만드는 밀턴브래들리 사에서 직장 생활을 했다. 그 후에는 정부 계약자들에게 자문을 하거나, 레이저 제조업체의 하청 엔지니어링 회사에서 파워시스템을 작동하는 일을 했다. 기술적인 부분은 재미있었다. 하지만 사람을 대하는 건 쉽지 않았다. 사람들은 내가 엉뚱하고 기분 나쁜 말을 잘한다고 지적했다. 내 말실수로 문제가 된 적도 몇 번 있었다. 나는 '훌륭한 엔지니어'로 불리길 원했지만, '괴짜'가 내 별명이었다. 내가 만든 회로는 슈퍼스타 급의 인기가 있었다. 하지만 상관들은 내가 남의 실수를 지나치게 잘 지적하고, '팀 플레이어'가 못 된다고 했다. 직장 생활을 해나갈수록, 꼭대기에 올라가는 사람들은 나와는 정반대의 부류임을 깨달았다. 대인관계 능력과 감정적인 교묘함이 고위직을 만들었다. 매니저라면 생각하는 것과 말하는 것을 달리 할 줄 알아야 했다. 때로는 필요에 따라 가식적으로 굴어야 했다. 내게 전혀 없는 능력들이었다.

결국 두 번의 해고와 한 번의 경고가 있은 후, 나는 회사를 그만뒀다. 그리고 이번엔 전자 기술 쪽을 떠나 자동차 쪽으로 관심을 돌렸다. 자동차는 훨씬 더 안전한 선택이었다. 혼자 일할 수 있고, 나를 해고할 사람도 없었으니까. 또 사내 정치에 신경 쓰지 않아도 됐다. 나와 자동차만 존재할 뿐이었다. 물론 고객들의 질문에 답은 해줘야 했다. 하지만 설령 고객 한 명이 화나서 가버린다고 해도 고객은 늘 있었다. 전혀 헤아릴 수 없는 상관 한 명보다는 훨씬 덜 위험했다.

처음에는 집 앞 차고에서 벤츠나 랜드로버 차량을 수리했다. 하지만 점차 사업이 커지면서 스프링필드의 더 큰 상업용 차고로 옮길 수 있을 정도가 됐다. 점점 일감이 많아지자 나는 직원도 두었다. 별안간 내가 사장이 된 것이다.

나는 스물다섯 살이 되기 직전, 고등학교 때 친구인 메리 리 트롬케와 결혼했다. 나는 그녀를 '작은 곰'이라는 별명으로 불렀다. 체구가 작고 호전적인 성격이어서 그랬다. 그녀는 나의 가장 친한 친구이자 때로는 유일한 친구였다. 서로 자주 싸우기는 했지만, 우리는 어려서 모난 성장환경을 겪은 공통점으로 깊은 유대감을 느꼈다. 어쨌든 결혼 초기에는 그 감정만으로도 충분히 어려움을 헤쳐갈 수 있었다. 몇 년 뒤에는 아들을 낳았다. 내 조부를 기리기 위해 잭이라고 이름 지었다. 하지만 나는 늘 그 애를 '커비' 아니면 '아기 곰'이라고 불렀다.

우리 아들이 건강히 잘 자라나는 걸 지켜보는 것만큼 좋은 일은 없었다. 난 늘 "우리 애가 나보다 얼마나 더 잘났는지 몰라." 하고 주변에 말하고 다녔다. 물론 사실이었다. 하지만 커비도 놀이터나 학교에서는 어려움을 겪었다. 동네 놀이터에서 친구를 잘 사귀지도 못하고, 힘센 또래 애들에게 무시당하곤 했다. 그런 모습을 보니 내 어린 시절의 아픈 기억이 떠올랐다. 나는 내 경험을 바탕으로 아이에게 이렇게 저렇게 코치를 해주었다. 다행히 효과가 있었다. 학교에 들어가서는 친구들을 사귀기 시작한 거다. 내가 결코 해내지 못한 일이었다.

커비는 학업에서도 어려움을 겪었다. 숙제를 하고 읽기를 하는 데 진을 빼는 모양이었다. 아이 엄마와 내가 최선을 다해 도우려 했지만 큰 효과는 없었다. 뭔가 확실히 문제는 있는데, 그게 뭔지 도통 짚어낼 수가 없었다.

그즈음에 나는 수리소의 고객이던 한 치료사로부터 내가 자폐의 일종인 아스퍼거 증후군일지 모른다는 귀띔을 받았다. "요즘 정신의학계에서 화제인 새 병명인데, 사장님이 완벽하게 그 모델인 것 같군요." 그러고는 내게 책 한 권을 건넸다. 호주의 심리학자인 토니 애트우드의 『아스퍼거 신드롬』이라는 책이었다. 그런 제안을 받은 충격에서 벗어나자마자, 나는 책을 읽기 시작했다. 열 장 정도 읽었을까? 나는 그의 추측이 옳았음을 깨달았다. 아스퍼거가 무엇이든, 그게 내 증상이었다.

커비를 볼 때면, 나는 그 애도 나와 같은 증상이 있음을 느꼈다. 그래도 여전히 나는 그 애가 나보다 낫다고 믿었다. 처음으로 밀려드는 자각 속에서, 나는 아이만은 아스퍼거여서는 안 된다고 굳게 믿었다.

'그 애는 그런 쪽으로는 나와 전혀 달라.' 나는 고집했다. 하지만 속으로는 그 애도 아스퍼거임을 알았다. 10년 뒤에야 커비는 정식으로 아스퍼거 판정을 받았다. 하지만 내 경우처럼 처음부터 증상은 쭉 있었다.

요즘 종종 "내 아이가 자폐 판정을 받으면 견딜 수 없을 것 같아요."라고 말하는 이들을 만나곤 한다. 그런 말을 들으면, 내 자폐는 인정하면서도 아이의 판정은 부인했던 내 모습이 떠오른다. 오늘날이야 내 자폐 판정으로 해방감을 느끼고 힘도 얻지만, 그 사실을 깨닫기까지는 꽤나 오랜 시간이 걸렸다.

한편, 나는 자폐와 아스퍼거에 대한 공부를 계속했다. 내 증상을 '작은 학자 증후군Little Professor Syndrome'이라고 부르는 의사들도 있었다. 아스퍼거 증후군 아이들은 자신의 관심사에 대해 굉장히 정확하고 세세하게 말하는 버릇이 있기 때문이다. 거의 집착에 가까운 수준의 관심을 보인다고 했다. 딱 내 이야기였다. 이걸 도대체 어떻게 받아들여야 하나 싶었다.

행복감을 느껴야 할까? 아니면 슬픔을? 마음이 놓여야 하나? 이 모든 게 뒤섞인 감정 이상의 감정이 밀려왔다. 자폐와 아스퍼거에 대해 알게 된 건 내게 큰 사건이었다. '내가 왜 남과 다른가?'에 대한 합리적인 설명이 되었기 때문이다. 내가 이상한 게 아니라 남과 다를 뿐이라는 건 꽤나 고무적인 생각이었다. 하지만 그 생각이 완전히 자리 잡기까지는 몇 년의 시간이 걸렸다. 아스퍼거인의 일반적 증상에 대해 읽어나가면서 내 행동을 새로운 각도에서 돌아보게 되었다. 왜 내 행동에 남들이 부정적인 반응을 보였는지가 명확해졌다.

하지만 뇌과학적인 이론을 알게 되었다고 평소의 내 바보 같은 행동이 모두 지워지는 건 아니다. 자각이 점차 심화되면서 문제가 생기는데, 옛날 일을 떠올리면서 부끄러움에 치를 떨게 되는 거다.

90년대 초에 나는 스프링필드에 완전히 정착해 수리소 사업을 성공시키는 데 온 힘을 쏟았다. 하지만 업계의 불황과 호황이 교차되면서, 사업은 흔들릴 때도 있었다. 내 자신감도 같이 흔들렸다. 차를 수리하는 건 간단한 일이었다. 잘하는 일이기도 했다. 하지만 기술적인 능력만으로는 충분치 않았다. 차뿐만 아니라 차 주인들의 비위를 잘 맞춰야 성공이 가능했다. 나는 그 방면에는 상당히 서툴렀다. 한편 내 아내 작은 곰은 공상과학 소설과 대학원 공부에 푹 빠져 있었다. 새벽 늦게까지 공상과학 소설을 읽는 그녀를 발견하곤 했다. 낮에는 인류학 박사 공부를 하느라 중앙아메리카 문화에 심취해 있었다. 점점 아들을 제외하고는 우리 사이에 공통점이 없어져가는 느낌이었다. 결국 커비가 초등학교 3학년이 되던 해에 우리는 이혼했다.

결혼의 비참한 말로는 내게 큰 충격을 안겼다. 내게 결혼은 정상적인 성인으로 가는 큰 관문과도 같았다. 그게 원위치 상태가 되니, 나는 완전한 실패자에 사회 부적응자가 된 느낌이었다. 항상 기분이 조금 좋아질 만하면 무언가가 와서 나를 쓰러뜨리려는 것 같았다.

그 기간 동안 나는 애트우드의 책을 붙잡고 있었다. 책이 너덜너덜해질 때까지 읽고 또 읽었다. '나를 정상으로 만들어야겠어.' 나는 다짐했다. 아스퍼거인 나는 일상에서 놓치는 게 많았다. 예를 들어 사람들이 서로에게 보내는 무언의 사인 같은 것 말이다. 물론 그 사실을 책으로 알았다고 해서 새삼 타인의 사인을 눈치 채게 되는 건 아니었다. 하지만 내 행동이 변화하도록 노력할 수는 있었다. 나는 남들이 본능적으로 깨닫는 사회적 행동을 흉내 내기로 마음먹었다. 노력은 점점 성공을 거뒀다. 덩달아 스스로에 대한 인식도 좋아졌다. 하지만 늘 한 줄기 슬픔이 밀려와 자신감을 갉아먹었다. 나의 본질은 그대로이며 내 행동도 변할 수 없다는 걸 알았기 때문이다. 좀 더 적절하게 행동해 남의 인정을 얻을 수는 있겠지만, 역시 난 남들과 달랐다. 사회적으로는 거의 바보나 마찬가지였다.

몇 년이 흐르자, 상황이 조금 나아지기 시작했다. 마사 슈에트라는 새 여자 친구도 생겼다. 점점 둘이 같이 보내는 시간이 늘어났다. 그녀는 전 부인과는 정반대였다. 전 부인이 큰소리를 낼 상황에서 조용해졌고, 엉망인 부분에서는 깔끔했다. 그녀는 아버지의 사업장에서 프리랜서로 일하며 컸다고 했다. 이제 그녀는 인터넷이라는 새로운 공간에 '로비슨 서비스'의 존재를 알리는 일을 기꺼이 돕겠다고 했다. 다행히 커비는 그녀와 잘 지냈다. 마사가 함께 살게 되면서, 삶은 새로운 안정을 찾는 듯했다. 커비는 내 집과 엄마의 집을 번갈아 오가며 지냈다.

2003년에 나는 마사와 결혼했다. 우리는 애머스트에 새 집을 지었다. 커비가 내가 다녔던 고등학교에 다니도록 하기 위해서였다. "우리 주에서 손꼽히는 학교지요." 사람들은 내게 말하곤 했다. 나는 30년 전인 중학교 3학년 무렵에 나를 내버린 그 학교에 대한 기억을 밀어두려 했다. '커비는 나보다 나으니까. 내가 하지 못한 일도 그 애는 해낼 거야.' 나는 되뇌었다.

그 와중에 사업은 날로 번창했다. 손님을 잃지 않으려고 나는 대인 기술도 점점 익혔다. 회사는 조금씩 커갔다. 게다가 애트우드의 책에서 얻은 충고 덕에 친구들도 사귀게 됐다. 물론 인기인이 됐다는 건 아니다. 하지만 행동에 변화를 주고 나니, 어렸을 때보다는 1천 배 정도 인기가 있어졌다. 상대에게 반응을 보이고, 적절한 말을 하고, 상대의 기대에 맞게 행동하려고 노력했다.

나는 이 모든 긍정적 변화를 자폐에 대한 자각 덕으로 돌렸다. 내 삶의 미스터리가 비로소 풀리는 듯했다. 이제 사람들을 나를 보고 '그저 좀 특이할 뿐'이라고 넘겨짚는다. 그전에는 거의 제정신이 아닌 걸로 봤다.

그제야 나는 사회에 환원할 때라고 느끼고, 여러 곳을 찾아다녔다. 그중 '브라이트사이드Brightside'는 어렵거나 위험한 가정 형편의 아이들을 위한 공동 가정이다. '남과 다른' 10대 아이들에게 강연을 하는 건 그 애들과 나에게 모두 만족스러운 경험이었다. 어딜 가든 나는 같은 메시지를 받았다. 사람들은 '희망'을 원한다는 것! 나쁜 형편(그 정의가 뭐든 간에)의 사람이 좋은 형편으로 변하는 걸 보고 싶어 한다는 거였다. 나는 나처럼 자폐 증상을 가진 아이들에게도 얘기를 들려주고 싶었지만 그 방법을 찾을 수 없었다. 그래서 책을 쓰기로 결심한 거다. 그리고 그 결심이 모든 걸 바꿔놓았다.

아스퍼거에 대해 알고 내 이야기를 세상과 나누는 건 정말이지 내 인생의 큰 전환점이 됐다. 이제 앞으로의 TMS 여정도 또 다른 전환점이 되어주지 않을까?

의료용 자기장

"뇌를 하나의 전자기 기관이라 생각해봅시다. 우리는 그 기관에 소량의 전기를 주입해 밸런스를 맞추려는 겁니다." 알바로 파스콸-리온 박사를 처음 만난 날 저녁 식사 자리에서 그는 내게 이렇게 말했다. 그로부터 몇 주 전에 린지를 엘름스 칼리지에서 만났을 때, 그녀는 후일 다 함께 만나자고 했었다. 그래서 내가 제일 좋아하는 보스턴의 레스토랑에서 우리가 만나게 된 거다.

알바로는 내 나이 또래였는데, 보통 체구에 교수직에 걸맞은 트위드 재킷을 입고 있었다. 그는 신경과 전문의이자 뇌과학자이기도 했다.

언젠가 내 친구 리처드•가 뇌과학자들에 대해 주의를 준 적이 있다. "의사들 중에 제일 차갑고 비인간적이라니까. 그저 다른 사람의 마음에다 실험을 하려는 거야. 나중에 그 사람이 어떻게 되든 신경도 쓰지 않는다고." 나는 그 경고에 눈썹을 찌푸렸다. 평소 타인의 비언어적 메시지, 이를테면 '지루하군.' '흥미진진한데!' '이제 그만 여기서 나가지?'와 같은 것은 하나도 알아채지 못하는 사회적 망각에 시달리는 내가 아닌가. 하지만 '자기 보호'라는 분야에 있어서만은 감각이 남 못지않았다. 위험 상황과 위험한 사람을 감별해내는 내 감각은 사실 상당히 뛰어났다. 하지만 이 뇌과학 실험 앞에서는 내 레이더가 잠잠했다. 리처드의 말이 실제 근거가 있는지, 아니면 공포 영화의 한 장면을 재현한 것뿐인지 의아했다.

알바로 박사를 직접 만난 나는 리처드의 경고가 기우였음을 이내 알았다. 그는 따뜻하고 친근한 사람이었다. 그는 자신의 친척 한 명이 나보다 더 심각한 자폐 증상을 가지고 있다고 말했다. 사람을 잘 읽지 못하는 나조차도, 그가 이타적이고 연구에 열정을 갖고 있음을 알 수 있었다. 나는 곧 그를 신뢰하게 됐다.

알바로는 스페인 출신으로 하버드에 몸담고 있었다. 그는 의학과 철학 박사학위를 보유한 뇌과학 분야의 권위자였다. 20여 년간 최고의 대학병원들에서 일한 경험도 있었다. 나는 이런 이력을 지닌 사람이라면 다소 거만할 거라고 생각해서, '파스콸-리온 박사님'이라고 불리기를 좋아할 거라고 짐작했다. 하지만 그는 첫 만남에서부터 친근하고 격의 없이 굴었다. 게다가 리갈시푸드 레스토랑까지 몸소 와주지 않았는가.(물론 나처럼 해산물을 정말 좋아하는지도 모를 일이지만) 어쨌든 그의 놀라운 이력에도, 그는 내게 그저 알바로였다. 오버만 박사가 내게 린지였듯이. 그들은 내 질문에 번갈아가며 열심히 답했다. 물론 주도하는 쪽은 알바로였다. 그는 약간의 스페인 억양이 섞인 말투로 세세히 답변했고, 나는 그의 말에 귀 기울였다.

새우와 황새치 요리를 먹으면서 알바로는 내게 TMS가 무엇이며 어떻게 작동하는지, 어떻게 그가 TMS에 관여하게 됐는지 말해주었다. 또 TMS가 타인의 감정적 사인을 읽는 데 어려움을 겪는 나를 어떻게 도울지도 설명했다.

그에 따르면 사람의 뇌는 하나의 전자기 매트릭스와 같다고 한다. 하나의 뇌세포 및 뉴런이 미세한 선과 세포 결합들로 이루어진 미로를 통해 다른 수만 개의 뉴런과 연결되는 형태인 것이다. 전자 기술에 익숙한 사람이라면 컴퓨터의 회로 기판 트레이스circuit board traces와 게이트gates를 뇌의 축색돌기, 수상돌기, 시냅스와 비교해 생각할 수 있을 것이다. 하지만 뇌의 전기회로망은 컴퓨터보다 훨씬 더 복잡하다. 사람이 만들 수 있는 가장 큰 용량의 전자칩이라고 해봤자 한 기판에 몇 백만 개의 트랜지스터가 장착될 뿐이다. 그런데 인간의 뇌는 약 860억 개의 뉴런으로 구성된다. 또 각각의 뉴런은 수백, 수천 개의 연결을 갖는다. 이를 다 세는 건 밤하늘의 별을 세는 것과 비슷할 거다. 끝도 없을 테니까.

그 규모를 한번 가늠해보자. 생각할 수 있는 가장 작은 물체가 소금 알갱이 하나라고 가정해보라. 대략 소금 한 알갱이는 그 지름이 1인치(2.54센티미터)의 4천분의 1 정도가 될 거다. 즉 소금알갱이 250개를 죽 늘어놓아야 자로 쟀을 때 겨우 1인치가 된다. 일반적인 뉴런은 소금 알갱이 하나의 10분의 1 정도 크기다. 말하자면 인간의 뇌 속은 1제곱인치의 면적마다 최소 1만 개 정도의 뉴런으로 가득 차 있는 셈이다. 3차원적으로 쌓아 올린다고 가정하면, 뇌의 1세제곱인치마다 10억 개의 뉴런이 있는 것이다. 그리고 그 10억 개의 뉴런은 각각 인간의 사고와 밀접하게 연관돼 있다. 이 3차원적 설명이 바로 인간의 뇌가 컴퓨터와 다른 점이다. 컴퓨터 칩은 3차원적 포장 속의 2차원적 기기이니 말이다. 컴퓨터 속 대부분의 공간은 텅 비어 있다. 하지만 인간의 뇌 속은 빈틈없이 뇌세포로 가득 차 있다. 셀 수도 없을 정도로 수많은 뇌세포로 말이다.

뇌의 축색돌기와 수상돌기는 뉴런을 상호 연결시키는 전도성 실conductive thread과도 같으며, 시냅스에서 접합한다. 뇌 속의 이 '살아 있는 전선 체계'는 사고를 뇌의 한 지점에서 다른 지점으로 전달한다. 동시에 전자유도electromagnetic induction 과정을 통해 외부의 전기 에너지를 모은다. 아마 학교에서 과학 시간에 전자유도에 대해 배운 적이 있을 거다. 선생님이 전선 한 다발 옆에서 자석을 흔들면, 자석의 움직임이 전선 안에 에너지를 유도해내 전선을 움직이게 한다. 인간의 뇌 속에는 수천 킬로미터 길이의 미세한 전선wire이 뉴런들 사이사이에 매달려 있어서 전자기 방사선electromagnetic radiation을 받아들일 수 있다.

"사람의 머리 옆에서 강력한 전자기를 진동시키면, 뇌 속에서 같은 현상이 일어나죠." 알바로가 설명했다. "뇌 속의 미세한 실에 작은 전류를 유도해내는 겁니다. 유도된 전류는 그 극성과 패턴에 따라 우리가 타깃으로 하는 뉴런의 기능을 강화하기도 하고 억제하기도 합니다. 전기장을 강하게 할수록 그 효과도 더 집중적으로 작용하게 돼요."

그의 설명을 듣고 있자니, 문득 예전에 TMS에 대해 읽었던 기억이 떠올랐다. 『뉴욕타임스』의 〈하루 동안 천재 되기〉라는 기사에서였다. 기자인 로렌스 오즈번은 앨런 스나이더 박사의 호주 소재 연구실에서 TMS를 경험한 후에 그림을 더 잘 그리게 됐다고 주장했다. 처음 연구실에 발을 들일 때 그는 원초적인 고양이 낙서 정도만 그릴 줄 알았다. 하지만 짧은 TMS 치료를 받고 나자, 마치 예술가처럼 그림을 그리게 됐다는 거다. 그는 "아무런 지도도 받지 않았는데, 단 몇 분 만에 갑자기 능숙한 예술가처럼 고양이를 그릴 수 있게 됐다. 분명 그림 실력이 꽝이었는데……."라고 했다고 기사는 전했다.

하지만 그 재능은 이내 사라져버렸다고 한다. 어느 누가 이런 걸 시도해보고 싶지 않겠는가? 이후에도 자신의 TMS 경험에 대해 쓴 이들이 몇 있었다. TMS가 어떻게 언어, 시력, 창의력, 기분 등을 바꿔놨는지에 대해서였다. 물론 이런 글들은 나중에 접했다. 어쨌든 신문기자를 몇 시간 동안 훌륭한 예술가로 탈바꿈시켰다는 게 굉장히 인상 깊었다. 그런데 나 같은 사람에게는 TMS가 어떻게 작용할까? 오즈번의 경험은 영구적인 게 아니라 그저 잠깐 동안의 의학적 마술에 불과했다. 과연 알바로가 말하는 대로 TMS가 자폐 증상을 고칠 수 있을까? 그 효과가 영구적일까?

알바로는 뇌 각각의 부위가 서로 다른 기능을 담당한다고 했다. 정교한 TMS 기술로 뇌의 어떤 국소 부위도 타깃으로 삼을 수 있다는 것이다. 예를 들어 뒷머리의 시각 피질을 자극하면 눈앞에 별이 번쩍하겠지만, 전두엽의 특정 부분을 자극하면 우울증을 완화시킬 수 있다. 그가 내게 참가를 권유하는 실험은 전두엽의 다섯 부위를 타깃으로 한다고 했다. 모두 감정과 언어를 담당하는 부분이었다. "자폐인들은 그 부위가 다르게 작동할 수 있다고 보거든요." 내가 그 타깃 부위에 대해 더 자세히 설명해달라고 하자, 알바로는 연구가 끝날 때까지 기다려달라고 답했다.

전두엽은 인간의 많은 기능에 관여한다. 주로 언어, 논리, 의사결정과 같은 고등 사고 과정이다. "자극 부위가 1인치만 어긋나도 결과는 매우 달라질 겁니다." 알바로가 말했다. "TMS의 영향은 상당히 복잡할 거예요. 한곳에 자극을 주면 다른 연결 부위로 그 효과가 전이될 수 있거든요. 그러면 결과 예측이 상당히 힘들어지죠." 알바로는 인간의 뇌는 좌우로 나란히 연결돼 있다고 했다. 좌뇌의 한곳에 자극을 강화하면 그에 대응하는 우뇌의 해당 부분은 둔화될 수도 있다는 뜻이었다. 어쨌든 그와 그의 연구팀은 그렇게 믿는다고 했다. 그는 TMS로 전체 뇌 질량의 1퍼센트 정도 되는 작은 부위에 자극을 줄 수 있다고 했다. "TMS 말고 그렇게 할 수 있는 다른 기술은 현재 없어요."

이제 본론으로 들어갈 때였다.

"그래서 그 기술로 나 같은 자폐인을 도울 수 있다는 겁니까?"

알바로의 대답은 꽤나 간단했다. 나는 어안이 벙벙해졌다.

"자폐인들은 타인이 표출하는 무언의 사인을 읽는 데 어려움을 겪죠. 통상적으로 이들은 뇌에 그런 기능을 담당할 전선이 없다고 해요. 뇌 속의 연결이 너무 복잡하게 뒤엉켜서 그렇다고 보는 연구자들도 있고요. 또 전선이 없는 데다가 연결도 잘못됐다는 의견도 있죠.

우리는 이렇게 봅니다. 전선은 있는데 제대로 작동을 하지 않을 뿐이라고요. TMS로 감정을 담당하는 선을 작동시키려는 게 우리의 목적이에요. 감정을 되살리는 거죠. 감정을 담당하는 네트워크가 전두엽에 있다고 보고, 몇 부분을 타깃으로 잡아 실험하려는 겁니다."

내가 제대로 이해한 걸까? 그는 내가 평생 꿈꾸던 능력을 얻을 수도 있다고 말하고 있었다. 사실 그 능력은 내 안에 존재했고 작동되기만을 기다리고 있다고. 나는 이를 시험해보고 싶은 마음에 안달이 났다.

"그리 오래 기다리지 않으셔도 될 거예요. 몇 주 안에 실험을 시작할 테니까요." 린지가 말했다.

사실 처음에 이들이 나를 저녁 식사에 초대한 목적은 내가 강연을 통해 연구를 다른 이들에게 소개해주길 바라서였다. 실험에 참여할 자원자들을 찾기 위해서다. 물론 나도 호기심이 발동해서 초대에 응했고 말이다. 하지만 디저트를 다 먹고 났을 때, 나는 강연에서 실험에 대해 소개하는 건 물론이고 스스로도 참여하겠노라 마음먹고 있었다.

● 사생활 보호를 위해 가명을 사용했다.

왜 변화가 필요할까?

"지금의 당신이 어때서 그래요?" TMS 연구에 관한 책을 읽느라 여념이 없는 나를 보고 마사와 커비가 깨낸 첫마디였다. "지금도 충분히 괜찮다고요." 내가 보는 나와 남이 보는 나에 상당한 차이가 있는 모양이었다. 나는 스스로를 '잘 잊어버리고 무신경하며 은근히 거만한 사회적 실패자'라고 봤지만, 사람들은 나를 '성공한 사업가, 자동차 애호가, 가정적인 가장, 작가'로 보는 것 같았다.

게다가 나를 사진작가로 여기는 사람들도 있었다. 어딘가 창의적인 예술가로 말이다. 커비가 어렸을 때, 나는 이미지를 만들어 출력하는 취미가 있었다. 그리고 거기에 꽤 소질이 있는 듯했다. 어쨌든 공연 업계 사람들은 내 작업에 상당한 호감을 가졌다. 그러다 사진작가로서 음악과 공연 무대에 발을 들일 두 번째 기회를 얻게 됐다. 몇 년이 지나자 음악가, 서커스 곡예사, 심지어 주州의 큰 축제 관련자들도 내가 만든 이미지를 썼다. 커비가 내 조수로 일한 적도 있었다. 사진작가로서 성공을 맛보자, 나는 왜 사람들이 내가 스스로를 실패자로 보는 걸 의아해하는지 알 것 같았다. 하지만 여전히 상실감은 사라지지 않았다.

내가 보는 나와 남이 보는 나 사이의 차이를 깨달은 건 처음 책을 출간했을 때였다. 내 지인들도 책을 읽었는데, 그중 밥 제프웨이는 내 오랜 친구였다. 제프와 나는 70년대 말에 밀턴브래들리 사에서 전자 게임을 고안하는 일을 하는 동료로 처음 만났다. 공동 관심사도 있는 데다, 둘 다 괴짜 같은 성격이라 우리는 그 이후 쭉 친구로 지내왔다. 그런데 밥의 아내 설레스트가 책을 읽더니 상당히 인상 깊은 말을 했다. "맙소사! 존, 30년 동안이나 알고 지냈지만, 속으로 그렇게 생각하는지 꿈에도 몰랐네요. 항상 자신감 넘치고 안정돼 보였거든요." 게다가 밥은 자신도 어렸을 때 따돌림을 당했다고 털어놓았다. 그 기억을 더듬기만 해도 울음을 터트릴 것처럼 보였다. 하지만 오늘날의 밥을 볼 때 그런 과거는 상상도 되지 않는다. 나는 그제야 깨닫기 시작했다. 아무도 남의 속사정은 모른다는 것을.

"만약에 그 기계가 당신을 완전히 바꿔놓으면 어떡해요? 더 이상 나도 커비도 좋아하지 않게 되면요?" 마사는 그게 가장 두려운 모양이었다. 그녀도 평생 우울증을 앓아온 터였다. 그러니 늘 부정적인 면만 끄집어내곤 했다. 물론 나는 그녀의 그런 면에 익숙했다. 나는 종종 '우울증을 앓는 사람들은 무슨 일이든 자신이 원하는 방향으로 왜곡하지 않고 오히려 있는 그대로 보는 게 아닐까?' 하고 생각하곤 했다. 어쨌든 나는 마사가 말하는 최악의 상황이 벌어질 가능성을 점쳐봤다. 하지만 아무리 생각해도, 뇌를 자극한다고 해서 싫었던 사람이 좋아지거나 친구들에게 갑자기 등을 돌리게 될 것 같지는 않았다.

대부분의 10대들이 그렇듯이, 커비도 대개 무신경했다. 열여덟 살에는 화학 수업 시간에 만난 여자 친구에게 폭 빠져버렸다. 그래서인지 내가 하는 어떤 말보다 최신 유기화합물에 더 신경을 썼다. 마사와 나는 그 애에게 그저 돈줄, 통학차량, 휴대폰 서비스 업체 정도의 의미에 불과했다. 물론 나는 평생 사람들로부터 "전혀 신경을 쓰지 않으시는군요." 또는 "정말 무관심하시네요."라는 말을 들어왔다. 사실은 속으로 무척 신경을 썼는데도. 그게 내가 배운 자폐 증상 중 하나다. 사실은 무척 강한 관심이 있는 것에도 무신경한 듯 보이게 행동하는 것 말이다. 늘 커비가 나보다 낫다고 말했지만, 그 점에서는 그 애도 나와 같은 게 아닐까 의문이 들었다. 아니면 정말로 무신경한 걸지도 몰랐다. 아무튼 알 수 없었다.

내 전 부인 작은 곰도 우려를 비쳤다. 커비가 연구에 대해 말한 모양이었다.(어쨌든 내 말을 듣기는 하나 보다.) 사실 그녀는 내 자폐 진단 자체를 탐탁지 않아 했다. 그저 내 태도 불량에 대한 핑계가 아니냐는 거였다. 테스트까지 거쳤다고 했지만 막무가내였다. 그러니 알바로 연구팀 따위에는 신경도 쓰지 않았다. 내가 자폐에 대해 입만 벙긋해도, 화를 내거나 무시해버렸다. 사실 감정적 본능이 뛰어난 사람이면 그녀도 뭔가 켕기는 게 있어 그랬음을 눈치 챘을 거다. 어쨌든 그녀가 하도 소리를 질러대는 통에 나는 얘기를 접을 수밖에 없었다. 희한한 운명의 장난일까? 그로부터 5년 후, 그녀도 자신이 자폐 스펙트럼 장애임을 알게 되었다. 하지만 당시에는 그런 자기 성찰이며 자폐에 대해 수용하는 일이 먼 나라 얘기일 뿐이었다.

이혼한 지 몇 년이 흘렀건만 아직도 우리는 날이 서 있었다. 사실 정식 이혼 전에 마사를 사귀기 시작한 데다, 재혼해서 애머스트에 새 집을 지었으니 무리도 아니다. 게다가 커비는 최종적으로 나와 살기를 택했다. 커비의 학교 때문에 애머스트로 이사했지만, 커비는 결국 11학년 때 자퇴를 하고 말았다. 꼭 30년 전의 나처럼. 그래도 여전히 커비는 나랑 마사와 함께 지냈고, 전 부인은 이를 영 못마땅하게 여겼다.

내가 커비만 했을 때, 나는 전자 기술에 온 열정을 쏟았었다. 커비의 관심사는 유기화학이었다. 커비가 여섯 살 때, 나는 그 애가 영영 글을 읽지 못하게 될까 봐 겁이 났다. 열 살이 되자, 학교 심리치료사는 그 애에게 학업 장애가 있다고 했다. 이제 갓 성인이 되는 커비는 그 장애를 많이 극복해냈다. 그리고 과학, 특히 유기화학에 심취했다.

어찌나 깊이 빠져 있었던지, 집안에 불화가 생긴 적도 있었다. 아마 유기화학을 좋아하는 아이들은 약물과 폭발물 중 하나는 꼭 실험을 거칠 거다. 커비는 폭발물을 택했다. 사실 전 부인이 로켓 모형에 관심이 있어 애초에 아이를 부추긴 면도 있었다. 열일곱 살이 되자 커비는 집 차고를 온갖 실험용 튜브와 화학약품으로 채우기 시작했다.

아이 엄마는 내가 그 애를 꾀어 갔다고 노발대발했다. 하지만 그렇지 않았다. 사실 나는 커비와 그 정신없는 과학 실험 때문에 많이 싸

웠으니까. "엄마 집으로 실험실을 옮기겠어요."라는 말이 그 애에게서 나올 정도였다. 몇 년 전부터 아예 그 집 근처에는 얼씬도 않더니 말이다. 그 때문에도 말싸움이 잦았다. 그래서 TMS 연구 얘기가 나오자, 오히려 끊임없던 말다툼이 줄어들었다.

작은 곰(나는 그녀를 아직도 그렇게 불렀다)은 내가 하는 모든 일을 탐탁지 않아 했으니, TMS도 마찬가지였다. 그녀는 "도대체 연구의 의도를 모르겠네요."라고 대꾸했다.

이렇게 가족들로부터 핀잔을 듣고 보니, '내 선택이 잘못이었나?' 하는 의문이 들었다. 하지만 잠시뿐이었다. 자기 발전을 향한 열망이 너무나 컸으니까. 평생 "너는 원래 그런 사람이야."라는 말을 들어왔다. 내가 자폐라는 사실이 밝혀지자, "자폐는 고칠 수 없어."라는 말도 수없이 들었다. 그래서 그저 할 수 있는 한 최선을 다하자는 생각뿐이었다. 남들과 다르고 사회적 능력에 문제가 있는 것도 내 일면이니까. 어쩌면 축복일지도 모르지 않은가.

마사와 나는 내 자폐 진단을 슬프지만 인정했다. 내 자폐도 그녀가 평생 앓은 우울증과 비슷하다고 생각했다. 마사는 모든 것을 슬픔으로 받아들이곤 했다. 그러니 어쩌면 우리는 비슷했다. 그녀는 우울증에서 벗어나려고 열댓 개의 약물 치료를 시도했었다. 하지만 아주 조금 나아졌을 뿐이다. 나는 강연과 책에서 자폐는 일종의 삶의 방식과 같다고 했었다. 질병이 아니라 그저 자신의 일부분일 뿐이니, 치료도 필요 없다고 말이다. 물론 여전히 그렇게 생각했다. 하지만 내 삶에서 가장 큰 고통을 안겨줬던 '사회적 무감각'만 완화시킨다면 나는 지금보다 더 나은 '최고의 나'로 변할 수 있다고도 믿었다.

결국 나는 마사의 두려움, 커비의 무관심, 전 부인의 의심 속에서 실험에 참가하게 됐다. 일단 변화와 발전의 가능성이 보이자, 이를 향한 나의 열정은 멈출 수 없었다.

마력

본격적으로 실험이 시작되기를 기다리는 동안, 나는 전자 기술에 대한 평소 지식과 알바로와 린지가 해준 말을 바탕으로 TMS 기기에 대해 이해하려고 무진 애를 썼다. 식당에서 만났을 때, 그들은 언제든지 이메일이나 전화로 질문하라는 말과 함께 내게 참고문헌을 한가득 추천했다. 뇌 기능을 향상시킬 무상 기술 지원이라니, 정말 괜찮은 제안이 아닌가. 생각할수록 나는 더 구미가 당겼다.

나는 평소 전자 기술과 친했기에 여느 사람들보다 TMS의 개념을 한결 친숙하고 덜 무섭게 느꼈던 것 같다. 그럼에도 나는 천성적으로 걱정이 많은 편이었다. 그래서 일단 우려되는 부분은 제쳐두고, 기술적인 면에 집중하려고 노력했다. 그리고 어떻게 하면 내가 이 연구에 더 많은 기여를 할까 생각했다. 연구원들은 내 도움이 필요 없을지도 모르지만, 자폐적인 내 마인드는 그런 걸 개의치 않았다.

동네 병원의 방사선과 의사인 내 친구 데이브 리프킨도 실험 얘기를 듣고 매우 흥미로워했다. 그는 지역 사회의 초석이고 나는 사회적 외톨이나 마찬가지였지만, 우리는 꽤나 잘 어울렸다. 둘 다 랜드로버 차량의 열성팬이고 아웃도어 활동을 즐겼다. 하지만 10년 가까이 친구로 지내면서 의학적인 얘기를 나눈 건 이번이 처음이었다. 대개 차종들을 비교한다든지 넘어진 나무를 치운다든지 하면서 시간을 보냈던 거다.

그런데 내가 의학 실험에 참가하게 될 줄이야. 의학은 데이브의 전문 분야가 아닌가. "정말 놀랍구먼. 그런 걸 시도하려 한다니. 뇌의 어느 부위를 자극하는지 말해줬나?" 데이브가 물었다.

알바로는 내게 전두엽의 몇몇 부위를 타깃으로 삼을 예정이라고 했다. 그중 한 군데 또는 전부가 내 감정적 잠재력을 열어줄 가능성이 있다면서. 물론 아무 소용 없을 수도 있었다. 원래 연구란 그런 거라고 알바로는 말했었다. 하지만 그가 내게 정확한 부위를 말해주지 않은 주된 이유는 따로 있었다. "질문에 대한 답을 회피하려는 건 아니지만, 사실은 너무 많이 알리고 싶지 않아요. 사전 지식이 실험에 영향을 줄 수도 있거든요. 우리의 제안대로가 아니라 온전히 TMS의 영향으로 나온 결과를 보아야 하니까요." 알바로가 말했다.

"인간의 뇌는 스스로 변화하는 놀라운 능력을 갖고 있어요. 그래서 연구에 대해 너무 많이 알고 나면 마음이 특정한 방향으로 굳어질까 봐 염려되는 거죠. 그럼 실험 결과가 왜곡될 테니까요." 그러면서 그는 최근의 실험 연구 사례를 이야기했다. 그 연구에서는 학생들을 두

팀으로 나누어 한 팀에게는 “여러분은 정말 특출하게 똑똑하고 재능이 있어요.”라고 말했고, 다른 팀에게는 “그저 평범합니다.”라고 이야기했다. 그랬더니 처음에는 비슷한 실력으로 출발했던 두 팀이 성과의 차이를 보이더니, 결과적으로 전자가 후자의 성과를 훨씬 웃돌았다는 거다.

두 팀의 차이는 순전히 마음가짐뿐이었다. 하지만 더 나은 성과는 실체였다. 그 말을 들으니 알바로 박사가 왜 타깃 부위를 내게 알리지 않는지 이해가 됐다. 나는 실험 종료 전까지는 자극 부위에 대해 묻지 않기로 했다. 또 실험의 내용을 누구에게도 발설하지 않기로 약속했다. “실험 후에 얼마든지 설명해드리지요.” 알바로는 장담했다. 나는 벌써부터 그 순간이 기대됐다.

내가 자초지종을 읊기자 데이브는 “아마 지금부터 뇌에 대해 공부해두는 게 좋을 걸세. 그래야 나중에 결과를 들을 때 잘 알아들을 수 있을 테니까.”라고 했다. 나도 그 말에 동의했다. 하지만 일단 내가 깊게 매료된 부분은 TMS의 전자 기술 쪽이었다. 데이브는 내 이런 관심을 의아해했다. “그 기계의 계통도schematic diagram를 안다고 치료에 무슨 설명이 되겠나? 자극을 주는 기계를 이해한다고 뇌 속의 작용이 더 잘 이해되는 것도 아니고 말이야. 엑스레이 기계를 이해한다고 다친 다리가 고쳐지는 게 아니잖나.”

아쉽지만, 그의 말이 맞았다. 그래도 나는 기계 생각을 멈추지 않았다. 실험 내에서 적어도 기니피그보다는 나은 역할이 되고 싶었다. 기술 쪽이 유용한 징검다리가 돼줄 것 같았다.

나를 이해해줄 사람을 찾아야 했다. 나는 또 다른 친구 밥 제프웨이에게 상황을 이야기했다. 하지만 엔지니어인 그는 훨씬 더 모험적이고 극단적인 생각을 갖고 있었다. "당연히 기술 쪽이 중요하지. 원리부터 이해해보자고. 가정용 기계를 만들어서 우리가 직접 실험해보는 거야. 의사가 뭐가 필요한가?" 밥은 말했다.

밥은 1만 달러짜리 전자 기계를 39.95달러짜리 축소 버전으로 만들어 토이저러스 같은 장난감 가게에서 팔 기발한 사고를 하곤 했다. 밀턴브래들리에서 일했을 때 함께 그런 비슷한 일을 했었다. 최초로 말하는 장난감을 만든 거다. 그 이후 그는 혼자서 그런 업무를 쭉 해왔다.

물론 그것도 재미있는 제안이었다. 하지만 나는 가정용 TMS 기계는 필요 없었다. 린지가 연구실에 얼마든지 들락거려도 좋다고 했으니까. "글쎄, 나중에 한번 생각해보지." 나는 밥에게 말했다. 그러고는 대체 내 뇌를 바꿀 전자기 진동을 발생시킬 TMS 기계가 무엇일까를 다시 궁리했다.

마음속으로 이런저런 계산을 해보고 책도 여러 권 읽었다. 그러자 실험을 위해서는 아주 강하게 작동하는 힘이 필요하다는 결론이 났다. 그 이유는 두 가지다. 첫째로 뇌세포들을 감싸고 있는 전선이 아주 미세하기 때문이다. 그런 작은 부위에 전류를 유도해내기란 힘든 일이다. 전자기 에너지는 주로 큰 구리 전선에서나 발생하니 말이다. 둘째는 TMS 기계의 전선과 활성화시키고자 하는 뇌세포 사이의 거리 문제였다. 방사상의 에너지radiated energy는 (그것이 전자기이든 음향이든

빛이든 간에) 에너지원에서 멀어질수록 약해진다. 예를 들어 발광 볼펜을 눈앞에 갖다 대면 못 견디게 눈부시지만, 어두운 큰 창고 안에서는 그 빛으로 앞을 제대로 보기도 힘들다.

거리가 두 배만큼 멀어지면 불빛은 4분의 1로 약해진다. 그게 내가 음악계에서 터득한 원리였다. TMS에도 비슷하게 작동하는 듯했다. 전문 사진작가와 극장 디자이너들이 사용하는 노출계로도 이런 원리를 알 수 있다. 빛이 나오는 곳에서 3미터 떨어졌을 때는 노출계가 100을 가리키지만, 6미터 떨어지면 25를 가리킨다. 마치 연못의 잔물결처럼 전자기장에서도 거리가 멀어질수록 에너지가 더 넓게 분산된다.

물론 TMS에서 말하는 거리는 1인치의 몇 분의 1 정도로 짧다. 하지만 그 원리는 같을 뿐 아니라 효과도 더 극적이다. 음악계에서는 스피커의 전자기장 성능을 측정할 때 표면에서 1밀리미터 떨어진 거리에서 측정했다. 그 정도에서는 성능이 매우 좋다. 하지만 2밀리미터만 돼도 성능은 4분의 1로 줄어든다. 4밀리미터의 거리에서는 6분의 1이었다. 25밀리미터(거의 1인치)에서는 아무리 강력한 스피커의 전자기장이라도 무용지물이 되고 말았다.

바로 그래서 고성능 음향 시스템 속 전자석의 크기가 그렇게 큰 것이다. 또 스피커 안의 전선이 전자석에 가까워야 하는 이유이기도 하다. 대형 콘서트 장의 음향 시스템은 중심에 전자석이 안착된 500킬로그램 무게의 스피커를 여러 대 둔다. 강력하게 응집된 전자기장의 영향력 내에 위치하려면 모든 요소들이 매우 밀접하게 연결돼야 한다.

아마 TMS가 성공적으로 작동하기는 그보다 더 어려울 거다. 전자기장이 내 머리카락, 피부, 두개골을 파고들어야 하니까. 그러려면 적어도 0.5인치 정도의 거리가 필요하다. 어떠한 고성능 스피커에서보다도 먼 거리다. 스피커의 전선을 전자석으로부터 그 정도의 위치에 떨어뜨리면 아마 전혀 작동하지 않을 거다. 그게 내가 TMS의 자기장이 음악 쪽에서 다뤘던 그 어떤 자기장보다도 강력할 거라고 보는 이유다.

음악을 할 때 나는 증폭기에 강력한 힘을 채워놓곤 했다. 그런데 전자기 에너지를 0.5인치 공간 너머로 전달하려면 그 100배 정도의 강화가 필요하다. 꽤나 강력한 파워가 아닌가. 그러고 보니 실험 자체가 위험할 수도 있겠다는 생각이 들었다. TMS 기계는 필요한 에너지를 얻기 위해 수천 볼트를 발생시킬 테니 말이다. 하지만 이런 생각도 들었다. '아무렴 병원용 기기인데. 전자기적 안정성이 최우선으로 고려됐겠지. 아마 기계 개발자가 충분히 안전하게 잘 만들었을 거야.' TMS 기기에 최대의 경의를 표하기로 마음먹은 거다.

'실제 실험은 과연 어떨까?' 하고 나는 또 상상의 나래를 펼쳐보았다. 아마도 작동 시에 전선이 '퍽' 하는 소리를 낼 정도로 파워 레벨이 높을 것이다. 그런 소리가 내 반응에 영향을 끼칠까? 열기는 어떨까? 전자기장이라면 뇌세포를 달굴 정도의 열기가 날 텐데. 좀 더 응집된 형태이긴 하지만, 전자레인지도 비슷한 원리로 작동한다. 그렇지만 나를 실험실에서 요리하려는 건 아닐 테니까. 사실 실험에 참가하지 않으려고 들었다면 스스로에게 별의별 핑계를 다 댈 수 있었다. 하지만 나는 조금도 망설이지 않고 덥석 뛰어들었다. 알바로는 하버드대의 교수이자 미국 내 최고 병원의 뇌 센터 책임자였다. 알바로와 린지 모두 헌신적이고 총명한 사람들이 분명했다. 이들 말고 또 누가 이보다 안전한 최고의 실험 설비를 쓰겠는가. 게다가 알바로는 TMS를 20년간이나 연구해왔다고 하지 않았는가.

그리고 무엇보다 내게는 그들의 연구 목표가 제일 소중했다. 그래서 나는 그들을 믿고 따르기로 했다. 내 몸이나 뇌를 구워 삶으려는 건 아닐 테니까. 살짝 실험자와 실험용 쥐 같은 모양새이긴 해도, 그저 함께 여정에 오르면 되는 거다. 그리고 발생한 에너지가 내 뇌에서 어떻게 작용하는지를 살펴보면 된다.

사전 동의

알바로와 린지는 내게 실험 시작 전에 연구실에 들르라고 청했다. 물론 나는 그러겠다고 했다. 인터넷으로 진즉에 TMS 설비 사진과 작동 원리에 대해서 찾아본 터였다. 이제 과학자들의 아지트에 직접 찾아갈 때였다. 그들과 저녁 식사를 하고 그 주말에 나는 애머스트부터 보스턴까지 차를 몰고 갔다. 고속도로를 나오자 언덕배기에 늘어선 쇼핑몰과 주차장 따위가 눈에 들어왔다. 길을 잘못 든 게 아닌가 걱정됐다. 그러나 곧 거리 양옆으로 넓은 대지가 펼쳐졌고, 높다란 빌딩들이 보였다. 멋진 병원 구내를 운전해 가자 베스 이스라엘 병원 입구가 나타났다. 나는 그리로 들어갔다.

안내원이 내게 뇌 센터로 가는 방향을 일러주었다. 1킬로미터쯤 걷자 드디어 목적지인 '비외과적 뇌 자극을 위한 베런슨-앨런 센터'가 모습을 드러냈다. 조용한 대기실의 벽에는 과학자들의 업적을 다룬 기사들이 그들에 대한 찬사 및 그들이 따낸 특허에 대한 기사들과 함께 액자에 담겨 빼곡히 걸려 있었다.

아무도 내가 들어온 걸 모르는 듯했다. 그래서 나는 복도를 따라 내려가며, 열린 문들 너머로 뭐가 보이나 살폈다.

"오셨군요!" 뒤를 돌자, 린지가 두 명의 동료와 함께 빠른 걸음으로 다가왔다. 나는 순간 도망가고 싶은 충동을 눌러야 했다. "이쪽은 셜리 팩토예요." 린지가 곁에 선 검은 머리 동료를 가리키며 말했다. "저처럼 포닥 과정을 밟고 있죠. 그리고 이쪽은 우리 연구실 조수 린이에요." 나는 아이폰을 꺼내 그들의 명찰을 사진으로 찍었다. 늘 사람들의 이름을 외우는 데 애를 먹는 나였기에, 그렇게라도 해야 누가 누군지 기억할 수 있을 것 같았다. 그들은 나를 약간 이상하다는 듯 쳐다보더니, 복도 끝에 있는 방으로 이끌었다. 모두 자리에 앉자 그들은 기대감에 가득 찬 얼굴로 나를 봤다.

"알바로 교수님은 오시는 중이에요." 린지가 말했다. 나는 사무실로 조용히 숨어 들어왔다고 생각했지만, 아마도 안내원이 미리 전화를 해둔 모양이었다.

나는 살면서 그 의과 사무실 안에서보다 더 큰 존중을 받아본 적이 없었다. 마치 유명한 외과 의사가 방문한 듯한 환대였다. '이런 대접을 받을 만큼 내가 한 게 있나?' 나는 잠시 생각했다. 그때 린이 내가 쓴 책을 언급했다. 내가 그들의 실험에 참가한 첫 성인 자폐인이자, 자폐의 경험에 대해서 책을 쓴 최초의 인물이라는 거였다.

그들은 모두 젊었다. 게다가 여태까지의 연구는 대부분 자폐 아동 및 청년들 대상이었다고 했다. 삶에서 성공을 거둔 중장년의 자폐인은 거의 없었다고 한다. 그러다 2008년 봄에 내 책이 출간됐는데, 꽤나 새로웠다는 거다. 그런 말을 듣자, '내가 무슨 말이라도 꺼내기를 기다리는 걸까?' 하는 생각이 들었다. 불현듯 60년대 소울 가수인 아치 벨처럼 무대에 올라가 "노래를 부르고, 마음껏 춤도 춥시다!"•라고 말하는 장면이 떠올랐다. 하지만 나는 노래도 못하고, 춤 역시 영 아니올시다였다.

오래전에 내 조모는 할 말이 없으면 대화 상대에게 그들에 대한 질문을 하라고 가르쳤다. 그 성공률은 상당히 높았다. 그래서 나는 이번에도 셜리에게 어디 출신이냐고 물어봤다. 그녀는 꽤 강한 억양을 썼다. 그녀는 자신이 프랑스계 캐나다인이라고 답했다. 린지가 샌디에이고 대학에 있다 온 것처럼, 셜리는 알바로의 연구실에서 일하려고 퀘벡에서 온 것이었다. 각국의 과학자들이 알바로와 일하러 오는 듯했다. 나는 린지에게 그 이유를 물었다.

알고 보니, 비외과적 뇌 자극에 대한 연구를 하는 연구자는 그리 많지 않은 데다, 알바로가 이 분야의 리더 격이었다. 앞으로 몇 년간, 나는 세계 각국에서 TMS 연구실을 방문하는 이들을 만나게 될 것이었다.

이들은 모두 각자 특수한 관심 분야가 있었다. 셜리의 관심 분야는 뇌 자극인데, 현재는 자폐에 대해 연구 중이었다. 그녀는 또 TMS 기술을 각종 중독을 치료하는 데 쓰는 것에도 관심이 있었다. 이를 '뇌 자극의 무력 응용military application'이라 부른다고 했다(그 뜻은 알 수 없었지만).

반면에 린지는 자폐와 TMS 기술의 집중적인 연구를 위해 연구실로 오게 된 거였다. 조수인 린은 지역 대학에 재학 중인 학생으로, 대학원에 진학하기 전에 전공 분야를 고민하고 있다고 했다.

바로 그때, 알바로가 방으로 들어섰다. "연구센터에 오신 걸 환영합니다." 그가 웃으며 손을 내밀었다. "이쪽으로 오세요. 주위를 한번 둘러봅시다."

복도를 따라 조금 걷자, 방금 전까지 있던 사무실보다 큰 방이 나왔다. 알바로는 모두에게 들어오라고 손짓했다. 방 안에는 편해 보이는 큰 의자와 의료용 전자 기기들이 여러 대 있었다.

"이게 바로 TMS 기계입니다." 그가 기계를 만지며 말했다. 커다란 상자 모양인 기계의 옆면에는 'MAGSTIM'이라는 글자가 돋을새김돼 있었다. 그러더니 그는 끝에 달린 묵직한 8자 모양의 플라스틱 절연 코드를 집어 들었다. 크기가 내 손바닥만 했다. "이게 전선coil이고요." 알바로가 말했다.

알바로는 이내 연구실의 다른 기계들도 소개했다. 'EEG 시스템'이라고 불리는 뇌파를 모니터하는 기계, 더 작은 버전의 TMS 기계, 요상한 모양의 전선 여러 개 등이었다. "모두 뇌를 자극하는 패턴이 다르지요." 그가 설명했다. 모니터용 카메라와 컴퓨터 두 대도 보였다. 이 방이 의학 연구실이라고 짐작할 수 있는 부분은, 싱크대 밑의 병원용 쓰레기통과 액체 비누통뿐이었다.

방 안에 적응하는 데 약간의 시간을 보내고 나서, 나는 질문을 쏟아내기 시작했다. 그들에 의하면, TMS 기계는 여러 연구에 사용돼왔다고 한다. 우울증 및 뇌졸중 치료와 그 외 여러 실험 연구 등에서였다.

알바로의 연구 센터에서는 자폐, 취약 X 증후군(다운 증후군 다음으로 가장 흔한 정신지체의 원인이며, 정신지체를 일으키는 가장 흔한 유전성 질환이다—옮긴이), 우울증, 알츠하이머 등 다양한 병에 대한 연구가 진행 중이었다. 정말이지 바쁜 연구소였다.

"알바로 교수님은 연구도 하시지만 현직 뇌 전문 외과의사이기도 하세요." 린지가 자랑스럽게 말했다. "클리닉의 환자들을 대상으로 회진도 하시죠. TMS가 전문 분야이기는 하지만, 다른 뇌 관련 문제를 가진 환자들도 치료하신답니다." 그가 운영하는 클리닉에는 여러 뇌 전문의들과 연구자들이 속해 있었다. 연구소는 내 생각보다도 더 굉장했다. 모든 게 합리적이고, 티끌 하나 없이 깨끗했으며, 의욕 충만한 사람들로 북적대고 있었다.

이 모든 것에 약간 주눅이 들 것 같았다. 하지만 그런 엄청난 연구에 내가 일부분이 된다는 건 역시나 멋진 일이었다. 어쩐지 '명예 기니피그'가 된 느낌이기는 했지만, 기니피그와는 달리 나는 자의로 사인해 참가하는 게 아닌가. 실험에 적합한 상태인지를 확인하기 위해 2주 후에는 테스트까지 받아야 한다고 했다.

2주 뒤에 나는 린지를 베스 이스라엘 병원의 로비에서 만났다. 그녀는 곧 나를 알바로의 베런슨-앨런 센터의 테스트 장소로 데려갔다. 그러더니 두께가 3센티는 족히 될 법한 서류 뭉치가 담긴 큰 파일을 꺼냈다. "이건 사전 동의서예요." 그녀가 말했다. 나는 파일에서 여러 장으로 묶인 문서 하나를 꺼내 들었다. 그런 서류를 꼼꼼히 다

읽어보고 질문까지 하는 건 내 주특기였다. 훗날에 린지는 나보다 더 질문이 많은 연구 대상자는 없었노라고 했다. 하지만 어쨌든 당시에 그녀는 웃으며 내 질문에 답해주었다.

나는 긴 서류를 재빨리 훑어 내리고 핵심을 파악했다. '우리(병원 직원들)는 당신에게 특정 실험을 할 것이다. 그 실험은 당신의 증상을 낫게 할 수도, 아닐 수도 있다. 만일의 상황에 발생할지 모르는 위험을 감수해야 하며, 진행해도 좋다는 동의를 하라.'

잠시 생각해보니, 뭔가 불길한 느낌도 들었다. 그래서 단 세 줄이면 가능한 말을 다섯 장에 걸쳐 한 걸까? 문외한들은 파악하지 못하게 하려고? 어쨌든 나는 약간의 실망감을 감출 수 없었다. '자폐로 인한 결핍을 치료한다'고 연구자들이 말하지 않았던가? 정말 삶이 뒤바뀌는 변화를 꿈꿨는데, 서류 어디에도 그런 변화에 대한 약속은 없었다.

"최소 여섯 번의 자극을 줄 거예요." 린지가 설명했다. "TMS를 실시한 전후로 컴퓨터 테스트를 통해서 그 효과를 측정할 거고요."

"최소 여섯 번이라고요?" 내가 물었다. 뭔가 모호하게 들리는 말이었다. "오차의 가능성을 염두에 두는 거죠. 뭔가가 잘못되면 다시 해야 하니까요." 린지가 말했다. 나는 그 '오차'가 뭘 의미하는지 몰랐지만, 어쨌든 일리는 있었다. 결국 이건 연구일 뿐이니까.

"알바로 박사님이 전에도 이런 실험을 한 적이 있으신가요?" 내가 물었다.

"아뇨. 이건 정말 새로운 실험이에요. 물론 뇌의 다른 부분에 대한 선행 TMS 연구를 바탕으로 하지만요. 동물 대상 실험도 포함해서요." 내가 실험의 연구대상 1호가 된다니, 왠지 두려우면서도 흥미진진했다.

2008년 3월, 처음으로 TMS 연구소에 도착했을 때, 이미 다섯 명의 다른 자원자들이 예정되어 있었다. 그중 두 명은 나보다 먼저 병원을 찾아 동의서에 사인했지만, 실제 뇌 자극은 시작하지 않은 상태였다. 앞으로 몇 주 안에 세 명이 더 와서 '하버드와 베스 이스라엘의 TMS 자폐 연구'에 참가하기로 돼 있었다. 그리고 여름 내내 실험을 계속하는 거다. 나는 그들 중 한 명을 알고 있었다.

마이클 윌콕스는 나보다 조금 더 나이가 있는, 매우 똑똑한 사람이었다. 그는 전직 재정 분석가로, 회사 생활에 진저리가 나 버크셔의 농장에 자리를 잡고 은퇴 생활을 하고 있었다. 그러다 예순 살 무렵에 자신이 자폐임을 알았다고 한다. 그는 내 책 출간 소식을 접하고는 책을 시중에서 구할 방법을 이메일로 물어왔다. 책이 아직 시판 전이었기 때문에 나는 이베이ebay에서 증정본을 구할 수 있을 거라고 답했다. 그는 증정본을 사서 읽고는 곧 나를 점심 식사에 초대했다. 그렇게 시작된 만남은 정기적인 식사 및 대화로 지금까지 이어지고 있다. 마이클과 나는 앞서 언급한 지역 자폐 모임에 함께 가입하기도 했다. 우리는 처음부터 모임이 마음에 들었다. 린지와 알바로랑 식사하기 몇 주 전에 나는 모임에서 TMS에 관한 얘기를 꺼냈었다. 마이클은 "나도 한번 연락해봐야겠네."라고 했다.

일주일 후, 그는 알바로 팀에 연락했다. 그러고는 그들이 얼마나 대단한 사람들인지, 목표가 얼마나 참신한지에 대해 내게 늘어놓았다. 그가 나만큼이나 큰 기대를 갖고 있다는 걸 느낄 수 있었다. 마이클과 나는 각자 다른 시간에 치료를 받기로 했다. 그리고 실시간으로 서로에게 얘기하는 것도 삼가기로 했다. 결과에 영향을 미칠까 두려워서였다. 물론 아예 얘기를 하지 않은 건 아니지만, 어쨌든 우리는 최선을 다했다.

그런데 실험에 대해 설명한 사전 동의서를 막 읽고 나니, 약간 찬물을 뒤집어 쓴 기분이었다. 동의서에 따르면, 일반 물체를 판별하는 내 능력을 테스트할 거라고 했다. 그러고 나서 내 운율(감정을 표현할 때 말하는 목소리의 강세, 리듬, 크기)을 측정한다고 했다. TMS로 인한 변화가 있는지 알아보기 위해서였다.

사실 별로 신나는 제안은 아니었다. 하지만 '큰 결과를 얻으려면 작은 단계도 거쳐야 하니까.'라고 나는 스스로를 다독였다. 이 동의서에 제시된 것보다 더 큰 결과를 연구자들도 기대하고 있는 걸까? 나는 이에 대해 린지에게 물었다. 그녀가 생각하는 진짜 목표가 무언지 알고 싶었다. "자폐에 대한 대발견으로 노벨상을 타는 게 목표예요!" 그녀의 열성적인 말에 나도 모르게 웃음이 났다. 정말 그렇게 되면 멋질 텐데.

동의서에 쓰인 '잠재적 위험'은 심각해 보이지는 않았다. 게다가 동의서에는 '이전 연구에 따르면 TMS의 효과는 실제 자극 시간의 반 정도 지속되었다.'라고 설명돼 있었다. 즉 30분 동안 뇌 자극을 받으면 겨우 15분 동안 효과가 나타난다는 뜻이었다.

효과가 그렇게 짧을 거라니, 안심이 되면서도 한편으로는 걱정이 됐다. '그럼 도대체 남는 효과는 뭐지?' 나는 다음 기회에 알바로에게 TMS의 최종 효과가 뭔지를 물었다. 그렇게 효과가 짧다면 말이다. "효과가 축적될 거라고 봅니다." 그가 설명했다. "TMS가 마음에 길을 터주고, 쓰면 쓸수록 마음이 더 넓어지는 거지요. 계속된 자극을 주면, 마음이 강화되는 겁니다. 어릴 적 썰매를 타고 언덕을 내려오는 걸 떠올려보세요. 눈이 막 내렸을 때는 길을 아무 데나 만들 수 있지요. 하지만 길이 하나 닦인 후 시간이 지나면 어떤가요? 결국은 길이 한두 개 정도만 남지요. 마찬가지로 우리는 TMS가 새로운 길을 닦아줄 거라고 봅니다. 그러고는 그 길을 타고 내려오는 걸 돕는 거지요. 길이 닫히지 않도록 말입니다." 알바로 교수팀의 TMS 우울증 치료는 FDA의 승인을 받기 직전이라고 했다. 그 사실에 모든 팀원들이 들떠 있었다.

"스페인에서도 TMS를 이용한 우울증 치료를 몇 년간 했어요. 현재는 캐나다 및 유럽 몇 군데서도 시행 중이고요. 효과가 영구적이지는 않지만 꽤 오래갑니다. 환자들에게는 매일 우울증 약을 먹는 것보다 나은 대안인 셈이지요."

"우울증 치료와 자폐 치료는 얼마나 비슷한가요?" 내가 물었다. 예를 들어 페니실린 같은 경우 약을 삼키기만 하면 귀의 염증이고 발가락의 염증이고 한 번에 치료되지 않는가. 나는 TMS도 비슷하게 작동하는지, 즉 문제가 필요한 부분에 자동으로 작용하는지를 알고 싶었다.

"전혀 달라요." 린지가 말했다. "TMS는 뇌의 미세한 국소 부위에만 닿는다는 걸 염두에 두세요. 약처럼 몸 전체에 분산되는 것과는 다르죠. 우울증 치료를 위해 자극하는 부위와 자폐 치료를 위해 자극하는 부위는 전혀 다르답니다."

린지의 말을 듣고 보니, 페니실린 비유는 틀렸다는 생각이 들었다. 그건 삼키는 약이니까. 아마 항생제 연고가 더 알맞은 비유가 아닐까? 빰이건 다리건 염증 부위에 바르기만 하면 되니 말이다. 약을 바른 국소 부위에만 영향을 주고, 다른 부위에는 영향을 주지 않으니까.

"아마 그렇게 보는 게 더 맞겠네요." 린지도 동의했다. 나 같은 시골뜨기가 복잡한 뇌과학 문제를 간단한 비유로 멋대로 바꿔 이해하는 걸 지켜봐 주다니, 그녀가 참을성이 많아 정말이지 다행이었다. 문득 이번 실험도 FDA의 승인을 받는 게 아닐까 하는 생각이 들었다. "그러려면 한참 걸릴 거예요." 린지와 알바로 모두 그렇게 말했다. "일단은 이 치료가 정말 효과가 있는지 밝혀내야 하거든요. 그리고 치료법을 좀 더 정교화하도록 후속 연구도 필요하고요. 그런 다음에 더 많은 사람들을 대상으로 임상실험도 해야 하죠. 지금은 그저 몇 명만 대상으로 하는 작은 실험이에요. 연구실에서 시작해서 FDA의 치료법 승인을 따내는 건 매우 점진적인 과정이죠."

TMS를 활용한 우울증 치료의 FDA 승인은 아마도 자폐 실험 중에 이뤄질 거라고 했다. 그래서 연구실 전체에는 상당한 흥분이 일고 있었다. 연구에 대한 노력이 마침내 빛을 보는 셈이니까. 오늘날 알바로의 연구소에는 끊이지 않는 외래 환자를 위한 TMS 클리닉이 딸려 있다. 알바로의 높은 명성 때문에 환자들은 수백 킬로미터 떨어진 곳에서도 치료를 받으러 온다.

TMS가 우울증 치료에 그렇게 성공적이라니 마음이 놓였다. 그래도 가끔 주변 사람들의 반응을 대할 땐 걱정도 됐다. 하루는 어떤 이에게 TMS에 대해 이야기했더니, "마치 의학 공포영화에 나오는 ETC랑 비슷하게 들리는군! 전기충격요법 말이야." 하는 게 아닌가.

"아마 그렇지는 않을 겁니다." 나는 석연찮게 답했다. 사실 그 둘이 어떻게 다른지 나도 잘 몰랐으니까. 후에 린지가 내게 설명해줬다. "ECT는 뇌에 정말 큰 에너지를 집어넣어서 발작을 일으키는 원리죠. 그래서 총체적인 리셋을 시키는 거라고 할까요. 게다가 ECT는 효과가 널리 분산돼요. 하지만 TMS는 국소 부위만 타깃으로 하죠. 오늘날에도 ECT는 굉장히 거친 치료법이에요. 마취제를 써야 할 정도니까요. TMS는 전혀 달라요. 효과도 훨씬 부드럽고요. 물론 둘 다 뇌에 에너지를 전달하는 것은 맞죠. 하지만 TMS에서 쓰는 에너지는 ECT 에너지의 아주 일부만큼이에요. 또 여기저기 퍼지는 게 아니라 타깃으로 하는 뇌 부위에만 전달되고요."

나는 ECT에 쓰이는 에너지 레벨에 대해 책에서 찾아봤다. 그러자 ECT 에너지는 뇌 속의 미세한 전선을 아예 태워버리는 정도가 아닐까, 하는 결론이 났다. 생각만 해도 무서웠다. ECT는 초기부터 환자의 마음 일부분을 아예 지워버린다는 악명을 얻어왔다. 물론 TMS와 ECT 모두 전자기 요법이기는 했다. 하지만 전자에 쓰이는 에너지가 휴대용 플래시에 들어가는 AA 건전지 수준이라면, 후자는 후버댐 발전소의 고압전선 수준이었다. 책을 통해 두 요법이 어떻게 다른지 확실히 알게 됐다. 게다가 알바로도 추가로 설명을 해줬다. "안전을 위해서 최선을 다했습니다. TMS 실험을 할 때는 항상 신경과 전문의가 대기하고 있고요. 이 실험실에서 발작을 일으킨 사람은 한 명도 없었어요. TMS에서 쓰는 에너지 수준은 ECT에 비하면 아주 미약한 정도죠. 뇌에 직접 자극을 가하는 20년 전의 방식 만큼도 아니고요. 또한 실험에서는 흥분성 자극이 아닌 둔화성 자극을 쓰고 있어요. 후자가 전자보다 안전하죠. 빠른 것보다 느린 게 항상 더 안전하니까요."

알바로는 두 자극의 차이에 대해서도 설명했다. 둔화성 자극은 특정 뇌 부위의 활동을 느리게 혹은 약하게 만드는 것을 말했다. 반면 흥분성 자극은 특정 뇌 부위의 활동 속도를 높이는 것이었다. 하지만 실험에서 둔화성 자극만 쓴다면 상태가 어떻게 나아진다는 걸까? 로큰롤에서는 빠를수록 더 좋은 음악이 나오고, 경주차 운전자도 빨라야 차가 더 잘 달리지 않는가. '둔화'시킨다는 건 출구 없는 길처럼 들렸다. 하지만 알바로의 답은 달랐다.

"뇌에는 수많은 전선들로 이루어진 큰 네트워크가 있어요. 이를 '뇌들보'라고 하죠. 좌우 대뇌반구를 연결시키고 밸런스를 유지하는 역할을 해요. 이를 TMS 맥락에서 생각하려면 시소를 떠올리면 됩니다. 한쪽을 올리려면 그냥 올려도 되지만, 다른 쪽을 내림으로써 올릴 수도 있죠. TMS도 비슷하게 작동합니다. 그래서 둔화성 TMS를 사용해서 올리고 내리고 하는 거지요. 한쪽을 내리면 반대편 뇌의 대응 지점이 올라가는 거예요. 그게 직접적으로 한 지점을 올리는 것보다 안전하기 때문에 그렇게 하는 겁니다." 게다가 린지도 내 걱정을 덜어주려는지 한마디 덧붙였다. "기관 감시 위원회에서 실험 제안서를 일일이 검토해요. 실험을 승인하기까지 엄청 깐깐하게 군다니까요."

린지가 말하는 감시 위원회는 '인간 피험자 보호 사무소Human Subjects Protection Office'라는 다소 무서운 이름의 기관 소속이었다. 그 이름만 들어도 모두 불편해할 듯했다. 하지만 나는 이들을 믿기로 했다. 물론 위험은 감수해야 했다. 이런 종류의 연구는 연구자와 실험 대상자 모두의 믿음이 필수였다. 그렇게 과학이 발전하는 것 아니겠는가. 게다가 실험으로 얻을 게 많은 이들, 즉 연구자들이 일컫는 '관심 대상자'일수록 더 큰 믿음이 필요하다.

돌이켜 보면, 사전 동의 당시에 나는 아는 게 별로 없었다. 아무리 의사들에게 설명을 듣고 책을 읽어봐도 말이다. 아무도 어떤 결과가 초래될지 예측하지 못했다. TMS가 내 증상을 완화시킬 수 있을지조차도 불투명했다. 게다가 더 복잡하게도, '완화'의 정의가 뭔지도 몰랐다. 누군가 병원에서 내게 물었어도 대답하지 못했을 거다. 한마디로 미궁 속에서의 시도였다. 하지만 효과가 있을 경우, 나는 최초 시도자가 되는 셈이었다. 후일에 치료로 효과를 볼 수많은 이들보다 적어도 10년은 앞서가는 거다. 나는 크게 심호흡을 한 번 하고, 서류에 서명했다.

● 아치 벨과 빌리 버티에의 히트곡인 〈타이튼 업(Tighten Up)〉의 한 구절이다.

뇌 자극의 역사

연구소 방문은 경이로웠고 연구자들에게 내 뇌를 순순히 맡기겠다고 다짐했으면서도, 여전히 실낱같은 의심은 남아 있었다. 놀라운 실험이 될지 아니면 아픈 주사보다도 더 나쁜 경험이 될지는 아직 모르는 일이었다.

게다가 나는 전자학에 대해서라면 남들이 '거만한 자신감'이라 부를 만한 태도를 지녔다. 어쨌든 오랫동안 변압기, 인덕터, 전자기 펄스EMP 등을 다뤘었으니까. TMS가 에너지를 전달하는 방식에 대해서라면 연구자들보다 더 잘 알지도 몰랐다. 연구소 방문 때도 이쪽 방면의 질문들에는 충분한 대답을 듣지 못했다. 예를 들어 TMS 기계에서 튜브를 쓰는지 사이리스터를 쓰는지 물었지만 아무도 답을 하지 못했다. 또 첨두전압이 어떻게 되느냐고 물었지만, 이것도 정확히 아는 이가 없었다. 고전압이라고만 할 뿐이었다. 사실 그즈음 연구자들의 지식과 지적 수준에 감탄한 나머지, 나도 자신 있게 내놓을 수 있는 부분을 찾느라 애쓴 건지도 몰랐다.

그러한 단 하나의 분야가 바로 TMS의 전자기 엔지니어링 측면이었다. 물론 나는 뇌의 어디에 자극을 주며 어느 정도 수준의 에너지를 가하는지에 대해서는 아는 바가 거의 없었다. 에너지 양이 너무 적으면 아무 일도 생기지 않을 테고, 또 너무 많으면 미세한 뇌 속의 전선에 불이 번쩍할 거라는 대략적인 사실만 감을 잡을 뿐이었다. '실험 때 귀를 곤두세워야겠군.' 나는 다짐했다. 만약 기계 한구석에서 하얀 연기라도 뿜어져 나오면, 경고가 분명할 테니까. 연기야말로 전자회로 과부하를 알리는 좋은 신호였다.

나는 TMS 실험에 대해 궁리해보기로 했다. 먼저 1980년대의 기억을 더듬어봤다. 그즈음 나는 알바로 팀의 TMS 기계와 비슷한 진동을 내는 파워 시스템을 작업했었다. 그렇게 발생된 진동으로 레이저 튜브, 또는 특수 무기 시스템의 여러 부분을 작동시킬 수 있었다. 알바로와 린지가 설명한 의료 기기의 고전압 진동을 나도 다뤄본 것이다. 칸델라 사에서 일했을 때는, 달에 빛을 쏘아대는 레이저를 작동시키는가 하면 우라늄 합금을 마이크로초 만에 증발시키기도 했다. 또 이소레그 사에서는 핵폭발에 저항하는 동력조절기를 디자인했었다. 이때 가장 많이 고전압을 사용했다. 그러니 전자기 에너지의 작동에 대해서는 사전 지식이 풍부했다. 물론 20년 전 일이니 기억을 더듬느라 애는 썼지만 말이다.

전기와 전자기는 눈에 보이지 않는다. 따라서 그저 상상하고 결과를 관찰할 뿐이다. 만약 두 물체를 밧줄로 묶는다면, 물체들을 잇는 게 뭔지는 명백하다. 한 물체가 철 조각이고 다른 물체가 자석이라면, 밧줄의 힘 없이도 둘은 잘 달라붙는다. 만약 자석이 강하다면, 아마 철 조각에서 떼어놓으려다 밧줄이 끊어질 수도 있다.

자동차 두 대를 밧줄로 묶었다고 생각해보자. 그중 한 대가 진흙탕이나 눈 더미에 빠지면 쉽게 빼낼 수 있다. 또 전선을 밧줄 삼아 큰 건물의 전력반을 발전기에 묶으면 1천 명에게 빛을 공급할 수 있다. 전자의 밧줄과 후자의 전선 중 어느 것이 에너지를 많이 전달할까? 당연히 전선이 더 우위에 있다.

나는 항상 강력한 자연 그대로의 힘에 친근함을 느꼈다. 전자기 유도야말로 현대 사회를 가능케 한 힘이 아니겠는가. 전 세계의 발전소에서 전기를 발생시키는 원리이기도 하니까. 또한 장난감, 기차, 믹서, 세탁기 속의 전기 모터를 움직이는 원리이기도 하다. 전기충격기도 전자기타도 모두 그렇게 작동한다.

초기 전자기 이론은 마이클 패러데이가 남긴 위대한 업적이다. 패러데이는 19세기 초 영국의 과학자로, 독학을 통해 많은 발명을 해냈다. 1831년 가을, 그는 원 모양의 연철을 구리 전선으로 감쌌다. 그리고 이를 '헬릭스 A'라고 명명했다. 그러고 나서 그는 똑같은 모양의 다른 연철에도 전선을 감싸고 이를 '헬릭스 B'라고 불렀다. 그는 헬릭스 B의 전선을 미터기에, 헬릭스 A의 전선을 배터리에 연결했다.

대체 왜 패러데이가 전에는 시도한 적 없던 실험을 하게 됐을까? 무슨 일이 일어나리라고 생각했을까? 때로 가장 놀라운 발견은 설명

불가한 상상에서 비롯되기도 한다.

아마 패러데이는 "누군가 언젠가는 해야 할 일이라서."라고 답했을지도 모른다. 그는 바로 그 일을 해냈다. 그가 배터리에 연결된 헬릭스 A의 전선을 만지자마자 미터기의 바늘이 훌쩍 뛰어올랐다. 그리고 그가 전선을 떼어내자 바늘이 이번에는 반대쪽으로 솟구쳤다. 그것이 바로 최초의 전자기 유도 실험이다. 엔지니어들에게 패러데이의 전자기 유도 업적은 마치 바퀴나 클립의 발견과 견주는 일이다. 한마디로 엄청난 업적인 셈이다.

그리고 그 중요성은 160년간 별로 바뀌지 않았다. 오늘날 알바로의 연구소에 있는 TMS 전선과 헬릭스를 비교해보라. 매우 유사함을 단번에 알 수 있을 것이다. 게다가 정확히 같은 식으로 작동한다. 내가 엔지니어링에 끌리는 이유가 바로 이런 점이다. 일단 원리를 발견하고 나면 이를 철저히 믿을 수 있다는 것! 10대 시절에 나는 지하에 연구실을 만들어놓고 패러데이의 실험을 했었다. 그리고 그 결과에 전율을 느꼈다.

또한 패러데이는 철심에 전선을 감싸고 그 옆에 아무것에도 연결되지 않은 전선을 놓아두면 전기를 유도해낼 수 있다는 사실을 발견했다. 즉 철제 물체를 통하지 않더라도 에너지가 공간을 타고 이동할 수 있음을 밝힌 것이다. 그런 원리 덕에 오늘날의 TMS가 가능해졌다.

TMS 기계에서는 하나의 전선이 철심을 둘러싼다. 그리고 이를 머리에 갖다 댄다. '수신용' 전선은—그렇게 명칭을 붙일 수 있다면—바로 뇌 속의 뉴런들을 연결시키는 보이지 않는 생물학적 전선 뭉치다. TMS의 전선을 갖다 대는 머리 쪽의 전선 뭉치인 것이다. 연구자들이 TMS 전선에 전기 진동을 전달하면 전기장이 생성되고, 이것이 다시 뇌의 전선으로부터 전기를 유도해낸다.

이제 질문은, '그다음엔 어떻게 될까?'이다.

전자기의 원리에 따르면, 뇌 속 전선의 선천적인 방향에 따라 TMS에 대한 예민성이 정해진다. 상하로 된 뇌의 전선은 좌우로 된 뇌의 전선이 받아들이는 신호를 덜 민감하게 받아들일 수 있다. 그 반대도 성립하고 말이다. 그렇다면 내 뇌 속 전선의 방향성은 무엇일까? 컴퓨터의 전자회로를 한번 살펴보라. 전자회로의 전선이 어느 방향으로 움직이는지 단번에 알 수 있을 거다. 물론 뇌 속은 그렇게 쉽게 관찰되지 않는다. 전선이 자리 잡은 모양도 훨씬 더 복잡하다. 게다가 개개인이 모두 다르기도 하다. 하지만 사람들의 신체가 서로 비슷한 것처럼 뇌의 전선도 비슷한 패턴으로 구성될 거라는 생각이 들었다. 그래서 뇌과학계 전반에서 그 패턴에 대한 답을 찾으려고 노력한 것이고 말이다. 하지만 여전히 결론은 나지 않았다.

알바로를 비롯한 몇몇 과학자들은 뇌의 전선이 사방팔방으로 뻗어나간다고 믿는다. 그 다양한 방향성 덕에 TMS의 전선을 내 머리 어디에 갖다 대도 전선을 타고 에너지가 전달되리라고 보는 것이다. 루이빌 대학의 연구자인 매니 카사노바 박사는 뇌 피질이 미니칼럼(소규모 기둥—옮긴이) 구조로 돼 있다고 주장했다. 이는 뇌겉질을 뉴런들이 복잡한 모양으로 구성하는 구조를 일컫는다. 그는 미니칼럼의 뉴런들 사이를 연결하는 전선들은 상하로 나 있다고 믿었다. 물론 좌우로 연결하는 전선들도 있지만 말이다. 여러 이유로 나는 그의 이론을 완벽히 이해할 수는 없었다. 하지만 그가 TMS는 여러 전선 중 어떤 한 종류의 전선을 타깃으로 삼는다고 주장한다는 정도는 알 수 있었다.

연구자들이 모두 동의하는 하나의 사실은 짧은 뉴런의 전선이 있는가 하면 긴 전선도 있다는 것이다. 긴 전선은 뇌를 가로지르며, 몸의 신경체계에까지도 닿을 수 있다. 따라서 TMS는 뇌의 전두엽에 에너지를 전달하면서도 긴 전선으로 인해 다른 곳까지 에너지를 전파할 수 있다. 과연 어디까지 에너지가 닿는다는 말일까? 나로서는 가늠하기 힘들었다. 뇌는 정말 복잡한 데다, 그 구조에 대해 알려진 바도 별로 없는 듯했다. 오늘날에도 인간 뇌 속 수십억 개의 뉴런을 연결하는 전선에 대해서는 대략적인 정도만 파악될 뿐이다. 전선 하나하나의 구체적인 연결에 대해서는 알려진 바가 없다.

내가 찾아본 연구논문들에는 온갖 전문용어가 난무했다. 뜻을 찾아봐도 이해하기 힘든 건 마찬가지였다. 뇌 구조에 대한 나의 지식이 전무했기 때문이다. 카사노바 박사는 논문에 미니칼럼 사이를 연결하는 수평적 전선의 존재가 당연하다는 듯 밝혀놓았다. 하지만 논문에 실린 뇌 조직의 이미지를 봐서는 전선 모양이 수평이 아니라 그저 온갖 방향을 향해 있는 것 같았다.

이를 자폐와 연결시키면 어떨까? 나는 수년간 "자폐인의 뇌는 그 전선의 구조가 다르다."라는 표현을 들어왔다. 그게 말 그대로 사실일까? 내 뇌의 전선 구조는 일반인과 다를까? 그리고 개개인마다 상하좌우의 전선 구조에 차이가 있을까? 뇌 조직에 대한 제한적 검사에 따르면 큰 차이는 없어 보였다. 하지만 그게 전부는 아닐 수 있었다. 전선들 간의 연결 양상에 대한 다양한 의견이 존재하고, 학파마다 주장도 달랐으니까. 자폐인은 뇌 전선들 간의 연결성이 너무 많다는 연구자들이 있는가 하면, 너무 적다는 이들도 있었다. 피츠버그 대학의 낸시 민슈 박사와 카네기멜론 대학의 마르셀 저스트 박사 연구팀은 둘 다 맞는다고 보는 쪽이었다. 복잡하고도 놀라운 이론이었다. 저스트와 민슈는 뇌주사장치brain scanner를 이용해 뇌의 주요 연결 경로를 밝혀낸 바 있다. 그들은 자폐인들의 뇌 속 연결 경로는 불균형을 겪는다는 가설을 세웠다. 이들의 주장 중 흥미로운 점은 환자가 나이 들면서 균형에 변화가 생긴다는 것이다. 또한 자폐 환자들의 '남들과 다른 연결성'은 정신적 혼란의 원인이 된다고 했다. 하지만 동시에, 뇌의 어느 한 부분을 집중적으로 쓰기에, 몇몇 추론 업무에는 탁월한 능력을 보인다는 것이다. 이들의 연구는 정말로 흥미로웠다. 하지만 뇌 속의 미세한 차이가 실제 행동으로 나타난다는 게 정말일까 싶었다.

한편 카사노바 박사에 따르면 뇌 피질의 미니칼럼 구조도 자폐인의 뇌에서는 다르게 나타난다고 한다. 하지만 그 이유에 대한 설명은 내가 알아듣기에는 너무 전문적이었다. 그래서 나는 그에게 몇 가지 질문을 써서 보내봤다. 그랬더니 놀랍게도 그가 바로 답변을 해주었다.

카사노바 박사는 자폐를 10년 동안 연구했다고 했다. 처음에는 병리학에 몸담았는데, 그동안 사체의 뇌 조직 샘플을 관찰했다. 그렇게 배운 결과를 토대로 그는 산 사람을 대상으로 하는 새로운 연구에 착수했다. 대부분 TMS를 사용했다고 한다. 그렇게 그는 그만의 이론을 세웠다. 하지만 그는 알바로보다는 TMS의 작동 원리에 대한 확신이 덜했다. 그래서 그와 알바로는 항상 의견이 일치하지는 않았다고 한다. 두 사람이 동의한 한 가지는, 오늘날의 의료 영상이 아무리 발전했더라도 산 사람의 뇌세포에 미치는 영향을 관찰할 단계는 아니라는 거였다. 그 부분이 바뀌지 않는 이상 대표적인 뇌 기능을 관찰하고 '최선의 가설'을 세우는 수밖에 없다는 것이다.

나는 방사선의인 친구 데이브에게 내가 이렇게 책을 파고들며 이해하려 애쓰는 걸 어떻게 생각하느냐고 물었다. 그는 웃으며 말했다. "이 사람아, 나는 그저 시골 의사일 뿐인걸! 그렇게 열심히 읽었으니, 나보다 뭐든 더 잘 알지 않겠나." 물론 그럴 수도 있겠지만, 이해하려면 아직도 먼 것 같았다.

위에서 예를 들었듯이 과학자들은 대체로 TMS 에너지가 어떻게 발생하는지에 대해 의견이 일치했다. 하지만 그 에너지가 뇌 속으로 들어간 후에 대해서는 의견이 분분했다. TMS의 진동이 뉴런들로 이뤄진 뇌 회로 사이의 신호보다 우위에 있게 될까? TMS 에너지가 전기 충격을 줌으로써 뉴런들을 마비시키거나 닫히게 할까? 아니면 반대로 뉴런의 활동을 아주 활발하게 만들까? 이런 갖가지 이론들이 제시된 바 있다. 그래서 어쩌면 한 가지 이론만으로는 설명이 되지 않을 거라는 생각이 들었다. 뇌 속에는 서로 다른 다양한 뉴런들이 존재하고, 각각 TMS 신호에 다르게 반응할 수 있으니까. 뇌과학을 잠깐 공부해서 알아낸 게 있다면, 뇌 속이 어떻게 움직이는지에 대해 알려진 바가 거의 없다는 점이었다.

결국 TMS 전선이 뇌의 어느 부위를 자극할지는 확실치 않아 보였다. 알바로와 연구팀은 TMS가 내 사고를 바꿀 거라고 했지만, 사고력과 인지능력은 모든 뇌 활동 중에서 가장 형체가 없고 파악하기 힘든 기능들이 아닌가. 최신 의료 영상 기기로도 사고가 뇌의 어디에서 어떤 과정으로 이루어지는지는 알기 힘들다. 알바로는 내게 현 실험에서는 뇌의 몇몇 타깃 부위가 있다고 말했었다. 그렇게 타깃이 여러 개인 이유는 그들도 찾는 위치가 정확히 어디인지 모르기 때문이라고 했다. 눈과 귀의 신경 섬유들이 뇌의 어느 쪽을 통과하는지는 찾기 쉽다. 또 손과 다리의 신경도 마찬가지다. 하지만 '나는 내 강아지를 사랑해요'와 같은 생각은 뇌의 어디서 이뤄지는 걸까? 확실히 알려진 바는 없다. 하지만 아마도 감정이 실린 이 네 마디의 문장을 합성하는 데는 뇌의 여러 부위가 관여할 것이다.

물론 지금도 우리는 MRI를 통해 뇌의 내부를 상당 부분 관찰할 수 있다. 또 최신 영상 기기는 우리가 어떤 작업 및 사고를 하는 동안 뇌의 활성화 형태를 보여준다. 하지만 그 선명도는 제한적이다. 1세제곱인치마다 몇 억 개의 뉴런으로 응집된 뇌이다 보니, 어떤 최신 기기를 활용하더라도 그 활동을 매우 피상적인 정도로밖에 알 수 없는 것이다.

뇌가 우리의 근육과 연결돼 있다는 것, 그리고 그 둘이 작동하는 시스템에 대해서는 모두 잘 알 것이다. 하지만 '이제 팔을 움직여야지.' 하는 생각은 어디서 오는 걸까? 말을 하고 눈을 깜빡이는 건 어떻게 결정하는 걸까? 이는 다른 차원의 문제다. 추상적인 사고가 어떻게 형성되는지 그리고 그 사고가 어떻게, 왜 행동으로 옮겨지는지에 대한 지식은 별로 없다. 하지만 바로 그 추상적 사고가 인간성의 가장 큰 특징이 아니겠는가.

나는 한 단계 높은 차원의 질문을 던지지 않을 수 없었다. 뇌에 마음이 담겨 있다면, 마음에는 영혼이 담겨 있을까? 우리 신체 어딘가에 "이 친구의 진수는 바로 이곳에 담겨 있지."라고 할 말한 부위가 있을까? 알바로 팀이 이 질문에 대한 답을 아는지는 모르지만, 어쨌든 내게 언급하지는 않았다.

바로 그래서 TMS와 같은 실험에는 큰 신뢰가 필요한 것이다. 어떤 뇌 자극도, 시도 전에는 그 효과를 깨닫지 못하니 말이다. 원하던 효과가 나타난다면 그보다 더 좋을 수 없겠지만, 만일 아니라면? 부작용이 나타나면 원상 복귀시킬 수는 있을까? 원대한 희망과 이론은 무성했지만 구체적 답안은 없었다.

애초에 내가 뇌 전선 구조에 대해 찾아 읽기 시작한 건 자원해서 참가하는 실험에 대해 기본적인 이해를 쌓기 위해서였다. 하지만 그럴수록 혼란만 가중됐다. 결국 알바로 팀의 지식과 본능을 철저히 믿어야겠다는 다짐만 했을 뿐이다. 현재로서는 TMS 기계, 몇 가지 이론, 자원자 몇 명 그리고 엄청난 희망이 전부였다. 하지만 왠지……
그걸로 족하다는 생각이 들었다.

뇌를 지도화하기

동의서에 서명하고 일주일 후에 실험이 시작됐다. "먼저 기본적인 검사를 몇 개 거쳐야 합니다. 뇌 MRI도 찍어야 하고요." 알바로가 말했다. "실험 참가에 적합한 상태인지를 알아야 하니까요. 또 우리가 타깃으로 하는 부위도 찾을 수 있고 말이죠." 하지만 혹시 "자폐가 뇌 종양에 의한 증상인지 확인하기 위해서 말입니다."라고 이야기하려던 건 아닐까 하는 상상을 했다.

나는 조금 떨리는 마음으로 이제는 친숙한 베스 이스라엘 병원으로 향했다. 오후에 MRI 촬영이 예약돼 있었다. 검사실에서 셜리와 린지가 나를 맞았다. 그들은 내게 컴퓨터 옆에 앉으라고 했다.

"컴퓨터 모니터에 나타나는 사람이 말하는 걸 지켜보세요." 셜리가 말했다. "그저 들리는 말이 상식적이라고 생각하면 앞의 버튼을, 비상식적이라고 생각하면 뒤쪽 버튼을 누르시면 돼요. 한번 시험 삼아

해볼게요."

"하늘은 녹색이다." 화면 속의 사람이 말했다. 어떻게 해야 할지 생각하는데, 린지와 셜리가 나를 지켜보는 게 느껴졌다. 글쎄, 내가 사는 세상은 하늘이 대개 녹색은 아닌 것 같았다. 나는 뒤쪽 버튼을 눌렀다. 곧 다음 질문이 이어졌다.

"케이크를 드세요." 이건 말이 되지.

"고속도로를 마시세요." 말이 안 되는걸.

"좋아요." 셜리가 말했다. "아주 잘하셨어요." 하지만 질문은 점점 이상해졌다. 몇 분 지나자, 나는 의문이 생겼다. '혹시 셜리가 사는 세상에서는 하늘이 정말 녹색인지도 모르지.' 나는 로큰롤 무대에서 일하던 옛 시절을 떠올렸다. 갑자기 모든 질문이 상당히 모호하게 들리기 시작했다.

"내 목을 졸라요." 나는 생각했다. '흠, 이건 말이 되겠지? 목을 졸라달라면 그러는 수밖에.' 나는 앞쪽 버튼을 눌렀다.

"길이 울퉁불퉁해요." 또다시 앞쪽 버튼을 눌렀다.

"개가 파란색이에요." 나는 지금껏 만나본 치장을 한껏 한 개들을 떠올렸다. 강아지 쇼를 다룬 〈베스트 인 쇼Best in Show〉는 내가 정말 좋아하는 영화였다. 그런데 거기에 파란 강아지가 나왔던가? 어쨌든 정말 재미있는 영화였다. 셜리에게 이 영화를 추천하자 그녀는 "테스트에 집중하세요."라고 말할 뿐이었다. 계속해서 다른 문장이 쏟아져 나왔다. 어떤 문장은 이상했고, 어떤 문장은 괜찮았다.

"나를 창문 밖으로 던져요." 나는 잠시 멈췄다. 이런 종류의 문장은 밀턴브래들리 사에서 게임을 만들 때 프로그램화해본 적이 있었다. 게임 관리를 위한 시범 대화 프로그램이었다. "나를 때려요!"나 "정말 멍청하군." 같은 문장도 엔지니어들 사이에서 인기였다. 나도 모르게 미소가 지어졌다. 물론 이런 문장들이 실용화되지는 못했었다. 나는 다시 문장에 집중하고 앞쪽 버튼을 눌렀다.

마침내 마지막 질문까지 마쳤다. 지능 테스트라고 하기에는 조금 이상했다. '이 모든 게 다 그럴 만한 이유가 있겠지.' 나는 통과했기를 마음속으로 바랐다. TMS의 효과를 꼭 보고 싶었던지라, 혹시 내가 틀린 답을 말해서 탈락하는 건 아닌가 걱정됐다.

잠시 침묵이 흘렀다. 나는 결과가 어떤지 물었다. "좋아요." 내 질문이 세상에서 제일 자연스러운 것인 양, 셜리가 답했다.

이 이상한 질문들의 진짜 목적은 6개월 후에나 알 수 있었다. 비상식적인 질문들은 함정이었다. 연구자들이 정말로 관찰한 건, 내가 질문을 듣고 이를 어떻게 신체에 '미러링'하는가였다. 이를테면 "고양이를 쓰다듬으세요."라는 지시는 몸을 앞으로 내미는 것과 관련이 있기 때문에, 내가 재빨리 팔을 내밀어 앞 버튼을 누르리라고 예측한 것이다.

반면 '머리를 빗으세요.'와 같은 지시는 손을 뒤로 쓸어내렸다 올리는 행동과 연관이 있다. 따라서 연구자들은 내가 손을 뒤로 쓸어내리려는 충동 때문에 팔을 내밀어 앞쪽 버튼을 누르는 데 조금 더 시간이 걸리는지를 관찰한 거다.

'미러링'은 한 사람의 미소를 보고 다른 사람이 따라 웃는 정도로 이해하면 간단한 개념이다. 하지만 이러한 테스트에 적용되면 훨씬 더 복잡하고 미묘하다. 어쨌든 결국 나는 테스트 점수를 알 수는 없었다. 그저 본 실험에 들어가기도 전에 탈락하지 않아 기뻤을 따름이다.

연구자들 중 누구도 내가 얼마나 불안해지기 시작했는지 모르는 듯했다. '이제 저들이 내 뇌를 변화시킬 수도 있다니.' 사실 여태껏 나는 내 상태를 그저 묵묵히 받아들여 왔다. 달리 방법이 없으니까. 마치 죄수가 감옥에 갇혀서 '최대한 이 상황 안에서 잘 지내보자.' 하는 마음이랄까? 하지만 문이 열리는 순간 언제라도 도망가고 싶은 게 솔직한 심정이다.

그 후, 나는 뇌 자극 실험실로 자리를 옮겼다. 셜리가 내가 앉을 의자를 가리켰다. 의자 옆에는 카트가 있었다. 그 위에 놓인 하얀 상자가 바로 TMS 기계였다. 기계의 스위치를 누른 다음, 카트 위의 부속품을 집어 들고 나 혼자 시험 테스트를 하고 싶은 충동을 간신히 참아낸 나는 그저 얌전히 앉아서 다음 차례를 기다렸다.

"오늘은 TMS에 대한 반응을 체크할 거예요. 사람마다 반응은 조금씩 다르답니다. 아주 낮은 레벨의 진동 하나로 운동 피질에 자극을 줄 거예요. 운동 피질을 택한 이유는 뇌 부위 중 가장 측정이 쉬운 부위이기 때문이죠. 거기를 자극하면 근육이 움직이게 돼요. 일단 검지를 움직이게 하는 부위를 찾고 나면, 손가락이 더 이상 움직이지 않을 때까지 TMS의 레벨을 낮출 거예요. 그리고 이 일련의 반응이 일어나는 배경에 대해 기록하는 거지요. 본 실험의 구체적인 사항을 정하도록 말이에요. 사고나 감정에는 아무 영향을 미치지 않아요. 오늘 자극을 주는 부위는 사고 및 감정과는 관계가 없으니까요. 그저 기계를 조절하는 작업이라고 생각하시면 돼요. 간단한 테스트를 통해 뇌의 민감성을 측정할게요. 실제 실험에서 어느 정도의 파워를 쓸지 판단하기 위해서 말이죠."

"그런데 왜 검지인가요?" 내가 물었다. 답변은 굉장히 흥미로웠다. 뇌의 운동 피질 속 몇몇 뉴런들은 검지까지 이어지는 미세한 줄기를 갖는다는 것이다. 우리 몸속 대부분의 부속기관들은 척추의 릴레이 회로처럼 일련의 신경세포로 연결돼 있다고 한다. 검지를 선택한 이유도 바로 신경세포 연결이 직접적이기 때문이었다.

뉴런이 얼마나 작은지 생각해보라. 그런데 그런 작은 뉴런에 1킬로미터에 달하는 미세한 섬유가 달려 있다니, 이해하기 힘들었다. 린지가 내게 말했다. "사실이에요. 긴 섬유가 달린 뉴런들이 몸 전체에 퍼져 있어요. 아주 가늘죠. 아마 우리 몸속에서 화학 및 전기 신호를 내보내는 분자 사슬molecule chains보다 조금 더 큰 정도일 거예요."

린지의 말을 듣고 보니, 내 10대 시절이 떠올랐다. 전 부인 작은 곰과 나는 괴짜 같은 취미를 공유하며 함께 자라났다. 나는 그녀에게 전자학을, 그녀는 내게 공상과학 소설을 소개했다. 그때 그녀가 내게 준 래리 니븐의 『링월드』라는 책이 갑자기 떠올랐다. 책에는 '싱클레어 분자 사슬'이라 불리는 가상의 강력한 분자 사슬이 나왔다. 아마도 이 가상의 분자 사슬의 두께가 린지가 설명한 것과 비슷하게 얇지 않을까 싶었다. 공상과학 소설과 의학적 사실이 비슷한 데에 나는 감탄했다.

『링월드』에 비유하고 나니, 왠지 마음이 편했다. 린지의 설명이 무쉽게 들리지 않았으니까. 그때 갑자기 처음 보는 연구원이 전선과 알코올을 묻힌 면봉을 든 채로 슥 다가왔다. '대체 이건 뭐지? 알코올과 면봉이라니. 의사들이 수술 가위와 메스를 꺼내기 전에 쓰는 것 아닌가.' 이건 내 계획에 없던 일이었다. 내가 놀란 걸 눈치 챘는지 린지가 말을 이었다. "걱정 마세요. 에리카는 그저 피부를 닦으려는 것뿐이니까요. 그러고 나서 세 개의 전극을 테이프로 손에 고정시킬 거예요. 그리고 모니터로 근육이 활성화되는 신호를 잡아내는 거지요." 나는 긴장을 풀고 에리카가 손에 전극을 붙이게 나뒀다. 아프지는 않았지만 왠지 강아지처럼 이빨을 드러내고 으르렁대고 싶은 기분이었다. 물론 실제로 그러지는 않았다.

나는 정말이지 모범적인 피험자였다.

린지가 전선을 들어 내 머리에 갖다 댔다. 차가운 기운이 느껴졌다.

"어디에 갖다 대야 하는지 어떻게 알죠?" 내가 물었다. 사형 집행을 미뤄보려는 애처로운 죄수 같은 기분이긴 했지만, 그래도 궁금했다.

"운동 피질은 누구에게나 비슷한 곳에 위치해요." 그녀가 답했다. 그러더니 손가락으로 내 머리 위에 원을 그렸다. "바로 이 지점이죠. 그냥 보기만 해도 전선을 어디다 둬야 할지 알아요. 그리고 더 정확한 지점은 시험을 통해 맞출 거예요. 차차 알게 되실 겁니다. 준비되셨나요?"

나는 동의의 뜻으로 고개를 끄덕였다. 그리고 찌릿한 에너지를 맞을 준비를 했다. 기계가 퐁! 소리를 내자, 에너지가 순간 솟아오르는 게 느껴졌다. 벽의 콘센트에 손가락을 집어넣어 본 적이 있는가? 딱 그런 느낌이었다. 물론 차이는 있었다. 콘센트에 손가락을 넣으면 뺄 때까지는 계속 찌릿함이 느껴진다. 하지만 TMS 기계는 몇 천분의 1초 정도만 짜릿하고 만다. 그래도 전기 에너지의 느낌은 뚜렷이 전해졌다. 에너지가 솟아올랐다가 사그라지는 느낌도 있었다. 마치 머릿속에 하프가 있어서, 하프 줄이 당겨지는 느낌이랄까. 린지에 의하면, 마치 머리통을 딱따구리가 쪼아대는 느낌이란다. 그것도 맞는 말 같았다. 린지가 TMS 기계의 스위치를 올리자 기계는 재빨리 탁탁 하고 진동 두 개를 내보냈다. "이중항doublet이네요." 내가 말하자 린지는 놀라는 눈치였다. "진동을 세고 계셨어요?"

"네, 진동이 두 개 오더군요." 내가 말했다.

린지는 내게 대부분의 피험자들은 빠른 진동 두 개와 진동 한 개를 구분하지 못한다고 했다. 그녀는 이번에는 여러 개의 진동을 줬다. 역시 나는 그 수를 정확히 셀 수 있었다. "상당히 놀라운걸요." 그녀가 말했다. "매 진동마다 1천분의 3초 정도 간격밖에 없는데……." 그녀의 반응을 보니, 내게 혹시 진동을 구별해내는 특별한 능력이 있는 게 아닌가 싶었다. 아니면 여태껏 진동 수에 대해 언급한 사람이 없었는지도 모르고. 진동 수를 세는 건 내게 너무나 자연스러운 일이었다. 마치 콘서트장에서 드럼 소리를 세는 것처럼 말이다. 그러고 보니, '괴짜들이나 드럼 소리를 세는 건가?' 하는 생각이 들었다. 나는 그냥 입을 다물고 있기로 했다.

린지는 재빠른 진동의 수를 세는 내 능력을 어떻게 받아들여야 할지 판단이 서지 않는 모양이었다. 또 그 능력이 어떤 상관이 있는지도 모르는 듯했다. 나는 그저 모든 것에 굉장한 주의를 기울일 뿐이다. 새롭고 신기한 상황에 놓여 있는 데다, 뭐가 중요한지 아닌지도 모르니까.

나중에 알게 된 사실이지만, 그 능력은 자폐와 연관이 있었다. 나와 같은 몇몇 자폐인들은 갑자기 터져 나오는 소리의 비트를 셀 수 있다고 한다. 또 대부분의 사람들은 형광등의 빛을 그저 연속적인 빛으로 본다. 하지만 실은 1초당 120회 정도 빛이 깜빡이는 것이다. 많은 자폐인들이 이를 볼 수 있다. 그래서 어떤 불빛은 불편하게 느끼게 된다.

TMS를 통한 '느낌'도 있었다. 나는 사실 아무 느낌도 없을 줄 알았다. 연구자들이 나를 안심시키느라 뇌에는 고통을 수용하는 곳이 없다고 했던 까닭이다. 물론 내가 의자에 앉아서 느낀 건 고통은 아니었다. 단지 머릿속으로 에너지가 쏘아지는 느낌이었다. "두피와 두개골에는 아주 많은 신경세포가 분산돼 있지요." 알바로가 설명했다. 그렇지 않아도 그 두 부분으로 진동이 느껴졌다. 하지만 동시에 에너지가 뇌로 흘러들어 오자, 좀 더 깊은 어떤 자극도 느껴졌다.

"그건 뭐라고 말씀드려야 될지 모르겠네요." 린지가 말했다. "대부분의 사람들은 내부 자극은 느끼지 못하거든요. 저도 TMS를 경험해 봤지만, 내부에서 아무런 느낌도 없었어요."

하지만 내부 자극에 대한 느낌은 그다음 순서에 비하면 아무것도 아니었다. 린지가 기계의 파워를 올리자 에너지가 쏘아졌다. 그런데 진동이 내 팔을 마치 캥거루처럼 펄쩍 뛰게 만들었다. 하지만 린지는 차분히 고개를 끄덕이고 파워를 낮출 뿐이었다. 그다음 진동이 오자,

내 세 번째 손가락이 움직였다. 마치 누군가가 리모컨으로 내게 무언가를 집도록 명령한 것 같았다. 세 번째 진동은—린지의 표현에 따르면—아주 제대로 타깃을 맞췄다. TMS 전선에 에너지가 흐름과 동시에 내 검지가 살짝 꿈틀댔다. 드디어 타깃 부위를 찾았다. "72." 셜리가 숫자를 읽어 연구원에게 전했다. 그녀는 다시 파워 레벨을 조정했다. 그다음 진동은 65, 그리고 60이었다.

"마치 프랑켄슈타인 같군요." 내가 말했다. 셜리는 고개를 끄덕이더니 자못 심각한 표정을 지어 보였다.

그런데 참 이상한 일이었다. 나는 매번 진동 소리를 들을 수 있었고, 머릿속이 꿈틀거리는 것도 느꼈다. 파워 레벨이 25퍼센트에 달하자, 손가락의 전극에는 아무런 변화가 없었다. 하지만 나는 머릿속에서 찌릿함을 느꼈다. 40퍼센트에서도 아무 일이 없었다. 그러고 나서 천천히 60퍼센트에서 70퍼센트로, 그리고 72퍼센트로 레벨을 높였다. 그러자 갑자기 손가락의 전극이 깜빡였다. 75퍼센트 레벨에서는 손가락이 마치 식탁 위에 올린 개구리 뒷다리처럼 튀어 올랐다.

참 신기한 현상이었다. 휴식시간 동안 나는 데이브에게 전화를 걸었다. 그는 "그거 잘됐구먼. 이제 마인드 컨트롤로 내 신용카드의 마그네틱도 살릴 수 있겠네." 물론 나는 그의 빈정거림이 섞인 농담을 눈치 채지 못했다.

이제 모두 MRI 센터로 자리를 옮겼다. 사실 나는 그날 아침 데이브에게 전화해서 MRI에 대한 불안을 씻으려 했다. 뭘 대비해야 할지 미리 알아놓으려고 말이다. 한데 그는 내 머리를 고정시키기 위한 미

식축구 헬멧 같은 장치가 있을 거라는 말은 빼놓았다. 헬멧은 고정을 위해 묵직하게 만들어져 있었고, 그 안에는 머리가 움직이는 걸 막기 위한 패드도 장착되어 있었다. 데이브는 MRI 기계 속에서 밀실공포증을 느끼는 사람도 있다고 경고했다. 하지만 나는 조용히 꼼짝달싹 않기로 마음먹었다. 연구자들이 나를 기계 안으로 밀어 넣었다. "눈을 감는 게 더 편하실 거예요." MRI 검사원이 말했다. 나는 눈을 감았다.

"안에 괜찮으시죠?" 검사원은 내게 혹시 불편한 일이 있으면 누르라며 버튼을 주었다. 나는 강제로 묶인 게 아니라 언제든 풀고 나갈 수 있다는 확신의 의미에서 발을 꼼지락거렸다. 어렸을 때는 하수관에 갇혀 놀기도 하지 않았는가. 'MRI 쪽이 훨씬 따뜻하고 건조한걸. 뱀 따위도 없고.' 그러니 견딜 수 있을 것 같았다.

"시작할게요." 검사원이 말하고 방을 나가는 게 느껴졌다. 잠시 후 MRI 기계가 소리를 내기 시작했다. 날카로운 소리와 윙윙대는 소리 그리고 딸깍하는 소리까지, 뭔가 이상한 멜로디의 조합이었다. 소리로 미루어 보아, 뭔가 커다란 물체가 내 몸 전체를 감싸고 도는 듯했다. 눈을 떠봤지만 보이는 건 하얗고 매끈한 플라스틱 재질뿐이었다.

"거의 다 됐습니다." 목소리에 이어 문이 열리는 소리가 들렸다. 몇 초 뒤에 검사원이 나를 기계에서 끄집어냈다.

내 뇌를 찍은 이미지는 168장이나 됐다. 검사원이 내게 이미지가 담긴 CD를 건네며 집에 가져가도 좋다고 했다. "의사 선생님이 데이터를 보시고 며칠 안에 상담하실 거예요." 그가 말했다. 더 기다려야 한다니 달갑지 않았지만 그동안 이미지를 들여다보고 있는 수밖에 방도가 없었다.

뇌를 스캔한 이미지는 수평과 수직의 방향에서 찍은 두 그룹으로 나뉘어 있었다. 수평 이미지는 내 머리 위에서부터 목에 이르기까지의 갖가지 모양으로 찍혀 있었다. 한편 수직 이미지는 왼쪽에서 오른쪽으로, 즉 왼쪽 귀에서 오른쪽 귀까지 이어지는 이미지였다. 내 머릿속이 그렇게나 구체적으로 찍힌 것을 보니 마치 내 머리를 잘라서 안을 들여다본 것처럼 이상했다. 이미지는 너무도 선명해서 소름이 돋을 지경이었다.

내 목의 윗부분에는 밝고 둥근 진주 모양의 무언가가 있었다. 또 관자놀이 뒤에는 형체를 알아볼 수 없는 덩어리가 보였다. 진주 모양의 점은 쳐다볼수록 더 밝게 느껴졌다. '대체 이게 뭐지?' 다음으로 뇌를 가장 위에서 찍은 이미지를 보니, 왼쪽이 오른쪽보다 훨씬 커 보였다. '좌뇌가 발달했다는 말은 이럴 때 쓰는 건가?' 전문가의 의견을 들어볼 필요가 있었다.

"CD를 가져오게나. 함께 보자고." 데이브가 말했다. 놀란 나는 곧장 차에 뛰어들었다. 나는 데이브의 컴퓨터에 CD를 넣었다. 그러고는 문제의 이미지를 손으로 가리켰다. "저건 진주가 아닐세." 그가 웃으며 말했다. "저건 피라고. MRI 이미지로 볼 때 아주 밝아 보이는 것뿐이야. 신선하고 깨끗한 피가 목에서 솟구치는 게 스캐너의 이미지에 잡힌 거지." 이번에는 수상한 그림자가 보이는 다른 이미지도 살펴봤다. "저건 자네 귀일세."

"이거 보이나?" 크기가 상당히 달라 보이는 뇌의 양반구 이미지를 가리키며 데이브가 말했다. "이건 그저 자네가 기계 안에서 머리를 똑바로 대고 있지 않아서 그런 걸세. 기울어져 있어서 한쪽이 더 커 보이는 거야."

수년간의 영상 촬영 경력 덕분인지, 데이브는 대수롭지 않다는 태도였다. 그의 말을 들으니, 안심해야 될지 실망해야 될지 헷갈렸다. 집에 오자 커비는 CD를 가져가더니, MRI 데이터를 유튜브 영상으로 만들어주었다. 연구소에서 다시 연락이 오기 전까지는 그 정도가 최선이었다.

"모두 다 좋아 보이는군요." 알바로가 말했다. "언제 실험을 시작하고 싶으세요?"

일주일 뒤에 연구소를 다시 찾은 나는 내 MRI 이미지가 어떻게 사용되는지 볼 수 있었다. TMS 기계 옆의 탁자 위에는 큰 모니터가 놓여 있었다. 화면은 네 상자로 나뉘어 있었다. 왼쪽 위의 상자에는 가운데 빨간 십자 선이 그려진 원이 보였다. 오른쪽 위의 상자에는 나의 뇌 이미지가 있었다. 마치 공중에 떠 있는 듯한, 사진같이 선명한 모양이었다. 뇌 바로 아래 오른쪽에는 네 개의 빨간 점이 보였다. "이 네 개의 점은 기준점이에요. 콧대와 코 끝, 그리고 양 귓불 끝을 가리키죠."

"저 카메라 보이세요?" 린지가 벽과 천장이 교차하는 지점에서 내려다보는 카메라 두 대를 가리켰다. "이걸로 머리의 각 기준점을 비추면, 컴퓨터가 그 방향을 따라잡는 거죠. 가만히 앉아 계시기만 해도 기준점이 모니터에 나타날 거예요." 린지가 레이저 포인터 같은 물건을 집어 올리며 말했다.

모니터 속 아래 두 상자에는 각각 내 뇌의 위와 측면 MRI 이미지가 보였다. 상자마다 빨간 십자 선이 그려져 있었다. "저기가 바로 첫 번째 타깃이 될 거예요."

그러고는 내게 6센티미터 길이의 축에 세 개의 회색 공이 달린 머리띠를 씌웠다. "카메라가 이 공들을 주시할 거예요. 그러면 컴퓨터가 자동적으로 머리 주위의 공간을 인식하게 되죠. 이제 세부사항을 교정할게요." 린지는 컴퓨터로 가서 교정을 시작했다. 첫 번째 기준점은 코였다. 린지는 레이저로 내 코 위에 점을 비추고는, 컴퓨터가 이를 인식했는지 확인했다. '삐' 하는 작은 소리가 성공을 알렸다. 그 다음 코의 다른 부위, 그리고 양 귓불에 레이저로 점을 쏘았다.

아들이 어릴 적 이발을 해야 할 때 내가 해주던 말이 떠올랐다. "커비야, 이발소에 가서 〈스타트렉〉에 나오는 스팍처럼 귀를 뾰족하고 멋지게 다듬자꾸나." 그 결과, 커비는 오랫동안 이발소에 가길 거부했었다. 그런데 이제는 저들이 내 귀를 다듬고 있다니!

내 머리의 세부사항에 맞춰 시스템을 교정했으니, 이제 준비가 된 셈이었다. "TMS 전선은 오시기 전에 이미 교정을 마쳤어요." 시선을 옮기자, 내 머리에 씌워진 머리띠와 비슷한 세 개의 공이 달린 전선이 보였다. 하지만 그 패턴은 달랐다. 그래서 컴퓨터가 내 머리띠의 전선과 구분을 하는 듯했다.

"여기를 보세요." 린지가 말했다. 나는 모니터로 시선을 향했다. 린지는 전선을 내 머리 근처에 대고 있었다. 그녀가 손을 움직이자, 전선이 내 두피를 미끄러지듯 스치는 게 느껴졌다. 그러자 모니터 속

세 번째 상자 안의 십자 선이 움직였다. 왼쪽 상단 상자 속의 파란 점 하나도 움직였다. 십자 선으로부터는 멀리 떨어진 점이었다. 린지가 전선의 위치를 바꾸자 파란 점은 십자 선 정중앙 안으로 들어갔다.

"얼마나 정확한가요?" 내가 물었다. 그러자 린지가 전선을 조금 움직였다. 파란 점이 십자 선 안을 벗어났다. "분해능(기기가 인접한 두 개의 물체를 별개의 것으로 구별할 수 있는 최소 거리—옮긴이)이 약 1밀리미터쯤 될 거예요." 그녀가 말했다. 나는 감탄했다.

수평이든 수직이든, 모든 MRI 사진의 크기는 같았다. 각 사진마다 내 머리보다 조금 더 큰 공간을 담고 있어, 내 머리통과 두피, 눈, 코 그리고 귀의 희미한 윤곽이 보였다. 각 이미지에는 코와 귀의 기준점들이 하나하나씩 표시돼 있었다. 그래서 컴퓨터가 모든 데이터를 모아 하나의 3차원적 뇌 모형을 만들어낼 수 있는 거였다. 비록 머리통의 모양은 보이지 않았지만 굉장히 사실적인 모형이었다. 화면 속의 이미지에 표시된 점이 첫 뇌 자극을 위한 타깃인 셈이었다.

엄숙함이 감도는 순간이었다. "전두엽의 몇몇 군데에 자극을 줄 거예요."라는 추상적인 말을 듣는 것과는 달랐다. 연구소에 앉아서 컴퓨터 화면 속 내 뇌의 이미지, 그것도 파란 점이 타깃을 표시하고 있는 이미지를 보는 기분이란……. 모든 게 갑자기 심각하게 느껴졌다.

린지와 셜리는 내 마음속의 감정이라는 냄비가 얼마나 부글부글 끓고 있었는지 눈치 채지 못했을 거다. 사실 나조차도 그 감정을 표현하기 힘들었다. 글쎄, 경이로움과 호기심 그리고 두려움이 뒤엉킨 기분이랄까? 그래도 희망이라는 한 줄기 빛이 나를 지탱해주었다.

"뇌의 어디라도 타깃으로 삼을 수 있지요. 이 장치만 있으면 전선을 어디다 갖다 대야 할지 알 수 있거든요." 셜리가 자랑스레 말했다. 내 뇌를 모형화하는 데 많은 노력을 쏟아부은 게 분명했다. 실제로 모형을 사용할 때, 내가 뭔가를 망치거나 실망시키는 일이 없길 바랐다. 어쨌든 여태까지는 테스트를 통과한 것 같았다. MRI 결과에 따르면 부족하거나 과잉인 부분도 없었으니까. 내 뇌를 지도화하는 작업이 끝났으니, 이젠 실전에 들어갈 차례였다. 첫 번째 뇌 자극은 다음 주로 예약돼 있었다. 벌써부터 좀처럼 기다리기 힘들 지경이었다.

음악이 살아나던 밤

나의 첫 TMS 실험 날이 됐다. 다른 날과 별다른 점은 없었다. 아침에 일어나서 일을 하러 갔고, 오후에 보스턴으로 향했다. 운전을 하는 동안 생각할 시간은 충분했다. '도대체 어떤 일이 벌어질까? 몇 시간 안에 내 인생이 달라질까?'

마침내 병원에 다다르자 여러 가지 심정이 뒤엉켰다. 그런데 너무나 실망스럽게도, 컴퓨터 앞에서 치러야 할 또 다른 테스트가 기다리고 있었다. 진행은 셜리와 그녀의 조수가 했다. "화면 속에 여러 얼굴이 스치고 지나갈 거예요. 얼굴의 표정을 보고 알맞은 버튼을 눌러 답하시면 돼요." 그들이 말했다. 왼쪽 버튼은 '행복'을, 오른쪽 버튼은 '슬픔'을 의미했다. 제3의 감정은 가운데 버튼이었다. 간단하게 들렸지만, 너무 빠른 속도로 표정들이 지나가다 보니 내가 보는 게 뭔지도 헷갈렸다. 왠지 좌절감이 밀려왔다. '하지만 이 테스트를 냉정하게

해내는 사람들도 있을 테지. 그렇지 않으면 의미가 없잖아?'

그런 생각이 들자 왠지 슬퍼졌다. 실전에 들어가기도 전에 패배자가 된 기분이었다. 흥분된 마음이 불안함으로 뒤덮이고 있었다.

그러고 나서 그들은 또 다른 테스트를 내밀었다. 이번에는 셜리가 내 앞에 마이크를 놓고 새로운 컴퓨터 프로그램을 실행했다. 화면의 물체를 보고 그게 무언지 재빨리 말하는 테스트였다.

개…… 집…… 자동차…… 핀셋. 모두 익숙한 것들이었다. 하지만 물체들이 나열된 순서가 뭔가 이상했다. 고양이, 가위, 비행기 등은 보통의 대화에서 함께 쓰이는 단어들은 아니니까. 그런 식으로 얼마간 진행됐다. 비로소 나는 테스트의 대상이 '보는 것을 또렷하게 말하는 능력'임을 깨달았다. TMS로 그런 능력을 강화하는 것이 내 삶에 어떤 영향을 미친다는 걸까.

"걱정 마세요. 이건 그저 기본 테스트니까요. 아주 잘하셨어요." 그들이 말했다. 앉아 있는 모습이 왠지 풀이 죽어 보였나 보다. 이제야 이해가 되기 시작했다. 연구실에 들어오면 우선 테스트를 하고, 그다음에 TMS 에너지를 맞은 뒤, 또 테스트를 하는 거다. 내가 잘해내기를 모두가 바라고 있었다. 저들에게는 학문적인, 내게는 개인적인 목적이 달린 문제니까. 하지만 이 모든 테스트와 초심자의 불안감 때문에 내가 실패자처럼 느껴졌다. '만약 실험 도중에 쫓아내 버리면 어쩌지?' 그러면 정말이지 창피스러울 거다. 특히 새나 망치 따위를 빨리 말하지 못하는 정도로 하찮은 문제 때문이라면 더욱더.

드디어 대망의 TMS 시간이었다. 물론 이전 시간에 진동을 느껴본

적이 있어서 딱히 긴장되지는 않았다. 하지만 이번에는 귀마개와 마우스피스를 주는 게 아닌가. 뭔가 불쾌한 경험에 대비하라는 것일까? 나는 적잖이 놀랐다. 물론 TMS의 진동이 얼굴 근육에 경련을 일으킬지도 모른다는 건 읽은 적이 있었다. 그래서 마우스피스를 주는 것 같았다. 나는 마우스피스는 사양하고 귀마개는 쓰기로 했다. TMS 기계를 냉각시키는 선풍기 소리가 꽤 시끄러웠기 때문이다.

자리에 앉자 곧 전선도 준비됐다. 알바로에 의하면 TMS 에너지를 쏜 부분은 강화되거나 억제될 수 있었다. 물론 그들이 쓰는 에너지는 늘 억제 쪽이었다. 하지만 그는 또 뇌 양반구 사이의 밸런스로 비유를 들지 않았는가. 오른쪽을 둔화시키면 왼쪽이 자극된다고 했다. '그렇다면 나는 어떤 기분을 느낄까? 흥분? 우울? 아니면 다른 어떤 감정?'

셜리가 나서서 시작 버튼을 눌렀다. 기계가 소리를 내면서 1초마다 한 개의 진동을 내보내기 시작했다. 그렇게 안정적인 리듬이 30분 동안 쭉 계속됐다.

내 불안감은 첫 번째 진동이 오는 순간 사라졌다. 이상한 일은 아무것도 없었다. 퐁! 하는 소리가 내가 옛날에 칸델라 사에서 일했을 때를 떠올리게 했을 뿐이다. 그때 나는 레이저를 쏘는 일을 했었다. 매 진동마다 전자기 충격이 내 머리를 때리는 게 느껴졌다. 아픈 정도는 아니었지만 그 느낌은 확실히 전해졌다. 전기 충격을 받은 적이 있는 사람이라면 누구라도 알아챌 정도였다. '이게 바로 전자기 유도일까?'

그런 생각이 내 머리를 스치고 지나갔다. 하지만 곧 까맣게 잊어버렸다. 전선의 움직임으로 계속 시간이 흐른다는 것만 감지할 수 있었다. 퐁! 퐁! 퐁! 매 진동마다 머리가 움찔했다. 하지만 이상하게도 전혀 불편하지는 않았다. 사실 아무렇지도 않은 것 같았다.

게다가 어쩐지…… 자유로운 기분이었다. 냉각팬의 소음은 처음에는 시끄러웠지만, 점차 주변으로 흩어져버렸다. 기계 소리가 계속 나는 걸 보니 뭔가 진행은 되는 게 분명했다. 하지만 느낄 수는 없었다. 사실 얼굴에 살짝 경련이 이는 것 말고는 아무것도 느낄 수가 없었다. 불안감도 눈 녹듯 사라졌지만 이내 더 깊은 감정이 밀려들었다. 마치 사고가 멈추고 시간이 정지된 것만 같았다. 머릿속이 중립 상태가 된 기분이랄까? 아무것도 하고 싶지 않았다. 그저 멍하니 벽시계만 바라볼 뿐이었다. 처음 느끼는 상태였는데도 이런 고요함에 대한 의문에 잠기지도 않았다. 시계의 분침이 계속 움직이고, 진동이 머릿속으로 흘러들어 왔다. 나만의 세계가 점점 작아지는 기분이었다.

정신이 일종의 대기 상태에 들어간 것처럼, 온전한 사고를 유지하는 능력이 사라지는 듯했다.

나는 몇 번이나 진동을 세려고 시도했다. 하지만 시원치 않았다. 하나…… 둘…… 셋…… 넷…… 그게 다였다. '그만 세야지.' 하고 의식적으로 생각한 것도 아니었다. 그저 숫자가 멈춰버렸을 뿐이다. 내면의 대화, 즉 의식이 깨어 있을 때의 마음속 목소리가 사그라진 듯했다.

몇 분이나 흘렀을까. 마지막으로 퐁! 하는 소리가 나더니 실험이 끝났다. 30분이 금방 지나가버린 거다. 물론 나는 그 사실조차 몰랐지만, 벽시계에 따르면 그랬다.

주위를 한번 돌아보고 머리를 한두 차례 흔드니 천천히 제정신이 돌아왔다. 린지와 셜리는 나를 유심히 쳐다봤다. 잠시 후 셜리가 말했다. "좋아요, 그럼 처음에 했던 테스트를 다시 해보죠!"

이번에는 처음보다 나열된 물체의 종류가 적었다. 따라서 본 것을 말하기도 식은 죽 먹기였다.

하지만 곧 문제에 대한 답이 여러 개일 수 있겠다는 생각이 들었다. '개라고 해야 하나? 아니면 동물? 셰퍼드? 답이 하나일까 아니면 여러 가지일까?' 어쨌든 나는 노력했다. 하지만 첫 테스트보다 잘했는지는 알 수 없었다. 내가 아는 한 내 상태는 실험 이전과 전혀 달라지지 않았으니까. 조금 놀란 게 전부였다. '대체 무슨 생각을 한 거지? 정말로 저 의자에 앉았다 일어나면 딴사람이 될 거라고 기대했었나?'

그런데 뭔가 조금씩 달라지는 느낌이 들었다. 그런 생각에 미치기까지는 시간이 조금 걸렸다. 머릿속에 안개가 자욱한 기분이었으니까. 정신은 말짱했지만 생각을 해내는 데 많은 주의가 필요했다. 말이나 문장을 내뱉는 데도 신중해야 했다. 물론 말을 더듬은 건 아니다. 그런 기억은 없다. 다만 좀 더 주의를 기울여야 했다. 마치 경찰에게 음주 단속을 당할 때 답하는 것처럼 말이다. 내 정신은 마치 맨발로 날카로운 자갈 위를 걷는 기분이었다.

연구원들도 뭔가 이상하다고 느끼는 듯했다. "기분이 괜찮으세요?" 셜리의 질문에 나는 깜짝 놀랐다. 실험의 즉각적인 효과가 약 15분간 지속될 것이고 그 시간 동안 나를 유심히 관찰하겠노라고, 그녀는 했던 말을 반복했다. '왜 그래야 하지?' 나는 알 수 없었다. 하지만 어쨌든 그 15분 동안 나는 얼이 빠져 있었다.

실험 후 30분이 지나자 모든 게 다시 정상으로 돌아왔다. 이제 신경과 전문의와 '마무리 테스트'를 할 차례였다. 다시 밖으로 나갈 준비가 됐는지를 확인하는 차원에서 매 실험마다 하는 의례라고 했다. '그런데 준비가 되지 않았다면 어쩌려는 거지? 새장에 담아 지하실에 가둬놓으려는 걸까?' 답을 모르는 편이 나을 것 같았다.

"오늘이 무슨 요일이죠?" 내 얼굴에 경련이 일어나지는 않는지 살피면서 의사가 물었다. "월요일요." 나는 약간 짜증이 나서 말했다. '내가 정신을 잃기라도 했을까 봐서?'

그런데 답에 약간 문제가 있었다. 사실 그때는 화요일 저녁이었다. 의사는 잠시 후 내게 그 사실을 알렸다. "흐으음." 내가 답했다. 그는 나를 쳐다봤다. 나도 그를 쳐다봤다. 당시 나는 사람들의 눈에서 속뜻을 잘 읽어내지 못했었다. '나를 지하 관찰 병동에라도 보내려는 건 아니겠지?' 하지만 그 순간은 곧 지나갔다. 의사는 그냥 넘겨버리더니, 이내 내게 날짜를 물었다.

'녀석, 아주 제대로 물어보는군.' 나는 생각했다. 그리고 날짜를 떠올려봤다. "8일인가요?" 내가 물었다. '나는 원래 날짜에는 약하단 말이지. 이게 TMS랑 관련 있는 건 아니잖아.'라고 생각하면서, 다음 실험 전에는 필히 날짜와 요일을 외워놓겠다고 다짐했다. 이런 시시콜콜한 걸 몰라서 '관찰 요망'이라는 꼬리표를 달 필요는 없으니까.

"우리가 지금 어디 있죠?"

"여기가 무슨 나라인가요?"

"여기는 몇 층인가요?"

"지금이 무슨 계절이죠?"

의사는 질문들을 재빨리 쏟아냈다. 질의응답을 마치고, 나는 앞선 얼굴 표정 인식 테스트보다는 훨씬 잘해냈다고 확신했다. 물론 날짜와 요일은 조금 틀렸지만 말이다. 나는 다른 실험 참가자들은 어떻게 테스트를 마쳤을지 궁금했다. '내가 평균일까? 아니면 멍청한 건가? 혹시 아주 잘한 건 아니겠지?'

어쨌든 의사는 내가 혼자 집에 가기에 충분히 기민한 상태라고 보는 것 같았다. 나는 차를 타고 병원 주차장을 뱅뱅 돌아 나왔다. 그러고는 고속도로에 올라 속도를 올렸다. 집까지는 긴 여정이었다.

차 안에서 제일 먼저 전화를 건 사람은 데이브였다. 그도 대체 경과가 어떤지 무척 궁금해하고 있었다. 사실 그때까지는 그저 피상적인 절차에 대한 것 말고는 나도 별로 해줄 말이 없었다. 무리 없이 끝냈다는 것 말고는 도무지 할 말이 없었다. 나도 무슨 일이 일어났는지 잘 몰랐으니까. 물론 그럭저럭 괜찮았던 것 같았다. 그런데 그와 대화를 나누는 도중에 문득 깨달은 게 있었다. 바로 내 말투가 어딘가 달라졌다는 사실이다.

생일 파티에서 헬륨 풍선을 들이마셔 본 사람은 아마 알 거다. 절대 모를 리가 없다. 늘 자기 목소리를 당연히 여겨오다가, 풍선을 마신 후에는 다른 사람 목소리처럼 들리지 않는가. 물론 그만큼 큰 차이는 아니었지만 눈치 챌 수 있었다. 비록 정확히 어디가 바뀌었는지는 알 수 없었지만 말이다. 나는 대화를 하면서 계속 그 미스터리를 풀려고 노력했다. 그러다 문득 깨달았다. '그게 가능할까?' 바로 내 목소리에 어딘가 모르게 감정이 좀 더 실려 있었다. 문장 끝마다 목소리 톤이 더 올라가거나 내려가거나 했다.

바로 그거였다. 문장을 말할 때 언어 치료사가 '운율'이라 부르는 걸 더 많이 섞어 쓰고 있었다. 하지만 그런 생각이 떠오름과 동시에, 말도 안 된다고 느꼈다. '아니, 정말 그럴 수 있을까? 그게 무슨 뜻이지? 감정을 더 느끼되, 표현은 평소와 같은 걸까? 아니면 감정은 평소와 같은데 표현을 더 하게 된 걸까? 아니면 그저 상상에 불과한지…….' 나는 매우 혼란스러웠다. 전화를 끊자마자 혼자 조용히 생각에 잠겼다.

물론 연구원들은 내 목소리 변화를 언급하지 않았다. 아니, 전혀 눈치 채지도 못한 것 같았다. 하지만 아이팟의 전원을 켰을 때, 운율 문제 따위는 저 멀리 사라졌다. 익숙한 노래가 흐르자 제대로 한방 얻어맞은 듯했다. 마치 환각 증상에 빠진 느낌이랄까.

터배리스 브라더스의 20여 년 전 라이브 무대 음악을 들으며, 나는 난생처음 그런 기분을 느꼈다. 내가 음악계에서 일하던 초기에 그들은 그저 보스턴과 프로비던스 지역의 수많은 밴드 중 하나였다. 〈쉬즈 곤She's Gone〉이라는 노래로 1위를 차지하고, 영화 〈토요일 밤의 열기〉 OST에 참여하기 전이었다. 지금 차 안에 흐르는 노래는 정식 앨범 수록곡은 아니었다. 작은 무대에서의 라이브 음악을 직접 짜깁기한 앨범이라 레코드사에서 내놓은 음반만큼 음질이 좋지는 않았다. 하지만 옛 추억이 그대로 살아났다.

사실 재미있는 게, 키스 같은 하드코어 로큰롤 밴드를 위한 거친 특수효과를 담당한 나지만 헤비메탈 장르를 딱히 좋아해본 적이 없었다. 한번은 기타리스트인 피터 프램튼과 무대 뒤에서 밤늦게까지 앉아 있던 적이 있었다. 베이스 기타 연주자인 존 리건도 함께였다. 피터는 헤비메탈에 대한 내 감정을 이해하는 것 같았다. "나도 사실 좀 더 세련된 편곡의 멜로디 중심적인 노래를 좋아하거든." 나도 정확히 그렇게 생각했기에, 그 말이 잊히지 않았다.

70년대의 소울 그룹들은 좀 더 세련되고 멜로디 중심적이었다. 무대 위의 춤도 아름다웠다. 나는 그런 무대에서 일할 때가 제일 즐거웠다.

차 안에 흐르는 터배리스 브라더스의 노래는 천 번은 들은 곡이었다. 늘 그저 그런 비공식 음원이라고만 생각했었는데, 이번엔 모든 게 달랐다. 한 음 한 음의 뉘앙스가 의미 있게 들렸다. 마치 소리를 이해하는 폭이 천 배는 넓어진 것 같았다. 뇌 자극을 어떻게 했는지는 모르지만, 나의 음악을 듣는 방식에 새로운 물꼬가 터진 듯했다.

요전 날, 나는 분명히 같은 곡에서 이상한 쉭쉭 소리를 어렴풋이 들었었다. 하지만 별 생각이 없었다. 그런데 그건 바로 커비가 무대 위에서 마이크를 질질 끌고 다녀서 낸 소리임을 깨달았다. 터배리스 브라더스는 한 명씩 번갈아 가며 노래를 불렀다. 그들의 목소리가 아름다운 대조를 이루며 완벽한 하모니를 자아냈다. 아무리 어려운 음에서도 완벽한 소리였다. 그걸 듣는 내 얼굴에 미소가 번졌다. 30년 전에 나는 보수를 받고 노래를 들었다. 모든 이들이 정확한 음정을 내는지 날카롭게 주시했다. 물론 요즘엔 그저 노래를 듣고 추억에 잠기는 걸 즐긴다. 어쨌든 그날 밤에 나는 뭔가가 크게 달라졌음을 감지했다. 음악을 더 자세히 들었을 뿐 아니라 훨씬 깊은 감정을 느꼈다. 그렇게 오래 음악계에서 일했으면서도 나는 단 한 번도 가수의 감정에 내 감정을 이입해본 적이 없었다. 하지만 이제 TMS 덕분에 그럴 수 있게 됐다. '자폐가 없는 사람들은 항상 이런 식으로 음악을 경험할까?' 나는 알 수 없었다. 하지만 그건 정말 잊지 못할 경험이었다.

이런 식으로 음악을 느끼는 건, 내 자폐 증상 때문에 더욱 특별하게 다가왔을지 모른다. 평생 사람들의 말에서 감정을 느껴본 적도 없었으니까.

터배리스의 노래가 끝나고 다음 곡이 시작됐다. 또 기억이 새록새록 떠오르기 시작했다. 아주 오래전에 잊어버린 기억이 마치 영화를 보듯 재생되기 시작했다.

1978년, 캐나다 작곡가인 댄 힐은 〈가끔씩 우리가 서로를 어루만지면Sometimes When We Touch〉이라는 1위 히트곡을 냈다. 그리고 여가수 포비 스노와 함께 북미 투어를 했을 때, 내 사운드 장비를 썼다. 포비는 〈시인Poetry Man〉이라는 히트곡을 낸 크게 성공한 가수였다. 그런데 보스턴의 오르페움 극장 무대 뒤에서 그들의 노래를 듣던 내 모습이 떠올랐다. 무대 뒤 왼편에 숨겨진 커튼 속에서 나는 무대에 혼자 오른 댄의 윤곽이 무대 조명에 비치는 모습을 보았다. 그의 음악은 마치 수정 구슬처럼 빛났다. 그날 밤의 무대 장치 하나하나가 선명히 기억났다. 나는 오르페움, 캐피톨 극장, 바사 칼리지 등 북동부 지역의 수

많은 무대에 그들의 음악 장비를 짊어지고 다녔다. 내가 만든 스피커가 관중에게 그들의 음악을 선사하는 걸 뿌듯해하면서 말이다.

또 다음 곡이 흘러나왔다. 음악가와 무대가 바뀌었다. 이번에는 여가수 다이애나 로스가 트라이앵글을 치는 소리가 들렸다. 그녀의 모습이 선명히 그려졌다. 트라이앵글을 마이크에 갖다 댄 채 갓 지은 새 무대 위에 서 있었다. 트라이앵글 소리는 투명한 아름다움을 뽐냈다. 그녀의 목소리에서 기쁨과 에너지가 느껴졌다. 그 투어에서 그녀는 가장 찬란한 스팽글 장식 드레스를 입었었다.

또 다른 기억도 떠올랐다. 다이애나 로스는 키스의 베이스 연주자인 진 시먼스와 사귄 적이 있었다. 그가 스피커 보관함으로 둘러싸인 공간에서 연습을 하는 동안, 다이애나와 나는 무대 뒤편에서 조용히 감상하곤 했다. 그러면 나는 마치 머릿속에 오실로스코프가 장착된 것처럼 음악이 물결치는 걸 보았다. 음악 소리가 마치 형체가 있는 사물처럼 느껴졌다. 물론 상상 속에서겠지만, 손을 뻗으면 멜로디, 리듬, 악기, 가수의 목소리 하나하나를 잡아챌 수 있을 것만 같았다.

그 모든 기억이 되살아났다. 마치 내 젊은 시절의 가장 주요한 순간이 새로운 감정의 폭으로 한 겹 더 덮인 채로 재생되는 것만 같았다.

그런가 하면, 가수 에디 홀먼이 〈거기 외로운 소녀여Hey There Lonely Girl〉를 부르는 소리도 들렸다. 요즘은 흔적도 없이 사라져버린 무대 위에서 노래를 부르는 에디의 모습이 떠올랐다. 공연이 끝날 때 그가 "주여, 감사합니다!"라고 기쁨에 찬 소리를 지른 것도 생각났다.

노래 중간에는 밴드 구성원들이 말하는 소리도 흘러나왔다. 나는 그 순간 친구들을 떠올렸다. 보비 하츠필드와 시브리즈는 블루스 음악가인 타지마할의 형제들이었다. 그들은 내 가게 앞에서 할리데이비슨 오토바이를 세워두고 서 있곤 했다. 어쨌든 그들의 목소리가 녹음된 걸 들으니, 한 명 한 명의 얼굴이 떠올랐다. 그들의 기분까지도 느껴졌다. 그들의 목소리는 굵고 멋졌으며, 따스함이 녹아 있었다. 늘 듣던 목소리지만, 이제야 그 목소리를 '느낄 수' 있었다.

자폐라는, 나를 감정으로부터 멀어지게 했던 필터가 사라지는 것 같았다. 녹음된 목소리에서 웃음이 느껴졌다. 마치 얼굴을 직접 보는 것같이 말이다. 그 사실이 내 안에서 절절히 느껴졌다. 이런 감정을 느끼는 동안, 차 안에는 계속 아름다운 음악이 흘렀다. '이런 기분이 영원할 수만 있다면…….' 하고 나는 바랐다. 그때, 셜리가 TMS의 효과는 15분 남짓 지속된다고 했던 말이 생각났다. 하지만 15분은 훨씬 지난 후였다. '대체 어떻게 된 일이람?' 이런 현상이 연구의 목표인지, 아니면 희한한 부작용인지 알 수 없었다. '아니면, 혹시 내가 과대망상을 하고 있나?' 어쨌든 소리를 듣고 감정을 느끼는 현상은 놀랍도록 생생했다.

가수 맥패든&화이트헤드가 동료 가수 마빈 게이를 위해 작곡한 노래가 들려왔다. 나는 귀를 기울여 옛날 엔지니어 시절에 했던 대로 악기 하나하나의 소리를 들으려 했다. 백그라운드 멜로디가 키보드의 음으로 녹아들고 있었다. 좀 더 집중하자 키보드가 여러 대임을 깨달았다. 각각 고유의 소리를 내고 있었다. 집중하면 할수록, 각각의 악기 소리와 무대 배치 형태까지 그려졌다. 3단으로 된 키보드와 그 옆의 피아노 한 대였다. 악기들의 소리는 너무나 선명해서, 손으로 만질 수 있을 것만 같았다. 키보드 연주가가 한 손으로는 코르그 사의 키보드를, 다른 한 손으로는 해먼드 사의 오르간을 연주했다. 서로 대조되는 멜로디가 나를 미소 짓게 했다. 어려운 음도 능숙하게 쳐내는 연주자의 솜씨는 놀라웠다.

'지금 내가 단순히 옛날 공연을 회상하는 걸까? 아니면 새로운 방식으로 각각의 악기 소리를 감지하고 그 이미지를 내 마음에 쌓아가는 걸까?' 그것도 알 수 없었다. 어쨌든 나는 음악을 듣고 각각의 악기 소리를 감지하는 능력은 늘 있었다. 작은 소리만으로도 무대 위의 연주자들이 각자 어디에 위치하는지 알 수 있었다. 20대 때는 깁슨 사의 베이스 기타와 펜더 사의 베이스 기타 소리를 구분할 줄 알았다. 또 펜더 사의 베이스 기타 여러 개도 서로 구별해냈을 뿐 아니라, 쓰인 기타 줄 종류까지 맞출 수 있었다. 음악에서 감정을 느끼지는 못했지만, 각각의 소리를 듣고 음악이 만들어지는 이치는 이해한 거다.

교향악단의 연주자들도 이런 능력이 있다고들 한다. 물론 아주 정확하지는 않겠지만 말이다. 어쨌든 내 이런 특이한 능력 때문에 나는 음향 엔지니어링 세계에서 높은 자리까지 갈 수 있었다. 이런 생각을 하는 동안, 그 능력이 다시 살아나는 기분을 느꼈다. 물론 이번에는 감정까지 한 겹 더해진 상태였다.

내 저서 『나를 똑바로 봐』에서 나는 음악을 감지하는 능력이 쇠퇴한 경험을 담담하게 서술한 바 있다. 그 자체가 성장 과정이었고, 달리 얻는 것도 많았노라고 썼다. 말 그대로 나는 나이를 먹어갈수록 음악을 깊숙이 인지하는 능력을 잃어갔다. 그래서 음악계를 떠났다. 그 대신에 나는 사람들과 함께하는 법을 배웠다. 대화를 나누고 친구를 사귀는 능력 말이다. 아무튼 나는 음악을 인지하는 능력에 대해서는 많이 잊어버린 상태였다. 그런데 이제 그 능력이 다시 돌아온 듯했다. 감정이 복받쳐 올랐다. 그 수많은 세월을 지나 지금에야 그 소중한 능력의 가치를 깨닫다니.

이런 건 전혀 예상하지 못했었다.

나는 고속도로를 지나자마자 친구 밥과 설레스트에게 전화했다. 그들은 내가 로큰롤 세계에 몸담았던 때부터 쭉 친구였다. 그날 밤에 차 안에서 느낀 음악의 힘이 너무나 대단해서, 그들에게 모두 털어놓고 싶었다. "지금 나 좀 보세." 나는 다급히 말했다. 우리는 애머스트의 레스토랑에서 만나기로 약속했다. 장소에 이른 나는 방금 전의 경험을 쏟아놓으려고 했다. 그런데 이상하게도 울음이 멈추지 않는 것이었다.

집에 와서는 옛날에 녹음한 음원들을 밤늦게까지 틀어놓았다. 키스의 리드싱어인 폴 스탠리가 신곡이던 〈크게 소리 질러요Shout It Out Loud〉를 부르는가 하면, 여가수 멜리사 맨체스터가 그 옛날 케이프코드 해안가 콘서트장에서 〈너무 많은 사람들Just Too Many People〉을 불렀다. 나는 눈물을 흘리며 미소 지었다. 노래들이 불러오는 감정이 마치 따뜻한 여름비처럼 나를 적셔댔다. 그런데 밤이 깊을수록, 그 마법 같은 느낌이 점점 희미해졌다. "효과는 일시적이에요."라고 그들이 경고하지 않았던가. 하지만 나는 이 강력한 감정이 남아 있어주길 바랐다. 새벽 5시가 되자, 모든 마법이 사라졌다. 나는 잠이 들었다.

이런 사정을 모르고 가족들은 곤히 잠든 듯했다. 다음 날 아침이 되자 청각이 원래대로 돌아온 것 같았다. 마치 수정처럼 맑았던 전날의 감각은 사라졌다. '소리'가 그 몇 시간 동안 내 주위 모든 것에 녹아 있었는데……. 대화에서 새로이 느꼈던 감정도 다 사라져버렸다. 그래도 나는 그 경험으로 굉장히 감동받았다. 이틀 전과는 내 '정상 상태'의 기준이 많이 달라진 듯했다. 왠지 모를 슬픔과 경이로움이 뒤섞인 기분이 밀려들었다.

나는 린지와 알바로, 셜리에게 이메일로 내 경험에 대해 알렸다. 그들은 별 반응이 없었다. 알바로는 "흥미롭군요. 그리고 예기치 못한 일이군요."라고 답했을 뿐이다. 나는 그에게 좀 더 질문을 했다. 그러자 그는 TMS가 음악을 '보는' 능력을 어떻게 일깨웠는지 모르겠다고 답했다. 그게 실험 목표는 아니었다면서 말이다.

나는 연구원들이 마음을 활성화하는 이 실험의 장기 효과에 대해 잘 모르는 게 아닐까 싶었다. 실험 전에는, 자폐라는 맥락만 새로울 뿐 그들이 늘 하던 실험의 반복이라고 생각했다. 하지만 이제 그게 아님을 깨달았다. 그들의 말대로라면, 내 경험은 예기치 못한 미스터리였다.

다음 날, 나는 데이브에게도 전화해 자초지종을 얘기했다. 그는 내 얘기를 듣더니 의사로서의 의견을 내놓았다. "아마 연구원들은 애초에 실험에 대한 목표가 있었겠지. 그리고 그게 계획대로 되는지 보려고 했을 거야. 그런데 막상 실험을 마치고 나자 자네에게 뜻밖의 현상이 나타났을 테지. 아마 그건 부작용일지도 몰라. 사실 자네는 그들의 목표가 뭔지도 잘 모르지 않나. 아무도 말을 해주지 않았으니 모를 수밖에. 아마 그들도 어떤 일이 생길지 몰랐을 거야. 그걸 알았다면 자네를 병원에 머물게 하고 뭔가 측정을 했겠지. 무슨 일이 생길지를 모르니까 집에 보낸 게 아니겠나." 그의 말이 맞는 것 같았다. 하지만 뭔가 찜찜한 기분이 들었다. "꽤나 멋진 현상인걸." 데이브는 말했다.

전화를 끊기 전에 나는 그에게 한 번의 실험을 마치고 나니, 그의 신용카드 번호를 떠올릴 수 있을 정도라고 큰소리쳤다. 세 번째 실험 때쯤이면 상상만으로도 그의 통장 잔고를 비워버릴 수 있으니 조심하라고 농담도 했다. 그는 석연치 않아 했지만, 나는 "글쎄, 두고 보라니까!" 하며 받아쳤다.

그날 밤, 나는 정말로 모든 효과가 사라졌음을 느꼈다. 어쩐지 슬픈 기분이었다. 하지만 그 후 몇 주 동안, 나는 그 판단이 시기상조였음을 깨달았다. 그 효과가 어딘가 모르게 남아 있는 느낌이었던 것이다. 청각이 더 깊어졌으며, 감정도 풍부해졌다. 나는 오늘날에도 그 기분을 느낀다. 이를 어떻게 설명해야 할까? 한 가지 비유를 대겠다.

평생 세상을 흑과 백으로 인지하고 살았다고 생각해보라. 물론 주위 사람들은 천연색의 아름다움을 만끽하고 말이다. 색감에 대한 그들의 말만 들어도 지치기 시작한다. 이런 상황에서 무엇을 믿겠는가? 그들의 말? 아니면 당신의 눈앞에 보이는 것?

아마 '색깔이라니, 말도 안 되는 소리군. 어차피 나랑 같은 걸 볼 뿐인데. 똑같은 회색을 놓고 설마 색깔이라고 부르는 건 아니겠지?

나를 골탕 먹이려는 건가?' 하고 생각할지도 모른다.

그러다 진실을 잠시나마 직시하게 됐다고 생각해보라. 연구실에 들어선 지 겨우 몇 시간 만에 과학자들이 세상을 총천연색으로 보는 능력을 일깨워줬다고 말이다. 그제야 당신은 그저 본인의 감각적인 장애 때문에 현실을 왜곡했을 뿐, 사람들이 늘 해오던 말이 사실임을 깨닫게 된다.

그러다가 갑자기 색깔이 사라지기 시작한다. 다시 흑과 백의 세계로 돌아온 거다. 하지만 당신은 이제 이미 이전과는 다르다. 전에는 '색깔'이란 게 하나의 단어에 지나지 않았지만 이제는 생생하고 강력한 기억이 된 거다. 당신은 이를 살려내고자 무척 애를 쓴다. 뭔가를 보기만 해도 색깔의 기억에 비추어 생각하게 되는 거다.

'언젠가는 색깔이 영원히 돌아올 거야.' 하지만 그때까지는 색깔을 상상하는 능력으로 버텨야 한다. 이미 당신의 세계는 색깔에 대한 기억으로 완전히 바뀌어버렸다. 앞으로 영영 흑과 백밖에 보지 못하게 될지라도 말이다.

내가 이런 이야기를 친구들에게 하자, 그들은 이렇게 말했다. "평생 속아온 것 같은 기분인가?" 잠시 동안만 현실을 직시하고, 다시 원상 복귀됐으니 말이다. 나는 그저 웃어 보였다. 나는 평소에 교회도 다니지 않지만, 그 경험이 종교적인 환영 또는 기적과 같다고 느꼈다.

잠시 동안, 나는 더 깊은 현실을 느꼈다. 그리고 그 와중에도 이 경험이 평생 지워지지 않을 것임을 알았다.

나는 연구소에서 알바로에게 '색맹' 비유를 전했다. 내 경험이 예기치 못한 부작용인지는 모르지만, 그는 그에 대해 열정적인 논의를 했다.

"색맹 비유의 맥락에서 봅시다. 당신은 평생 남들이 색깔과 감정에 대해 말하는 걸 넘겨버리곤 했겠죠. 왜냐면 사람들은 자신의 감각만 믿는 경향이 있거든요. '내가 맞고, 남들이 틀린 거야.' 하고 잘못 판단했거나, 아니면 남들이 자신을 놀린다고 생각했겠죠. 그런 태도가 '문제 행동'의 한 예가 됩니다.

사람들이 말하는 걸 들어보세요. 그들은 감정을 자신만의 언어로 표현하죠. 하지만 당신은 말의 논리적인 면에만 집중하는 거예요. 그럼 그들이 진짜 뜻하는 바가 뭔지를 몰라서 괜히 화가 나게 되는 겁니다.

TMS 실험이 선생님에게 미친 영향을 봅시다. 저는 이렇게 생각해요. 소리를 보는 능력이 원래 아예 사라진 게 아니었다고 말이죠. 젊었을 때 그런 능력이 마음 한구석에 만들어졌겠죠. 그런데 다른 일을 하다 보니, 이제 그 능력이 아예 없는 것처럼 느낀 거예요. 하지만 그 능력은 항상 존재했어요. 그리고 TMS가 그 능력을 되살린 것뿐이고요. 아마 TMS 때문에 잠시 동안 극대화되었는지도 모르죠. 사람의 마음이란 참 복잡하거든요."

"그럼 음악의 힘이 다시 돌아올까요?" 내가 물었다.

알바로의 표정이 자못 진지해졌다. 나는 조용히 앉아만 있었다. 이윽고 그는 "잘 모르겠네요." 하고 답할 뿐이었다.

그 후로 며칠 동안 나는 알바로와 나눈 대화를 숙고해봤다. 그리고 내 기분이 어떤지 살폈다. 처음에 나는 '음악을 보는 능력'이 되살아난 경험 자체를 소중히 여겼다. 하지만 점차 그 이상의 의미가 있음을 깨달았다. 옛 능력이 회복되면서 감정에 대한 이해가 한 폭 더 넓어졌다는 점이다. 난생처음 겪는 일이었다. 그리고 그 깨달음은 음악을 투명하게 보는 그 능력이 사라지고 나서 오랜 뒤까지도 줄곧 마음속에 자리 잡게 됐다.

감정

그렇게 며칠이 지났고, 나는 '색맹 비유'가 생각보다도 더 적합하다고 깨닫게 됐다. 노래 한 곡 한 곡마다 폭넓은 감정이 숨어 있음을 알게 되자, 음악을 듣는 방식도 아예 달라졌다. 그리고 그 방식은 7년 뒤 이 글을 쓰는 현재에도 유효하다. 물론 오늘날에 느끼는 감정은 그날 밤 차 안에서 경험한 감정보다는 훨씬 밋밋하다. 하지만 TMS 실험 전에는 그런 감정을 전혀 느껴보지도 못한 나였다. 천 번 넘게 아무 느낌 없이 들었던 노래도, 실험 이후에는 그 의미가 달라졌다. 때로는 굉장히 강렬한 감정으로 다가오기도 했다.

물론 차 안에서 나를 울게 만든 감정은 슬픔이 아니었다. 그저 강렬하고 약간은 무서운 기분이었다. 이전에는 음악을 듣고 기술이며 완성도에 감탄했었다. 때로는 녹음 과정의 실수를 꼬집기도 했다. 물론 멜로디의 흐름이며 가사의 뜻과 라임은 좋아했다. 하지만 각 곡이 전달하는 감정적인 메시지는 내게 아무런 의미가 없었다. 그런데 그 날 밤, 아름다운 음악을 듣고 울음을 터뜨린 것이다.

평생을 〈스타트렉〉의 스팍처럼 논리적으로 살아온 나에게 이런 경험은 혼란스러웠다. 나는 논리적으로 이해해보려고 애썼다. 물론 대부분의 친구들에게는 말하기 부끄러웠다. 음악 따위를 듣고 눈물을 흘리다니……. 그저 조용히 혼자 생각해볼 뿐이었다.

나는 오래 알고 지낸 작곡가와 연주가들을 떠올렸다. 그들은 자신이 작곡한 곡을 특별한 방법으로 해석하곤 했다. 작곡가 지미 웹은 노래 〈갤버스턴Galveston〉을 반전反戰 노래로 보았다. 하지만 작곡가 글렌 캠벨은 그 곡을 '군대 행진곡'이라 해석하며 유명세를 탔다. 그렇게 생각하니, 다른 사람들도 내가 차 안에서 느낀 대로 음악에 반응하는지 궁금해졌다. 아니면 개개인마다 다른 방식으로 음악을 받아들일까? 어떤 사람이 슬프게 느끼는 곡을 나는 행복하게 느낄 수 있는 걸까? 나는 차 안에서 느낀 감정을 정의하려고 애썼다. 하지만 눈물이 고이게 한 그 감정을 뭐라고 말로 꼬집어 표현하기 힘들었다. 그저…… 굉장히 '날 것'의 감정이었다. 행복도 아니고 슬픔도 아니었다. 그저 강렬했다. 동양의 심령론자라면 아마도 이를 쿤달리니 에너지(명상 분야에서 말하는 인간 안에 잠재된 우주 에너지—옮긴이)라고 불렀을지도 모른다.

게다가 이제는 '읽기'를 통해서도 감정에 파묻혔다. 아침 식사 때 식탁에 앉아 『뉴욕타임스』를 펼쳐놓고 감정이 북받쳐 읽을 수 없을 때도 있었다. 이런 새로운 감정은 매우 신기하게 다가왔다. 너무나 강렬한 데다가, 노래 가사나 뉴스 기사의 사건에 의해 도발되기 때문이었다. 이전에는 아무런 감정도 느끼지 못한 것들이었다. 사실 옛날에는 지구 반대편의 버스 사고로 인해 눈물 흘리는 사람들을 알게 모르게 얕잡아 봤었다. "아니, 그 버스에 탄 사람을 아무도 모르면서 왜 그래? 그 나라에 아는 사람조차 한 명 없잖아. 엄청 관심받고 싶은가 보군." 하고 냉랭하게 말하곤 했었다. 그런데 같은 일이 지금 내게 일어나고 있다니…….

처음에는 매우 놀라웠다. 다른 사람들 앞에서 감정을 내비치기 시작하는 게 어쩐지 부끄러웠다. 낯선 이들의 뉴스 소식 때문에 내가 감정 상해야 할 필요는 없지 않은가. 하지만 신문을 치워버려야 할 정도로 무척 명백한 감정이었다.

아내 마사는 나를 이상하다는 듯 쳐다보더니, 무슨 일인지 물었다. 나는 아무 일 아니라는 듯 어깨를 으쓱해 보였다. 이런 새로운 감정에 대해 아직은 의논하고 싶지 않았다. 게다가 그녀는 진작부터 TMS가 나를 변모시킬까 봐 전전긍긍하지 않았는가. 말해봤자 일만 더 커질 것 같았다. "우리가 함께한 추억과 세월이 얼마인데. TMS가 그걸 바꾸거나 앗아 가진 않을 거요." 나는 그녀에게 말했다. 그런데도 그녀는 수긍하지 못하는 것 같았다. 나 혼자 낙관하고 있었나 하는 생각이 들 정도였다. "앞으로 무슨 일이 생길지 모르잖아요." 그녀가 말했다. 하지만 나는 실험에 아무런 위험도 느끼지 못했다. 오히려 점점 매료되고 있었다.

나는 알바로와 다른 연구원들에게 자문을 구할까 생각했다. 하지만 막상 내가 느끼는 감정을 설명하려고 보니, 할 말이 생각나지 않았다. 평소 같으면 매 상황마다 정확히 할 말을 하는 나였다. 굉장히 합리적이고 논리적이니까. 하지만 이제는 날 것의 감정만이 전면에 드러나고 있었다. "뭔가 감정을 느끼기는 하는데, 그게 정확히 뭔지는 모르겠어요."라고밖에 말할 수 없었다.

나는 상황을 좀 더 객관적으로 보려고 몇 년 전의 일을 떠올렸다. 병환으로 병원에 계시던 아버지가 거의 돌아가실 상황이었다. 아버지를 바라보는데, 내 안의 목소리가 이렇게 말했다. '저러다 돌아가시겠군.' 그러자 믿을 수 없는 슬픔이 몰려왔고, 나는 울고 말았다. 이런 식의 감정을 겪은 적이 몇 번은 있었다. 그때마다 내면의 목소리와 감정이 한데 뒤엉켜서, 내 행동의 원인을 찾을 수 있었다. 하지만 지금은? 그런 현상이 없었다. 지금 느끼는 강렬한 감정에는 아무런 통찰도 수반되지 않았다. 도대체 왜 그런 기분인지 알 수 없었다.

이제는 남 앞에서 음악을 듣거나 글을 읽는 데도 신경이 쓰였다. 언제 어떤 별 대수롭지 않은 대목에서 울음을 터뜨릴지 몰랐으니까. 평소의 나는 마치 웅변대회 참가자처럼 또렷하고 차분하며 진득하게 소리 내서 글을 읽곤 했다. 하지만 이제는 그랬다가는 언제 웅변이 흐지부지될지 몰랐다. 아니, 남들 앞에서 말하는 것조차 신경 쓰였다.

"연구 자금은 로버트 윌킨스에 의해 마련됐다. 그는 아들 알프레드의 사망 후에 의과대학에 16만 달러를 기부했다. 그는 우리에게 '치료법을 찾아주시오. 그게 모두가 바라는 바라오.' 하고 말했다."

어느 의과대학 역사에나 나올 법한 이야기였다. 그런데 이제는 그런 글을 읽는 게 불가능할 지경이었다. 처음에는 괜찮았으나 '그의 아들 알프레드의 사망'이라는 대목에서 정곡을 찔린 듯했다. '치료법을 찾아주시오'라는 대목에서는 이미 목소리가 떨려왔다. 잠시 뒤 제정신을 차리자, 어이가 없었다. 기사 속의 윌킨스 씨는 완전히 남인 데다가, 그의 아들도 처음 듣는 사람인데 말이다. 매일 수천 명의 사람들이 죽어가지 않는가. 대체 왜 그 기사가 나를 그토록 가슴 아프게 한 걸까?

음악의 멜로디도 비슷하게 내 감정을 자극했다. 처음에는 노래의 가사 때문에 동요한다고 생각했다. 하지만 가사가 없는 클래식 음악을 들어도 역시 강력한 감정에 휩싸였다. 교향악의 음이 밀려오고 밀려 나감에 따라 내 기분도 술렁였다. 처음 차 안에서 음악으로 그런 기분을 느꼈을 땐 기적이라고 생각했다. 새롭고 아름다운 경험이라고. 하지만 일주일이 지나니, 왠지 두려웠다. 풀도 없이 이쑤시개로만 지은 집이 무너질까 전전긍긍하는 기분이랄까. 조금만 손을 대도 무너져 내릴 것 같았다.

'아니, 겨우 실험 1회 차에 이런 효과가 생긴다고?' 나는 의아했다.

물론 연구원들은 TMS의 효과가 일시적일 뿐이라고 여러 차례 장담했었다. '그럴 리 없어. TMS 에너지는 시간이 지나면 사그라진다고. 자동 재생되는 것도 아니고. 이 모든 게 단순한 상상일 뿐이야.' 내 안의 논리적인 목소리는 말했다. 하지만 점차 시간이 갈수록, 감정에 대한 민감성은 더 강렬해져만 갔다.

"어떻게 된 거라 보시나요? 이렇게 감정이 살아나다니." 다음번에 연구소를 방문했을 때, 나는 알바로에게 물었다. 알바로의 큰 장점 중 하나는 비록 아무리 이상하게 들릴지라도 내 생각이나 느낌을 절대 비웃지 않는다는 거였다. 어떤 질문을 해도 늘 최선을 다해 합리적인 답변을 해줬다.

그의 답변은 매우 흥미로웠다. "사람들에게는 타인의 몸짓 언어와 표현을 읽는 메커니즘이 있다고 봅니다. 몸짓 언어 및 표현들을 각자의 마음에서 재현해보고 감정을 이입하는 거죠. 그런 메커니즘은 온갖 감각기관으로부터의 자극에 반응합니다. 소리나 냄새 같은 것에도요. 이러한 인간의 '미러링 시스템'에는 자체 규율 메커니즘이 있어요. 그런 메커니즘이 없다면, 아마 감정은 늘 폭발 상태겠죠. 우리 연구팀은 그러한 자율 메커니즘이 전두엽 부분에 실재한다는 가설을 세웠어요. 그래서 TMS를 이용해 그 타깃 부위를 하나하나 억제해갈 겁니다."

"우리의 이론은 이래요. 모든 사람이 그런 자율 메커니즘을 갖지만, 자폐 환자들은 특히나 그 메커니즘이 과민하다고요. 그래서 감정적인 메시지를 받아들이지 못하는 거지요." 사실 이런 얘기는 알바로를 처음 만났을 때 언급된 바 있었다. 하지만 이제 내 경험에 빗대어 생각해보니, 놀랍도록 잘 맞았다.

"그렇군요. 그렇다면 TMS가 제 뇌의 타깃 부위를 억제시켰다는 거네요. 그러고 나서 그 부위에 새로운 활동이 시작됐고, TMS의 효과가 사라진 이후에도 그 부위에 계속 연결 고리가 생겨나고 있다는 거군요. 그래서 제가 아직도 이런 감정들을 느끼는 거지요? 효과가 없어졌다고 해도?" 내가 말했다.

"바로 그렇습니다." 그가 답했다. "어쨌든 그게 저희가 목표로 하는 바지요. 지금 불안함을 느끼시는 건, 처음 겪는 일이라 그래요. 아직 적응하는 법을 배우지 못했으니까요. 아무튼 그런 경험은 좋은 징조예요. 하지만 모두 좀 더 조심할 필요가 있어요. 생각보다 효과가 더 좋으면, 예기치 못한 일이 생길지도 모르니까요. 다 같이 좀 더 두고 봅시다."

'예기치 못한 일'이라니, 왠지 걱정됐다. 나는 그에게 우려를 전했다.

"사실, 지금껏 보고하신 모든 게 다 '예기치 못한 일'이었어요." 그가 웃으며 말했다.

"물론 좋은 결과를 기대했지만, 어떤 결과가 나올지는 분명치 않았거든요." 조심하라는 그의 말은 일리가 있었다. 내가 이런 일을 처음 겪어 감정적으로 불안할 거라는 말도 마찬가지였다. 이 모든 게 치과에서 충치를 때우는 것과 비슷할지도 몰랐다. 새로 때운 이는 적응이 되기 전까지는 차갑고 뜨거운 것에 민감하기 마련이니까. 나는 복도 끝 쪽에 있는 린지의 사무실도 찾았다. 그녀도 이 비유에 동의하는지 알고 싶었다. 아마 그녀는 나보다 이가 튼튼했나 보다. 치과 비유에 잘 모르겠다는 반응이었다. 하지만 알바로의 설명에는 전적으로 찬성했다. 뇌과학에서의 미러링은 샌디에이고 대학에서 그녀의 박사학위 논문 주제였단다. 2005년, 2006년에 출간된 그 논문은 상당한 주목을 받았다고 한다. "그래서 알바로 연구소에 취직할 수 있었던 거겠죠." 그녀가 자랑스레 말했다.

내 경험을 정말로 미러링이라고 볼 수 있을까? 나는 그 가능성을 생각해봤다. 나는 미러링이란 즉각적인 반응이라고 생각해왔다. 실제로 거울을 볼 때도, 한눈에 자기 모습이 들어오지 않는가. 하지만 나는 다소 지연된 감정을 느꼈다. 뭔가를 듣고 감정이 벅차오르기까지 적어도 1분은 걸렸다. 게다가 내가 듣고 읽는 것들에 대한 반응을 미러링이라고 칭할 수는 없을 듯했다. 미러링은 시각적 자극, 타인의 감정 모방 등이 수반되니까. 내가 반응하는 대상은 타인이 아닌 신문 기사일 뿐이었다.

'하기야 자폐인들은 지나치게 표면적인 말뜻에 집착하는 경향이 있지. 저들은 지금 대략 설명하려는 거지, 완벽한 이론을 내놓는 게 아니잖아?' 나는 스스로에게 상기시켰다. 그러다가 린지가 쓴 기사를 읽었던 기억을 떠올렸다. "미러링 뉴런이 비유에 대한 이해와 관련 있을까? 자폐인들은 대개 비유를 이해하기 힘들어한다. 말 그대로 받아들이려는 경향 때문이다. 연구원들은 이런 증상도 미러링 뉴런 시스템의 기능 장애로 보고 있다."라고 기사에는 써 있었다.

바로 내가 지금 그런 상태인지 몰랐다. 음악이란 알고 보면 멜로디와 비유의 조합이 아니겠는가? 그렇다면 내 음악에 대한 이해는 TMS 실험으로 확실히 강화되는 중이었다. 미러링 뉴런이 내 변화의 핵심인지는 확실치 않았다. 하지만 결론이 뭐든 상관없었다. 알바로와 린지, 셜리 팀은 정말 중대한 연구를 하는 게 틀림없었다.

그런 생각에 또다시 눈물이 차오르는 게 느껴졌다. '기쁨의 눈물일까? 아니면 흥분? 그저 혼란스러워서일까?' 나는 생각했다. 또다시 내 감정을 설명하기 힘들었다. 내 안의 시스템에 과부하가 걸린 듯 했다. 그래서 감정적인 면에서 '이건 이렇다'고 단언하기 어려웠다. TMS는 확실히 나를 다음 목적지가 어디인지 모를 새로운 여정으로 이끌었다. 50년 동안 논리에 매여 살아온 내가 아닌가. 그런 내게 이런 두서없는 경험은 정말로 큰 변화였다.

구급차를 향한 노래

일주일 후, 나는 두 번의 뇌 자극 실험을 위해 다시 연구소를 찾았다. 셜리가 내게 설명했다. “첫 번째 실험에서는 상승 작용이 일어나길 바랐거든요. 이번에는 좀 가라앉히는 게 목표예요.” 하지만 정확히 뭐가 상승하는지, 그게 내게 어떤 영향을 끼칠지는 설명하지 않았다. 어쨌든 지금까지 내가 들은 것은 상승과 가라앉힘, 뇌의 새로운 연결고리 형성, 억제된 타깃 부위의 새로운 개시 등이었다. 물론 이 모두가 복잡한 과학 이론을 쉽게 전하기 위한 비유일 터였다. 하지만 설명이 조금씩 달라질 때마다 나는 더 혼란스러웠다. 셜리의 계획을 듣고 있자니 뭔가 불안한 느낌이 들었다. 특히 지난번 실험의 결과를 생각하면 더 그랬다. 물론 음악을 보는 능력이 되살아난 건 놀라운 일이지만, 불안함을 억누르기에는 충분하지 않았다.

대체 무슨 일이 일어날까.

이번 실험에서는 다른 타깃 부위를 자극한다고 했다. 좀 더 위쪽으로 이동해, 오른쪽 눈과 귀 사이였다. 이번에는 마사도 함께 와서 실험을 지켜봤다. 시간이 멈추는 느낌과 비슷한 살짝 멍한 상태는 오늘도 여지없이 반복됐다. TMS 에너지가 내 얼굴 근육 근처를 자극하니 그럴 만도 했다. 실험을 마치고 나서 마사는 전선이 퐁! 소리를 낼 때마다 내 얼굴에 경련이 일어나더라고 했다. 하지만 가장 신경 쓰였던 건 이상한 내 얼굴 표정이었다고 했다. "우리는 모르는 무슨 농담을 듣고 실실 웃는 것처럼 보였다니까요." 그녀가 말했다. 나는 놀랐다. 전혀 그런 느낌을 자각하지 못했으니까. TMS 실험이 웃기는 일도 아니고 말이다.

마사의 말을 들으니 기분이 이상했다. 그녀는 나를 포함한 주변 인물들을 관찰하는 데 뛰어났다. 내가 자폐라는 사실을 알자, 그녀는 내 '감정적인 눈과 귀'가 되길 자청했다. 나도 그녀에게 많이 의존했고 말이다. 그런데 내가 기억도 못 하는 얼굴 표정을 얘기하다니. 이건 그녀가 "저 사람은 어딘가 미덥지 못해요."라고 내 지인에 대해 말하는 것과는 차원이 달랐다. 뭔가 예상치 못한 드라마가 내 얼굴에 펼쳐졌다고? 전혀 모를 일이었다.

그녀의 말과 내 기억에 그렇게 큰 차이가 있다니. '도대체 무슨 일이 벌어지는 거야?' 하는 생각이 들었다. 내가 스스로를 제대로 관찰하고 있긴 한지 의문이었다.

실험실에서 걸어 나오자 신경이 온통 곤두서고 온몸이 떨려왔다. 그 기분은 이어서 컴퓨터 테스트를 받으러 가는 중에도 계속됐다. 컴퓨터 화면 속에서 질문들이 쑥 튀어나오는 것만 같았다. 컴퓨터는 조용히 돌아가고, 테스트도 전에 해본 것인데 그랬다. 심지어 60년대에 환각용 약을 먹은 사람들의 수기까지 떠올랐다. 책에서 글자가 튀어나와 눈으로 들어오는 것 같았다고 쓰여 있었다. 기이하고 재미있는 현상이라고 생각했었다. 그런데 지금 내가 딱 그런 기분이었다. 약도 먹지 않았는데 그렇다니, 정말 이상했다.

'TMS가 기분까지 바꿀 수 있을까?' 상당히 좋은 질문이 아닌가. 나는 즉각 알바로의 우울증 실험을 떠올렸다. '맞아, 충분히 가능한 일이겠지.' 나는 생각했다. 오늘의 경험은 우울증 치료의 완전 반대 효과가 아닐는지. 나는 알바로에게 그 말을 전했다. 그의 답변은 놀라웠다.

"그런 반응을 하셨다니, 흥미롭군요. 사실 우울증이 없는 평범한 사람에게 우울증 치료를 하면, 원래 의도한 효과의 반대 효과가 나타나긴 하죠. 슬프고 불안하게 만들 수 있거든요. 하지만 이번에 저희가 자극한 부위는 우울증과 관련된 부분은 아닙니다. TMS 에너지 종류도 다르고요." 인간의 마음이 이렇게나 복잡한 체계라니. 실험의 매 순간마다 나는 그 사실을 점점 더 깨달아갔다. 한편으로 연구원들이 가진 지식이 제한적인 듯해서 아쉽긴 했다. 하지만 한계에 도전하는 그들의 모습이 멋졌고, 희망도 읽을 수 있었다. 그럼에도 불안한 마음은 좀처럼 가라앉지 않았다.

그날 저녁에 알바로에게 이런 이메일을 보냈을 정도다. "지금 느끼는 심정을 한 단어로 표현하면, '거슬림'이 되겠네요. TMS 에너지가 뇌 속에 남아 있어서 이런 기분인지는 모르겠어요. 아니면 오른쪽 턱 근육에 1,800번 정도 경련이 일어나서 그런지도요. 그리고 뭔가에 굉장히 화가 난 느낌이에요. 화나는 일이 없는데도 말이죠."

어쨌든 첫 번째 뇌 자극이 끝난 뒤 셜리가 말했다. "두 번째 자극 시작 전에 휴식 시간을 좀 가질게요. 두 시간 뒤에 여기서 다시 뵙기로 해요. 아셨죠?"

나는 마사와 건물 밖의 야외 스타벅스로 가서 차를 마셨다. 나는 쿠키도 먹었다. 실험 때문인지 머리가 어질어질했다. 나는 조용히 앉아 주변을 둘러봤다. 모든 광경이 평소와 다를 바 없어 보였다. 그런데 이내 커브 길에 구급차 한 대가 와서 멈춰 서는 게 아닌가. 내 자리에서 약 6미터 정도 떨어진 곳이었다. 곧 사이렌 소리가 울려 퍼졌다. 한 음이 채 지나기도 전에, 나는 어느새 입을 열어 구급차에 대고 목청껏 고함을 질렀다. 마사가 뜬금없다는 표정으로 나를 쳐다봤다. 나는 '왜 그런 표정이지?' 하는 생각뿐이었다. 왠지 모르지만, 구급차를 따라 노래를 부르는 게 그 순간에는 가장 자연스러운 일처럼 느껴졌다. 노래라기보다는 멜로디가 있는 외침에 가까웠다. 물론 카페에 있는 다른 사람들도 어이없다는 태도였다.

다행히 아무도 경찰을 부르지 않았다. 갑자기 몇 주 전에 엘름스 칼리지 자폐 프로그램에서 언어 병리학자인 캐시 다이어가 했던 말이 떠올랐다. 내 갑작스러운 행동에 대한 설명이 될 것 같았다. 그녀와 나는 내 어린 시절과 성인 시절에 각각 자폐로 인한 이상 행동이 어떻게 나타났는지에 대해 대화를 나눴다.

"'능숙-이상 행동 가설'이라는 게 있어요. 이는 한 개인이 어떤 분야에서 능력이 뛰어나고 사회의 존경을 받을수록, 그 개인의 이상 행동을 남들이 눈감아 주는 관용은 커진다는 이론이지요. 하지만 젊은 사람들의 경우는 완전히 반대예요. 사회에서 존경을 얻을 만한 업적을 쌓은 게 아직 별로 없으니까요. 그래서 이상 행동을 보이면, 마치 우리에 가둬놔야 할 것 같은 위험한 동물 취급을 받기도 하죠. 참 불공평하죠. 왜냐면 나이 들고 존경받는 인물들을 보면 더 이상한 짓도 서슴지 않거든요. 그런데도 사람들은 그 괴짜스러움에 그저 고개를 한번 내젓고는 웃어버리거든요." 캐시는 말했었다.

사실 나도 책을 출간한 뒤로는 뭔가 책임감 있고 존경받을 만하게 행동해야겠다는 자각이 들었다. 그래서 근사한 단추가 달린 셔츠도 입고, 면도도 깔끔히 하고, 신발에 광을 냈다. 겉모습만 봐서는 마치 의사나 하버드대 교수처럼 보였으리라. 만약 수염이 덥수룩하고, 가죽 재킷 차림에 목에는 오토바이 체인을 둘렀다면? 아마 후원자들이 나를 대하는 태도도 사뭇 다르지 않았을까.

아무튼 몇 시간 뒤에 마사가 알바로와 셜리에게 내 행동을 언급했을 때, 나는 그런 식으로 변명했다. 사실 노래 사건은 금세 내 기억에서 지워져버린 터였다. 마사가 그 얘기를 꺼내지 않았다면 아마 그냥 넘어갔을 거다. "글쎄, 당신은 별생각이 없는지 모르지만, 스타벅스에 있던 모두가 생생히 기억할 정도라니까요." 마사가 장담했다. "모두가 뚫어져라 쳐다봤다고요. 덩치 큰 사내가 고개를 뒤로 젖히고 구급차 소리에 맞춰 고함치다니. 마치 무리를 대표해 울부짖는 늑대 같았지 뭐예요."

나는 그녀의 설명에 빙긋이 웃어 보였지만 마음속은 약간 떨리고 있었다. 물론 그녀의 말이 칭찬으로 들리지는 않았다. 뭔가 일을 망쳐놓고, 이를 수습하기 너무 늦었을 때 항상 느끼는 가책이 몰려왔다. 알바로와 셜리는 별말을 하지 않았다. 이상하게도 노래 사건이 내게는 별다른 이상 행동으로 느껴지지 않았다. 마치 엘리베이터에서 내릴 때 "실례합니다." 하고 말하는 것과 별반 다르지 않은 것 같았다. 그래서 기억도 못 하던 터였다. 옆에서 나를 이상하게 쳐다보던 마사가 없었다면, 누가 그 얘기를 꺼내기나 했을까?

대체 실험 전에 셜리가 언급했던 '상승 작용'이 뭐였을까? 그게 내 행동에 대한 설명의 주요 단서가 될 듯했다. 내가 미친 게 아니라면, TMS의 어떤 작용 때문에 내가 울부짖었을 수 있으니까.

하지만 셜리는 다음 TMS 실험을 진행하자고만 했을 뿐이다. 이번 실험에서는 어쩐지 이를 악물어야 했다. 이가 딱딱 부딪히지 않게 하기 위해서였다. 뭔가 불편한 느낌이었다. TMS 실험 직전과 직후에 하는 테스트는 내 목소리의 운율을 시험하기 위한 것이었다. 뇌 자극을 받아 내 목소리에 변화가 생기는지 보려고 말이다.

나는 이런 문장들을 그대로 소리 내어 따라했다.

"마이크는 앨퍼드 가 34번지의 그린 하우스green house(초록색 집)에 산다."

"존은 장미를 오코너 그린하우스greenhouse(온실)에서 재배한다."

말하자면, 사람의 목소리에 내재된 억양이 듣는 이로 하여금 'green

house(초록색 집)'와 식물로 가득 찬 유리 구조의 건물인 'greenhouse(온실)'를 구별하게 한다는 것이다. 내가 과연 테스트를 제대로 통과했을까? 알 수 없었다. 집으로 가는 차 안에서 마사는 내 목소리가 어떻게 들리는지 귀를 쫑긋 세웠다. "어딘지 목소리 톤의 폭이 넓어진 것 같아요." 그녀가 말했다. 나도 동의했다. 하지만 저번 실험 후와 같은 느낌은 아니었다. 지난번에는 문장 끝마다 톤이 올라가는 듯했지만, 이번에는 문장 전체를 말하는 톤이 달라져 있었다. 아들 커비도 이를 눈치챘다. 집에 오니 그 애가 이렇게 말했다. "목소리 톤 자체가 올라갔네요. 그러다가 다시 예전처럼 돌아오기도 하고요."

주변 사람들이 이런 말을 해주니 기분이 묘했다. 마치 미로에 빠진 쥐 같은 느낌이랄까. 과학자들에 의해 변하는 내 모습을 대신 관찰해 주는 것 같았다. 게다가 내 목소리 톤이 변하는 걸 스스로도 자각할 정도였다. 하지만 다행히도 더 이상 감정에 휘둘리지는 않는 듯했다. 만약 커비가 내가 구급차를 따라 노래 불렀을 때 옆에 있었다면 어땠을까? 물론 그 뒤로 노래를 부른 사건은 다시 없었다. 또 은연중에 노래를 불렀다 해도 옆에서 그걸 지적할 사람이 없었고 말이다. 그날 밤에 나는 침대에 누워 그날의 일, 특히 그 노래 사건을 떠올렸다. '대체 내가 왜 그랬을까? 그게 과연 무슨 의미일까?' 나는 다시 어린 시절로 돌아간 것 같았다. 내 기괴한 행동을 주변 어른들에게 설명해야 했던 때의 나로 말이다.

'억압을 담당하는 감각이 억제당한 게 틀림없어.' 내 안의 목소리는 말하고 있었다. 정말로 그런지도 몰랐다. 그렇게 노래를 부른 게, 말로만 듣던 바로 그 '미러링'의 일환이었을까? 나는 다음 날 조사해보기로 마음먹고 단잠에 빠져들었다.

이튿날, 나는 미러링과 미러링 뉴런에 대한 발표 자료들을 더 찾아봤다. 그리고 미러링 뉴런에 대한 내 생각이 틀렸음을 깨닫게 됐다. 미러링은 확실히 사람과 사람 사이의 상호작용이었다. 아기가 엄마의 얼굴을 보고 사인을 읽은 다음 다시 방긋 웃어 보이는 것처럼 말이다. 엄마의 행복이라는 기분을 익히는 행위인 것이다. 보통 사람이라면 구급차든 뭐든 기계를 미러링하지는 않는다. '내가 비정상인가?' 내 안의 목소리가 또다시 말했다. 정말로, 자폐 때문에 나의 미러링은 남들과 다를지도 모른다. 여하튼 구급차를 향해 노래를 불러대지 않았는가.

터무니없이 들릴지 모르지만, 일리가 없지는 않았다. 미러링은 처음에 원숭이들의 행동에서 발견됐다고 한다. 그다음에 다른 동물들, 그리고 인간에게서 발견됐다. 뇌과학자들은 미러링을 담당하는 특별한 뇌세포가 있음을 밝힌 바 있다. 하지만 자폐인들에게는 미러링이 어떻게 발현되는지에 대해 많은 논란이 있어왔다. 자폐인은 미러링 뉴런이 아예 없다고 말하는 이들이 있는가 하면, 고장 난 것뿐이라는 이들도 있었다. 또 제3의 입장에 있는 이들은 미러링 이론 자체가 틀렸다면서, 자폐인들이 사회생활에 어려움을 겪는 건 또 다른 이유에서라고 주장했다.

이런 글들을 이해하기란 참 힘들었다. 학자 개개인의 주장이 너무나도 다르고 상충되었기 때문이다. 자폐인들은 남에 대한 연민이나 감정을 전혀 느끼지 못한다고 우기는 학자들도 있었다. 나는 절대로 그렇지 않은데! 어릴 적에 나는 얼마나 외로운 아이였는지 모른다. 나보다 더 외롭고 슬픈 사람도 있을까 생각했을 정도다. '그런 주장을 하는 학자들이 뭘 알고나 말하나?' 하는 생각이 들었다. 실제로 자폐인을 한 명이라도 알기는 아는 걸까? 내가 예외 케이스일 리도 없고 말이다. 자폐인들이 감정 없는 로봇이라니!

하지만 대부분의 과학자들은 자폐인들도 남들과 똑같은 감정을 느낀다고 보았다. 다만 주위에서 일어나는 일들에 대해 예상되는 '연민 반응'을 하지 못할 뿐이라고. 내 인생을 돌아보건대, 맞는 말이었다. 주위의 자폐인들도 비슷했고 말이다.

화가 날 때, 분한 감정은 남들과 전혀 다르지 않다. 만약 당신이 나와 함께 거리를 건넌다고 생각해보라. 그런데 갑자기 당신이 넘어져서 무릎이 까졌다. 보통 사람이라면 자신이 직접 다친 게 아니더라도 당신의 고통을 '느낄 수' 있을 거다. 물론 나는 조금 다르다. 아마 당신의 고통을 충분히 나누지는 못할 거다. 하지만 당신이 넘어졌다는 것은 확실히 인지하고, 이에 대응할 만반의 준비는 갖춘다. 또 일반인이라면 친절한 위로의 말을 건넬 거다. 하지만 나는 "일어나요!" 같은 가장 현실적인 대응을 한다. 차갑고 비인간적으로 들릴 수 있다. 하지만 실은 그렇지 않다. 빨리 일어나서 도로를 건너야 차에 치이지 않을 테니까.

이렇게 남이 넘어져 다쳤을 때 내 반응이 남들과 다를 수 있다. 하지만 만약 당신이 내게 "내 건강검진 결과가 좋지 않아."라고 전화로 말한다고 치자. 그럼 나는 그 누구보다 더 열의 있는 대응을 할 거다. 그러니 감정적인 능력은 늘 내재된 셈이다. 다만 그 감정적인 반응이 남들과 비슷한 방식으로 발현되지 않을 뿐이다. 내 경험으로 보아 다른 자폐인들도 다 이런 식이다. 문제는 왜 그런 현상이 일어나는가이다.

내가 린지에게 이에 대해 묻자 그녀가 말했다.

"그게 바로 제 석사학위 논문 주제였어요. 아이들이 타인이 다치는 걸 봤을 때 얼마나 땀을 흘리는지를 측정해서 신경계에 대해 연구한 거죠. 아이들의 '연민 반응'을 측정한 거예요. 자폐 아동과 일반 아동을 비교했을 때, 둘의 생리적 반응은 같았어요. 스트레스 상황에서 흘리는 땀의 양이 같았죠. 하지만 행동 면에서는 굉장히 달랐어요. 결국 자폐 아동과 일반 아동의 신경계 반응은 같아요. 하지만 겉으로는 알 수 없는 사실이죠. 오히려 자폐 아동은 아무 감정도 느끼지 못하는 것처럼 보여요. 땀으로 축축한 피부가 진실을 말해주지만요. 제 가설은 이랬어요. 자폐 아동의 시각중추와 감정중추 사이의 연결은 멀쩡해요. 하지만 감정중추와 전두엽 간의 연결이 원활하지 않아서, 행동으로 보이는 반응에 문제가 생기는 거죠. 자폐 아동은 같은 것을 느끼지만 행동으로 드러내지 않을 뿐이에요. 이 때문에 미러링 뉴런 이론에 관심을 갖게 됐어요. 연민 기능이 겉으로 망가져 보이는 데 미러링 뉴런이 중요한 역할을 한다고 봤으니까요."

"그리고 말이죠." 그녀가 덧붙였다. "실제로 다친 사람을 본 건 아니에요. 아이들에게 배우들이 바늘로 자해하는 척하는 비디오 영상을 보여줬는데, 아이들은 그 동영상이 실제라고 받아들여서 반응을 보인 거예요."

린지의 설명은 이해가 갔다. 하지만 소위 자폐인들의 '뇌 전선의 차이'에 대한 글을 읽을수록 마음이 더 불편해졌다. 대부분 개선에 대한 희망은 언급하지 않았기 때문이다. 아무것도 손쓸 수 없다니, 받아들이기 힘들었다. 그래도 긍정적으로 마음먹는 게 최선책이었다. 혹시 내 미러링 시스템이 완전히 고장 난 게 아닐 수도 있지 않은가? 알바로도 그런 암시를 했었다. 린지 또한 TMS가 내 전선 체계를 변화시킬 거라 확신하고 있었다. 아니면 내 미러링 시스템이 작동은 하되, 사람 표정이 아닌 다른 걸 미러링하는 게 아닐까? 평생 전자학과 기계를 다룬 나니까, 기계나 장치를 보고 따라하는 게 내 마음에 내재된 걸까? 사람들은 늘 내가 기계에 대해 통찰력이 뛰어나다고 평가했다. 일반인들이 엄마의 기분을 이해하는 데 쓰는 뇌 부위를, 나는 재규어 V12 차량이나 스피커 따위를 이해하는 데 써왔는지도 모른다.

음악계에서 일할 때도 그랬다. 남들이 노래에서 감정을 느낄 때, 나는 기계의 감정을 느끼곤 했다. 전자 기계 따위에 감정을 부여하다니, 이상하게 들릴 거다. 하지만 나를 향한 기계의 어필을 그렇게 표현할 수밖에 없다. 예를 들어, 내가 다룬 음향 시스템에는 100여 대의 스피커가 있었다. 각각 담당하는 소리에 따라 몇몇 그룹으로 나뉘었다. 가장 큰 스피커는 무거운 베이스 음을 담당했다. 반면 작은 컴프레션 드라이버compression driver와 혼horn 스피커는 가장 높은 음을 담당했다. 예를 들어 심벌즈와 작은 드럼의 날카로운 소리 및 기타 악기들의 반짝이는 음 말이다. 큰 스피커는 작동이 느리고 덜 예민했다.

하지만 작은 스피커는 달랐다. 스피커 옆의 앰프가 조금만 과부하돼도 소리가 급격히 변해서, 결국 찌그러진 소리를 냈다. 음향 시스템에 100대나 되는 스피커가 딸려 있으니, 하나씩 분리해서 문제 소리가 어디서 나는지 감별하기도 쉽지 않았다. 하지만 결국 나는 그 방법을 터득했다.

혼 스피커가 마치 고통에 비명을 지르는 듯 들렸기 때문이다. 만약 이를 무시하면 어떻게 될까? 아마 진동판이 산산조각 날 것이다. 큰 배스 스피커bass speaker가 내는 고통의 소리는 좀 덜 날카로웠다. 하지만 이 소리도 무시했다가는 그 결과가 참담할 게 뻔했다. 진동판이 찢기고 앰프가 폭발할 거다. 내가 맡은 임무는 최고의 소리를 가장 깨끗한 음량으로 아무런 고장 없이 내게 하는 것이었다. 물론 관중들은 스피커가 내는 이상 소리를 한 번도 들은 적이 없다. 고통의 소리가 날 때마다 내가 크로스오버crossover 회로를 내리고 리미터limter 회로를 켜서 스피커를 보호했으니까.

이런 능력을 보고 동료들은 한마디씩 하곤 했다. "마치 자네가 전선으로 들어가 기계와 합체된 것 같구먼. 영화에 나오는 에일리언처럼 말이야." 그들은 내가 기계의 일부분 같다고 말했었다. 당시에는 물론 자폐에 대해 까맣게 몰랐다. 그래서 음향 체크를 하는 모든 이가 나처럼 집중할 수 있다고만 생각했다. 이제는 대부분이 그렇게 하지 못한다는 걸 안다. 한마디로 내 능력은 축복이자, 남들과 동떨어지게 하는 차이인 셈이었다.

자폐인 중에 미러링 시스템을 적극 활용해 동물들의 마음을 들여다보고 뛰어난 동물학자가 된 사람이 있을까? 만약 그렇다면, 정말로 장애가 재능으로 바뀌는 셈이 아닌가. 그런 생각이 썩 마음에 들었다. 문득 내 친구 템플 그랜딘이 떠올랐다. 그녀는 나보다 열 살 위인 자폐인으로, 자신의 경험담을 책으로 펴내 성공을 거뒀다. 그녀는 자신이 세상을 보는 시선이, 마치 소나 여타 동물들이 세상을 보는 시선과 비슷하다고 언급했었다.

안타깝게도 알바로는 미러링에 관한 내 의견에 찬성하지 않았다. 며칠 뒤에 내가 그 얘기를 꺼내자 그가 말했다. "그럴 거라고는 생각하지 않아요." 물론 그 자신도 확신하는 듯 보이지는 않았다. 생각해 볼 문제라고 여기는 것 같았다.

한편 이번 회차 실험에서는 아무런 장기 효과도 나타나지 않는 듯했다. 가슴 졸이며 기다렸지만 아무 일도 없었다. 뇌 자극이 너무 약해서 나타나지 않는지, 아니면 나중에 나타날지 의아했다. 실험 전에 연구원이 "어떤 부분은 자극해도 효과가 없을 수 있어요."라고 일러주긴 했었다. 게다가 시간이 흐를수록 감정적인 민감성도 점점 사라져갔다. 물론 아직도 읽고 듣는 것에서 별의별 감정을 다 느끼긴 했다.

커비와 마사는 내 목소리가 정상으로 돌아왔다고 여겼다. 나는 사실 아니길 바랐다. 실험 때마다 변화를 경험하니, 모두 '새로운 기대치'에 너무 빨리 익숙해져버렸는지도 모른다. 그래서 작은 변화는 아예 무시하고 마는 게 아닐까.

커비와 마사 모두 실험 직후에 "목소리가 달라진 듯해요."라고 말했었다. 하지만 언제 목소리가 평소처럼 돌아왔는지를 집어내기는 힘들었다. 한편 타인의 몸짓 언어 및 기타 표현을 읽어내는 내 능력은 전혀 늘지 않았다. 혹시 연구원들이 뭔가 방향을 잘못 잡은 건 아닐까. 하지만 그 점에 대해 지적하지는 않았다. 어쨌든 그 외에도 놀라운 많은 변화들이 일어나지 않는가. 내가 자기중심적이고 무심하긴 해도, 그런 예의 없는 말을 내뱉을 정도는 아니다.

그즈음에 알바로 연구실에서는 다양한 TMS 연구가 이루어지고 있었다. 내가 "무슨 연구들인가요?" 하고 묻자 연구원들은 뜻 모를 미소만 지을 뿐이었다. "다른 피험자들의 실험에 대해 말할 수가 없어서요." 셜리가 프랑스 억양이 섞인 말투로 웃으며 답했다.

가족 이야기

내 변화를 보는 가족들의 시선은 다양했다. 우선 마사는 걱정스러워했다. 전 부인 작은 곰은 회의적이었다. 어머니는 흥미롭다는 반응이었다. 커비는 처음에는 무관심하다가 호기심을 가졌다. 심지어 실험에 관여하고 싶어 하더니 결국 연구에 피험자로 참여하기로 했다.

이렇게 각기 다른 반응은 우리 작은 가족 구성원들의 성격을 반영했다. 우울한 마사는 평소 어떤 상황에도 혹시 닥칠지 모르는 재앙에 신경을 곤두세우곤 했다. 그럼에도 그녀는 대체로 내가 잘해내리라 믿었다. 그런데 이제 조금 달랐다. 내가 무슨 말을 해도 그녀는 TMS 실험에 대해 불안해했다. "좋은 결과를 바라겠죠. 하지만 솔직히 당신도 잘 모르잖아요." 그녀가 말했다.

많은 이들처럼 나도 이혼 후에 전 부인과 다소 전투적인 관계를 유지했다. 어려서 많은 취미를 함께했던 그녀인지라, 지금도 공통점은 많았다. 물론 이혼하던 당시에는 이 사실을 몰랐지만, 시간이 지나면서 깨달았다. 물론 둘의 가장 큰 관심사는 아들 커비였다. 하지만 한때 조화로웠던 우리의 삶이 어긋나면서 이혼에까지 이르렀다. 우리 둘 다 어려서 폭력적이고 정신적으로 문제 있는 부모님을 겪어야 했다. 어떤 정신과적 치료도 가정을 온전하게 바꿔놓을 수 없다는 것도 깨달았다. 그래서 뇌 기능이 바뀔 가능성에 대해서도 둘 다 회의적이었다. 작은 곰은 우리 부모님이 정신과 치료에 실패하는 것, 또 내가 중학생 때 두 분 다 정신병원에 입원하던 것까지 모두 지켜봤다. 그러니 그녀가 TMS를 '스테로이드성 정신과 치료'라고 치부해버린 것도 무리는 아니다.

하지만 직접 TMS 치료를 받고 보니, 변화가 정말 피부로 느껴졌다. 나는 작은 곰에게 그렇게 말했다. 그런데도 그녀는 받아들일 준비가 돼 있지 않았다. 아무리 노력해도, 서로를 온전히 이해하기란 쉽지 않았다. 그녀는 실험에 대한 어떤 얘기에도 굉장히 회의적인 반응이었다.

커비는 회의적이거나 두려워하지는 않았다. 그저 자기 세계에 갇혀 바빴을 뿐이다. 실험에 대한 얘기를 하면, 그 애는 자신이 물리나 화학 쪽에서 최근에 한 발견에 대해 말하느라 분주했다. 이렇게 다들 TMS에 대해 관심이 부족하니, 나 혼자만의 일이라는 생각이 들었다. 뭐, 혼자서 해온 일은 이것 말고도 많았다. 가족의 족보도 나 혼자 찾았고, 결국 성공했다. 어쨌든 엘름스 칼리지에서 린지가 내게 말을 건 게 겨우 넉 달 전이었다. 훨씬 더 오래전 일처럼 느껴졌다. 너무

변한 게 많았으니까. 내 초기 변화에 가족들이 동감하지는 못했어도, 뭔가가 일어나고 있음은 눈치 채는 듯했다.

그래서 급기야 커비도 연구에 참여하게 된 거다. 그 애가 나와 함께하게 돼서 얼마나 기뻤는지 모른다. 늘 커비가 나와 비슷하다고는 생각했었다. 그러다 그해 봄에 커비가 정식으로 아스퍼거 판정을 받게 되면서 표면적으로 확인이 되었다. 진단을 받았으니, 이제 커비는 연구에 참여할 자격이 충분했다. 그래서 4월 말에 드디어 실험을 시작했다. 사실 그 애는 그 두 달 전에 개인적으로 어려운 일을 겪었다. 그래서 TMS 실험을 통해 그 애의 관심을 환기시키길 바란 측면도 있다. 또 자기 성찰도 깊게 해보길 바랐다. 알고 보니 커비도 내 어린 시절처럼 사회적 격리감에 사로잡혀 있었다. 물론 나보다는 학교생활을 훨씬 잘해냈지만 말이다. 아무튼 진단 당시 심리 상담가와 함께 얘기하기 전까지는 모르던 사실이었다. 나처럼 그 애도 사회생활 개선을 위해서 뭐든 시도할 의지가 있었다. 물론 주된 관심사는 여전히 과학 쪽이었다.

커비는 몇 년 전부터 화학에 관심을 보였다. 모형 로켓으로 시작해서 로켓 엔진까지 만들더니, 급기야 순수 화학 에너지 물질, 특히 폭발물에 관심을 가졌다. 화합물들을 혼합해서 집 뒤편의 수풀 속이나 후미진 매립지 공터에서 폭발시키곤 했다. 뭐, 크게 위험해 보이진 않았다. 내가 키스와 함께 일하던 20대 초반의 엔지니어 시절에는 매 공연마다 불꽃놀이를 성대하게 했었으니까. 마치 중소 도시의 독립기념일 축제 불꽃놀이와 비슷한 규모로 말이다. 불꽃놀이는 항상 신나고도 멋진 무대장치였다. 다치는 사람도 없었고, 관객들도 그 장관을 무척이나 좋아했다. 폭발물을 좀 썼다고 체포된 사람도 없었다. 커비가 태어나기 훨씬 전의 일이지만, 아빠의 화려한 과거가 그 애의 귀에 들어가지 않을 리 없었다. 게다가 집 안에서 불꽃놀이를 즐기는 건 나뿐이 아니었다. 키스가 쓸 로켓형 기타를 디자인한 건 나지만, 커비의 엄마 작은 곰과 함께 조립을 했으니까. 그러니 커비는 화학에 대한 관심을 양가에서 물려받은 셈이다.

커비가 나를 닮은 점은 또 있었다. 그 애도 나처럼 공립학교 시스템을 견디기 힘들어했다. 가족 모두 커비가 학교생활을 힘들어하는 걸 보고 노심초사했다. 조직생활과 읽기에 적응하지 못하는 그 애를 선생들은 게으르다고 낙인찍어 버렸다. 나도 같은 말을 듣곤 했었다. 결국 한 해 전에 그 애는 애머스트 고등학교를 자퇴했다. 고급 화학에 대한 가르침을 얻을 수 없다는 이유에서였다. 그러고는 독학을 계속했다.

다행히 커비는 곧 홀리요크 커뮤니티 칼리지에 등록했고, 검정고시 공부를 열심히 했다. "이러면 더 빨리 졸업할 수 있어요." 커비는 내게 장담했다. 아이의 수학과 물리 공부 진도는 참으로 놀라웠다. 대학원 수준의 교재를 씹어 삼키려면 당연한 건지도 몰랐다. 열여덟 살 생일 무렵에 커비는 내가 공부한 수준을 훨씬 웃도는 수준의 책을 읽었다. 희망이 보이는 듯했다. 그렇게 미래 진로를 정할 수 있을 것 같았다. 아이가 대학도 마치고, 나보다 훨씬 더 잘되는 게 내 바람이었다.

주변에 고급 화학과 물리 문제를 같이 의논할 이가 없자, 아이는 온라인에 주목했다. 그러다 과학 게시판을 발견했고, 다양한 주제에 대해 수천 가지의 질문을 하곤 했다. 2007년 가을에는 자신의 실험을 담은 동영상을 제작해 유튜브에 올리기도 했다. 그런데 그게 화근이 됐다.

동영상을 올리고 몇 달이 지났을 때, ATF(주류, 담배, 화기 단속국)의 직원이 학교로 커비를 찾아온 거다. 잠깐 얘기를 나눈 끝에 커비는 두 명의 단속국 직원과 주 경찰관 한 명을 앞세우고 작은 곰의 집 지하실로 갔다. 커비의 실험실이었다.

단속국 직원들은 곧 50명에 달하는 동료들을 불러 왔다. 그 후 며칠간, 그들은 실험실에서 모든 화학 물질들을 제거해버렸다. 내가 실험실로 들어서자 한 직원이 말했다. "로비슨 씨, 연방정부에서 아드님을 형사 처리하려는 건 절대 아닙니다. 그저 위험 물질을 남김없이 없애려는 거지요. 매년 미국에서는 소위 천재 보이스카우트가 화학 물질을 갖고 노는 걸 적발하는데, 올해는 그게 아드님이 된 것뿐이에요."●

이렇게 연방정부는 커비를 위험한 화학 물질을 다루는 똑똑한 아이로 봤다. 하지만 안타깝게도 지방 검사는 그렇지 않았다. 자신의 명성을 높이고 세간의 관심을 끌 기회로 본 거다. 내 아들을 마치 새싹 테러리스트로, 본인을 지역사회를 구할 영웅으로 여기는 듯했다. 아무도 커비에 대해 불평한 사람이 없는데도 말이다. 그 애는 문제를 일으킨 적도 없고, 피해를 주지도 않았다.

결국, 실험실 소탕 두 달 뒤에 검사는 커비를 '악의적 폭발물'에 관한 세 가지 건으로 기소했다. 갱단들이 폭탄을 갖고 싸우거나 불량배가 창문에 수류탄을 던져 난장판을 만드는 것 같은 중범죄로 취급한 거다. 만약 유죄가 확정되면 10대에 불과한 아이는 최고 60년까지 형을 살 수도 있었다.

그제야 커비와 나는 온라인 활동을 너무 만만히 여겼음을 깨달았다. 물론 나는 그 애가 동영상을 올린 걸 알고 약간 걱정하긴 했었다. 만에 하나라도 사람들이 그 애의 동영상을 오해할 수도 있겠다는 우려가 없지는 않았으니까. 그래도 지방 검사가 이렇게나 악독한 공격을 해올 줄은 몰랐다. 중범죄 누명을 씌우기 전엔 우리 아들을 만나본 적도 없으면서 말이다.

커비와 나 모두 사회와 동떨어져 있음이 여지없이 드러났다. 역시나 자폐와 연관이 있는 듯했다. 좀 더 민감한 아버지라면 아이가 온라인에 동영상을 올릴 때 위험을 감지했을지도 모른다. 그만큼 나는 평소 주변 일이 돌아가는 데 무심했다. 아스퍼거 진단을 받고 나서야 이 대목이 설명됐다. 이젠 커비도 자폐 스펙트럼 장애가 있음을 심리학자가 밝혀냈고 말이다.

이 사건도 커비의 자폐 증상과 깊은 연관이 있었다. 하지만 나는 그래도 아이의 무죄를 굳게 믿었다. 물론 악의적인 의도로 위험 폭발물을 쌓아두는 건 엄연히 불법이다. 하지만 자기 집 뜰에서 가정용 화학 물품으로 실험하는 게 실형의 위협을 받을 일이라니. 역사 속 수많은 위대한 화학자들도 커비처럼 홀로 실험하지 않았는가. 검사는 커비의 행동을 완전히 비틀어 해석했다. 검사든 우리든, 둘 중 한 쪽은 대중의 관습을 제대로 모르는 게 분명했다. 시간의 흐름과 배심원 판결만이 그게 누구인지 밝혀낼 터였다.

법정에 갈 날이 다가올수록, 가족 모두가 스트레스에 쌓인 건 당연한 일이었다. 지하실 소탕이 있었던 무렵에 나는 TMS 연구 참여를 마음먹고 있었다. 재판은 2009년 봄으로 잡혔으니 1년 이상 남아 있었다. 그러니 그동안 TMS 실험은 모두의 관심을 전환하는 계기가 됐다.

뇌 자극이 내 안의 능력을 깨우고 삶의 질을 개선해준다면, 커비에게도 마찬가지이리라. 차 안에서의 내 경험을 듣고 그 애는 흥미로워했다. 그러더니 자신의 감각에 대해서도 얘기하기 시작했다. 함께 음악을 듣고 나서, 커비는 나만큼 음악을 정밀하게 듣지는 못한다는 것을 깨달았다. 적어도 자세히 묘사하지는 못하는 것 같았다. 하지만 아직 어리고 음악계에서 일해본 적도 없으니까, 나보다 더 잘 듣지만 표현을 못 하는 건지도 몰랐다. 누구든 서로의 감각에 대해 대화할 때면 이런 점이 늘 문제가 되지 않는가.

커비도 실험의 위험을 감수한다는 사전 동의서에 서명했다. 나처럼 테스트도 문제없이 통과했다. 그러더니 그 애는 자기 MRI 이미지를 내 것과 오래도록 비교 분석했다. 또 테스트의 일부분인 IQ 테스트 결과에 대해서도 마찬가지였다. 기관 감시 위원회에서는 모든 피험자가 아이큐 70 이상이어야 한다고 연구원들에 제시한 바 있다. 그렇게 하한선을 정한 이유는, 피험자가 자신의 경험에 대해 제대로 설명할 수 있어야 하기 때문이다. 그래서 연구원들은 모든 자원자들에게 심리학자가 주관하는 장시간의 IQ 테스트를 치르게 했다. 자원자들은 퍼즐을 맞추고 단어를 맞추는 등 지적 능력을 드러내야 했다. 시험을 치르는 데만도 100달러 정도의 비용이 들어가는 걸 감안하면 인터넷으로 치르는 간단한 시험은 절대 아니었다. 테스트가 끝나자 커비는 자기 점수와 내 점수를 비교하겠다고 고집을 부렸다. 그러더니 자기 점수가 아빠보다 4점 높은 것을 알고는 내내 자랑스러워했다.

커비에게 늘 "네가 거실 화초보다는 똑똑하겠지." 하고 농담을 하곤 했는데, 이제 증명된 셈이 아닌가. TMS 실험 자원자 모두가 하한선보다 훨씬 높은 아이큐를 자랑했다. 하버드와 MIT 관련인들이 많았으니 그럴 만도 했다. 평균 아이큐는 122였다. 나는 알바로와 이에 대해 대화를 나눴다. "이게 실험에 어떤 의미가 있나요?" 내가 물었다. 그러자 그는 모든 피험자들이 자기가 겪은 것을 제대로 설명하길 바란다고 답했다. "빠른 컴퓨터가 작업도 빠르게 한다는 비유가 적합한가요?" 내가 묻자 그는 그렇다고 했다.

나처럼 커비도 빨리 TMS 실험을 하고 싶어 안달이었다. 다른 피험자들처럼 그 애도 뇌의 타깃 부위를 무작위의 순서로 자극받았다. 따라서 첫 실험 결과가 나와 비슷하리라는 보장은 없었다. 커비의 경우 처음 두 차례의 자극은 별 효과가 없는 듯했다. 함께 대화를 나누고 아이를 유심히 살펴봤지만 별다른 점이 없었다. 그러다 세 번째 실험이 되었다. 실험 후에 우리는 스타벅스에 앉아 얘기를 나눴다. 내가 구급차를 향해 노래를 부르던 바로 그곳이었다.

그런데 앉아 있는 커비의 모습이 어딘가 모르게 조금 달라 보였다. 주변을 평소보다 유심히 살피는 모습이었다. 그러더니 잠시 뒤에 혼잣말을 했다. "이상하네. 왜 저기 모든 게 이렇게 자세히 보이지." 커비가 말했다. 그 애가 가리키는 곳을 봤지만, 거리에 가득한 자동차들만 눈에 띄었다. 별로 특별한 광경은 아니었다. "나한테는 특별하게 보여요." 커비가 주장했다. "내 눈의 선명도를 누가 올려놓은 느낌이에요. 저화질에서 HD로 바뀐 것처럼요." 그 애는 잠시 멈추더니, 곧이어 말했다. "그리고 더 잘 들리는 것 같아요. 지나가는 자동차 소리가 하나하나 다 들려요."

물론 나한테도 몇몇 자동차 소리가 들리기는 했다. 하지만 전부 다는 아니었다. 내가 그렇게 말하자 그 애는 재빨리 확답했다. "저는 그렇다니까요." 그러고는 4점 높은 자기 IQ를 들먹였다. 그렇게 민감해진 감각은 얼마 동안 유지되는 듯했다. "색깔도 더 선명하게 보여요." 며칠 뒤 커비가 말했다. 어디를 가도 새롭고 흥미로운 모양이 보인다는 얘기였다. 지나가는 자동차의 번호판을 읽어내는가 하면 회벽돌에서 신기한 모양을 찾아냈다. 집에서 오래된 라이브 음반을 틀어주자 "이제 코러스 가수가 몇 명인지 알겠네요." 하는 것이었다. 무대 위의 변화도 읽어냈다. 그 애가 그렇게 민감하게 구는 것을 본 적이 없었다.

우리 모두 TMS가 감각의 폭을 넓혀준 것에 신기해했다. 나는 청각이었고, 커비는 예민해진 시각이었다. "물론 도수가 더 높은 안경을 쓰는 것만큼 예민한 느낌은 아니에요. 다만 더 많은 것들이 눈에 들어와요." 커비가 말했다.

하지만 내가 경험한 격렬한 감정 같은 것에 대해서는 말하는 바가 없었다. 혹시 겪으면서도 말하지 않는지도 몰랐다. 나도 어렸을 때 그러곤 했었다. 내 느낌을 정확히 표현할 수가 없었으니까. 지금 열여덟 살인 커비도 그런 걸까? "그저 더 예민해진 느낌이에요." 그것이 그 애가 말한 전부였다.

● 이 모든 얘기는 2012년에 출간한 내 저서 『커비 키우기*Raising Cubby*』에 실려 있다.

사람들을 들여다보기

음악이 살아나던 날 밤은 내게 초월적인 경험이었다. 그다음 날 아침, 뇌 속의 모든 TMS 에너지가 사라졌음에도 그 여파는 오래도록 남아 있었다. 그것도 아주 강렬하게. TMS의 힘에 대한 의심은 그날 밤 눈 녹듯 없어졌다.

앞서 말했듯이, TMS는 영영 잃어버린 줄만 알았던 '음악을 깊게 들여다보는' 능력을 다시 살려내 주었다. 게다가 이전에는 결코 몰랐던 감정적인 이해의 폭도 더해줬다. 그 결과로 나는 평범한 얘기에도 눈물을 흘릴 정도로 감정의 폭발을 겪게 됐다. 동시에 난생처음으로 예술과 음악의 아름다움도 경험하게 됐다. 연구원들은 '음악을 보는' 능력은 내 안에 쭉 있어왔다고 주장했다. 오래전에 발휘했던 그 능력에 대해 나는 여러 번 글로 서술한 바 있다. 그런데 TMS가 그 능력을 자유롭게 풀어놓았다. 물론 연구원들은 왜 그런 현상이 생겼는지, 그 결과 앞으로 어떻게 될지에 대한 답은 하지 못했다. 아마 나보다도 그들이 더 놀랐는지도 모르겠다.

알바로도 음악에 대한 내 경험이 놀랍다고 맞장구쳤다. 좋지 않은 경험을 할 가능성도 충분히 있었다는 거다. 실험 전에도 그는 미리 그런 경고를 했었다. 그는 TMS에 관한 가설을 매우 신중히 세운다고 했다. 즉 뇌의 어느 부분을 자극했을 때 어떤 효과를 가져올 것인지에 대해 말이다. 하지만 TMS 에너지를 맞고 나서 내 사고가 어느 방향으로 흐를지에 대한 예측은 불가능했다.

"좋지 않은 경험이라니, 무슨 뜻이지요?" 나는 알바로에게 물었다. 괴물이나 귀신을 보게 되는 걸까? 절벽에 몸을 내던지기라도 할까?

"그런 극적인 일은 일어나지 않아요." 알바로가 나를 안심시켰다. "지난번에는 감정의 고조와 놀라움을 느끼셨죠? 하지만 그게 걱정이나 두려움, 불안함이 될지도 모른다는 뜻이지요."

TMS의 부작용이 악몽 비슷한 게 될지도 모른다니 찜찜했다. 내다볼 수 없는 결과가 좋을 수도 있지만 나쁠 수도 있다니. 그 말이 이해돼서 더욱 걱정이었다. 살면서 내가 느낀 가장 강렬한 감정들은 대개 나를 풀죽게 하는 나쁜 쪽이었으니까. 어쩌면 그런 감정들이 진화 기제는 아닐까? 좋은 것을 느끼지 못하면 잠시 즐겁지 않은 것으로 끝나지만 나쁜 것을 못 느끼면 죽음으로 내몰릴 수 있으니 말이다.

내가 원하는 방향으로 결과를 이끄는 뇌 속의 메커니즘 같은 건 없을까? 일적인 문제에서는 내가 원하는 방향으로 갈 수 있었다. 일에서 성공을 거둔 편이니까. 반면에 나보다 테스트 점수도 더 높은 자폐인들 중에는 직업을 구하느라 애먹는 이들도 많았다.

놀랍게도 알바로는 이런 질문을 엉뚱하다고 보지 않는 듯했다. 그리고 예상치 못한 답을 들려줬다.

"인생에서 많은 걸 성취하셨죠. 쭉 혼자 공부를 하고 앞길을 개척하셨고요. 또 성공도 거두셨죠. 보통 사람은 한 가지만 잘해도 만족할 텐데, 음악도 전자 게임도 자동차 수리도 모두 잘해내셨잖아요. 또 요즘은 사진과 책 집필까지……. 단순히 운 때문이었다면, 그중 절반은 실패했을 거예요. 그저 때가 돼서 그런 일이 생겼다고 생각하실지 몰라도, 사실 그렇지 않거든요. 그냥 성공한다는 건 없어요. 엔지니어링이건 기술 쪽이건 글쓰기이건, 제대로 하셨으니 그렇게 된 거죠. 게다가 정식 교육 없이도 성공하셨잖아요. 왜 모든 일이 그렇게 잘됐을까요? 혹시 성공을 거둘 일만 선택하는 마음속 기제 같은 걸 갖고 계신지 누가 알겠어요. 다만 확신하지 못할 뿐이죠."

낸시 박사도 비슷한 말을 했다. 몇 개월 후 열린 자폐 관련 학회에서 그녀와 얘기를 나눴을 때였다. "그저 옳은 선택만 꾸준히 하는 사람들도 있어요. 운 때문은 아니죠. 하지만 아무도 그 비결을 정의하지는 못해요. 사회에서 성공한 자폐인들을 연구할 필요가 있겠네요, 답을 찾으려면." 그녀가 말했다. 내가 성공했다니, 으쓱한 일이기는 했다. 하지만 내가 보이지도 않는 '최선의 길'을 의식적으로 따라가는 건 분명 아니었다. 그저 수중에 주어진 일을 최대한 열심히 끝냈을 뿐이다. 그런데 그게 연구 거리가 된다니?

성공을 거둔 이들은 수없이 많다. 하지만 알바로가 특히 주목한 건 내가 다양한 방면에서 노력해 성공했다는 점이었다. 그건 사실 생각도 못한 부분이었다. 내가 거둔 성공에 공통분모가 있었을까? 어렸을 때 블랙잭이나 포커 기술을 연마하는 데 집중해볼걸 그랬나 싶었다. '성공의 비결'이 바로 낸시가 찾고 싶어 하는 것이었다.

몇몇 사람들은 그저 내가 잘하는 것, 성공할 확률이 높은 것에 자연스레 이끌렸을 거라 말했다. 하지만 나는 그렇게 생각하지 않는다. 내가 트랜지스터를 처음 보고 감탄했을 때, 키스를 위한 기타를 만들 거라고 예상이나 했겠는가. 알바로가 옳았다. 그 후 계속된 성공이 그저 운이라고 하기에는 억지스러운 감이 있었다.

이런 격려의 말을 들으면서도, TMS가 내게 부작용을 초래할 수 있다는 게 걱정됐다. 앞서 차 안에서의 경험을 마약성 환각에 비유하지 않았는가. 환각제를 먹고 끔찍한 환각을 겪은 음악가 친구들의 얘기도 생생히 기억났다. 그 후 몇 년이나 후유증을 안고 살았다고 한다. 물론 연구원들에게는 아무 말도 하지 않았다. 그런 생각을 하는 게 어쩐지 부끄러웠다. 그들 앞에서는 용감한 얼굴을 내비쳐야 했다. 그다음 뇌 자극 실험 때, 나는 바로 그런 표정을 짓느라 애썼다. 그래서 실험 일부를 촬영하러 방송국에서 올 거라는 사실도 그만 잊어버릴 뻔했다.

몇 주 전에 한 방송국 PD가 내게 연락을 해왔다. 캐나다 정신과 의사인 노만 도이지를 대신해서라고 했다. 린지를 만나기 전부터 나는 도이지의 책을 읽고 있었다. 도이지는 인간 마음의 능력을 주로 연구하는데, 뇌 가소성에 특히 관심이 있었다. 마침 도이지는『스스로 변화하는 뇌』라는 저서 출간에 맞춰 텔레비전 시리즈를 찍고 있었다. 그런데 그가 알바로와 내가 출연해서 자극에 대한 얘기를 해주길 원한다는 것이었다. 의학 연구는 주로 은밀히 이루어지는 경우가 많다. 하지만 내 상황은 처음부터 일반적이지는 않았다. 린지를 대중 강연에서 만난 데다, 그녀의 연구에 대한 관심을 온라인에서 공공연히 밝힌 나였으니까. 이제 나도 사생활을 어느 정도 포기할 지경이었다. 사람들이 이 놀라운 치료법을 보고 희망을 갖기를 원하는 마음이 앞섰기 때문이다.

PD의 연락에 나는 단번에 그러겠다고 답했다. 내 친구 마이클 윌콕스도 함께였다. 그리고 바로 그날이 마이클과 나의 TMS 치료 과정을 찍기로 한 날이었다. 실험 현장에 캐나다 CBC 방송국 직원들이 들어와 있으니 꽤 복잡했다. 그럼에도 도이지 박사와 만나 얘기를 나누는 건 정말 즐거운 경험이었다. 그의 책은 정말로 흥미롭고 희망적이었다. 또한 꽤 오랜 시간 동안 그의 생각을 나눌 기회도 얻었다. 그는 뇌를 변화시킬 몇몇 방법과, 이를 놀라운 방법으로 실행하는 이들에 대한 얘기도 해줬다. 방송국 직원은 마이클과 나의 실험 장면을 촬영했다. 촬영은 저녁 7시까지 계속됐다. 마사와 커비도 같이 있었는데, 촬영이 끝나니 배가 몹시 고픈 모양이었다. 나는 당연히 항상 배고팠고 말이다. 그래서 린지, 셜리, 에리카와 함께 길모퉁이의 피자 레스토랑에 가기로 했다.

한편 알바로는 집으로 퇴근했고, 도이지 박사와 방송국 직원들은 선약이 있었다. 뭐, 그건 괜찮았다. 앞으로 벌어질 이상한 일에 비하면 아무것도 아니었다.

남은 여섯 명은 레스토랑에 자리를 잡고 앉자마자 대화를 시작했다. 나는 평소 꽤나 신중한 사람이지만, 그렇다고 '바른생활 사내'도 아니었다. 로큰롤 공연을 다니던 시절, 그 계통 대부분의 사람들처럼 나는 마약과 술을 시도하기도 했었다. 물론 그런 짓은 수십 년 전에 모두 그만뒀다. 그러니 요즘은 나와 대화를 나눠도 분위기가 신랄해질 확률은 거의 없었다. 늘 남이 나를 어떻게 볼지를 신경 쓰는지라 언행도 조심했다. 하지만 왠지 그날은 달랐다. 평소의 억제 능력이 사라졌는지, 70년대에 경험했던 환각에 대해 주구장창 얘기를 늘어놓고 말았다. 오랫동안 떠올리지도 않았던 일인데 말이다. 모두들 놀란 가운데 피자를 먹었다. 나는 코네티컷 주 윌라맨틱 지역의 샤부 여관에서 열린 〈몽고메리 블루스 밴드 쇼〉 기간 동안 환각제를 한 줌이나 먹은 얘기를 꺼냈다. 당시에 나는 갑자기 친구의 차를 몰아 캐나다로 가서 소변을 보리라는 망상에 사로잡혔었다. 꼭 캐나다 땅이어야만 했다. 큰 비상사태라도 된 양 굴었다. 결국 나는 친구 몇 명과 함께 북쪽으로 차를 몰았다. 모두 환각제에 잔뜩 취해 있었다. 다들 내 목표에 동의했던 모양이다. 록아일랜드와 퀘벡의 국경을 넘어 1.5킬로미터 정도 차를 몬 후, 일제히 내려 도로변에 한 줄로 서서 소변을 봤으니까.

환각제를 잔뜩 먹고 장장 450킬로미터 거리를 운전해 소변을 보러 간 얘기를 하다니, 제정신의 어른이면 부끄러워할 일이다. 특히 저명한 과학자들이며 영향받기 쉬운 열여덟 살 아들 앞에서는 더욱 그렇다. 사실 그날 밤 이전에는 생각조차 하지 않았던 사건이다. 아니, 실은 낡아빠진 홀치기염색 티셔츠처럼 사라져버린 기억에 불과했다. 그런데 그게 갑자기 뇌리에 박힌 거다. 그리고 나는 그 영광스러운 일을 늘어놓느라 여념이 없었다. 그것도 피자 레스토랑에서.

일화는 거기서 끝이 아니었다. 소변을 보고 난 일행은 기념품 삼아 캐나다 땅의 돌멩이를 몇 개 주웠다. 임무를 훌륭히 마친 후, 우리는 타고 온 폭스바겐 차량에 다시 올라타고는 차를 돌려 집으로 향했다. 국경을 넘어 한 5분간은 순항했다. 그런데 갑자기 어둠 속 어디선가 국경 순찰차 넉 대가 불쑥 나타나 우리 차를 세웠다. 그들 중 법집행관이 나오더니 새벽 4시에 신고 없이 국경을 넘었다며 나와 친구들을 체포했다. 국경 기지가 당연히 문을 닫았을 거라고 생각했는데!

경찰들은 우리를 다시 국경 쪽으로 이끌었다. 그러고는 우리 몸과 차 안을 샅샅이 뒤졌다. 캐나다산 돌멩이 빼고는 별거 없었다. 그래도 돌멩이는 허락해줘서 다행이었다. 사실 그들은 우리에게 뭔가 나쁜 꿍꿍이가 있다고 짐작한 듯했다. 그런데 그냥 정신없는 애들인 걸 알고 나자 돌려보내 줬다. 요즘은 그런 일을 맞닥뜨렸을 때 운 좋게 해결되지만은 않을 테지만 말이다.

커비는 이 얘기를 재미있다고 느끼는 듯했다. 물론 마사는 "별로 친하지도 않은 사람들 앞에서 별 희한한 소리를 다 하네요."라고 귓속말을 했다. 그래도 구급차를 따라 노래 부른 것보다는 덜 이상해서인지 내 입에서 또 무슨 소리가 나올까 기다리며 잠자코 있는 편이었다. 글쎄, 누구라도 외국 땅에서 소변을 보고 싶은 충동을 느끼지 않겠는가? 물론 연구원들 중 동의하는 이는 없었다.

그러다 갑자기 또 다른 날 밤의 사건이 떠올랐다. 나는 이 사건도 아주 생생하게 읊기 시작했다. 당시 나는 환각제를 복용한 채로 내가 살던 애머스트 북부 지역에 있는 친구네 집 장작난로 앞을 서성이고 있었다. 실로시빈(멕시코산 버섯에서 얻어지는 환각 유발 물질—옮긴이) 성분이 온몸에 퍼져왔다. 다음 순간 기억나는 건 내가 추운 서부 고지대 사막 위를 날고 있었다는 사실이다. 하늘은 아름다운 보랏빛이었고, 주위는 마치 북극광처럼 별들이 내뿜는 빛의 물결이었다. 하지만 더 미세하고 훨씬 아름다웠다. 나는 어둠 속 선명한 색과 빛의 물결에서 뿜어져 나오는 에너지를 들이마시면서 마치 새처럼 오랜 시간 날아다녔다. 저 아래에는 어둡고 광활한 사막이 펼쳐졌다. 곧 나는 땅으로 우아하게 착륙했다. 갑자기 쿵 하는 소리와 함께 나는 현실로 곤두박질쳤다. 현실의 나는 낡은 혼다 750 오토바이를 타고 버몬트 주의 세인트존스버리 근처 91번 주간도로의 종점인 톱니 모양 장벽의 틈새를 따라서 달리고 있었다. 주변은 아직도 공사 중이었다. 30미터 앞에서 보도가 끝이 나자, 나는 미처 오토바이를 멈출 겨를도 없이 거친 자갈밭 속에 빠졌다. 애머스트부터 거기까지 도대체 사고 없이 어떻게 갔는지, 그저 신기할 따름이었다.

이른 저녁에 매사추세츠를 떠나 세인트존스버리까지는 족히 세 시간이 걸렸다. 어디서 어디로 갔는지에 대한 기억조차 없었다. 다만 기적적으로 뉴멕시코의 사막을 무사히 건너 버몬트의 고속도로까지 하룻저녁에 간 것만 알았다. 오토바이가 끼익하고 미끄러져 멈췄다.

나는 심호흡을 깊게 하고 시동을 껐다. 그리고 밤하늘을 올려다봤다. 버몬트 북부는 도심지가 아니라 어둠을 수놓을 빛이 없었고, 하늘이 잿빛으로 오염될 리도 없었다. 그날 밤에는 유독 구름 한 점 없었다. 간혹 나타나는 용 같은 어둠속 동물들을 제외하면, 하늘에는 별과 비행기만 보였다. 점 같은 수많은 별들이 나를 향해 반짝였다. 하지만 그 아름다운 보라색과 빛의 물결은 다시 볼 수 없었다. 나는 다시 집까지 춥고 긴 길을 떠났고, 아침이 밝아서야 집에 도착했다.

이런 얘기를 하고 있으려니, '마치 내가 거칠고 약에 절은 젊은 시절을 산 듯 들리겠군.' 하는 생각이 들었다. 사실 그건 아니었다. 별 상관은 없겠지만, 나는 극구 변명을 했다. 그저 환각제만 몇 번 시도했을 뿐이다. 그보다 더 강한 건 한 적이 없었다. 환각제에 대한 경험이 너무나 희한해서, 그런 쪽에는 영영 손을 대지 않은 거다. 아주 심한 환각 증세에 시달린 것도 아니지만 말이다. 당시 지인들은 마약을 하며 맥주를 마시는 게 일상이었다. 하지만 그 후유증을 보면 불안하고 민망해졌다. 말짱한 정신으로도 세상을 살아가기 힘든 나였다. 그러니 더구나 약물과 술에 찌든 삶은 감당할 수 없었다.

그런데 TMS 실험 직후에 그런 기억들이 갑자기 물밀듯 밀려오다니, 이상한 일이었다. 뜬금없이 그런 이미지들이 내 의식의 한가운데로 밀고 들어온 거다. 내 인생에서 별로 중요한 일도 아니었다. 음악처럼 소중한 기억도 아닐뿐더러, 거의 지워진 기억이었다. 어찌됐든 TMS가 그 묻어뒀던 기억을 내 마음 전면에 끌어다놓은 것 같았다. 왜 그런 일이 생겼는지는 나와 연구원들 모두에게 미스터리였다.

집에 도착하니, 꽤 늦은 시간이었다. 나는 12시 반이 넘어서야 잠자리에 들었다. 마사 옆에 누워 눈을 감았는데, 퍼뜩 이상한 느낌이 들었다.

온 세상이 빙글빙글 움직이는 게 아닌가.

처음엔 이 '움직임'을 TMS와 연관 짓지 못했다. 솔직히 처음 든 생각은 '내가 술에 취했나.'였다. 딱 그런 기분이었다. 한데 저녁에는 아이스티밖에 마시지 않았다. 문득 겁이 났다. '혹시 뇌졸중인가?' 온 세상이 천천히 빙빙 돌며 계속 뒤틀리고 있었다. 나는 놀라서 눈을 떴다. 그러자 움직임이 금세 멈췄다. 하지만 눈을 감자 움직임은 다시 시작됐다.

술이 취해 넘어져본 사람은 그 빙빙 도는 느낌을 이해할 거다. 토하기 5분 전 같다고 할까? 물론 구역질이 나진 않았다. 하지만 길고 놀라운 밤은 이제 막 시작되고 있었다.

내 주위의 세상이 아찔하게 돌아가는 동안, 마음속에는 이미지들이 떠올랐다. 어제 하루의 짤막한 일과가 스쳐 지나갔다. 그러다 아주 어린 시절의 기억이 생생하게 펼쳐졌다. 갑자기 나는 두 살짜리 아기가 됐다. 그리고 할머니의 조지아 농장 현관에 놓인 하얀 흔들의자 옆에 앉아 있었다. 할머니가 외치는 소리가 들렸다. "존 엘더! 조심해라! 손가락을 의자에서 치워요!" 그렇게 나는 현관 앞을 바라봤다. 그러다 일순간 나는 전날로 돌아가 의사들을 바라보면서 알바로의 연구실에 있었다. 마치 내 삶을 다룬 영화에 출연한 배우가 된 기분이었다. 끝도 시작도 없는 매우 두서없는 영화였다.

베스 이스라엘 병원 복도에서 도이지 박사와 얘기를 나누는 모습이 곧 나타났다. 도이지 박사는 나를 뚫어져라 보며 말했다. “특정 인물들을 보면, 에너지를 볼 수 있지 않나요? 오바마 대통령은 어떻게 생각하나요? 그 카리스마가 눈에 보이지 않던가요?” TMS 실험은 2008년 선거운동이 한창이던 때에 진행됐다. 그러니 주변엔 온통 오바마 뉴스로 가득했었다. 꿈속에서 나는 생각했다. ‘맞아. 내가 그런 에너지를 볼 수 있지. 그런데 그걸 어떻게 말로 설명한다?’ 그리고 눈을 떠보니, 나는 다시 애머스트의 내 방 침대 위에 누워 있었다.

마사는 내 옆에서 곤히 잠들어 있었다. 다행히 꿈속에서 도이지와 나눈 대화가 그녀를 깨우지는 않은 듯했다. TMS 실험 내내 노심초사한 그녀이니, 깨우고 싶지 않았다. 나는 조용히 누워 있기로 했다. 그리고 어제 정확히 무슨 대화를 나눴는지 떠올려봤다. 오바마에 대한 얘기를 했던 것 같았다. 아니면 내 상상일 뿐인가? 한 가지는 확실했다. 꿈속에서의 도이지 박사는 그야말로 카리스마가 넘쳤다. 마치 실존하는 〈스타워즈〉의 요다 같은 느낌이었다. 꿈이 너무나 생생해서, 대체 도이지 박사와 무슨 일이 있었던 건지 확신이 서지 않았다.

그렇게 누워 있는데 문득 이런 생각이 스쳤다. ‘우리 집 보트 구명조끼가 어디 있더라?’ 기억이 나지 않았다. 그게 어디 있든, 바람을 넣는 카트리지를 교체할 때가 됐었다. 내 안의 조그만 목소리가 말했다. ‘구명조끼가 작동하지 않는 제일 큰 이유는 카트리지 수명이 다하기 때문이야. 그래서 정작 필요할 땐 쓸 수 없는 거라고.’

혹시 집이 가라앉고 있기라도 한 걸까? 재난 앞에서 위험을 미리 감지하는 동물들도 있지 않은가. '하지만 구명조끼를 입고 있지 않으면 아무 소용 없어. 빨리 입어야겠는걸.'

나는 다시 눈을 떴다. 그러고는 주위를 둘러봤다. 자꾸 벌어지는 이상한 일에 어안이 벙벙했다. 논리적인 마음이 다시 표면 위로 떠오르려 했다. '집이 가라앉는다니, 그럴 리가 없잖아.'

그러다 어느 순간, 나는 다시 알바로의 연구실에 있었다. 이번엔 알바로와 린지와 함께 진단에 대해 얘기를 나눴다. "진단을 받지 못하는 성인들도 너무나 많아요." 내가 말했다. "진단을 받기 꺼려하는 이들도 많고요. 보험 회사에서 낙인찍힐까 봐 말이죠. 자폐라고 낙인찍히는 거 말이에요." 내가 자면서 실제로 이런 말을 했는지, 아니면 마음속으로 대화를 상상했는지는 알 수 없었다. 아니면 어제의 기억을 떠올렸는지도. 사실 아직도 잘 모르겠다.

그러고 나서 나는 놀라서 눈을 한번 깜빡였다. 실제로 말이다. 하지만 이내 나는 다시 TMS 연구소에 가 있었다. 모든 연구원이 다 보였다. 꿈속에서 벽시계를 쳐다보니, 오후 6시였다. 촬영 때문에 시간이 걸려 늦어져 있었다. 연구원들은 걱정했다. 그들이 촬영한 뇌 자극은 텔레비전을 위한 가짜 눈속임이 아니라 실제 연구의 일부분이었으니까. 린지가 촬영 팀에 경고하고 있었다. "이제 좀 나가보세요. TMS의 효과는 15분만 지속된다고요. 그래서 빨리 테스트를 진행해야 한다니까요." 물론 그런 말은 여러 번 들은 적이 있었다. 따라서 그건 상상은 아니었다. 하지만 왜 하필 새벽 3시에 이런 말들이 다시 떠올랐을까?

그러다가 정말로 이상한 생각이 들었다. '오늘 밤의 일들은 다 뇌의 연결성 문제야. 그래, 바로 그거지, 연결성. 머리에 생각이 하나 떠오르면, 그게 연상 작용을 일으켜 다른 생각들이 꼬리에 꼬리를 물지. 마치 기울어진 바닥 너머로 다음 생각을 밀어내는 것처럼 말이야. 뇌 속이 마치 엉킨 스파게티 면발 덩어리처럼 돼 있는지도 몰라. 그리고 덩굴처럼 면발이 계속 생겨나서 꼬여가는 거야. 그래서 그 결과는? 나도 모르겠어.'

그렇게 하룻밤이 모두 지나갔다. 깼다가, 환각 상태처럼 됐다가, 다시 잠드는 상황의 반복이었다. 물론 나쁜 일은 없었다. 하지만 결과적으로 기분이 나빴다. 결국 새벽 4시 5분까지 매우 불안한 상태로 깨어 앉아 있었다. 정신을 차리자 불안감은 가셨다. 하지만 온통 예민해져 있었다. 그 예민한 상태마저 꿈이 아니라면 말이지만. 뭐가 현실이고 뭐가 꿈인지 헷갈리는 밤이었다. 물론 불안해져 잠에서 깨는 일은 전에도 있었다.

집 안은 온통 적막하고 깜깜했다. 나는 위층 서재로 올라갔다. 창밖에는 숲과 도로변이 죽 펼쳐져 장관을 연출했다. 그러나 밖이 아직 어두워서 아무것도 보이지 않았다. 나는 '이제 무슨 일이 생길까.' 하고 궁금해하면서 잠시 조용히 앉아 있었다. 하지만 아무 일도 일어나지 않았다. 시계를 보니, 5시 17분이었다. 그렇게 한 시간 12분이 훌쩍 지나가버린 거다. 칠흑 같은 어두움이 짙게 내리깔려 있었다. 새 몇 마리가 지저귀기 시작했다. 아니, 새소리도 환상이었을까? '맙소사, 한번 내다봐야겠군. 계속 환각 상태인 건지, 연구원들에 알려야

하잖아.'

창문을 열자, 동트기 전 어둠의 상쾌함이 밀려들었다. 숲속의 향기와 소리도 함께였다. 다행히 새소리는 진짜였다. 나는 안도의 한숨을 내쉬었다. 그런데 창문을 닫는 순간, 또 불안한 생각이 들었다.

가끔 새가 저렇게 노래할 때면 주변에 위험한 동물이 나타난 적이 있지 않는가. '가서 총을 가져와야 할까?' 나는 자문했다. 하지만 지금 나는 안전한 집 안에 있고, 게다가 3층이다. 애머스트에서 동물이 집 안으로 난입했다는 말은 들어보지 못했다.

잠시 위험하다는 생각에 간담이 서늘했지만, 곧 괜찮아졌다. 평생을 불안에 시달려온 나이건만, 왜 그 순간에는 요란하게 난리를 치지 않았을까. '내가 이렇게 침착하다니, 웬일이지?' 그날 밤에는 너무나 희한한 일들이 많았다. 그럼에도 놀랍도록 낙관적인 기분이 들었다. '굉장한 발전이군.' 나는 생각했다. 그런 생각에 긴장이 풀린 모양이었다. 창문을 열어 젖혀 깊이 숨을 들이마신 뒤, 터덜터덜 계단을 내려가 침실로 향했다.

그러고는 세상모르게 잠이 들었다. 더 이상의 환각은 없었다. 꿈도 꾸지 않았다. 다시 눈을 떴을 때는 자그마치 낮 12시였다. 무언가 살짝 흔들리는 느낌에 잠이 깼다. 마치 항구에서 흔들리는 보트에 탄 기분이었다. '또 뭐 때문에 그러지?' 주변은 변한 게 전혀 없는데, 마치 물결처럼 흔들리는 느낌은 떠나지를 않았다. 게다가 눈을 감을 때마다 움직임은 점점 빨라졌다.

나는 일어나서 옷을 갈아입었다. 그리고 아주 조심히 운전해 무사히 일터로 갔다. 직원들은 모두 여느 때와 다름없었다. 서비스 담당 매니저 메리베스는 카운터 너머에 앉아 손님과 얘기를 나누고 있었다. 어디를 둘러봐도 활력이 넘쳐났다. 나는 주위를 둘러보며 그 기운을 만끽했다.

그러다 남자 직원인 에디와 눈이 마주쳤다. 그런데 갑자기 이런 생각이 강하게 들었다. '정말로 아름다운 갈색 눈을 가졌네. 왜 그걸 진작에 몰랐을까.' 잠시 뒤, 내 안의 목소리는 이렇게 말했다. '아니, 지금 뭐라는 거야? 왜 그러지? 다른 사람의 눈 같은 건 신경도 쓰지 않았잖아? 대체 무슨 일이야?'

나는 에디에게서 황급히 눈을 뗐다. 말로 표현하기도 힘든 강렬한 감정이 뒤섞이자 화들짝 놀란 거다. 사실 그 순간 이전에는 사람들의 눈만 들여다봐도 불편해하던 나였다. 사람들의 시선을 피하는 게 내겐 익숙한 습관이었다. 오죽하면 첫 책의 제목도 『나를 똑바로 봐』였겠는가. 아찔한 기분으로, 나는 고객 한 명에게 시선을 향했다. 고장 난 차에 대해 말하려고 기다리고 있는 여성이었다.

그녀가 말을 하는데, 얼굴에 눈이 갔다. 그녀의 말은 들리지도 않았다. 그런데도 그녀의 감정이 얼굴에 비치는 것이었다. 그녀는 조용히 자동차의 문제에 대해 늘어놓았다. 그런데 그녀의 눈이 이렇게 말하는 게 아닌가. '도대체 수리비가 얼마나 들지 정말 걱정이네요. 제 일자리가 좀 불안정하거든요. 비용을 감당할 수 있을지……. 그런데 일하러 가려면 차가 필요하니, 이걸 어쩌면 좋죠?'

나는 확신에 찬 말투로 답을 했다. "걱정 마세요. 지금 말씀하신 문제라면 고치기 쉬울 겁니다." 그러자 그녀는 금세 안심하는 눈치였다. 너무나 자연스럽고 빠르게 대화가 오고 갔다. 내가 대체 무슨 짓을 한 건지, 그 중요성을 눈치 채기까지는 시간이 좀 걸렸다.

한마디로 나는 고객의 얼굴 표정을 읽었다. 게다가 본능적으로 옳은 답변을 해주었다. 보통 사람이라면 이런 능력을 당연하게 여길 거다. 하지만 나는 평생 그런 힌트를 놓치고 살지 않았는가. 그래서 매번 틀린 답을 했고 말이다. 가끔은 다른 사람이 충분히 논리적으로 하는 말에도 정말 최악의 답변을 하기도 했다. 며칠 전에 이 고객의 얘기를 들었다면 이렇게 말했을 거다. "흠! 그러면 차를 일단 가져오세요. 무슨 일인지 봅시다." 고객의 두려움과 걱정은 내게 아무런 영향을 끼치지 않았을 테니까. 그녀를 안심시켜야겠다는 생각도 들지 않았을 거다.

내면의 목소리는 이제 이렇게 말하고 있었다. '지금 사람들의 영혼을 들여다보고 있어.' 그러자 또다시 감정이 물밀듯 밀려왔다. 그 파도가 너무 격렬해서 잠시 주춤할 정도였다. 사람들의 눈은 마치 창과 같았고, 그 창으로부터 쏟아지는 감정은 상당히 강렬했다. 게다가 그 감정을 읽는 내 능력은 마치 늘 내 안에 있어왔던 것처럼 본능적이고 자연스러웠다.

'이래가지고 하루를 어떻게 버틴담?' 나는 고민했다. 수리소 안은 점점 바빠졌다. 손님들과 직원들이 내 주위를 에워쌌다. 처음에는 빗물처럼 똑똑 떨어지듯 하던 감정이 순식간에 급물살을 타고 나를 압도했다. 에디의 눈 색깔을 처음으로 발견한 것만 해도 충분히 놀라운 일이었다. 그런데 갑자기 수많은 이들의 희망, 걱정, 흥분과 격정이 느껴지다니. 그런 것들에 눈뜬장님으로 살아왔던 만큼, 갑작스러운 변화는 나를 힘들게 했다. 이제는 내 문제의 본질이 완전히 뒤바뀐 셈이었다. 원래의 나는 무신경하고, 내 감정적 세계는 완전히 차단돼 있었다. 그런데 이제는 온갖 감각의 불협화음으로 과부하를 겪고 있었다. 내 주위를 둘러싼 하나하나의 감정이 부조화한 교향곡이 되어 부풀어 올랐다.

처음 그런 감정을 느꼈을 때는, 마치 감정적인 ESP extrasensory perception(투시나 텔레파시 같은 초감각적 지각—옮긴이)를 얻은 것만 같았다. 하지만 지금 생각하면, 그건 새롭게 각성된 강력한 마음의 힘이었다. 그런 감정적인 공격은 낯설고 감당하기 힘들었다. 이제 막 하루가 시작되는 참이었으니까.

운명의 장난인지, 하필 그날 밤에 나는 매사추세츠 의학협회의 연례 정기 모임에서 대표 연설을 하기로 되어 있었다. 역시 첫 저서를 낸 뒤 초대를 받은 것이었다. 300명의 노련한 중년 의사들 앞에서 연설을 하고 있노라니, 그들의 영혼을 들여다보는 것만 같았다. 그들의 꿈과 희망, 두려움까지도 느껴졌다. 그중 몇 명은 나중에 내게 그렇게 청중과 교감이 잘된 연설은 처음이었다고 했다. 그들을 말로써 감동시킨 모양이었다. 전에는 꿈도 꾸지 못했을 일이다.

연설에서 나는 자폐 환자로서의 외로운 삶에 대해 얘기했다. 그러고는 TMS를 언급했다. 변화에 대한 희망과 미래의 꿈에 대해서 말이다. 정확히 무슨 말을 했는지는 기억이 나지 않지만, 한 가지 잊지 못할 사실이 있다. 가슴에서 우러나온 말을 의사들에게 했고, 그들을 울렸다는 것이다. 산전수전을 다 겪은, 숙련된 전문의들을 말이다. 그들의 눈물과 나에게 내미는 연민의 정이 모두 눈에 보였다. 내가 알고 지내는 몇몇 의사들은 아직도 그날 밤 일을 얘기하곤 한다.

내 친구 데이브도 연설 후 이어진 저녁 식사 시간에 같은 테이블에 앉아 있었다. "내 옆에 앉았던 나이 지긋한 의사는 의학협회에서 50년간의 공로로 상까지 받은 분이라고. 그런데 자네 얘기를 듣다가 그만 눈물을 뚝뚝 흘리시는 거야. 정말 엄청났다고." 그가 말했다.

모임을 끝내고 나는 기진맥진했다. 15킬로미터는 족히 되는 거리를 걸어온 기분이었다. 집에 도착한 나는 마사에게 그날 있었던 일을 얘기했다. 그랬더니 그녀는 "글쎄, 그렇다면 이젠 내가 별로 필요 없겠네요." 하는 것이었다. 나는 한 대 얻어맞은 기분이었다. 마사와 우리의 삶을 많이 사랑했지만, 그 말은 사실이었다. 내 안의 근본적인 무언가가 바뀌어버렸으니까. 그 결과로 우리 사이도 어딘가 변하고 있었다. 난 그녀의 말에 아무 대답도 하지 않았다. 그리고 왠지 매우 깊은 슬픔을 느꼈다.

환각과 현실

신경과 의사인 올리버 색스는 『환각』이라는 책을 출간한 바 있다. 책에서 그는 테스트 결과 자신은 거의 시각 장애인이나 다름없다고 서술했다. 하지만 모자란 시력을 자신의 상상력으로 채웠다고 했다. 자신의 환자 중에서도 청각과 관련해 비슷한 현상을 보인 이들이 있었다고 한다. 실체가 없는 소리를 듣거나, 현실과 다른 왜곡된 소리를 듣는다는 거다.

예를 들어 기차가 분명히 없는데도 기차 소리를 듣는 환자, 세상을 떠난 사랑하는 이들의 목소리를 듣는 환자 등이다. 색스는 이런 환각 증세를 의학적으로 설명하려고 했다. 물론 이런 현상을 영적으로 해석하는 이들도 있을 것이다. 하지만 색스는 환경에 따라 누구나 시각, 청각, 심지어 후각에 관련된 환상을 경험할 수 있다고 강력히 주장했다. 사람의 마음이란 큰 창조의 힘을 지녔다는 거다. 하지만 색스는 지극히 판타지적인 상상과 갑작스럽고 선명한 기억 사이의 차이를 구분해 언급하지는 않았다. 아무리 애써 봐도, 나는 실험 첫날 밤에 경험한 차 안에서의 음악적 환각이 상상인지 추억인지, 아니면 둘 다인지 알 수 없었다.

그 후에 사람들의 마음을 들여다본 경험, 즉 사람들의 눈을 보고 생각을 읽어낸 경험은 명백한 현실이었다. 적어도 내가 보기에 환각 같지는 않았다. 내가 원래 갖고 있던 미미한 능력의 극적인 확장인 셈이었다.

색스는 과학적으로 설명되지 않는 부분의 언급은 피했다. 하지만 과학적으로 증명할 수 없는 신기한 현상도 수없이 많지 않은가. 나는 10년 전에 그런 경험을 했다. 보스턴 외곽의 128번 도로를 운전해서 가던 중이었다. 갑자기 '아버지께 나쁜 일이 생긴 것 같은데.' 하는 생각이 들었다. 놀라서 아버지에게 전화를 걸어봤지만 응답이 없었다. 불안했지만 어찌할 바를 몰라 그냥 가던 길을 갔다. 걱정 속에 45분이 흘렀고, 마침내 내 휴대폰이 울렸다. 주 경찰이었다. "부모님께서 차 사고를 당하셨어요. 다행히 살아 계신데, 지금 빨리 병원에 가보세요." 나는 차의 속도를 올려 부리나케 달렸다. 내 직감을 따랐다면 병원에 훨씬 빨리 도착할 수 있었을 텐데, 하는 생각을 지울 수가 없었다. 어찌된 영문인지는 설명할 수 없지만, 그날 이후로 나는 예감을 한 번도 의심한 적이 없다.

샤먼들은 환각을 영靈이 육체를 떠나 다른 곳으로 여행을 가는 거라고 봐서, 인간이 닿을 수 없는 곳과 연결하는 수단으로 여긴다. 따라서 그들에게 환각은 배움이자 수업인 셈이다. 내 환각도 그런 것이었을까? 내 마음도 스스로를 파고들어 새로운 연결을 만들어내려 했을까? 어쩌면 샤먼들이 늘 다뤄온 것을 정통의학은 이제 막 주목하기 시작했는지도 모를 일이다.

자연히 나는 그날의 놀라운 경험에 대해 많은 생각을 하게 됐다. 그날, TMS 실험 직후만 해도 별다른 일은 없었다. 그런데 네 시간 후에 나는 식사하는 내내 환각에 대한 얘기를 했다. 하지만 환각 증상은 없었다. 그러다 집에 갔고, 자정 직후부터 동틀 무렵까지 계속 환각 증상을 겪었다. 친구 마이클은 실험 후에 바로 집에 갔다. 나는 그에게는 무슨 일이 없었나 궁금했다. 하지만 연구가 끝나기 전까지는 같이 의논하지 않기로 했으니까 참을 수밖에 없었다. 몇 달 후에 그와 드디어 얘기를 나눴을 때, 나는 살짝 실망했다. 그는 감각이 날카로워진 기분이었다고 했다. 하지만 나처럼 강한 환각 증세는 없었다는 것이다. 이 정도의 에너지로는 그에게 영향이 미치지 못한 걸까? 알바로에게 이에 대해 물었지만, 그는 잘 모르겠다고 답했다. 게다가 타깃 부위가 임의로 정해지기 때문에, 그날 같은 부위를 자극하지 않았었다고 덧붙였다.

마치 TMS 에너지가 나를 환각의 세계로 이끈 것만 같았다. 이상한 일이었다. 아무튼 그날의 일이 너무나 강한 인상을 남긴 나머지, 동 트기 직전에 나는 알바로에게 장문의 이메일을 보냈다. 깊은 어둠에 잠긴 서재에 홀로 앉아서 말이다. 알바로는 후일 내게 아침 일찍 메일을 받아 깜짝 놀랐다고 했다.

나는 이메일을 쓰면서, 그리고 그 후에도 상황을 파악하려고 애썼다. 연구원들이 뇌의 '딱 적절한 부위'를 자극했던 걸까? 그래서 그렇게 온갖 상상과 기억이 난무하게 됐을까? 혹시 내 오른쪽 관자놀이 아래에 '비밀 스위치' 같은 게 있었던 걸까? 아니면 여태까지의 TMS 실험에서 받은 에너지와 변화가 축적되어 환각으로 이어졌나? 원인이 뭐든 간에 실험의 여파는 날이 갈수록 눈에 띄게 드러나고 있었다.

물론 매 실험의 효과는 비슷한 패턴이었다. 우선 실험 직후엔 즉각적인 효과가 있다. 연구원들은 이것을 테스트로 측정한다. 그리고 실험 후 몇 시간 뒤에 느끼는 단기 효과가 있고, 마지막으로 장기 효과가 있다. 지금 이 글을 쓰고 있는 이 시점, 즉 실험으로부터 몇 년 뒤에까지도 효과가 남아 있다. 이 효과가 영원할까? 시간만이 답을 알 것이다.

아무튼 새벽 5시에 알바로에게 보낸 이메일에 나는 스파게티 덩어리처럼 엉켜 뒤죽박죽이 된, 또 거기서 줄기가 자라 나오는 뇌 모양에 대한 비유를 썼다. 마치 공상과학 영화의 한 장면 같지만, 그날 밤 내 뇌에 대한 가장 적절한 비유였다. 알바로는 우리 뇌는 실제로 새로운 연결을 늘 만들어내고 있다고 답했다. 하지만 그러한 전선의 재정비 과정은 매우 미묘하다고 덧붙였다. 반면에 내가 느낀 TMS의 여파는 매우 강력하고 광범위했다. 연구원들에 따르면 단 하룻밤의 전선 재정비로는 그런 효과가 날 수 없다. 물론 연구원들이 스스로를 변화시키는 뇌의 힘을 과소평가했는지도 모른다. 또 어쩌면 인간의 마음에는 여러 갈래의 대안이 있고, TMS가 그중 일부분을 움직이게 했을 수도 있고 말이다.

환각 능력은 우리 모두의 내부에 잠재돼 있다. 캐나다로 갔던 날 밤에 나는 환각제를 먹었었다. 뉴런 사이의 시냅스에 화학 물질이 흘러들어 갔고, 그래서 그렇게 희한한 환상이 펼쳐진 거다. 정신 질환을 앓는 이들도 환각을 보곤 한다. 약을 전혀 먹지 않아도 그렇다. 사실 내 어머니에게도 그런 일이 있었다. 내가 아이였을 때, 어머니는 악마와 괴물 따위를 보곤 했다. 어머니의 정신과 의사는 그걸 '정신증'이라고 불렀다. 하지만 정확한 의학 용어가 뭐든 간에, 열세 살의 내가 느낀 기분은 상상하기 힘들 거다. 정말로 공포스러웠다. 어머니가 보았다는 그 환상은 내 마음속에 늘 깊이 남아 있었다. 아마 그래서 마약을 시도하길 꺼렸는지도 모른다. 하지만 이번 실험은 달랐다. 미치거나 뇌에 화학 물질이 들어간 게 아니었다. 그저 에너지가 더해졌을 뿐이다.

TMS 에너지만으로 그런 변화가 가능할까? 알바로에게 질문하자, 그는 "당연히 가능하지요."라고 답했다. "우울증 치료를 생각해보세요. 환자에게 약을 투여하는 대신 TMS 에너지로 대체하지 않습니까. 정말 잘 듣는다고요." 그러자 새롭고도 중요한 질문이 떠올랐다. 만약 순수 에너지가 마음을 바꾸고 치료할 수 있다면, 마음이 신체에게 '스스로를 고치라'고 명령할 수는 없는 걸까? 매우 일리 있는 생각이 아닌가. 앞으로 의학적으로 효과가 인정된 에너지 치료법이, 특정 질환에 대해서는 약물 치료를 대체할지도 모르는 일이다.

나의 이런 질문에 알바로는 베스 이스라엘 병원에 뇌 건강 센터를 만드는 그의 꿈을 얘기했다. 많은 이들이 근육 운동은 하지만 뇌 운동은 하지 않는다고 했다. 하지만 뇌 건강이야말로 어떤 신체 근육의 건강보다 중요하다. 심장만 빼고 말이다. 식습관, 운동 등 많은 요소가 뇌 건강에 영향을 미친다고 했다. "뇌가 건강하면, 몸도 더 건강해질 겁니다." 알바로는 확신했다.

"물론 뇌가 더 건강해진다고 암을 예방할 수는 없겠지요. 하지만 노화에 보다 잘 적응하게는 해줄 겁니다. 더 오랜 시간 동안 신체를 최대로 활용하도록 말이죠."

나는 알바로와 TMS가 뇌 건강에 미치는 영향에 대해 얘기했다. 그는 뇌 자극은 한 사람이 노화함에 따라 그의 뇌를 최선의 방향으로 이끄는 '가이드' 역할을 할 거라고 말했다. 상당히 고차원적인 얘기가 아닌가. 하지만 그는 그게 가능하다고 장담했다. 그의 말을 듣고 보니, 지금 내게도 비슷한 일이 일어나는 게 아닌가 싶었다. "사실 한 사람의 뇌는 항상 최선의 방향으로 움직여요. 다만 TMS가 그 기능을 돕게 되길 바라는 거죠." 알바로가 말했다.

하지만 내가 경험한 '지연된 효과'는 아직도 미스터리였다. 만약 약을 복용하면, 화학 물질이 혈류로 흘러들어 뇌의 시냅스까지 전달되기까지 어느 정도 시간이 걸린다. 따라서 몇 분에서 몇 시간까지의 효과 지연은 놀라운 일이 아니다. 아마 알약을 삼켜본 사람이라면 누구나 공감할 거다. 또 약의 분량도 문제가 된다. 몸 안의 화학 물질은 그 양이 어느 정도 수준에 도달해야 효과가 나타나기 시작한다. 따라서 며칠에서 일주일까지 약을 먹어야 하는 경우도 있다. 또 개개인마다 특정 약에 반응하는 민감성이 다를 수도 있다. 마치 술이나 마약처럼 말이다. 어떤 이에게는 가벼운 한잔이, 다른 이에게는 아주 곯아떨어지게 되는 양일 수도 있다.

나는 마사가 복용하는 항우울제를 보고 그걸 깨달았다. 약을 바꾸기라도 하면, 한 일주일 동안은 아무 효과도 없을 때가 있었다. 일주일보다 더 걸릴 때도 있었다. 그러다가 효과가 차츰 나타나기 시작했다. 그녀의 정신과 의사는 늘 효과 지연을 염두에 두라고 말하곤 했다. 일단 효과가 나타나면, 효과는 미미할 수도 있고 극적일 수도 있었다. '이번엔 어떻게 될까.' 하고 기다리는 건 항상 혼란스러운 일이었다.

때로 마사는 우울증이 너무 심해져, 침대 밖으로 나오기조차 힘들어하곤 했다. 그럴 때마다 우리는 'TMS가 도움이 될 수도 있을 텐데.' 하고 생각했다. 하지만 베스 이스라엘에서는 아직 일반 환자를 대상으로 한 TMS 우울증 치료가 상용화되지 않았다고 했다. 게다가 그녀는 내 변화를 지켜보고는 좀 두려운 모양이었다. TMS 에너지는 꽤나 강력한 힘을 지녔으니까. 특히 잘 듣지 않을 때도 많은 약물에 비하면 더 그래 보였다. 효과가 너무 강한 게 아닌가 싶을 정도였다.

약과 달리 TMS 에너지는 뇌에 직접 적용되기 때문에 즉각적인 효과를 기대할 수 있다. 그래서 실험이 끝나자마자 연구원들이 나를 테스트하느라 바쁜 거다. 어떤 날은 실험 후 테스트를 하면 막힘없이 술술 풀렸다. 하지만 매 문제마다 끙끙거릴 때도 있었다. 어쨌든 연구원들이 그토록 열심히 측정하려는 즉각적 효과는 그 이후에 오는 효과에 비하면 약했다. 환각제 복용이 비유가 될 수 있겠다. 당신이 약을 삼켰다고 가정해보자. 그 순간에는 아무 일도 없다. 조금 걸어봐도, 역시 아무렇지 않다. 그래서 옆의 친구에게 "이것 봐, 이 약은 효과가 빵점이야. 아무 일도 없다니까."라고 말해본다. 하지만 불현듯, 복도에 서 있는 당신 위로 천장으로부터 긴 날개가 달린 생명체가 내려와 온몸을 둘러싸는 거다.

알바로는 다른 TMS 관련 연구에서 '축적된 효과'를 목격했다고 했다. 하지만 그 메커니즘은 아직 완벽히 파악이 되지 않은 단계라고 했다. 또 린지는 내게 '항상성 메커니즘homeostatic mechanism'이라는 개념을 소개했다. 그녀는 이걸 '뇌 속의 비상 제동'이라 부른다고 했다. 즉 뇌가 너무 빠르게 움직이는 걸 방지하는 메커니즘이다. 너무 빠르게 움직이면 뇌가 불안정해질 수 있기 때문이다. "그래서 타깃으로 하는 부위 쪽으로 시냅스가 좀 더 가소성을 갖도록 느리고 확실한 변화가 필요한 거예요. 이 메커니즘은 시냅스가 한꺼번에 변화하는 걸 방지해주죠. 그래야 뇌가 안정성을 유지할 테니까요."

나는 처음엔 TMS 에너지가 '내 머릿속의 배터리'를 충전하는 역할인 줄만 알았다. 하지만 그렇게 간단한 게 아니었다. 일단 TMS가 뇌 속의 회로 하나를 변화시키면, 그게 다른 회로 두 개도 변화시킨다. 또 그 두 개의 회로가 열 개의 회로를, 그리고 나아가 다시 500개 이상의 회로를 변화시키는 거였다. 그런 상호작용의 효과는 매우 복잡했다. 오늘날의 과학 기술로는 그 효과를 일일이 지도화하기 힘들 정도다. 그만큼 부차적인 효과가 나타나기까지는 시간이 좀 걸릴 터였다. 내가 경험한 효과의 지연도 그런 맥락에서 생각해볼 수 있다.

모두들 정전기 때문에 머리가 쭈뼛 서거나 종잇조각이 스웨터에 달라붙은 경험이 있을 거다. 이는 걸어 다니는 동안 우리가 받아들이는 에너지가 과잉될 때 일어나는 현상이다. 우리 뇌에서도 현미경으로 볼 수 없는 미세한 수준에서 그런 현상이 벌어질지 모른다. TMS 전선이 진동을 발사하면, 우리 뇌의 뉴런들 사이 생물학적 전선에서 유도된 에너지가 과잉 이온을 낚아챈다. 그러고는 이를 다시 뉴런들 사이의 전선으로 집어넣는다. 이런 현상이 일어나면, 다른 뉴런들도 급작스럽게 발사될 수 있다. 그러면 환각 같은 이상 현상이 벌어질 수 있다. 또 그 외 예기치 못한 반응을 일으킬 수도 있다. 오늘날의 많은 연구들도 이를 뒷받침하고 있다. 나는 알바로, 린지와 함께 이에 대해 심층 대화를 나누기도 했다. 하지만 이런 가설이 시험 및 입증되기까지는 아마 꽤 시간이 걸릴 터였다. 알바로의 희망과 목표는 원대했다. 그는 TMS를 이용해서 내 감각을 강화시키길 원했다. 즉 '자폐로 인한 억압을 TMS로 억압하는 것'이었다. 나도 그걸 바랐다. 힘들거나 거창한 게 아니었다. 아직은 TMS와 자폐에 대해 발표된 연구가 없었다. 하지만 TMS와 우울증에 관한 전문 학술 논문은 꽤 나와 있었다. 나는 혹시나 내 증상과 연관된 내용이 있을까 봐 논문들을 훑어봤다.

그중 흥미로운 주제 하나를 발견했다. '거짓 TMS 반응'이었다. 연구 피험자들은 TMS 치료를 받는다고 믿었지만, 사실은 치료가 이루어지지 않았다. 즉 '거짓 TMS'는 피험자들의 TMS에 대한 반응이 진짜인지를 확인하려는 일종의 변인인 셈이었다. 한 우울증 관련 TMS 실험 연구원은 이런 글을 썼다. "대부분의 피험자들은 효과가 긍정적이었다고 보고했다. 하지만 진짜로 TMS를 받은 피험자와 가짜로 TMS를 받은 피험자가 긍정적이라고 답변한 비율은 거의 같았다. 더 많은 연구가 필요하다." 이런 식의 거짓 반응은 약물 시험에서도 종종 보인다. 플라시보 약물을 복용한 자원자들이 긍정적인 효과를 보고하는 것이다. 어쨌든 거짓 TMS 반응을 보고한 이들은 실제로 TMS 치료를 받은 이들과 비슷한 효과가 있었다고 주장한다고 한다. 나는 그게 무슨 의미일까 생각해봤다. 몇 가지 가능한 답변이 생각났다.

첫째로, 치료에 대한 믿음이 치료의 가능성 및 성공률을 높인다는 사실이다. 제약 회사는 이 문제와 늘 씨름한다. 플라시보 약물과 실제 약물의 성공률이 종종 놀랍도록 비슷하기 때문이다. 몇 년 전까지만 해도 연구원들은 플라시보 반응을 '상상'으로 치부해버렸다. 아무런 의학적 가치가 없다고 여겼다. 하지만 요즘의 연구들은 그 반대다. 플라시보 효과가 사실은 실제 장기 효과를 나타낸다고 주장한다. 동시에 그 반대 반응, 즉 약물이 자신을 해친다는 믿음도 실제 병을 악화시킬 수 있다는 것이다. 심지어 죽음에까지 이를 정도로 말이다.

'다 마음먹기 달렸다'는 말은 예기치 못한 효과를 무시할 때 쓰이곤 했었다. 하지만 정신과 문제의 대부분이 바로 '마음'에 달린 게 아닌가. 따라서 우리가 어떤 감정을 느끼는가의 문제는 쉽게 넘길 일이 아니다. 실제로 TMS 실험 전에 그 효과를 철저히 믿는 이와 믿지 않는 이가 느끼는 경험은 꽤 다를 수 있다. 마이클도 이에 동의했다. 커비는 잘 모르겠다고 했다. 그 애는 무관심과 호기심이 뒤섞인 심정으로 실험에 임했다. 물론 실험 후 시각과 청각이 예민해지기는 했다. 하지만 그 일로 나처럼 부산을 떨진 않았다. 음악이나 그림에 심취한 것도 아니었다. 결국 그 변화는 곧 사라지고 말았다. 다른 참가자들은 어땠는지 대화를 나눌 수도 없었다. 혹시 나와 비슷한 현상이 우울증 치료에서 나타나진 않았을까? 심리적인 치료에서는 더군다나 '그렇게 믿는 것'이 '그렇게 되는 것'과 큰 연관이 있지 않은가. 그러니 어쩌면 그런 건 다른 신체 부위의 만성질환 치료와는 다른 문제인지도 모른다.

또 약물과 TMS 치료에서의 플라시보가 다른 점이 있다. 플라시보 약물은 그야말로 무용지물이다. 밀가루나 설탕 등, 치료 효과가 전연 없는 물질들로 이루어져 있다. 하지만 '거짓 TMS'는 다르다. 연구자들이 거짓 TMS를 가하는 방법은 다양하다. TMS 전선을 환자의 머리 옆에 갖다 대기도 하고, 또 전혀 상관없는 뇌 부위에 발사하기도 한다. 아니면 에너지 레벨을 아주 낮추기도 한다.

실은 '거짓'이라고는 해도, 이런 방법들에는 어느 정도의 신경학적 효과가 있을 수 있다. 따라서 '거짓'보다는 '다른'이라고 명명하는 게 맞을지도 모른다. 자극을 주는 방법이나 부위가 다를지라도, 여전히 자극은 가해지기 때문이다.

정말로 '거짓 TMS'가 되려면, TMS 기계의 소음이 현저히 줄고 아무런 에너지도 발산하지 않는 상태가 돼야 한다. 문제는 한 번이라도 TMS 치료를 받아본 사람이라면 즉각 이상한 점을 느낄 수 있다는 거다. TMS는 매우 독특한 느낌을 주기 때문이다. 얼굴 근육이 일정하게 떨리고, 에너지가 머리를 때리고 가는 느낌이 난다. 나는 명상 또는 최면 상태에 이르기도 했다. 사실 매번 실험 때마다 그랬다.

나도 거짓 TMS를 경험한 적이 있다. 혼란스러웠다. 내가 경험하는 게 뭐였는지 정확히 짚을 수는 없었지만, "이거 가짜인데요!" 하고 소리 지를 수도 없었다. 하지만 뭔가 이상하다는 느낌이었다. 급기야 왜 그날의 실험만 다른 때와 그렇게 다른지 연구원에게 묻기까지 했다. 다음은 내가 2008년의 한 실험에서 거짓 TMS를 경험하고 연구원에게 보낸 이메일이다.

> 지난 네 번의 TMS 실험은 모두 독특하고 다채로운 경험이었습니다. 그래서 5월 6일 실험에서는 아무런 효과를 느끼지 못했다고 말씀드리면 놀라실지 모르겠네요. 이전 네 번의 실험에서는 모두 명상 내지 최면 상태에 빠졌습니다. 마음을 완전히 비운 채 30분간 앉아 있을 수 있었죠. 얼굴 근육은 씰룩거렸지만, 그래도 만족스럽게 긴장 없이 앉아 있었어요. 내면의 대화 같은 것도 없었고요.
>
> 그런데 어제는 그런 상태가 되지 않더군요. 실험실에 들어가는 순간부터 계속해서 긴장 상태였어요. 기계 소음은 들리고 얼굴은 씰룩댔지만, 내부에서 아무런 변화를 느끼지 못한 겁니다. 무슨 말을 하실지 알아요. 신경을 통해 뭔가 '느껴질' 리가 없다는 말이겠죠. 물론 이해합니다. 하지만 분명 다른 TMS 실험 때는 뭔가를 '느꼈'단 말이지요. 실험이 계속될수록 그 느낌이 더 커졌고요. 그런데 이번에는 어느 부위를 자극하셨는지 모르지만,

머릿속에서 그런 게 느껴지지 않았어요.

집으로 오는 길에는 두통이 조금 있더군요. 좀 혼란스러웠고요. 하지만 괄목할 만한 효과나 부작용은 느끼지 못했습니다.

만약 주요 타깃 부위를 자극하신 거라면, 실망을 드려 죄송하군요.

물론 나중에야 그들은 그게 거짓 TMS임을 알려줬다. 어쨌든 그 실험이 이전과 다르다는 것만은 확실히 알 수 있었다. 만약 왜인지도 모르는 상태에서 그 차이가 느껴졌다면, 이는 연구원들이 생각해볼 문제인 셈이다. 약이라면 간단하다. 내용물을 교체하면 그만이다. 삼키는 과정은 매한가지니까. 하지만 TMS라면 속이기 쉽지 않다.

물론 나는 TMS에 대한 반응을 한 번도 속여본 적은 없다. 하지만 몇몇 반응이 너무 극적이어서, 나는 '혹시 내가 정신이 이상해졌거나 망상에 사로잡혔나?' 하는 생각이 들기도 했다. 사실은 실재하지 않는 반응일지도 모른다고 말이다. 특히 매사추세츠 의학협회 모임 날 저녁에 남들의 속마음을 들여다봤을 때 특히 그런 생각이 들었다. 음악을 보고, 감정이 한껏 고조된 일을 겪은 직후에 말이다. 정말이지, 내 인생에서 가장 강렬한 경험이었다. 내가 어떤 힘을 얻게 된 건지, 제정신이 아닌 건지, 아니면 둘 다인지 헷갈릴 정도였다.

앞서 말했듯이, 우리 집에는 정신 병력이 있다. 어머니는 30년 전 노샘프턴 주립병원에 입원했을 때, 악마와 괴물이 자신을 쫓는다고 굳게 믿었다. 어머니의 남동생인 외삼촌 머서는 베트남 전쟁 당시 헛것을 보는 등 정신증에 시달려 제대한 후 병원에 입원했었다. 그런데 내 경험도 어딘지 비슷한 데가 있지 않은가. 상당히 무서운 일이었다. 특히나 어머니와 외삼촌을 보면, 집안 병력이 있는 게 확실해 보였다. 물론 연구원들은 가족력의 관련 여부에 대해 전혀 언급한 바가 없지만, 나는 그런 걱정이 들었다.

내 경험이 진짜인지에 대한 확인은 갑작스레 걸려온 셜리의 전화로 시작됐다. "저희를 좀 도와주셨으면 해요. 원래는 참가자들끼리 만나면 안 되지만, 사정이 생겼거든요. 사실은 최근 뇌 자극 후 반응에 대해 하신 말씀을 듣고, 다른 분들도 비슷한 경험을 하시지 않나 기다렸어요. 주변 사람들의 눈을 보고 감정을 읽는다든가 하는 거요. 몇몇 실험자들에게 같은 부위를 자극했거든요. 그런데 그분들은 아무 말씀 없으시더라고요. 그러다가 킴 데이비스•라는 참가자분이 전화를 하셨어요. 어제 뇌 자극을 받았는데, 너무 힘들어 못 견디겠다는 거예요. 선생님이 제게 말씀하신 것과 비슷한 기분들을 언급하시더군요. 그런데 선생님처럼 들뜬 게 아니라 상당히 언짢아하시는 거예요. 그래서 말인데, 얘기를 좀 나눠주시면 어때요? 비슷한 경험인데 선생님은 긍정적으로 받아들이셨잖아요." 그러겠다고 대답하고, 나는 약간 떨리는 마음으로 킴에게 전화를 걸었다.

사실 셜리는 '피험자 간 대화 불가' 규칙을 깨게 돼서 상당히 걱정되는 모양이었다. 킴과 나는 그날 저녁에 한 카페에서 만났다. 우리 두 사람 모두 상대의 얼굴을 알지 못했지만 금세 서로를 알아봤다. 그녀는 굉장히 걱정스러운 표정이었다. 나도 걱정이 됐다. 나는 내 TMS 경험을 경이롭다고 생각했지만, 그녀는 최악이라고 여기는 듯했다. 혹시 TMS가 그녀 내부의 악몽을 깨우기라도 한 걸까? 만약 그렇다면, 나에게도 그런 일이 일어날까?

전화로 대화를 나눴을 때, 킴은 자신이 내 나이 또래의 의사이며, 메사추세츠 주의 반대편에 산다고 했다. 그녀가 의사라는 말에 나는 그녀가 혹시 내가 모르는 걸 아는 게 있나 싶었다. 하지만 막상 만나보니, 그녀는 정형외과 의사였다. 뇌가 아닌 뼈 전문이었다. 그러니 마음의 작동에 대해 나보다 아는 게 많을 것 같진 않았다. 킴은 자신의 조카가 자폐 진단을 받으면서 자신도 자폐임을 알게 됐다고 했다. 또 내 책과 온라인상의 글들을 읽었다고 했다. "책에 쓰신 많은 부분에 공감이 가더군요." 그녀가 말했다. "그러다가 보스턴의 아스퍼거 연합을 통해 베스 이스라엘의 TMS 연구에 대해 알게 되었죠. 내 안의 자폐 증상에 대해 좀 더 알아보려고 모임에 나간 거였어요." 그녀는 자아를 발견하리라는 기대로 실험에 참가한 것이다.

그녀와 나눈 대화는 흥미로웠다. 내 책을 읽어서 나에 대해 잘 알았기 때문이다. 물론 나는 그녀에 대해 아는 게 없었다. 그저 그녀의 말에 귀 기울일 뿐이었다. '지원자 중 몇 명이나 내 책을 읽고 영감을 얻은 걸까?' 나는 궁금했다. 물론 그런 생각이 뿌듯하긴 했다. 하지만 진심으로 걱정이 되기도 했다. '나를 따라 실험에 참가했다니, 내가 책임감을 느껴야 하나?' 사실 이런 걱정 자체도 내 안의 변화를 말해줬다. 예전에는 그런 생각을 전혀 해본 적이 없었으니까. 타인을 신경 쓰기 시작했다는 증거였다.

나는 실험 참가 전에 '벼랑 위에 서서'라는 제목으로 블로그에 글을 올렸었다. 나는 TMS에 대한 내 생각과 희망을 실어서 이런 글을 썼다. "사람들은 내게 물어보곤 했다. '만약 약을 한 알 먹고 아스퍼거가 치료된다면, 그렇게 하시겠어요?' 나는 항상 이렇게 답했다. '아니오! 나는 아스퍼거인이라는 게 자랑스럽고, 무엇과도 바꾸지 않겠습니다.' 하지만 물론 아스퍼거에는 재능만큼 문제도 딸려 왔다. 다른 자폐인들은 자폐에 수반되는 우울증이나 불안 때문에 약을 복용하기도 했다. 물론 나는 약이 내게 맞지 않다고 여겼다. 그럼에도 항상 궁금했다. 만약 약에 대안이 있다면? 내 마음의 일부분을 끄집어내서 개선할 수 있다면, 나는 과연 이를 시도할까?"

나는 킴이 오기를 기다리는 동안 이 포스팅을 다시 읽어봤다. 나는 여전히 그 글에 썼던 대로 TMS에 건 희망을 믿고 있었다. 아니, 오히려 실험 전보다 점점 더 깊은 신뢰를 갖게 됐다. 물론 정작 신경학자들은 'TMS를 어떻게 제대로 사용할 것인가'를 두고 고민이 많음을 눈치 챘지만 말이다. 아무튼 킴과 나는 뇌 자극이며 자극 전후의 테스트에 대해 얘기를 나눴다. 말했듯이 그녀도 다른 참가자들처럼 임의의 순서로 타깃 부위를 정해 뇌 자극을 받았다. 그녀는 첫 자극은 별로 효과가 없었다고 했다. 하지만 가장 최근의 자극이 문제였다. 그녀는 이렇게 말했다.

"자극을 받고 나니, 사람들의 얼굴을 보고 그 표정을 정확히 읽을 수가 있어요. 전에는 늘 어려움을 겪었는데 말이에요. 사람들이 말하는 걸 들으면 빈정대는 걸 알겠고, 사람들의 얼굴을 보면 무슨 생각을 하는지가 보여요."

나도 자극 첫날 음악을 보는 경험을 하면서 감정의 격앙을 느끼지 않았는가. 킴이 내 경험이 실제였음을 증명한 셈이다. 하지만 그녀는 그게 견디기 힘든 모양이었다. 나는 눈을 감고 정신을 가다듬었다.

'정확히 내게 일어났던 일이군!' 나는 생각했다.

킴은 실험 후 즉각적인 효과는 사라졌다고 생각했단다. 나처럼 말이다. 하지만 그녀는 여전히 정신적인 여파에 시달리고 있었다. 그녀도 나처럼 총천연색 세상을 잠시 맛본 거다. 그 이후의 삶은 완전히 달라져버렸다. 하지만 웬일인지 그녀의 반응과 내 반응은 극과 극이었다. '우리 중 누가 맞을까? 꼭 어때야 한다는 법이 있을까?'

호주 태생 철학자인 프랭크 잭슨은 킴과 나의 상황을 설명할 만한 사고 실험을 한 적이 있다. 상당히 논란이 된 이 실험은 '메리의 방 비유Mary's room analogy'••라 불렸다. 린지가 어느 날 연구실에서 이것에 대해 말해준 일이 있다. 내용은 이렇다. 뇌의 시각 데이터 처리 과정을 전문으로 하는 과학자인 메리라는 여성이 있었다. 그녀는 온통 흑백으로 된 방에 앉아 흑백 TV 화면을 통해 세상을 관찰한다. 방 안에 앉아 바깥의 진짜 세상에 대한 기술적인 정보만 얻을 뿐이다. 잘 익은 토마토가 무엇이며 하늘은 파란색이라는 것 등에 대해서다. 하지만 메리가 흑백의 방에서 나오거나 총천연색 화면을 갖게 되면 어떨까? 뭔가 새로운 것을 배우게 될까? 철학자들은 '메리의 방 비유'를 통해 '경험이란 어떤 한 경험을 이루는 요소들에 대한 지식을 갖는 것만으로 충분할까?'에 대한 논의를 했다. 잭슨은 1982년에 이 심오한 질문을 던졌다. 이제 킴과 나는 이를 실제로 경험하고 있었다. 그리고 그에 대한 직접적인 답을 찾은 셈이다.

킴도 자라면서 자신을 사회적 패배자라고 느꼈다고 한다. 그런 점은 나와 같았지만, TMS 경험을 내면화하는 과정은 매우 달랐다. 나는 미래에 대한 희망을 읽었지만 그녀는 과거의 실패에 대한 설명에 집착했다. 참담한 심정이었다고 한다. “갑자기 내가 왜 그렇게 교우 및 동료 관계에 문제를 겪었는지 알게 됐어요. TMS 때문에 내가 인생에서 뭘 잘못했는지 알게 된 거죠. 엄청난 기분이에요.”

물론 내 시각은 달랐지만, 그럼에도 나는 그녀의 말이 전부 이해됐다. 그래서 나는 그녀를 달래기 위해 내 생각을 말해줬다. 그게 도움이 됐는지는 모르겠다. 하지만 최선을 다했다. 내가 새로운 자각으로 희망을 봤다면, 그녀는 지나버린 기회들에 슬픔을 느끼고 있었다.

두 반응 다 일리가 있었다. 물론 둘 중 누구도 시간을 되돌려 잘못을 만회할 수는 없겠지만 말이다. 그녀는 정말로 비참해했다. 나도 한껏 예민해진 탓에 그녀의 기분이 온전히 느껴졌다. ‘그래, 어쩌면 그녀가 맞을지도 몰라.’ 나는 생각했다. ‘TMS가 왜 우리가 실패자들인지를 알려준 셈이지. 이 모든 게 환자나 연구원이나 모두 바보처럼 놀아난 잔인한 장난 같은 게 아닐까.’

“저는 이제 어쩌면 좋죠?” 킴이 물었다. “마치 뭐에 홀린 기분이에요. 그런 기분들을 잠시 맛보고, 이제 영영 잃어버렸으니까요. 이제 남들이 어떻게 사는지는 알았지만, 그게 내 삶은 아니죠.” 그녀의 얘기를 들으니 내 태도가 너무 긍정적이었던가 하는 의문이 들었다. 나도 그런 기분들을 잠시 맛보았던 것뿐일까? 어쩌면 그녀가 현실적인 건지도 몰랐다. 나는 슈퍼파워라도 얻은 듯이 굴지 않았는가. 하지만 이제는 내가 그냥 실실대는 바보였다는 생각이 들었다.

"전 아직도 남들과 다르다고 생각합니다." 내가 말했다. 하지만 그다지 자신은 없었다. 한 가지 확실한 건 '아는 게 힘'이라는 점이었다. 그런 다채로운 감정의 세계가 존재함을 아는 것만으로도 남을 대하는 태도가 달라졌으니까. 심지어 다시 그 세계를 잊어버렸을 때조차 그랬다.

킴과 나는 그날 같은 경험에 대한 다른 느낌을 나누면서 특별한 동지애를 맺었다. 다음은 그로부터 몇 주 후 킴이 내 블로그의 손님 게시판에 적은 글이다.

> 나는 베스 이스라엘 병원의 한 연구에 참여할 기회를 얻었습니다. 린지 오버만 박사와 셜리 팩토 박사의 주도하에 말이죠. 연구에서 나는 커뮤니케이션을 담당하는 뇌 부분에 경두개자기자극(TMS)을 받았습니다.
>
> 실험 도중에 나는 정말 놀라운 사실을 체험했습니다. 보통 사람들이 사회관계를 맺을 때 뭘 보고 듣는지를 깨닫게 된 거죠. 또 사람들의 표정이 어떤 감정을 나타내는지도 알게 됐습니다. 목소리 톤도 마찬가지고요. 사람들이 빈정거릴 때, 그 본뜻도 알게 됐어요. 원래 같으면 잘 모르고 지나치는 것들이죠.
>
> 뇌 자극 이후에 뇌가 정말 다르게 작동한 거예요. 이전에는 어떤 말을 들었을 때 표면적인 의미에 집중하느라 뇌 활동의 90퍼센트는 사용해온 것 같아요. 또 자극 전에는 '이 정도면 사람들의 표정과 목소리 톤을 잘 읽는 편

이지.'라고 생각했었어요. 하지만 자극을 받아 달라지고 보니, 그동안 사회적 대화의 50퍼센트 정도는 놓치고 있던 게 아니겠어요.

특히 누가 빈정거리면, 그 본뜻을 거의 놓치곤 했었죠. 마음이 온통 말의 표면적 의미에 가 있는 거예요. 아주 심하게 빈정대야, '정말로 그 뜻이 아니구나.' 하고 이해할 정도였죠. 물론 지금도 어떤 말을 들으면, 속뜻이 따로 있는 줄 알면서도 표면적 의미에 더 관심을 두는 경향이 있어요. 그래서 대부분의 경우에 불편한 기분이 들죠.

아주 심하게 빈정대지 않을 때도, '뭔가 잘못됐구나.' 하고 느낄 때가 있긴 해요. 화자의 목소리 톤이 내 머리가 이해하는 말의 표면적 의미와 일치하지 않는다고 생각될 때요. 이럴 때도 불편함과 혼란을 느껴요.

그런데 어떤 사람이 아주 멀쩡한 얼굴로 빈정거리는 말을 하면, 그냥 말 그대로 받아들이는 거예요. 의중 같은 건 전혀 이해를 못하죠. 그래서 대화 중에 누가 내게 농담을 하면 문제가 생겨요.

내가 싫다거나 내가 잘못되면 좋겠다는 말이 말 그대로 들리거든요. 표정이나 목소리로 나타나는, 그 말 뒤에 숨은 의중은 듣지 못해요.

얼굴 표정과 목소리 톤이 대화에서 차지하는 측면을 알고 나니, 왜 아스퍼거 환자들이 '사회 불안증'을 많이 갖는지 알겠어요. 어찌 보면, 마치 외국에 있는데 그 나라의 언어를 잘하지 못하는 것 같을 테니까요. 그런데도 주변 사람들은 으레 말을 할 줄 알겠거니 기대할 거예요. 당신은 그 말을 이해하려 애쓰고, 해석하려 하죠. 사람들은 당신이 어떤 특정 방식으로 행동할 거라고 보는데, 정작 당신은 그걸 할 줄 몰라요. 그러면 불안이 야기되죠. 그러다 보니 중간에 놓치는 것도 많고, 오해하는 것도 많아요. '도대체 무슨 말을 하는 건가.' 하고 늘 애쓴다고 생각해보세요. 그리고 대개 틀린 행동을 하고요. 정말 피곤한 일이죠.

이제는 연구원들이 자폐 스펙트럼 장애를 유발하는 뇌의 특정 부위를 찾을 거라는 큰 희망이 생겼어요. 뇌 자극 기술이 점점 더 정교해지면, 대화 능력을 아예 영구적으로 강화시킬 수도 있지 않겠어요? 제가 경험했듯이, 이 실험은 수많은 사람들에게 큰 변화를 안겨줄 수 있을지 몰라요.

그날 밤에 나눈 우리의 대화가 킴이 상황을 좀 더 긍정적으로 보게 도움을 준 모양이었다. 과거의 사회적 실수를 이해하는 데서 온 충격이 가시자, 그녀도 새로 맛본 능력을 다시 찾기를 원했다. 그녀도 '아는 게 힘'이라고 인정하기 시작한 듯했다. 사람들의 마음을 들여다보는 능력은 우리를 살찌우고 삶을 변화시키는 계기임을 깨달은 것이다.

이제 단 한 가지 문제는, '어떻게 그 능력을 유지할까?' 였다.

● 사생활 보호를 위해 가명을 사용했다.

●● '메리의 방'은 프랭크 잭슨의 1982년 논문 「부수 현상적 감각질*Ephiphenomenal Qualia*」에 실려 있다. 1986년에 그는 이에 더해 「메리가 몰랐던 것*What Mary Didn't Know*」(1986)이라는 후속 논문을 썼다. 다른 철학자들도 「메리에겐 뭔가 특별한 것이 있다*There's Something About Mary*」(2004)와 같은 논문으로 이에 화답했다.

각성

신경학자들은 뇌의 전두엽이 고차원적인 의식의 중추임을 밝혀왔다. 하지만 그러한 의식이 정확히 어떻게 형성되는가는 늘 미스터리였다. 전두엽을 통해 우리는 사고를 생성하고, 결정을 내리며, 언어를 꾸미고, 선과 악을 구별한다. 또한 전두엽은 심리학자들이 말하는 '집행 기능'을 담당하는 곳이다. 즉 우리의 일상생활을 꾸리는 일을 하는 곳이다. 옷을 입거나 하루 일과를 정하거나 어떤 말이나 행동의 결과를 예측하는 것, 어떤 행동이 바람직한지 아닌지를 결정하는 것 등등이다. 또한 전두엽은 타인의 행동을 해석하고 그에 대한 반응을 형성하는 부위이기도 하다. 이 모두를 종합해서 말하자면, 한마디로 전두엽은 '추상적 사고를 담당하는 중추'이다.

전두엽에는 서로 다른 뇌 부위들끼리 엮어주는 연결 덩어리가 존재한다. 또한 전두엽은 이해를 담당하는 엔진이기도 하다. 뇌에 전산

센터가 있다면, 그게 바로 전두엽이다. 또한 전두엽에는 언어 중추인 브로카 영역Broca's area도 존재한다. 브로카 영역의 일부분을 TMS로 자극하거나 억제하면, 언어 능력이 변질 또는 제거될 수 있다. 내가 참여한 실험의 타깃 부위는 브로카 영역과도 연관이 있다. 하지만 이 부위를 자극하면 언어 능력 이외의 변화도 생길 수 있었다.

대부분의 초기 TMS 연구는 외부 세계와 직접적인 연결이 있는 뇌 부위를 타깃으로 삼았다. 이런 부위들이 자극되면 그 결과가 즉각 뚜렷이 드러난다. 예를 들어 시각 피질을 자극하면 가상의 불빛이 반짝이거나 물결을 이루는 게 보일 거다. 또 운동 피질을 자극하면 손가락이나 발가락이 자유자재로 움직이게 된다. 이런 현상들이 TMS로 뇌를 자극하자마자 발생한다.

이런 맥락에서 초기의 TMS는 외과 의사들이 수술 전에 뇌의 각 부위별 기능을 알게 하는 데 일조했다. 오늘날에도 이 방법은 활발히 활용 중이다. 만약 뇌종양을 제거하려 한다면, 그 종양 주위의 뇌 물질의 기능이 무엇인가를 아는 게 중요하기 때문이다. 또 TMS는 뇌졸중 환자에게도 여전히 사용된다. 운동 피질을 비롯한 기타 부위를 자극함으로써 신체를 좀 더 자유롭게 기능하도록 한다. 모두 TMS 자극에 대한 즉각적인 반응이 있기에 이런 요법을 이용할 수 있다.

반면에 전두엽을 자극하면 즉각적인 효과는 드러나지 않는다. 외부 세계와 직접적으로 연결된 뇌 세포를 자극하는 게 아니기 때문이다. 즉 연구원들은 TMS로 뇌의 어느 부위를 자극해야 검지가 움직이는지는 쉽게 찾아냈다. 하지만 전두엽의 어디를 자극해야 '검지를 움직이고 싶은 마음이 들게' 할지는 훨씬 더 복잡한 문제였다. 오직 한 다발의 뉴런만이 내 손가락들을 움직이는 데 관여한다. 그 대략적인 위치도 신경학자들에게 잘 알려져 있다. 하지만 세포들을 움직여 행동하게 하는 일련의 사고는 1만 가지는 될 것이다. 그런 사고 중에는 의식적인 통제하에 있는 것도 있고, 아닌 것도 있다.

그럼에도 현재 연구원들이 본질적으로 성취하고자 하는 것은 마음의 영역에 있다. 전자기 에너지를 내 의식 한가운데에 쏨으로써 말이다. 연구원들이 타깃으로 하는 전두엽의 연결 부분들은 인간 고유의 것이다. 이와 관련된 고등 기능이 바로 인간을 여타 동물과 차별화한다. 하지만 전두엽의 복잡성 때문에 특정 연결 부위만 따로 떼어놓고 생각하기란 어려운 일이다. 어떤 부위를 자극하더라도, 뇌의 수천 가지 기타 부위와 연결돼 있을지도 모르기 때문이다. 그 연결들에 대해서는 아주 기본적인 내용만 빼고는 알려진 바가 없다. 따라서 과학자들은 뇌의 어느 한 부분의 기능에 대해 '제대로 추측'했기를 바랄 뿐이다. 또 추측한 기능 이외의 기능은 관찰에 의해 발견될지도 모른다. 바로 내가 이런 실험에 뛰어든 것이다. 나는 이를 중대한 임무로 받아들였다.

후일 실험이 모두 끝난 뒤에 안 사실이지만, 연구원들은 타깃 부위 중 한 부위의 자극이 언어를 인식하는 내 능력을 향상시키기를 기대했다고 한다. '자폐인들은 특정 단어를 인식하는 데 상대적으로 오래 걸린다.'라는 가설을 세웠기 때문이다. 즉 언어 이해의 장애가 자폐에서 보이는 정서적 불감증으로 이어질 수 있다고 보았다. 오늘날에도 그 가설이 사실인지는 나도 잘 모르겠다. 다만 내 경우에는 연구원들이 예상하지 못한 부작용이 오히려 소기의 목적을 훨씬 뛰어넘는 결과를 낳았다는 것만은 분명하다.

TMS는 확실히 타깃으로 하는 뇌 부위에 적용한 즉시 효과를 보였다. 물리의 법칙에 따르면, 에너지는 분명 타깃 부위에 쏘아졌을 것이다. 정확히 어떤 효과를 일으키는지는 잘 알 수 없더라도 말이다. 하지만 여기까지는 전체 TMS 효과의 일부분에 불과했다. 전선에 닿는 부분 바로 밑의 뇌세포들이 전자기 에너지에 의해 압박당할 가능성이 컸기 때문이다. 그렇게 되면 뇌세포들의 활동도 몇 시간 동안은 정지 상태일 것이다. 그게 바로 알바로가 언급했던 '억제' 작용이었다. 연구원들은 이렇게 뇌의 한 부위를 억제한 후 나타나는 효과를 실험 직후에 측정하곤 했다.

뇌의 한 부위를 억제하는 것은 다른 부위가 소통할 기회를 부여하는 계기가 되기도 했다. 그렇게 해서 뇌에 새로운 길이 닦이는 것이다. 이 과정을 신경학자들은 '뇌 가소성'이라 명명했다. TMS는 바로 이 과정을 돕는다. 새로운 길, 그리고 타깃 부위의 억제를 통해 접근성을 갖는 오래된 길은 여러 기능을 담당하게 된다. 이러한 뇌 안의 새로운 연결들을 피험자 스스로 자각하려면 어느 정도의 시간이 걸린다. 그것이 내가 실험 직후 테스트를 위해 연구실에 앉아 있을 때는 아무런 정신적 동요를 느끼지 못한 이유다. 하지만 일단 그 효과를 느끼기 시작하면? 설명했듯이 전혀 예상치 못한 일이 벌어지곤 했다. 물론 연구원들의 예상과 대체로 맞닿아 있기는 했지만 말이다. 흥미롭게도 린지는 후일 내게 '지연된 효과'를 보고한 피험자는 나뿐이라고 말했다. '음악을 보는 것'이나 '환각을 보는 것' 말이다. 하지만 몇몇 피험자들도 실험 후 하루 정도 후에 나처럼 예민해진 감각을 호소했다고 한다.

알바로는 뇌의 인지를 담당하는 부분에 깊숙한 자극을 시도한 최초 연구자들 중 한 명이었다. 나를 만나기 전까지 이런 실험을 10년 동안이나 해왔다고 한다. 물론 대부분의 실험이 자폐가 아닌 우울증을 비롯한 기타 신경 이상에 집중되기는 했다. 내가 실험에 참가하기 전까지는 전두엽의 '깊은 사고'를 담당하는 국소 부위를 자극한 전례가 없다고 했다. 만약 그런 실험이 있었다 해도, 의학 및 과학 저널에 결과가 실린 적은 없었다. 저널에 실린 논문들을 찾아본 결과, 나는 TMS를 연구하는 이들이 세계적으로 상당히 소수임을 알게 됐다.

한편으로는 알바로가 TMS 연구의 선구자라는 게 꽤나 근사했다. 정말이지 훌륭한 팀원들과 함께 새로운 분야를 개척한다고 해도 과언이 아니니까. 하지만 관련 분야의 전적 연구가 없다시피 한 건 가이드라인 없이 실험을 이끌어 가야 함을 뜻했다. 게다가 나는 자폐와 감정 연구의 실험 대상 1호가 아닌가. 첨단 과학 연구에 참여하는 건 스릴 넘치는 일이지만 때론 미궁 속을 헤매는 실험 쥐 같은 기분이 들기도 했다.

TMS 관련 자료를 찾아 읽고 그 효과에 대해 궁리하는 동안, 나는 '뇌 자극의 역사'도 함께 탐색하기 시작했다. 처음에는 그 역사가 30년 남짓 되는 줄만 알았다. 하지만 이르면 1860년대부터 전기로 인간 뇌에 자극을 주기 시작했다니, 깜짝 놀라지 않을 수 없었다. 프러시아의 군의관이었던 에두아르트 히치히Eduard Hitzig가 그 시초였다. 그는 뇌에 총상을 입은 군인들을 치료하기 위해 전기 충격을 주었다. 이 불행한 환자들은 살아 있기는 하나 심각한 부상을 입은 상태였다. 그는 환자들의 뇌에 전류를 흐르게 하면 환자들의 신체 근육이 자동적으로 움직인다는 사실을 발견했다. 한편 영국 과학자인 마이클 패러데이Michael Faraday도 그 몇 년 전에 비슷한 발견을 했다. 개구리의 뇌에 배터리를 연결시키자 개구리가 테이블에서 펄쩍 뛰어내린 것이다. 아마도 이런 얘기들로부터 번개의 힘에 의해 움직인다는 프랑켄슈타인 소설이 탄생하지 않았나 싶다.

상처 치료 대신 뇌에 전기 자극을 준 히치히의 행동에 대한 윤리적 정당성 문제는 당시에는 불거지지 않았다. 전기 자극 자체가 치료라고 생각한 이들도 있었으니까. 하지만 그게 실제로 환자를 낫게 했는지, 아니면 상태를 악화시켰는지 제대로 아는 이는 없었다. 현재까지 전해 내려오는 자료라고는 실험 과정을 적어내린 글뿐이다. 그 내용은 요즘 기준에서—특히나 뇌 자극 실험을 기다리는 내 입장에서—읽기에는 참으로 껄끄러운 수준이다.

전쟁터를 떠난 히치히는 베를린으로 돌아와 개를 대상으로 실험을 계속했다. 개의 뇌 여러 부위에 자극을 주고, 그 결과를 관찰했다. 이를 통해 개의 뇌에 대한 대략적인 청사진을 그려낼 수 있었다. 1870년에 그가 개의 대뇌 피질에 대해 쓴 글이, 현재 우리가 운동 피질이라 부르는 것에 대한 최초의 기록인 셈이다. 글에 담긴 통찰은 당대의 과학자들에게 지침이 되었다. 하지만 그 통찰을 얻기까지의 방법은 윤리론자들의 우려를 불렀다. 과연 목적이 수단을 정당화할 수 있을까? 산 동물을 절단해 실험한다는 데 공포를 느낀 이들도 많았다. 이런 이들은 생체 해부 반대론자라고 불리기도 했다. 이들은 함께 모여 당대의 의학적 윤리관에 이의를 제기했다. 덕분에 베를린 대학 캠퍼스 실험실 내에서는 개를 대상으로 하는 실험이 금지됐다. 하지만 히치히는 동료의 지하 실험실에서 연구를 계속 이어나갔다. 그러니 히치히와 같은 과학자는 의학계에 큰 공헌을 했지만, 수많은 공포 영화에 영감을 준 장본인이기도 한 셈이다.

한편 런던에서는 신경학자 존 헐링스 잭슨John Hughlings Jackson이 신경기관에 대한 자신의 이론을 발전시키고 있었다. 그중 하나가 간질이 대뇌 피질에서 연유한다는, 당시로서는 새로운 의견이었다. 그는 이를 국립병원의 중풍과 간질 환자들을 돌보다 깨달았다. 그 후, 그는 자신의 이론을 젊은 동료인 데이비드 페리에David Ferrier에게 전수했다. 당시 페리에는 이미 히치히의 업적에 매료되어 있던 차라, 잭슨의 이론을 시험해보기로 마음먹었다. 1873년, 페리에는 배터리를 사용해 개의 대뇌에 간질 발작을 일으켰다. 히치히가 운동 피질에 대한 청사진을 그려낸 것처럼, 그도 뇌의 양반구에서 발작을 일으키는 부위가 어딘지를 밝혀낸 것이다.

페리에는(다른 연구자들도 마찬가지였겠지만) 산 동물의 머리를 갈라 전기 자극을 주는 게 고통을 수반함을 잘 알고 있었다. 문제는, 그가 1873년의 논문에서 밝혔듯이, 마취제를 쓰면 개의 자극에 대한 반응이 덜하다는 점이었다. 반면에 마취제를 쓰지 않으면 결과 해석에 어려움이 있었다. 개의 반응이 전기 자극으로 인한 것일 수도 있지만, 고통에 대한 자동반사적인 반응이나 탈출하려는 몸부림일 수도 있기 때문이었다. 페리에와 히치히, 또 다른 신경학자인 프리츠는 모두 평온한 상태의 동물들이 전기 자극을 받으면 고통에 울부짖었노라고 기록한 바 있다. 결국 페리에는 이러한 이유로, 또 '인도적인' 명분에서 실험 내내 마취제를 사용했다고 한다.

하지만 마취제만으로는 실험에 대한 소문을 들은 대중의 경악과 분노를 잠재우기에 역부족이었다. 생체 해부 반대론자들의 비난은 매우 거셌다. 하지만 그의 연구가 지니는 큰 중요성 덕에 결국 인정을 받을 수 있었다. 1874년의 논문과 그 후속 연구로 인해 페리에는 세계 최고의 신경학자 중 한 명으로 자리매김하게 되었다. 3년 뒤에는 영국왕립학회The Royal Society의 일원으로 임명되기도 했다.

페리에의 논문이 발표되자, 2년도 채 되지 않아 산 사람의 뇌에 체계적인 전기 자극을 주려는 움직임이 일었다. 로버츠 바솔로Roberts Bartholow•가 그 선두주자였다. 그는 오하이오에 위치한 신시내티 의대의 존경받는 의학자였다. 그는 사람을 대상으로 하는 뇌 자극 실험이야말로 뇌에 대한 지식을 넓히는 최선의 방법이라고 믿었다. 곧 그는 흔치않은 기회에 직면하게 됐다. 만성 악성 종양으로 인해 머리뼈에 구멍이 난 30세의 여성 환자인 래퍼티를 만난 것이다. 그는 재빠르게 행동을 개시했다. 물론 바솔로가 어떻게 환자의 동의를 얻어냈는지, 어떤 희망적인 결과를 제시했는지에 대한 기록은 남아 있지 않다. 어쨌든 그는 래퍼티를 알게 되자마자 바늘 여러 개로 그녀의 머리에 구멍을 내버렸다. 그러고는 원초적이지만 강력한 배터리를 연결했다.

바솔로에 따르면 래퍼티는 상냥하고 '남의 기분을 잘 맞춰주는' 환자였다고 한다. 그는 논문에서 독자들에게 래퍼티로부터 전적인 사전 동의를 받아냈노라고 강조했다. 하지만 논문을 몇 장 읽어 내려가면 곧 그가 래퍼티를 '마음 약한 여성'이라고 묘사해놓은 걸 볼 수 있다. 실험에 대한 묘사는 더욱 끔찍하다. 래퍼티의 뇌에 전선을 삽입한 후에는 "그녀는 큰 고통을 호소했다."라고 했으며, 이에 바솔로는 오히려 전압을 더 높였다. 그러자 "그녀는 매우 괴로워하더니 울기 시작했다."라고 쓰여 있다. 그 직후, 래퍼티는 입에 거품을 물고 기절했다고 한다.

바솔로 박사의 논문은 현재 국립보건원National Institute of Health의 아카이브에 보존되어 있어 언제든 열람이 가능하다. 아무튼 그 이후의 과정에 대해 그는 다음과 같이 설명한다. "그녀는 하루를 침대에 누워서 보내고 나더니, 상태가 급격히 나빠졌다 (……) 횡설수설하면서 바보같이 굴었다." 시간이 지나도 상태는 호전되지 않았다. 래퍼티는 2차 실험 이후 발작을 일으키더니 혼수상태에 빠졌다. 그러고는 며칠 뒤에 세상을 떠났다. 바솔로는 래퍼티의 부검 중에 뇌를 적출해 해부했다. 그러고는 몇 개월 뒤에 래퍼티의 사례에 대한 논문을 펴냈다.

언론에서는 비난이 일었다. 마을의 한 의사는 미국의학협회American Medical Association의 사법위원회에 불만을 제기하기도 했다. 몇 년 뒤, 의학계의 비난이 끊이지 않자 바솔로는 래퍼티 양에게 상처와 고통을 입혔음을 인정하며 유감의 뜻을 표했다. 하지만 그녀가 '회생 불가한 정도로 아팠었다'는 말도 잊지 않았다. 악성 종양이 그녀의 목숨을 일찍 앗아 갈 위험에 놓여 있었다는 것이다.

'어차피 죽을 환자니까.'라는 태도는 더 이상 이런 식의 학대를 합리화하지 못한다. 오늘날의 의학 윤리관과 사전 동의의 기준은 상당히 다르니까. 어쨌든 이런 무서운 역사를 읽고도 내가 밝은 태도를 유지했다니, 놀라운 일이다. 미래에 대한 희망이 얼마나 소중하면 그랬겠는가.

오늘날의 관점에서 바솔로의 연구를 돌아보니 충격과 공포가 밀려왔다. 하지만 어쨌든 그는 1880년의 기준에서는 저명하고 널리 존경받는 뇌 전문가였다. 100년 뒤에 알바로 연구실의 실험에 대해서 과학자들이 뭐라고 할지 어떻게 알겠는가? 물론 나는 늘 알바로가 내 안전을 위해 최선을 다한다는 걸 믿어 의심치 않았다. 다른 피험자 및 연구원들도 마찬가지였다. 하지만 TMS에 대한 현재의 지식이 제한적이기에 항상 제약은 따르기 마련이었다.

그런 점에서, 나는 알바로의 나직한 경고를 잊지 않았다. "실험 후 느끼는 효과가 항상 기분 좋지는 않을 수도 있어요." 그의 사무실을 다시 찾았을 때, 나는 이 문제에 대해 그와 꽤 긴 상담을 했다. 알바로는 늘 바빴지만, 내 질문에 대답할 시간은 항상 있었다. 사전에 연락을 하지 않고 가더라도 마찬가지였다. 우리는 회의용 탁자에 마주 앉아 얘기를 나눴다. 주변엔 뇌과학 관련서적으로 빼곡한 기다란 책장들이 둘러싸고 있었다. 한쪽 구석의 창문 너머로 햇살이 부서져 들어와 그의 책상을 비췄다.

알바로와 나누는 대화는 늘 즐거웠다. 그가 매번 어떤 얘기를 꺼낼지 예측할 수 없었으니까. 때로 그는 최신 연구 동향에 대해 일러줬다. 하지만 현재의 실험에 대한 질문에 답을 하려고 100년, 200년 전의 철학자나 과학자의 의견을 꺼내는 일도 잦았다. 그날따라 그는 자신만만했다. TMS가 내게 미친 효과가 왜 대체로 긍정적이었는지 그리고 오래 지속되었는지에 대한 단일한 설명을 찾을 수 있으리라는 거였다. "저번에 했던 썰매 비유 기억하시나요? 한번 닦인 길을 쓰면 쓸수록 더 자연스럽고 쉬워진다는 것 말이지요. 그게 지금 일어나는 일인지도 몰라요. 뇌 자극을 주면, 불편한 기분이 드는 효과가 나타나기도 하지요. 그러면 선생님이 그 길은 쓰지 않기로 마음먹는 겁니다. 하지만 마음에 드는 효과가 나타났다면요? 아마 주변 지인들에게 뭔가 달라지지 않았느냐고 묻고, 스스로도 변화를 돌아보겠죠. 그러면 그 길을 아주 열심히 쓰기로 마음먹는 겁니다. 말하자면, 선생님의 마음이 직접 긍정적인 효과를 선택하고 강화하는 거예요. 물론 기분 나쁜 효과가 처음 나타났을 때 이를 막을 방법은 없겠죠. 하지만 결국은 마음이 그 부정적인 효과를 걷어내고, 긍정적인 효과에만 집중하게 되지요."

하지만 이 이론으로도 나는 내 안의 변화에 대한 설명이 부족하다고 느꼈다. "사람들의 마음을 들여다보는 놀라운 느낌을 경험했어요. 내가 음악의 일부분이 되는 것 같은 기분도 들었고요. 하지만 그런 느낌은 금세 사라지더군요. 대신 또 다른 감정이 생겨나 이를 대체했어요."

"각성이죠." 알바로는 웃어 보였다. "각성이 일어나는 듯이 보이네요. 새로운 감정이 내면에서 각성을 하는 겁니다. 물론 깊은 감정을 느끼는 능력은 늘 선생님 안에 있었어요. 쓰신 글을 보면 그걸 알 수가 있죠. 하지만 지금 각성하는 것은 타인을 보고 그들의 말을 듣는 데서 오는 감정을 느끼는 능력이에요." 알바로의 말을 들으니, 내가 지금 뭔가를 듣거나 읽는 데서 느끼는 감정은 인간의 기본 능력인 듯싶었다. 하지만 그 오랜 시간 내내 내 안에서 억압되거나 잠들어 있었을 뿐이다.

나는 인간의 마음 한편에는 매우 논리적 사고가, 또 다른 한편에는 감정적 반응이 자리 잡고 있음을 깨닫기 시작했다. 그리고 이 둘이 연속체를 이루는 거다. 대부분의 사람들은 이 둘의 균형을 맞추어나간다. 알바로도 이 말에 동의했다. 하지만 이렇게 덧붙였다. "이 연속체에 대한 개인의 입장이란 역동적입니다. 주어진 환경에 알맞은 반응을 하도록 뇌가 개인을 조절하기 때문이죠. 선생님의 경우는 논리적인 쪽으로 상당히 기울어져 있던 겁니다. 물론 지금은 예전보다는 덜하겠지요."

"그래요. 정말 그런 것 같네요." 알바로가 말을 계속 이어나갔다. "사실 이런 조절 능력은 선생님의 뇌 속에 늘 있었어요. 그러니 TMS 실험 직후에 그렇게 그 능력이 생생히 되살아날 수 있었던 거죠. 다만 그 능력을 어떻게 사용하는지 몰랐을 뿐이에요. 아니면 뇌의 회로가 억압 상태에 있던 것을 TMS가 자유롭게 풀어놓았을 수도 있어요.

효과가 다음 날로 지연돼 나타나서 놀라셨을 테지만, 사실 그건 매우 짧은 시간이에요. 뇌에 새로운 길을 닦는 데 걸리는 시간에 비하면 말이죠. 그러니 그 길은 선생님 뇌에 늘 있었던 겁니다."

알바로는 그렇게 앉은 채로 잠시 생각에 빠졌다. "TMS 우울증 치료 실험 때도 효과가 지연된 적이 있어요. 반면에 실험실을 나가는 순간 기분이 좋아졌다고 말하는 환자도 있었죠. 하지만 많은 이들이 나아지기까지 시간이 걸리곤 했어요. 선생님이 말씀하신 것처럼요."

그의 말을 듣고 나니, 내 뇌 속에 또 어떤 능력이 마련돼 있을지 모른다는 생각이 들었다. 혹시 우리 모두에게 필요할 때 꺼내 쓸 수 있도록 여러 다양한 성격이 내재돼 있지는 않을까? 내 안의 '감정적 시각'이 늘 내재되어 있다가 활성화됐던 것처럼 말이다. 35년 전, 내가 열다섯 살이었을 때 어머니가 겪었던 끔찍한 환각은 실제 상황이었다. 내가 최근 타인의 마음속을 들여다본 것만큼이나 말이다. "저기, 바로 저 위에 괴물들이 있잖니, 존 엘더야. 두 마리나 있는걸." 어머니는 환각 상태에서 이야기하곤 했다. 어머니가 가리키는 곳을 봤지만, 천장만 덩그러니 보일 뿐이었다. 그래도 어머니는 여전히 괴물이 있다고 확신했다. 내가 보지 못한다는 사실에 언짢아하기도 했다.

물론 병원의 의사들도 내게 괴물 따위는 없다고 안심시켰다. 그저 어머니의 병 증세 때문에 그런 말이 나온 거라고 했다. 그러고는 어머니에게 약을 투여했다. 그러면 며칠 뒤 어머니는 뭔가 억압된 듯하지만 정상적인 상태로 돌아왔다. 하지만 나는 어머니가 나와는 전혀 다른 현실을 보게 되는 데 걸린 시간이 얼마나 짧은 순간이었는지 생생히 기억한다. 마치 마음의 스위치를 바꿔 켠 것처럼 말이다. 그 뒤로 나는 사람들의 마음속에 늘 적절한 기회를 노려 튀어나오려는 괴물이 숨어 있는 게 아닌가 의심하곤 했다.

"TMS가 선생님께는 특히나 효과적일 수가 있어요. 보기 드물게 뛰어난 자기 성찰 능력을 지니셨거든요. 그래서 책을 쓰신 게 아닐까요. 아니면 책을 쓰면서 그런 능력이 발달됐는지도 모르고요. 어쨌든 상당히 흔치 않은 수준이죠. 그러니 내부에 변화가 생기면 그렇게 잘 알아차리고 집중하실 수 있었던 거예요. 내면적인 각성이 둔한 사람이라면 그냥 지나칠 법도 한데 말이죠."

그 말을 들으니 흥미로운 가능성이 엿보였다. 알바로는 이전에 몇몇 젊은 참가자들이 전혀 효과를 느끼지 못했다고 말한 적이 있었다. 막상 테스트를 해보면 변화가 보이는데도 불구하고 말이다. 물론 나는 그들을 만난 적도 없고, 누군지도 몰랐다. 그래도 나는 알바로와 함께 왜 그들이 아무런 효과도 보고하지 않았는지에 대해 궁리했다. TMS의 효과를 알아차리고 스스로 '변화를 위한 노력'을 기해야만 진정한 효과를 볼 수 있는 걸까?

"그럴 가능성도 있어요." 알바로가 말했다. "아마 TMS는 상담 치료와 병행될 때 가장 효과적인지도 모르지요. 하지만 현재의 실험에서는 상담 치료를 추가하기가 좀 힘들어요. 변화가 상담으로 인한 건지 TMS로 인한 건지 물을 비평가들이 있을 테니까요. 병행됐을 경우에 두 개를 따로 분리하기가 힘들거든요."

나는 그 말이 맞는다고 생각했다. 연구자인 알바로의 입장에서 생각해보면, 실험을 최대한 단순화하고 싶을 것이다. 하지만 변화를 갈구하는 내 입장에서는 상담이나 토론이 병행된다면 효과가 배가 될 것이 분명해 보였다.

음악에 대한 통찰력이 깨어난 나의 첫 TMS 효과는 나를 완전히 놀라게 했다. 아무도 그런 효과를 예측하지 못했으니까. 그런 경험 덕에 나는 앞으로 무슨 일이 생기더라도 열린 자세로 임하리라 마음 먹었다. 그래서 실험이 회를 더할수록, 나는 스스로의 반응에 대해 좀 더 깊은 주의를 기울였다. 물론 실험의 최종 목표가 '감성지능의 개선'임은 잘 알았다. 하지만 정확히 어떤 반응이 올지는 확실치 않았다. 연구원들조차 정확한 반응을 예측하지 못하기에, 나는 뭔가 특이한 점이 생기면 반드시 짚어두리라 다짐했다. 나로서는 뭐가 중요하고 뭐가 그렇지 않은지를 알지 못하는 입장이니까.

나는 내 경험을 다른 피험자들의 경험과 비교해봤다. 그 내용을 잘 알지는 못했지만 말이다. 혼자 사는 몇몇 피험자들은 나만큼 주변 사람들과 대화를 나누지 못하는 듯했다. 그들은 실험 후 일시적인 변화를 경험했더라도, 집에 돌아가 그 효과가 없어질 때까지 혼자 지내기 일쑤였다. 그런 경우라면, 나와 같은 효과를 경험했어도 타인에 의해 발견되지 않은 채 모르고 지나칠 수도 있었다.

커비의 경우 시각에 변화를 느꼈지만, 나만큼 그 변화에 대해 집중해 반추하지 않는 듯했다. 그 애는 TMS에 무관심과 흥분을 번갈아 느끼는 것 같았다. 그래도 TMS에 의해 '날카로워진 감각'에 대해 잊지는 않았다. 우리 둘 다 커비에게는 그 효과가 얼마나 장기적일까 궁금해했다. 그걸 예측하기는 힘들었다. 왜냐면 그 애는 실험 내내 주변 사람들이나 자신의 감정적 통찰력에 대해 그다지 깊이 생각하지 않았으니까. 그저 앞으로 다가올 재판을 잠시 잊고 싶어서 실험에 참가한 거였다. 주된 관심은 역시 화학이나 컴퓨터 같은 기술적인 부분에 머물러 있었다. TMS는 그 애의 그런 관심을 절대 누르려고 하지 않았다. 애초에 10대 남자아이들은 자신에 대해 깊이 통찰하기엔 아직 감정적으로 미성숙한지도 몰랐다. 나조차도 TMS로 인해 내 결혼 생활의 근간이 흔들리는 불편한 경험을 겪고 있었으니까. 그 애한테도 비슷한 감정적 변화가 있는지도 몰랐다. 혹시 TMS가 커비와 여자친구의 관계에 영향을 미쳤을까? 하지만 어쨌든 그 애의 첫 번째 연애였으니, 딱히 비교할 다른 관계가 없긴 했다. 아무튼 세상을 다른 시선에서 바라보는 일은 정말 큰 변화였다. 삶의 밸런스가 모조리 바뀌는 느낌이랄까. 실험 참가 전부터 표했던 마사의 걱정이 처음에는 우울증 증상처럼 느껴졌었다. 하지만 연구가 진행될수록, 그 걱정은 점점 들어맞았다. 내 친구 마이클도 처음에는 실험 직후 감정에 대한 새로운 민감성을 느끼지 못한다고 했지만 말이 달라졌다.

마이클은 최근에 더 이상 소설류를 읽지 못하겠노라고 털어놓았다. TMS 실험 후에 생긴 변화였다. 그는 항상 주간지 『뉴요커』가 도착하기를 눈이 빠지게 기다리곤 했다. 매 호마다 단편소설이 너무나 훌륭하다고 했다. 그는 한때 작가가 되기를 희망한 적도 있었다. 그래서 90년대 초에 하버드 대학을 다닐 당시 문예창작 수업을 듣기도 했었단다. 하지만 TMS 실험 참가 이후 소설을 향한 사랑이 변질

됐다. 다른 이의 불행에 대해 읽을 때면 감정이 벅차올라 굉장한 두려움을 느낀다고 했다. 오늘날까지도 그렇다고 한다. 사실 재미있는 게, 우리는 올가을 이전에는 새로이 경험한 감정적 불안함에 대해 대화를 나눈 적이 없었다. 서로가 그런 감정을 느꼈다는 데 놀랄 정도였으니까. 아마 우리 모두 다 큰 성인 남자가 잡지 글 따위를 읽고 눈물을 흘린다는 게 창피하고 의식됐던 모양이다.

그럼 내가 경험한 환각은 어떨까? 어떤 연구원도 그에 대해 확실한 설명을 하지 못했다. 또 다른 하버드 의대 교수인 티머시 리리 Timothy Leary 박사는 직접 마약으로 인한 환각을 통해 삶이 뒤바뀌는 경험을 했노라고 밝힌 바 있다. 물론 내 환각 경험은 전혀 그렇지 않았지만 말이다. 리리 박사는 이후 실로시빈 버섯에 의한 환각에 대해 연구했다. 내가 피자 레스토랑에서 얘기한 것과 비슷한 증상 말이다.

나는 그 시절에 버섯이나 LSD Lysergic acid diethylamide 환각제를 즐겨 하던 친구들을 떠올렸다. 하지만 같은 버섯을 섭취한 총 다섯 명의 친구들 중 단 두 명만이 환각을 경험했었다. 누군가는 효과가 약하다며 투덜대기까지 했다. "아무 일도 일어나지 않잖아." 그렇게 말하고 나서 버섯을 또 한 움큼 먹었다. 이쯤 되면 상황이 걷잡을 수 없어질 수도 있었다. 한 친구의 '한 움큼'이란 가장 민감한 친구가 나가떨어질 만한 양의 열 배는 됨 직했다.

TMS에서도 비슷한 현상이 생기는 게 아닐까? 내 인생을 돌이켜 보건대 나는 특히 민감한 경우 같았다. 남들은 환각제 양을 두세 배로 늘려야 나와 비슷한 경험을 하는 듯했다. 어쨌든 피험자들 중

TMS로 나와 같은 환각을 경험한 이가 있다 해도 과연 보고할지는 미지수였다. 환각이 현재 사회에서 받는 푸대접을 생각할 때, 아마 부끄러워서 보고하지 않을 수 있었다. 물론 60~70년대의 사회 분위기는 또 달랐지만 말이다.

"왜 자신이 특히 더 민감하다고 보시죠?" 내가 그런 말을 하자 알바로가 물었다. 일리 있는 질문이었다. 다행히 나는 그 옛날의 환각 경험보다 더 적절한 대답을 할 수 있었다. 최근에 신경정신과 약물을 처방받은 세 번의 사례를 언급했다. 처방 이유는 우울과 불안 증세였다. 모두 자폐인에게는 흔한 증상이다. 아무튼 매번 약을 처방받을 때마다 '가장 안전한 용량'이라고 의사가 말한 양에도 나는 힘들어했다. 그래서 결국 세 번 다 적정 용량의 5분의 1에서 반 정도만 먹곤 했다. 그마저도 금방 끊어버렸다. 너무 효과가 세다고 생각해서였다.

린지는 전혀 놀라지 않았다. 그녀는 이미 여러 번 내가 다른 어떤 참가자도 언급하지 않은 증상들을 호소했다고 말해왔으니까. 예를 들면 복잡한 TMS 진동수를 센다든가 머릿속이 움직이는 기분을 느끼는 것 등이었다.

사실 최근 몇 년간 내 이런 경험들을 정당화하는 몇몇 연구가 이루어져왔다. 그래서인지 자폐 환자들이 놀라운 민감성을 갖는다는 사실이 널리 알려졌다. 예를 들면 소리에 대한 나의 민감성이 그렇다. 그런가 하면 신경정신과 약물에 특이한 반응을 보이는 자폐 환자들도 많다고 한다. 어쨌든 이즈음 내가 확실히 알았던 건 맥주 열두 캔을 마시고도 멀쩡한 사람들이 있는 반면, 나는 한 캔만 마시고도 어질어질했다는 사실이다. 그래서 난 늘 아이스티만 마셨다. 정신없이 취해서 오토바이를 몰고 멕시코까지 질주할 나이는 지났으니까.

어쩌면, 다시 그런 환각 상태에 빠지면 무슨 일이든 생길까 봐 두려웠는지도 모른다. 옛날에는 사람들이 환각을 그저 '붕 떠 있는 기분' 정도로 치부해버렸지만, 생각하면 할수록 환각이란 얼마나 강렬하고 암시적인 경험인가. 여하튼 나는 환각 경험으로 인해 삶이 크게 바뀌었노라고 한 사람들도 여럿 보았다. 심지어 환각을 경험하고 수년 뒤에야 그런 깨달음을 얻은 경우도 있다. 흥미로운 사실을 덧붙이자면, 요즘은 말기 중환자들에게 환각 물질을 투여하는 연구가 활발히 진행 중이라고 한다. 환자들의 의식을 확장시켜 안정과 편안함을 느끼게 해주려는 목적이다. 아마도 TMS가 몇몇 피험자들에게 그런 경험을 하게 해준 건 아닐까.

● 해리스(Harris) · 알메리기(Almerigi), 「전자기 자극을 통한 인간 뇌에 대한 탐구: 로버츠 바솔로(1874)의 메리 래퍼티에 대한 실험」, 『뇌와 인지』(2009).

공상과학이 현실로

그 옛날 내가 중학교 2학년생일 때, 『앨저넌에게 꽃을』이라는 공상과학 소설을 읽은 적이 있다. 그 책을 읽은 사람이라면, 아마 소설이 주인공 찰리에게 희망적으로 시작했지만 결국 비극으로 끝났음을 기억할 거다. 찰리는 한 빵집의 관리인으로 일했는데, 어느 날 과학자들이 다가와 그의 뇌를 변형해 대단한 천재로 만든다. 단 몇 개월 사이에 변기를 닦던 사람이 첨단 연구 논문을 쓰기에 이른다. 그러던 중에 찰리는 자신을 똑똑하게 만든 과학에 치명적 오류가 있음을 알게 된다. 그래서 자신의 놀라운 지능이 빠르게 쇠퇴하는 걸 지켜보게 된다. 나는 갑자기 그 책의 기억에 사로잡히고 말았다. 나도 주인공 찰리 같다는 생각이 들었다. 물론 내 변화가 찰리만큼 극적이지는 않았다. 하지만 TMS 실험은 그만큼 내 인생에 큰 획을 긋는 사건이었다.

나는 평소에 과학 소설을 많이 읽어왔다. 작가들이 어쩌면 그렇게 꼼꼼할 수 있는지 감탄하면서 말이다. 그런데 이젠 내가 소설의 주인공이 된 기분이었다. 그리고 실제로 미래에 그렇게 되는 게 아닌가 하는 오싹한 기분마저 들었다. 실험이 계속되고 또 그 여파가 느껴질수록 점점 더 소설의 한 장면처럼 느껴졌다.

TMS 실험 이전의 나는 그저 작은 뉴잉글랜드 마을의 자동차 수리공이었을 뿐이다. 하지만 TMS 실험 이후에는 세계 무대에 선 기분이었다. 자폐와 뇌 다양성에 대한 내 의견을 피력하면서 말이다. 지난 몇 개월간 자폐와 뇌과학에 대해 배운 게, 오십 평생 배운 다른 어떤 내용보다도 많은 것 같았다. 뇌 관련 지식을 접하는 대로 재빠르게 흡수하고 있었다. 책이나 기사를 읽고 또 주변의 의사와 과학자들의 의견을 듣는 동안 말이다. 주변에는 내 첫 저서가 이런 변화를 초래했다고 말하는 이도 있었다. 물론 책 출간이 내게 많은 기회를 가져다준 게 사실이다. 하지만 무엇보다도, TMS를 통해 얻은 통찰력과 여러 능력 덕분에 그 기회들을 십분 활용할 수 있었다.

친구 및 지인들도 내가 달라 보인다고 말하기 시작했다. 그러나 도대체 어디가 변했는지는 짚어내지 못했다. 소설 속의 찰리도 똑똑해지기 시작하자 지인들이 그런 말을 했었다. 그런데 이런 변화가 과연 얼마나 지속될까? 소설을 교훈 삼는다면, 걱정할 때가 된 듯도 했다. TMS가 내 안에 잠들어 있던 능력을 깨우기는 했지만, 몇 시간 혹은 며칠이면 다 사라지지 않았는가. 어떤 본질적인 변화가 남아 있는지 아니면 모두 사라졌는지 가늠할 수조차 없었다. 나도 정말 찰리처럼 되는 게 아닐까, 하는 우려를 지우기 힘들었다.

'정말 많은 걸 얻었구나.'라고 느끼는 순간도 있었다. 또 그만큼 대가를 치러야 함을 깨닫기도 했다. 'TMS 실험을 아예 시작하지 말걸.' 하고 생각한 적도 있었다. 분명 실험 전에는 기계처럼 정확한 나였으니까. 실험 전에는 내가 가진 걸 잃게 되리라는 생각을 해본 적도 없었다. 『앨저넌에게 꽃을』을 떠올리니, TMS 실험이 마치 포커 게임 같다는 생각이 들었다. 뇌 실험으로 나라는 존재가 깨끗이 사라져버리는 건 아닐까?

일단 이런 생각이 들자, 떨쳐버리기 힘들었다. 새로 능력을 얻자마자 사라져버렸으니 그럴 만도 했다. 90년대 말에 내가 자폐인 걸 알았을 때, 처음 만난 상담가는 이렇게 말했었다. "그저 태어날 때부터 원래 그러신 겁니다." 사실 달리 사는 법을 몰랐으니 그 말이 맞았다. 내 삶에 대해 의문을 던지지도 않았다. 항상 주어진 대로 최선을 다 해왔으니까. 그리고 자폐라는 걸 안 뒤부터는 다른 사람들의 기대에 부응하기 위해 더 노력했다. 사회적 환경에 적응하기 위해서다. 물론 쉽지는 않았다. 하지만 그래도 어느 정도 안정감이 생겼고, 직업적으로도 성공을 거뒀다. 하지만 내면의 나는 늘 같았다. 또 그렇게 생각했고 말이다. 알바로와 연구원들이 아니었다면, 그런 생각이 얼마나 스스로를 제한시켜왔는지 까맣게 몰랐을 거다.

첫 자폐 진단 이후로 여러 심리학자와 정신과 의사, 신경학자들이 나를 평가해왔다. 매번 상담을 시작할 때마다 '혹시 나를 가짜라고 생각하면 어쩌지.' 하는 걱정이 늘 앞섰다. 장애 진단의 일종인 자폐에 대해 그렇게 느끼다니, 이상하다고 생각할지도 모른다. 하지만 정말 그랬다. 평생을 부족하다고 느끼며 살아오다 보니, '부족한 일반인'보다는 '전형적인 자폐 환자'라는 말을 듣는 게 훨씬 나았다. 혹시 자폐 진단이 거짓일지도 모른다는 생각에 늘 걱정이 됐다. 그러면 나는 그저 모자란 사람에 지나지 않을 테니까. 아무리 돈을 벌고 성공을 거둬도 마찬가지였다. 그 걱정은 떠나지 않았다.

초등학교를 다닐 때도 비슷한 기분을 느낀 적이 있다. 수학 문제의 답이 머리에 떠올랐지만, 선생님은 "답을 말하지 않고 생각만 하면 소용이 없단다."라고 했다. 훨씬 후에 엔지니어로 구직을 할 때는 경력을 속인 적도 있었다. 하지만 자폐 진단은 항상 같지 않은가. 매번 평가를 받을 때마다 나는 상상 속의 기준에 내가 부합하지 않을까봐 노심초사했다. 그러면서 증상이 곧바로 나아지지 않는다고 실망하고는 했다. 자폐 증상이 영영 떠나지 않을 걸 잘 알면서도. 하지만 알바로와 린지, 그 외 연구팀은 내게 희망을 심어줬다. "사람의 뇌는 늘 변하기 마련이지요. 가소성이라 부르는 과정을 통해 계속 재정비를 하는 겁니다." 알바로가 말했다. "수학도 계속 연습하면 실력이 나아지지 않습니까? 마찬가지로 사회적 상호작용도 계속 연습하면 늘 수밖에요. 임무를 효과적으로 수행하려면 수학이나 사회적 능력이나 뇌를 잘 조정해야 하는 거죠."

"우리는 TMS가 바로 그 뇌 조정 과정을 돕고 가속화시킨다고 믿어요." 린지도 말했다. 사실 그런 뇌 조정은 나 혼자 조용히 할 일이라고 생각했던 때도 있었다. 하지만 이제는 전혀 그렇지 않았다. 『나를 똑바로 봐』를 통해 세상과 내 얘기를 나누고 보니, 장애로만 여기던 자폐에 대한 관심이 굉장히 높다는 걸 깨달았기 때문이다.

따라서 나는 내 여정에 대해 기록해 독자들과 나눠야 한다는 일종의 의무감 같은 걸 느꼈다. 알바로, 린지와 처음 저녁 식사를 하던 날에 나는 TMS의 무궁무진한 가능성에 흥분한 나머지 "이 소식을 제 블로그에 써서 사람들과 나눠도 될까요?"라고 물었다. "물론이죠." 그들은 말했다. "저희가 하는 일에 대해 설명하고, 혹시 자원자가 있는지도 좀 봐주세요." 린지가 설명이 담긴 전단지를 가리키며 말했다. "하지만 쓰시는 내용을 신중히 하셔야 할 거예요. 병원 감시 위원회에서 저희가 연구 대상자들에게 뭐라고 하는지 늘 지켜보거든요. 자원자들에게 헛된 희망을 품게 하거나 오해를 불러일으키면 안 되니까요. 중요한 일이죠."

그래서 나는 맨 처음 블로그에 설명을 쓸 때, 연구의 목표가 제한적임을 최대한 명백히 밝혔다. 하지만 놀랍도록 많은 구독자들이 내 글을 읽고 TMS가 확실한 자폐 치료법이라고 믿어버리는 듯했다. 분명히 아니라고 밝혔는데도 말이다. 글을 올린 지 며칠 뒤 블로그의 방문 통계를 보고 나는 깜짝 놀랐다. 그 글의 다운로드 수가 수천 건이었다. 게다가 린지는 100통이 넘는 전화와 녹음 메시지에 휩싸였다. 처음 연구원들이 내게 말을 걸었을 때는 성인 지원자들이 없어서 애를 먹고 있었다. 그런데 내가 블로그에 글을 몇 개 올리자, 지원자들이 어디서인지도 모르게 속출하고 있었다.

"이번 주에 새 자원자 네 명이 참가하기로 했어요." 린지가 들떠서 말했다. 아직 실험이 채 시작되기도 전이었는데 말이다. 내가 작은 도움이 됐다는 생각이 들어 뿌듯했다. 사람들은 계속 실험에 참가 신청을 했다. 연구에 대해서 공개적으로 말한 게 잘한 일이었기를 바랄 뿐이었다. 나를 따라 TMS 실험에 참가하는 사람들에게 해가 아닌 도움이 돼야 할 텐데…….

한때는 매번 실험실에 들를 때마다 새로운 능력이 생기다 보니, 별로 걱정이 들지 않았다. 한데 그 능력이 조용히 사라져버리자 할 말이 없어지는 기분이었다. 알바로와 린지는 이에 대해 나를 안심시켰다. 린지가 말을 꺼냈다. "더 이상 사람들의 눈을 깊이 들여다보지 못하게 된다고 해도 TMS 실험 이전의 지적 능력이 사라지지는 않는다는 걸 기억하세요. 연구 시작 전에 실험의 효과가 일시적일 거라고 말씀드렸잖아요. 그래도 말씀하신 경험은 정말 놀라워요. 그게 지금부터 어떻게 변한다고 해도요."

아마 자폐로 인한 내 열등감 때문에 그렇게 처음부터 실험의 희망에 대해서 부산을 떨며 글을 썼는지도 모른다. 여하튼 내가 신경학자처럼 정확한 지식의 소유자는 아니었으니까. "자원자가 생겨서 얼마나 기쁜지 몰라요." 린지는 말했다. "그런데 너무 기대를 많이 하는 것 같아서 걱정이 되네요. 치료를 원하는 것 같은데, 이건 그저 기초 연구일 뿐이거든요. 전화하는 이들 중 상당수가 이 점을 이해하지 못하더라고요."

린지의 말을 들으니 나처럼 자폐 증상으로 인해 전전긍긍하는 이들이 얼마나 많은지 새삼 느껴졌다. 그들은 증세를 고칠 기회가 엿보이자 단숨에 뛰어들려고 했다. 게다가 아이들에게 도움이 될 방법을 찾기 위해서 전화를 하는 어머니들도 많았다. 이런 얘기를 들으니 왠지 슬퍼졌다. 내가 아이였을 때 얼마나 외로웠는지가 떠올라서였다. 물론 자폐로 인해 성인이 돼서 여러 분야에서 성공을 거둔 것도 사실이다. 하지만 어렸을 때의 나를 본다면 어떤 중년 부인이라도 절박한 안타까움을 느낄 것이 분명했다.

"어렸을 때 외로운 아이로 지낸 건 제겐 필요한 경험이었죠." 나는 강연에서 청중에게 말하곤 했다. "늘 꿈꾸던 친구들이 곁에 있었다면, 오늘날처럼 기계 애호가가 되기 위한 시간은 보낼 일이 없었을 테니까요. 이제 성인이 되고 보니, 넓은 시각에서 볼 수 있게 됐어요. 사교성은 좋지만 기술적 능력은 없는 이들도 많죠. 하지만 저처럼 자폐를 가진 이들은 남들이 사람들을 들여다보듯 기계를 들여다보는 경우가 종종 있어요. 흔치 않은 일이죠. 가치를 인정받을 수도 있고요. 하지만 TMS 같은 기술로 오늘날 외로운 자폐 소년을 돕는다면 어떨까요? 그 흔치 않은 능력이 내일 당장 사라져버릴까요? 중학교 1학년 때의 친구들을 25살에 얻게 될 특허 발명품과 맞바꿔야 할까요?"

이게 내가 2008년에 던졌던 가설적인 질문이었다. 하지만 이제 곧 그 우려가 현실 문제가 되지 않을까 싶다. 나는 이에 대해 대화를 나누고 싶었다. 안타깝게도 린지에게 전화를 건 많은 부모들은 대화에는 관심이 없었다. 그저 당장 확실한 치료법을 원했을 뿐이다. 린지도 나도 그런 반응에는 어떻게 대응할지를 몰랐다. TMS는 기초 과학일 뿐이지 그들이 원하는 '기적의 치료법'이 아니라는 말만 해줄 뿐이었다.

하지만 실은 나도 린지가 받은 가장 열성적인 전화의 발신자만큼이나 큰 희망을 품고 있었다. 다만 입 밖으로 내지 않았을 뿐이다. 환자에게는 태도가 정말 중요한 문제다. 병에 굴복하는 이들보다 자신이 나아질 거라 믿는 환자들이 더 빨리 회복함을 입증하는 수많은 연구들이 있지 않은가. 물론 자폐는 질병은 아니다. 하지만 이는 여전히 유효한 비유다. 내가 긍정적인 관망을 가지면 실제로 성공할 거라 믿었다. 물론 스스로에게 의구심을 가질 때도 있었다. 그럴 때마다 나는 비슷한 상황에 놓였던 30여 년 전을 떠올리며 위안을 삼곤 했다. 그때 나는 키스의 멤버들에게 기타가 불을 내뿜게 할 수 있다고 호언장담했었다. "염려 붙들어 매세요." 나는 큰소리쳤다. 사실은 그 비슷한 일은 전혀 해본 적이 없는데도 말이다. 덜컥 약속을 해버렸지만, 멤버들이 굳게 믿어준 덕에 성공할 수 있었다. 새 기타를 만들어낼 때마다 반응도 아주 좋았다.

그런데 블로그에 글을 올리자 갖가지 질문과 폭넓은 지적들이 난무했다. 많은 독자들이 회의를 표하거나 반신반의하고 있었다.

가장 답하기 힘들었던 질문 중의 하나가 "왜 그런 실험에 참가하시죠?"였다. 여태껏 자폐인으로서 삶을 풍요롭게 사는 법에 대해 실컷 글을 써놓은 탓에, 사람들은 내가 새로운 변화를 재빨리 포용하는 걸 믿기 힘들어하는 눈치였다. 정말 난감한 질문이었다. 사실 나도 왜인지 이해하지 못했으니까.

좀 더 기술적인 질문들도 있었다. 예를 들면 "뇌의 어느 부위를 자극하나요?"나 "실험의 프로토콜은 어떻게 되지요?" 같은 식이다. 거창한 질문들이라 나는 움찔했다. 대답을 잘하려면 관련 지식을 꼭 얻어야겠다고 다짐했다. 여태까지는 이런 식으로 여러 번 성공했었다. 어쨌든 연기가 뿜어져 나오고 불이 번쩍번쩍 빛나는 기타가 만들어졌을 때는 나는 이미 그 분야의 전문가가 되어 있었다. 아무것도 모른 채 시작했어도 말이다. 70년대에 그런 희한한 생각을 한 사람이 나 말고 또 있었겠는가.

게다가 현 상황은 처음에는 훨씬 간단해 보였다. TMS 실험 과정에 대해 설명하는 법만 배우면 되는 게 아닌가. 안타깝게도 TMS에 대해 설명하는 건 마치 양파 껍질을 까는 것과 같았다. 설명을 한 겹 벗겨낼 때마다 또 다른 질문이 드러났다. 결국 나는 곧 의학적 지식의 한계에 부딪혔다.

매번 설명할 준비가 돼 있다고 생각했지만, 실은 아니었다. 질문들은 계속해서 쏟아졌다. 설명하는 과정에서 나도 많은 걸 배우긴 했다. 하지만 TMS에 대해 설명하기에는 내가 가진 전자기, 엔지니어링, 물리학의 지식만으론 역부족이었다. 간단한 질문들이 오히려 끔찍이 복잡하게 느껴졌다.

"TMS가 하는 일이 뭔가요?" "TMS가 안전한지 어떻게 알죠?" 그 중 가장 기본적인 질문은 "TMS의 작동 원리는 뭔가요?"였다.

물론 대답은 TMS 전선에서 나온 전자기 에너지가 뇌 속의 미세한 전선으로 이동한다는 걸로 시작한다. 하지만 그 대답을 하면서도 또 다른 질문들이 밀려들 것이 눈에 선했다. "왜요? 어떻게 그렇게 작동하죠?" "뇌 속의 전선이라니, 그건 또 뭔가요?" 등등. 물론 위의 답변만으로 만족하는 이들도 있었지만, 더 알고 싶어 하는 이들도 많았다. 나 역시 그랬으니까. 답변을 할 유일한 방법은 좀 더 제대로 된 지식을 얻게 되기를 바라면서 미궁 속의 TMS 에너지를 충실히 따라가는 길뿐이었다. 나는 계속 배우면서, 글도 열심히 썼다. 질문들은 또 이어졌다.

"TMS 에너지가 뉴런에 닿으면 무슨 작용을 하나요?"

이 질문에 답하기 위해 나는 우선 알바로가 추천한 뇌과학 교재를 펼쳤다. 하지만 그래도 만족스럽게 이해가 되지 않자, 이번엔 알바로에게 직접 묻기로 했다. 그라면 뭐든 답할 수 있을 거라고 믿었다. 하지만 그에게도 지식적 한계가 있음을 알고 깜짝 놀랐다. 그럼에도 여전히 그의 통찰력은 놀라웠다. 또 알바로의 포닥 학생들과 대화도 많이 나누고, 글도 많이 읽었다. 그러자 점점 전체적인 그림이 보이기 시작했다. 물론 뇌세포에 대해 깊게 파면 팔수록 문제가 더 복잡해지기는 했다.

뇌에서는 혈류를 통해 산소 등의 필수 원소와 함께 흘러들어 오는 효소를 분해해서 전기를 일으킨다. 이렇게 발생한 전기는 뉴런과 뉴런 사이에 전달되는 신호를 발생시킨다. 마치 컴퓨터 내에서 전기가 한 부품에서 다른 부품으로 돌 듯이 말이다. 또한 컴퓨터에서는 키보드의 키를 누르면 신호가 프로세서로 전해지고 이어서 프린터로 전해져서 마침내 종이에 복사되어 나오지 않는가. 비슷하게 뇌에서는 눈으로 베이컨을 보고, 코로 그 냄새를 맡는다. 그러면 뇌에서 팔에 신호를 보내서 베이컨을 집게 하고, 마침내 입으로 밀어 넣는 것이다.

이러한 두 현상들의 공통점은 뭘까? 바로 미세한 전기 신호에 의해서 컨트롤되는 결과라는 것이다. 그런데 여기에 여분의 TMS 에너지가 더해지면 어떻게 될까?

그렇게 되면, 일단 TMS 에너지가 뇌의 회로를 헤집어놓을 듯했다. "아마도 그렇게 되겠지요." 내가 질문을 하자, 알바로도 동의했다. "TMS는 타깃으로 하는 마음 한구석에 리셋 버튼과 같은 작용을 하지요." 하지만 그는 동시에 TMS가 뇌 속 활동을 활발하게 만들 수도 있다고 덧붙였다. 마치 스테레오의 파워 레벨을 높이면 소리가 훨씬 커지는 것처럼 말이다. 또 다른 가능성은 TMS 에너지가 뇌 안의 전선을 재정비해 뇌의 네트워크를 변화시키는 것이었다. 알바로 연구실의 본질적인 연구 방법은 간단했다. 즉 타깃을 정해서 그 부위에 자극을 주고, 그 결과를 살펴보는 것이었다.

나는 수많은 제약 연구도 이와 비슷하게 진행됨을 깨달았다. 꽤 최근까지도 약물이 어떤 원리로 작용하는지는 알기 힘들었다고 한다. 그저 우연이나 실험에 의해서 약을 발견하고, 그중 효과가 있는 것을 사용할 뿐이었다. 페니실린이 그 좋은 예다. 페니실린은 1928년에 한 연구실에서 우연히 발견되어 즉시 상용화됐다. 하지만 약물의 화학 구조는 그로부터 16년이 지나서야 밝혀졌고, 작용 원리를 제대로 알기까지는 수십 년이 걸렸다고 한다.

TMS 실험도 이와 비슷한 면이 있다. 물론 TMS가 에너지를 지녔고 특정 효과를 낸다는 건 안다. 하지만 그 작용의 세세한 원리를 완전히 파악하려면 한참 걸릴 것이었다. 그래도 TMS의 과학적 원리가 다 밝혀지기 전까지 이를 유용하게 쓰지 못할 건 없지 않은가. 이러한 배움의 시간은 내게 겸손의 미덕을 일깨웠다. 물리학과 엔지니어링에 대해 좀 안다고 의사들보다 더 나은 구석이 있다고 생각했었다니! 이제는 오히려 내 미약한 지식 탓에 점점 더 확실한 답변도 없는 미궁 속으로 빠지는 기분이 들었다.

이렇게 뇌과학 책에 빠져 있는 동안, 점점 더 많은 이들이 내 책을 읽고 블로그에 다녀갔다. 결국 나는 매일 아침마다 이메일에 답변을 해줘야 했다. 심지어 전화를 걸어오는 독자들도 있었다. 전화벨이 울리고, 여느 때처럼 벤츠나 랜드로버 수리 문의 전화가 아닌 자폐인의 전화를 받을 때면 깜짝 놀라곤 했다.

물론 내 목적은 TMS를 통해 과학의 무궁무진한 희망을 소개하는 거였다. 이 새로운 기술이 자폐 환자들을 도울 가능성이 충분하다는 사실을 알리고 말이다. 하지만 내게 전화를 거는 독자들은 연구에는 관심이 없었다. 확실한 치료법을 원했으며, 이를 어디서 받을 수 있는지에만 연연했다. 갑자기 내가 곤란한 상황에 빠진 걸 깨달았다. 나는 그저 차 수리공일 뿐인데, 낯선 이들에게 뇌과학에 대해 설명하고 있었으니까. 그들은 마치 내가 전문가나 되는 양 내 말에 귀를 기울였다. 내가 할 수 있는 최선이라고 해봐야, 엔지니어링 이론에 대해 조금 설명해주고 뇌 분야 질문은 의사들에게 떠넘기는 것뿐이었다. 나는 많은 전화 통화를 연구실의 린지에게 돌리고, 한편으로는 나름 최선을 다해 공부했다.

그런가 하면, 몇몇 부모들은 자신의 아이를 내 '로비슨 수리소'에

견습생으로 보내고 싶다고 전화를 걸어왔다. 자동차 정비 기술을 배우도록 말이다. 물론 말로는 그럴싸했다. 하지만 이를 실행할 방법이 없었다. 그렇게 할 수 있기를 나도 원했지만 말이다. 방을 한가득 채운 자폐 아이들이 봉사를 해준다니! 장사치 입장에서는 솔깃한 제안일 수도 있다. 하지만 아이들을 훈련시키고 관리한다는 게 보통 일이 아닐 게 뻔했다. 결국 그로부터 4년 뒤, 이 열성적인 아이들에게 도움을 줄 수 있게 됐다. 자신의 재규어가 고장 나 수리소에 들른 한 심리학자가 트라이 카운티 학교 관계자들을 소개해주었다. 이 학교는 말하자면 공립학교에 다니는 발달장애 아이들을 대상으로 하는 지역 프로그램이다. 학교에서는 학생들에게 실무 교육을 시켜서 졸업과 동시에 자립시키려는 목표를 갖고 있었다. 2013년 여름, 나는 트라이 카운티와 합동해서 로비슨 수리소에 특수 고등학교 프로그램을 열었다. 이 책을 쓰고 있는 지금은 운영 2주년째를 맞고 있다. 내게 처음 전화를 걸어온 부모들이 꼭 원하던 바로 그런 교육을 하고 있다. 고등학교 졸업반인 아이들은 로비슨 프로그램에서 실무 능력을 배우면서 견습생으로서의 보수도 받는다. 학교의 교육 스태프들이 와서 감독도 한다. 게다가 내가 지난 몇 년간 얻은 뇌과학 지식도 교육에 어느 정도 접목시키고 있다. 학교의 심리학자가 와서 뇌파 모니터기와 뉴로피드백(뇌파를 통제하는 바이오피드백 기술—옮긴이)을 사용해 학생들로 하여금 자신의 행동을 조절하도록 돕는다. 지금까지는 모든 진행이 순조롭다. 내가 이런 프로그램에 관여를 하다니, TMS를 만나기 이전에는 상상도 못하던 일이다.

세상을 향해 계속 자폐에 관한 글을 써낼 때마다, 과학자 및 연구자들에게서도 꾸준히 전화가 왔다. 2008년 여름에는 몇몇 비영리 기관에서 자신들의 자폐 연구 방향에 대한 내 의견을 물어오기 시작했다. 심지어 자신들과 함께 일하자고 제안하기도 했다. 연구비 모금을 위한 희망적인 자폐 연구를 선별해달라는 이야기였다. 한편 국립보건원의 자폐 연구 협동사무소에서도 전화가 왔다. "자폐 연구 제안서를 검토 중인데요." 여직원이 내게 말했다. "저희를 좀 도와주실 수 있을까 해서요." 처음 든 생각은, '왜 하필 나지?'였다. 나는 의사도 아니고, 연구 평가 경력도 전혀 없었으니까. 어쨌든 그 여성은 자신을 정부 소속이라고 밝혔고, 나는 그녀의 말에 주의를 기울이지 않을 수 없었다.

"주민들을 연구 선별 과정에 참가시키려는 거예요. 위원회에서 일할 부모님들은 찾았어요. 그런데 저희를 도울 능력이 되는 자폐 성인들을 찾기가 힘들어서요. 저희에게 조언을 해주시면 무척 도움이 될 텐데요. 참가 의사가 있으신가요?" 그녀가 말했다.

나는 참여해보기로 마음먹었다. 내 임무는 이랬다. 연구 제안서들을 읽고 이들이 각각 자폐 커뮤니티에 어떤 영향을 미칠 수 있을지 의견을 피력하는 것이다. 즉 자폐 성인으로서 어떤 연구가 가장 자폐인에게 관련이 있고 도움이 많이 될지를 판단하는 일이었다. 내 의견은 다른 자폐 아동의 부모 및 과학자들의 의견과 어깨를 나란히 할 터였다.

내 친구들은 모두 좋은 기회라며 격려했다. 데이브는 "정말 멋지구먼. 나도 그런 일을 할 기회가 있으면 좋겠네."라고 말했다. 이런 말들을 듣자 기분이 제법 좋았다. 그래서 온라인 게시판에 검토 과정에 참여하겠노라고 글을 올렸다. 하지만 온라인 커뮤니티의 반응은 긍정 반, 회의 반이었다. "그저 이용해먹으려는 거예요." 회의파는 내게 경고했다. "그저 그 사람들에게 자폐인 모델로 쓰이는 거라고요." 이런 말을 읽으니, 기분 나빠해야 할지 슬퍼해야 할지 헷갈렸다. 정말로 분노로 가득 찬 코멘트도 있었다. 한 누리꾼은 이렇게까지 말했다. "도대체 그 사람들이 왜 당신을 쓴답니까? 고교 중퇴인 데다, 자폐 관련 과학을 검토할 이렇다 할 자격도 없는데." 내 친구 밥은 "그저 질투가 나서 그런 걸세." 하고 나를 다독였다. 하지만 그런 비판적인 반응을 보자니 적잖이 마음 상했다.

마사 또한 석연치 않아 했다. 물론 워싱턴으로 가는 기회는 반겼다. 하지만 자폐 과학에 대한 내 관심이 깊어져서 생업에 지장을 받는 건 아닐까 걱정했다. 마사는 과학 자체에는 전혀 관심이 없었다. 아마 두려운 마음이 앞서는 듯했다. 지금 뒤돌아보면, 그녀의 걱정은 실체가 있는 정당한 걱정이었다. 하지만 당시에는 우리 사이의 골만 더 깊어지게 했다. 자폐 연구가 내게 얼마나 큰 의미가 됐는지, 또 나의 내면세계가 얼마나 급속히 변하고 있는지 이해하지 못하는 것 같았다.

검토 과정은 상당히 흥미로웠다. 내가 속한 팀은 총 155개의 제안을 검토했다. 나는 그중 여섯 개를 맡았다. 하지만 결국 호기심이 발동해서 155개를 몽땅 읽고 말았다. 우리 팀은 워싱턴의 한 회의실에 다 같이 모여 제안들에 대해 논의하고 표결을 했다.

팀원들은 각자 맡은 제안서에 대한 점수를 매기고, 그 점수들을 모아 표로 만들었다. 그러고는 물망에 오른 제안들 중 각각 최고점과 최하점을 가려냈다. 그런 다음 하나하나의 제안에 대해 의논했다. 모두 돌아가며 질문이나 의견을 말할 기회도 가졌다. 나는 이 기회를 십분 활용했다. 최대한 많은 질문을 하고 의견도 많이 제시했다. 그러다 보니 점심때쯤 뭔가 불안해지기 시작했다. '혹시 말을 너무 많이 했거나, 기분 나쁜 말투로 이야기한 건 아닐까?'

아무래도 TMS 실험 후 그런 불안함에 더 민감해진 듯했다. 회사에서 일하던 젊은 시절에는, 회의 시간에 내 발언 때문에 모두가 불편해하는 일이 종종 있었다. 비록 내 의견이 옳았더라도 말이다. 내 생각에는 그저 내가 당연히 할 일을 했을 뿐이었다. 회의실 안에 엔지니어들이 다 모여 있을 때 "디자인이 이상하니 다시 하세요."라는 말을 하는 게 낫지 않은가. 나중에 사장 앞에서 "기계 100만 대에 문제가 있으니 폐기 처분하시지요." 하고 설명하는 것보다야 말이다.

나의 민감한 기술적 통찰력과 직설적인 대화 방식 덕에 나는 사내의 인기 및 존경과는 아예 멀어졌다. 더욱이 대개 나는 내가 뭘 잘못한지도 몰랐다. 그저 다들 내 존재를 달갑게 여기지 않는다는 것만 알았다. 하지만 현재의 제안서 검토 과정은 달랐다. 물론 내가 반대하거나 지지하지 않는 제안들도 몇몇 있었다. 그러나 나는 더 이상 그것들을 '허튼 소리'라 칭하지는 않았다. 팀원들을 '얼간이'라 부르는 대신에 모두가 공평하게 의견을 말하도록 협조한 거다.

휴식 시간에는 과학자들도 내게 다가와 즐거운 대화를 나눴다. 내게 질문을 하고, 이런저런 의견을 말해주기도 했다. 내 말에 진심으로 관심을 갖는 듯했다. 이렇게 여러 만남들을 성공적으로 치러냈어도 나는 내 안의 극적인 변화가 모두 직접적으로 TMS 때문이라고 생각하지는 않았다. 다만 TMS는 확실히 내 시야를 넓혀주었다. 일단 시야와 통찰력이 넓어지자, 내 뇌도 저절로 변하기 시작한 듯했다. 덕분에 어느 팀에라도 더 잘 낄 수 있게 됐다.

검토 과정이 모두 끝나자, 대표가 내게 다가와 혹시 다른 위원회에서도 일해볼 생각이 있는지를 물었다. "선생님의 의견이 계속 요긴하게 쓰일 텐데요." 그녀가 말했다. 내 임무를 잘 처리했다니 자랑스러웠다. 또 그런 요청을 받아 영광이었다. 그다음 날 수리소 직원이 랜드로버에 냉각기를 다는 모습을 보고 있노라니, '인지 부조화'라는 말이 떠올랐다. 어쩌면 나도 그 비슷한 정신 상태에 놓인 건 아닐까. 전혀 다른 두 세계에서 열심히 일하고 있었으니 말이다.

위원회에서의 자원봉사 참여는 계속 이어졌다. 덕분에 나는 자폐 과학 분야에 폭넓게 참여하게 됐다. 갑자기 내가 속한 세계가 급변하고 있었다. 내가 기여를 한다는 생각에 자랑스러웠다. 또 새로운 세계를 적극 수용했고 말이다. 하지만 가끔 두렵고, 또 외로웠다. 최근 몇 년간 처음으로 마사가 이런 과정에서 내 옆에 없었기 때문이다. 물론 '혼자 묵묵히 견뎌내기'를 삶의 방식으로 삼는 사람들도 있다. 하지만 나는 그렇지 못했다. 급속하게 바뀌는 환경 속에서 의지할 이가 없다는 건 상당히 겁나는 일이었다.

물론 이런저런 과학 이론에 푹 빠져 있을 때면 신났다. 하지만 저녁에 집에 돌아와 침대에 누우면 오만 잡생각이 밀려왔다. 그럴 때면 두려워졌다. 친구들은 내 새로운 삶이 멋지고 흥미진진하다고 여겼다. 아무도 내가 수년간 조심스레 쌓아온 안정감이 모두 무너져내려버린 건 눈치 채지 못했다. 책을 집필하고 TMS 실험에 참가하기 전에는, 그저 아침이면 일어나서 출근하곤 했다. 수많은 이들처럼 나도 그런 일상의 연속을 살았던 거다. 하지만 이제 그런 날들은 사라져버렸다. 그리고 내일 당장 또 무슨 일이 닥칠지 몰랐다.

연구원들은 앞으로 펼쳐질 일들의 불확실성을 즐기는 듯했다. 린지는 말했다. "그게 제 직업의 장점이죠! 매일매일이 다르니까요. 흥미진진하고 흥분되잖아요!" 나는 그녀에게 미소 지었다. 나도 그들과 함께 연구실에 있을 때면 그 말에 동의했다. 하지만 저녁에 집에 돌아오면, 왠지 모를 불안감을 이겨내느라 애써야 했다.

게다가 마사와의 관계도 근본적으로 변질되고 있었다. 예전에는 툭툭 털어내 버렸던 우울감에 내가 깊이 사로잡혀버린 탓이었다. 대체 이런 감정에 어떻게 맞서야 할까? 마사는 내가 변했다고, 우리 사이가 예전 같지 않다고 말했다. 그녀도 두려워하고 있었다. 물론 나도 마찬가지였다. 마사가 옳다는 걸 실은 알고 있었으니까. 나는 확실히 변했다.

수년간 그녀의 우울증을 받아들여 왔지만, 더 이상은 내가 어찌해볼 도리가 없었다. 마사는 그녀대로 내 불안함을 자신에 대한 거절의 의미로 받아들였다. 그래서 나는 더 슬프고 혼란스러워졌다.

내 삶에서 처음으로 나는 주변 사람들의 두려움을 받아들이고 있었다. 특히 커비에게 다가올 재판을 둘러싼 감정은 끔찍했다. 〈스타트랙〉의 스팍처럼 빈틈이 없던 내가 감당하기에는 불편한 변화였다. 『앨저넌에게 꽃을』 전반에 서려 있는 두려움 같다고나 할까. 게다가 새로운 멋진 감정들을 경험한 뒤에 그게 곧 스르륵 사라지는 느낌은 치명타였다. 내가 이전에 부족했던 게 뭔지 깨닫게 했으니까.

매일 밤 하루의 흥분이 가라앉으면, 두려움이 불쑥 드러났다. 나를 에워싼 모든 부정적인 감정들이 날 두렵게 했다. 특히 결혼 생활이 망가질지 모른다는 생각은 최악이었다. 커비가 감옥에 갈지도 모른다는 생각도 만만치 않았다. 이 모든 게 나를 한번 발전시켜 보겠다는 열등감 때문에 벌어진 일은 아닐까 생각하니, 답답하기 그지없었다. 하지만 TMS 연구실에 발을 디디는 순간부터, 주사위는 이미 던져진 셈이었다. 작가 헌터 톰슨도 말하지 않았는가. "티켓을 샀으면, 여행을 즐겨라."

하지만 톰슨마저도 2005년에 권총 자살을 했고, 소설 속 주인공 찰리는 정신병원에서 죽고 말았다. TMS 실험 후 느낀 흥분은 정말 멋졌다. 하지만 이제 예전에는 느낄 수 없던 깊은 우울의 터널을 지나고 있었다. 절대로 톰슨이나 찰리처럼 되고 싶지는 않았다. 하지만 운명에 저항할 힘이 과연 내게 있을까? 톰슨의 말은 기분 나쁠 정도로 적절했다. 내 새로운 감정들이 나를 여행으로 이끌고 있었으니까. 그 도착지가 과연 어디일지 가늠해보는 게 내가 할 수 있는 최선이었다.

제로섬 게임

인간의 뇌에 대해 이야기할 때, 이런 말을 들어본 적이 있을 것이다. "인간은 뇌의 능력을 10퍼센트 정도만 활용하고 있다." 대개 이런 말은 놀고 있는 나머지 90퍼센트를 사용하는 법만 배우면 뛰어난 천재가 될 수 있다는 주장에 쓰이곤 한다. 이 거창한 사용법의 성취를 위해 그동안 수많은 요법과 보조 수단들이 난무해왔다. 하지만 어떤 방법도 효용이 있다고 밝혀진 바가 없다. 물론 몇몇 방법은 상업적 마케팅의 수단으로 성공을 거뒀겠지만 말이다.

이런 '브레인파워brainpower의 낭비'라는 개념은 오래전부터 존재해왔다. 아마도 뱀 기름을 파는 뜨내기 약장사가 아니라 의료업에 종사하는 사람들에 의해 시작됐다고 보인다. 물론 100년 전에는 그 둘이 종종 동일인이었겠지만 말이다. 1907년에 심리학자 윌리엄 제임스William James는 『인간의 에너지*The Energies of Men*』라는 저서에서 이렇게 말했다. "우리 인간은 잠재적인 정신적, 육체적 능력의 극히 일부분만 활용하고 있을 뿐이다." 안타깝게도 제임스의 이 말은 틀렸다. 물론 그 문장을 썼을 때 그가 정확히 무슨 생각을 했는지는 알 길이 없다. 하지만 그 후 100여 년간 인간이 습득한 지식에 의하면, 우리의 뇌에 여분의 미사용 부위는 존재하지 않는다. 물론 뇌의 모든 부위를 가장 효율적으로 사용하지는 않을 수 있다. 하지만 '놀고 있는 부위'라는 건 터무니없는 표현이다.

또한 뇌의 어느 부위라도 손상을 입으면 기능적인 손상이 따른다는 것도 잘 알려진 사실이다. 부상 자체는 아물겠지만, 뇌 상태는 전과 같지 않다. 이 사실만으로도 뇌에는 여분의 부위가 없다는 걸 알 수 있다. 물론 항상 뇌 전체를 사용하지는 않는다. 하지만 평소에도 일반적으로 생각하는 것보다는 훨씬 더 많은 뇌 부위를 사용한다. 예를 들어 가만히 앉아서 수학 문제를 풀고 있으면 근육을 움직이는 데 쓰이는 뇌 부위는 쉬고 있을 거라고 생각하기 쉽다. 하지만 린지에 따르면 이건 사실이 아니다. "아주 꼼짝 않고 앉아 있다고 생각하겠지만, 뇌에서는 앉은 자세를 감지하고 몸 전체와 다리의 근육에 수천 가지의 신호를 보내고 있어요." 그녀가 말했다. "이런 신호들은 앉은 자세를 유지하려고 계속 미세한 조절 작용을 해요. 그래서 만약 기절이라도 하면 의자에서 떨어지게 되는 거지요. 그러한 신호들이 멈춰버리니까요." 하루 종일 뇌의 모든 부위는 이런저런 일을 하느라 분주히 움직인다고 한다. 특히 일정 기능을 담당하는 뇌 부위는 계속해서 그 활용이 최적화된다. 그래서 우리가 그 기능을 능숙하게 처리할 수 있게 되는 것이다. 어떤 뇌는 역사 공부 같은 지적인 능력에 최적화된다. 또 어떤 뇌는 신체가 운동기능을 완벽히 수행하도록 지도하는 데 최적화된다. 그런가 하면, 일반인들의 평범한 뇌는 좀 더 일반적인 기능을 하려는 경향을 갖는다.

한 세기 전만 해도 우리는 뇌의 어느 부위가 어떤 기능을 담당하는지 알지 못했다. 심지어 아직까지 모르는 부위도 있다. 그래서 그런 부위는 아무 기능을 하지 않는다고 어림짐작할 뿐이다. 예를 들어 초기 신경학자들은 뇌의 어떤 부위에 전기 자극을 주었을 때 팔이 움직이지 않거나 신음 소리가 나오지 않으면 이를 '미지의 영역'이라 넘겨버렸다. 심지어 '빈 공간'이라고 치부해버리기도 했다. "인간 마음의 내부 복잡성을 파악할 도리가 없음"이라고 인정하는 것보다 "아무 기능도 하지 않는 부위임"이라고 말하는 게 얼마나 더 간단한 일인가.

MRI와 같은 새로운 뇌 영상 기기들 덕에 신경학자들은 특정 업무를 할 때의 뇌 활동을 자세히 들여다볼 수 있게 됐다. 이에 따르면 평범한 일상 행동을 할 때도 뇌 전체가 '마치 스위치가 켜진 듯' 활동 중이라고 한다. 물론 수수께끼를 맞힐 때 뇌 깊숙한 곳의 특정 영역이 어떻게 작동하는지는 아직 잘 모를 수 있다. 하지만 어쨌든 그 과정에서 뇌 부위가 작동함은 잘 알려져 있다. 바로 이게 미스터리를 풀기 위한 첫 단계다. 또한 우리의 뇌는 항상 변화하고 새로운 연결들을 만들어내며 주위 환경에 맞게 최적화된다는 사실 또한 알려져 있다. 즉 뇌 발달 과정에서는 '사용하지 않으면 퇴화'라는 메커니즘이 작용한다는 점을 알고 있다. 우리가 특정 기술을 익힐 때마다 뉴런은 새로운 상호 연결을 만들어낸다. 그리고 그 연결을 사용하지 않을 경우, 기능이 퇴화되어 체내로 흡수되고 마는 것이다.

이러한 '뉴런의 가지치기'는 현재 인간 발달의 주요 과정으로 받아들여지고 있다. TMS의 영향을 받은 나 같은 사람에게 이는 무엇을 시사할까? 특히 몇 번의 뇌 자극 후 새로운 능력을 얻었을 때 내 마음에는 어떤 변화가 있었을지 궁금했다. 정말로 똑똑해졌다가, 효과가 다하자 예전의 상태로 돌아갔던 것일까? 아니면 일시적으로 한 분야의 뇌 능력을 다른 분야의 뇌 능력과 맞바꿨던 것일까? 얻은 것에 집중하느라 뭘 잃었는지도 모른 채로 말이다. 뇌 기능을 언급할 때, 컴퓨터에 비유하지 않을 수 없다. 내 생각은 이랬다. 내 모든 뇌 부위가 활동 중이었다면, 마치 컴퓨터가 100퍼센트의 성능으로 작동하는 것과 같았을 거다. 물론 새로운 작업을 추가할 수는 있지만, 그러려면 공간을 확보하기 위해 다른 프로그램들의 속도가 느려져야 한다. 만약 이게 사실이라면, 나는 사람들에 대한 통찰력을 얻은 대신 뇌의 어떤 기능을 일시적으로 잃었을 거다.

알바로는 내 비유에 그다지 동의하는 것 같지 않았다. "뇌는 늘 스스로 재정비한다는 점을 기억하세요. 그건 컴퓨터는 하지 못하는 일이죠. 물론 뇌세포의 수는 계속 같아요. 하지만 세포들 간의 연결이 계속 바뀌지요. 특정 활동에 뇌가 최적화되는 과정은 연습을 통해 가능해요. 그렇게 실력이 점점 느는 겁니다. 하지만 수학 문제를 더 빨리 푸는 법을 익혔다고 해서 다른 실력이 줄어들지는 않지요. 수천 시간을 연습해서 세계 정상의 바이올리니스트가 됐다고 한들 다른 분야의 기능이 형편없어진다거나 하지는 않듯이 말이죠."

사실 나는 뇌 능력의 일부가 상실된 건 아닐까 내심 걱정하고 있던 터였다. 게다가 뇌에 대해 공부하느라 너무 많은 시간을 쓴 것도 걱정이 됐다. 물론 아주 재미있는 공부였다. 하지만 그 대가를 톡톡히 치러야 했다. 생업과 기타 책임을 등한시해 버렸으니까. 뇌에 대한 논문을 읽는다고 고지서가 저절로 납부되지도 않고, 고객 만족이 향상되지도 않으니 말이다. 물론 뇌과학을 배운다고 자동차에 대한 감이 떨어지지는 않는다. 하지만 확실히 생업에 덜 집중하게 되었다. 그러니 결국 한 분야의 성공은 다른 부분의 실패를 야기하는 게 아닐까?

"하지만 그렇다고 원래 잘하던 걸 못하게 되지는 않지요. 그저 우선순위가 바뀐 것뿐이에요." 알바로가 말했다. 내 친구들도 자동차 수리와 뇌과학 공부는 상관이 없다고 말했다. 둘 중 하나를 선택하는 건 그저 의지의 문제일 뿐이라고. 하지만 안타깝게도 내 경우에는 그렇지 않았다. TMS의 효과가 너무나 강력한 나머지, 이를 가볍게 넘겨버릴 수 없었던 까닭이다. 뇌과학은 정말로 내 마음을 새로운 아이디어로 꽉꽉 채우고 있었다. 마음의 방향성 자체도 바뀌고 있었다. 그게 내 솔직한 심정이었다. 더 멍청해지거나 하지는 않았지만, 나는 점점 다른 사람이 돼가고 있었다.

쉰이란 나이가 되고 보니, 내 인생 경험의 피라미드 꼭대기에서 내려다볼 수 있게 됐다. 물론 내 인생의 큰 틀은 자동차 수리소가 차지하고 있었다. 여기에 그냥 머물러 있어야 할까? 아니면 좀 더 높이 올라가야 할까? 혹시 옆길로 샜다가 바닥으로 곤두박질치게 되는 건 아닐까? 그래서 다시 올라가야 되거나, 심지어 새로운 피라미드를 쌓아 올려야 하면 어쩌지? "물론 지금 느끼는 새로운 감정들이 큰 문제처럼 생각되시겠죠. 하지만 이런 감정들이 본연의 능력을 앗아 가거나 하지는 않아요. 어떤 일이 하기 싫어졌다고 해서, 못하게 되는 건 아니듯이요." 연구원들은 내게 이렇게 말했다. 물론 그 말이 맞았다. 아직까지 TMS는 큰 기분전환에 지나지 않았다. 이전의 좋았던 것들이 나빠진 것도 없었다. 하지만 생각이 여기에 미치자, 왠지 모를 죄책감이 들었다. 점점 무너지고 있는 내 결혼 생활이 떠올라서였다. 게다가 이제는 우울감에서 벗어나려는 삶을 살고 있었다. 보스턴에서 연구원들과 그렇게 많은 시간을 보낸 이유 중의 하나도 바로 그거였다. 마사의 끝없는 슬픔에 민감해지다 보니, 집에 있는 시간을 견딜 수가 없었다.

결국 내 결혼 생활은 처음 생각만큼 그 기반이 단단하지 않았음이 드러났다. '원래 결혼 생활이란 게 다 그런지도 모르지.' 나는 속으로 생각했다. 하지만 이런 생각에는 근본적인 문제가 깔려 있었다. 혹시 TMS가 '늘 존재하던 부족함을 보는 눈'을 길러준 게 아닐까? 마사는 이에 반대했다. 그녀는 오직 TMS가 문제라고 생각했다. 그래서 어디에 의지할지 모르는 채 겁먹고 화를 내는 것 같았다. 사실 내 결혼 문제를 연구원들과 나누기는 창피했다. 결혼 상담가의 도움을 구하는 일은 생각도 하지 못했다. 대신에 나는 새로 얻은 '감정적 지능'이라는 외투 속에 숨어서 문제를 회피하는 쪽을 택했다. 그게 모든 문제를 해결해줄 것 같았다. 하지만 아이러니하게도 그 정반대의 결과가 초래됐다.

TMS가 내 결혼 생활에 가져온 부작용을 꿈에도 모른 채, 알바로는 항상 낙관적 태도를 유지했다. 그는 인간의 뇌는 당연히 더 나은 기능을 위해 늘 재정비한다고 믿었다. 새로운 과제에 능숙해지는 건 이 때문이라고 했다. 이러한 '정신적 튜닝'은 바로 과학자들이 말하는 '뇌 가소성'의 개념과 맞닿아 있었다. "그러면 TMS는 그저 과제 수행의 속도를 극적으로 가속시키는 역할을 할 뿐인가요?" 내가 물었다.

"꼭 그렇지만은 않지요." 알바로가 답했다. "TMS 자체가 뇌에 새로운 길을 터주지는 않을 겁니다. 이 길이라는 건 실체가 있어요. 마치 나무의 뿌리처럼요. 그 길이 넓어지는 데는 시간이 걸립니다. 며칠이나 몇 주, 혹은 최소한 하룻밤은 걸리죠. 그러니 TMS 에너지는 뇌에 원래 존재하던 길을 새롭게 열어주는 역할을 한다고 보면 됩니다. TMS가 선생님 내부에 새로운 변화를 일으켰다면, 그 변화는 원래 선생님 안에 늘 잠재돼 있던 거예요. 다시 살아나기를 기다리고 있었을 뿐이죠."

이렇게 말한 후, 알바로는 뇌의 '메타모달metamodal' 조직이라는 개념에 대해 설명하기 시작했다. 뇌의 부위는 실제로 관여하는 행동이 아니라 각각의 기능에 따라 정의되어야 한다는 것이었다. 말하자면 '시각 피질'은 사람들이 이미지 데이터를 처리하는 과정에 관여하기 때문에 전통적으로 그렇게 불려왔다. 그게 전부라면, 시각 장애인의 시각 피질은 활동을 하지 않아야 맞다는 게 알바로의 의견이었다. 하지만 사실은 그렇지 않다. 시각 장애인의 시각 피질은 귀로부터의 정보를 처리하는 활동을 한다. 그렇게 소리로부터 추출된 데이터가 몇몇 시각 장애인들에게 '어둠 속에서 사물을 보는' 능력을 부여하는 것이다. 한편 시각 장애인들의 시각 피질은 손에서 촉각 신호를 처리하는 역할을 하기도 한다. 그래서 마치 내가 인쇄된 활자를 읽는 것만큼이나 빠르게 점자를 읽어 내려갈 수 있다.

뇌의 소위 '시각 처리 센터'가 이미지 데이터 대신 소리로 가득 차게 되면, 마치 일반인들이 시각 이미지를 처리하듯이 소리를 처리하게 된다. 우리는 어떤 사물이 앞에 또는 뒤에 있는지를 가늠하는 데 눈을 사용한다. 하지만 시각 장애인의 시각 처리 센터는 사물이 어디 있는지를 소리로 가늠하게 한다. 혹은 사물들이 소리를 반사하는 양상으로 가늠하게 하기도 한다. 마치 박쥐의 '반향 위치 측정echolocation' 과정과 흡사한 구석이 있다.

나는 훗날 바로 그런 경험을 한 마이클 윌콕스의 친구 얘기를 전해 들었다. 마이클은 그의 시각 장애인 친구인 마크가 반향 위치 측정 훈련을 받았노라고 했다. 마크는 선천적인 시각 장애인은 아니었다. 어쨌든 마크의 훈련 지도원은 우선 마크의 지팡이를 치워놓았다고 한다. 그러고는 가로등에 부딪히지 않고 거리를 걷는 훈련을 시켰다. 소리를 집중해서 듣고, 여러 미세한 소리가 어디서부터 오는지 주의를 기울이는 연습을 통해서였다. 그렇게 해서 마크는, 일반인들이 시각적 신호로 세상을 읽는 것처럼, 소리에 기반을 둔 주변 세상을 읽어낼 수 있게 됐다. 물론 엄청난 노력이 필요했지만 새로운 가능성을 깨달은 것이다. 마크는 아직 지팡이에 의지한다고 한다. 하지만 머릿속에 세상에 대한 지도를 새로이 새겨놓은 것과 다름없었다. 어느 장소에 가면 혼자 다시 그곳을 찾아갈 수 있을 정도라고 했다. "한번은 마크를 차에 태우고 가는데, 그만 GPS가 먹통이 된 걸세. 그런데 그가 '걱정 말게! 다음 출구로 나가서 왼쪽으로 가면 정지 표지가 보일 거야.' 하는 게 아니겠나. 글쎄, 내 GPS보다 훨씬 더 효과적으로 방향을 가르쳐주더라니까." 마이클이 말했다.

알바로도 TMS 자폐 연구를 시작하기 몇 년 전에 비슷한 연구를 한 적이 있다고 했다. 참가자들의 눈을 일주일 동안 안대로 가려놓고 시각 피질의 활동을 관찰한 것이다. 예상대로, 시각 피질 부위의 활동은 줄어들었다. 하지만 뇌의 시각 처리 부위가 소리 데이터를 처리하기 시작하면서 그 활동이 며칠 안에 되살아났다고 한다. 뇌에 원래 존재하던 '대안의 길'이 활성화되면서 다른 종류의 데이터를 처리하는 데 최적화되었기 때문이라고 알바로는 설명했다.

이 실험이 일주일이 아니라 1년 동안 계속되었으면 어땠을까? 아마도 신경학자들이 '시각 피질'이라 부르는 부위가 참가자들에게는 '청각 피질'이 됐을지도 모른다. 또 몇몇 참가자들에게는 '촉각 피질'로 바뀌었을 수도 있다. 만약 1년 후에나 안대를 벗어버렸다면, 일주일 만에 안대를 벗었을 때처럼 시각 처리 기능이 빠르게 다시 돌아왔을까?

"아마도 그렇지 못했겠죠." 알바로가 말했다. "왜냐면 그때쯤이면 뇌에 새로운 길이 완전히 자리 잡았을 테니까요. 다시 시각을 처리하는 데 그 길을 사용하기는 힘들 겁니다."

몇 개월 전, 나는 알바로에게 일반인들이 타인의 감정을 읽는 데 사용하는 뇌 부위가 내게는 기계의 특성을 읽는 기능을 하는 게 아닐까 물었다. 그때 그는 이 질문을 무심히 넘겨버렸다. 하지만 그해 여름에 내가 재차 이 질문을 했을 때, 그는 이렇게 말했다. "그래요. 전에 그런 말을 하셨죠. 정말 흥미로운 가설이 아닐 수 없네요."

인간 뇌의 모든 부위가 활동을 한다는 현재의 이론이 내 가설을 뒷받침하는 듯했다. 내가 자폐 때문에 '비언어적 대화' 기능이 약하다고 해보자. 그렇다면 그 기능을 담당하는 뇌 부위가 다른 데이터를 처리하는 데 쓰일 것이다. 따라서 내 뇌는 단지 기계를 해석하는 걸 선택했는지도 모른다. 내가 왜 다른 이들이 보지 못하는 기계적인 정보를 읽는지 설명이 되는 셈이다. 또 내가 왜 대부분의 사람들에게는 명백한 사회적 신호를 읽어내지 못하는지도. 이런 생각을 하다 보니, 또 이런 의문이 들었다. 만약 TMS가 내 기계 해석 담당 뇌 부위를 통해 사람들의 정보를 읽는 기능을 발달시켰다면? 그랬다면 확실히 하나의 능력을 다른 능력과 맞바꾼 셈이 될 거다.

알바로 연구실의 새로운 포닥 연구원 한 명이 이게 사실일 수도 있음을 시사해주었다. 그녀의 이름은 일라리아 미니오 팔루엘로이고, 이태리 출신 신경과학자였다. 최근에 알바로 연구팀에 합류한 그녀 역시 자폐에 관심이 많았다. 그래서 내게 자신의 연구에 참여할 생각이 있느냐고 물어왔다. 특히 그중 한 연구가 뇌의 '멀티모달multi-modal' 개념을 입증하는 데 상당히 중요하다고 했다.

"'안면실인증prosopagnosia'이라는 말을 들어본 적 있으신가요?" 하루는 일라리아가 내게 물었다.

내가 없다고 답하자, 그녀는 이 말이 '안면 인식 장애'의 의학적 용어라고 했다. 사람들의 얼굴을 알아보는 데 장애를 겪는 현상 말이다. 물론 그거라면 들어본 적이 있었다. 그런데 그게 나와 무슨 상관일까? 알고 보니 그녀는 관련 테스트를 진행하고 있었다.

그녀는 나를 컴퓨터 앞에 앉히더니, 얼굴 사진 여러 개를 번갈아 보여주었다. 훈련의 종류는 다양했다. 예를 들면 이런 식이었다.

"여기 이 얼굴을 한번 보세요. 그리고 잘 기억해두세요." 그녀의 말에 나는 무표정한 평범한 얼굴 사진을 바라봤다. 그리고 이내 얼굴이 바뀌기 시작하더니, 다양한 표정을 짓는 여러 얼굴이 차례대로 나타났다. "맨 처음에 보신 얼굴이 언제 다시 화면에 나타났는지 얘기할 수 있으세요?"

나는 전혀 감을 잡을 수가 없었다. 매우 당황스러웠다.

그런가 하면, 다섯 개의 얼굴이 일렬로 화면에 나타나기도 했다. "제가 처음에 보여드린 그 얼굴을 기억하세요. 자, 이 얼굴들 중 어떤 게 그 얼굴이죠?" 그녀가 물었다. 일렬로 나열된 얼굴들이 비슷한 표정이건 아니건 상관없었다. 여전히 전혀 모르겠다는 생각뿐이었으니까. 그렇게 한 시간 동안이나 좌절과 실패를 맛봤다. 내게는 안면실인증이라는 새로운 진단이 내려졌다. '아니, 어떻게 50여 년을 살면서 내가 안면 인식 장애를 갖고 있는지 몰랐지?' 나는 의아했다.

"제가 연구한 많은 자폐 환자들이 안면 인식에 어려움을 갖고 있었어요." 그녀가 말했다. "흔히 인지하지 못하고 지나치기 쉬운 진단이죠. 그래서 실제로 얼마나 흔한지는 잘 몰라요. 아마 전체 인구의 1~2퍼센트 정도가 아닐까 추측하고 있어요. 그런데 제 연구실 연구에 의하면 자폐 증상을 갖는 이들에게서 더 흔하게 나타나더군요."

그녀가 전한 뉴스의 충격이 가셨을 때, 나는 그녀의 말을 곰곰이 되짚어봤다. 그러고 보니, 난 항상 사람들을 분별하는 데 어려움을 겪어오긴 했었다. 특히 일라리아와 대화를 나누고 보니, 그동안 내가 사람들을 상황 속에서만 인식해왔음을 깨달았다. 즉 아는 사람을 전혀 새로운 환경에서 만나면 알아보지 못했다는 뜻이다. 나는 일라리아에게 농담 삼아 "제 삼촌 밥에게 경찰복을 입히거나 월마트 카운터에 데려다놓아 보세요. 제가 그분을 알아보나 한번 보게." 하고 말했다. 그런데 그녀는 이를 진지한 제안으로 받아들였다. 게다가 실은 화면에 비슷한 얼굴들을 뒤섞어 놓았을 때, 내 아들의 사진을 끼워 넣기까지 했다는 게 아닌가. 물론 나는 그 사실을 눈치 채지 못했고 말이다.

나는 꽤나 충격을 받았다. 하지만 일라리아는 내게 지금껏 살면서 잘 적응해왔노라고 격려했다. 그런 장애가 있지만 전혀 부족함을 느끼지는 못했을 거라고.

나는 왠지 슬퍼졌다. 이런 면에서 또 '남들보다 못한 나'가 되는 게 아닐까. 하지만 잠시 생각해보니, 여기엔 이면이 있다는 생각이 들었다. 남들보다 차나 기계는 훨씬 잘 인식하는 나였으니까. 차 한 대가 내 정원을 가로질러 올 때마다 "밥 파커네 차구먼." 하고 혼잣말하는 버릇까지 있을 정도였다. 하지만 어디까지나 차를 인식한 거지 차 주인을 인식한 건 아니었다. 만약 밥을 어떤 가게 안에서 봤다면, 그가 누군지 도통 몰랐을 거다. 그러니 만약 그가 나를 알아보고 말을 건네기라도 하면, 무안한 장면이 연출될 수도 있었다.

내 안면 인식 경험은 셀 수도 없이 많은 듯했다. 물론 "안녕하세요, 존." 하고 누군가 내게 말하면 나도 으레 "안녕하세요."라고 맞받아치곤 했다. 내가 지금 누구와 말하는지 전혀 몰라도, 그저 예의 바르게 행동하려는 배움의 일환이었다. 그럴 때면 상대방도 "절 못 알아보시네요, 그렇죠?"라고 답을 해오긴 했다. 운이 좋을 땐, 상대방이 짜증스럽게 여기기보다 재미있어했다.

이런 경험들이 창피했다. 하지만 그렇다고 그게 장애의 일종이라고는 꿈에도 생각지 못했다. 그냥 사람을 잘 알아보지 못하는 게 내 특이 사항이라고만 여겼다. 이제 확실한 병명으로 나오고 보니, 혹시 또 다른 의미를 내포하는 건 아닌가 싶었다. 안면 인식을 담당하는 부위의 뇌도 조정을 받아야 하는 걸까, 하는 의문이었다.

결국 일라리아의 테스트는 내 안면 인식 기능이 심각하게 손상돼 있음을 확인시켜준 셈이다. 하지만 그런 '손상'은 복잡한 전체 상황의 단면에 불과했다. 만약 파커 씨가 검은색 벤츠 세단을 끌고 와서, 다른 벤츠 세단 아홉 대가 나란히 놓인 주차장에 세워놓았다고 해보자. 그러면 나는 한 치의 망설임도 없이 그의 차를 집어내 수리할 수 있다. 다른 이들에게는 차들이 다 똑같아 보일지 몰라도, 내게는 차 한 대 한 대가 한 사람 한 사람과 다름없었다.

이게 알바로가 말한 뇌의 멀티모달이 작동 중이라는 또 다른 증거일까? 사람들의 얼굴을 인식하는 뇌 부위를, 나는 특정 기계들을 인식하는 데 사용하고 있었나? 나에게 이롭도록? 자동차 서비스 매니저에게 특정 차종이나 차의 부품 등을 인식하는 기능은 굉장한 이점이었으니 말이다. 물론 사회적 존재로서의 내게는 안면 인식 장애가 불이익이었지만 기술자의 입장에서는 낮은 안면 인식 능력을 상회할 높은 기계 인식 능력을 갖는 게 더 중요했다.

생각해보면, 인간의 뇌는 사람의 얼굴만 높은 정확도로 인식하는 게 아니다. 예를 들어 예술품 감정사는 대가들의 명작을 세밀한 차이로 구별해내는 능력이 있다. 나를 포함한 일반인들은 도무지 모를 차이로 말이다.

물론 나도 알바로가 말한 '보다 효율적인 뇌 사용을 위한 조절법'이 있다고 믿고 싶었다. 하지만 아무리 생각해도, 내 이성적 능력의 큰 틀은 그저 일반인들과 그 초점이 다른 것 같았다. 물론 다시 사람들의 마음을 들여다보길 간절히 원했다. 하지만 현실을 직시해야 했다. 사람들의 마음을 읽지 못하는 게 슬프긴 하지만, 그렇다고 내가 실패자는 아니지 않는가. 명백하게 불리한 결과라고 해봐야, 가끔 창피한 정도였다. 그 대신—뇌 스스로의 재조정을 통해서—기계를 들여다보는 재능을 얻었다면, 기술적인 면에서 확실한 이점을 얻은 셈이다. 반면 내 안면 인식 기능이 멀쩡했다면 기계에 대한 재능이 그저 평범했을 것이다.

정말 수수께끼가 아닐 수 없었다. 내 특수 능력을 잃기는 정말 싫었다. 하지만 그렇게 오랜 시간 늘 혼자라고 느끼지 않았는가. 그런데 TMS가 일시적이나마 그 외로움을 가시게 해주었다. 얼마 후에 연구실에서 TMS 실험이 예정돼 있었다. 그런데 왠지 망설여졌다. 내 뇌를 바꾸는 게 마치 제로섬 게임처럼 느껴졌기 때문이다.

드디어 알바로 연구소가 진행하는 초기 연구의 마지막 TMS 자극 실험 날이 왔다. 나는 이제 무엇이라도 감당해낼 수 있을 것 같았다. 이전 실험에서는 감정의 격앙과 감각의 조정을 경험하지 않았던가. 이제 다음 차례는 뭘까? 실망스럽게도 그 답은…… 아무것도 아니었다. 첫 자극은 아무런 동요 없이 조용히 마무리되었다.

새로운 긍정적 변화를 바랐지만, 아쉽게도 매번 그런 걸 기대할 수는 없었다. 연구원들도 처음부터 내게 경고했었다. 나는 린지에게 앞으로의 일정이 어떻게 되는지 물었다. 그러자 그녀는 "모든 실험 결과들을 평가하고, 어떻게 할지 고심해야지요." 하고 답했다. 린지에게는 일이 더 남아 있었다. 나를 포함한 자원자들은 그저 기다리면 되었다. 아니면 TMS 이전의 삶으로 되돌아가야만 하는 걸까?

흥미롭게도, 젊은 자원자들은 실험 끝에 태연히 일상으로 되돌아가는 듯했다. 실험 후에 그중 몇 명을 만난 적이 있는데, TMS가 대수롭지 않다는 태도였다. 하지만 나와 마이클, 킴 같은 나이 든 지원자들은 더 극적인 변화를 경험했기에, 무언가를 더 원했다. 다음 단계를 열성적으로 원했던 거다. 왜 젊은이들이 우리의 열광에 동조하지 않을까 의아했다. 커비를 보면서도 나는 같은 생각을 했다.

여름의 끝자락에서, 우리는 여전히 연구원들과 연락을 하고 지냈다. 자원자들끼리도 연락을 했고 말이다. 다들 결과가 어떻게 나올지 기대하고 있었다. 특히 우리의 경험에 대한 확실한 설명을 기다렸다. "결과를 분석하면 제일 먼저 연락드릴게요." 연구원들은 말했다. 그동안 그들은 질문에 성심껏 답변해주었다. 우리는 앞으로 펼쳐질 일들을 기다렸다.

빛나는 음악

실험을 마친 뒤로 알바로는 타깃 부위에 대해서 스스럼없이 논했다. 드디어 내 열화와 같은 질문에 답을 할 수 있게 된 거다. 그중 하나가 "스스로 TMS를 시도해보신 적이 있나요?"였다. 놀랍게도 알바로는 실험에서 대상이 된 타깃 부위들에 직접 시험을 해보았다고 했다. "그런데 내게는 효과가 없더군요." 그가 말했다. "어쨌든 제가 자폐인은 아니니까요. 우울증 환자가 아닌 이들에게 우울증용 자극을 해봤는데, 가끔 정반대의 효과가 나타나기도 했어요. 행복감을 주는 게 아니라 언짢게 만들더군요."

참 이상하게 들렸다. 린지는 내게 이렇게 설명했다. "뇌 기능이 일종의 종형곡선bell curve상에 놓였다고 생각해보세요. 곡선의 꼭대기가 우리가 정의한 최적의 상태예요. 흥분도 컨트롤되고, 너무 넘치지도 않고 모자라지도 않게 조화로운 상태 말이지요. 그런데 누군가 장애를 가져서 뇌 기능이 최적의 상태가 아니라고 해보죠. 그럼 TMS가 그 사람의 뇌 기능을 곡선의 꼭대기까지 상승시킬 수가 있어요. 하지만 이미 최적의 뇌 기능을 가진 TMS를 사람에게 적용하면 어떻게 될까요? 아마 밸런스가 무너져서 곡선의 중간 단계로 내려올 거예요. 기능도 훨씬 덜하게 되겠죠."

듣기에는 정말 그럴싸한 설명이었다. 하지만 만약 뇌의 한 부위가 여러 기능을 가져서, 각 기능마다 고유한 종형 곡선을 갖는다면 어떨까? 이 중 몇 개는 최적의 상태에 놓여 있고, 나머지는 아니라면? 그러면 문제가 굉장히 복잡해질 것이다.

뇌과학에서는 통상적으로 각 뇌 부위마다 이미 정해진 기능을 수행한다고 본다. 하지만 내 경험, 그리고 알바로를 비롯한 여타 현대 과학자들의 글에 따르면 이 관점은 진화 중이다. 내가 '감정 인식 뇌 부위'를 사람이 아닌 기계를 들여다보는 데 써왔다고 가정해보자. 만약 그렇다면 이 부위의 자극이 내게 별다른 반향을 일으키지 않을 거다. 이 부위를 일반적인 기능으로 사용하는 이들을 자극했을 때에 비해서 말이다. 알바로가 설명했듯이, 각각의 뇌 부위가 어떤 기능을 하는지에 대한 우리의 이해는 아직 매우 부족한 수준이라고 한다.

알바로의 메타모달 이론이 제시하듯 뇌의 한 부위를 하나의 기능과 연관 짓더라도, 연구원들은 그 부위가 전혀 다른 기능을 수행함을 밝혀낼지도 모른다. 컴퓨터 과학자들은 이 개념을 '분산 처리'라고 부른다. 만약 인지 기능이 뇌 전체에서 수행된다면(특정 부위가 특정 작업을 처리하는 게 아니라), 뇌 기능을 지도화하는 작업은 상상 이상으로 복잡해질 것이다. 그런데 알바로는 바로 이런 현상이 우리의 마음에서 일어난다고 보았다.

나는 작가로서 '음악을 보던 날'의 기억을 노트에 적어놓았다. 결국 그날 밤 적은 글에 따르면, 내가 본 환영은 과거의 실제 추억이 아니라 음악을 듣는 순간 마음속에서 재구성된 것이었다. 스테레오에서 흘러나오는 음악을 들으면서 그 음색을 악기들이며 무대 장면에 맞추어본 거다. 멜로디에 따라 머릿속에서 그려지는 장면에 말이다.

그 장면이 너무 빠르고 자연스럽게 흘러가는 바람에, 나는 마치 영화관에 와 있거나 실제로 공연장에 와 있는 기분이 들었다. 예를 들어 오르간 소리가 나면 나는 '해먼드 B3 모델이네.' 하고 생각했다. 그러면 그 생각을 떠올리자마자 눈앞에 그 악기가 보였다. 물론 이를 연주하지는 못하지만 내 반평생 동안 친숙한 악기였다. 아무튼 그 악기가 내가 그 순간 듣던 멜로디를 연주하는 형상이 펼쳐졌다. 또 가수들의 목소리를 들으면 그들의 얼굴이 보였다. 얼굴이 뚜렷하진 않았지만, 정말 실제 상황 같았다. 자신의 파트를 부르기 위해서 마이크 앞에 다가서는 모습이었다. 곡이 바뀔 때마다, 내 머릿속에 펼쳐진 영화도 그 장면이 바뀌었다.

나는 음향 시스템의 엔지니어로 일하던 과거의 기억을 더듬었다. 그때 나는 확실히 음악을 볼 수 있었다. 내가 가장 즐겼던 일은 기기들을 디자인하고 제작하는 일이었다. 공연을 위해 필수적인 일이었다. 기기들이 작동하는 모습을 보는 건 큰 즐거움이었다. 스피커 밖으로 무슨 노래가 흘러나오든 상관없었다. 내 기쁨은 순전히 공연이 잘 진행되는가에 달려 있었으니까. 청중들은 즐기기 위해, 또는 마약을 하거나 잠자리 상대를 찾으러 와 있는지도 몰랐다. 하지만 나는 엄연히 일을 하고 있었다. 내게 라이브 뮤직은 진지한 비즈니스였다. 공연 도중 노래를 들으면 감정이 샘솟는 게 아니라 기기들의 미묘한 신호를 '느낄 수' 있었다. 만약 스피커 하나가 오작동이라도 하면, 마치 칠판을 손톱으로 긁는 소리처럼 들렸다. 물론 청중들은 전혀 눈치채지 못하는 듯했다. 한마디로, 내 스피커들은 자식과 같았다. 작동을 잘하면 그렇게 자랑스러울 수 없었다. 하지만 오작동할 경우에 나는 움찔했다. 그러다가 고장 나기라도 하면 실제로 온몸이 아픈 느낌이었다.

그 시절에 내 마음은 마치 오실로스코프 화면처럼 작동했다. 모든 게 잘 돌아가면 아름다운 곡선의 물결이 화면에 비쳤다. 하지만 음향 시스템이 과부하되거나 고장 나면, 삐죽삐죽한 모난 그래프로 화면이 가득 찼다. 나는 내 뇌가 소리 한 겹 한 겹의 파형에 익숙해지도록 수천 시간에 걸쳐 훈련을 했다. 그 결과, 나는 노래를 듣는 동시에 그 구조를 '볼 수' 있게 되었다. 이런 시각적인 특수성 덕에, 나는 사람들이 좋아하는 음향 효과를 디자인하고 만들어낼 수 있었다. 즉 나는 노력에 의해 악기 연주가 머릿속에 떠오름과 동시에 그 파형을 시각화할 수 있게 된 것이다. 그러고 나서 나는 내가 구상한 회로가 그 파형을 어떻게 바꿀 수 있을까 궁리했다. 우선 소리의 파형이 회로를 지나는 걸 머릿속으로 상상해봤다. 그리고 그 결과가 어떨지, 어떤 소리가 날지를 예측해보았다. 충분히 괜찮다고 생각되는 회로의 패턴을 구상해내면, 나는 이를 실제로 제작하고 시험했다. 물론 가끔 그 예측이 어긋날 때도 있었다. 하지만 연습을 계속할수록 실수는 점점 줄어들었다. 전자 회로가 복잡한 음악의 파형을 이리저리 조작해서 더 좋은 소리를 내는 장면을 상상하는 일이란 꽤나 뿌듯했다.

당시에는 그게 음향 엔지니어가 응당 해야 할 일이라고 생각했었다. 하지만 이제는 대부분의 음향 엔지니어들이 그런 식으로 디자인을 하지 않는다는 걸 안다. 그들의 뇌가 그런 방식으로 작동하지 않기 때문이다. 대부분의 사람들은 음향 효과를 듣는 동시에 이를 회로 디자인과 연결 짓지 못한다. 뇌에 그런 일을 담당하는 길이 나 있지 않기 때문이다. 즉 일반인은 회로를 상상하고 이를 스케치할 수는 있지만, 그런다고 소리를 동시에 떠올리지는 않는다.

여하튼 그게 내게 벌어진 일이었다. 뇌과학자들은 뇌의 몇몇 부위가 서로 교차되면서 벌어지는 현상일 수 있다면서, 그런 능력을 공감각이라고 명명했다. 그 작동 원리가 무엇이든지, 내게는 수학적 그리고 소리 및 시각 처리적 요소가 일반인들에 비해 좀 더 촘촘하게 구성돼 있는 듯했다. 몇몇 공감각 능력자들은 '소리를 맛보'거나 특정 숫자로부터 특정 색이나 형태를 '읽어낼 수' 있다고도 한다. 대니얼 타멧Daniel Tammet이라는 성인 자폐인은 『푸른 날에 태어나기*Born on a Blue Day*』라는 저서에서 숫자와 글자들로부터 색깔과 형태를 보는 능력에 대해 설명한 바 있다. 뇌과학자들은 전체 인구의 약 4퍼센트 정도가 공감각 능력을 갖고 있다고 본다. 물론 현재 알바로의 자폐 연구에서 그런 능력을 가진 피험자는 나뿐이지만 말이다.

사실 의사를 비롯한 많은 이들이 '일반적인' 기준에서 벗어난 모든 것들을 비정상이나 결함으로 보는 데 지쳐 있던 터였다. 공감각에 대한 일반적인 의학적 소견이 이를 정확히 시사한다. 의사들은 대부분 공감각에 대해 "그건 정말 놀라운 재능이군요. 어떻게 다른 사람들에게도 이런 능력을 키우게 할까요?"라고 말하는 법이 없다. 대신 "도대체 이 불쌍한 환자는 머리의 어디가 잘못된 걸까요? 이걸 어떻게 고쳐놓죠?"라고 말하곤 한다. 나를 특별하게 만드는 재주가 많은 사람들에게 그저 '고장난 회로'의 결과로 보인다고 생각하면 슬퍼지곤 했다. 여하튼 TMS는 내게 많은 새로운 사고로 이어지는 길을 열어주었다. 그중 하나가 내 뇌가 정비돼 있는 상태, 그리고 그 상태가 무엇을 의미하는지에 대한 깊은 인지였다.

이렇게 초기 TMS 연구는 그해 여름에 끝났다. 하지만 연구원들은 벌써부터 기존 실험 결과에 살을 붙인 여러 후속 연구를 준비하는 듯했다. "후속 실험에도 참여해주시면 정말 멋질 거예요." 그들은 내게 말했다. 물론 TMS 연구로 인해 잃을 게 많다는 것에 대해 곰곰이 생각해봤다. 그리고 한참을 고민한 끝에 답은 오직 하나라는 결론을 내렸다. 예로부터 샤먼과 과학자들은 지식을 추구하는 삶에 자신을 바치지 않았는가. 나도 그럴 참이었다. 내가 택한 길이 나 스스로에 대한 더 깊은 이해와 내 안의 미지의 영역에 대한 탐구로 이어지길 바랐다. 나는 연구가 이어지는 한 실험에 계속 참가하기로 결심했다. 재미있게도, 여름의 끝자락에서 마이클, 킴, 내 아들 커비와 얘기를 해보니 모두 같은 마음이었다. 우리 모두 TMS의 영향을 느끼고 있었다. 과학자들이 우리를 어디까지 데려다줄지 지켜보는 마음으로 연구에 남길 바랐다.

TMS 연구에 비추어 내 공감각 능력을 생각해보니, TMS 에너지가 단순히 TMS 전선 바로 밑의 뇌 부위뿐만 아니라 내 뇌의 모든 연결들을 활성화시키지는 않았는지 궁금했다. 그래서 강화된 연결이 다시 공감각 능력을 자극시킨 건 아닐까? 알바로도 거의 비슷한 설명을 하지 않았는가. TMS가 새로운 길을 터주는 게 아니라 '원래 있던 길'을 작동시킬 뿐이라고 했으니까. 더구나 그는 뉴런 하나가 1천 개의 다른 연결을 만들어낼 수 있다고 했었다. 그러니 뉴런들이 서로 간에 복잡하게 연결되어 어딘가에서 만날 거라고 상상하기는 쉬웠다. 내가 만약 일반인과 다른 뇌 구조를 갖고 있다면, TMS 자극에 더 폭넓고 희한한 반응을 하는 게 무리가 아닐 터였다.

대부분의 사람들은 뇌를 동시다발적으로 사용하는 일이 많지 않다. 나처럼 노래를 듣는 동시에 이미지를 보거나 하지 않는 것이다. 게다가 전체 인구의 4퍼센트 정도만 공감각 능력을 갖는다는 근거가 확실하지도 않다. 실제 숫자는 훨씬 더 많을 수 있다. 자신들의 공감각적인 시선을 자연스럽게 받아들이고, 이를 정신과 의사에게 보고하지 않는 이들도 많을 테니까. "지금도 선생님과 비슷한 마음 구조를 가진 사람들 수천 명이 인도에서 농사를 지으며 살아가고 있는지도 모르는 일이죠. 누가 알겠어요." 알바로가 말했다. 그저 아주 복잡한 뇌의 상호 연결을 갖는 이들이 흔하지 않을 뿐, 어쩌면 모든 이들이 어느 정도 공감각의 영향에 놓여 있는지도 모른다.

린지에게 알바로와 나누었던 위의 대화를 언급하자, 그녀는 "라마 교수님도 그런 식으로 생각하셨어요. 그래서 사람들이 흔히 '이 치즈는 맛이 날카롭군.'이라든가 '저 색깔은 무척 소란스럽네.'라고 표현하는 걸 거라고요." 하고 말했다.

사람들이 음악에 대해 표현하는 방식을 떠올려보라. 음악이 밝다거나 빛난다거나 칠흑같이 어둡다거나 하지 않는가. 혹은 깃털처럼 가볍다고도 한다. 예술적인 면이 많은 사람일수록 보고 만지고 냄새 맡는 것에 대한 형용사를 무궁무진하게 쓸 거다. 나는 전에는 그게 단순히 수사적 표현의 하나라고 생각했다. 그런데 이제는 잘 모르겠다. 스테레오를 켜고 눈을 감은 채 가수들이 노래하는 걸 듣노라면 반짝임이 눈앞에 보인다. 음악이 흐를수록 그 멜로디가 나를 전혀 다른 감각의 세계로 순간 이동시키는 기분이다. 이런 식으로 느끼는 사람이 과연 나뿐일까? 이런 질문을 활발히 하기에 우리는 너무 점잖은지도 모른다. 어쩌면 정도의 차이일 뿐, 모든 사람들이 음악을 볼 수 있는 게 아닐까.

실험의 여파

마사가 "이젠 내가 필요 없겠군요."라고 말했을 때가 4월 28일 TMS 실험 직후였다. 그런 반응은 내게 충격이었다. 받아들이는 데 시간이 필요했다. 물론 마사에 대한 내 애정이 TMS로 인해 변하지는 않았지만 우리 사이의 역학 관계는 확실히 바뀌었다. 사람들이 흔히 커플은 '함께 발전하지 않으면 점점 사이가 멀어진다'고 하지 않는가. 하지만 그건 어디까지나 정상적인 속도로 변하는 관계에 해당된다. 두 사람 사이의 감정적 밸런스가 이렇게 하루아침에 무너져 내리면 어떻게 될까?

나는 언제나 마사에게 그녀야말로 나를 세상 속 다른 이들과 통하게 하는 안내자라고 말해왔다. 말하자면 그녀는 내가 타인의 감정에 대해 도통 감을 잡지 못할 때, 이를 해석해주는 역할을 맡았다. 가끔은 실시간으로 그런 해석을 해줄 때도 있었다. 예를 들어 "이건 지루

해요. 그러니 다른 얘기를 하자고요!"라고 하면, 그건 이제 말을 멈추고 다른 사람이 대화 주제를 바꾸게 놔두라는 신호였다. 또 어떨 때는 대화 후에 내용을 설명해줄 때도 있었다. "샘이 당신 말에 아주 관심이 많던걸요."라든가 "더그는 당신을 별로 탐탁지 않게 보는 듯했어요." 하고 말이다. 하지만 이제는 상황이 달랐다. 대화의 비언어적 신호를 나 스스로 읽어낼 수 있었으니까. 심지어 낯선 사람을 대상으로도 말을 더 잘하게 됐다. 연습에 의한 건 아니었다. TMS 덕에 갑작스러운 변화를 경험한 거다. 그 결과 나는 사람들과 한결 더 많이 말을 섞게 됐고, 성공적으로 대화를 마치고는 했다.

마사는 '그 동쪽에 있는 베스 이스라엘 병원'에서 내가 뭘 하는지에 별로 관심을 갖지 않았다. 지금 와서 생각해보면, 그저 무섭고 불안해서 그랬던 듯하다. 내 감각이 훨씬 발전했다고는 했지만, 아직 그것까지는 짚어내지 못했나 보다. 그저 우리 둘 사이가 점점 멀어지는 것만 역력히 보일 뿐이었다. 나는 어찌할 바를 몰랐다. 그래서 그냥 아무것도 하지 않았다. 뒤돌아보면, 그건 최악의 선택이었다.

두려움에 기반을 둔 마사의 무관심에 관계에 대한 내 당황스러움이 더해지니, 끝없는 악순환이 계속됐다. 나는 마사가 대화를 거부할 때마다 점점 말상대를 해줄 다른 이들을 찾았다. 그것 또한 실수였다. 하지만 당시에는 그걸 알지 못했다. TMS로 얻은 새로운 능력에 대해 의논할 새 친구들에게 현혹돼 있던 탓이다. 그게 부작용을 불러올 줄은 꿈에도 몰랐다. 주어진 시간은 한정돼 있는데, 가정생활에 쓸 시간을 새로운 관계를 다지는 데 쓰다니……. 내 가정생활은 위협

받기 시작했다.

마사가 느끼는 끝없는 우울의 먹구름을 걷어내는 치료가 있기를 바랐다. 하지만 우리 둘 다 어디에 도움을 요청해야 할지 몰랐다. 가끔 사람들은 나를 향해 '자폐로 고통받는 사람'이라 표현하고는 했다. 그때마다 난 기분이 언짢았다. '고통'은 내가 삶을 살아온 방식이 아니었으니까. 하지만 마사의 상황은 달랐다. 그녀는 실제로 우울증으로 고통받고 있었다. 그리고 치료를 간절히 원했다. 안타깝게도 마사가 시도한 약은 모두 잠시 동안만 만성 우울증의 장막을 걷어내 줄 뿐이었다. TMS 실험 전의 나는 마사의 우울증을 그럭저럭 견딜 수 있었다. 그녀는 항상 내게 친절했고, 우리 둘이 함께 노력하는 것만으로 충분하다고 느꼈으니까. 우리는 함께 성공적인 비즈니스를 일궜다. TMS가 내게 그녀의 우울증을 절실히 일깨우기 전까지는 결혼 생활 또한 성공적이라고 믿었다.

물론 TMS 실험을 하자마자 '마사는 정말로 우울증이 심하군!' 하고 머리에 불이 번쩍 켜지지는 않았다. 하지만 실은 그보다 훨씬 심각했다. TMS를 통해 타인의 감정을 받아들이는 방법을 알게 된 탓이었다. 집에 마사와 함께 있으면 그녀가 느끼는 우울의 무게에 내가 다 짓눌리는 느낌이었다. 나도 우울증이 아닌가 싶을 정도였다. 하지만 집밖으로 나서면 또 금세 기분이 좋아지곤 했다. 그러다가 다시 그녀와 같이 있으면 나까지 함께 끌어 내려지는 기분이었다.

게다가 나 스스로에 대한 새로운 감정도 싹트고 있었다. TMS 이전에는 내 행동을 뒤돌아보는 일이 거의 없었다. 그런데 이제는 내가 한 말과 행동에 신경을 썼다. 내가 한 행동에 큰 부끄러움을 느낄 때도 있었다. 예를 들어 마사가 체중에 신경을 쓰고 날씬한 몸매를 가지려고 노력하는 걸 알면서도 나는 그녀를 '통통이'라는 별명으로 불렀었다. 커비와 나는 그게 재미있다고 생각했다. 또 마사도 덤덤하게 받아들이는 것 같았다. 하지만 이제는 이를 전혀 다른 각도에서 보게 됐다. TMS 후의 내가 TMS 전의 나를 보니, 마치 불량배처럼 느껴졌다. 너무 부끄러워서 마사를 대하기 껄끄러울 정도였다. 그녀의 우울증 증상을 약점 잡아서 내 마음대로 해버린 건 아닐까. 전에는 거울 속의 나를 보고 '정말 못됐군.'이라고 생각한 적이 없었다. TMS가 나를 있는 모습 그대로 보게 해준 걸까? 적어도 내 일부분을 말이다. 아니면 실체도 없는 불량배를 상상하게 한 걸까? '이제부터라도 나를 잘 주시해야지. 남들에게 못되게 굴지 말아야겠어.' 나는 다짐했다.

마사와 나는 수리소의 비즈니스 파트너이기도 했다. 거의 매일 함께 출근했다. 하지만 결혼 생활 동안 그녀가 아침에 도저히 침대에서 일어나지 못하는 시기도 있었다. 그럴 때면 나는 혼자 일어나서 출근했다. 직원들에게는 마사가 재택근무를 할 거라고 말해두곤 했다. 그러고 나서 퇴근을 해보면 그녀는 종일 꼼짝 않고 침대에 누워 있었다. 직원들은 이런 일에 별로 개의치 않는 듯했다. 나도 그다지 신경 쓰지 않았다. TMS가 내 감정의 문을 열어주기 전까지는 그랬다. 전에는 물론 마사가 우울해하지 않길 바랐지만, 그녀의 기분이 나까지 침울하게 만들지는 않았었다. 그저 '오늘은 같이 출근을 못 하겠군.' 하고 끝이었다. 내가 자폐라는 자각이 없었을 땐, 그저 세상과 사람들을 있는 그대로 받아들였다.

하지만 이제는 자폐 때문에 우리가 함께할 수 있었다는 사실을 깨달았다. 마사가 너무 우울해서 사람들을 마주할 수 없을 때조차, 나는 눈치도 못 챘었다. "자, 가보자고." 나는 그녀에게 말하곤 했다. 가끔 이게 먹힐 때도 있었다. 하지만 성공 여부에 관계없이, 그저 난 내 일과를 묵묵히 따랐다. 마사가 어떤 기분이건 간에 말이다.

하지만 역시 TMS 실험 후에 이 모든 역학관계가 바뀌었다. 내가 신문기사에 감정이 동요될 정도가 되자, 집안 분위기도 술렁이기 시작했다. 마사가 우울한 시간을 보낼 때면, 나는 더 이상 침대에서 벌떡 일어나 혼자 출근하기가 힘들어졌다. 아침에 일어났을 때 그녀의 우울함이 느껴지면 나도 겁을 집어먹었다. 그러다가 나까지 슬퍼졌다. '대체 내가 어떻게 해야 하지.' 나는 생각했다. 마사처럼 나도 출근하기 힘든 기분이 되었다. 점점 내 인생이 실패작처럼 느껴지기까지 했다. 더 이상 집에 있고 싶지 않다는 건 참 힘든 일이었다. 더군다나 우리는 이제 막 가정을 꾸리지 않았는가. 물론 본능적으로 떠날 마음은 생기지 않았다. 흔히 결혼 지침서에 의하면 대개 부인이 문제에 귀 기울이고, 남자가 이를 해결하지 않던가. 나도 문제를 해결하고 싶었다. 하지만 어떻게? 나는 대체 어떻게 버텨야 할까 전전긍긍했다. 그저 계속 마사를 짓누르는 슬픔을 빨아들이고만 있었다. '어떻게든 익숙해지겠지.' 나는 스스로를 다독였다. '모두 예전처럼 돌아가게 될 거야.' 하지만 그런 일은 일어나지 않았다. 심지어 '우리 둘 다 세상을 떠나는 게 편할지도 몰라.' 하는 생각마저 들었다. 그럼에도 일단 집 밖으로 나가면, 몇 시간 지나지 않아 모든 게 괜찮은 기분이었다.

나는 이 수수께끼를 해결하려고 끙끙댔다. 'TMS로 인한 변화가 마치 약물이나 술을 끊을 때의 금단 현상 같은 건지도 몰라.' 물론 나는 그런 금단 현상을 겪어본 적은 없었다. 하지만 가족 중에 그런 일을 겪은 사람이 많았다. 습관이 변하면 인간관계도 급격히 변하는 듯했다. 술친구들이 사라지면 대체할 새로운 친구들을 찾기는 쉽지 않은 듯했다. 물론 알코올 중독에서 벗어난 이들은 '알코올 중독자 갱생회Alcoholics Anonymous'같이 도움을 줄 커뮤니티를 찾곤 했다. 하지만 지금 내게 필요한 도움은 뭐고, 그걸 어디서 찾는단 말인가?

내가 다르게 대하기 시작한 건 마사뿐이 아니었다. 강화된 감각적 능력 덕에 많은 주변 지인들까지 달라 보이기 시작했다. 나는 길을 잃은 기분이었다. 처음엔 집에서 우울함이 느껴지더니, 이제는 일상과 직장에서 알게 된 이들을 다르게 느끼기 시작했으니까. 물론 논리적으로 보면 그들이 변한 게 아니었다. 변한 쪽은 오히려 나였다. 물론 밥과 데이브처럼 한결같이 느껴지는 친구들도 있었다. 하지만 일단 관점이 바뀌고 나니, 이를 되돌릴 길은 없었다.

앞서 언급한 내 친한 친구인 리처드의 예를 들겠다. 처음에 나는 그를 손님으로 만났다. 그는 중년이 돼서 자동차에 특별한 관심을 갖기 시작했다고 한다. 그는 자신의 차가 수리되는 동안 대기실에 앉아 나와 얘기를 나누곤 했다. 그렇게 몇 년이 지나자 우리는 서로의 사정을 꽤 잘 알게 됐다. 우리의 우정은 수리소 밖에서도 이어졌다. 정기적으로 만나는가 하면 부인들을 대동하고 저녁 식사를 함께 하기도 했다.

리처드는 10대들을 상대로 일했다. 그래서 내가 감탄할 정도로 인간에 대한 깊은 이해를 갖고 있는 듯했다. 우리의 우정 속에서 그는 내게 타인과 상호작용하는 법에 대한 충고를 잊지 않았다. 그를 처음 만났을 때 나는 마흔 살이었는데, 자폐 진단을 받은 지 얼마 되지 않은 때였다. 그래서 나는 특히나 그의 충고가 필요했다. 그의 말을 듣자니, 모든 인간관계는—그게 얕든 깊든 간에—미스터리와 실수로 뒤범벅된 것처럼 느껴졌다.

리처드와의 우정은 자폐의 자각에 따른 내 사회적 성공의 상징과도 같은 것이었다. 린지와 알바로를 알기 전부터 나는 그를 알아왔다. 그래서 나는 그들과의 첫 만남에서 나눈 대화와 TMS의 희망적 메시지에 대해 들떠서 리처드에게 쏟아냈다. 그런데 놀랍게도 리처드는 내가 움찔할 정도로 그들을 차갑게 무시해버렸다.

"그런 사람들을 멀리하게나." 리처드가 내게 말했다. "그런 류의 사람들을 잘 알지. 뇌과학자들은 인정머리가 없다고. 그저 자네를 연구 대상으로 보는 걸세. 나중에 무슨 일이 일어나도 신경 쓰지 않는다니까. 아마 비참한 상태로 전락할지도 몰라. 그럼에도 그들은 논문을 발표하려고 하겠지. 그것밖에 안중에 없으니까." 처음 든 생각은 리처드가 나를 매우 걱정하고 있다는 거였다. 하지만 그렇게 뇌과학자들을 악당처럼 여기다니. 그들을 만나본 적도 없지 않은가. 리처드가 매번 뇌과학자들을 깎아내리려는 게 이상하게 느껴졌다.

물론 가족 및 지인들 중에서도 회의적인 입장을 보인 이들은 있었다. 하지만 리처드처럼 자신의 반대 의견을 세심하게 피력한 이는 없었다. 다른 이들은 그저 "머리에 전기 자극을 준다고? 자네 정신이 어떻게 된 건가?" 하고 말할 뿐이었다.

나는 리처드에게 왜 그렇게 의심을 품는지를 물었다. 그랬더니 그는 나를 위해 조심할 뿐이라고 했다. 가끔 듣기 싫은 말을 하는 것도 그 때문이라고. 진정한 친구라면 응당 그렇게 하지 않겠는가. 물론 '다 나를 위해서'라고 말하는 이들 중에 친구 축에도 못 드는 이들도 있었지만 말이다. 그들은 그저 나를 이용해 먹으려는 속셈이었다. 어쨌든 리처드의 말에 나는 안테나를 좀 더 바짝 세웠다. 정확히 무엇 때문에 석연치 않은 기분이 드는지는 몰랐다.

아무튼 리처드의 "그저 자네를 이용하려는 거야. 과학자들은 자네 기분 따위는 신경 쓰지 않는다고."라는 경고는 옳지 않은 듯했다. 나는 초짜의 지식으로 연구원들을 위한 변명을 해댔다. 하지만 내 변호가 오히려 그의 걱정을 돋운 것 같았다. "그 사람들이 무슨 말을 하는지도 잘 모르잖나." 그가 말했다. "물론 자네는 자폐 성인으로서의 삶에 대해 논할 자격은 차고 넘치지. 하지만 뇌의 작동 원리를 논하거나 사람들에게 충고하는 건 자네 영역 밖이지 않나? 그건 전문가들이 할 일이지. 자네가 뇌 이론의 전문가는 아니니까 말일세."

나는 뭐라고 답해야 할지 몰랐다. TMS 에너지가 어떻게 뇌에 전달되는가에 대한 충분한 이해를 하고 있다고 자신했었으니까. 사실 이 기본 원리를 제외하고는 과학자들이나 나나 아직 모르는 게 너무 많았다. 하지만 TMS의 성취에 대한 희망을 토로하는 게 과연 내 영역이 아닌 걸까? 리처드의 비평은 나를 당황하게 했다. 사람들을 읽는 내 능력이 부족하긴 했지만, 리처드의 의견은 항상 존중했던 터였다.

하지만 TMS 실험 이후에 나는 타인과의 상호작용이 달라졌음을 느꼈다. 상대가 어떻게 느끼는지, 뭘 기대하는지가 전해져 왔다. 물론 나 혼자 그렇게 믿었는지도 몰랐다. 여태껏 사람들의 의중을 잘못 해석하고, 감정적으로 무딘 삶을 살아온 내가 아닌가. 그래서 내가 타인으로부터 읽는 신호가 맞는지도 헷갈리기는 했다.

나는 이런 내면의 변화를 예의 주시했다. 타인과의 관계 속에서 나 자신을 평가하기 위해서였다. 그런데 리처드에게서 느낀 감정은 굉장히 당황스러웠다. 그는 남들 앞에서 나를 은근히 깔아뭉개고 있었다. 아마도 본인의 재미를 위해서일 터다. 그와 함께 다른 무리들을 만나면, 그는 다른 이들에게 먼저 인사하곤 했다. 그러고는 내게 "어, 존, 자네도 왔나." 하는 식이었다. 전에는 그게 전혀 신경 쓰이지 않았다. 그런데 이제는 그가 나만 콕 집어서 따돌리고 있다는 걸 깨달았다. 바로 그런 따돌림에 평생 시달려온 내가 아닌가. 도대체 그는 왜 그랬을까? 게다가 내가 이제야 알아차린 왠지 모를 비웃음을 띤 채로 말이다.

리처드는 내 면전에 대고 내가 수리비를 너무 높게 부른다느니, 차를 제대로 수리하지 않았다느니, 하고 말하곤 했다. 그러다가도 바로 씩 웃고는 "우리는 베스트 프렌드잖아."라고 했다. 재미있는 농담이라도 한 양 나를 쳐다보면서. 하지만 내 입장에서는 전혀 재밌지 않았다. 리처드의 입장이 그렇다면 우리 수리소를 찾을 이유가 없어 보였다. 그가 그런 식의 발언을 몇 년 동안이나 해왔다는 깨달음이 나를 더 괴롭혔다. 마치 큰 아이들이 나를 보고 "바보야, 여기서 꺼져! 여기 있지 말라고!"라며 소리 지르던 어린 시절로 돌아간 기분이었다. 그때도 그 애들은 곧장 "에이, 그냥 장난친 거야." 하고 말하곤 했다. 그러면 인정받기를 몹시 갈망했던 나는 바보처럼 함박웃음을 지어 보였다.

그러다 새해 전날, 급기야 심각한 상황이 벌어졌다. 리처드는 우리 쪽 지인 몇 명과 더불어 저녁 식사와 담소를 함께 했다. 커비도 고등학교 친구인 마샤를 초대했다. 마샤는 우리 집에서 몇 킬로미터 떨어진 곳에서 살았다. 그 애는 러시아 태생의 평범한 미국 아이였다. 그 애의 엄마는 애머스트 칼리지에서 러시아어를 가르쳤다. 외조모 또한 그 이전에 같은 대학에서 러시아어를 가르쳤다고 한다. 내가 어렸을 때 내 친구 에런의 러시아어 선생님이 바로 마샤의 외조모였다. 에런은 그녀가 스탈린의 강제 노동소에서 도망친 자신의 할아버지 얘기를 자주 들려줬다고 했었다.

밤이 깊었을 때, 리처드는 마샤를 향해 러시아인에 대한 농담을 시작했다. 얘기가 길어질수록 농담은 더 짓궂어졌다. 술이 들어가니 태도가 더 고약해진 듯 보였다. 그러다가 친구 한 명이 리처드와 언쟁을 벌이기도 했다. 그날 밤에 나는 결정을 내렸다. 분노와 상처를 억누른 다음, 나는 커비와 마샤를 데리고 조용히 집으로 돌아갔다. 그리고 그 이후 다시는 리처드와 말을 섞지 않았다.

한 달 뒤에 리처드가 내게 길고 장황한 이메일을 보내왔다. 내용은 이랬다. 자신이 요즘 술을 너무 많이 마시고 있으며, 취하면 해서는 안 될 말을 한다고. 그러고는 나에 대한 애정을 재차 드러냈다. 그는 우리의 우정을 그리워하고 있었다. 하지만 이미 때는 늦었다. TMS 실험으로 인해 우정의 패턴을 깨닫게 됐으니까. 너무 오랫동안 자잘한 실수들이 많았다. 과연 리처드를 용서할 수 있을까? 물론 그럴 수도 있었다. 하지만 그런다 해도 우정을 처음부터 다시 쌓아야 할 것이다. 자신의 즐거움을 위해 나를 무안 주다니! 그리고 그보다 더 화가 나는 건 내가 그런 걸 눈치 채지 못할 때 그랬다는 사실이다.

친구를 잃는다는 건 슬픈 일이다. 그로부터 몇 년이 지나 이 글을 쓰는 시점에서도 그렇다. 말하자면, TMS가 내 감정적 순진무구함을 앗아가 버렸다. 그래서 앞으로도 그 슬픔을 항상 느낄 게 분명했다. 사람들을 있는 그대로 보게 된 건, 감정적으로 더 '똑똑해지는' 대가였다. 내가 상상하던 그들이 아니었다.

물론 아들에 대한 내 감정은 변하지 않았다. 하지만 그 애의 세계를 조금 다른 시선에서 바라보게 됐다. 그 애가 사람들을 대하는 태도에서 자폐 증상이 확연히 보였다. 내게 보이는 사회적 신호를 그 애는 읽지 못했다. 가끔 혼자 신나서 어떤 얘기를 하는데 상대방은 지루해할 때가 있다. 그런 모습을 보자니, 나도 그 애만큼이나 내 행동에 대해 무지했을 거라는 생각이 들었다. 아니, 더 심했을지도 모른다. 지금도 내가 그런 행동을 하지는 않는지 의문이 들었다.

이런 변화들에 대해 궁리하는 동안 2008년 여름이 되었고, 초기 TMS 자폐 연구가 마무리되었다. 거의 눈치도 채지 못하는 사이에 실험의 효과는 사라져버렸다. 사람들의 감정을 읽는 일도 점점 없어졌다. 정말 우스운 일이었다. 평생을 사람들의 감정 따위는 개의치 않았던 내가 아닌가. 그런데 그 감각을 잠깐 맛보고 나더니 '감정을 읽는' 능력이 사라진 데 엄청난 상실감을 느끼고 있었다. 게다가 가끔씩은 두려움이 스치기도 했다. 'TMS가 내 감성지능을 한껏 올려놓았었으니, 이제는 실험 전보다 그 수준이 더 낮아진 건 아닐까?' "그럴 일은 없다고 봅니다." 알바로는 말했다. 하지만 아무도 확실히 모르는 상태이니, 확답은 할 수 없지 않은가. 알바로의 말에 의하면 그들은 내가 겪은 변화가 '희망했지만, 예상치는 못했던' 것이었다고 한다. 그러니 이제 앞으로 어찌될지 또한 예측이 불가능한 상태였다. 커비가 어렸을 때, 괴물의 존재를 믿지 않자 내가 해준 말이 있다. "진실을 아는 어린이들은 다 사라져버렸지. 다 잡아먹혀 버렸어." 그 애는 내 말을 믿지 않는다고 했다. 하지만 의심쩍어했었다. 나도 커비처럼 의심해야 할까?

나는 상실감에 맞서는 게 최선책이라고 결론 내렸다. 누군가를 만날 때마다 나는 그 사람을 유심히 바라보았다. 그들의 감정선을 읽고 느껴보기 위해서다. 즉 이성의 힘으로 감정을 부추긴 셈이다. 그러니 그게 통할 리가 없었다. 마치 감정적인 ESP 같던 능력이 모두 증발해 버렸다. 아무리 지키려고 노력해도 소용없었다. 그런데 여름이 깊어갈수록, 뭔가 새롭고 좀 더 미묘한 변화가 일기 시작했다. 타인의 마음을 읽고 융화하는 능력이 어딘가 더 깊어졌다. 내 안에서 천천히, 그렇지만 확연하게 그 능력이 쌓여가고 있었다. 내 주변 사람들과 좀 더 원초적인 연결성을 갖게 된 느낌이랄까. 내게는 아주 낯설지만 완벽히 자연스러운 느낌이었다. 글을 읽거나 영화나 TV 쇼를 볼 때도 새로운 감정적 기류가 맴돌기 시작했다. 그 기운이 너무 들쭉날쭉한 바람에 중간에 그만 봐야 할 정도였다. 일터의 직원들도 내가 감정이 풍부해졌다고 지적했다. "고객들까지도 눈치 챌 정도라니까요!" 그들은 말했다.

나는 알바로에게 내가 이렇게 계속 변화를 경험하는 게 무슨 뜻일지 물었다. 내 머리에 집어넣은 TMS 에너지는 이미 고갈된 지 오래일 텐데 말이다. "TMS가 선생님께 새로운 문을 열어준 건 아닐까요. 그리고 선생님의 마음이 그 문을 통과하는 중이고요. TMS 에너지야 사라졌지만, 새로운 문을 통해 TMS 에너지가 지나던 길을 쓰는 중인지도 모르죠. 길이 아주 조금 열려 있을지도요. 시간이 지나면 어떨지 두고 봅시다."

"연구 과정에서 영구적인 변화를 경험한 피험자가 있었나요?" 나는 물었다.

"가장 근접한 경우는 우울증 환자들이었어요." 그가 말했다. "호전된 상태로 몇 개월씩이나 지내곤 했죠. 다음 자극을 기다리는 중에 말이에요. 또 실험 횟수가 늘수록 효과가 더 오래 지속되는 듯 보이기도 했어요. 물론 아직은 결론 내리기 시기상조이지만 말입니다. 게다가 어느 순간에는 TMS의 효과가 뇌 자체의 가소성 변화와 구분하기 힘들어지기도 했어요. 선생님은 벌써 놀라운 변화의 가능성을 경험하셨으니, 아마 지금도 그런 현상의 일종 아닐까요?"

그 후에도 '사람들의 눈을 불편함 없이 바라보는 능력'은 훨씬 더 오래, 6개월 동안이나 지속됐다. 그리고 그렇게 영원히 바뀌어버린 듯했다. 물론 오늘날에는 TMS 실험을 받은 직후보다는 그 강도가 덜

하지만, 어쨌든 요즘은 사람들의 눈을 곧잘 쳐다본다. 옛날처럼 바닥을 내려다본다거나 대화 중에 상대를 무시하는 것 같은 인상은 주지 않는다. 지금이 실험 후 6년째이니, 변화가 영구적이라고 자신할 수 있다.

또 영구적으로 변한 부분은 낯선 이들과 대화를 하는 능력이었다. 누군가를 새로 만났을 때, 이제는 그들과의 대화를 전보다 훨씬 더 능숙하게 받아들이고 따라갈 수 있다. 내가 어렸을 때, 아이들은 내게 다가와 빛나는 새 장난감을 내밀며 "여기 내 새 덤프트럭 좀 봐."와 같은 말을 하곤 했다. 장난감에 감탄하면서 "진짜 멋있는 트럭이네." 하는 대신, 나는 전혀 엉뚱한 소리를 해댔다. "나는 헬리콥터가 좋아." 혹은 "나는 코끼리가 좋아." 하는 식으로 말이다. 말할 필요도 없이, 내 어릴 적 사회 경험은 대부분 실패로 돌아갔다.

TMS 후 내 변화를 처음 눈치 챈 사람 중 한 명이 마리팻 조던이었다. 나는 그녀를 20여 년 전에 처음 만났다. 그녀는 스프링필드 지역의 미디어계에서 저명인사였다. 지역 비즈니스 신문을 발행하는가 하면, 몇몇 큰 TV 방송국에서 영업 업무를 맡아 하기도 했다. 내가 사는 지역의 자영업자들은 대부분 그녀를 만난 적이 있거나, 최소한 그녀의 존재를 알고 있었다. 대부분 사업체 광고를 그녀를 통해 실었으니까. 하지만 나는 새내기 자영업자라 아직 광고를 해본 적은 없었다.

그러던 어느 날 마리팻이 로비슨 수리소를 찾아왔다. 광고를 판매하기 위해서였다. 그녀가 차를 세웠고, 나는 주차장으로 나갔다. 차량은 미니밴이었다. 우리 수리소에서는 주로 고급 승용차를 전문으로 다뤄서, 그런 차량이 주차장에 서 있는 일이 거의 없었다. 안에 대체 누가 있을지 몰라 나는 조심스레 다가갔다. 곧 차에서 짧은 머리의 아담한 여성이 내렸다.

"무슨 용건이시죠?" 내가 물었다. 그녀는 단정하고 깔끔한 차림이었다. 짙은 선글라스를 끼고 있었지만, 위험인물처럼 보이지는 않았다. 그래서 공손히 인사를 해야 할 것 같았다. 물론 나는 이미 그렇게 했다고 믿었다. 또 그녀가 꽤나 매력적이라고 생각했다. 물론 낯선 사람에게 그런 말을 해서는 안 되겠지만 말이다.

훗날 그녀가 친구들에게 이렇게 말했다고 한다. "그 사람이 주인일 줄 알았다니까. 글쎄, 직원이면 그렇게 무례할 수가 있겠어? 아마 해고당했겠지."

서로 친해진 후에 그녀는 나를 처음 봤을 때 좀 놀랐다는 말을 해주었다. 나는 내 첫인사가 어땠기에 그랬냐고 물었다. 그녀 이전에도 천 명 이상의 고객을 똑같이 맞았었는데 말이다. 더 살가운 말이라도 했어야 하나?

"사실 좀 그랬어요. '안녕하세요, 전 존 로비슨입니다. 어떻게 도와드릴까요?' 이런 말은 어때요?" 그녀가 말했다. 그 말에 나는 잠시 어안이 벙벙했다. 상대의 용건이 뭐냐고 묻는 게 아니라 '내가 뭘 도와줄지' 묻는다니. 전혀 생각이 미치지 못했었다. 정말 좋은 생각이 아닌가! 그 뒤로 나는 주차장에 처음 보는 차가 나타날 때마다 그녀의 충고를 쭉 따랐다. 효과는 대개 긍정적이었다. 저렇게 평범한 미니밴에서 그렇게 심오한 충고가 나올 수 있다니, 놀라운 깨달음이었다. 나는 그 뒤로 줄곧 그 충고를 따르려고 애썼다.

첫 만남 이후로 마리팻과 나는 수년간 종종 마주쳤다. 특히 그녀가 우리 가게에서 중고 아우디 차량을 구매한 후로는 더 자주 보게 됐다. 나는 그게 꽤 낡은 차라고 생각했지만, 그녀의 생각은 달랐다. 그저 수리를 좀 더 자주 하면 괜찮다고 했다. 어쨌든 나는 그녀가 마음에 들었고, 차를 수리하러 올 때마다 반겼다. 그녀와는 그럭저럭 잘 맞는 것 같았다. 그런데 그녀가 나중에 내게 이렇게 말하는 게 아닌가. "항상 행동이 좀 특이하다고 생각했었어요." 그러다 TMS 실험 이후에 그녀를 우연히 만나게 됐다. 그녀는 내가 깜짝 놀랄 만큼 많이 변했다고 했다.

동네 브런치 식당에 들어가 줄을 서서 기다리는데, 문득 반대쪽 칸막이 자리에 앉은 마리팻이 눈에 들어왔다. "오랜만이네요." 내가 말을 걸었다. 그녀는 일행과 함께 있었다. 나는 그들을 보며 말했다. "전 페이지 불러바드에 위치한 로비슨 수리소의 존 로비슨이에요." 그러자 일행들은 한 명씩 돌아가며 자신을 소개했다. 나는 그들과 잠시 대화를 나눈 뒤, 다시 줄로 돌아갔다. 이 짧은 만남은 물 흐르듯 아주 자연스럽게 느껴졌다. 그런데 나중에 생각해보니, 이 사건은 정말 놀라웠다. 전에는 낯선 이들에게 그렇게 쉽게 다가가지 못했으니까. "안녕하세요." 정도 내뱉고 금방 돌아서기 일쑤였다. 그런데 처음 보는 사람들과 악수를 하고 대화를 하다니. 정말 나답지 않은 모습이었다. 적어도 TMS 이전의 나 말이다.

나중에 마리팻은 이렇게 말했다. "혼자 생각했어요. '대체 존에게 무슨 일이 있었던 거지? 물론 평범한 인사였지만, 원래 존은 평범한 인사 따윈 절대 하지 않았잖아.' 하고요." 그 말을 들으니 살짝 부끄러웠다. 하지만 그래도 TMS가 낯선 이와의 만남을 성공으로 이끌었다는 증거인 셈이 아닌가.

브런치 식당에서의 옥의 티는 인사를 마치고 줄로 돌아갔을 때, 몇몇 손님들이 내가 자리를 포기한 줄 알았던 점이다. 그래서 그 문제를 해결해야 했다. 마리팻이 보지 못한 게 다행이었다.

나는 샌드위치와 아이스티를 받아 들고 한쪽 구석 테이블로 가서 앉았다. 에밀리 포스트Emily Post(에티켓에 관한 책을 쓴 작가로 유명하다—옮긴이)의 책을 읽을 수 있는, 가능한 한 눈에 덜 띄는 조용한 곳이었다. 'TMS가 확실히 나를 바꾼 건 맞군.' 나는 생각했다. 하지만 이제 어떻게 한다? '마리팻에게 가서 같이 식사하면 어떻겠느냐고 물어야 하나? 아니면 음식을 포장해서 그냥 나갔어야 했나?' 어려서 내가 매너를 좀 배웠다면, 어떻게 할지 알 텐데. 할머니 말씀을 좀 더 잘 들을 것을 그랬다고 생각했다. 나는 그저 읽던 책을 마저 읽기 시작했다.

나중에 마이클 윌콕스와 점심 식사를 하면서 이 얘기를 들려줬다. "글쎄, 내겐 그런 변화가 없었는걸." 그는 말했다. 하지만 내가 유심히 보니, 그는 뭔가 더 직설적이었다. 또 TMS 실험 이전에 비해서 내 말에 확실히 공감을 더 잘하는 듯했다. 내가 이 점을 지적하자, 그는 "그래, 확실히 더 예리해진 느낌이야. 그건 자네 말이 맞네."라고 했다.

그러더니 그는 이렇게 말했다. "실험 전에 자네가 그렇게 기분이 처져 있었던 줄은 몰랐어. 그래서 나보다 더 많은 변화를 실험에서 얻길 바랐는지도 몰라. 그리고 그걸 얻어낸 게 아닐까? 나는 그저 아무 기대도 않고 실험에 참가했거든."

확실히 마이클의 말에 일리가 있었다. "자네는 학교도 제대로 졸업할 수 있었고, 번듯한 직장도 가졌지 않나." 나는 말했다. "나는 그러지 못했거든. 물론 자영업으로 성공하긴 했지만, 사회에 제대로 적응하지 못하는 것 같아서 늘 열등감이 있었어." 다시 한 번 '내가 보는 나'와 '남이 보는 나'의 차이가 실감나는 순간이었다.

"그래서 그런 책도 쓸 수 있었던 거겠지." 그가 말했다.

하지만 TMS 실험이 끝난 그해 여름에 변한 건 내 감정적인 각성뿐만이 아니었다. 확실히 전반적으로 내 상태가 크게 좋아지고 있었다. 평생 그래온 것처럼 소소한 것에 불안해하고 걱정하는 일도 줄어들었다. 비록 집에서 나와 다른 환경에 가야 하긴 했지만, 마사에게서 받은 우울한 기운도 떨쳐버릴 수 있을 정도였다. 어쨌든 TMS는 부정적인 사고에 갇히는 내 버릇을 깨뜨려주었다. TMS 이전에는 무슨 일이 있으면 자주 곱씹고, 며칠이나 걱정과 불안에 시달렸었다. 물론 TMS 이후에도 나쁜 소식이 들리면 이를 반추하고는 했지만, 대개 그다음 날이면 털어낼 수 있게 됐다. 정말 큰 발전이었다.

내가 TMS의 효과라 여기는 긍정적 변화의 범위는 아주 넓었다. 혹시 그중 몇몇은 그저 상상에 불과했던 것 아닐까? 알바로는 자신도 잘 모르겠다고 말했다. 하지만 우울증 환자의 경우 '행복해지는' 변화가 삶 전반의 모든 걸 바꾸는 경우를 봤다고 한다. 그러면서 내가 보고한 변화도 그런 경우와 크게 다르지 않은 것 같다고 했다.

내가 경험한 '뇌 변화의 지속성'이 시사하는 바는 또 있었다. 바로 사람의 마음은 좋은 변화를 붙잡아두려는 놀라운 힘을 가지며, 또 스스로 그 긍정적인 측면을 강화하려 한다는 것이다. 한마디로 TMS는 내 마음에 '더 나은 길'을 제시해준 셈이다. 그리고 내 마음은 그 길을 따라 더 넓어지게 됐다. 지금도 현재 진행 중인 뇌의 재정비를 통해서 말이다.

타고난 엔지니어

"가끔 저는 선생님 같은 자폐인들을 보면서 타고난 엔지니어라는 생각을 해요." 알바로가 내게 말했다. "일반인과의 뇌 구조 차이 때문에, 단순히 관찰만으로도 스스로 엔지니어링 능력을 터득할 수 있거든요. 전문 교육이 없이도 말이죠. 기계를 굉장히 깊숙이 들여다보고, 장단점이 뭔지를 금방 집어내죠. 물론 사회적 상황에서는 본능적으로 어떻게 해야 하는지 잘 모를 수 있어요. 하지만 논리와 연습을 통해 그런 능력도 스스로 주입이 가능하죠. 사회적으로는 어려움을 겪는다 해도, 원시시대에는 아마 그런 게 강력한 재능이었을 겁니다."

'강력한 재능'이라니. 난 그 말이 참 마음에 들었다. 고대 사회에서는 자폐인들이 지배층이었을 수 있다는 건 구미가 당기는 말이었다. 물론 그렇다는 증거는 없겠지만 말이다.

그 뒤로 나는 보스턴에 갈 때마다 연구소에 들러 알바로와 대화를 나눴다. 자주 떠오른 주제는 '자폐가 진화론적 적응기제인지, 아니면 무언가의 이상 현상인지'에 대해서였다. 알바로의 입장에 나는 적잖이 놀랐다. 그도 정확히 모르겠다고 했다. 확실히 몇몇 자폐 성인들은 장애에 특별한 재능이 더해진 듯하지만, 대다수는 자폐로 인한 어려움을 겪고 있는 게 사실이었다.

내 삶 전체를 돌아봐도 그랬다. 나 같은 아스퍼거 환자는 대개 오늘날의 교육기관에서 요구하는 정형화된 학업에 어려움을 겪는다. 하지만 옛날에는 교육 방식이 덜 규격화된 대신 실무 교육에 좀 더 중점을 두지 않았을까. 그러면 나도 자퇴를 하는 대신에 우등생이 됐을 수도 있었을지 모른다.

물론 자폐의 정도에 따라, 나 같지 않은 이들도 많다. 내 재능이란 주로 기술에 관한 것이니까. 자폐인들 중에는 스스로 특별한 재능이 없고 그저 장애를 겪는다고 보는 이들도 많다. 나 역시 대부분이 장애로 보는 자폐에 대해 비현실적으로 낙관하려는 건 아니다. 하지만 내가 10대 때 사람들이 내 독특한 시선을 깎아내린 것도 사실이다. 커비가 여섯 살 때 했던 테스트에서 심리학자들이 탐탁지 않게 여겼던 것도 그렇고 말이다. 게다가 내가 책을 쓰고 인생 얘기를 풀어놓은 것, 또 자폐에 대한 옹호를 시작한 것도 거의 내 나이 60이 다 돼서 벌어진 일이 아닌가.

이런 생각을 하면, 아무도 미래를 장담할 수 없다는 말이 실감 난다. 또 사람의 가능성을 미리 점칠 수도 없다. 다행히 나는 지능적인 면에서 능력이 있는지 모르지만, 지적인 장애를 가진 이들도 많을 것이다. 우리 모두가 세상에 설 자리가 있어야 한다. 하지만 자폐인들이 아무리 시험을 통해 똑똑하다고 인정받는다 해도, 현대 사회는 평범하지 않은 이들에게 다소 가혹한 경향이 있다.

생각해보면, 여태껏 아무도 나를 '타고난 엔지니어'라고 부른 적이 없었다. 하지만 사실이었다. 보통 사람이면 모르고 지나칠 전자 및 기기의 디테일이 내 눈에는 훤히 보였으니까. "선생님의 수학적 이해를 한번 보세요." 알바로가 말했다. "말씀하셨듯이, 연필과 공책으로는 기본적인 산수밖에 못한다고 하셨죠. 하지만 머릿속에서 음악의 파형을 보고, 그 파형들을 합한 결과를 제대로 상상하실 수 있죠. 이 과정을 등식으로 표현하시진 못하겠지만, 거의 근접한 문제를 푸는 거나 마찬가지입니다."

알바로의 이 말에, 나는 수년 전 신호 처리 엔지니어로 일하던 때가 떠올랐다. 처음으로 세련된 FFT 스펙트럼 분석기를 봤을 때, 나는 경이로움에 휩싸였었다. 내가 머릿속으로 하는 것 같은 분석이 오실로스코프 화면에 나타나는 기계였다. 이러한 컴퓨터 기기는 확실히 내가 상상만으로 보는 것보다 훨씬 많은 걸 보여줬다. 게다가 굉장한 정확도로 말이다. 분석기의 커서를 어느 한 지점에 두면, 소수점 여섯째 자리까지 읽어낼 수 있었으니까. 하지만 분석기가 못하는 것도 있었다. 바로 내가 정확히 원하는 디자인을 그려서 보여주는 것이다. 단지 데이터만 나열해놓을 뿐, 어떻게 해야 하는지 안내해주지는 못했다. 결국, 문제 해결 측면에서 보면, 이런 기기는 별 효용이 없었다.

하지만 내 머릿속 환영은 달랐다. 보통의 엔지니어라면 책에 나온

대로 문자화된 공식을 따르게 마련이다. 표본적인 디자인을 골라서 필요한 구성 값을 계산하고, 회로에 알맞은 정확하고 반복 사용 가능한 수치를 정한다. 내 디자인 방식은 그렇지 않았다. 나는 새로운 회로 토폴로지(위상기하학으로 번역되는데, 전기·전자 분야에서는 네트워크 형태를 의미한다—옮긴이)를 상상하고, 초기 구성 값을 가늠한다. 물론 굉장한 수학적 정확도가 떠오르는 건 아니다. 대신 근삿값을 보고, 이를 통해 정확한 결과를 조정해낸다. 한마디로 내 방식은 좀 더 무작위였다. 하지만 결과의 목표가 창조성이라면—마치 음악에서 그렇듯—내 방식은 확실히 더 이점을 갖는 셈이었다. 따라서 학교에서 방정식을 풀 때는 그다지 도움이 되지 않았다. 내가 수학 문제를 정형화된 방식으로 풀지 않는다고 선생님에게 지적을 받곤 했으니까. 하지만 현실에서는 실제 결과물이 더 중요하지 않은가. 내게 있어서 회로를 조정하는 건 마치 기타를 조율하는 일과 비슷했다. '딱 괜찮다'고 생각되면 감이 왔다. 음악가들은 이런 능력을 높이 사곤 한다. 이런 능력이 처음 내게 시작된 날이 아직도 생생히 기억난다.

장소는 매사추세츠 대학 내의 블루월 카페였다. 이 카페에서는 지역 밴드들이 공연도 하고, 몇몇은 데뷔를 하기도 했다. 합법적인 음주 연령은 21세였는데, 나는 고작 열다섯 살이었다. 하지만 문 앞을 지키는 이들은 대학생들이었고, 내가 "밴드와 함께 왔어요."라고 말하자 들여보내 주었다. 안에서는 내가 아는 뮤지션 몇몇이 무대에 오를 준비를 하고 있었다. 나는 그들의 공연을 더 가까이 보기 위해 무대 뒤편으로 다가갔다. 나는 그중 한 명이 전자기타들을 조율하는 모습을 유심히 바라봤다. 그는 악기 하나하나의 플러그를 튜닝기에 꽂기 시작했다. 튜닝기는 회전하는 디스크 모양이 달린 기기로, 기타를 알맞은 톤으로 연주하면 그 회전이 멈추었다. 그는 그렇게 두 대의 기타를 조율했다. 기타의 줄감개를 돌리면서 고음의 E 코드를 튕겼다.

"항상 이렇게 기타 줄을 팽팽하게 해서, 위쪽으로 조율해야 해." 그가 말했다. 나는 조율 과정을 쭉 지켜봤다. 그가 줄감개를 계속 돌리자, 회전하던 디스크가 딱 멈췄다. 어떻게 그렇게 되는 건지는 알 수 없었다. 하지만 그 과정에서 발생한 주파수는 내 마음에 강렬하게 새겨졌다. 나는 곧 옆에 놓인 기타를 집어 들고, 귀동냥으로 들은 그대로 조율해보았다. 그러고는 이어서 다른 기타 줄도 그에 맞춰 조율했다. 그것도 아주 정확하게.

"정말 멋진걸. 절대음감을 가진 모양이로구나." 그가 말했다. 그러더니 그는 무대에 올라서 록 가수 에드거 윈터의 곡을 혼신을 다해 연주하기 시작했다. 기타에서는 다채로운 음들이 쏟아졌다. 조율이 잘 되면 매우 멋진 소리가 나지만, 조금만 어긋나도 미묘하게 이상한 소리가 난다니, 나는 기타와 음의 상관관계에 감탄을 금치 못했다. 그날 밤부터 나는 기타를 조율할 수 있게 되었다.

마이클 윌콕스도 상당히 비슷한 경험을 한 적이 있다고 했다. 그는 한때 재정 분석을 위한 수학 공식 개발 일을 했었다. 그의 능력은 정말 비범했다고 한다. 그의 밑에서 일하는 수학자 팀이 따로 있었을 정도였다고 하니까. 1990년대 월스트리트에서의 일이었다. "가끔 수학자들이 문제 하나를 두고 전전긍긍하더군." 그가 말했다. "내 눈에는 답이 훤히 보이는 데 말이야. '가서 이렇게 해보시오.' 나는 말하곤 했지. 그러면 그들은 나를 신기하게 쳐다보곤 했어. 그냥 머리에서 바로 생각이 튀어나오니 말일세. 하지만 대개 그게 또 정답이었어." 마이클은 한 번도 종이에다 문제를 풀어본 적이 없다고 한다. 그저 답으로 가는 길이 훤히 보였단다. 이런 놀라운 통찰력 덕에 그는 재정 분석 계통의 어려운 문제들을 척척 풀어내곤 했다. 어떻게 그러는지는 본인도 모르는 채 말이다. "그냥 남들도 으레 그런 줄 알았지." 그가 말했다. 우리 두 사람 모두, 이런 재능이 우리에게는 성공의 열쇠였음을 인정하지 않을 수 없었다.

나와는 달리, 마이클은 대학에 가서 수학을 공부했다. 하지만 그는 여전히 모든 문제를 자신의 방식대로 풀었다고 한다. 게다가 나처럼 인생을 한참 산 후에야 그게 특출하다는 걸 깨달았단다. 얼마나 많은 인구가 우리 같은 재능을 가졌을까? 아마 절대음감 능력은 음악인 중에서는 상당히 흔할 것이다. 또 수학자들이나 엔지니어 중에서 '그저 답을 훤히 보는' 이들도 꽤 있을 거다. 한편 연구자들은 일반인들보다는 음악인 중에서 자폐를 가진 이가 더 많은 것처럼 자폐인들 중에서 절대음감을 가진 경우가 더 빈번하다고 믿는 추세라고 한다. 특별한 수학적 능력을 갖는 자폐인들을 보면 알 수 있듯이 수학 문제의 답을 '보는' 능력도 자폐인들에게서 꽤 자주 보인다.

뇌과학자들은 대체 왜 이런 현상이 생기는지 설명하는 데 어려움을 겪는다. 아마도 일반인들이 다른 일에 사용하는 두뇌 능력을 자폐인은 본인이 흥미를 느끼는 데 쓰지 않을까? 1세제곱인치당 10억 개의 뉴런이 있으니, 주먹만 한 뇌 부위가 인간이 만든 어떤 기기보다 더 큰 잠재적 연산 능력을 갖는 셈이다. 게다가 자폐 환자들은 뇌를 특정 방식으로 활용하는 재능이 있는지도 모른다.

"음악의 파형을 보는 제 능력이 일부 자폐인들에게서 나타나는 달력을 계산하는 능력과 같다고 보시나요?" 나는 알바로에게 물었다.

"저도 모르겠네요." 그가 답했다. "그 능력이 어떤 원리로 작동하는지도 모르고요. 그러니 두 능력이 같은지, 적어도 연관이 있는지도 예측이 불가능하죠."

아이작 뉴턴의 경우를 생각해보라. 그는 미적분의 창시자다. 최근 몇몇 논문에 따르면 그가 자폐인이었을 가능성이 있다고 한다. 태도적인 면에서 자폐의 증상이 엿보였다는 거다. 물론 그게 사실인지 확인할 길은 없다. 하지만 나는 그가 어떻게 미적분을 발명하게 되었는지에 대한 상상이 퍼뜩 들었다. 아마도 나처럼 그도 머릿속에서 파형을 본 게 아닐까. 물론 그가 살던 시대에는 오실로스코프도, 시각화를 돕는 전자 기기도 없었겠지만 말이다. 아마도 뉴턴은 오늘날 우리가 미적분이라 부르는 표상체계representational system를, 그가 본능적으로 본 것을 남들에게 설명하기 위해 고안했는지도 모른다. 그렇지 않았다면 사람들은 그가 무슨 말을 하는지 몰랐을 테니까.

내가 이런 말을 하자, 알바로는 잠시 생각하더니 "그럴지도 모르겠네요."라고 했다.

그와의 대화가 끝난 후, 나는 뉴턴과 자폐에 관한 논문을 재차 읽기 시작했다. 그중 한 논문에서 케임브리지 대학의 자폐 연구자인 사이먼 배런-코헨Simon Baron-Cohen은 뉴턴의 자폐적인 행동에 대해서 몇 문단에 걸쳐 설명했다. 물론 나는 뉴턴처럼 쉰 살에 신경쇠약을 겪지는 않았지만, 그럼에도 마치 내 이야기를 읽는 듯했다. 배런-코헨 박사는 어쨌든 뉴턴이 자폐 스펙트럼이었다고 믿는 듯했다. 나도 동의하지 않을 수 없었다.

나는 자신의 역사를 뒤돌아봤다. 나는 마흔에 자폐 진단을 받았고, 또 커비도 그 즈음 같은 진단을 받았다. 그 애도 나처럼 쭉 자신이 남들과 다르다고 느꼈다고 한다. 내 아버지는 그 몇 년 전에 돌아가셨다. 하지만 새어머니와 나는 아버지도 아스퍼거의 특징을 보였다고 확신하고 있었다. 내 족보를 돌이켜 보건대, 조상들과 사촌들 중에는 특이한 행동을 보이는 이들이 많이 있었다. 그들도 결국 어느 정도 자폐의 영향 아래 있었던 듯싶다. 연구자들은 우리 같은 가족을 '자폐군autism cluster'이라 부른다. 오늘날 우리는 자폐가 엔지니어, 과학자, 음악가들에게서 꽤 자주 보임을 알지 않는가. 우리 집안에는 이러한 직업들을 가진 이들이 많았다. 가족사를 파헤칠수록, 우리 집안의 '신경다양성(자폐, 발달성 장애, 난독증 등 신경학적 요인으로 발생하는 정신적, 심리적 차이를 비정상이나 장애로 보지 않기 위해 만들어진 용어—옮긴이)'은 뉴턴의 시대로 거슬러 가는 게 아닐까 하는 생각이 들었다. 아니면 그 이전 시대부터 시작됐는지도 모른다. 조상 중에는 특출하게 뛰어난 분들이 몇몇 있었다. 물론 내 친척 중에는(나와 함께 자라난 사촌들을 포함해서) 자폐로 인한 장애로 평생을 부모님 댁의 지하실이나 다락에 얹혀 산 이들도 있긴 하지만 말이다.

이제 과학자들은 자폐인들이 뇌의 연결성을 너무 많이 갖는 탓에 장애가 일어난다고 본다. 하지만 바로 이 때문에 몇몇 자폐인들이 일정한 패턴을 보거나 창조하는 재능을 가지는지도 모른다. 정상인들의 뇌는 태어나서 10년 동안 일종의 '가지치기' 과정을 거친다. 그리고 그 과정에서 과도한 연결이나 사용되지 않는 뉴런들이 제거된다. 과학자들은 이를 '뇌의 최적화' 과정이라고 여긴다. 반면에 자폐인의 뇌는 그런 방식 및 정도의 과정을 겪지 않는 것이다.

한편 연구자들 중에는 뇌의 과도한 연결이 자폐인들에게 '감각 과부하'를 일으킨다고 보는 이들이 있다. 그런가 하면, 뇌의 과도한 연결 때문에 너무 많은 갈래의 길이 생겨서 뇌의 신호가 갈 길을 잃는다고 보는 이들도 있다. 그래서 혼란이 야기되는 거라고 말이다. 뛰어난 계산 능력 및 기타 재능을 갖는 자폐인들 중에 "제 능력이 뇌의 과도한 연결 때문에 생기는 건가요?" 하고 묻는 이들도 있다. 하지만 '자연의 꼼꼼함'이라는 말도 있지 않은가. 인간의 자폐가 목적이 있어 진화된 거라면, 뇌의 연결성이 그렇게나 많은 데도 이유가 있을 터였다. 물론 현재로서는 아무도 정확히 모른다.

30여 년 전에 나는 자폐 탓에 학교생활에 성공하지 못했다. 고등학교를 졸업하지 못했기 때문에, 좀 더 '평범한' 과학 계통의 일을 하는 데 자격 미달인 셈이었다. 원래는 내게 더 맞을 법한 일인데 말이다. 하지만 기술 쪽 능력이 좋았기에, 무대와 음향 전문 계통에 둥지를 틀 수 있었다. 하지만 300년 전이라면, 내가 가진 '기계를 들여다보는 능력'은 그 자체로 상당한 이점이었으리라. 아주 단순하고 간단하지 않은가.

나는 이런 생각을 내 가계에 나타나는 자폐 증상에 비추어보았다. 아버지는 당신의 특이 행동으로 인한 어려움을 나에 비해 덜 겪으신 걸로 보인다. 어쩌면 아버지의 증상은 노출되지 않은 채 지났을 수도 있다. 아버지가 자라날 때는 자폐에 대한 인식이 없었으니까. 그리고 아버지는 대학교수가 되었다. 괴짜 같은 태도가 눈에 띄지 않을 법한 직업이 아닌가. 반면에 커비는 다양성이 좀 더 존중되는 사회 환경 속에서 자라났다. 그래서 그 애가 자폐라는 게 내 경우보다 더 뚜렷이 드러났는지도 모른다.

나는 알바로에게 "제가 만약 뉴턴의 시대에 살았다면 장애가 있다고 보였을까요, 아니면 재능이 뛰어나다고 보였을까요?"라고 물었다. 그는 웃으며 대답했다. "아마 둘 다이지 않을까요? 오늘날과 마찬가지로요. 사회적인 문제는 예나 지금이나 똑같이 존재했겠죠. 하지만 선생님의 독학 능력은 아마 더 높이 평가받았을 겁니다. 현대적인 교육 수단이 없었을 테니까요." 심리학 박사를 취득한 린지도, 내 자폐 증상이 예나 지금이나 양날의 검과 같았을 거라는 데 동의했다. 이런 말을 들으니, 어쩌면 우리 집 3대가 한결같지 않았나 하는 생각이 들었다. 그 위 조상들은 규제가 덜한 사회라 보다 잘 적응했을지 모르지만 말이다.

언어 능력

초기 TMS 연구가 끝나고, 나는 셜리와 린지가 자극한 전두엽의 부위들이 브로카 영역과 연관이 있음을 알게 됐다. 브로카 영역은 뇌과학자들이 인간의 언어 중추라고 믿는 부위다. 연구원들이 실험 전과 후에 측정한 언어 테스트에 의하면, 몇몇 변화가 있었다고 한다. 실험 후에 내 목소리가 좀 더 표현력이 풍부해졌으며, 목소리 톤, 리듬, 운율에도 변화가 있었다는 것이다. 다른 피험자들 몇 명도 이런 긍정적인 변화를 겪었다고 한다. 물론 전두엽 부위의 자극에서 내가 얻은 가장 큰 변화는 언어와는 거리가 멀었다. 내게는 감각 및 감정의 강화가 가장 크게 다가왔으니까. 통상적인 믿음에 대한 재평가가 이루어져야 하지 않을까? 브로카 영역의 기능이 뇌과학자들이 믿는 것처럼 잘 정의된 건 아니니까 말이다. 언어 중추에 심각한 부상을 입고도 거의 정상에 가까운 언어를 구사하는 이들을 관찰한 결과, 과학자들도 요즘은 이러한 질문을 던지고 있다고 한다.

알바로와 연구원들도 브로카 영역이 언어만을 컨트롤하는 건 아니라고 보고 있었다. 이들이 그 부위를 자극한 이유는 브로카 영역과 거울 뉴런 간의 관계를 살펴보기 위해서였다. 브로카 영역은 미러링 뉴런 시스템의 핵심 부위 중 하나였기 때문이다. 즉 사회 상호작용과 밀접한 관련을 갖는 부위다. 린지에 따르면, 내가 자극 후에 그렇게 강력한 감정적 반응을 보인 것도 그런 이유일 가능성이 높다는 거다.

브로카 영역은 전두엽 좌측에 위치한 부위로, 19세기 중반 프랑스인 의사인 피에르 폴 브로카Pierre Paul Broca의 이름을 땄다. 브로카 박사는 뇌졸중을 비롯한 각종 질병 및 부상으로 인해 언어 기능에 장애를 입고 사망한 환자들의 뇌를 관찰했다. 그러자 지금은 그의 이름을 딴 부위인 브로카 영역에 부상 및 병변과 강한 상관관계가 있었음이 드러났다. 이 영역은 이전까지는 그 기능이 알려진 바가 없었다. 그러다 최근 들어 대화 능력과 연관이 있음이 밝혀졌다. 이는 인간의 뇌 조직에 대한 이해에 기념비와도 같은 사건이었다.

브로카 영역의 부상은 언어를 구성하는 능력의 결핍을 가져왔다. 현재는 이 증상을 '브로카 실어증Broca's aphasia' 또는 '표현 실어증expressive aphasia'이라고 진단한다. 알바로 연구실 팀은 이 브로카 영역의 몇몇 부위들이 상호 연결되어 있다는 새로운 가설을 세웠다. 그리고 자폐인의 뇌는 그 연결성이 일반인들과 다를 거라고 보았다.

"브로카 영역의 좌측에 아주 강력한 TMS 진동을 한 번 주면, 말을 하는 능력이 상실돼요." 셜리가 내게 말했다. 물론 자폐 연구에서 이런 실험을 한 건 아니었다. 연구원들은 훨씬 약한 자극을 준다고 했으니까. 하지만 나는 셜리의 말에 흥미를 느끼고 이렇게 물었다. "직접 스스로에게 자극을 줘본 적이 있나요?" 그녀는 그렇다고 했다. 사실 꽤 여러 명의 연구원들이 연구실에서 일하기 전에 트레이닝의 일환으로 TMS의 언어 억제 현상을 경험했다고 한다. 연구원들은 내게 그게 어떤 느낌이었는지 가르쳐주겠다고 했다.

알바로는 말했었다. "TMS를 다루는 과학자나 의사들은 TMS 진동이 어떤 느낌을 주는지 알아야 해요. 그래야 환자들과 공감할 수 있으니까요." 나는 그해 여름에 연구실을 방문했을 때, 언어 중추를 타깃으로 한 TMS 실험을 해보기로 마음먹었다. 언어 중추에 안전하지만 강한 효과를 보는 자극을 주기로 한 거다. "효과는 일시적일 뿐이에요."라고 연구원이 말했다. 그러고 나서 TMS 기계가 강한 전자기 에너지를 내 좌반구에 쏘았다. 고작 '퐁' 하는 소리가 한 번 났을 뿐인데, 나는 말을 할 수 없게 됐다. 언어 능력이 흔적도 없이 사라진 거다. 언어의 개념과 사고를 한데 모아 나열하는 능력이 완전히 없어져버렸다. 물론 찰나에 머릿속에는 이런 생각이 스쳤다. '이 실험 후에 대체 무슨 일이 생길까.' 하지만 이내 이런 내면의 목소리조차 사라지고 말았다. 남은 거라고는 그저 의자의 안락함, 그리고 주변을 둘러싼 연구원들에게 느끼는 친숙함과 같은 감정뿐이었다.

'아니, 말을 할 수 없잖아!'와 같은 깨달음까지도 불가능해졌다. 이조차 단어들로 이루어진 문장이니 말이다. 언어 기능이 사라지니, 논리 정연한 사고를 할 수 있는 생물이 아닌 기분이었다. 대신에 청각,

시각, 후각과 감정으로 이루어진 세계에 사는 기분이었다. 혹자는 그게 개가 세상을 경험하는 방식이라고 말하기도 한다. 물론 개는 사람보다 훨씬 뛰어난 후각에 크게 의존하지만 말이다. 게다가 개들은 짖을 수 있지 않은가.

내가 정말 눈 깜짝할 사이에 '개처럼' 전락했을까? 물론 그 순간에는 그 질문에 답도 못 했을 거다. 말하는 행위든 짖는 행위든, 당시엔 모든 발성 능력이 억제됐으니까. 하지만 내 기억에, 공간 관계를 비롯한 기타 복잡한 사물을 이해하는 능력은 무사했었다. 왜냐면 연구실을 둘러봤을 때 문과 서랍 등이 눈에 들어왔고, 내 마음속의 언어는 상실됐더라도 그것들의 기능은 충분히 인식했기 때문이다. 다시 말해, 문을 여는 것은 여전히 내게 익숙한 행위였지만, 다만 그걸 표현할 언어적 수단이 없었다. 그렇게 잠깐 동안 내 언어 능력은 억제됐다. 내 주변의 물리적 사물들에 대한 인식도 그대로고 마음이 작동하는 바도 한결같았지만, 다만 언어가 사라졌을 뿐이다. 그래서 '카메라'라는 단어를 몰라도 그것을 집어 들고 사진을 찍을 수 있는 게 아닐까? 우리 집 반려견인 퍼그 종 오이기에게 어느 부위든 뇌 자극을 줘서 그 녀석이 갑자기 내 카메라를 쓰게 된다면 정말 멋질 것 같았다.

그런데 우리 집 퍼그와 내가 그렇게 많이 다른 걸까? 만약 오이기처럼 내가 평생 말을 못 하고 살았다면 지그소 퍼즐이나 카메라 같은 개념을 어떻게 이해했을까? 사실 그런 단어들의 습득은 문을 열거나 복잡한 도구를 사용하는 등의 행위 자체와는 큰 관련이 없지 않은가. 그래도 언어가 없었다면 그런 행위를 배울 수나 있었을까? 선생님의 말도 못 알아들으면서? 이렇게 찰나에 경험한 언어 없는 삶은 내게 많은 생각을 품게 했다.

나는 항상 실습으로 배우는 게 최선이라 생각했다. 그런 교육이라면 언어 없이도 꽤 많이 진도를 나갈 수 있긴 하다. 예를 들어 톱질, 망치질, 못질과 같은 기본 목공 일은 말없이도 분명히 배울 수 있었을 거다. 하지만 전자 회로 분석과 같은 복잡한 분야는 어떨까? 말이 없이는 관련 기술을 파악할 방법이 도무지 상상이 되지 않는다.

그렇게 나는 감각은 깨어 있지만 언어는 잃은 채로 한동안 가만히 앉아 있었다. 이런 낯선 상태에서 나는 많은 감정들이 순식간에 연달아 지나가는 걸 느꼈다. 공포는 없었다. 하지만 대체 무슨 일이 일어났는지에 대한 호기심은 있었다. 이윽고 TMS의 효과가 점차 사라지기 시작했다. 그러자 언어 감각이 돌아왔다. 그런 심오한 경험이 그처럼 완벽하고 쉽게 다가왔다는 데 대한 놀라움과 함께였다.

"언어 감각이 영영 돌아오지 않으면 어떻게 되죠?" 다시 말을 할 수 있게 되었을 때 내가 물었다. 나는 족히 몇 분간 침묵 속에 휩싸였다고 생각했지만, 린지는 그게 겨우 30초였다고 나를 안심시켰다. "절대로 말 못 하는 상태가 계속되진 않아요. 뇌에 언어가 통하는 길이 아주 뿌리 깊게 나 있으니까요." 린지가 설명했다. 일순간 언어에 혼란이 올 수는 있지만, 언어 능력을 완전히 제거하려면 순간의 자극만으로는 절대 부족하다고 했다.

훗날 나는 자폐인들이 일반인들보다 TMS로 인한 효과를 더 깊고 오래 느낀다는 사실을 배웠다. 린지는 내가 참여한 여러 실험들을 통해 이에 대한 연구를 했다. 가장 최근의 실험은 2014년에 끝났다. 린지는 자폐인들이 일반인들에 비해 뇌 가소성이 높다고 믿었다. 그래서 TMS 실험으로 인해 뇌가 더 많이 변하고, 또 변화된 상태로 오래 유지된다고 보았다. 그래서 같은 TMS 자극을 받았음에도 불구하고 린지에게는 그 효과가 약하고 짧았던 반면에 내게는 훨씬 큰 영향이 더 오랜 시간 동안 미친 것이다.

그런데 TMS 자극의 영향 아래서도 전혀 두려움을 느끼지 않은 게 신기했다. 오히려 평온한 기분까지 들 정도였다. 아니면 소위 '두려움'을 언어 중추에서는 인지했을까? 내 내면의 작은 목소리가 완전히 사라지는 데 대한 본능적 공포 때문에 다른 마음의 부위도 신경을 썼을까?

내 경험상 언어의 상실은 곧장 대체 능력의 확장을 불러왔다. 즉 나를 둘러싼 자연 세계를 시각, 후각, 청각 등을 통해 총체적으로 이해하는 능력이다. 이러한 배경적 능력은 우리 모두에게 내제돼 있다. 하지만 평상시에는 우리가 '의식'이라 부르는 언어의 흐름을 통해 제압된다. 혹자는 내가 경험한 상태를 '명상적 환희meditative bliss'라고 부를지도 모른다. 나를 둘러싼 세계와 하나가 되는 느낌, 모든 언어와 논리의 제약으로부터 벗어난 느낌 말이다. 물론 명상적인 행복은 대개 자발적으로 추구하기 마련이다. 하지만 언어의 상실을 일부러 목표로 삼는 이는 없을 것이다.

평생을 그런 상태로 산다고 상상해보라. 물론 불가능할 것이다. 언어가 없이 산다는 건, 그 언어를 구성하는 사고 없이 산다는 뜻일 테니 말이다. 하지만 내 경험과 이로부터 비롯된 의문점을 생각하니 더 많은 의문들이 생겼다. 만약 언어가 없다면 자연 세계 또는 영적인 세계와 더 가까워질 수 있을까? 그런 깨달음은 언어의 상실 후에 더 깊어질까? 그래서 승려들을 비롯한 영적 수도자들이 침묵을 맹세하고 조용히 칩거하는 시간을 갖는 걸까?

하지만 린지가 지적했듯이, 이런 모든 내 철학적인 사유는 겨우 자발적인 언어 상실의 순간에서 비롯됐을 뿐이다. 그녀에 의하면, 선천적인 언어 장애와 이런 실험은 비교조차 할 수 없다고 한다. "만약 말을 하고 이해하는 능력을 기르지 못했다면 오늘날 어떻게 되셨겠어요?" 그녀의 말에 나는 수긍하지 않을 수 없었다. 언어 능력이 없다는 건 생각만 해도 무서운 일이니까. 여태껏 내가 이룬 모든 성취와 자립은 지시를 읽고 듣는 것, 또 이를 가슴에 담아두는 것을 바탕으로 가능했다. 언어 능력이 없었다면 관찰과 흉내만으로 버텨야 했을 테고, 그것만으로는 현재 내 성취의 반도 이루지 못했을 거다.

아마도 그래서 린지가 본인의 TMS 언어 억제 실험을 다른 시각에서 보는 듯했다. 나는 그냥 효과가 나타나는 대로 받아들였지만 그녀는 거부하지 않았는가. 언어 능력이 억제되자마자 린지는 말을 하려고 애썼다고 한다. 물론 말을 하고 있다고 생각했을 뿐, 실제로 말이 나오지는 않았다. 말이 나오지 않는다는 깨달음을 매우 불쾌하게 받아들인 듯했다. "평온함을 느끼셨다니 믿을 수가 없네요." 그녀가 말했다. "제겐 놀랍도록 강력하고 무서운 경험이었는데요."

똑같은 자극에 대해서 이렇게 다르게 느끼다니, 참으로 신기했다. 뇌라는 건 정말 미스터리한 기관이 아닐 수 없다.

좀 더 미묘한 효과

연구는 끝이 났지만, 나는 계속해서 연구소를 방문했다. 대화를 나누고 더 배우기 위해서였다. 그 시간을 돌이켜보면 놀랍기 그지없다. 겨우 30분짜리 실험에 열두 번 참여했을 뿐인데 완전히 TMS 생각에 사로잡혀 있었으니까. 실험 시작 전까지 나는 내 지능과 감각이 불변한다고 믿었다. 하지만 실험이 진행될수록 내 생각이 얼마나 짧았는지 깨달았다. TMS를 경험하고 나니, 뭐든 가능하다고 믿게 된 거다. 실험을 시행하는 의사가 전선을 어디에 갖다 대는지에 달렸을 뿐이라고. 연구원들은 벌써부터 후속 연구를 준비하고 있었다. 그 과정에 내 의견을 조금 보탤 수 있어서 자랑스러웠다. 그리고 내가 잠깐이나마 경험했던 그 놀라운 통찰력을 다시 한 번 재현할 수 있을지 궁금했다. 나는 알바로, 린지와 함께 2008년 여름 동안 이에 대해 많은 대화를 나눴다.

물론 첫 연구에서 나는 수동적인 피험자의 역할을 맡았을 뿐이다. 연구원들이 미리 계획한 뇌 부위 자극에 나를 내맡겼다. 하지만 이제는 뭔가 내가 주도하려 했다. 최소한 그렇게 노력했다. 예를 들어 "감정을 들여다보게 했던 그 부위를 다시 한 번 자극해주세요."라고 청했다. 연구원들은 처음에 탐탁지 않아 했다. 일단 그 부위에 대한 연구가 끝났으니, 반복할 수는 없다고 했다. 피험자이니 이를 받아들여야 한다고 말이다. 하지만 알바로와 논의한 바에 의하면, 첫 연구는 내게 가장 강력한 영향을 미친 TMS 효과를 짚어내는 데 실패한 셈이었다. 물론 연구 과학자들은 병원의 윤리위원회에 제출한 연구 규약을 벗어날 수 없다. 하지만 알바로는 동시에 의사 신분이었기에 좀 더 융통성을 발휘할 수 있었다.

알고 보니, 과학자들은 이미 첫 연구가 간과한 효과들을 측정하려는 후속 연구를 구상 중이었다. 알바로는 이 과정을 신속히 진행해서 내게 실험을 하겠노라고 동의했다. 의사들이 TMS같이 FDA의 승인을 받지 않은 기계를 사용하는 경우, 이를 '허가 초과off-label'라고 불렀다. 그렇게 후속 연구에서의 내 임무도 정해졌다. 나는 베스 이스라엘 병원의 첫 '허가 초과' TMS 자폐 치료 대상자였다. 이 연구의 결과는 더 큰 연구를 위한 지침으로 쓰이게 될 것이었다.

나는 희망에 부풀었다. 하지만 막상 8월 12일이 되어 연구실에 돌아가니, 약간 걱정이 됐다. 나의 51번째 생일 전날이었다. 고통이나 의료사고에 대한 걱정은 아니었다. 아직도 '제로섬 게임'이라는 개념에 사로잡혀 있었기 때문이다. 내 감정적 민감성이 강화되면 기계적인 능력이 줄어들까 봐 걱정이 됐다. 이에 대한 이렇다 할 증거가 나오지 않았기에 지난 몇 달간 나는 제로섬 게임의 개념을 굳게 믿어버렸다. 한마디로, 감정적 통찰력의 습득은 대가를 치러야 하는 물물교환같이 느껴졌다. 게다가 내면의 불안한 감정과도 맞서 싸워야 하지 않는가. 물론 나는 격한 감정을 다스리려면 연습이 필요함을 이내 깨달았다. 초기 연구가 끝난 지 석 달 반이 지나자, 나는 '모르는 게 약이다'의 뜻을 깨달아가고 있었다. 자폐 속에서의 망각이 꼭 그랬으니까. 적어도 사람들의 감정을 읽을 때는 그랬다.

게다가 '이미 자극한 부위에 또 자극을 주면 어떻게 될까?'라는 문제도 있었다. 매 실험마다 뇌의 새로운 부위를 자극했기 때문에 특정 부위를 반복해서 자극하는 일은 없었다. 물론 TMS 우울증 실험에서는 한 부위에 대한 반복 자극이 긍정적 효과를 더 오래 지속시켰다고 하지만 말이다.

이런 배경 아래서 린지와 셜리는 내게 '사람들을 들여다보고 환각을 보게 했던' 뇌 부위를 다시 자극하기로 했다. 이는 종전의 자극과 근본적으로 같은 방식이었지만, 중요한 차이점이 있었다. 그때는 내 뇌가 그 이전 TMS 실험에 의해 이미 활성화돼 있었을 거다. 하지만 이제는 지난 몇 달에 걸쳐 그 효과가 가라앉은 상태였다. 따라서 이번 실험의 효과는 온전히 이번 회 자극에 의한 것일 터였다.

실험을 위해 연구실에 들르자, 연구원들은 즉시 나를 컴퓨터 앞에 앉혔다. 처음 보는 테스트들이 화면에 가득 비쳤다. 나는 막대기 모양이라든가 사람들의 전신 및 얼굴 사진들 따위를 열심히 쳐다봤다.

연구원들은 내게 “똑같은 얼굴 표정을 찾아보세요.” “슬픈 얼굴을 골라내 보세요.” 또는 “화면 속의 사람이 어떤 기분일지, 정답을 클릭해 보세요.” 등과 같은 지시를 내렸다. 첫 연구 후 3개월간 ‘이제 사람들을 더 잘 들여다보게 됐지.’라고 자신하던 나였다. 하지만 막상 테스트를 거치니 내 현주소가 드러났다. 여러 이미지가 화면에 스쳐 지나가는데 그 뜻을 전혀 모르다니, 정말 큰 실망이었다.

하지만 이제는 나 자신이 아닌 테스트 자체에 의문을 품게 됐다. ‘너는 더 이상 예전의 네가 아냐.’ 내 안의 목소리가 자신을 심어주고 있었다. 많은 지인들이 나를 보고 “정말 많이 달라지셨네요. 무슨 일 있으세요?”라고 묻지 않았던가. 그들은 나와 그렇게 깊은 관계도 아니었다. 내가 TMS 연구에 참가하는지도 까맣게 몰랐다. 그럼에도 자신들을 대하는 내 태도가 달라졌음을 단번에 알아차렸었다. 사람들이 다 그렇게 말하는데, 뭔가 바뀌긴 했을 거다. 그것도 긍정적인 쪽으로. 나조차 그걸 느꼈으니까.

그런데 여전히 셜리와 린지가 나를 위해 고안한 시험에 실패하다니. ‘도대체 실제 사회에서의 상호작용과 연구실 테스트가 어떻게 다르지?’ 나는 자문해봤다. 물론 연구실 환경은 철저히 인위적이었다. 연구원들은 나를 컴퓨터 앞에 앉힌 후 과장된 표정의 얼굴 사진 여러 개가 차례로 화면을 지나가게 했다. 그러고는 내게 각각의 표정을 묘사하는 단어를 선택하라고 했다. 화, 슬픔, 두려움, 역겨움, 행복함, 무표정 등 각각의 표정은 10분의 1초마다 바뀌었다. 너무 빠르지 않은가! 말도 안 되는 것 같았다. “왜 10분의 1초지요?” 내가 물었다.

린지는 그게 임의로 정한 기준임을 시인했다. "그저 논리적 사고가 아니라 본능에 의해 단어를 선택하시길 바랐어요. 그래서 그렇게 짧게 시간을 정한 거예요." 그 말을 들으니, 짧은 시간을 탓해야 할지, 표정을 제대로 읽지 못하는 나를 탓해야 할지 헷갈렸다. 'TMS 실험을 한 번 더 하면 제대로 하게 될지도 모르지. 내가 좀 느리니까, 나한테 너무 빨랐던 건지도 몰라.' 나는 생각했다.

그 후, 린지는 얼굴 표정이 좀 더 오래 비치도록 프로그램을 조정했다. 이내 새로운 표정들이 쏟아지는 가운데 테스트가 이어졌다. 그런데도 제대로 할 수 없었다. 매우 곤혹스러웠다. '아니, 내 새로운 능력이 정말 사라졌나?' 지난 몇 달간 "정말 많이 달라지셨네요."라는 반응이 줄었는지 기억을 더듬어봤다. 처음에는 테스트에 의문을 가졌지만, 이제는 나를 의심하고 있었다. 신나서 연구실에 들어왔는데, 겁이 나고 불안해졌다.

셜리와 린지는 나를 안심시키려고 했다. "이런 테스트에 실패라는 개념은 없어요." 하지만 전에도 그런 위로를 듣지 않았던가. 정답과 오답은 있기 마련임을 알고 있었다. 답이 아무런 의미도 없는 테스트란 없을 테니까.

길고 참담한 그 시간 동안, 나는 다시 고등학교로 돌아간 느낌이었다. 화면 속의 표정들이 꼭 나를 보고 비웃는 학생들 같았다. 내가 유일하게 알아맞힌 화면 속의 표정은 바로 '역겨움'이었다.

몇 번은 꽤 무표정한 표정이 나왔기에, 나는 '무표정'을 클릭했다. 하지만 뭔가 골몰히 생각하는, 화난 표정 같기도 했다. 다른 표정들도 너무 과장돼 있어서 가짜처럼 느껴졌다.

그러다가 문득 처음 연구실에 왔을 때, 이런 '얼굴 표정 알아맞히기' 테스트를 했던 기억이 났다. 그때는 화면의 얼굴들을 아무리 쳐다봐도, 대체 뭘 봤는지 몰랐었다. 그래도 이번에는 하나라도 맞추지 않았는가. '역겨움'을 말이다. 정확히 무슨 표정인지는 몰랐지만 적어도 '역겨움이 아님'이라는 건 인식하고 있었다. '그래, 능력이 완전히 사라지지는 않았을 거야.' 내 상담가 친구가 "사람들은 미래를 예측할 때 비극을 먼저 떠올리는 경향이 있지."라고 한 적이 있었다. 그의 말이 맞는 것 같았다.

이윽고 나는 연구원들과 함께 TMS 실험실로 자리를 옮겼다. 그러고는 의자에 앉았다. 린지는 여느 때처럼 전선을 내 머리에 댄 다음 기계의 버튼을 눌렀다. 내 전두엽이 다시 한 번 자극을 받고 있었다. 내 오른쪽 귀의 앞부분이었다.

진동이 내 머리통에 닿는 걸 느끼면서, 나는 무심코 천장을 쳐다봤다. 특별히 뭘 집중해서 본 건 아니었다. 익숙하고도 몽롱한 TMS 자극의 기운이 느껴졌다. 자극을 받는 동안, 나는 평온하게 앉아 있었다. 실험이 끝나자 나는 연구원들에게로 돌아갔다. 실험 중간에 셜리와 린지는 자리를 교대했고, 이제는 셜리가 내 뒤에 서서 TMS 전선을 들고 있었다. 린지는 책상에 앉아서 컴퓨터를 쓰고 있었다. 나는 린지의 눈을 바라보며 물었다. "저 좀 달라 보이나요?"

"그럴지도요." 그녀가 답했다. "저를 아주 뚫어져라 쳐다보시네요." 이 말을 듣고 나는 다른 데를 쳐다봤다. 예의 없고 뻔뻔스럽게 보이면 안 되니까. 그러고 보니, 린지의 눈을 들여다봤을 때 나는 그녀의 걱정과 호기심을 느낄 수 있었다. '실제로 걱정과 호기심을 가졌을까?' 나는 어쩐지 물어보기가 쑥스러웠다. 왠지 남의 사적인 부분을 들여다본 것 같아서였다. 그렇다면 함부로 이야기를 하면 안 되지 않는가.

나는 셜리도 잠깐 쳐다봤다. 린지를 볼 때와 같은 기분이 느껴졌다. '전에도 이랬었나?' 너무 많은 게 바뀐 것 같아 뭐라고 단언할 수 없었다. 나는 책상으로 갔다. 또 컴퓨터 테스트가 기다리고 있었다. 초기 연구 때처럼 먼저 여러 개의 테스트를 하고, 자극을 받은 후에 또 비슷한 테스트들을 거쳐야 했다.

컴퓨터 앞에 앉아 다시 얼굴 표정들을 쳐다보고 있으려니, 뭔가 다르게 느껴졌다. 더 이상 화면 속의 표정들이 개인적인 느낌으로 다가오지 않았다. 자극 전에는 내가 읽었던 표정, 즉 역겨움이 나를 향하는 것처럼 느껴졌었다. 그런데 이제는 역겨움과 언짢음의 표정이 마치 길거리에서 개의 토사물을 보는 낯선 이의 표정처럼 보였다. 여전히 역겨운 표정이지만, 내겐 아무 의미 없게 느껴졌다.

게다가 많은 표정들에서 '역겨움'의 기운이 더 이상 느껴지지 않았다. 자극 전에는 테스트가 불편하게 느껴졌지만, 웬일인지 이제는 전혀 그렇지 않았다. TMS 자극 덕에 표정을 읽는 관점이 바뀐 듯했다.

연구원들은 이제 내게 새로운 테스트 용지를 건네줬다. 첨부된 눈 사진들을 보고 표정을 읽어내는 시험이었다. 몇몇 사진들은 일부러 흐릿하게 처리돼 있었다. 이번에는 자극 후에 확실히 실력이 향상된

게 느껴졌다. 셜리가 말했다. "자세히 들여다보세요, 천천히요." 하지만 나는 눈 사진들을 보자마자 바로 반응을 보였다. 집중한다고 그 반응들이 달라질 것 같지는 않았다.

물론 TMS 자극 전에도 이 테스트를 했었다. 하지만 결과는 매우 달랐다. 자극 전에는 사진들이 그저 이미지 자체로만 보였다. 눈에서 표정이 전혀 읽히지 않았다. 그런데 자극 후에는 좀 더 강하고 선명한 반응이 왔다. 각각의 눈 한 쌍을 보고 있으면, 바로 무슨 뜻인지 알 수 있었다. 점수가 얼마나 더 높게 나왔는지는 모른다. 하지만 훨씬 쉽게 느껴졌다.

테스트가 다 끝나고 린지, 셜리와 함께 대화를 나누었다. 대화 도중에 나는 그들의 눈을 들여다보는 게 훨씬 쉽고 자연스러워진 걸 깨달았다. 뭔가 무례하게 사적인 부분을 본다는 느낌도 온데간데없었다. 게다가 둘 다 내가 그들을 더 똑바로 쳐다본다는 데 동의했다. 평소 같으면 나는 본능적으로 직접적인 눈 맞춤은 피하는 편이었다. 하지만 더 이상 그러지 않았다.

꽤나 놀라운 일이었다. 왜냐면 초기 연구에서는 그 효과가 그렇게 빨리 나타나지 않았기 때문이다. 효과가 생기는 데는 시간이 걸렸었다. 나는 린지에게 말했다. "내일 어떤 기분이 될지 두고 보면 알겠죠. 지금은 '깊숙이 들여다보는' 느낌은 들지 않아요. 하지만 저번에는 그러기까지 열두 시간이나 걸렸었죠." 그리고 나서 나는 주차장으로 가서 차에 올라탔다. 그리고 집으로 향했다.

그런데 집까지 가는 중간 지점인 우스터에 이르자, 왠지 술에 취한 듯한 기분이었다. 그러다가 스터브리지 지역의 서쪽에 다다르니, 내 앞에 주 경찰차가 보였다. 나는 행여 음주 운전으로 단속이라도 당할까 봐 움찔했다. 연구실에서 가라앉았던 내면의 목소리에 다시 발동이 걸리고 있었다. '지금 내 차가 비틀대며 가고 있나? 속도위반은 아니겠지?'

물론 나는 당당히 집에 도착했다. 비록 세상이 바다에 떠 있는 배처럼 비틀대는 것같이 느꼈어도, 항해 능력을 잃지는 않았다. 게다가 머릿속은 이상했지만 몸의 반사작용과 조정 능력은 멀쩡한 듯했다. 물론 실제로 그랬는지는 잘 모르겠다. 음주 운전자들도 똑같이 주장하지만 충돌 사고를 내지 않는가. 나중에 나는 린지에게 그런 기분에 대해 말했다. 그러자 그녀는 "저희가 TMS 실험 후에 피험자들에게 운전을 하도록 내버려두면 안 된다고 느끼셨나요?" 하고 물었다. 솔직히 TMS 자극 후에 내 운전 능력이 저하됐었는지 어쩐지는 모르겠다. 린지는 내가 약이나 술을 먹지는 않았지만, 마음 상태가 당연히 변할 수 있다고 주장했다.

이제는 무슨 일이 생길지 도통 알 수 없었다. '가짜로 취한 듯한' 이 기분은 지난 4월 밤에 경험한 환각을 떠올리게 했다. 오늘 밤에도 그런 환각이 나를 기다리고 있을까? 눈을 감기가 무서울 지경이었다. 하지만 어김없이 잘 시간은 찾아왔고, 눈을 감는 수밖에 없었다. 역시 눈을 감자마자 그때처럼 세상이 핑핑 도는 게 느껴졌다. 하지만 환각 상태는 찾아오지 않았다. 대신에 어둠 속에 눕자 무언가 움직임을 느꼈다. 마치 바다 위의 보트 속에서 자는 것처럼, 물결을 타고 흔들대며 나가는 기분이었다. 뱃멀미는 없었지만 잠이 들지도 않았다. 몇 분 뒤, 나는 침대에서 나와 서재로 건너갔다. 그러고는 생각의 여과가 생기기 전에 연구원들에게 보낼 이메일을 썼다. 나는 어지러움을 느꼈다고 보고했다. "잠들려면 시간이 좀 걸릴 것 같네요. 하지만 어쨌든 준비는 됐습니다." 내가 쓴 글을 잠시 뒤에 읽어보니, '대체 무슨 준비가 됐다는 거지?' 하고 자문하지 않을 수 없었다.

누군가 대화 상대가 있으면 좋을 텐데, 마사는 침대에서 곤히 자고 있었다. 게다가 TMS가 우리 사이에 골을 만들어서인지, 그녀는 내 '인위적으로 만들어진 기분'에 대해 대화를 원치 않았다. 대체 이 상태로 어떻게 관계를 유지할까 걱정이 됐다. 다시 한 번 결혼에 실패할지도 모른다는 생각이, 마치 배 속의 돌덩이처럼 나를 짓누르고 있었다. 물론 마사도 내 두려움을 공감하고 있었다. 그럼에도 우리는 진솔한 대화를 나누기 꺼렸고, 침묵 속에서 관계는 점점 악화돼갔다.

하는 수 없이 침실로 돌아간 나는 헤드폰을 끼고 노래를 듣기로 했다. 그런데 노래를 듣는 순간, 지난 4월에 경험한 청각적 투명함이 되돌아왔다. 하지만 이번에도 환각은 아니었다. 뭔가 새로운 느낌이었다. 그때 '음악이 살아나는' 경험에서는 노래 가사와 멜로디에서 뿜어져 나오는 강렬함 때문에 그만 울음을 터트리지 않았는가. 정말로 놀라운 감정이었다. 하지만 이제는 같은 일이 반복돼도 울음이 나지는 않았다. 좀 더 차분하고 덜 극적이며, 뭔가 기쁨과 슬픔이 골고루 섞인 총체적인 기분이었다. 게다가 음악에의 새로운 '연결성'도 느껴졌다. '옆에 음악인이 있어서 이걸 표현할 수 있다면 좋을 텐데.' 젊은 시절에는 노래를 듣고 가수와 대화하고 싶다는 생각이 단 한 번도 들지 않았다. 무대 뒤 바로 내 옆에 그들이 늘 있었는데도 말이다.

바로 몇 분 전에 잠을 청해볼까 하고 음악을 틀지 않았던가. 원래는 사랑 노래나 잔잔한 재즈 음악이 나를 잠들기 좋은 상태로 만들어주곤 했다. 특히 50, 60년대의 재즈 음악이 그랬다. 스탄 게츠Stan Getz, 존 콜트레인John Coltrane, 마일스 데이비스Miles Davis와 같은 이들의 음악이었다. 하지만 이제는 내가 듣고 느끼는 것에 감탄하느라 완전히 깨버렸다. 만약 시간 여행이 가능하다면, 그 음악인들에게 뭐라고 말할까? 옛날에 음악인들과 일했을 때 나는 주로 그들과 기기를 어떻게 조정할지, 음향 시스템이 어떻게 들리는지, 다음 무대에서 어떤 노래에 어떤 기타를 쓸지 따위의 대화만 나눴다. 그들의 음악이 얼마나 아름다운지, 내게 어떤 감정을 불러일으키는지에 대해서는 한 번도 말한 적이 없었다. 그런데 이제는 누군가와 스피커가 노래를 어떻게 전달하는가가 아니라 노래에서 전달되는 메시지에 대해 얘기 나누고 싶었다.

나는 다시 한 번 침대에서 나와 '오늘 밤의 경험을 꼭 글로 써놔야지.' 하고 다짐하면서 서재로 터덜터덜 돌아갔다. 귀에 계속 헤드폰을 낀 채로, 나는 컴퓨터 안에 저장된 옛 사진들을 바라봤다. 익숙한 사진들이었지만, 뭔가 달라 보였다. 정확히 뭐가 달라졌는지 짚어내는 데는 약간의 시간이 걸렸다.

나는 알바로에게 이 경험을 이메일로 써서 보냈다. "제가 어떤 기분인지 궁금하시겠죠. 이건 마치 제 마음속의 오디오 처리기가 업그레이

드된 기분이에요. 익숙한 옛날 노래를 들으면, 비슷하게 들리지만 더 깊은 느낌이에요. 노래 도입부 네 마디 정도에서 드러머가 박자를 놓쳐요. 그러고 나서 계속 전 귀를 쫑긋 세웠죠. '저기 뒤에서 소리 나는 게 실로폰인가?' 네, 확실히 실로폰이었어요. 그러고는 베이스 기타의 네 음으로 된 리프(반복되는 짧고 간단한 멜로디 라인—옮긴이)가 귀에 들어오더군요. 왠지 각각의 악기 연주를 짚어내기가 더 수월했어요. 게다가 말을 하면 제 목소리가 마치 음향 시스템의 일부처럼 들려요. 꼭 이퀄라이저(고음과 저음을 일부 조정하여 듣는 용도로 사용하는 기능 또는 기기—옮긴이)를 중간치보다 약간 높은 주파수대로 맞춰놓은 듯 말이죠. 목소리가 더 생생하고 잘 들려요. 물론 남들에게는 전과 똑같이 들리겠지만요. 시각과 청각이, 뭐랄까…… 한마디로 더 깊어졌어요."

그러고 나서 나는 색감 또한 얼마나 깊어졌는지를 설명했다.

"어디를 둘러봐도 마찬가지예요. 제가 보는 모든 색깔의 색감 및 질감이 다양해졌어요. 심지어 제 컴퓨터 모니터의 평범한 파란 바탕조차도 다르게 보여요. 오늘은 화면 구석의 음영이 아주 뚜렷하게 보이네요. 전에는 한 번도 눈치 채지 못했거든요. 또 침실에 들어가면, 살구색 벽지를 비추는 은은한 취침등조차 100가지 색감으로 보여요. 이런 섬세한 색감은 항상 존재했을 텐데, 여태껏 전혀 눈치 채지 못했어요.

"물론, 이런 점들을 남들이 미리 지적했다면 충분히 보았을 거라고 주장할 수도 있겠죠. 하지만 그렇지 않아요. 제 목소리조차 다르게 듣는 걸 보세요. 그저 더 주위를 기울여서 그런 게 아니에요. 더 선명하게 들린다니까요. 모든 소리가 더 날카롭고 생생해진 느낌이에요. 제 말뜻을 이해하려면 직접 들어보셔야 할 텐데……. 비유를 하나 들어보죠. 마치 오랫동안 귀마개를 끼고 있다가 뺀 느낌이랄까요. 제가 지금 딱 그래요. 물론 그보다야 좀 더 미묘한 변화겠지만요."

음악에 대해 느끼는 놀라운 통찰력 때문에 나는 몇 시간이나 깨어 있어야 했다. 동이 틀 때쯤에야 나는 가까스로 잠들었다. 결국 다음 날 출근이 늦어지고 말았다. 직장에 도착해 직원들의 눈을 들여다봤을 때는 뭔가 엄청나게 새로운 일은 없었다. 하지만 어쨌든 다른 느낌이었다.

물론 지난 4월처럼 타인의 영혼을 들여다본다거나 하는 기분은 아니었다. 하지만 남들을 대할 때 좀 더 편안하고 공감하는 기분이 들었다. 특히 고객들이 자신들의 차에 생긴 문제에 대해 토로할 때 더 그랬다. 그날 아침에는 고객들의 이야기에 공감하는 나를 발견했다. "기분은 괜찮으세요?" 하고 자발적으로 묻기까지 할 정도였다. 그로부터 5개월이 지난 지금은 모든 게 정돈되고 덜 극적인 느낌이다. 이번 자극이 내게 심어준 감정적 통찰력은 깜짝 놀랄 만한 새로운 발견이 아니라 마치 오랜 친구와의 만남 같았다. 나는 연구원들에게 이번 실험의 결과가 좀 더 '미묘했다'고 말했다. 하지만 인생에서 남는 건 바로 그 '미묘함'이 아니던가. 나는 그 사실을 점점 깨닫고 있었다.

나는 가수 칼리 사이먼Carly Simon의 〈꿈을 이루는 것들The Stuff That Dreams Are Made Of〉이라는 노래를 떠올렸다. TMS가 혹시 내가 늘 꿈에 그리던 세상을 내 눈앞에 펼쳐주었나? 그러다 갑자기 슬퍼졌다. 왜냐면 이 노래는 가사의 주인공이 '우울한 애인'이야말로 바로 그녀가 꿈에 그리던 사랑임을 깨닫는 내용이니까. 내 결혼 생활은 그와 정반대가 돼가고 있지 않은가.

이렇다 할 답이 떠오르지 않자, 나는 그 슬픈 생각을 접어두었다. 그러고는 한층 업그레이드된 듯한 두 귀로 옛 노래를 듣기 시작했다. 중년이라 귀가 어두울 법도 한데, 내 내면은 다시 한 번 스물한 살 때로 돌아간 기분이었다. 그 생각에 저절로 미소가 번졌다.

그리고 나는 다시 침대로 돌아가 마침내 깊은 잠에 빠져들었다.

다른 종류의 성공

8월에 있었던 TMS 실험 이후 몇 주 동안, 나는 스스로의 행동을 유심히 살폈다. 가족, 친구, 그리고 연구소의 과학자들로부터도 많은 도움을 받았다. 그들은 모두 나를 지켜보고 의견을 말해줬다. 한동안은 나도 늘 꿈꾸던 상태가 됐다고 생각했다. 짧은 시간 동안이나마 마치 남들의 영혼을 들여다보는 것 같은 느낌도 들었다. 평소와 다른 사람들의 반응이 그걸 증명하는 듯했다.

하지만 새로운 발견으로 인해 내가 참담한 기분이 되리라는 생각은 단 한 번도 하지 못했다. 앞서 말했듯이 내 어린 시절은 상당히 힘들었다. 아버지는 폭력적이고, 어머니는 정신에 문제가 있었다. 내가 의식하지 못한 채 지나갔을 뿐이지, 그 외에도 다른 많은 어려움이 있었을 거다. 심리학자들이 내게 말했었다. "아마도 자폐가 어린 시절의 가장 힘든 부분을 보호해준 것 같네요. 주변에 무슨 일이 일어나는지 잘 몰랐을 테니까요." 하지만 감정적인 통찰력이 한층 깊어진 지금에 와서는 그 보호막을 잃은 듯했다. 때로는 매우 당황스러울 정도였다. 나는 마음 한편에 '사람들을 들여다보는' 건 사랑스럽고 달콤한 일이라는 환상을 품고 있었다. 물론 실제로 그런 면도 없지는 않았겠지만 두려움, 질투, 분노, 그 외 모든 나쁜 감정이 더 많았다. 좋은 감정들도 있었으나, 그런 건 소수에 불과했다.

TMS가 나를 일깨우기 전에 나는 종종 내가 '처져 있는' 이유가 남들로부터 긍정적인 감정을 받아들이지 못해서라고 생각했다. 하지만 이제는 진실을 안다. 세상에 떠다니는 대부분의 감정은 긍정적이지 않다는 걸. 깊은 감정적 통찰력을 갖고 대중을 바라보면 탐욕, 욕망, 분노, 불안이 보일 거다. 그로부터 비롯된 '긴장'(더 좋은 단어가 생각나지 않는다)을 잠시나마 풀어주는 게 순간의 사랑이나 행복 정도일 뿐이고 말이다.

그걸 깨닫기까지의 과정이 참 재미있다. TMS 실험 전에 나는 자주 불안했었다. 나는 그 이유가 내 자폐 탓에 남들의 감정이나 의도를 읽어내지 못해서라고 여겼다. 하지만 남들을 좀 더 투명하게 읽게 되고도 불안 증세는 조금도 나아지지 않았다. 왜냐면 남들로부터 느껴지는 가장 강한 감정 중 하나가 바로 그들 자체의 불안감이었기 때문이다.

그 즈음에 나는 몇몇 사람 근처에 있을 때면 일종의 '이상한 떨림'을 느꼈다. 처음엔 리처드 같은 몇 명의 친구에게서 이를 느꼈다. 그러다가 점차 고객 몇 명에게서도 같은 떨림을 느꼈다. 어떨 때는 전혀 무해한 듯한 첫 만남에서도 그런 일이 있었다. 그중 한 사건은 아직도 내 마음에 깊이 남아 있다.

"일터까지 차로 태워다 드릴까요? 그리고 수리가 끝나면 저희가 차를 몰고 가겠습니다." 내가 동네 의사인 한 고객에게 물었다. 그의 벤츠 수리가 끝나면 그가 일하는 병원으로 차를 가져다주겠다는 제안이었다. 하지만 그는 거절했다.

"아뇨, 내 비서가 와서 가져갈 겁니다. 당신의 시간은 그렇게 낭비하기에는 너무 소중하지 않습니까." 그는 말했다. 불과 몇 달 전이었다면 그냥 넘겨버렸을 만한 얘기였다. 눈에 띄게 비판적이거나 못된 말은 아니었으니까. 하지만 새로운 자각 덕에, 나는 그 말의 속뜻을 깨달았다. 나 또는 내 수리소에 대한 미묘한 비판이었다. 마치 그 고객이 방금 내가 싫다고 말하기라도 한 것처럼 갑자기 깊은 슬픔이 몰려왔다. 어렸을 때 느낀 기분과 같았다. 아무도 나랑 친해지려 하지 않거나 자기 팀에 나를 넣어주기 싫어했을 때와 같았다.

나는 깜짝 놀랐다. 방금 성인 버전의 '놀이터에서 거절당하는' 경험을 했기 때문이다. 왜 그런 일이 생겼는지, 내가 어찌해야 할지는 몰랐다. '아니, 우리 수리소가 그렇게 마음에 들지 않는데 왜 수리를 맡겼지?' 그 답은 미스터리였다. 그래서 난 그냥 아무것도 하지 않았다. 그 고객은 일터로 돌아갔고, 우리는 요청받은 수리를 했을 뿐이다. 하지만 나는 종일 그 거절의 말을 곱씹었다. 표면적인 단어 몇 마디 때문이 아니었다. 그 고객의 말투와 태도도 해당됐다. 전에는 전혀 눈치 채지 못하던 신호들이지만, 이제는 잊을 수도 없었다. 그 고객이 아예 오지 않았더라면 좋았을 것을! 나는 침착하기 위해 온갖 자제력을 동원해야 했다. 당장이라도 우리 서비스 관리인에게 "그 고객에게 전화해서, 우리는 수리를 할 수 없으니 차를 병원에 갖다놓겠다고 하세요." 라고 말하고 싶은 마음이 굴뚝같았다.

문득, 내 조부가 했던 말씀이 생각났다. "얘야, 가끔은 바보처럼 구는 게 현명하단다." 그러자 이런 생각이 떠올랐다. '아니, 내가 여기 주인이잖아. 손님이 1천 명은 될 텐데. 대부분은 다 훌륭한 사람들이야. 근데 몇 명은 좀 못됐지. 수리소에 기분 나쁜 상태로 와서, 우리가 하는 모든 일에 사사건건 트집을 잡거든. 아마도 평생을 그렇게 불평하면서 비참하게 살겠지. 그 사람들의 기분이나, 다른 데서 그들이 뭘 하는지는 내가 관여할 바가 아니야. 하지만 적어도 내 가게에서는 그렇게 비참하게 굴지 못하게 해야겠어.'

이런 부정적인 기분이 밀려들자, 예전의 다른 불만스러운 고객들과 그들의 말로 생각이 옮겨 갔다. 몇 명은 우리가 어떻게 기분을 맞춰주는가에 상관없이 그저 불행한 사람들이었을 거다. 어떤 고객들에게는 그저 모든 서비스 비용이 다 비싸고, 시간도 오래 걸리며, 뭔가가 제대로 되어 있지 않은 듯이 보이는 거였다.

그리고 나는 내가 옳은지 자문해봤다. 물론 유독 시간이 오래 걸리는 수리가 있기는 하다. 게다가 아무리 노력을 해도 가끔 실수는 나오게 마련이다. 수리소의 전 직원들이 때로는 고객 불만족 창조의 주범이 될 수도 있다. 하지만 대부분의 고객들은 우리 서비스에 흡족해하지 않는가. 고객 설문을 봐도, 수리가 적절했고 서비스의 질도 높다고 하는 의견이 대다수였다. 물론 예전에도 나는 몇몇 고객들은 절대 만족시킬 수 없다는 걸 알았다. 하지만 전혀 개의치 않았었다. 어차피 내가 좋아하는 고객들도 아니었으니까. 그저 남들을 참는 것처럼, 그들도 참아냈을 뿐이다.

왕따를 시키는 아이에게 맞서는 건, 내가 어릴 때부터 좋은 전략이었다. 나는 이제라도 나를 지키기로 마음먹었다. 그 의사 고객이 다음번에 수리를 하러 왔을 때 나는 달라져 있었다. 물론 나는 그의 요청을 귀담아 들었다. 그런데 굳이 '수리공들을 잘 지켜보라'는 당부를 덧붙이지 뭔가. 나는 그 말에 특히나 기분이 상했다. 내가 아는 한 우리는 그의 차를 수리할 때 단 한 번도 실수한 적이 없었다. 그런데도 매번 수리를 맡길 때마다 그는 불평과 경고를 서슴지 않았다.

"물론 선생님은 현명하시지요." 그가 왠지 기분 나쁜 웃음을 흘리며 말했다. "하지만 선생님이 직접 제 차를 수리하는 건 아니니까요." 그러더니 장장 5분간 우리 직원들의 결점과 어떻게 직원들이 차의 문제점을 짚어내지 못하는가에 대해 연설을 늘어놨다.

나는 화를 내지는 않았다. 그저 차분하게 말했다. "선생님은 저희 서비스에 한 번도 만족하지 않으시네요. 하트퍼드 지역에도 벤츠 수리소가 있긴 합니다. 여기서 한 시간도 걸리지 않아요. 거기에 한번 가셔서, 선생님의 기대에 더 잘 부응하는지 보시면 어떨까요? 이제 저희는 선생님 차를 수리하지 못하겠네요."

그가 어떤 답을 기대했는지는 모르지만, 내 대답은 결코 아니었던 모양이다. 그는 그 길로 페달을 밟아 나가버렸다. 그제야 우리 수리소가 썩 수준 있게 느껴졌다. 이제 내 입장은 단호했다. "우리도 정해진 시간 내에서만 일을 합니다. 그러니 우리 서비스에 만족하는 고객들을 위해서만 일하고 싶네요. 만약 저희에게 만족하지 못하시면—그게 제게도 훤히 보이니까—다른 수리소로 가십시오."

그 후 6개월 동안 몇 명의 비슷한 불평쟁이 고객들을 만났다. "아니, 왜 그 고객을 쫓아버리셨어요?" 직원들이 내게 묻곤 했다. "그 고객의 돈도 다 똑같은 돈인데요." 그러면 나는 답했다. "내게 이건 돈의 문제가 아니니까. 그런 고객들이 기분을 상하게 하는 게 문제지. 고객들이 우리를 발판처럼 취급하게 놔두면 되겠어요?"

사실 수많은 운전자들이 간단하다고 여기지만, 자동차 수리란 복잡한 일이다. 항상 수월하게 해결되면 좋겠지만, 마음먹은 대로 되지 않을 때도 있다. 게다가 수리비가 고객들의 희망가를 뛰어넘을 때도 있다. 어떤 고객들은 그저 나나 자동차 회사가 차 유지에 대해 하는 충고를 믿고 싶지 않은 것 같다. 나는 자동차 매뉴얼을 가리키며 이렇게 말하곤 했다. "자, 보세요. 이게 손님 차에 필요한 기름 등급이에요." 그러면 손님들은 "설마, 그럴 리가 있어요?" 하는 식으로 답했다. 나는 왜 자동차 회사가 정해놓은 규격을 의심하는지 되물었다. 그러면 그들은 언짢아하며 이렇게 말했다. "손님이 왕인 거 몰라요?"

손님들의 그런 대꾸는 위험하다는 신호였다. 그러나 어쨌든 내 입장을 깨닫게 했으니까 된 거다. 내가 못하는 일은 많았지만, 기계를 읽는 내 능력에 대해서만은 100퍼센트 자신이 있었다. 그런데 차 수리를 맡기러 오는 손님들은 내 능력에 공감하지 않았다. 만약 그랬다면 내게 뭐가 문제인지 지적하지 않았을 테니까. 항상 손님이 옳다면 전문가의 진단이나 수리소가 필요할 이유조차 없지 않은가.

음악가 리버라치Liberace는 클래식 음악을 연주할 때 "전 지루한 부분은 빼놓고 해요."라고 했었다. 우리 수리소에서도 그런 식이다. 그 대상이 자동차이긴 하지만 말이다. 우리는 아무도 짚어내지 못하는 차의 문제를 진단하고, 가히 예술 수준으로 수리를 해낸다. 이런 과정을 지켜보노라면 회사의 창립 비전이 떠오른다. '우리는 고객이 사랑하는 차를 수리합니다.'였다. 그리고 실제로 그렇게 하고 있다. 우습게 들릴지 몰라도, 지금까지는 모든 수리에서 '차에 필요한 게 뭔가'를 최우선으로 꼽았다. 하지만 이제는 대부분의 고객들과 좋은 관계를 유지하고, 때로는 그들을 감동시키는 적도 있다. 가끔 진상 손님들도 있긴 하지만 말이다. 이제는 차에 문제가 생겨서 찾아온 손님에게 항상 논리적으로만 굴지는 않는다. 차에 문제가 생겼을 때 그 고객이 어떤 기분이었을지 헤아려서 말하고는 한다. "정말로 겁나셨겠네요." 그러면 고객들은 러시아워의 고속도로 한복판에서 갑자기 차가 멈췄다거나 하면서, 실제로 얼마나 무서웠는지 토로하곤 한다.

"이런 수리소를 찾아서 다행이지 뭡니까." 고객들은 내게 말하곤 했다. 차를 수리하기도 전에 말이다. 그런 칭찬은 점점 잦아졌다. 그 원인은 아무래도 단 하나였다. 내가 고객들을 더 편하게 대했던 거다. 작업 내용은 아무것도 바뀐 게 없었다. 직원들도 수리소도 한결같았다. 단지 TMS가 내게 타인의 감정을 일깨워주자마자, 그 깨달음이 직장에서의 성공으로 즉각 이어지고 있었다. 나는 이제 점차 고객들을 차의 브랜드별로 분류해서는 안 된다는 걸 알게 됐다. 예를 들어 '랜드로버 차를 소유한 사람들은 자신의 차를 굉장히 아낀다.' 하는 식으로 넘겨짚으면 안 된다. 그렇지 않은 이들도 분명 있었으니까. 운전자 개개인과 공감을 하는 데는 특별한 능력이 필요했다. 자신의 낡은 스바루 자동차를 끔찍이 자랑스러워하는 이가 있는가 하면, 새 페라리에도 시큰둥한 이가 있으니까.

타인과의 공감 능력이 향상되면서, 나는 수리소를 방문하는 많은 불만스러운 진상 고객들이 차를 전혀 사랑하지 않는다는 걸 알게 됐다. 그들은 차를 그저 일터로 가기 위한 교통수단으로만 여겼다. 단지 그 교통수단이 벤츠나 BMW였을 뿐이다. 나는 그저 그들이 공감도 못하는 차에 대한 애정을 나누고 싶어 안달했던 것이다. 고객들을 더 잘 읽을 수 있게 되고부터, 정말로 차를 사랑하는 고객들과 더 좋은 관계를 쌓게 됐다. 그런 고객들이 우리 수리소의 핵심 고객층이다. 고객들과의 좋은 관계 덕에 상생하는 삶이 되었다.

결국 내 새로운 각성이 고객 관계 형성을 더 수월하게 만들지는 못했지만 관계의 질이 향상됐다. 요즘 수리소 전반의 분위기는 더없이 만족스럽다. 나나 고객들, 직원들 모두에게 말이다. TMS로 인한 각성이 이 모든 길을 열어줘서 얼마나 고마운지 모른다.

개인사 다시 쓰기

내 '감정 각성'에서 가장 힘겨웠던 부분 중 하나는 내 많은 추억들이 고스란히 재정립됐다는 점이다. 이상하게 들리겠지만, 예전의 좋은 기억들이 너무나 자주 나쁜 기억으로 바뀌어버렸다. 그러나 나쁜 기억이 좋게 변하는 일은 없었다.

사람들은 종종 나이가 들면서 온화해지기도 한다. 어려웠던 지난날을 뒤돌아보며 스스로에게 말한다. "그래, 지금은 웃어넘길 수 있지만, 그때는 참 대단했지." 하고. 하지만 지금 내 말은 그런 뜻은 아니다. 내 기억 저장소에 기록된 일상의 장면들을 말하는 거다. 수년간 한 번도 불편하게 떠올린 적 없었던 몇몇 기억들이 새로이 부정적 의미를 띠게 됐다. 예를 들어 앞서 말한 옛 친구 리처드와의 추억 같은 경우다. 그와의 여러 장면을 새로운 시선에서 보게 됐으니까. 하지만 그 외에 다른 기억들도 있었다.

내가 10대 때, 우리 어머니는 새로 만난 정신과 의사를 방문하기 시작했다. 그러더니 며칠이고 그의 집에서 머물곤 했다. 그의 집에는 수시로 드나드는 사람들이 바뀌곤 했다. 그중 몇 명은 어딘가 좀 이상했다. 정신과 의사의 집을 드나드는 이들은 좀 섬뜩한 면이 있었다. 하지만 그들 중 한 명은 나와 좋은 관계를 쌓았다. 그의 이름은 닐이었다. 그는 그 의사의 환자로, 그 집에 방까지 빌려 살고 있었다.

"둘이 서로 친해지면 좋겠군요." 의사는 울림이 깊은 목소리로 내게 말했었다. 나는 그의 충고를 따르기로 마음먹었다. 나는 닐과 어울리며, 차나 음악 등에 대해 얘기를 나눴다. 닐은 당시 스물한 살이었다. 충분히 술집에 다닐 수 있는 나이였다. 반면 나는 고작 열세 살이었다. 닐은 더구나 차도 갖고 있었다. 우리는 함께 차를 몰아 로큰롤과 블루스 음악 쇼에 다녔다. 닐은 문지기의 검사도 쉽게 넘기게 도와줬다. 일단 바 안에 들어가면, 그는 내게 술을 사줬다. 물론 나는 눈에 안 띄는 데 숨어서 바 안을 구경하느라 정신이 없었다.

매일 밤, 같은 동네 밴드들이 무대에 올랐다. 나는 어떻게 하면 밴드의 사운드를 더 향상시킬까 궁리하기 시작했다. 그때는 아직 음향 기사도 아니었지만, 그렇게 될 싹이 내 안에 움트고 있었던 모양이다. 처음 몇 번은 음향 담당자에게 수줍게 다가가 내 의견을 말했다. 그들은 '진짜 어른'이 아니던가. 나는 아는 척하는 꼬마에 불과했고 말이다. 몇몇 담당자들은 그저 나를 무시했다. 하지만 내 의견을 받아들인 몇 사람은 실제로 음향의 질을 향상시켰다. 몇 차례 이런 성공을 거두자 나는 신임을 얻게 됐고, 그렇게 해서 점차 음악인들과 함께 일하기에 이르렀다. 나는 곧 음향 기기를 손보고, 디자인까지 하게 됐다. 그로부터 10년도 채 지나지 않아서 나는 세계 유수의 밴드들과 일을 하게 된다.

하지만 그건 러스티네일 같은 동네 바에서 닐과 함께 술을 홀짝이던 당시로부터는 먼 미래의 일이다. 당시에는 그저 넓고 새로운 세계를 탐험하는 아이에 불과했다. 모든 게 흥미로웠다. 물론 어두운 면도 있었다. 이건 TMS로 인한 변화가 생기기 전에는 전혀 깨닫지 못했던 사실인데, 이제 그 기억을 새롭게 인식하게 되었다.

당시에 나는 닐과 많은 대화를 나눴다. 그중 하나가 성에 대한 것이었다. 내가 그때까지 직접적으로 경험하지 못한 부분이었다. 하지만 얘기는 많이 들어왔고, 더 알고 싶었다. 언젠가는 여자 친구가 생길 거라는 상상도 했다. 도대체 어떤 기분일까 궁금했다. 하지만 닐이 얘기를 꺼내기 전까지는 '남자 친구'에 대해서는 생각도 하지 않고 있었다. 닐은 아는 게 상당히 많은 사람이었다. 적어도 내 생각에는 그랬다. 그리고 그는 과거 역사 얘기를 많이 들려줬다. 많은 얘기들이 성에 관련된, 그것도 남자들 간의 관계에 대한 것이었다. 여자들도 끼어 있는 난잡한 파티 얘기도 있긴 했지만 말이다.

"선원들이 뱃머리에 옹기종기 모여 앉아 뭘 했을 거라고 생각해?" 그가 내게 물었다. 글쎄, 나는 다 같이 먹고 자고 돛대를 조정했을 거라고 추측했다. 그런데 매일 밤마다 선원들이 기다려 마지않았던 게 성관계라니. 나는 그 말을 듣고 깜짝 놀랐다. 그런가 하면, 로마 지휘관들과 스파르타인들의 얘기도 있었다. 누가 이 위대한 고대 병사들의 남성적인 정복사에 대해 잊겠는가? 닐은 고대 그리스 남성들의 동성애 얘기에 대해서도 신나서 알려줬다.

그러다가 갑자기 그는 개인적인 제안을 하기 시작했다. 그는 내가 아주 잘생긴 아이라고 말했다. 나 같은 소년을 곁에 두고 필요한 걸 가르쳐주고 싶어 하는 나이 든 남자들이 많다고도 했다. 나는 그가 정확히 뭘 의미하는지 잘 몰랐다. 당시 내게 필요한 지식은 기타 앰프에 대한 것이었으니까. 그런데 그는 앰프 얘기는 입도 벙긋하지 않았다.

결국 그는 자신이 나를 가르치면 어떻겠냐고 물어왔다. "우리 집에 가면 돼. 한 번도 관계를 해본 적이 없지? 근데 솔직히 해보고 싶잖니." 그가 말했다. "별로 그렇지는 않아요." 내가 답했다. "여자 친구가 생길 때까지 기다리고 싶어요. 나는 로마인들과는 다른가 봐요."

물론 그와 나 사이에는 아무런 성적인 관계가 없었다. 그는 어쨌든 나를 스파르타식 정복의 기쁨으로 이끌지는 않았다. 그리고 나는 전자음악으로 성공 가도를 달리게 되면서 그와의 대화를 까맣게 잊어버렸다. 내가 꿈에 그리던 여자 친구도 사귀게 됐고 말이다.

나는 그 후 오랫동안 닐에 대한 생각을 하지 않았다. 실은 왜 갑자기 그와의 추억이 떠올랐는지조차 잘 모르겠다. 이번 TMS 실험을 하고 나니, 내 안의 감정적 반응 시스템이 각성되는 느낌이었다. 그러고 나서 모든 게 달리 보이기 시작했다. 지금 생각해보면 닐은 교활한 아동성애자였다. 재미있는 곳에 데려다준다고 나를 꼬드겨서는, 내내 나를 이용해먹을 순간을 기다렸던 거다. 예전에는 그저 내가 나이가 들고 자립을 하게 되면서 그와 자연스레 헤어졌다고 생각했었다. 하지만 실은 날이 같이 놀 다른 10대 소년을 찾은 것이다. 한때는 그렇게 상냥하고 애정이 많다고 여긴 사람이 실은 끔찍하게 타락했었다니. 마치 내가 음악이나 색깔을 새롭게 인식하듯이, 그런 추억도 마찬가지였다. 다만 부정적인 방향이었을 뿐이다.

진실을 마주하니 서글퍼졌다. 그리고 조금 생각하다가, 대체 진실이 뭐였을까 자문하게 됐다. 내가 닐과 진짜 즐거운 시간을 보냈던가? 그의 추악한 의도는 내 상상에 불과한가? 그의 의도가 추악했다고 말할 권리가 나에게 있을까? 어쩌면 그는 나 같았을지도 모른다. 나보다 조금 더 크고 갈 곳 잃은 어린애였던 거다. 조금 지나자, 정말 그럴지도 모른다는 생각이 들었다. 우리가 함께한 즐거운 시간은 진짜였다. 그를 사악한 성도착자라고 말하긴 쉽지만, 실제로 그랬는지는 확실치 않았다.

TMS 실험 덕에 이제 내 머릿속은 온통 이런 '변질된 기억'으로 가득했다. 피험자들 중에서 나만 이런 경험을 한 게 아니었다. 몇 달 전에 킴 데이비스가 내게 자신의 삶에서 뭐가 잘못됐었는지 토로해 오지 않았던가. 왜 자신의 인간관계가 그렇게 같은 고충에 계속 빠지게 됐는지를 말이다. 그 얘기를 들었을 때는, 그저 그녀도 나처럼 부정적이라고만 생각했다. '유리잔에 물이 반이나 남았네.'보다는 '반밖에 남지 않았네.'라고 생각하는 주의라고. 그래서 그저 "나도 TMS 덕에 당신과 같은 경험을 했어요."라고 말해줬었다. 지금부터 잘해나갈 수 있다고 믿었다. 물론 그 믿음은 당시나 지금이나 같다. 하지만 이제야 나는 킴의 말이 그 뜻이 아니었음을 깨달았다. 그녀는 말 그대로의 경험을 한 것이다. 나도 같은 기분을 느끼고 보니 알 수 있었다. 그저 내 내면세계를 이해하는 데 시간이 좀 더 걸렸을 뿐이다.

어디를 쳐다봐도 잘못된 과거의 기억들이 떠올랐다. 역시 TMS 덕에, 그 사건들이 잘못된 이유가 바로 내가 타인의 감정을 읽지 못했기 때문임을 깨달았다. 킴도 같은 걸 느꼈다고 했다. TMS가 우리에게 준 '타인의 기분을 읽는 능력'은 일시적이었는지 모른다. 하지만 '인생 경험의 기억을 새롭게 해석하는 능력'은 놀라울 만큼 오랫동안 선명했다.

'그때 밥에게 딸이 어찌됐냐고 물어볼 것을…….'

'당시에 고맙다는 말을 하지 않아서 그의 기분을 상하게 한 것 같아. 그래서 통 전화를 하지 않는 거겠지.'

'아까 그 손님에게 무작정 걸어가서 금방 판 차가 어떠냐고 뱉어내기보다는 '오늘 잘 지내셨어요?'라고 먼저 물었어야 했는데 말이야.'

물론 이런 각각의 기억들은 사소한 일화이지, 인생이 걸린 문제는 아니었다. 하지만 내가 잘못했었다는 깨달음, 그것도 그런 잘못이 천 번도 넘는다는 게 나를 무겁게 짓눌렀다. 내가 한 말과 행동이 기억날 때마다 나는 움찔했다. 시간을 되돌려 잘못을 바로잡고 싶을 정도였다. 하지만 실패로부터 배워야 극악한 실수를 다시 반복하지 않을지 모른다. 물론 말처럼 쉽지는 않겠지만 말이다. 내 행동이 잘못이었다고 안다고 해서, 어디 평생 박인 태도를 쉽게 바꿀 수 있겠는가. 늘 하던 대로 하려는 경향은 아직도 강했다. 그래도 나는 스스로를 바꾸려고 최선을 다했다.

나는 옳은 결론에 다다르기까지 시간이 오래 걸리는 편이었다. 심리학자들은 자폐인들이 사고 처리의 지연을 겪는다고 하지 않는가. 지금의 내가 그런 것 같았다. 아니면 이번에는 진짜로 꽤 복잡한 문제였는지도 모른다. 마치 내 '감정적인 뇌'가 과거의 특정 장면이나 경험이 무슨 뜻이었는지를 이해하는 데 생각할 시간을 필요로 하는 것 같았다.

요즘은 이런 현상을 늘 겪는다. 현재 눈앞에 보이는 것들이 최근에 지나간 기억들을 떠올리게 한다. 기억을 떠올리는 계기는 단순하다. 예를 들어 지금 눈앞의 차가 몇 주 전 일터에서 수리했던 차와 비슷하게 생겼다든가, 그 차가 누가 했던 말이나 행동을 떠올리게 한다든가 하는 식이다. 그러면 그 기억이 내 마음속에 재현되고는 했다. 그리고 그때는 헷갈렸던 의미가 좀 더 선명하게 이해됐다. 마치 누가 발로 내 배를 찬 것 같은 느낌이랄까. '또 실수했던 거였네.' 내 안의 작은 목소리는 말하곤 했다.

내가 자폐라는 걸 깨닫고 이를 받아들이는 데는 몇 년의 시간이 걸렸다. 물론 내 결핍은 애초부터 잘 알고 있었지만 자폐로 인한 재능을 이해하는 건 훨씬 더 어려운 일이었다. TMS는 확실히 특별한 작용을 했다. 음악과 색깔의 아름다움을 바로 볼 수 있게 해줬으니까. 마치 그런 능력이 하늘에서 뚝 떨어진 것처럼 말이다. 그런데 TMS로 인해 치른 대가를 알아차리는 데는 좀 더 시간이 필요했다.

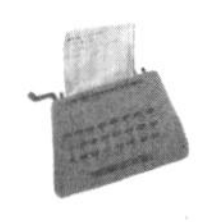

두려움

알바로는 TMS의 효과가 언제나 긍정적이지는 않을 수 있다고 경고했었다. 어쨌든 나는 대체로 긍정적인 방향으로 변하고 있었다. 늘 상향곡선을 타고 있었으니까. 내가 기억하는 한, 인생 처음으로 불안과 괴로움이 없는 가을을 맞이하고 있었다. 하드커버 표지로 출간된 내 첫 저서는 성공적이었다. 2008년 가을에 뒤이은 페이퍼백 출간의 전망도 좋아 보였다. 하지만 그 전망은 불과 몇 개월 사이에 바뀌고 말았다. 경제 위기가 닥친 탓이었다.

새롭게 떠오르는 문제점들이 확실히 있었다. 우선 삐걱거리는 내 결혼 생활이었다. 마사의 훤히 보이는 우울증을 내 각성된 감정이 잡아내는 탓에 애를 먹었다. 커비도 화학 실험 때문에 재판을 받을 예정이었고, 감옥에 갈 수도 있었다. 하지만 내가 한계에 부닥치게 된 건 바로 경제 위기 때문이었다.

물론 나는 살면서 여러 번의 경제 위기를 경험했다. 그래서 이번에도 처음에는 별로 신경 쓰지 않았다. 개인적으로 주식 시장에 큰 연관도 느끼지 못했고, 경제 석학들이 말하는 '어마어마한 부동산 거품'도 와 닿지 않았다. '그게 우리랑 무슨 상관이람?' 나는 직원들을 향해 우리는 차 수리공이지 주식 거래인이 아니니 걱정 말라며 안심하라고 했다. 물론 나는 자폐인이기 때문에, 아주 직접적으로 내게 영향을 미치는 것 빼고는 바깥세상이 돌아가는 이치에 능숙히 편입해본 적이 없는 게 사실이었다.

내 사업은 1990년의 경제 위기 때는 오히려 호황이었다. 차 소유자들이 자동차 대리점보다 덜 비싼 수리 서비스를 찾았기 때문이다. 처음에 나는 이번 위기도 같으리라고 예상했다. 하지만 그게 아니었다. 오랜 고객들이 수리소에 발길을 끊었고, 이들을 대신할 새 고객들은 눈에 띄지 않았다. 하도 문의가 오지 않아서 사무실의 전화가 고장 난 게 아닌가 싶을 정도였다. 혹시 무슨 문제가 있나 싶어 오랜 고객들에게 전화를 돌려보기도 했다. 그러면 모두들 무서운 얘기를 늘어놓았다. 차를 끔찍이 관리하던 고객들이 단 하룻밤 새에 달라져 차에는 신경조차 쓰지 않는 듯했다. "도저히 차를 감당할 수가 없어서요. 긴축정책 중이거든요."라는 게 그 겨울 내내 듣던 판에 박힌 멘트였다. 신문 기사는 날이 갈수록 심각해져갔다. 경기는 비실비실대더니, 아예 무너지기 시작했다.

그러다 2009년이 되니, 급기야 모든 판도가 바뀌었다. 주식 시장은 붕괴했고, 수백만의 사람이 자신들이 투자한 퇴직금이 증발하는 걸 지켜봤다. 어떨 때는 단 하룻밤 새에 일어나는 일이었다. 별로 큰 규모는 아니었지만, 내가 보유한 주식도 두 동강이 났다. 늘 차를 애지중지하던 고객들이 차를 등한시했다. 그러다가 큰 고장이라도 나면 노발대발했다. 수리비를 감당할 수 없게 된 몇몇 고객들은 아예 차를 내버리기까지 했다. 그렇게 아꼈지만 이제는 다 낡아버린 차를 내게 떠넘겨버린 거다. 내 전화와 메일도 모두 무시했다. 한편 수리를 위해 내 가게를 찾은 고객들은 대기실에서 초조하고 불안해했다. 전에는 볼 수 없던 광경이었다. 지난 수년간 고객들의 기분에 무신경했던 게 사실이지만, 그래도 그때는 고객들이 날씨나 자녀들, 기타 가벼운 주제들에 대해 수다를 떨곤 했었다. 하지만 이젠 모두 실직했다든가 아이들 대학 등록금을 내지 못했다든가 하는 고충 토로뿐이었다.

내 고객들을 위해 아무것도 해줄 게 없다는 사실이 나를 괴롭혔다. 이건 새로운 기분이었다. 과거에는 그저 차가 고장 난 건 부주의의 산물이라고 꼬집어 말해줬었다. "좀 더 주의를 기울이세요. 그렇지 않으면 걸어 다녀야 할지도 몰라요." 하지만 이젠 고객들에게 연민을 느꼈다. 몇몇 고객들은 지난 달 주택 대출금을 갚을지, 차 수리비를 낼지를 두고 고민하고 있었다. 난 늘 연민이 미덕이라고 들었다. 그리고 나 같은 자폐인은 연민이 부족해서 장애를 겪는다고 여겼다. 나는 생각했다. '그게 사실이라면, 차라리 장애를 택하겠어. 다른 사람들의 고통을 느끼니까 나까지 축 처지는걸.'

그래도 수리소 고객들의 고충에 주의를 기울이는 게 차라리 내겐 분위기 전환거리가 됐는지 모른다. 왜냐면 커비의 노샘프턴 대법원

재판이 다가오고 있었기 때문이다. 우리 주에서 매년 일어나는 수천 건의 형사 고소건 중에서 고작 15퍼센트 정도만이 대법원에 이른다. 그런데 커비의 사건이 그중 하나였다. 다른 사건들은 강간, 살인, 무장 강도, 방화 따위였다. 우리는 아직도 검사가 커비를 그런 중범죄자들 사이에 끼워놓은 것을 믿을 수가 없었다. 더욱이 피해자나 접수된 불만조차 없는데도 말이다. 우리는 대법원을 유심히 지켜봤다. 사건 하나하나가 유죄 선고로 끝나는 걸 보는 건 무서운 일이었다. 노샘프턴 대법원이 마치 콩코드 주립 교도소로 가는 대기실처럼 보일 지경이었다. 커비는 최고 60년 형을 살 수 있었다. 우리는 모두 이제 무슨 일이 닥칠까 괴로워하면서 공포의 날을 세운 채로 지냈다.

뭔가 희소식 아니면 내 기분을 나아지게 만들 수 있는 그 무엇이라도 찾고 싶은 내 바람이 간절해졌다. 주위에는 불안과 공포의 감정만이 팽배했다. 들리는 모든 소식이 부정적이었다. TMS 실험 전의 나는 유럽에 전쟁이 발발하거나 캐나다에서 수천 명이 질병으로 죽어간다고 해도 동요하는 일이 없었다. 당장 내일로 예정된 수리 건만 취소되지 않으면 그뿐이었다. 그런데 이제는 내가 듣고 보고 읽는 모든 것들이 감정들로, 그것도 부정적인 감정들로만 꽉꽉 들어차 있었다. 어디를 둘러봐도 사람들은 겁먹고 있는 듯했다. 그렇게나 숨 막히는 분위기에서 나 혼자 침착하기란 불가능했다. '자폐로 인한 감정적 망각 상태가 되돌아왔으면…….' 하고 바랄 정도였다. TMS가 이끌어낸 통찰력은 놀라웠지만, 강한 보호막을 잃는 것은 그 대가였던 셈이다. 이제 그런 보호막 없이 적대감이 가득한 세상에 혼자 발가벗겨진 기분이었다.

나는 이런 기분에 대해 알바로에게 말했다. 그러자 그는 "그건 정말 정확한 관찰이군요. 우리가 타인들의 감정을 알아챌 수 있다는 걸 보여주는 연구는 굉장히 많아요. 특히 불안과 우울 같은 감정을 말이죠. 선생님께 여태껏 그런 경험이 일어나지 않은 건, 자폐가 마치 예방접종처럼 일종의 보호 역할을 했기 때문이죠. 현재 선생님이 느끼는 고충에 대해서는 유감입니다. 하지만 동시에 TMS 요법이 선생님 내면의 감정에 물꼬를 텄다는 게 정말 기쁘네요. 선생님은 지금 새로운 '감정 이입'을 경험하고 있습니다. 그건 정말 적응하기 까다로운 경험이지요."

안타깝게도, 알바로의 설명과 열의도 내 기분을 나아지게 하진 못했다. 내게 찰나의 미소가 번지게 했을 뿐이다. 하지만 정말 잠시였다. 삶은 그저 고통으로 가득 차 있었으니까.

내 결혼 생활도 막바지에 다다른 것 같았다. 마사가 덮어쓴 우울증이라는 망토를 감당해내기란 버거운 일이었다. 그녀의 우울증에 너무 오래 무덤덤했던 나였기에, 마치 경고도 없이 배신한 기분이 들어서 무척 괴로웠다. 그렇지만 할 말이 없었다. 대화나 상담으로 바꿀 수 있는 상황이 아니었다. 마사는 우리의 문제가 과학의 힘으로 알게 된 '서로 간의 부조화'라고 믿고 있었다. 썩 기분 좋은 생각은 아니었다. 하지만 내가 그녀를 실망시켰다는 죄책감으로 인해 그 생각이 확대 해석됐다. 사람들은 관계의 유지와 파탄은 양쪽 모두의 책임이라고 말하곤 한다. 하지만 이 경우엔 조금 다르다는 걸 우리는 너무 잘 알고 있었다. TMS와 내가 한편에서, 마사가 그 반대편에서 첨예하게 대립했다. 그녀는 변한 게 없는데 나만 달라진 상황 때문에 우리의 관계가 틀어지고 말았다.

내 주변인들의 감정을 보다 잘 읽게 된 후로, 내가 얼마나 마사의 슬픔에 참을성이 없었는지를 깨닫게 됐다. 마사가 하기 싫어하는 일을 하라고 부추기는 건 괴롭힘이나 다름없었다. TMS 실험 전에는 그녀에게 "나와 커비가 주변에 있어 다행이지 뭐요. 우리는 우울증은 안 봐주거든." 하고 말하곤 했다. 침대에서 나와 더 넓은 세상으로 나가자고 졸라댔다. 하지만 실험 후에는, 비유를 들자면, 나 자신을 새로이 거울에 비춰 보는 듯했다. 그러자 '내가 지금 뭐 하는 거지?' 하는 생각이 들었다. 내 풍부해진 감각이 내게 '마사가 혼자 있고 싶어하는구나.' 하고 일깨워준 거다. 그녀가 밖에 나가 돌아다니길 바란 건 순전히 내 쪽이었다. 만약 이게 사실이라면—내 논리적인 뇌가 강력히 주장하듯이—그녀를 우울증에서 벗어나게 하려는 노력은 순전히 이기심의 발로였다. 나는 부끄러워졌다.

나를 불편하게 한 깨달음은 또 있었다. 나는 항상 뭔가를 성취하고자 스스로를 들들 볶는 데 비해, 마사는 그저 현 상황에 만족하는 편이었다. 그녀는 와인 한 잔을 손에 들고 앉아 조용히 책을 읽는 걸로 족했다. 생각해보면, 아무도 내게 "적당히 하고 편히 쉬세요."라고 가르쳐준 적이 없었다. 게다가 TMS의 효과로 인해 한층 에너지가 솟는 느낌이었다. 하지만 마사는 나와 달랐다. 나는 그녀를 좀 더 나처럼 만든답시고, 끊임없이 귀찮게 해왔다. 나도 실은 조용히 앉아서 쉬고 싶은 마음이 있었음에도 불구하고 말이다. 그런 내 행동이 그녀의 우울증을 더 깊어지게 만드는 것 같았다.

나는 다이애나 로스의 〈아침에 나를 어루만져 주세요Touch Me in the Morning〉라는 곡을 들으며 이런 생각을 했다. 30년 전에 내가 음악에서 듣는 거라고는 풍부한 소리의 물결이 기기의 크로스오버 및 리미터limiter 회로, 앰프를 타고 흐르는 과정뿐이었다. 음향 시스템이 제대로 작동하면 아름답고 좋은 소리가 났고, 그렇지 않을 때는 끔찍한 소리가 났다. 하지만 이제 음향 기기는 안중에도 없었다. 다이애나 로스가 부르는 노래의 가사만이 마치 내 복부를 누가 한 대 때린 것처럼 다가왔을 뿐이다.

> 우리에게 내일이란 없어요.
>
> 하지만 어제가 있었잖아요.

그 후, 내 기분은 커비가 검사의 억지스러운 고소 조항 하나하나마다 무죄 판결을 받으면서 잠시 나아졌다. 승리의 순간 전까지는 엄청나게 심각한 문제였지만, 이제 우리는 그 사건을 터무니없었다고 넘길 수 있게 됐다. 하지만 이조차도 내 기분을 계속 좋게 유지시키지는 못했다. 커비도 줄곧 자축할 기분은 아니었다. 집 안에 감도는 스트레스를 끔찍이 싫어해, 독립하고 싶어 했다. 이제 만 19세니, 그 애도 어른이었다. 결국 커비는 집에서 50킬로미터가량 떨어진 버몬트로 나갔다. 그리고 커뮤니티 칼리지에 등록을 하고, 새 여자 친구를 사귀었다.

그 애는 젊은이로서 좋은 출발을 하고 있었다. 어쨌든 감옥에 가는 것보다야 훨씬 나았으니까. 하지만 나는 내 아들이 그리웠다.

그해 여름 내내 경제는 최악이었다. 우리 수리소의 수익도 25퍼센트나 감소했다. 20년간 사업을 하면서 한 번도 없던 일이었다. 거의 1년간이나 안 좋은 소식만 들려왔다. 나는 점차 희망을 잃어갔다. 지금까지는 '내일은 오늘보다는 낫겠지.' 하면서 그나마 대체로 긍정적으로 생각해온 나였다. 슬프거나 외로울 때조차 말이다. 그런데 그런 희망이 산산조각 나고 있었다. 대신 '내일은 더 힘들 거야.' 또는 '내년은 최악이겠지. 아니, 내년까지 버틸 수나 있으려나.' 하는 생각이 들었다.

그러자 나는 의기소침해졌다. 물론 우울증은 아니었다. 다만 주변 사람들의 감정을 '흡수'한 데다, 주변 상황에 대해 이성적인 분석이 더해진 결과였다. 몇 년간 호황이었던 덕에, 나는 그게 영원히 계속되리라고만 믿었다. 그런데 큰 폭으로 수익이 감소하고 있었다. 이제 남은 문제는 '계속 이 사업 판에 남아 있어야 하나?'였다. 이제 실패를 인정할 때가 됐나?

1년 전에 나는 내가 성공을 거뒀다고 생각했다. 그런데 이제 낙오자가 된 기분이었다. '이건 그저 불건전한 자기연민일 뿐이야.' 내 안의 목소리가 말했다. 아니, 하지만 그게 아니지 않은가! 이건 현실이었다. 나는 그게 사실임을 점점 더 깨달아갔다. 이런 나쁜 상황의 종착점은 나 자신의 죽음밖에 더 있겠는가. 내 주변의 모든 게 무너지자, 죽음에 대한 생각은 점점 더해갔다. 모든 걸 다 잃으면, 아파서 죽게 되는 건가? 아니면 비참한 순간에 자살이라도 하게 될까? 나는 긍정적인 생각을 해보려고 애썼다. 하지만 그런 생각들은 오래가지 않았다. 주변의 모두가 아직도 내가 성공한 줄 알고 있었다. 또 일터에서는 나를 리더로 대했다. 나 자신을 가짜라고 느끼면서도 이 모든 걸 감내해야 한다는 것, 그게 가장 힘들었다.

그해 여름 동안 몇 번이나 내 안의 목소리는 말했다. "상황이 나아질 리가 없어. 이제 그만 포기해." 그 시간을 되돌아보면, 영영 끝날 것 같지 않은 정신적 고통에 싸일 때마다 자살 충동이 스멀스멀 올라왔던 것 같다. 그러다 책상에서 권총을 빼 들어 방아쇠를 당기기 직전의 상황까지 이르렀지만, 결국엔 그만두었다.

삶이 완전히 망가졌어도, 나는 언젠가 상황이 다시 나아질 거라는 실낱같은 희망을 품고 있었던 모양이다. 어쨌든 내 친구들이나 가족들에게는 상황이 별로 나빠 보이지 않았나 보다. 하지만 그들이 내 머릿속을 들여다보는 게 아니니 어찌 알겠는가. 그래도 경제가 나아질지도 모르고, 사업도 다시 잘될지 모르는 일이었다. 내 친구들은 나를 안심시키려고 애썼다. "자네 사업이 그렇게 나쁜 상황은 아니야.(사실은 나빴지만)" 또는 "남들도 다 한 배에 탄 처지야.(물론 그런 사람들도 있고, 아닌 이들도 있었다)" 그리고 나 자신은 단순히 은행 잔고보다 훨씬 더 의미 있는 존재라고 했다. 하지만 나는 동의하기 힘들었다. 열여섯 살이 되던 해부터, 길거리에 나앉는다는 의미를 깨달은 내가 아닌가. 나는 그들에게 다시 길거리로 나가느니 차라리 죽겠다고 답해버렸다.

가을이 되어도 역시 상황은 나아지지 않았지만 다행히 더 나빠지지도 않았다.

겨울이 끝나갈 무렵, 나는 삶에 변화가 필요함을 직시했다. 더 이상 마사와 결혼 생활을 이어갈 수 없을 듯했다. 그녀의 우울증이 나를 너무 짓눌렀던 까닭이다. 하지만 그런 생각을 품는 것조차 못할 짓인 것만 같아 괴로웠다. 어쨌든 나를 처음 만났을 때부터 그녀는 우울한 상태였으니까. 또 TMS가 모든 걸 바꿔놓기 전까지는 내가 그녀의 기분을 잘 참아냈고 말이다.

결국 나는 마사에게 집을 나가겠다고 선언하고 말았다. 그해 크리스마스이브 날에 나는 코네티컷 강의 보트 선착장에 차를 몰고 갔다. 그러고는 차의 전조등 너머로 넘실대는 검은 강물을 바라보면서 차 안에서 한 시간가량 앉아 있었다. 이대로 차를 몰고 강으로 들어가 모든 것을 끝내야 할까? 내 인생의 모든 소중한 이들을 실망시킨 것만 같았다. 내 아들의 자폐로 인한 냉담함에도 눈을 닫고 있었고, 위험한 실험을 하게 내버려둬서 거의 감옥에 갈 뻔하지 않았는가. TMS에 그렇게 맹목적으로 뛰어든 건, 나 자신을 개선하려는 이기적인 희망 때문이었다. 결국 그로부터 얻은 진짜 효과는 마사의 우울증을 온몸으로 느끼게 됐다는 것, 그리고 더 이상 결혼 생활을 감당하지 못하겠다는 깨달음이었다. 게다가 경기 침체로 인해 내 사업은 부도 직전이었다. 사업마저 실패하면, 내게는 남는 게 없을 터였다. 그렇다면 별로 살 의미가 없지 않은가. 이제 논리적인 다음 단계는 가속 페달을 밟아 차를 강물에 빠뜨리는 일뿐인 듯했다. 보험이라면 남겨진 사람들을 잘 돌볼 수 있을 만큼 충분히 들어 두었다. 하지만 이전에 권총을 앞에 두고 망설였듯이 이번에도 역시 나는 망설였다.

그래서 그저 아픔을 느끼면서 어둠 속에 앉아 있었다. 정말이지 이 아픔을 끝내고 싶었다. 죽는다면 아픔은 사라지겠지만, 다른 모든 것들도 다 끝나버릴 것이다. 퍼뜩, 나는 그럴 준비는 안 돼 있다는 생각이 들었다. 내 안의 무언가가 상황이 상상만큼 나쁘지는 않다는 걸 아는 것만 같았다. 내 안의 목소리가 끊임없이 "넌 이제 끝났어."라고 외쳤지만, 좀 더 침착한 이성은 "아직 모두 다 끝난 건 아니야."라고 넌지시 꼬집고 있었다. '그래, 아직 은행에 돈도 남아 있고, 사회적 평판도 사라지지 않았지.' 회생이 쉬워 보이지는 않았지만, 불가능하지도 않을 듯했다.

그렇게 하염없이 강물을 바라본 지 몇 시간이 지났다. 강물은 작은 소용돌이와 잔물결을 만들며 흘러갔다. 나는 마침내 차를 후진해 방향을 돌린 다음 선착장을 뒤로했다. 그러고는 시내로 운전해 가서, 어느 작은 레스토랑에 들어갔다. 엉망인 경기를 드러내듯, 자리는 텅텅 비어 있었다. 나는 쓸쓸히 혼자만의 저녁을 들었다. 식사를 마친 후, 나는 스프링필드로 가서 셰러턴 호텔에 체크인을 했다. 나는 다시 시작해보기로 굳게 다짐했지만 정확히 뭘 해야 하는지는 잘 몰랐다.

영화나 책에서는 호텔 스위트룸에서의 삶을 웅장하고 멋들어지게 그려내지 않는가. 그게 사실이라면 얼마나 좋을까. 내가 묵은 방은 안락했지만, 끝도 없는 외로움으로 가득했다. 호텔 레스토랑도 별 위안이 되지 않았다. 옆 테이블에서는 호텔 주인이 몇몇 친구들과 저녁을 즐기는 듯 보였다. 그러나 식사가 끝나자 다들 자기 가정으로 돌아가기 시작했다. 나는 혼자 남겨져서 결국 위층으로 터덜터덜 걸어 올라갔다.

마사와 나는 마침내 조정이혼을 하기로 결정을 내렸다. 수리소 사업은 계속 함께 하기로 했다. 이 합의가 잘 지켜지기를 나는 바랐다. 지금까지는 문제없이 잘 진행되고 있다.

이제 나는 스스로가 달라졌다고 믿었다. 내가 어렸을 때 나를 밀어냈던 '사회적인 사람들'이 이젠 나를 포용해줄 거라고 상상했다. '사회성 있는 사람과 재혼할지도 모르는 일이지.' 나는 생각했다. 하지만 그런 생각이 모든 데이트를 난장판으로 만들었다. 상당히 괴로운 일이었다. 이제는 한층 감각이 풍부해졌다지만, 누가 진실한 친구로서 믿을 만하며 나를 도와줄지, 아니면 그 반대일지는 여전히 분간하기 힘들었다. 한번은 데이트하던 여성과 헤어진 뒤에 함께 보낸 시간 동안 찍은 사진을 봤다. 그러자 특이한 점이 보였다. 사진 속 여성의 얼굴 표정이 "여기 당신과 함께 있기 싫어요."라는 뚜렷한 메시지를 보내고 있었다. 돌이켜 생각하니, 그녀가 어떤 말을 할 때 표정은 도통 그 말과 일치되지 않았다. 그녀의 마음속 갈등이 내비쳤던 거다. '그녀와 끝내길 잘했군.' 나는 생각했다. TMS는 내게 그런 깨달음을 갖게 하는 데 매우 큰 도움을 줬다. 물론 그녀가 애초에 맞지 않는 상대라는 걸 깨닫지는 못했지만 말이다. 예전 같으면 사진을 봐도 아무것도 몰랐을 게 뻔했다.

새로운 관계를 시작할 수 있다는 희망에 나는 기분이 좀 나아졌었다. 하지만 그렇게 금방 관계가 깨지자, 나는 원상태로 돌아가고 말았다. 기분이 정말 좋지 않았다. 일터의 사람들은 내 태도에 대해 한 마디씩 하곤 했다. "혹시 무슨 약이라도 하시는 거예요?" 우리 서비스 관리인이 어느 날 내게 물을 정도였다. 그녀는 내가 기분이 들쑥날쑥한 모습을 쭉 지켜본 것이다. 그 정도의 모습을 보인 적은 일찍이 없었으니까. 그리고 아마 내가 마약 중독 상태라고 잠정 결론을 내린 모양이었다. 나는 절대 아니라고 안심시켰다. 하지만 내 말을 믿는 데 시간이 좀 걸리는 듯했다. 어쨌든 그녀의 그런 질문은 나를 놀라게 했다. 대체 세상 사람들 눈에 내가 얼마나 망가져 보이면 그런 말을 들을까?

"이젠 사람들에게 화도 내잖아요. 한 번도 그러지 않더니."라고 예전에 마사가 내게 말했었다. 내가 의견을 물었을 때 말이다. 이제 보니, 마사가 옳았다. 예전에는 온갖 감정들을 속에 푹푹 눌러 담고 살았었다. 어떻게 풀어내야 할지 몰라서였다. 그 결과로 사람들은 내가 쉽게 동요되지 않고 항상 침착하다고 여기는 것 같았다.

하지만 이제는 생각하는 대로 말하고 있었다. 좌절과 분노의 표출을 포함해서 말이다. 항상 느꼈지만 밖으로 내지 않던 감정들이었다. 물론 한편으로는 긍정적인 감정들 역시 더 깊고 다양하게 느끼고 있었다.

새로운 시작

이혼도 데이트의 악몽도 모두 뒤로한 채, 어느덧 가을이 왔다. 나는 수리소에서 다시 마리팻과 마주쳤다. 마지막으로 그녀와 얘기를 나눈 뒤로 참 많은 일들이 있었다. 나는 그녀에게 전부 털어놨다. 집에서 나온 것, 이혼 신청을 한 것, 또 시내에 있는 셰러턴 호텔에 묵고 있다는 것도. 그리고 이혼 조정이 끝나면 집으로 다시 돌아갈 거라고 말이다. 그 큰 집에 혼자 있게 된다고 생각하니 막막했다.

이렇게 솔직하게 다 털어놓는 건 나답지 않은 일이었다. 나는 수리소 카운터에 서 있는 고객들에게 내 사생활에 대해 이야기하는 법이 거의 없었다. 하지만 마리팻은 고객이면서 친구이기도 하니까. 그리고 왠지 그날따라 그녀가 새롭게 느껴졌다.

놀랍게도 마리팻은 자신 역시 남자 친구와 막 헤어졌다고 했다. 내가 이혼했다는 말을 듣고 꽤나 놀란 모양이었다. 수리소에 차를 맡기러 올 때마다 그녀는 늘 남자 친구와 함께였던 터라, 나도 놀라기는 마찬가지였다. 그날은 그녀 혼자였다. 그녀는 내게 시내까지 차로 태워다줄 수 있겠느냐고 물었다. 차를 타고 가는 도중에 나는 갑자기 용기를 내서 말했다. "우리는 동갑 아닙니까. 그리고 아직 건강한 편이고……. 언제 데이트라도 하면 어때요?"

그리고 며칠 뒤, 우리는 버크셔에 있는 한 중식당에서 저녁을 함께했다. 그리고 저녁 내내 즐겁게 대화를 나눴다. 그녀와 나는 생각했던 것보다 공통점이 많았다. 둘 다 고교를 중퇴했고, 알코올중독자 부모님 밑에서 자랐다. 또 두 사람 모두 10대 때 집을 나온 뒤로, 살면서 필요한 지식을 독학으로 터득했다.

뿐만 아니라 우리는 일에 있어서 매우 진취적이었다. 하지만 일 밖에서는 조금 달랐다. 그녀는 요가나 명상 등을 비롯한 영적인 활동에 빠져 있었다. 기계나 엔지니어링에 대해서는 거의 아는 바가 없었다. 하지만 그녀가 지적했듯이 나도 영적인 부분에 먹통이기는 마찬가지였다. 그래도 우리는 둘 다 하이킹과 야외 활동은 즐겼다.

우리 둘 사이는 희망적으로 보였다. 그런 기분이 들었다. 하지만 우리 나이의 커플들은 항상 '아이들이 어떻게 생각할까?'라는 시험대에 올라 있지 않은가. 마리팻은 자녀가 셋이었다. 함께 살고 있는 10대 아들, 아빠와 함께 사는 그 위의 형, 그리고 혼자 뉴욕에서 사는 딸이 있었다. 다행히 아이들은 우리 관계에 꽤나 긍정적이었다. 커비조차 말이다. 얼마나 마음이 놓였는지 모른다. 마리팻은 틈만 나면 늘 커비와 나 사이의 골을 메워보고자 애쓰기까지 했다. 또 내 어머니와의 관계까지 신경 썼다. 난 그게 정말 멋지다고 생각했다.

게다가, 나는 먹는 걸 무척 좋아하는데, 그녀의 요리 솜씨는 최고였다. 아무래도 우리 관계에서 음식이 큰 비중을 차지한 것 같다. 마리팻은 매우 가정적인 사람이었다. 외식을 하러 나갈 때도 늘 아이들과 함께했다. 그녀는 일요일 저녁마다 아이들과 그 친구들까지 전부 초대해서 식사를 하는 전통을 만들기 시작했다. 물론 모든 아이들이 매주 온 건 아니지만, 적어도 한두 명은 꼭 있었다. 가끔은 전부 올 때도 있었고 말이다.

마리팻과 나는 그다음 해 여름에 마침내 결혼식을 올렸다.

우리가 함께 보낸 첫 크리스마스 날, 그녀는 더 많은 이들이 모이는 식사를 준비했다. 이웃집에 들른 손님들까지도 왔고, 또 아이들도 각자 동네 친구나 학교 친구들을 불렀다. 커비는 엄마와 함께 왔다. 그리고 그다음에 벌어진 광경에 나는 놀라지 않을 수 없었다.

마리팻과 내 전처 작은 곰이 베스트 프렌드가 된 거다. 나 중심적인 사고로는 둘의 공통점이라고는 나 한 사람밖에 없을 줄 알았다. 그런데 보기 좋게 틀리고 말았다. 둘은 처음부터 공통 관심사가 많았다. 가끔은 그 둘의 사이가 나와의 사이보다 더 좋게 보일 때도 있을 정도였다.

그렇게 마리팻은 매주 작은 곰을 저녁에 초대했다. 둘은 서로를 붙잡고 농담을 주고받으며 즐거워했다. 농담의 대상은 내가 되는 일이 많았다. 그게 불편할 때도 있었지만 이 상황이 내 아들을 위해서 최선인 것 같았다. 엄마와 아빠, 마리팻이 다 함께 있어주는 것 말이다.

작은 곰과 나 사이에는 항상 팽팽한 신경전이 있었다. 하지만 마리팻이 끼어들면 그런 긴장이 눈 녹듯 사라졌다. 정말이지, 믿을 수 없을 만큼 놀라운 일이었다.

행운이 넝쿨째 굴러왔던 것인지, 마리팻의 아이들도 자신들의 삶에 나를 받아들였다. 마리팻의 아들 줄리안은 매일 집에서 나를 도와줬다. 그 애의 형 조도 집에 올 때마다 나를 도왔다. 뉴욕에 혼자 사는 딸 린지는 항상 나를 반겨줬다. 이런 상황이 얼마나 큰 축복인지 나는 잘 알았다. 재혼 가정 내에서 서로가 반목하는 경우를 심심치 않게 봤기 때문이다.

마리팻이 우리 새 가정을 하나로 모아주는 광경은 정말로 놀라웠다. 마리팻과 삶을 함께하고 경기도 서서히 회복돼가자 내 정신도 평온을 되찾아갔다. 2009년의 사건들로 인해 큰 상처를 받았지만, 모든 상황이 점점 좋아지고 있었다. 수리소 사업도 경기 침체를 극복해냈다. 잃은 줄만 알았던 기반이 서서히 되찾아졌다. 나는 다시 글쓰기를 시작했다. 또 자폐 관련 과학을 더 깊이 파기 시작했다.

이를 위한 발판은 첫 TMS 연구 직후에 국립보건원의 자폐 연구 제안 검토를 하기로 동의했을 때 마련된 셈이다. 이제 나는 여러 연구 검토 위원회의 일원이다. 그 시작은 자폐 연구원들의 전문 협회인 '국제자폐연구학회INSAR'를 통해서였다. 이곳에서는 두 위원회에 내 이름을 등재했다. 그 후, 나는 여러 대학에서 자폐에 대한 강의를 하기 시작했다. 여러 학회와 학교들에서도 마찬가지로 자폐 아동으로 성장한 어린 시절 이야기를 들려줬다.

이런 일련의 일들은 TMS 연구를 시작하면서 내게 일어났다. 물론 근사하게 들렸지만, 가끔 부담이 될 때도 있었다. '수리소 일도 있고 가정도 돌봐야 하는데, 이 일들을 어떻게 다 처리한담.' 하는 생각에 두려움이 밀려왔다. 이 모든 게 마리팻 덕에 가능했다. 그녀는 텅 빈 내 집을 사랑이 가득한 가정으로 변화시켰으니까. 내가 언제든 돌아올 수 있는 안전한 곳을 만들어준 그녀 덕에 그렇게 여러 모험을 감행할 수 있었다. 그래서 오늘날까지도 내게 요청된 일을 해나가고 있다.

그리고 정말 멋진 일도 있었다. 마리팻은 어느 날 내 강의를 참관하더니, 나와 함께 강의 여행길에 올랐다. 여행 친구로서가 아니라 신경다양성을 지닌 이들과 그 가족들에게 손길을 내미는 파트너로서 말이다. 자폐인으로서의 삶에 대한 공동 워크숍을 열자, 마리팻의 관점을 궁금해하는 이들이 그녀 주변에 금세 몰려들었다.

마리팻의 첫 발표는 기립박수를 받았다. 그녀는 정말 달변가였다. 청중들이 듣기 원하는 내용을 능숙하게 전달했다. 내가 주로 과학적인 얘기를 했다면, 그녀는 감정적인 부분을 다뤘다. 내 논리적 사고에 그녀의 시각이 더해져 멋진 조화를 만들어냈다. 우리는 둘이 되면서 혼자일 때보다 훨씬 더 큰 힘이 생겼다. 내게는 정말 큰 사건이다. 그리고 지금도 현재 진행 중이다.

잡음을 걷어내고

2007년 여름, 우리 가족은 그해 9월에 출간될 예정인 내 첫 저서 『나를 똑바로 봐』를 어떻게 홍보할까 구상하느라 여념이 없었다. 내 동생 어거스텐은 동영상을 찍어야 한다고 주장했다. 그래서 내가 트랙터를 몰고 평원에서 일하고 있을 때 카메라를 들고 다가와 인터뷰를 하기로 했다. 이 '트랙터 동영상'은 유튜브를 비롯한 기타 인터넷 사이트에 올라가 많은 이들의 관심을 끌었다. 그 당시에는 자폐인들이 등장해 자기 얘기를 하는 동영상은 드물었다. 자서전 소개 영상은 더더욱 없었다.

나는 그저 평상시처럼 말했을 뿐이지만 인터뷰 질문에 답하는 내 모습이 일반인의 상식에서는 약간 벗어났던 모양이다. 독자 여러분도 얼마든지 온라인에서 찾아 보시기 바란다. 동영상을 보고 몇몇 시청자들이 남긴 댓글은 재미있었다. 또 희망적인 댓글도 있었지만, 어떤 댓글은 마음을 상하게 했다. 그중 한 명은 이런 글을 남겼다. "마치 로봇이 말하는 것처럼 들리네요." 나는 부끄러움에 얼굴이 빨갛게 달아올랐다.

그리고 책이 출간된 지 9개월이 흘렀다. 나는 동영상에 대해서는 까맣게 잊어버린 채 알바로를 만나 TMS 실험에 참여한 후 여기저기 강연을 다니게 되었다. 새로운 강연 비디오들이 인터넷에 오르자 새로운 댓글들이 달렸다. 이제는 목소리 톤이 다르다고 했다. "와, 정말로 달라지셨군요. '트랙터 동영상'과 지금 올리신 동영상을 한번 비교해보세요. 얼마나 다른지 몰라요!"라고 사람들은 말했다. 나는 어거스텐이 찍은 그 동영상을 다시 한 번 보았다. 그러자 모든 게 새롭게 보였다. 내내 아무런 표정 변화를 보이지 않고 얼굴에 생기도 없었다. 당시에는 '말하는 로봇'이라는 평가에 상처를 받았지만, 사실 그게 정확한 표현이었다. 놀라운 건, 내가 이전에는 그 사실을 전혀 눈치 채지 못했다는 점이다. 하지만 TMS 실험 후에는 단번에 알아차릴 수 있었다.

재미있게도, 이제 다시 그 동영상을 봐도 댓글 때문에 상처받지 않는다. 대신 내가 얼마나 단시간 만에 변했는지, 감탄을 금치 못한다. TMS 실험 후에 찍은 동영상을 보면, 나는 미소를 띠고, 눈썹도 올라가며, 손짓도 많이 하는 게 보인다. 실험 전에 찍은 동영상들에는 결코 이런 행동들이 두드러지지 않았다.

미국 중부 미네소타에 사는 한 남성은 내 동영상들을 보았으며 블로그에 TMS에 대해 쓴 글들도 읽었다고 했다. 그는 학회지의 편집자이자 10대 자폐 아들을 둔 아버지였다. 다른 주제에 대해 인터넷 검색을 하다가 우연히 내 블로그 글을 읽게 됐다고 한다. 동영상을 보고 흥미를 느낀 그는 이를 그의 아내인 킴벌리 홀링스워스 테일러와 공유했다.

부부의 아들인 닉은 키가 크고 홀쭉한 중학교 2학년생으로, 총명하고 어휘력이 상당히 발달했다.• 대부분의 수업에서 A학점을 받을 정도였다. 자폐뿐 아니라 주의력결핍증ADD과 강박장애OCD 진단을 받았음에도, 내가 학생이었을 때보다 훨씬 더 잘해내고 있었다. 하지만 좋은 성적은 사교적인 부분에까지 보호막이 돼주지는 않았다. 사회성 면에서는 닉도 내가 그 애 나이 때 겪은 어려움을 겪고 있었다. 중학교에 올라가면서 닉은 "나는 그저 친구랑 노는 애가 아니에요."라고 입버릇처럼 말했다. 그렇게 그 애는 자기 또래 친구들과 어울리는 대신에 자유 시간을 마인크래프트 게임을 하거나 유튜브 동영상을 보면서 보냈다. 닉의 부모님은 아이가 타인에게 공감하는 데 어려움을 겪을 뿐 아니라 일상생활의 여러 면에서 문제를 보이는 것도 지켜봤다.

킴벌리는 이렇게 말했다. "닉이 어휘력이나 수학 실력에 있어서는 매우 똑똑해요. 하지만 수업 중의 과제라든가 숙제를 마치는 데는 남들보다 시간이 오래 걸리더군요. 일상생활에 필요한 일을 할 때도요. 게다가 강박장애의 일종인 충동 증세와 씨름을 했어요. 예를 들면 글자를 썼다가 지웠다가 다시 쓰는 걸 반복하죠. 글자가 '완벽해 보일 때까지' 말이에요. 그래서 몇 문장을 쓰거나 수학 문제 몇 개를 푸는 데도 한 시간은 족히 걸렸어요." 시간이 지나 점점 나이를 먹을수록,

닉은 더 자신만의 세계에 빠지는 듯했다고 한다. 대화를 하거나 무슨 질문을 받았을 때 그 애가 가장 잘하는 말은 "싫어요."였다. 닉의 일상에 조금만 변화가 생겨도, 닉의 형과 여동생을 포함한 가족 전체가 큰 스트레스를 받았다고 한다. 말을 더듬고 같은 문장이나 질문을 반복하는 버릇은 닉이 커갈수록 더욱 심해졌다.

그러다 그 애의 부모가 내 동영상들을 보게 된 거였다. 달라진 내 모습을 보고 그들은 닉에게도 비슷한 일이 생길 수 있겠다는 희망을 읽었다고 한다. 킴벌리는 하버드 대학을 통해서 린지를 추적해냈다. 하지만 현재는 아이들을 대상으로 하는 연구가 없다는 답변만 돌아왔다. "청소년을 대상으로 하는 연구를 시작할 때를 대비해서 이름을 적어놓을게요."라고 린지는 말했다고 한다. 그동안 닉은 여전히 학교와 사회생활에서 끙끙대고 있었다. 주의력결핍장애 약을 복용했지만, 닉의 주요 사회성 문제를 해결하기에는 역부족이었다고 한다.

내가 10대 때에는, 가장 도움 되는 일이 그저 나이를 먹는 것뿐이었다. 그리고 내 가치를 인정해주는 사람들을 주변에 두는 것 정도였다. 닉도 나와 비슷한 길을 걷고 있었다. 처음부터 발을 들여놓기가 겁나는 그 길을 말이다. 친구도 없고 남들이 하라는 일도 잘하지 못하는데 미래가 마법처럼 저절로 밝아지기를 상상하기는 힘들다.

약 복용이나 상담이 별 도움이 되지 않는다면, 이제 뭐가 있을까? 다행히 몇 년이 걸리기는 했지만, 결국 린지는 닉의 부모를 연구소로 불렀다. 2012년 봄의 일이었다. 그리고 린지는 또 다른 하버드 의대의 연구병원인 보스턴 어린이 병원Boston Children's Hospital에서 자폐 청소년들에게 TMS가 미치는 단기 영향에 대한 연구를 시작한다고 알려 주었다. 린지를 비롯해 또 다른 연구원 몇 명과 대화를 나눈 뒤, 닉은 직접 연구에 참여해보기로 마음먹었다고 한다. 학교 봄방학 기간 동안에 그 애는 연구원들을 만나고 실험에 대해 더 배우기 위해 엄마와 함께 보스턴으로 갔다.

내가 TMS 연구에 참여했을 때보다 연구 기술은 상당히 더 정교화됐다. 내가 실험을 했을 때, 그들은 1초당 진동 하나의 속도로 30분간 자극을 줬다. 닉은 이제 훨씬 더 많은 진동을 빠른 시간 내에 받게 됐다. 이를 '테타 버스트theta burst 기술'이라고 불렀다. 실험 1회당 1분 정도면 충분했다. 린지와 연구원들은 짧은 시간에 많은 진동을 주는 이 기술이 더 효과적임을 다른 연구들을 통해서 알아냈다고 한다. 닉의 타깃 부위는 오른쪽 관자놀이 주변의 브로카 영역이었다. 바로 4년 전에 내게 극적인 효과를 불러일으킨 바로 그 부위였다.

테타 버스트 기술의 문제점은, 자극 시의 느낌이었다. 빠르게 틱틱틱 하고 오는 자극은 마치 머리를 드릴로 뚫는 듯한 특이한 느낌을 주었다. 나도 2009년 연구에서 이를 느꼈었다. '뭔가 역겨운 기분이 들었다'고 나는 당시 표현했었다. 그 이전 실험에서 느꼈던 '명상적 고요함'은 온데간데없었다. 빠른 진동의 연타가 1초당 열 번의 진동으로 계속해서 머리를 때려댈 뿐이었다. "이런 걸 계속 받겠다고 앉아 있는 건, 실험에 대한 대단한 신뢰가 없으면 불가능하겠죠." 나는 린지에게 말했었다.

닉에게는 40초 동안 600번의 진동이 가해지는 방식으로 진행될 예정이었다. 하지만 닉은 그 4분의 3까지만 하고 멈춰달라고 요구했다고 한다. 린지는 차이가 보일 만큼 충분히 자극이 가해졌는지 의심할 수밖에 없었다. 어쨌든 그녀는 이를 자극 전후의 테스트를 통해 측정하려고 했다. 내가 했던 것과 같은 테스트들이었다. 린지는 닉에게 눈 사진들을 보고, 각각의 눈 한 쌍이 표현하는 감정을 나타내는 단어를 고르라고 했다.

킴벌리의 말로는, 테스트 결과 닉의 점수가 작지만 통계적으로 유의미한 개선을 보였다고 한다. "하지만 정말 달라진 건, 닉이 테스트에 임하는 태도였어요. 자극 전에는 눈앞의 문제를 두고 힘겹게 씨름을 하더군요. 그리고 질문들에 답을 하는 데 30분이나 걸렸죠. 하지만 자극 후에는 테스트 전체를 겨우 8분 만에, 그것도 아주 식은 죽 먹기로 해내더라고요. 그러더니 연구원들의 눈을 쳐다보면서 '고맙습니다.' 하는 거예요. 또 안녕히 계시라고 인사도 하고요. 연구실을 나가 엘리베이터로 가는 내내 제 옆에 아주 잘 붙어 있더군요. 그 애는 좀처럼 그러지 않거든요. 자기 말로는 전혀 바뀐 게 없는 기분이라지만, 제 눈에는 태도의 변화가 즉각 보이던걸요. 게다가 공항에서 집까지 가는 내내 걸음걸이가 달라 보였어요." 킴벌리가 경탄하며 말했다.

난생처음으로 아이가 엄마의 걸음을 맞춰주는 경험을 했던 거다. 그리고 다른 보행자들도 배려해가면서 말이다. 닉은 엄마 옆에 붙어서, 다른 사람의 길을 방해하지 않고 걸었다고 한다. 그녀는 닉이 자기 주변의 타인을 인식하고 있었다고 믿었다. 그녀의 기억으로는 생애 최초였다. "지난 수년간 어떤 약물이나 행동치료 요법도 그렇게 만들지 못했어요." 그녀가 후일 내게 말했다.

닉이 집에 도착하자마자 식구들 전체가 변화를 느끼기 시작했다. "다 같이 큰 실내 물놀이장을 갔거든요. 닉의 여동생이 미끄럼틀을 보여준다고 신나서 그 애에게 달려갔죠. 그렇게 둘이 같이 걸어가더군요. 작은아이는 계속 말을 하며 손짓을 했어요. 그런데 닉이 그 애 바로 옆에 찰싹 붙어서 같이 걸어가는 거예요. 몸통과 어깨, 머리를 여동생에게 향한 채로 그 애가 하는 말에 주의를 기울이면서요. 이건 미묘한 변화겠지만, 타인과 공감을 한다는 정말 놀랍고 새로운 신호였어요."

닉의 부모님은 아이가 주변의 타인과 공감하는 기타 여러 장면들을 목격했다고 한다. 그리고 닉에게 이에 대해 직접 말했다. 그러자 닉은 스스로 겪은 변화에 대해 이렇게 표현했다. "전에는 마치 온갖 잡음이 가득한 TV 화면으로 세상을 보는 느낌이었어요. 그런데 TMS 실험 후에는 그 잡음이 걷힌 것 같아요. 모든 게 더 선명하게 보여요."

그런 효과가 계속 유지되기만 한다면 얼마나 좋을까! 린지는 그들에게 실험의 주된 효과는 일시적일 거라고 미리 경고해두었다. 나도 이를 직접 경험하지 않았는가. 그 멋진 변화가 이후 며칠 또는 몇 주에 걸쳐 사라지는 걸 지켜보기란 닉이나 가족들 모두에게 매우 힘든 일이다. 닉의 가족은 미 중부 지역에서 닉에게 TMS 치료를 더 해줄 수 있는 곳은 없는지 찾아봤다. 하지만 아무도 없었다고 한다.

1년 뒤, 그들은 다시 보스턴으로 돌아와 2차 자극을 받았다. 하지만 2008년 여름에 내가 받은 2차 자극처럼, 효과는 훨씬 더 미묘한 수준이었단다. 킴벌리와 그녀의 남편은 린지에게 뭔가 더 시도할 수 있는 게 없는지를 물었다. 이에 린지는 2013년 여름에 보스턴으로 돌아와 10주 동안 일주일마다 두 번씩 자극을 받는 게 어떠냐며 그들을 초대했다.

나는 그해 봄에 킴벌리를 처음 만났다. 보스턴행 비행기에 오르기 딱 일주일 전이었다. 내가 그들이 사는 동네의 공공도서관에서 강연을 하자 그녀가 참석했다. 강연을 마친 내게 킴벌리가 다가왔다. 그러고는 TMS에 얽힌 가족들의 여정에 대해 말해줬다. 내가 겪은 경험과 비슷한 점이 너무나 많았다. 나는 그녀에게 "TMS는 정말이지, 제 인생에서 일어난 가장 중요한 일 중 하나예요." 하고 말했다. 그리고 앞으로의 여정에 행운이 깃들기 바란다고 전했다. 나는 앞으로 계속 연락하면서 그들의 여정을 예의 주시하기로 마음먹었다.

닉은 그 후 10주간, 일주일에 두 번씩 TMS 자극을 받았다. 하지만 닉의 부모님은 첫 자극 때처럼 아들에게 극적인 변화가 일어나는 건 보지 못했다. 닉도 달라진 게 없다고 말했다. 하지만 그 후 여름 내내, 닉의 온 가족이 미묘한 변화를 목격하게 됐다. 예를 들어 닉이 다음 학기의 영어 수업을 여름 방학 동안 미리 온라인 강좌로 들어두었다고 했다. 학교를 좀 더 수월하게 다니기 위해서였다. "온라인 강좌는 1년 동안의 영어 수업 내용을 8주 만에 다뤄요. 그러니 수업의 진도는 일주일간의 영어 수업을 하루 만에 끝내는 셈이죠. 닉은 이 강좌를 성공적으로 집에서 마쳤어요. 우리의 감독도 거의 없는 가운데 말이에요. 예전 같으면 절대 혼자 해내지 못했을 거예요."

닉의 두 번째 실험 양상은 친숙하게 들렸다. 2차 연구에서 같은 부위를 자극했을 때의 내 경험과 거의 같았다. 2차 자극 때는 그 효과가 좀 더 미묘하다. 그러다 시간이 지날수록 점점 더 변화가 눈에 띄게 드러났다.

또 킴벌리는 닉이 1차 자극 후에 얻은 '결정 능력'이 다시 돌아왔다고 보고했다. TMS 이전에는 시험 및 문제 앞에서 한참을 망설였던 닉이었지만, 이제는 결정도 쉽게 하고 뭐든지 더 빨리 풀어낸다고 했다. 밖에 나가거나 새로운 걸 시도하는 데도 더 긍정적이고, 그래서 일상과 타협해나가는 데도 더 능숙해졌다고 했다. 그해 여름, 몬타나로 가족 여행을 떠나서 닉이 이렇게 말했다고 한다. "여기 나와서 보니, 제가 더 나은 존재로 보여요."

커비 또한 실험 후 주변 세상을 더 선명하고 예리하게 보게 됐다면서 비슷한 말을 했었다. 물론 나도 이제 같은 경험을 하고 있고 말이다. 킴벌리는 "여태껏 닉의 정신 상태는 일방통행이나 마찬가지였죠. 하지만 이제는 자기 관심 밖의 일에 대한 대화에도 곧잘 참여해요. 스스로의 반응에 대한 고찰도 더 하는 것 같고요. 난생처음 자신의 기분을 되돌아보고, 이에 대해 이야기하기 시작했어요."

그해 가을, 개학을 하자 닉은 완전히 다른 아이가 된 듯했다. 주변의 선생님이나 친구들에게 훨씬 더 관심을 많이 기울였다. 킴벌리는 내게 하나의 예를 들었다. 선생님이 닉에게 "경제 수업 내용이 바뀌어서 새로운 교재를 추가해야겠네. 교재를 찾기 좀 힘들겠는걸."이라고 말했단다. 그러자 닉이 옆에 있던 엄마를 향해 "우리 아빠 경제 책을 선생님께 드려야겠어요. 그게 도움이 될 것 같아요."라고 이야기 했다고 한다.

"별거 아닌 말처럼 들리시겠죠. 하지만 닉이 자신과 직결되지 않은 상황을 이해한 것, 그리고 선생님의 고충과 자기 아빠의 물건을 머릿속으로 연관 지은 건 정말 놀라운 일이에요. 또 대화의 흐름에 맞게 선생님을 도울 방법을 제안한 것도요. 물론 예전에도 닉은 특정 인물이나 책이며 영화 속 인물에 관심을 집중하면 공감을 할 줄은 알았어요. 하지만 이 경우는 달라요. 자기 관심 주제 밖의 대화에서 평범한 실존 인물에 반응을 한 거니까요. 그리고 도움이 될 만한 제안도 했고요. 게다가 제안을 한 번만 말했잖아요. 대화의 리듬에 맞게 적절하게요. 한 말을 하고 또 할 필요 없이 말이죠."

늦가을에 닉의 선생님은 킴벌리에게 닉이 얼마나 학교생활을 잘하는지에 대한 통신문을 써 보냈다. "까치발을 하고 중심을 잡는 버릇에 시간을 덜 쓰고 있어요. 말을 더듬거나 반복하는 일도 줄어들었고요. 훨씬 잘해 나가고 있답니다." 또 닉이 새로운 교실을 찾아갈 때, 길을 가르쳐준 학생과도 금방 친해졌다고 한다.

학기가 계속될수록, 닉의 발전은 더해갔다. 오후 6시 이전에 숙제를 모두 마치곤 했고, 수학 문제도 한 시간에 열 문제를 풀게 됐다. TMS 이전에는 두 시간이 필요했던 일이다. 집에서는 학교에서 친구들과 나눈 대화를 옮기는가 하면, 친구들의 이름도 기억해냈다. 가장 멋진 일은 학교 댄스파티에 네 명의 여자 친구들 무리가 닉을 초대한 것이었다.

가끔은 닉도 이런 변화를 버거워했다. "전에 모르던 사람들, 나를 알 리가 없는 사람들이 갑자기 나한테 '안녕?' 하고 인사한다니까요." 닉은 혹시 킴벌리가 자신의 학교에 다니는 낯선 학생들에게 "닉에게 잘 대해줘요."라고 설득한 건 아닌지 의심쩍어했다. 그래서 언짢은 모양이었다. 하지만 킴벌리는 말했다. "얘야, 내가 그럴 힘이 있었다면 올해까지 기다렸을 리가 있겠니?" 어느 날, 닉은 좌절스러워하며 말했다. "나는 주의력결핍이 있는데, 사람들이 항상 말을 걸어오니까 너무 정신이 없어요. 그 많은 얼굴들과 마주해야 하다니."••

그러다가 어느 순간 닉의 발전이 주춤하기 시작했다. 점점 숙제를 마치는 속도가 느려졌다. 주변에서 재촉하고 일러주는 일이 잦아졌고, 강박장애의 증상도 돌아왔다. 그래서 전반적인 학교 과제 처리도 늦어졌다. 필요 없는 것들을 넘겨버리기도 힘들어졌다. 시험의 정답 칸을 채우는 속도도 느렸고, 뭔가를 쓸 때는 지웠다 썼다를 반복하기에 여념이 없었다. 한번은 엄마에게 이렇게 말했다고 한다. "네, 그 여자애들이 댄스파티에 초대는 했었죠. 하지만 제가 남과 다르다는 걸 알고는 더 이상 저랑 친하게 지내지 않아요."

"우리 가족은 마치 영화 〈사랑의 기적Awakenings〉의 슬픈 장면을 재현하며 사는 기분이었어요." 킴벌리가 최근에 내게 말했다. 〈사랑의 기적〉은 작가 올리버 색스의 책을 바탕으로 1990년에 만들어진 영화다. 영화에서는 기면성 뇌염을 앓는 환자들을 깨우는 약을 발견하지만, 결국 그 효과가 사라져버렸다는 실화를 다뤘다.

가족들은 닉이 원상 복귀하는 모습을 지켜봐야 했다. '자기 안에 갇히는' 닉의 버릇이 고스란히 돌아왔다. 게다가 보통 청소년들의 반항적 기질도 날개를 펴는 바람에, 증상은 더욱 심해졌다. "요즘 닉은 TMS 실험 후의 개선에 대해 기억하는 게 없다고 말해요. 어떤 긍정적 효과도 인정을 하지 않고요. 그래서 다시 시도하기 싫다고 털어놨어요. 한때는 그렇게 쉽게 해내던 숙제도 다시 엄청난 도전 과제가 됐죠. 남들과의 대화에 참여하는 능력도 사라져버렸고요. 다시 마인크래프트 게임과 유튜브 동영상들 빼고는 별 관심을 보이지 않아요." 킴벌리는 말했다.

"게임과 그 외 몇몇 취미를 빼고는 관심이 없어서 가족들이 억지로 끌어들이기 전까지는 대화에도 끼지 않는 거예요. 우리가 어떻게 지내는지 묻지도 않고요. 게다가 식사 시간에는 얼굴과 몸을 가족들에게서 돌린 채로 있어요. TMS 실험 후에 보였던 그 사랑스러운 성격은 다시 어디론가 숨어버렸죠."

그 말을 들으며, 나는 한편으로 이런 생각을 했다. '닉은 자신이 좋아하는 일을 할 뿐인데, 남들이 뭐라고 그 애를 바꾸려고 하지?' 하지만 나도 진작 겪었던 경험이 아닌가. 개인의 흥미 추구와 사회의 일원이 되고자 하는 열망에는 밸런스가 중요하다. 일반적으로 방 안에 처박혀 게임만 하는 건 독립적인 성인의 삶으로 가는 길과는 거리가 멀다. 닉과 같은 10대들은 힘겨운 결정을 내려야만 한다. 그런 결정은 나처럼 삶의 경험을 충분히 한 뒤에라야 더 쉬워지는 법인데 말이다.

킴벌리는 또 내 경험이 그대로 떠오르는 발언을 했다. "닉을 앞으로 평생 사회성 기르기 강좌에 데리고 다녀도, 40초간의 뇌 자극만큼 그 애의 잠재력을 펼쳐놓지는 못할 것 같아요." 킴벌리는 TMS에 정말 큰 감명을 받은 모양이었다. 곧 그녀는 '클리얼리 프레젠트Cleary Present'라는 비영리 단체를 설립했다. TMS 요법을 자폐의 치료법으로 홍보해서 발전을 도모하는 단체였다. 작년에 첫 학회를 열었다고 한다. '연례 자폐성장애연구회annual International Meetings for Autism Science Research, IMFAR'가 열리기 직전에 말이다. TMS가 정말 엄청난 잠재력을 가졌음을 알기에 킴벌리가 의학 연구 모금을 주도하는 이들에게 TMS의 중요성을 환기시키기를 진심으로 바란다.

킴벌리와 얘기를 나눌 때면, 의사이자 작가인 아툴 가완디Atul Gawande가 떠오르곤 한다. 가완디는 『뉴요커』에 〈느린 약물Slow Medicine〉이라는 제목의 의미심장한 글을 기고한 적이 있다. 그는 그 기고문에서 사람들은 모두 유용한 의학적 혁신이 빠르게 퍼져나가기를 바란다고 말했다. 그리고 몇몇 케이스는 실제로 그렇게 급속도로 확산된다고 한다. 하지만 대부분은 대중이 새로운 의학적 발견으로 혜택을 받으려면, 처음 영감이 떠오른 시점부터 널리 통용되기까지 20~40년은 족히 걸린다고 한다. 가완디의 글은 킴벌리와 내게 경종을 울렸다. 만약 남들도 우리처럼 TMS를 경험할 수 있다면, TMS 연구에 대한 지지와 관심이 훨씬 커질 텐데…….

최근에 킴벌리는 다시 내게 희망을 담은 메일을 전해왔다. 그녀와 나는 TMS 실험이 몇몇 우울증 환자들에게 새롭고 밝은 미래를 열어 준 것을 목격한 터였다. 그녀는 이렇게 썼다. "앞으로는 TMS가 자폐인들에게도 비슷한 도움을 주기를 바라요. 그들이 타고난 자질을 마음껏 펼쳐 보일 수 있도록, 타고난 성격의 아름다움도 마음껏 그 향기를 풍겨내도록, 또 완연하고 열성적인 일꾼이자 사회 구성원이 되도록 말이지요. 타인과 따뜻하고 의미 있는 공감을 해나가면서요."

● 이 장은 나와 닉의 어머니인 킴벌리가 나눈 대화 내용을 바탕으로 하고 있다. 대부분의 대화는 직접 인용한 것이다. 닉의 이름은 학교에서의 사생활 보호를 위해 바꾸었다. 하지만 그의 어머니 이름인 킴벌리 홀링스워스 테일러와 클리얼리 프레젠트 재단은 실제 이름이다. 재단에서는 TMS 연구를 위한 지지를 계속해나가고 있다.

●● 자폐증 진단을 받은 사람 중 40퍼센트는 ADD(주의력결핍장애), ADHD(주의력결핍 과잉행동장애), OCD(강박장애)를 함께 가지고 있다는 연구가 있다.

독심술사

2012년 여름에 나는 TMS를 비롯한 기타 자극 요법과 병행하면 너무나 좋을 법한 기술을 직접 목격했다. 이제 과학자들은 조심스레 그 놀라운 결합을 위한 발걸음을 내딛고 있다. 일단 실행이 되면 뇌과학계가 발칵 뒤집어질 거라고 나는 믿고 있다.

우리 모두는 의료 영상학에 익숙하다. 예를 들어 폐 안을 들여다보거나 무릎의 이상을 찾아내기 위해 MRI를 찍어본 적이 있지 않은가? 앞서 말했듯이, 나도 알바로 연구팀이 내 뇌의 3차원적 모델을 만들기 위해 MRI를 찍었을 때 이를 자세히 본 적이 있다. MRI는 머리카락, 피부, 머리뼈 등을 제외한 뇌 사진만 제공한다. 연구팀은 뇌 피질의 주름과 무늬까지도 적나라하게 드러나는 아주 정확한 사진이라고 장담했다. 그들은 TMS 타깃 지점을 파란색과 빨간색으로 표시했었다. 당시에는 뇌 영상학이 그 이상으로 비약적인 발전을 이루리라고 꿈에도 생각하지 못했다. 그러던 중, 몇 년 뒤에 뇌과학자 마르셀 저스트가 내게 피츠버그 소재 카네기멜론 대학 내 자신의 연구실을 보여주었다. 그는 단순히 뇌의 이미지를 찍는 데 그치지 않았다. 사람들이 뭔가를 보고 듣는 동안 뇌가 활성화되는 패턴을 연구했다. 그리고 그 패턴을 읽음으로써 사람들의 마음까지도 들여다본다고 했다. 그 말은 시작에 불과했다.

사실 나는 그 이전에 카네기멜론 대학, 그리고 그 이웃인 피츠버그 대학의 낸시 민슈 박사로부터 초대를 받았었다. 낸시는 마르셀의 연구 동료였다. 나는 이들을 자폐성장애연구회에서 처음 만났다. 낸시는 내게 지금 막 시작한 자신의 실험에 참여할 의향이 있는지 물어왔고, 우리는 잠시 연구회에서 빠져나와 그녀의 연구는 무엇이고 내가 어떤 역할을 맡게 될지에 대해 논의했다.

낸시는 마르셀과 함께 뇌의 각 부위가 어떻게 상호 연결돼 있는지, 그리고 자폐인들은 그 연결 양상이 일반인들과 어떻게 다른지에 대한 이론을 발달시켰다. 그러고는 자폐인들은 전두엽과 그 외 다른 뇌 부위 간의 연결성이 일반인들과 다르다는 가설을 세웠다. 더 정확하게 말해, 그들은 자폐인들의 전두엽 내 데이터가 들락날락하는 길의 대역폭이 일반인들보다 낮을 거라고 보았다. 비유하자면, 일반인들이 '광속 케이블'을 사용할 때 자폐인들은 전두엽과 뇌의 뒤쪽 부분을 잇는 데 '전화식 모뎀'을 쓰는 식이다. 물론 그렇다고 자폐인들이 더 멍청하다는 뜻은 아니다. 하지만 어쨌든 무언가를 처리하는 능력이 손상된 건 사실이라는 의미였다.

많은 종류의 사고, 특히 사회적 사고 처리는 전두엽과 뇌의 기타 부위 간의 조정에 의해 이루어진다. 자폐인의 경우에 그 조정 능력이 약하기 때문에 사고의 패턴이 변질된다고 보는 것이다.

"우리는 이 현상을 '전두엽－후방 저연결성frontal-posterior underconnectivity'이라고 불러요." 마르셀이 설명했다.

'저렇게 설명을 잘하는 사람한테 누군들 '제 머리 좀 검사해주세요.' 하고 자원하지 않을 수 있겠어?' 나는 생각했다. 게다가 나는 그들을 방문할 또 다른 동기도 있었다. 연구실이 배움의 전당Cathedral of Learning에서 겨우 몇 블록 떨어져 있었던 것이다. 내 아버지는 내가 다섯 살 때 배움의 전당에서 철학 강의를 하셨다. 거기는 바로 내가 자전거 타는 법을 배우던 곳이다. 아직도 전당 내부의 끝도 없는 계단을 오르던 옛 기억이 생생했다.

안타깝게도 그 계단을 다시 올라볼 시간은 없었다. 연구원들이 나를 MRI 스캐너에 집어넣었기 때문이다. 나는 기계 안에서 30분이나 누워 있어야 했다. 하버드에서 꼼짝 않고 누워 있었을 때보다 훨씬 더 긴 시간이 걸렸다. 내가 눕자마자 기계는 내 뇌 사진 수천 장을 찍어대기 시작했다. 연구원들은 이 데이터를 바탕으로 매우 흥미로운 연구를 했다.

각각의 사진은 마치 내 뇌의 단면 같아 보였다. 기계에 누워 있는 동안 뇌가 해부라도 당한 듯이 보였다. 연구원들은 각각의 사진을 분석하는 데 슈퍼컴퓨터를 사용했다. 또 뇌 경로를 따라 물 분자가 움직이는 흐름을 지도화하는 데도 슈퍼컴퓨터를 썼다. 마르셀은 현재와 같은 MRI 스캐너의 사용법을 '확산 강조 영상diffusion weighted imaging'이라 부른다고 했다. 물 분자의 흐름이 보이는 패턴이 뇌의 '백색질 경로white matter tracts' 위치를 잡아주는 것이다. 백색질 경로는 뇌의 케이블링 시스템cabling system 역할을 하는데, 복잡한 생물학 전선이 엉킨 다발과도 같았다. 각각의 전선은 뇌의 다양한 부위와 연결되었다. 마르셀은 이렇게 말했다. "마치 칠흑같이 깜깜한 방 안에서 잔뜩 엉킨 수도 호스를 풀어내는 것과 비슷해요. 호스 안의 물이 정확히 어디로 흐르는지를 봄으로써 말이지요."

나중에 나는 내 뇌의 백색질 경로 지도를 직접 보게 됐다. 마치 컴퓨터 모니터 안에 엄청나게 복잡하고 이상한 색깔의 철사 구조 조각품이 전시된 것만 같았다. 전혀 내 머리처럼 보이지는 않았다. 하지만 마르셀은 다른 피험자들의 뇌도 다 이런 식이었다고 나를 안심시켰다. 이로써 내 뇌의 데이터도 마르셀의 데이터 수집의 일부분이 되었다. 앞으로 그가 뇌 내부 경로들에 대한 3차원 지도를 만드는 데 나도 일조를 하는 셈이었다. 앞으로 언젠가 그 지도가 중요한 진단 도구가 될지도 모르는 일이다. 물론 지금은 마치 중세시대 선원이 '용이 도사리고 있을지 모름'이라고 쓰인 지도를 읽는 듯한 느낌으로 모니터를 보고 있지만 말이다. 모니터 화면에는 매우 복잡한 3차원의 뇌 연결성 네트워크가 펼쳐져 있었다. 현재로서는 그 연결의 구석구석에 무엇이 있는지 거의 모르는 상태였다.

뇌의 연결성은 '인간 마음의 지도'라고 생각하면 딱 맞을 거다. 뇌 각각의 부위가 다른 기능을 한다는 것은 이미 잘 알려져 있다. 시각 피질은 눈으로 들어오는 데이터를 처리하고, 운동 피질은 팔과 다리를 움직이게 하는 식이다. 또 전두엽은 추상적인 사고의 중추이다. 이런 서로 다른 영역들이 생물학적 신경 섬유의 네트워크로 한데 엮여 있다. 마치 거대한 데이터센터 서버의 전선들처럼 말이다.

앞서 언급했듯이, 뇌과학자들은 오랫동안 '뇌들보'의 존재를 알고 있었다. 뇌의 우반구와 좌반구를 잇는 신경 섬유 다발 말이다. 바로 이 뇌들보가 뇌의 양반구 사이의 밸런스를 유지해주는 네트워크다. 밸런스 기능은 물론 매우 중요하지만 뇌 경로에 관한 한 이는 시작에 불과하다. 마르셀은 스캔된 데이터를 분석해서, 비교적 덜 알려진 전선 다발이 컴퓨터 화면에 잘 보이도록 하고 있었다. 전선 다발을 시각화하고 그 기능에 대한 이해를 돕도록 하기 위해서다. 내가 보기에 그는 놀라운 성과를 거두고 있었다. 그가 좀 더 쉬운 설명을 시도했다. "뇌 경로가 고속도로와 같다고 생각해보세요." 그는 뇌의 몇몇 큰 신경 줄기, 즉 신경 섬유 다발은 미 대륙을 가로지르는 I-80과 북에서 남으로 가는 I-95 도로 따위의 주간 고속도로와 같은 기능을 한다고 했다. 또 그보다 작은 뇌 경로들은 주 내의 고속도로 또는 지방 고속도로 망과 같은 역할을 한다. 셀 수도 없이 많은 거리, 도로, 찻길도 포함해서 말이다.

고속도로는 필요한 곳에 물자와 서비스를 빠르게 전달하도록 해준다. 그런 편리한 고속도로 시스템은 시장 경제에 큰 도움이 되지 않는가. 마찬가지로 뇌 속의 고속도로는 마치 물자와 서비스를 옮기듯 정보를 효과적으로 옮겨준다. 마르셀의 현재 뇌 모델은 뇌의 여러 부위를 연결하는 약 2만여 개의 경로를 보여주고 있었다. 하지만 그것도 아직 완성형 모델과는 거리가 멀다.

마르셀은 인간의 뇌가 마치 자동차 내비게이션이 길을 찾을 때처럼 끊임없는 도전에 부딪힌다고 봤다. 물론 그보다는 훨씬 더 복잡한 양상이겠지만 말이다. 마음의 고속도로에 생각을 더 효율적으로 달리게 하는 사람은 일도 더 빠르게 끝낼 수 있다. 이런 이들이야말로 '정신 관리'의 능력자들인 셈이다. 반면 뇌 안의 내비게이션이 동네 거리나 뒷골목에서 뱅뱅 도는 경향이 있는 사람은 그만큼 더 불리하다. 뇌가 필요로 하는 정보를 신속하게 이동시켜 조정력이 필요한 부분의 활동을 해내기 힘들기 때문이다.

내 친구인 동물학자 템플 그랜딘도 이 과정에 대해 자신의 저서 『나의 뇌는 특별하다』에서 묘사한 바 있다. 자폐인인 그녀도 정신 관리를 잘해야 성공적인 독립생활을 이끌 수 있다고 인정했다. 바로 그런 부분이 자폐인들이 줄곧 겪는 문제가 아닌가. 마르셀은 나와 템플 모두를 MRI 스캐너로 검사했다. 그러고는 일반인의 뇌경로에 비해 부족한 부분이 어딘지를 짚어주었다. 그런 차이점 때문에 어려움을 겪을 수 있다는 이론을 제시하면서 말이다. 또 그는 뇌의 어느 부분이 일반인보다 많은 연결성을 가졌는지도 보여줬다. 우리가 특수한 기술과 능력을 보이는 연유가 여기에 있다는 것이다.

이 사실만으로도 놀라웠지만 연구원들은 더 다양한 연구를 하고 있었는데, 내가 보기에는 모두 실체가 있는 연구였다. "우리는 뇌 사진을 보고 몇몇 감정을 읽어내는 법을 연구하고 있어요." 마르셀이 내게 말했다. "선생님이 보시는 것들에 뇌가 반응을 하는 특정한 패턴이 있는데, 이를 밝혀낼 수 있지요. 예를 들어 개 한 마리와 집 한 채가 있는 그림을 저희가 보여드렸다고 해보죠. 그럼 뇌를 스캔한 사진만 봐도 선생님이 그 순간 어떤 그림을 보고 계셨는지 알 수 있습니다."

나는 이 말에 상당히 놀랐다. 그게 가능하다면, 연구원들이 독심술사나 마찬가지 아닌가! 왜 국가 기밀 공무원이 마르셀의 연구실에 진즉 들이닥치지 않았는지 의아했다. '공무원들이 아직은 모르는군.' 나는 생각했다. 하지만 마르셀이 계속 말을 잇기에, 그저 잠자코 있었다.

"우리의 큰 의문점 중 하나는 '뇌 활성화의 패턴이 모두에게 같게 나타나는가?' 입니다. 아니면 신경적인 차이점을 지닌 이들에게는 다르게 나타날지도 모르지요. 그래서 우리는 난독증을 가진 아이들을 대상으로 이에 대한 실험을 해봤어요. 먼저 보통 사람들이 책을 읽을 때 활성화되는 뇌 부위를 관찰했죠. 그러고 나서 난독증을 가진 아이들이 책을 읽을 때 어떤 부위가 활성화되는지를 관찰했습니다. 그랬더니 차이점들이 보이더군요. 이후, 우리는 이 아이들에게 총 100시간의 읽기 훈련을 시켰어요. 활성화가 되지 않은 뇌 부위를 강화시키기 위해서였죠. 그랬더니 아이들의 읽기 실력이 더 능숙해지더군요. 가장 극적인 결과는 읽기 훈련 전에 결핍돼 있던 백색질 경로의 기능이 개선됐다는 점이에요. 읽기 능력에 문제가 없는 아이들의 수준까지 가더라고요."

'기막히게 멋진 연구로군.' 나는 생각했다. 그리고 바로 이 대목에서 TMS가 끼어들었다. "우리는 뇌 사진 데이터와 TMS 같은 기술을 접목시킬 수 있을지 궁금했어요. 뇌의 취약점을 진단하고 치료하는 과정을 맞춤화하도록 말이죠."

이 말에 나는 마르셀이 제작 중인 뇌 지도가 생각났다. 그가 장애를 가진 이들의 뇌에서 비교적 닫힌 경로를 찾아낸다면, TMS가 이를 다시 열어줄 수 있을까? 사실 이것이 바로 TMS 연구 초기부터 알바로가 제시한 연구 전제가 아니던가. 그리고 현재 마르셀의 연구는 뇌의 인지적 취약 지점을 짚어내는 법을 제시하고 있었다. 그의 연구실 실험에 따르면 한 개의 뉴런을 반복적으로 발사시키면, 뉴런의 축삭 돌기 근처의 백색질이 증가되고 뉴런을 '더욱 강화시키는' 결과를 낳는다. 만약 TMS가 그렇게 뉴런의 규모를 증가시킬 수 있다고 해보자. 그럼 이제 문제는 '어디를 자극할 것인가?'였다. 알바로와 린지는 뇌 자극의 타깃 부위를 고를 때 동물을 대상으로 한 실험들을 참고한다고 했다. 하지만 동물들의 조건이 반드시 인간에게 똑같이 적용되지는 않는다. 또 일반적인 인간의 뇌 이론에 맞지 않을 수도 있다. 따라서 이는 다분히 우연에 기대는 실험 방식이었다. 몇 밀리미터만 떨어진 곳에 자극을 해도 결과가 완전히 달라질 수 있었으니까. 하지만 마르셀의 영상학 기술이라면, 개개인마다 정확한 타깃 부위를 짚어내는 게 가능할지도 모른다. 그렇게 영상학과 TMS가 접목되어 효과를 높일 것이다.

마르셀도 이에 동의했다. "난독증 실험에서 TMS를 사용하지는 않았어요." 그가 내게 말했다. "하지만 당연히 TMS가 실험 과정을 수월하게 하거나 효과를 극대화할 수 있을지 궁금했죠."

나는 전적으로 동감하지 않을 수 없었다. 알바로 연구팀과 카네기 멜론 대학 그리고 피츠버그 대학 연구팀은 서로 완전한 보완이 되는 듯했다. 연구가 그렇게 뜻대로만 된다면! 하지만 연구비 신청 제안서 검토 때 내가 본 바에 의하면 실제로 그렇게 되지는 않는 것 같았다. 과학자들은 주로 연구 주제가 생각나는 대로 직접 연구 모금 단체에 접근하는 경향이 있다. 또 학회에서 만나거나 발표된 논문을 읽기 전에는, 멀리 있는 다른 과학자들이 무슨 연구를 계획하는지 잘 알지 못하는 경우가 많다. 게다가 과학자들 간에 중재하는 이도 없고 말이다.

"아니, 그건 의학 연구 모금의 굉장한 취약점 아닌가요?"라고 물을지도 모르겠다. 사실 맞다. 연구비 보조금을 위한 제안서를 검토하는 이들은 대개 그들 스스로가 연구원이다. 또 자신이 몸담은 연구기관에 상당히 충실하다. 그렇지 않더라도, 읽은 검토서는 기밀로 지켜야만 한다. 만약 예일 대학 소속의 검토자가 두 개의 상호보완적인 연구서를 본다고 하자. 하나는 듀크 대학, 다른 하나는 펜실베이니아 대학의 제안서다. 만약 두 대학에서 합심하면 모금이 더 쉬워질 게 분명하더라도 검토자는 이 두 대학의 연구자들을 한자리에 모이게 할 수 없다. 물론 정부의 담당 공무원들은 그럴 권한이 있다. 하지만 여러 행정적인 이유로 그런 일은 잘 성사되지 않는다. 특히 과학자들의 지적 재산권을 지켜야 한다는 항목이 모든 이의 발목을 잡을 수 있었다.

나는 내가 다리 역할을 하면 좋겠다고 생각하게 됐다. 나는 과학자도 아니고 다른 연구원들과 갈등이 있거나 경쟁 관계도 아니니까. 그런 좋은 기술들의 조합이 가져올 희망적인 미래에 대해 강연을 하면 어떻게든 이루어지지 않을까 싶었다. 과학자들이야 물론 매우 똑똑하지만, 모든 분야에 대해 빠삭할 수는 없지 않겠는가. 자신의 직접적 관심 분야에서 멀수록 더욱 그럴 터였다.

카네기멜론 대학에서 발달시키고 있는 영상학 기술이 그 좋은 예가 될 것이다. 오늘날에는 모든 의학 연구자들이 기본적인 MRI 기술에 대해 알고 있다. 방사선 전문의들은 벌써 수년간 이를 사용해왔고 말이다.(마르셀은 내게 MRI 스캐너를 처음 고안한 폴 라우터버Paul Lauterbur가 카네기멜론 대학 옆에 위치한 햄버거 가게에서 그 아이디어를 구상했다고 했다. 라우터버는 후일 이 업적으로 노벨 과학상을 받았다.) 또한 fMRI(기능적 자기공명영상) 기술도 꽤 널리 알려져 있다. fMRI에서는 스캐너가 인간 뇌의 여러 부위에 산소가 분포되는 양상을 여러 장의 사진으로 찍는다. 주로 실험대상이 무언가 활동을 하고 있을 때 사진을 찍는 거다.

대부분의 의사들은 영상학이라면 이 정도로 충분하다고 여긴다. 마르셀도 불과 몇 년 전까지는 그랬다고 한다. 하지만 그는 더 많은 걸 원했다. 그래서 카네기멜론의 컴퓨터공학 팀에 협력을 요청했다. 컴퓨터공학 팀은 영상 데이터를 슈퍼컴퓨터를 통해 분석하고 있었다. 사람이 일일이 컴퓨터 모니터를 들여다보는 대신에 컴퓨터가 엄청나게 복잡한 수만 개의 분석을 진행했다. 그런 노력의 결과는 놀라워서 무한한 가능성과 다양성이 엿보였다.

마르셀은 지멘스Siemens 사의 스캐너를 이용해 피험자가 그림, 글, 또는 컴퓨터 모니터 안의 문장들을 볼 때의 뇌 활동을 읽어냈다. 스캐너 안에 들어간 피험자가 골든리트리버 견의 사진을 본다고 가정해보자. 피험자의 뇌 여러 부위가 특정한 패턴으로 활성화된다. 그러면 컴퓨터가 이 패턴을 알아차리고 “개”라고 말해준다. 이번엔 과일 사진을 본다고 해보자. 그러면 컴퓨터는 “사과”라고 말한다. 이 모든 과정에서 피험자는 입도 벙긋하지 않는다. 스캐너는 그저 여러 다양한 사진들을 봤을 때의 뇌 활동을 읽어내는 것이다. 슈퍼컴퓨터는 특정한 뇌 사진을 마르셀이 보유한 데이터베이스와 빠르게 대조할 정도로 기능이 뛰어나다. 그 사진과 일치하는 사진을 찾으면, 컴퓨터는 ‘개’라든가 ‘사과’라는 단어를 뱉어낸다.

그게 다가 아니다. 컴퓨터는 뇌 사진을 분석해 그 피험자의 내면 심리, 심지어 의도까지도 드러낼 수 있다. 어쩌면 이제는 기계가 우리가 무슨 생각을 할지 예측할지도 모르는 일이다. 마르셀의 컴퓨터 시스템은 현재 거의 모든 주요 감정들을 짚어낼 수 있다고 한다. 심지어 흔히 함께 일어나는 복합적인 감정들까지도 알아낼 만큼, 놀라울 정도로 정교한 수준이다. 그리고 연구는 이제 초기 단계일 뿐이다. 인간 뇌 질량brain mass의 겨우 1퍼센트로부터 이 정도의 정보를 얻어냈으니까. 앞으로 불과 몇 년 안에 그의 컴퓨터는 몇 천 개의 단어, 100여 가지의 감정들을 읽어낼지 모른다. 그런 단계까지 가면, 인간의 마음은 한마디의 말 없이도 기계와 진정한 대화를 나눌 수 있다.

여기에서 비롯된 심리적인 장애의 치료 가능성은 그야말로 무궁무진하다. 일반인의 뇌 활동을 장애인의 것과 비교하면, 특정 장애가 인간 마음에 어떤 영향을 미치는지를 유례없던 정확성으로 알 수 있다. 그러면 초기에 장애를 바로잡을 수 있도록 장애를 가진 뇌를 정상화 및 변화시키는 방법도 알 수 있게 될 거다.

내가 이런 말을 하자 낸시도 고개를 끄덕였다. "이런 미래를 상상해보세요. 짧은 인터뷰만으로 마음과 뇌에 문제를 가진 이들을 진찰하는 게 가능해요. 그래서 뇌 사진을 보고 개인마다 뭐가 필요하고 목표를 어떻게 잡아야 할지를 진단해내는 거죠. 그리고 혈액을 채취해서 유전적 정보를 읽을 수도 있고요. 이런 단계들을 거치면 아주 정확한 진단이 가능하죠. 사람들에게서 문제를 일으키는 특정 인지 및 뇌, 유전적 메커니즘을 읽기 수월해지고요. 개개인에게 맞춤화 치료 계획을 짤 수 있게 되는 겁니다."

"과학자들과 의사들이 합심해서 그런 목표를 세운다고 생각해보세요." 낸시가 말을 이었다. "마르셀의 신경 인지 연구가 바로 그런 미래를 가능케 하는 한 예지요. rTMSrepetitive TMS●와 이제 막 시작하는 인지 재활 치료를 결합하고, 또 최근의 유전학적 발전까지 더해진다면 인간의 삶은 크게 개선되겠지요."

이제 마음 치료는 그야말로 새로운 장을 열기 직전에 와 있는 게 아닌가.

● 나는 이 책에서 'TMS'라는 용어를 모든 '뇌 자극 기술'을 통칭해 일컫는 말로 썼다. 좀 더 자세히 설명하자면, 치료의 목적으로 다수의 진동을 주는 TMS는 'rTMS' 또는 '버스트 TMS(burst TMS)'라고 불린다. 한편 한 번의 진동을 주는 TMS(Single-pulse TMS)는 치료보다는 측정을 목적으로 쓰인다. 예를 들어 앞서 린지가 한 번의 진동을 주어 내 손가락들을 움직이게 하는 알맞은 자극 강도를 찾았을 때처럼 말이다.

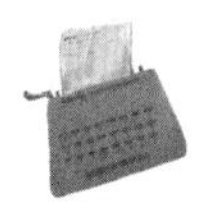

가족의 죽음

청년 시절에 나는 고속도로에서 죽음을 목격하거나 일하던 나이트 클럽에서 폭력을 엿봤다. 하지만 자폐로 인한 망각 덕분에 자체적 심리 보호가 됐다. 그 사실을 깨닫자, 마치 치과에서 국소마취제를 썼을 때와 비슷하다는 생각이 들었다. 그래도 점점 나이를 먹고 인생 경험이 쌓이면서 그 마취가 조금씩 풀려갔다. 그리고 주변 사람들에게 좀 더 공감하게 되었다. 물론 나도 감정은 항상 느꼈다. 하지만 많은 순간마다, 자폐 때문에 그 감정을 표현하는 데 제약이 걸렸다. 하지만 이런저런 경험을 몇 번 하자, 남들이 비슷한 경험을 할 때 어떤 기분일지를 파악하기 시작했다. 물론 타인의 기분을 완전히 이해하지는 못했지만, 그래도 사회에서 요하는 반응 수준에 근접해졌다. 이건 여러 모로 바람직했다. 하지만 그러한 '자폐적 보호' 또한 점점 무너져갔다. 그러던 중에 TMS를 만나게 되었다. 연구원들은 내게 마법과 같은 효과를 보여줬고, 나는 '죽음에 대한 무관심'을 완전히 떨쳐버릴 수 있었다.

그래서일까. 2013년 여름, 내 첫 부인인 작은 곰 메리에게서 문자메시지를 받고 왠지 모를 두려움을 느꼈다. "나를 병원에 데려다줘야 할 것 같아요." 하지만 내가 메시지를 바로 읽지 못하는 바람에, 답을 할 때쯤 그녀는 이미 혼자 병원에 가 있었다. 나는 최대한 서둘러 그녀에게 갔다.

마침내 쿨리 디킨슨 병원에 도착하니, 메리는 응급실 침대에 누운 채 새로운 소식을 기다리면서 쉬고 있었다. 그녀의 혈압이 곤두박질친 것이었다. 기운이 없고 심장이 마구 두근거린다고 했다. 의사들의 처음 소견은 내출혈이었다. 하지만 이는 몇 시간 안에 번복됐다. 그러자 남은 가능성은 빈혈이나 더 위험한 병뿐이었다. 커비는 소식을 듣고 버몬트에서 달려왔고, 마리팻도 몇 분 뒤에 도착했다. 하지만 우리 중 누구도 이 소식을 어떻게 받아들여야 할지 몰랐다.

이 상황의 어딘가가 내게 상당히 불길하게 다가왔다. 9년 전에 아버지가 쓰러졌을 때 병실에 들어갔었다. 아버지의 나이는 거의 칠순이었고, 그 즈음에는 병원을 몇 번이나 들락날락하던 참이었다. 그날도 여느 때와 다르지 않아 보였다. 하지만 나는 그게 아님을 알았다. 아버지의 모습을 뒤로하자마자, 나는 울기 시작했다. 돌아가실 것을 직감했기 때문이다.

지금 메리를 바라보면서 나는 같은 기분을 느꼈다. 물론 그녀는 늙지 않았고 몸도 성했다. 그녀의 말에도 특별한 언질은 없었다. 그런데도 나는 그녀의 목소리를 듣자마자 몸서리가 쳐졌다. 내 안의 무언가가 '얼마 살지 못할 것 같군.'이라고 말하고 있었다. 정말로 그런 확신이 들었다. 구토를 하고 싶을 정도로 역겨운 느낌이 밀려왔다. 지금도 내가 왜 그런 기분이었는지 설명은 하지 못하겠다. 그녀와 헤어진 지 많은 해가 지났지만, 항상 그녀를 사랑하는 마음이 있었다. 게다가 내 아이의 엄마이기도 했다. 만약 그녀가 떠나면 내 일부분도 사라지는 거나 다름없었다.

걱정은 나만 한 게 아니었다. 메리는 커비와 마리팻과 굉장히 가까웠다. 마리팻과는 농담 삼아 서로를 '작은댁'이라고 부르곤 했다. 메리는 스미스&웨슨 사격연습장에서 마리팻에게 권총 쏘는 법을 가르쳐주기도 했다. 이것 말고도 나를 의아하게 한 몇몇 일탈이 있었다. 하지만 서로 알고 지낸 지난 3년간, 둘은 우리 가족을 하나로 모아주었다. 정말로 놀라운 일이었다.

그런데 이런 상황이 닥치다니. 메리는 수혈을 받고 기운을 차렸지만 병이 나은 건 아니었다. 설상가상으로 면역력이라는 새로운 문제가 떠올랐다. 백혈구는 병으로부터 우리 몸을 지키는데, 수혈을 한다고 백혈구가 대체되지는 않았다. 유일한 방법은 신체가 직접 백혈구를 생성하는 것뿐이었다. 메리의 백혈구 수치는 매우 낮은 수준이었다.

"정말 위험할지 모릅니다." 의사가 내게 말했다. "백혈구 수치가 낮은 사람들은 어떤 감염에라도 취약하거든요. 건강한 사람들은 눈치도 못 채고 그냥 넘겨버리는 것들에도요. 그런데 지금 골수에 문제가 있는 것 같네요."

빈혈이나 백혈병이 모두 골수 관련 질병이다. 물론 백혈병은 암이고, 빈혈은 그 원인이 불명이긴 하지만 말이다. 의사들은 메리를 대상으로 현존하는 혈액 암에 대한 온갖 검사를 했다. 하지만 아무것도 찾지 못했다. 우리 모두는 대체 무슨 일일까 고민했다. 하지만 마음 속 깊은 곳에서는 병명이 뭐든 간에 상황이 좋지 않다는 걸 알았다. 쿨리 디킨슨 병원의 혈액종양내과 담당의는 대체 메리를 어떻게 치료해야 할지 감을 잡지 못했다. 그는 두 시간 거리에 있는 보스턴의 매스 제너럴Mass General 병원 전문의를 찾아가 보라고 권했다.

매스 제너럴은 전미에서 손꼽히는 병원이었다. 메리는 그곳에서 한 달을 입원해 있었다. 하지만 내로라하는 의사들도 병명을 찾지 못했다. 병원 시설은 근사했다. 메리는 창밖으로 도시 전체의 전망이 들어오는 꼭대기 층의 1인실에 묵었다. 물론 메리가 응석받이 스타라서 1인실을 택한 게 아니었다. 면역체계가 엉망이었기 때문에 의사들이 권유한 것이다. 메리를 면회하려면 누구라도 문 앞에서 소독을 하고 마스크를 써야 했다. 병실 안의 공기는 특별한 필터링을 거쳤다. 의사들은 모든 방법을 총동원해서 메리가 감염되지 않도록 조치했다. 면역체계가 기능을 제대로 하지 않으면 사소한 것에도 목숨을 잃을 수 있었으니까.

다행히 메리의 백혈구 수치는 상승했고, 의사들은 이제 집에 가도 된다고 했다. 우리는 퇴원에 맞춰서 그녀의 집을 먼지 한 톨 없이 깨끗이 청소했다. 이 모든 과정을 거치고 나서 메리는 다시 직장에 나갈 수 있게 됐다. 그녀는 솔터 칼리지Salter College에서 수학과 과학 강의를 하고 있었다. 또 공동작업장에서 기타 수리 일도 했다. 가수 에이스 프렐리Ace Frehley에게서 새 발광 기타를 주문받아 제작 중이었고, 그의 낡은 기타를 수리하기도 했다.

몇 개월마다 한 번씩, 마리팻과 나는 번갈아가며 메리를 태우고 보스턴까지 운전해 갔다. 매스 제너럴에서 새로 수혈을 받기 위해서였다. 메리가 안락의자에 기대 있으면, 비닐 팩에 든 혈액이 천천히 그녀의 혈관 안으로 흘러들어 갔다. 그동안 나나 마리팻은 대기실에 앉아 책을 읽거나 했다. 병원에 들어갈 때마다 메리는 핏기도 없고 연약해 보였지만 집으로 돌아갈 때면 다시 생생하고 활발해져 있었다. 그렇다고 언제까지고 수혈로 버틸 수는 없는 노릇이었다. 신체는 이식된 기관을 거부하듯이 자신의 것이 아닌 혈액은 밀어내는 경향이 있다. 수혈을 계속 받을수록, 다음에 수혈 가능한 혈액의 종류는 줄어들었다. 매번 우리는 '이제 다음 수혈이 끝이었으면…….' 하고 바라곤 했다. 하지만 현실은 그 반대였다. 수혈을 받으면 받을수록 그 효과는 점점 더 짧게 지속됐다. 여름에서 가을로 넘어가자 메리는 수혈을 더 자주 받기 위해 병원에 전화를 해야 했다. 병원에서는 메리의 몸이 거부하지 않을 혈액을 찾느라 분주했다. 겨울이 되자 다음 수혈 때까지 열흘은 족히 기다려야 했다.

또 다른 과정들도 있었다. 그동안 마리팻이 내내 메리와 함께했다. 메리는 세 번이나 골수 생체검사를 받았지만, 여전히 의사들이 알아낸 것은 아무것도 없었다. 한편 노샘프턴 병원에서는 매주 메리의 혈액 수치를 모니터했다. 몇 주간은 수치가 높아져 있다가, 다시 떨어지곤 했다. 새로운 혈액 세포들이 만들어지기는 했지만 충분치 않았다. 보충하는 혈액으로 근근이 버티고 있을 뿐, 오래가지 못하리라는 건 누구나 알았다. 그러던 1월 중순, 메리는 차도를 보이더니 놀랍게도 상태가 나아졌다. 적어도 그때는 그렇게 보였다.

메리는 너무나 들떠서 이 소식을 우리와 나눴다. 또 500명에 달하는 그녀의 온라인 친구들에게도 알렸다. 그녀는 이렇게 썼다. "정말 좋은 조짐이 보여요. 늘 하던 혈액 검사 후에 지역 병원의 혈액종양내과 의사를 만났거든요. 사실 정말 심한 천식이 겹쳐서, 새해 들어 재차 스테로이드제를 복용해왔지요. 그런데 갑자기 제 혈압이 정상 또는 정상에 가깝다지 뭐예요? 일곱 달 동안이나 굉장히 낮고 안 좋은 수치였는데 말이죠. 의사 말이, 제가 재생불량성 빈혈이 아닐 수도 있다고 하네요. 제 모든 혈액 문제가 자가면역질환 때문일지도 모른다면서요. 그건 재생불량성 빈혈보다는 훨씬 나아요. 왜냐면 재생불량성 빈혈은 진단 후 예상 수명이 별로 길지 않거든요. 2주 후에 매스 제너럴의 담당의를 만나러 가요. 이번에 나온 결과가 그 병원에 전해질 거예요. 행운을 빌어주세요!"

정말로 희망차게 들렸다. '그래, 기적인지도 몰라.' 나는 생각했다. 이전에 느꼈던 불길한 예감에 대해서는 굳게 입을 닫은 채, 정말로 내가 틀렸기를 간절히 바랐다. 그 주 주말에 메리는 아리시아 공상과학 박람회에 나갔다. 매사추세츠 대학 공상과학 동아리의 옛 친구들과 만날 기회도 있었다. 80년대에 우리는 그 동아리 사람들과 자주 어울리곤 했다. 고등학교를 갓 졸업하고 메리와 사귀기 시작했을 때였다. 메리는 박람회에서 얼굴에 마스크를 착용해야 했다. 자가면역질환을 가졌을지도 몰랐으니까. 마리팻은 박람회를 위해 특별히 마스크를 고양이 얼굴로 꾸며주기까지 했다.

그다음 주에도 메리는 멀쩡히 잘 다녔다. 9년 전에 박사학위를 받을 때 입었던 가운을 자랑스레 입고서 솔터 칼리지의 졸업식에도 참가했다. 그즈음 메리도 그녀가 자폐임을 깨달았다. 왜 교육 시스템이 그녀에게 그렇게 길고 힘든 과정이었는지가 설명되는 순간이었다. 그러자 그녀는 자신만의 틀에서 벗어나 자신의 자폐 경험을 타인(주로 어린 자폐 여성들이었다)과 나누기 시작했다.

그리고 2주가 지났다. 스테로이드제의 효과는 이미 끝났지만, 혈액 수치는 그대로 정상이었다. 모든 게 좋아 보였다. 그 상태로 계속 지속됐더라면 얼마나 좋았을까.

갑자기 한 주 만에 모든 게 급격하게 바뀌어버렸다. 2월 5일, 메리는 지역 병원의 응급실에서 하루 종일을 보냈다. 전날의 혈액 검사 결과가 좋지 않았기 때문이다. 메리는 늘 하던 대로 혈액 검사를 하러 병원에 갔었다. 그런데 수치가 너무나 엉망이라 담당의가 그날 저녁에 직접 전화를 걸어왔다. 백혈구 수치가 너무 높아서 내부 감염이 의심되는 상황이었다. 메리는 긴급히 입원을 해야 했다. 전혀 말이 안 되는 듯했다. "이렇게 컨디션이 좋았던 적이 없어요." 메리는 말했다. "의사가 구급차를 부르라고 하는 순간마저도요." 그녀는 매스 제너럴 병원에 예약을 잡고, 다음 날 아침에 떠날 준비를 했다.

마리팻은 2월 7일에 그녀를 보스턴으로 데려다주었다. 수속을 마치자마자 메리는 혈액 검사를 받았고, 한 시간 뒤에 결과가 나왔다. 그런데 이번에는 그녀의 혈액이 아세포芽細胞(RNA가 풍부한, 왕성한 DNA 합성을 하는 세포—옮긴이)로 가득 차 있다는 게 아닌가. 이에 놀란 의사들은 황급히 골수 검사를 했다. 그러고는 급성 림프구성 백혈병이라는 진단을 내놓았다. 암이 공격적인 악성의 형태로 고개를 내민 것이었다. "마침내 병명을 알게 돼서 다행이에요." 메리는 우리에게 말했다. 하지만 그녀가 몹시 두려워하고 있다는 걸 알 수 있었다. 의사들도 마찬가지였으리라. 다음 날 아침부터 항암 치료에 들어가기로 했다. 마리팻은 병실 창가의 소파에 몸을 뉘였다. 그렇게 메리와 마리팻은 서로를 마주 보면서 병실에서의 첫날 밤을 보냈다.

메리의 입원 기간 동안 둘은 상당한 시간을 함께 보냈다. 나는 병원을 늘 불편해했던 터라, 도무지 밤을 보낼 수가 없었다. 커비도 마찬가지로 불편해했다. 하지만 마리팻은 강했고, 언제라도 메리의 곁에 있어주었다. 메리는 마리팻을 가장 믿고 의지했다.

메리는 온통 의료 기구들에 둘러싸여 있었다. 컴퓨터로 조절되는 링거 줄 두 개를 꽂은 채 두 대의 TV 스크린에 의해 모니터되고 있었다. 그런 순간에도 메리는 페이스북으로 세상과 소통했다. 치료 첫날에는 요추 천자와 척추 항암 치료를 받았다. 문제가 되는 백혈병이 중추신경에 머무는 경향이 있었기 때문이다. 병원에서는 그 정도로 악성일 경우 재빨리 항암 치료를 하기 마련이었다. 첫 항암 치료는 3주간 지속됐다. 기간이 가장 길고 강도도 높았기 때문에 가장 힘들었다. 그러고 나서도 7차에 걸친 항암 치료가 더 남아 있었다. 한 번에 일주일씩 진행되고, 다음 회차까지는 한 달간의 휴식 기간을 둘 거라고 했다.

그때 또 하나의 큰 난관에 부딪혔다. "지난 10개월 동안 잔기침을 해왔어요. 치료 이틀째에 의사들이 침 샘플을 가져가더군요. 그런데 누룩곰팡이 균이 나왔다지 뭐예요. 면역 시스템이 완전히 망가져서 고생하기 전에 또 항암 치료를 해야 된다더라고요. 균이 살아서 내 폐포(가스가 드나들 수 있게 폐 속에 무수히 나 있는 작은 구멍—옮긴이)를 갉아먹게 놔두느니, 먼저 죽이는 게 낫다고 하네요." 메리가 말했다.

그녀의 말투는 씩씩하고 긍정적이었지만 문제가 복합적으로 늘어날 때마다 나는 걱정이 됐다. 그렇지만 그녀 앞에서는 두려움을 보이지 않으려고 애썼다. "앞으로 어떻게 될지는 모르는 일이에요." 마리팻이 내게 미리 말했었다. 그래서 나는 입을 다물고 최대한 조용히 있었다. 나는 문득 함께, 또 따로였던 메리와의 삶을 돌이켜 봤다. 그녀와는 장장 43년 전에 처음 만났다. 애머스트 중학교 2학년 때 말이다.

'마리팻이 함께해줘서 나나 메리 모두에게 얼마나 다행인지 모르겠군.' 나는 깨달았다. 마리팻이 없었다면 둘 다 어찌할 바를 몰랐을 거다. 게다가 커비와 나는 겁을 잔뜩 집어먹고 병원에서 나가지 않았는가. 일련의 TMS 실험과 자아 성숙에도 불구하고, 아직도 나는 병원에서 보내는 시간이 힘들었다. 물론 마리팻도 두려웠을 텐데도 그녀는 용기와 힘이 대단했다. 커비와 내가 병원을 견디기 힘들어할 때도 그녀는 꿋꿋이 남아 있었다.

그날 밤에 메리는 이상한 꿈을 꾸기 시작했다. 꿈에서 그녀는 학교에 가려고 했단다. 그런데 주 고속도로가 조금 막히는 바람에 가운데 차선을 삼륜 오토바이를 타고 달렸다는 거다. 아무런 문제없이 말이다. 모두 이 꿈이 대체 무슨 뜻인지 몰랐다. 하지만 나는 메리가 말하는 한마디 한마디를 주의 깊게 들었다. 그다음 날 오후 4시, 마리팻이 일터에 있는 내게 전화를 걸어왔다. "의사들이 응급 수술을 해야 한대요. 빨리 병원으로 와보는 게 좋겠어요."

알고 보니, 그날 오전에 양쪽 폐 전체에 균이 퍼져 있는 게 발견됐다고 했다. 이런 상황이면 대개 수술 결과가 썩 좋지는 않을 것이라고 했다. 의사들은 메리의 입천장을 칼로 째고 조직을 제거하는 게 좋겠다고 했다. 감염된 조직을 부비강을 통해 잘라내려는 것이었다. 정말 끔찍하게 들렸다. 나는 마리팻에게 메리와 얘기를 하고 싶다고 말했다.

곧 메리의 목소리가 전화기 너머로 들렸다. 그녀는 또렷한 목소리로 내게 수술을 결심했다고 했다. "유일한 희망인걸요." 그녀가 말했다.

나는 그녀에게 사랑한다고, 우리 모두 그녀를 위해서 기도하겠다고 말했다. 지금 바로 출발해서 갈 테니 수술이 끝나면 곁에 있겠다고도 했다. 그런데 차를 몰고 가는 길에 또 전화가 왔다. 의사가 몇 명 더 와서는 일단 약을 먹고 경과를 지켜보자면서 수술을 재고해보자고 했다는 이야기였다. 수술을 받기에는 메리의 몸이 너무 약해져 있는 탓이었다.

병실에 도착해 마주한 메리는 무척이나 연약해 보였다. 마리팻이 치료를 위해 밀어버린 메리의 머리를 어루만지고 있었다. 나도 메리에게 다가가서 어깨를 두드렸다. 내 손길이 닿자, 그녀는 신음 소리를 내더니 미소 지었다. 위로가 되는 모양이었다. 마리팻은 메리 곁에 누웠다. 나는 메리가 조용히 잠들 때까지 그녀를 다독였다.

내가 도착하기 전에 메리가 마리팻에게 이런 이야기를 했다고 한다. 존이 자신을 마음 상하게 할 의도가 없었다는 걸 이제야 깨달았다고 말이다. 존이 자신에게 항상 애정을 가져왔으며, 이혼하는 그 순간에조차도 절대 자신의 적이 아니었다는 걸 알게 됐다면서. 헤어진 지 15년차임에도 메리가 아직 이런 생각을 하고 있다니 놀라지 않을 수 없었다.

갑자기 서글퍼졌다. 메리는 눈에 띄게 기운이 없어 보였다. 그녀의 마지막 순간들을 내가 함께하고 있다는 게 실감 났다. 아버지가 돌아가셨을 때처럼 말이다. 나는 메리에게 눈물을 보이지 않겠다고 굳게 다짐했다. 마리팻은 우리가 메리에게 희망을 줘야 한다고 했다. 감염을 이겨낼지도 모르는 일이니까. 확률은 적었지만, 불가능하지는 않았다.

마리팻은 메리가 하루 종일 아무것도 먹지 않았다며 걱정했다. 사람들은 보통 마지막 순간이 다가오면 먹는 걸 아예 중단하곤 한다. 아버지가 돌아가셨을 때 간호사가 그런 말을 했었다.

며칠이 지나는 동안, 가족들이 병실을 들락날락했다. 그리고 100명 정도 되는 친구들이 작별인사를 하러 왔다. 마리팻, 메리의 동생 캐런, 커비는 몇 주 내내 저녁을 병실에서 보냈다. 마리팻의 아들 줄리안도 너무나 잘해주었다. 마리팻이 보스턴에 있는 동안 집을 잘 지켰을 뿐 아니라, 메리의 집도 청소하고 관리해줬다. 또 병문안도 자주 오고 말이다.

어느 날 밤, 가족들은 모두 집에 돌아가 휴식을 취하고 있었다. 나는 메리와 단둘이 남아서 밤을 보냈다. 메리가 아픈 뒤로 여러 번 병원에 왔었지만, 밤을 보내는 건 처음이었다.

메리는 몹시 힘이 없었다. 침대에서 일어나 앉는 것도 힘겨워했다. 말도 겨우 몇 마디뿐이었고, 그나마 제대로 들으려면 온통 집중해야 했다. 우리 둘 다 시간이 얼마 남지 않았음을 알았다. 그녀는 두려워하고 있었다. 혼자 있는 것도, 잠드는 것도 두려워했다. 긴장을 풀려고 애를 썼지만, 잠들면 다시 깨지 못할지도 모른다는 생각에 완전히 겁에 질려 있었다.

사람들은 죽음의 존엄성에 대해 얘기하지만, 그런 건 실제로 없을지 모른다. 심각한 병은 사람을 옭아매고, 시야도 좁게 만든다. 정신이 온전히 깨 있기 위해 숨을 깊이 들이마시는 것마저 힘겨워지면, 다른 아무 생각도 들지 않는다.

그럴 때 다른 누군가가 곁에서 손을 잡아주면 위로가 된다. 나도 병원에서 무서운 경험을 한 적이 있어서 그걸 잘 알았다. 작은 곰 메리에게서 그 두려움이 보였다. 손을 잡거나 머리를 가만히 어루만지는 건 즉각적으로 흥분을 가라앉히는 효과가 있다. 병을 고칠 순 없겠지만, 그래도 잠시나마 두려움에서 벗어날 수 있게 해준다.

메리가 말을 별로 하지 못했기 때문에 나는 그녀에게 내 하루 일과와 열흘 뒤에 윌리엄&메리 대학에서 하기로 한 강의 얘기를 꺼냈다. "가서 제임스타운의 역사 유적지도 둘러보려고." 나는 그녀에게 말했다. "버지니아의 고고학자들이 거기서 뭘 하는지 사진으로 찍어서 보내줄게." 내 말에 그녀는 미소를 짓더니 고개를 끄덕였다. 매사추세츠의 콜로니얼 디어필드에서 고고학 작업을 하던 대학원 시절이 떠오른 모양이었다.

결국은 더 이상 할 말이 없어졌다. 그래서 잠자리에 들기로 했다. 그녀는 병실 침대에, 그리고 나는 보호자용 간이침대에 누웠다. 잠들기가 힘들었다. 또 잠이 들려고 할 때마다 왠지 다시 깨곤 했다. "목이 아파요." 그녀가 말했다. 나는 어기적대며 다가가 베개를 똑바로 해주었다. 그러고 나서 마침내 나는 잠이 들었다. 그런데 갑자기 메리가 기침을 하며 숨이 막힌 듯 "아아아!" 하는 것이었다. 나는 "멍멍" 하고 웃기는 소리를 냈다. 그랬더니 그녀는 내가 아직 옆에 있어서 안심이 된다는 듯이 금방 안정을 찾았다. 그렇게 우리는 왠지 모를 친근한 불면 속에서 밤을 보냈다.

나는 이튿날 아침 일찍 떠나야 했다. 커비와 마리팻이 메리를 돌보러 병원에 왔다. 나는 버지니아에 도착하자마자 바로 제임스타운으로 차를 몰았다. 그러고는 온갖 것들을 다 사진 찍어 커비에게 보냈다. 커비는 그 사진들을 엄마에게 하나하나 보여줬고, 그녀는 빙그레 미소를 지었단다. 그렇게 닷새 동안은 비교적 무탈하게 지나갔다. 그러다 갑자기 상태가 악화되기 시작했다. 커비가 월요일 오전 9시 30분에 내게 전화를 걸어왔다. 침착하려 애쓰는 기색이 역력했지만 아들의 목소리는 떨리고 있었다. 메리가 지난 몇 주간 고통 속에서 끙끙대는 모습은 우리 모두가 여태껏 목격한 가장 힘든 광경이었다. "거의 끝난 것 같아요." 커비가 울먹이며 말했다. "엄마가 숨을 갑자기 멈추더니, 몸에 경련이 일었어요. 그러고는 눈을 뜨고는 올려다보시더라고요. 그리고 지금은 반응이 없으세요." 커비는 엄마의 숨이 점점 얕아질 때까지 옆에서 자리를 지켰던 거다.

'그래도 커비라도 곁에 있어서 다행이군.' 나는 생각했다. 세상을 떠나는 순간에 아들이 해줄 수 있는 더 큰 선물은 없을 거다. "제가 옆에 있는 걸 아신 것 같아요." 커비가 말을 이었다. 그러더니 다시 울기 시작했다. 병원에서부터 남쪽으로 650킬로미터 떨어진 버지니아 호텔 방에서 나도 울었다. 1년이 지나 지금 이 글을 쓰는 순간에도, 내 뺨에는 눈물이 흘러내린다.

오후 2시 12분, 커비가 다시 전화를 했다. 여전히 울먹거리며 아이는 말했다. "돌아가셨어요, 평화롭게……. 저는 옆에서 책을 읽으면서 손을 잡아드렸어요. 그런데 갑자기 숨을 멈추시더라고요. 숨 막히거나 하진 않았어요. 제가 눈을 감겨드렸어요. 혹시 다시 의식이 돌아오지 않을까 싶어서 10분을 기다렸죠. 그리고 지금 전화를 드린 거예요. 간호사도 있었는데, 엄마 심장 박동 소리를 체크했어요. 이제는 가서 뭐라도 덮어드려야 할 것 같아요."

그로부터 사흘 뒤, 메리는 그랜비 공동묘지의 자신의 형제들 곁에 묻혔다. 그녀는 겨우 56세였다.

다시 리듬을 타고

봄이 다시 돌아왔다. 어둡고 슬픈 시간이 지나고 다시 한 줄기 빛이 비치는 것 같았다. 그해 여름 동안, 가족들은 어느 정도 슬픔을 극복했다. 그리고 가을이 됐다. 다양한 추수 행사 및 축제 기간이었다. TMS가 나를 차 안에서 소울 콘서트장으로 시간 여행을 시킨 지 6년 반이라는 세월이 흘렀다. 무척이나 생생한 기억이지만, 어쨌든 그건 환각일 뿐이었다. 이제 9월이 됐고, 나는 새로운 콘서트가 시작되길 기다리고 있었다. 실제 상황인 콘서트들이 내 주변에서 잔뜩 열렸다.

조명이 꺼지자 관객들은 자리에서 몸을 들썩거렸다. 잔디밭 건너편 식품 가판대가 늘어선 곳에서는 바텐더들이 재빨리 맥주를 따라주느라 정신이 없었다. 장사에 시간제한이 있는 걸 잘 알 테니까. 관객석의 어둠에서 6미터가량 떨어진 곳에 우뚝 솟은 무대가 있었다. 그 위에서 록밴드 레너드 시키너드Lynyrd Skynyrd의 기타리스트인 개리 로

싱턴과 릭키 메드로케가 기타를 조율하고 있었다. 마리팻은 관객석에 자리를 잡고 앉았다. 내 친구 존 줄리아노와 그의 부인도 곁에 있었다. 존은 흔히 '더 빅 E The Big E'라고 불리는 동부 주 축제 Eastern States Exposition에서 콘서트 및 이벤트 프로듀서로 일했다. 그래서 나는 매년 웨스트스프링필드 지역에 와서 여러 쇼를 비롯해 장관들을 사진 찍곤 했다. 축제 담당자를 친구로 두는 건 참으로 근사한 일이지 않은가!

수리소 사업과 글쓰기가 굉장히 대중적인 활동이라면, 사진은 내가 조용히 혼자 즐기는 일이었다. 지난 15년간 여러 록 콘서트, 서커스 및 축제들을 다니며 나는 음악가들의 사진을 찍어왔다. 음악가들과 콘서트장 관계자들이 내 사진들을 사 갔지만, 정작 그게 내가 찍은 사진들이란 걸 아는 이는 드물었다. 그게 사진의 재미있는 점이다. 책은 집어 들면 표지에서 작가의 이름을 단번에 볼 수 있다. 하지만 『빌보드』를 비롯한 잡지에 실린 사진은 도대체 누구의 작품인지 알 수가 없다.

사진을 찍는 동안, 나는 그런대로 '나만의 스타일'이라고 여기는 걸 발전시켜왔다. 내가 2007년에 찍은 사진을 보면, 2002년, 2005년에 찍은 사진과 비슷하다는 걸 알 수 있다. 내가 내 사진 스타일을 보는 관점은 마치 자동차의 그림을 보는 것과 비슷했다. 차는 시간이 흐르면서 점점 진화한다. 하지만 1968년도에 나온 어떤 차의 그림을 보면, 2008년에도 그 브랜드의 그림을 알아볼 수 있다.

마찬가지로 내 사진 스타일도 계속 비슷했다. TMS 실험에 참가한 여름 이전까지는 그랬다. 그때 이후로 내 사진 스타일은 갑자기 확변해버렸다. 사진의 색감이 한껏 밝아졌고 구도는 훨씬 간단해졌다. 사람들은 바뀐 스타일을 훨씬 더 좋아했다.

이런 사진 스타일의 변화를 TMS와 연관 짓기까지는 시간이 걸렸다. 사실 그해 가을 전까지는 그 변화를 눈치 채지도 못했다. 그때 나는 사진 카탈로그 소프트웨어를 바꿨다. 그러고는 이미지 라이브러리에 담긴 사진들을 쭉 훑어봤다. 사진들은 날짜 순서대로 정렬돼 있었다. 그런데 2008년 여름 이후의 사진들을 보니 그야말로 색감이 폭발하고 있었다. TMS 경험 직후의 사진들이었다.

처음에는 '내가 카메라를 바꿨던가? 아니면 사진 찍는 절차를 바꿨나?' 하고 생각했다. 하지만 이내 그게 아님을 깨달았다. 카메라는 우리가 사물을 볼 때의 색감을 전달하도록 고안된 기계다. 따라서 색감이 밝거나 아주 풍부한 편은 아니다. 하지만 내가 새로 찍은 사진들을 보니, 거의 예술적인 수준의 색감을 자랑했다. 내가 카메라를 그렇게 조절했기 때문이었다. 분명 의식적 선택이었을 거다. 물론 그때 그런 생각을 했었는지는 기억이 나지 않는다. 마치 록밴드 스파이널 탭Spinal Tap이 악기를 다룰 때처럼, 나도 내 카메라의 온갖 다이얼을 최대로 올려놓았다. 불현듯, 커비가 여름에 TMS 실험 직후 한 말이 떠올랐다. "아빠, 제 주변의 색깔이 갑자기 훨씬 밝아졌어요. 색깔이 여러 겹으로 보이고요." 그때는 그게 무슨 뜻인지 몰랐다. 그런데 이제 그런 현상이 내게도 생긴 거다. 게다가 점차 사그라지는 대신 내 사진 스타일에 영구적으로 묻어나게 됐다.

옛날 내 사진은 뭐랄까, 마트에 진열된 수프 캔에 붙은 사진 같았다. 정확한 색감에 적절한 구도 말이다. 하지만 왠지 고리타분했다. 그런데 이제는 마치 앤디 워홀의 수프 캔 판화처럼 보였다. 더 밝고 현실과는 동떨어졌지만 보는 이들에게는 더 생생하게 느껴지는 사진 말이다. 그래서 새 사진들은 음악가들과 대중 양쪽으로부터 훨씬 더 좋은 평을 얻었다. 동시에 나는 좀 더 근접 촬영을 하고, 사진의 프레임에 피사체를 꽉 채우기 시작했다. 그 결과로 사진에는 하나의 중심 피사체가 두드러졌다. 그 외에 시선을 분산시키는 요소는 적었다. 사실 이는 좀 덜 현실적이다. 현실의 시야에는 온갖 방해물이 존재하니까. 하지만 사람들은 이런 사진을 더 현실적으로 느꼈다.

TMS 실험 전에 나는 프레임 안에 기타를 치는 음악가의 머리부터 허리까지의 상반신이 담기도록 사진을 아주 정확히 찍었다. 나쁘지는 않았다. 음악가들도 칭찬을 아끼지 않았고, 사람들도 좋아하는 것 같았다. 하지만 2008년에 록밴드 보스턴Boston의 기타리스트 배리 거드로를 찍은 사진을 보면 비교가 됐다. 한 프레임 안에 들어간 것이라고는 배리의 손과 기타의 앞면, 그리고 기타 줄뿐이었다. 뭔가 추상적이었지만, 생동감과 색감이 흘러넘쳤다. 누가 기타를 치는지는 보이지 않았지만, 근접 촬영은 더 강력한 느낌을 줬다. TMS 이전에는 한 번도 그렇게 작업한 적이 없었다. 하지만 이제는 항상 그런 사진을 찍는다.

어쨌든 그날도 나는 관객석 앞줄에서 카메라를 들고 있었다. 9월 하순의 매사추세츠는 이상하리만치 더웠다. 축제 마당은 거의 움직이기조차 힘들 만큼 사람들로 붐볐다. 약 150만 명에 달하는 인파가

17일간의 축제를 즐기러 웨스트스프링필드 지역으로 순례를 떠났다. 나는 수리소와 그 외 잡다한 의무에서 벗어나서 축제의 순간순간 자유로움을 만끽했다. 여기저기 돌아다니고 장관을 구경하며 마구 사진을 찍어댔다. 언제 어떤 진풍경이 벌어질지 몰랐고, 최고의 사진을 찍고 싶었다.

그러다 문득 나는 내 삶이 얼마나 달라졌는지 돌아보게 됐다. TMS의 효과는 진즉 사라졌다 해도, 어떨 때는 내면이 완전히 뒤죽박죽되고 크게 뒤바뀐 것만 같았다. 하지만 그러다가도 어느새 예전의 망각 상태로 돌아온 기분도 들었다. 어쨌든 TMS 이전의 내 모습과 비교하면 큰 변화였다. 내 친구들의 반응이 이를 증명했다. "정말 많이 달라졌는데!" 축제에서 친구들을 만날 때마다 듣는 소리였다.

요즘은 남들이 나와 정말 다른 능력을 지녔음을 인정할 수 있게 됐다. 대부분의 사람들은 타인의 눈을 똑바로 쳐다보고 감정을 읽어낼 줄 안다. 이제 내게 그런 능력은 다시 거의 바닥이다. 하지만 한때 내가 잘했다는 사실을 아는 것만으로 충분하다. 또 주변 사람들의 모습을 늘 관찰하니까. 그렇게 사회적 능력을 키우려고 노력하면 되는 거다. 그건 정말 긍정적인 변화였다. 나 스스로 그런 모습을 늘 깨닫는다. 특히 낯선 이들과 짧은 만남을 가질 때 그런 면이 가장 빛났다. 또 지금 같은 밤, 사람들로 붐비는 공연장에서 록 스타들, 서커스 곡예사, 카니발 운영자 및 그의 팬들 사진을 찍을 때 그런 모습이 확연히 드러났다. 축제장에서 나는 "안녕하세요." 하는 인사를 100번쯤 하고 다녔다. 사진에 담은 사람들, 축제 고용인들, 온갖 관리인들 등등과 몇 십 번의 대화를 나누기도 했다. 전자기 자극을 받고 나니 그런 일이 한결 수월했다.

콘서트가 시작되기를 기다리는 동안 나는 사진 촬영을 위해 고용된 또 다른 사진작가들인 마크 머레이와 돈 트리거랑 대화를 나눴다. 둘은 오랫동안 신문사의 사진기자로 일해왔다. 오늘의 장면을 내일의 헤드라인으로 만드는 대가들인 셈이다. 몇 년 전만 해도 나는 이런 사람들과 쉽게 대화를 나누지 못했지만 이제는 문제없었다.

이전에는 사실 마크와 돈 같은 이들은 나를 불편하게 했다. 너무 거물이니까. 그들은 프로 사진작가고, 나는 그저 아마추어에 불과하지 않은가. 마치 그들은 성인이고 나는 10대 같은 느낌이랄까. 그런 시절은 이미 수십 년 전에 지났는데 말이다. 그런데 오늘 보니, 그들도 그저 일을 하러 와 있는 나와 같은 사람이었다. 정확히 내 관점의 어디가 바뀐 건지는 짚어내지 못하겠다. 그저 그런 인물들 옆에서도 불안하거나 겁을 먹거나 모자란다고 느끼지 않게 되었다. 그런 기분을 한 번도 느껴보지 못했다면 상상하기 힘들 것이다. 하지만 내게는 항상 그게 큰 문제였다.

매년 축제 때마다 만나는 이들은 TMS 이후의 변화를 금세 짚어냈다. 그들은 나를 기억하긴 하지만, 1년마다 나를 만나곤 한다. 그래서 내가 달라 보이고 또 좋아 보여 놀라는 모양이었다. '별다른 이유도 없었을 텐데.'라고 생각하면서 말이다. 아이들은 자라면서 사회성이 늘어나지만, 중년의 성인에게 그런 걸 기대하기는 힘든 일이니까.

내 발전된 모습을 특별히 언급한 사람은 찰리 반 버스커크였다.

그는 '더 빅 E' 축제의 진행자 역할을 내 나이만큼이나 오래 맡아왔다. 실제로 그렇게 길지는 않겠지만, 어쨌든 그 정도로 길게 느껴졌다. 그는 모든 이들을 다 알았고, 존경과 사랑을 듬뿍 받았다. "자네는 늘 능력 있는 사진작가였지." 내가 어떻게 지내고 어떻게 변했는지를 알아볼 만큼 충분히 오래 진행을 맡아온 그가 최근에 내게 이렇게 말했다. "한데 좀 힘든 성격이었어. 어딘가 투박하고, 사회성도 좀 떨어지고. 실은 자네를 일부러 피하기도 했었지. 그런데 몇 년 전부터던가…… 자네가 바뀐 걸세. 그것도 아주 극적으로 말이야. 이제는 아주 활발하고 사랑받는 인물이 됐지 않나. 내가 일부러 찾을 정도로 말이야."

우연히 마주친 제라드 키어넌은 더 놀라운 말을 했다. 그는 축제의 모든 건물 및 축제 마당을 책임지는 관리자였다. 사진을 찍느라 뭔가 물건을 옮기거나 재정비해야 할 때면 그를 찾곤 했다. 그는 늘 바빴고, 나를 별로 달가워하지 않는다고 생각했었다. "전혀 그렇지 않아." 그가 내게 말했다. "내가 아는 가장 생각이 깊은 사람으로 변했는걸. 사실은 자네와 얘기하기를 손꼽아 기다릴 정도라네." 제라드가 나에 대해 그렇게 말하다니. 사회적 망각 상태에 있던 중년의 자폐인인 내게 말이다. 정말로 놀라운 일이었다.

'TMS 이전에 내가 어땠었는지에 대해 듣는 일은 꽤나 쑥스러웠지만, 동시에 희망을 갖게 했고 감정적 처리 방식에 변화를 겪음으로써 내가 더 달라질 수 있다는 기대를 북돋웠다. 그리고 이제 그 변화는 축제장에서 나를 인기인으로 만들어주었다. 물론 전에도 사람들은 나를 존중했지만, 이제는 실제로 나를 좋아한다. 정말 멋진 경험이 아닌가. 어려서 쓸쓸하게 커온 나 같은 자폐인에게는 말이다. 10년 전에는 내가 사진을 찍고 있어도 사람들은 그저 무신경했다. 그런데 이제는 사람들이 계속 와서 말을 거는 바람에 카메라를 제대로 쓸 겨를이 없을 정도다.

나는 다른 수많은 관중들과 함께 흥분 속에 레너드 시키너드가 무대를 시작하기를 기다렸다. 〈스위트 홈 앨라배마Sweet Home Alabama〉나 〈김미 쓰리 스텝스Gimmie Three Steps〉, 〈토요일 밤 스페셜Saturday Night Special〉 같은 노래를 듣고 자란 나였다. 그런데 이 노래들을 다시, 그것도 라이브로 듣는다니 정말 짜릿했다. 라이브 무대는 정말 최고다. 가장 날 것의 진실한 음악이니까. 레너드 시키너드의 멤버들이 모두 한자리에 모인다니, 정말 기막힌 일이었다. 사실 록밴드 지지탑ZZ Top이 지금 이 무대를 장식할 예정이었지만, 2주 전에 공연을 취소했다. 베이스 기타 연주자가 엉덩이뼈를 다쳤다고 했다. 그 소식을 듣고 나와 다른 모든 이들은 오늘의 '더 빅 E'는 매우 쓸쓸하리라고 예상했다. 하지만 대신에 레너드 시키너드가 그 자리를 메우게 되었다니, 기쁘기 그지없었다. 이제 멤버들이 무대에 서고 공연이 시작되려고 했다

30년 전에 나는 이런 비슷한 무대에 음향 엔지니어로 섰었다. 하지만 오늘은 사진작가다. 진짜 음향 엔지니어는 무대 위 모니터가 놓인 탁자 앞에 서 있었다. 그는 꼭 옛날의 나처럼 서서 공연이 시작되기를 기다리고 있었다.

갑자기 내 뒤로 환호성이 일었고, 마침내 공연이 시작됐다. 찰리가 마이크 앞으로 다가와 특유의 느릿한 말투로 밴드 멤버들을 소개했다. 그가 스포트라이트 속에서 인사를 마치자마자 첫 번째 기타 음이 날카롭게 울려 퍼졌다. '이거, 꽤나 시끄럽겠는걸.' 나는 생각했다. 이내 강렬한 베이스 기타 소리가 온몸을 강타했다. 팔등의 털이 쭈뼛서는 느낌이었다. 나는 서둘러 카메라를 들고 사진을 찍기 시작했다.

사람들은 내가 앉은 좌석을 '구덩이'라고 불렀다. 무대 위의 음악가들과 몰려드는 인파를 마치 해자垓子처럼 가르고 있었기 때문이다. 내 오른쪽으로는 1.8미터 위의 무대가 올려다보였다. 무대 바닥을 보려면 몸을 위로 쑥 빼야만 했다. 내 왼쪽으로는 말뚝 울타리 하나가 달랑 놓여, 몰려드는 관람객들을 만灣 쪽으로 밀어냈다. 울타리는 벌써부터 안쪽으로 불룩 튀어나와 있었다. 팬들이 난간에 기댄 채 팔을 쭉 내밀어 휴대폰 카메라를 들이댔기 때문이다. 마치 음악가들에게 조공이라도 하는 모양새였다.

이 1.5미터 너비의 공간 안에는 돈과 마크, 그리고 세 명의 다른 사진작가들, 두 명의 동영상 촬영자들, 그리고 여섯 명의 건장한 안내요원이 함께 있었다. 안내요원들이 아니었으면, 아마 우리는 진즉 사람들 무리에 밟혔을지도 몰랐다. 우리끼리도 서로의 장비나 케이블을 밟지 않도록 조심하고 있었다. 요청받은 신문 1면을 장식할 사진을 찍느라 무대 옆 구석구석을 누벼야 했기 때문이다.

그 와중에 나는 틈틈이 생각에 빠졌다. 그 옛날 보스턴의 밤들이 떠올랐다. 그때 나는 음향 시스템을 구축하고, 내가 만든 기계들이 울려대는 공연 진행을 도왔다. 그때는 그야말로 외톨이 괴짜 신세였다. 정작 기계를 쓰는 이들과는 별말도 나누지 않은 채, 전자 기기만 열심히 만들어댔다. 하지만 이제 나는 공동체의 엄연한 일원이었다. 70년대 같았으면 이런 '구덩이'에 감히 들어올 생각도 못했을 거다. 저 울타리 너머로 밀려드는 인파가 나를 갈기갈기 찢어놓을 날짐승 떼처럼 보였을 테니까. 그들 옆에 가는 건 자살 행위처럼 느껴졌다. 그래서 시도도 하지 않았었다. 그런데 지금은 왜 이렇게 달라졌을까? 글쎄, 내가 나이를 먹은 탓도 있겠지만 역시 가장 큰 변화는 TMS 이후에 찾아왔다. 그래서 이렇게 열광적인 무리들 옆에 등을 맞대고 최고의 사진을 찍겠답시고 분주할 수 있었다. TMS 덕에 '나도 당당한 사회의 일원이야.'라는 깨달음과 안전함 속에서 사람들 사이에 낄 이해심과 용기가 생겼다.

그렇게 계속 안전요원과 촬영자들 틈에서 무대를 빙빙 돌다보니, TMS가 정말 내게 새로운 방식으로 사회 구성원이 되게 해줬음을 깨달았다. 몇 시간 전에 나는 오랜 친구인 진 캐시디와 함께 축제 마당을 거닐었다. 중간중간 사람들과 말도 섞었다. "자네는 꼭 정치인 같구먼." 내가 진에게 말했다. 그는 그 짧은 시간 동안 사람들과 악수를 스무 번은 했다. 그러자 그도 웃으며 동의했다. 하지만 어쨌든 나도 그 옆에서 같이 따라다니지 않았는가. 30년 전의 내 행동을 본 사람이라면 절대 꿈도 못 꿀 장면이다.

진을 처음 만났을 때, 그는 젊은 회계사였다. 나는 막 수리소 사업을 시작할 때였다. 이제는 우리 둘 다 중년이 됐고, 그는 축제의 회장직을 맡고 있었다. 나는 뭐, 이것저것 하고 있고 말이다. 오랫동안 우리는 서로 많은 개인사를 나눠왔고, 15년 전 내 아스퍼거 진단 때도 마찬가지였다. 진은 최근에 그 얘기를 다시 꺼냈다.

"아직도 그 전화 통화가 기억 나." 그가 내게 말했다. "전화기를 집어 들고 '여보세요.' 했지. 그런데 자네는 아무 인사도 하지 않는 거야. 그러더니, 다짜고짜 '내가 정말 그렇게 이상한가?' 하고 묻는 걸세."

"어찌 대답해야 할지 모르겠더군. 그러니까 자네가 같은 질문을 또 하더라고. 나는 '그렇지 않다네. 자네는 그냥 존일 뿐이야.' 하는 수밖에 없었지. 무슨 그런 질문이 다 있었겠나. 여하튼 그러자 정신과 의사들인가 누군가가 자네를 아스퍼거라고 부르는 장애일지도 모른다고 진단했다는 거야. 무슨 자폐의 일종이라나."

"자네는 그랬지, 그 사실을 열일곱 살 때 알았더라면 좋았을 거라고. 그걸 듣고 나는 그 상황이 자네에게 무척 큰 영향을 미쳤다는 걸 깨달았지. 그리고 좀 서글프게 들렸어. 무척 안타깝고 화가 나더군. 그 정신과 의사가 누군지 모르지만, 뻔뻔스럽게 자네한테 그런 말을 했다니 말이야. 나야 잘 이해하지 못했으니까, 그저 상처받은 거라고만 생각했지."

여하튼 나는 기계만 알고 꼭 필요할 때만 주변 사람들과 마주하던 위인에서 기계를 잘 아는 사교적인 인물로 탈바꿈했다. 제자리를 찾은 건 그 부분만이 아니었다. 사실 나는 '진짜 직업'의 안정성을 원해서 음악 세계를 떠났었다. 하지만 이제는 사진작가로서 무대에 돌아오지 않았는가. 늘 창조적인 일에 대한 갈망이 있었기에 사진을 찍었다. '진짜 직업'을 향한 의무감을 웃도는 갈망 말이다.

이윽고 레너드 스키너드가 두 번째 곡을 시작했다. 나를 포함해 무대 아래의 사진작가들은 정신없이 사진을 찍어댔다. 날카로운 음이 울려 퍼지자 내 집중력도 덩달아 날카로워졌다. 내가 누구며 주변에 뭐가 있는지에 대한 감각은 무뎌져갔다. 카메라 뷰파인더 안에 들어오는 장관 속에서 나는 온전히 그 순간에 살고 있었다. 그리고 감이 왔을 때마다 재빨리 셔터를 눌러댔다.

나는 지난 수년간 내가 사진 찍어온 음악가들을 떠올려봤다. 놀랍게도 TMS 이후에 내가 사진을 찍고 대화를 나눈 음악가들이, 무대에서 일하던 그 수십 년간 알고 지낸 음악가들보다 훨씬 많았다.

이제는 사람들과 대화를 더 많이 나눌 뿐 아니라, 그들과 성공적으로 공감대를 형성해낸다. 앞서 진과 함께 축제 마당을 돌아다닐 때 그 사실이 명백해졌다. TMS 이전에도 기술적인 성취와 사업의 성공 덕에 사람들에게 존중받기는 했다. 하지만 존중과 우정은 정말 다르다. 많은 이들이 나를 존중했지만, 비교적 적은 수만이 내 친구가 되길 원했다. 하지만 이제는 축제 마당 어느 구석을 가더라도 환영받는 느낌이었다.

수년 전, '존중받는 것'은 아예 무시당하고 비난당하고 심지어 괴롭힘을 당하는 것을 피하는 무기나 다름없었다. 하지만 이젠 멋진 대안이 있었다. '친구가 되는 것'은 비교가 안 될 정도로 근사한 일이었다.

이제 무대 조명 색이 바뀌었다. 그러자 스포트라이트가 무대 오른쪽 뒤편에 숨어 있던 키보디스트 피터 키즈로 향했다. 가죽 재킷과 문신 덕에, 그는 마치 무대 뒤의 안전요원으로 일하는 폭주족으로 보일 지경이었다. 피터는 키보드 앞에 앉더니, 히트곡인 〈프리 버드Free Bird〉의 전주 멜로디를 근사하게 치기 시작했다. 관객들은 환호성을 질렀다. 나는 깜짝 놀라 주변을 둘러봤다. 콘서트가 거의 끝날 모양이었다. 공연의 마지막 한 시간 동안 연사촬영을 하느라 너무나 집중해서 몰랐던 거다. 내 두 대의 카메라 화면에는 자그마치 625장의 사진이 찍혔다고 표시돼 있었다. 그중 몇 장은 내 평생 최고의 사진이 됐다.

공연 시작 때는 무대 앞의 '구덩이'에서 촬영을 했다. 하지만 레너드 시키너드는 처음 세 곡만 그 자리에서 사진을 찍도록 허락했다. 그 후에는 공연 내내 관객들과 무대의 멋진 조화가 두드러지는 장면을 포착하려 애쓰면서 무대 주위를 돌아다니며 사진을 찍어야 했다. 나는 관객석에서 100미터 떨어진 곳에, 수많은 인파들에 둘러싸인 채 서 있었다. 20년 전이었다면 죽었다 깨어나도 그런 자리에는 서지 못했을 게 분명하지만 이제는 평화로움마저 느낀다.

어둠 속이라 내 주변에 누가 있는지는 잘 몰랐지만 모든 게 다 괜찮았다. 마리팻, 존, 진을 비롯한 수많은 내 지인들이 축제 마당 어딘가에 있다는 안정감이 있었으니까. 나는 살며시 미소 지으며 축제 마당의 출입구로 향했다.

P.S. 뇌과학의 미래

『나를 똑바로 봐』를 출간한 이후에 나는 여러 대학 및 학교, 심지어 초등학교와 유치원 프로그램에까지 초청됐다. 그중 한 곳이 메릴랜드 록빌에 위치한 아이비마운트 학교였다. 그곳의 학부모 중 한 명인 리사 그린맨에게 초청을 받았다. 그녀는 곧 나를 아이비마운트의 아스퍼거 프로그램을 담당하는 모니카 애들러 워너에게 소개했다. 그 이후, 나는 오늘날까지 그녀와 함께 여러 연합 프로그램을 운영하고 있다.

이어서 모니카는 나를 또 다른 학부모인 카린 불프에게 소개했다. 그녀는 윌리엄&메리 대학의 역사 교수인데, "우리 대학을 자폐 증상을 가진 학생들에게 친화적인 환경으로 만들고 싶어요."라고 하면서 나를 대학 캠퍼스로 초대했다. 나는 그녀와 신경다양성 및 최근 관심을 끌기 시작한 '자폐 인권운동'에 대해 얘기를 나눴다. 결국 카린은 내가 윌리엄&메리 대학의 신경다양성 관련 전속 학자가 되는 데 지대한 역할을 했다. 나는 그녀와 함께 미국 주요 대학 한 곳에 처음으로 신경다양성 프로그램을 만들었다. 그런 과정에 함께했다는 것 자체가 내게는 더없는 영광이다.

앞서 말했듯이, 물론 나는 과학 전반 및 자폐 연구 전략 전문가는 아니다. 하지만 최선을 다해 빠르게 공부하는 중이다. 물론 57세의 나이에 연구원이 되지는 못할 거다. 하지만 현재 진행 중인 연구에 영향을 미치는 자문위원회의 일원이 되어 자랑스럽게 생각한다. 최근에는 미 국립보건원 생체지표 협력단NIH biomarkers consortium의 구성 단체인 예일 대학 팀에 자문을 하기 시작했다. 몇 년 전에는 미 보건복지부Health and Human Services의 장이 나를 정부 부처 자폐협동위원회Interagency Autism Coordinating Committee에 추천하기도 했다. 이 협동위원회는 미 정부 최고 수준의 자폐 전략팀이다. 이 기관에서 자폐 연구에 대한 전략 계획 구성을 도울 수 있어서 무척이나 영광이었다. 또한 세계 보건 기구WHO를 위한 국제기능장애 건강분류ICF의 자폐 핵심 계획 운영위원회에서도 일하게 됐다. 이 또한 큰 영광이다. 이 모든 목록들을 읊는 데만도 머리가 아찔할 지경이다. '뉴잉글랜드 촌구석의 수리공이었던 내가 대체 어떻게 이런 국제무대에서 일하는 상황이 됐지?' 이에 대한 답을 안다면, 포장해서 100만 달러에 팔고 싶은 심정이다. 여러 이유가 있겠지만, 가장 먼저 떠오른 게 TMS다. TMS는 내게 정말이지 깊은 통찰력과 자신감을 심어주었다. 그런 점에서는 마치 TMS가 스승이나 다름없다. 물론 내 갖은 질문에 빠짐없이 답을 해준 과학자들도 내 스승들이다. TMS와 과학자들의 조합이 내게는 굉장히 강렬하게 다가왔다. 다른 이들도 언젠가 꼭 그 강렬한 효과의 덕을 보길 바라는 마음뿐이다.

한편, 이런 흥미진진하고 도전적인 일들을 하는 와중에도 나는 여전히 집에서 내 자동차들을 돌보고 수리소에서도 차들을 관리한다. 어렸을 때부터 장난감 자동차는 내게 최고의 위안이었다. 동네 바닥에 장난감 소방차를 올려놓고 사람들을 구하겠노라 큰소리쳤었다. 그러다 커서는 진짜 차를 수리하는 일로 먹고살고, 또 자립도 하게 됐다. 사람들과 소통하는 게 힘들 때마다 기계들은 항상 내 곁에 있어줬다. 이제 내가 다른 어떤 일을 한다 해도 기계들은 한결같이 그 자리에서 나를 기다려줄 것이다. 내 삶의 이쪽 방면에도 흥미로운 새 장이 열리고 있다. 요즘 수리소에서는 좀 더 고난이도의 수리를 맡고 있다. 정말로 예술 상태의 자동차를 결과물로 내놓곤 한다. 이런 작업이 우리 수리소를 어디로 이끌지, 다음엔 어떤 작업을 하게 될지늘 기대된다.

요즘 나는 수리소 사업과 자폐 옹호 및 강연에 시간을 나눠 쓰며 지낸다. 자폐인들의 인권 및 자폐 공동체의 필요성에 대해 피력하기 위해서다. 나는 주로 과학적인 면에 집중해서 강연한다. 과학적인 면은 사람들에게 새로운 지식을 향한 길을 제시할 뿐 아니라, 자폐의 세계에서 꼭 필요한 부분이니 말이다. 현재 너무나 많은 문제들이 있지만 그 답은 정말 미미한 수준이다.

답의 제시를 도와줄 수단의 하나가 바로 TMS다. 나는 그 힘을 직접적으로 체험했기에 안다. 모두가 '그림의 떡'에 대한 환상을 갖지 않는가. 나는 TMS 덕에 그 떡을 직접 손에 들고 먹어보기까지 한 셈이다. 물론 TMS에는 어느 정도의 부작용도 있다. 대개 예기치 못하게 민감해진 부정적 감정들이다. 내 결혼 생활이 무너진 데도 그 영향이 있었다. 하지만 이제는 이런 것들이 세상의 현실임을 안다. 어쨌든 TMS의 가능성에 대해 제대로 이해하려면 우리는 아직도 먼 길을 가야 한다. 린지는 내게 여러 번 이렇게 말했었다. "정말 생각하기도 싫은 건, 누군가 겁도 없이 '가정용 뇌 자극기'를 만들어서 스스로에게 쏘는 거예요. '어디선가 과학자들이 1밀리앰프의 전압을 썼다고 읽었으니, 나는 10을 쓰면 더 좋겠지.' 하면서요. 사람들이 이게 그렇게 간단한 기술이 아니라는 걸 알아줬으면 해요." 나는 그녀에게 TMS의 희망뿐 아니라 그에 수반되는 위험과 복잡함까지도 이 책에 제대로 싣겠다고 약속했다.

내가 린지와의 약속을 잘 지켰길 바란다.

역사를 돌아보면, 의학은 인간의 병든 곳은 치료하고 부러진 곳은 고쳐서 건강을 되찾게 해왔다. 한데 최근 몇 십 년간 의학의 초점이 바뀌기 시작했다. 인간의 몸을 단순히 기능하게 하는 걸 넘어서 뛰어나게 개선시키는 게 목표가 되었다. 뇌과학자들도 인간의 마음에 대해 같은 접근을 하고 있다. 마르셀 같은 과학자는 인간의 뇌 기능을 아주 상세히 설명하는 도구를 만들고 있다. 알바로의 경우에는 인간 마음을 파고들어 이를 변화시키는 새로운 방법을 연구 중이다. 이러한 기술들이 결합된다면, 우리는 마음 치료법에 일대의 혁신을 겪게 될 거다. 인지 훈련 및 정신 피트니스와 같은 완전히 새로운 치료 분야가 탄생할지도 모른다.

동시에 자폐 관련 연구자들은 자폐의 '생체지표biomarkers'를 찾느라 분주하다. 생체지표란 자폐를 예측하거나 진단하는 생물학적 지표로, 특히 유아에게 활발히 적용 가능하다. 마르셀, 알바로, 린지는 각각 이 분야에서 자신의 성취를 설명하는 논문을 발표한 바 있다. 마르셀은 '수치심'과 같은 감정을 떠올릴 때의 뇌의 반응을 측정했다. 한편 알바로와 린지는 뇌가 TMS 에너지 발사에 반응해 변화하는 양상을 측정했다. 이 두 기술은 높은 정확도로 자폐를 다른 사례들과 구분해냈다.

위의 두 연구가 매우 중요함에는 의문의 여지가 없다. 자폐를 행동 관찰이 아니라 정확한 신경학적 수치로 구분해낸다는 건 놀라운 일이다. 오진의 확률을 줄일 수 있기 때문이다. 또한 장애를 성공적으로 치료할 확률도 높아진다. 자폐의 근본에 대한 정확한 이해를 통해 그 부정적 효과를 감소시킬 수 있으니 말이다. 이 두 기술의 실행이 빠르면 빠를수록 좋다는 이들도 있다. 하지만 이 책에 소개한 모든 과학자들은 동시에 우려의 목소리도 내고 있다. 완전한 이해 없이 뇌를 변화시키는 건 바람직하지 못하다는 이유에서다. 물론 그들은 이미 굉장한 성과를 일궈냈다. 하지만 아직도 발견할 것이 너무나 많이 남았다고 그들은 말한다. 나도 우려에 통감한다. 물론 그런 기술들의 발전은 매우 흥분되는 일이다. 하지만 일종의 '신경적 균질화'로 가는 첫걸음이 될까 봐 겁이 나기도 한다. 개개인의 신경적 차이를 정확한 수단을 통해 진단해내고 맞춤형 치료가 이어지면, 결국 뭘 얻게 될까?

마르셀의 난독증 실험에서는 다행히 과학의 힘으로 아이들이 읽기를 더 잘하게 됐다. 그 긍정적 효과에 이의를 제기할 사람은 없을 것이다. 하지만 개개인의 삶에서 문제가 불거지기도 전에 테스트를 통해 차이를 가려낸다면? 그리고 곧장 교정을 위한 요법을 적용한다면? 그러면 윤리적인 문제가 야기될 거다.

사실 모든 차이점이 장애로 직결되지는 않는다. 오히려 뛰어난 능력으로 나타나는 경우도 있다. 게다가 사람들은 아직 전자와 후자의 차이도 정확히 모르지 않는가. 그런데도 자폐에 관한 한 그 불완전한 지식을 실행에 옮기려 하고 있었다.

결국 문제는 모든 차이점을 장애로 단정 짓는 데서 온다. 그건 틀렸다. 세계에서 가장 뛰어나고 창의적인 몇몇 인물들이 자폐적 특성 및 기타 신경적 차이점을 가졌다는 증거가 점점 더 늘어나는 추세다. 이들은 사물을 특이한 관점에서 보기에 일반인들이 어려움을 겪는 문제도 척척 풀어내곤 한다. 나도 살면서 해낸 가장 잘한 일들은 모두 다 자폐의 덕을 본 것들이었다. 이런 모든 능력들이 조기 개입에 의해 완전히 사라져버린다면 어떻게 될까?

뇌 자극은 뇌를 재정비함으로써 이전에는 치료가 불가능하다고 여겼던 뇌의 문제점들을 고칠 가능성을 열어주었다. 따라서 이론상으로는 장애를 가진 채 자라날 아이들을 대상으로 유년에 조기 치료를 하면 성인이 되어 장애를 겪지 않을 수 있다. 하지만 몇몇 윤리학자들은 그런 조기 개입은 치료가 불필요한 이들에게까지 치료를 제공함으로써 그들의 능력을 무마시킬 수 있다고 우려한다. 알바로의 연구에서 봤듯이 대상에 대한 필요 이상의 치료는 그 자체의 문제점을 수반할 수 있다. 조기 치료의 대안은 뭘까? 바로 아이들이 커서 장애 증상이 두드러질 때까지 기다렸다가 증상을 완화시키는 치료법을 쓰는 것이다. 하지만 이런 치료는 시기가 너무 늦은 탓에 최적의 개선 결과를 얻기 힘들다고 걱정하는 과학자들도 있다. 아이들은 성인들보다 뇌 가소성이 높기에 조기에 치료하면 TMS의 효과가 더 크다는 주장이다. 그러나 자라나는 아이들의 뇌는 변화에 민감하기 때문에 애초에 의도하지 않았던 부분까지 변화시킬 수 있다.

내 의견은 이렇다. 우선 아주 어린 아이들에 대한 미래 장애 진단에 매우 신중해야 하며, 치료는 그다음이다. 소아과 의사들은 많은 경우 발달장애가 저절로 나아지기도 한다고 이야기한다. '차이점을 바로잡아 정상으로 만들기'가 궁극적인 목표가 돼서는 안 된다. 인류의 수많은 혁신이 남들과 '다른' 이들로부터 시작되지 않았는가. 게다가 아이가 커서 자폐인이 될지를 판단하는 현재의 테스트는 완전하지 않다. 그야말로 장애로 전전긍긍하게 될지, 괴팍한 천재가 될지, 아니면 둘 다일지를 예측하지 못한다. 물론 TMS는 내게 정말 큰 도움을 줬다. 하지만 장애를 없앤다는 명목으로 아이들의 뇌를 무분별하게 변화시킬까 봐 걱정이 된다. 그러다 세상을 움직이는 남다른 창조성의 불씨도 함께 꺼버리는 건 아닐까?

나는 이 문제에 대해 알바로와 여러 번 대화를 나눴다. 우리가 공통으로 꼽은 의문점은 '왜 TMS 자폐 연구에서 나이 든 피험자들이 가장 크게 변했다고 느꼈을까?'였다. "나이를 먹은 게 도움이 됐는지도 모르죠. 인생의 경험 폭이 크니까, 그만큼 TMS의 효과를 이해하기 수월한지도요." 알바로가 제안했다. 아무래도 그게 맞는 듯했다. 만약 그렇다면, 스스로 무엇을 성취할지 아직 잘 알지 못하는 아이들을 대상으로 한 뇌 자극은 상당히 신중을 기해야 한다. 앞서 소개한 닉이 그런 경우인지 모른다. 그 애와 나는 똑같이 일시적인 인지 강화를 경험했지만, 나만 그 후로도 지속적인 변화를 쌓아가지 않았는가. 낸시의 전문 분야인 인지 치료 요법이 이때 도움이 될 수 있을 것이다. 아무튼 닉의 사례는 앞으로도 지속적인 연구가 필요함을 시사한다.

또 하나의 문제점은 치료를 받는 젊은이들의 태도다. 예를 들어 지금 닉은 앞으로 TMS 실험에 참여하지 않겠다고 단언하고 있다. 나는 그의 의사를 존중해야 한다고 본다. 하지만 이를 크게 반대할 부모님들도 있을 것이다. 누구의 의사가 우선시돼야 할까? 물론 나도 어려서 친구들로부터 인정받기를 원했다. 하지만 그렇다고 내 특이점이 완전히 없어져서 말만 번드르르한 로봇같이 되기를 원한 적은 한 번도 없다. 한편 실험 효과의 일시성도 고려돼야 한다. 실험 후에 나처럼 일시적인 변화를 바탕으로 앞으로 삶을 개선시킬 수 있다고 느끼는 이들도 있겠지만, 반면에 어떤 이들은 TMS의 혜택이 사그라지는 것을 보고 잔인한 장난처럼 느끼기도 한다. 절대 연루되고 싶지 않은 장난 말이다.

이러한 여러 문제들이 공존하기 때문에 과학자 및 기술자들 못지 않게 인지 치료사들도 꼭 필요하다. 내가 참여한 연구에서는 낸시와 만나게 되면서 끝에 가서야 그들을 만나볼 수 있었다. 그렇다고 실험 내내 내가 도움을 받지 못했다는 말은 아니다. 알바로와 린지를 비롯한 많은 이들이 항상 내 곁에 있어줬으니까. 사실 그런 도움 덕분에 인지 치료사들의 도움이 중요함을 깨닫게 됐다.

또 다른 윤리적 난제도 있다. '신경 강화neuro-enhancement'가 지니는 가능성 때문이다. 앞서 언급한 2003년의 『뉴욕타임스』 오즈번 기자의 기사를 떠올려보라.(나는 TMS 실험 참여 전에 이 기사를 읽었다) 기사에서는 바로 이 신경 강화의 혜택을 강조했다. 그런데 뇌 자극 기술이 더 발전하고 유명세를 탈수록, 더 많은 이들이 자신들의 뇌를 개선하겠다고 무분별한 뇌 자극 치료를 찾아 나설 것이다. 결국 어느 순간에는 제약이 생길지도 모른다. 어쩔 수 없지 않은가. 예를 들어 스포츠에서는 연습을 하고 비타민을 섭취하는 것은 괜찮다. 하지만 수혈을 받거나 근육을 키우기 위해 스테로이드제를 투약하는 것은 위험하고 금지된 행동이다. 그래도 이런 일들은 자주 일어난다. 인간의 마음이라는 분야에서는 어떻게 제한선을 그어야 할까? 물론 전문가들에게 뇌 자극을 받는 경우는 안전하다고 한다. 하지만 너무 많은 자극을 받거나 잘못된 부위에 받으면 어떨까? 그러면 마치 약물 과다 복용처럼 위험할 것이다. 또한 TMS의 활용 범위는 어디까지일까? 혹시 2024년에는 고등학생들이 대입수학능력시험SAT 점수를 높이려는 목적에서 TMS 자극을 받으려 하는 게 아닐까? 혹시 뇌 자극을 위한 암시장이라도 생긴다면? EPO주사(혈액 도핑)나 스테로이드처럼 TMS 뇌 자극도 금지되지 않을까?

마르셀의 고도 뇌 영상학 같은 기술도 윤리적인 문제에 한 발짝씩 다가가고 있다. 물론 뚜렷한 장애를 가진 이들의 뇌 활동을 연구하고 이를 일반인들의 경우와 비교하는 건 괜찮다. 그로부터 얻은 지식으로 불완전한 기능을 가진 뇌 부위를 강화하는 건 더구나 바람직하고 말이다. 마르셀의 난독증 연구에서 그 가능성을 엿보지 않았는가.

하지만 만약 연구원들이 연구 의도를 완전히 거꾸로 뒤집는다면 어떨까? 즉 아주 뛰어난 독서가들을 관찰한 후 평범한 이들의 읽기 능력을 전자의 수준으로 끌어올리는 훈련을 개발한다면? 모든 사람들이 최고가 되길 원하니, 그런 연구라면 자원자도 몰릴 거다. 모두가 똑똑해지길 원할 테니까. 나도 TMS 실험을 통해서 근본적으로 그런 걸 원했다. 다만 내 경우는 읽기 능력보다 감정 지능을 높이고 싶었던 것뿐이다.

그러나 이러한 접근에는 항상 문제점이 있다. 어떠한 능력이라도 항상 상위권과 하위권이 나뉘기 마련이기 때문이다. 실험으로 뛰어난 읽기 능력자들 몇 명을 탄생시킬 수는 있겠지만, 그게 사회 전체에 득이 될까? 또 뇌 자극을 이용해서 사회와 격리된 자폐인들의 괴로움을 덜어주는 일은 바람직하지만, 이미 똑똑한 대학생들에게 '감정적 ESP' 능력을 심어준다고 해서 결과가 좋을 리 없다. 같은 요법을 받지 못한 대중들에게는 득이 될 게 없으니까. 장애를 해소하는 건 수용하기 쉽다. 내 경험상, 물론 치러야 할 대가도 있었다. 즉 어떤 능력을 향상시킨다고 항상 도움이 되지는 않는다. 그럼에도 이를 원하는 강력한 사회의 압박이 있기 마련이다. 100년 전에 사람들은 우생학의 명목 아래 인류의 개선을 꾀했었다. '내일의 슈퍼맨'을 꿈꾼 거다. 현재의 뇌 영상학과 뇌 자극이 조만간 우리를 슈퍼맨으로 개조하는 날이 오지 않을까? 그런데 이를 위해 치러야 할 대가는 뭘까?

내 생각에는 뇌 탐구의 안전성 문제도 있다. 앞서 말했듯이, 의료 영상학은 인간의 몸을 들여다보려고 개발됐지만, 현재는 빠르게 인간의 사고 및 감정 패턴을 드러내는 도구로 발달 중이다. 문제는 그런 패턴을 읽어도 피험자가 어떤 사고를 실행에 옮길지는 모른다는 점이다. 사람들은 종종 상반된 감정들을 동시에 느끼지 않는가. 특히 자신에게 중요한 사물이나 사람이 연루돼 있을 때는 더욱 더 그렇다. 애정과 증오를 동시에 느끼고, 이끌려도 내쳐버리는 행동을 종종 한다.

마르셀의 영상학 기술은 수사학搜査學 분야에 확실히 많은 걸 시사한다. 하지만 그런 기술이 적절하게 윤리적으로 사용될 환경이란 게 있을까? 이건 논의해봐야 할 중요한 문제다. 왜냐면 마르셀의 기술이 더 발전하면 결국 범죄자나 테러리스트에 대한 이해에 사용될 확률이 높기 때문이다. 공상과학 영화에서나 보던 심리수사가 2026년경이면 가능할지도 모르는 일이다.

이러한 여러 윤리적 딜레마를 해결하는 데 도움이 되는 한 가지가 바로 의사, 연구원, 실험 대상자 간의 긴밀한 연합이다. 낸시는 내가 그녀의 클리닉을 방문할 때마다 그러한 좋은 본보기를 보여줬다. 우선은 항상 훌륭한 연구원들과 흥미로운 연구가 진행 중이었다. 그런데 가장 멋진 건 그 몇 시간 뒤 가졌던 단체 저녁 식사 자리였다. 처음 저녁 식사를 위해 레스토랑에 갔을 때 나는 상당히 놀랐다. 예술가, 음악인, 단체 운동가, 의사, 중재인, 환자의 부모, 연구원, 그리고 낸시의 연구를 지원하는 자본가 등 각계각층의 사람들이 모여 있었기 때문이다. 다소 딱딱한 보통의 연구기관에서 보기 힘든 다양한 집단이었다.

"과학을 중재 치료에 접목하는 게 제 초미의 관심사거든요." 낸시가 말했다. "새로운 치료의 효용성을 시험하고 널리 퍼뜨리는 거지요. 이제 과학이 그간 사람들에게 해온 약속을 지킬 때가 아닐까요?" 나는 그녀의 말에 더없이 동감했다. 그녀의 그런 말은 전체 그림의 일부분에 불과했다. 낸시는 내게 마음의 숨겨진 가능성을 여는 데 있어 반드시 현대 의학만이 답은 아니라고 말했다. 창조적인 이들은 일반인들과 다른 경우가 많으니, 이들을 한자리에 모으면 멋진 일을 성취할 수 있지 않겠냐는 의미였다.

낸시는 확실히 역동적이고 활발한 지역 자폐 단체의 주축이었다. 그녀가 알고 지내는 몇몇 자폐인들은 매우 심각한 장애를 겪고 있었다. 자폐, 그리고 그로 인한 합병증으로 일상을 꾸리는 능력이 제한될 정도로 말이다. 하지만 모임에 참가한 나를 포함한 모든 이들은 모임의 특수성과 특별함을 잘 느끼고 있었다. 왠지 모를 흥분과 힘이 솟는 듯했다.

모임의 모든 이들이 타인의 삶의 질이 개선되는 데 크게 힘쓰고 있었다. 과학자들이 기술을 닦아서 미래를 준비하는 동안 의사들과 자연요법 치료사들은 최신 의학 정보를 바탕으로 매일 환자들을 돌봤다.

그런가 하면 예술가들과 음악가들도 중요한 역할을 했다. 지역 사회 내의 창의성 및 표현력 향상을 장려하고 함께 나누는 삶을 권했다.

"그분들은 늘 제가 초심을 잃지 않게 해주시죠." 낸시가 말했다. 모임을 구성한 지혜로움을 보니 그녀의 윤리적 입장이 저절로 드러나는 듯했다. 구성원들은 모두 그녀의 연구에 개인적 관심을 갖고 있었다. 다른 과학자들도 지역 사회를 십분 활용해서 이런 지원을 얻어낸다면 얼마나 좋을까. 장애를 겪는 이들에 대한 윤리적 문제, 일반인들과의 차이점 및 치료 방법 등을 논의하려면 장애와 직접 관련된 이들과 함께 하는 것보다 좋은 방법은 없을 테니까 말이다. 그런 이들이 논의에서 제외됐을 때 문제가 불거지기 마련이다.

이런 생각을 하니, 뇌 장애 치료의 일대 혁신이 손꼽아 기다려졌다. 여러 기술 및 요법이 합쳐지면 충분히 가능할 듯했다. 정신과 의사들은 이미 뇌 장애의 치료에 있어 지나친 약물 의존을 비판하고 있는 실정이다. 알바로와 린지는 몇몇 장애의 경우 뇌 자극이 약물의 좋은 대안이 될 수 있음을 보여줬다. 뇌 자극에 대한 경험이 쌓일수록 그 적용 범위도 점점 커질 것이다. 미래에는 알바로 같은 신경학자와 마르셀 같은 영상학 전문가가 긴밀히 협력해서 일할 것이다. 여기에 인지 치료 요법 전문가까지 합세한다면? 그러면 뇌 영상학과 뇌 자극이 복합된 가운데 현존하는 혹은 새로운 인지 치료 요법이 더해지는 셈이다. 또한 장애를 겪는 뇌 부위를 찾아내고 타깃으로 삼는 데에는 방사선학자들의 도움도 필요하다. 낸시가 말했듯이, 이 가운데 유전학적인 테스트 및 기타 수단들이 더해지면 미래에는 정말로 맞춤형 치료가 가능하리라고 본다. 여태껏 치료가 불가능하다고 믿었던 개개인의 질병에 대한 맞춤형 치료 말이다.

나는 이러한 치료법의 연합이 신경학, 심리학, 정신 병리학을 아우르는 새롭고 총체적인 학문 분야로 탄생하기를 희망한다. 더 나은 인간 뇌 기능을 도모하도록 말이다. 곧 우리는 마라톤 완주를 위해 체력과 근육을 키우듯이 '뇌를 강화하는' 법에 대해 논하게 될지도 모른다. 베스 이스라엘의 '알바로 브레인 피트 클럽'이라는 뇌 건강 클리닉이 이를 시도하는 최초의 기관 중 한 곳이 될 것이다.

이 책 내내 내가 계속 반복한 개념 중 하나가 내 뇌는 일반적인 뇌와 다르다는 거였다. 하지만 실은, '일반적인 뇌'라는 게 정말로 존재할까? 모두가 어떤 특정 면에서는 일반적이지 않지 않은가. '일반적인 뇌를 가진 사람'이란 다양한 개인들의 다양한 통계적 수치를 가늠해볼 기준이 필요한 과학자들에 의해서 만들어진 개념이다.

작년에 마르셀은 '일반적인 뇌'와 '차이점'의 개념에 대한 흥미로운 면이 내포된 새 연구에 착수했다. 이 연구에서 그는 34명의 청년들을 fMRI 스캐너에 들어가게 했다. 그리고 '칭찬', '모욕', '동경', '증오', '포옹', '발차기', '장려', '수치심'과 같은 단어들을 상상하도록 지시했다. 그러고 나서 그 단어들을 자신과 타인에게 적용할 때의 관점을 떠올려보라고 했다.

선행 연구에서 마르셀은 이미 피험자들이 각각의 단어와 관련된 행동을 상상할 때의 뇌 활동 패턴을 측정한 바 있었다. 하지만 이번 연구는 조금 달랐다. 피험자들의 절반이 자폐인이었고, 나머지 절반은 일반인이었기 때문이다. 실험 결과는 그야말로 주목할 만했다. 마르셀은 각각의 단어에 대한 피험자들의 반응만 보고 자폐인과 비자폐인을 구분해냈다. 이 두 집단을 구분하는 차이점은 놀라웠다. 그는 자폐인은 감정적 반응과 연관된 뇌 부위의 활성화 패턴이 일반인과 다르다는 사실을 밝혀냈다. 하지만 논리적인 반응에서는 자폐인과 일반인의 뇌 활성 패턴이 같았다. 또한 자폐인의 뇌 활동 패턴은 일반인의 그것과 다를 뿐 아니라 서로 간에 일관성이 있었다. 다시 말해 감정적 반응의 뇌 패턴이 일반인들 사이에서 비슷한 양상을 띠듯, 자폐인들 사이에서도 비슷한 양상이었다는 뜻이다.

마르셀은 이 연구의 피험자들이 겨우 34명이라는 점을 지적했다. 인류 전체에 유의미한 결론을 내리기 위해서는 훨씬 더 규모가 큰 연구가 필요하다는 이유였다. 하지만 그런 경고에도 불구하고 마르셀의 업적은 이미 큰 돌파구를 마련한 셈이었다. 잠깐 동안의 fMRI 스캔만으로 자폐 뇌를 구분해내는 비외과적 수단의 발전을 앞당겼기 때문이다.

하지만 그게 다는 아니다.

자폐인과 비자폐인의 뇌 활동 패턴이 비슷하다는 발견은, 오랫동안 존재해온 "내가 빨간색을 보는 관점이, 타인이 빨간색을 보는 관점과 같은가?"라는 질문에 대한 답을 제시할지도 모른다. 또한 자폐인들이 어떤 면에서 집합적으로 일반인들과 다른 반응을 보인 건 신경적 차이점(이 경우에는 자폐)이 인간의 관점을 기본적으로 변질시킬 수 있음을 시사한다. 이는 어떤 요법 치료사라도 알아두어야 할 중대한 지식인 셈이다.

알바로와 린지도 그들의 실험실에서 비슷한 발견을 했다. 즉 자폐인들은 짧은 순간의 TMS 발사에도 일반인들보다 더 크게, 더 오래 반응한다는 점이다. 그들은 이 내용을 자폐인들의 뇌는 일반인들보다 더 가소성이 크다는 증거로 해석했다. 그렇기에 자폐인들은 장애와 재능을 동시에 지닌다는 것이다.

기본적인 능력을 수행하는 뇌 부위에 너무 많은 가소성이 있다면 어떨까? 그렇다면 어떤 기능도 제대로 익히지 못한다. 기능을 배운 지 5분 만에 뇌에서 이를 잊게 만들 테니까. 그래도 여분의 가소성은 천재성의 기반이 될 수도 있다. 새로운 능력을 배울 때 뇌가 스스로 재정비를 해서 이를 일반인들보다 빠르게 처리할 수 있을 테니 말이다. 이런 관련 주제들을 제대로 탐구하려면 아마 수십 년은 족히 걸릴 것이다. 답을 얻을 때마다 또 새로운 질문이 떠오를 테니까. 정말 흥미진진한 시대가 아닌가!

의사들은 앞으로 '어떤 질병을 치료할 것인가, 말 것인가!'라는 문제를 두고 더 많은 윤리적 딜레마를 겪게 될 것이다. 예를 들어 뇌졸중으로 손상된 뇌를 치료하는 것은 간단한 문제일 수 있다. '뇌 치료'는 한편으로는 자신들의 재능도 깨닫게 하겠지만, 다른 많은 경우에 대상자들에게 자신들이 '차이점'을 지녔음을 깨닫게 할 것이다. 어떤 이가 장애인이며 일반인들과 다른지, 혹은 어떤 이가 특이하며 특별한 면이 있는지를 어느 누가 쉽게 재단하겠는가? 수십 년 전에 심리학자 하워드 가드너가 저서 『다중지능』에서 처음 썼듯이, 지적 능력은 그 종류가 다양하고 특수하다. 이 능력들은 개인이 스스로에 대해 이해하고 사회에서의 자신의 위치를 깨닫게 하는 데 저마다 기여한다.

때로는 약간의 장애로 인해 오히려 뛰어난 능력을 보이는 이들도 있다. 놀라운 재능 뒤에 자폐 및 심각한 괴짜성을 비롯한 기타 장애를 가졌던 역사 속 위인들을 떠올려보라.

레오나르도 다 빈치

미켈란젤로

루트비히 판 베토벤

아이작 뉴턴

볼프강 아마데우스 모차르트

알버트 아인슈타인

오늘날에는 이 리스트에 빌 게이츠 같은 인물도 추가해야 한다. 또 영화배우 댄 애크로이드Dan Akroyd도• 마찬가지다. 이들을 어렸을 때 '평범하게' 만들어버렸다면 어떻게 됐을까? 앞서 소개한 친구 템플 그랜딘은 "아마 그런 이들이 없었으면, 아직도 모두 동굴 속에 살면서 모닥불에 둘러앉아 있지 않을까요. 사회적 능력을 앞세워 농담이나 하면서요." 하고 말했었다. 나는 심리학, 정신의학, 신경학, 방사선학(최근의 뇌 영상학을 포함해서)이 한데 어우러져 새로운 르네상스를 일으키는 데 크게 찬성한다. 그래서 이전까지 치료 불가라 여겼던 신경적 차이점과 장애 치료에 유례없는 성공을 거두도록 말이다. 내가 만나서 영광이었던 이 책 속의 과학자들은 정말이지 인류를 더 나은 내일로 이끌고 있는 게 틀림없다.

● 케임브리지 대학의 연구원인 사이먼 배런-코언과 트리니티 칼리지의 교수인 마이클 피츠제럴드도 자폐로 여겨지는 역사 속 인물들에 대한 글을 쓴 바 있다. 현대 사회에서 빌 게이츠가 자폐의 증상을 많이 보였다는 게 널리 알려진 바 있다. 하지만 내가 아는 한, 그는 이에 대한 공식 성명을 발표한 적이 없다. 댄 애크로이드는 2013년 12월 『데일리 메일』과 가진 인터뷰에서 자신이 아스퍼거임을 밝혔다.

덧붙이는 글

저자 존 로비슨은 뛰어난 이야기꾼이다. 그는 놀라운 여정의 경험담을 우리와 함께 나누고 있다. 이 책은 그런 그의 여러 경험담을 담고 있다. 각각의 이야기는 저자의 인생 경험을 특별한 시선에서 바라본다. 바로 자폐 스펙트럼을 지닌 이의 관점이다. 그 자체가 일반인들에게는 익숙하지 않은 매우 흥미로운 여정이다. 그중 가장 극적인 경험은 단연 하버드 의대에서의 TMS 실험 참여담일 것이다. 그 짧은 여행기를 읽고 있으면 온몸에 전율이 느껴진다. 존은 실험 치료 후 그의 사고 및 관점이 일시적으로 어떻게 변했는가를 아주 상세히 묘사하고 있다. 이 책은 아마도 TMS로 인한 현상학적 경험에 대해 쓴 가장 자세한 글이 아닌가 싶다. 이 책에 대한 평가를 어떻게 내려야 할지 잘 모르겠다. 마치 너무나도 흥미롭고 놀라운 모험을 떠난 친구의 얘기를 듣는 것만 같았다. 위험을 감수해야 하는 그런 모험 말이다. 솔직히 그런 경험을 한 존이 부럽기도 하다. 하지만 나에게 그런 여행을 떠날 수 있을 만큼의 용기가 있을지는 잘 모르겠다.

내가 느끼기에 이 책은 저자의 현대 인지 뇌과학에 대한 배움의 과정이다. 물론 인지 뇌과학은 내가 글을 쓰는 이 순간에도 급변하는 분야다. 이 글을 독자 여러분이 출간된 책으로 읽을 때쯤이면 분명히 뭔가가 바뀌어 있을 것이다. 하지만 여전히 '어떻게 뇌를 통해 사람의 마음을 움직일 것인가?'는 인류가 맞닥뜨린 가장 흥미로운 질문이 아닐 수 없다. 어떻게 860억 개의 뉴런을 지닌 1.36킬로그램짜리 세포 조직이 하늘을 나는 기계를 만들고 시를 쓰며 아이를 길러낸단 말인가? 우리가 제대로 보거나 그 존재를 느끼고 살지 않는(뇌 자체에는 감각 수용기가 없다.) 이 조그만 기관이 해내는 업적은 실로 어마어마하다. 임신한 어머니의 배 속에서, 세상에서 가장 복잡한 청사진을 따라 태아의 뇌가 조금씩 만들어져가는 기적을 떠올려보라. 태어난 아기가 쿵쿵대는 심장과 잘 기능하는 폐를 가지고 먹고 배변하는 걸 보는 건 놀라운 일이다. 하지만 내가 보기에 가장 놀라운 일은, 아기가 세상을 느끼고 반응하는 뇌라는 기관을 갖고 태어나는 것이다. 이 기관을 통해 훗날 드론을 발명하고 에세이를 쓰며 인터넷 창업에 도전할 테니까.

인지 뇌과학이란, 인간의 뇌가 어떻게 마음을 형성하는지를 설명하는 학문이다. 뇌와 마음이라는 이 콤비는 우리로 하여금 일상생활뿐 아니라 깊은 사고도 가능케 한다. 거의 모든 교육이 이 콤비를 타깃으로 이루어진다. 우리가 타인을 바라보고 그들과 상호작용을 하는 과정도 뇌와 마음이 관할한다. 또한 이를 통해 우리 자신과 사랑하는 이들을 위해 음식 및 쉴 곳을 마련하기도 한다. 인간의 본질은 몸속에 들어 있는 뇌라고 말해도 별반 과장이 아닐 것이다. 우리의 성격, 능력, 감정과 지식이 모두 우리 뇌 안에 녹아 있으니 말이다.

바로 이 때문에 인지 뇌과학이 그렇게 인간 과학의 핵심 위치를 차지하는 것이다. 뇌 영상학, 특히 fMRI는 지난 25년간 인간의 뇌 기능에 대해 기존에 알려진 것보다 훨씬 더 많은 것을 우리에게 가르쳐줬다.

뇌 기능을 이미지로 담음으로써(fMRI에서 f는 기능[function]의 첫 글자를 딴 것이다.) 우리는 실제로 기능하는 뇌의 사진을 얻게 됐다. 처음에, 즉 1990년대에 이 fMRI 사진들은 특정 업무 수행 시 특정 사고를 할 때 활성화되는 뇌 부위를 보여주었다. 이때의 초기 사진들로 여러 흥미로운 관찰을 할 수 있다. 예를 들어 수행하는 각각의 업무마다 활성화되는 뇌 부위는 어느 한 부분만이 아닌 뇌의 특정 부위 전체였음이 드러났다. 즉 인간의 사고란 10~20개 뇌 부위 간의 협동 작업이다. 마치 서로 간의 긴밀한 협동이 이루어지는 전문 스포츠 팀처럼 말이다. 또한 초기 fMRI 사진들은 신경 및 정신적 장애가 있는 이들은 그 활성화 패턴도 비정상적임을 밝혀냈다. 고도 기능 자폐(자폐의 기준은 충족시키나 특정 상위 능력을 지니는 자폐)를 지닌 이들에게서는 전두엽 부위와 나머지 뇌 부위 간의 약한 동기화 때문에 그런 변형이 일어나는 것으로 드러났다. 많은 종류의 사고가(특히 사회적 사고의 경우) 전두엽과 뇌의 기타 부분 간의 협동에 의한 것이다. 따라서 그러한 약한 동기화는 자폐인들의 사회적 사고가 남다름을 설명한다고 하겠다.

제2차 뇌 영상학 혁명은 21세기 초에 시작됐다. 새로운 컴퓨터 기술, 특히 '머신 러닝machine learning'이라 불리는 컴퓨터 과학의 한 분야가 뇌 영상 데이터에 적용되기 시작하면서부터다. 나는 운 좋게도 이 모험에서 머신 러닝의 선구자인 톰 미첼Tom Mitchell과 함께 일하게 됐다. 또 재능 넘치는 많은 전문의들, 대학원생들, 연구 스태프들과도 함께였다. 우리는 뇌 활성화의 패턴을 단순히 뇌 활성 부위를 확인하는 데 그치지 않고 특정 사고와 연관 짓는 연구에 착수했다. 바로 이 연구가 저자 존이 '독심술'이라고 언급한 그 연구다.

존이 설명했듯이, 이제는 피험자가 어떤 생각을 하는지를 그의 뇌 활성 패턴을 보고 알 수 있다. 우리의 연구는 구체적인 사고 내용에 대한 뇌 활성화 패턴을 알아냄으로써 시작되었다. 예를 들면, '사과'나 '망치' 혹은 '이글루'에 대한 사고 말이다. 현재는 감정 경험을 확인하는 단계까지 발전했다. 즉 피험자가 행복이나 역겨움 등의 감정을 느끼는지의 여부를 알 수 있다.

또한 존이 언급한 대로 고도 기능 자폐인의 경우, 사회 상호작용에 대한 사고(예를 들면 포옹에 대한)가 변형되어 있음을 밝혀냈다. 이 발견은, 전부는 아닐지라도, 많은 사고 장애를 우리의 '독심 기술'로 진단해낼 수 있음을 시사한다. 또한 사고 변형의 양상을 살펴서 치료의 타깃도 찾아낼 수 있을 것이다.

fMRI가 뛰어난 마술 정도의 위치에서 인간 사고의 내면 구조를 밝혀내는 도구로 발전한다면 너무나 멋지지 않겠는가. 가장 희망적인 점은 인간 사고의 fMRI 패턴을 읽어낼 수 있을 뿐 아니라 사고의 주요 구성 성분을 구분해낼 수 있다는 것이다. 그러면 사고의 구성 요소들이 드러나게 된다. 더욱이 실험 결과를 통해 어떤 뇌 부위가 어떤 특정 사고의 구성 요소와 연결되는지를 알 수 있다. 현재 사고들의 구성 요소가 속속들이 밝혀지고 있다. 이에 따라 우리는 언젠가 인간의 모든 사고 종류의 본질을 알아내기를 희망한다. 즉 '사과' 같은 개념에 대한 사고뿐 아니라 "노인이 호수에 돌을 던졌다."라는 사고의 본질도 드러내는 거다.

마치 레고 조각 같은 뇌의 사고 구성 요소들을 밝히는 게 전부는 아니다. 본 연구는 세상을 실질적으로 바꿀 힘을 지니고 있다. 그 양상은 두 가지다. 첫째, 책의 본문과 위에서 설명했듯이 본 연구는 여러 사고 장애에 대한 우리의 이해와 치료법에 변화를 일으킬 수 있다. 단순히 사고의 어떤 면이 장애인지를 아는 데 그치지 않고(예를 들면 '피해망상'과 같은), 어떤 사고의 구성 요소가 부재하는지 혹은 망가졌는지를 밝힌다. 또한 어떤 뇌 부위의 기능이 변형을 보이는지도 밝힌다. 예를 들어 언젠가는 "이 아이는 난독증이 있어요."라고 말하는 대신에 "이 아이의 전두엽 내 두 부위를 잇는 해부학적 연결의 수초화myelination가 저조하군요."라고 말할 날이 올지 모른다. 이러한 진단하에, 아이의 읽기 능력을 정상 수준으로 올려놓도록 연결성을 향상시키는 치료 요법도 적용할 수 있을 것이다. 사실 그 '언젠가'는 이미 도래했다. 2009년 『뉴런*Neuron*』지에 실린 팀 켈러Tim Keller와 나의 공동 저작 논문에 이에 대한 설명이 있다.(웹사이트 www.ccbi.cmu.edu의 출간[publications] 난에서 찾을 수 있다.) 좀 더 일반적으로 말하자면, 많은 사고 장애의 뇌적인 근거를 추적해낼 수 있게 될 것이다. 이에 따라 적절한 치료 요법의 중재도 가능하고 말이다.

뇌의 구성 요소 이해의 두 번째 이점은 바로 많은 교육과정의 방법을 강화할 수 있다는 것이다. 학생에게 요구되는 사고의 결과물을 알면 그 사고를 구성하는 구성 요소들을 모으는 데 가장 효과적인 교육 방법을 디자인할 수 있기 때문이다. '요구되는 사고의 결과물'은 이미 그 사고를 완벽하게 이해한 사람들의 뇌로부터 짚어낼 수 있고('독심 기술'을 사용해서) 말이다. 물론 이러한 연구는 아직 초기 단계에 있다. 하지만 훗날 우리의 아이들을 교육하고 일꾼들을 트레이닝하는 데 일대 혁신을 불러올 수도 있다. 모든 아이들을 사려 깊고 문자를 아는 생산적인 시민으로 길러내는 것이다.

이 비전이 거창하게 들릴지 모르겠다. 하지만 25년 전에도, 오늘날 알려진 뇌 기능에 대한 지식을 언급했다면 그렇게 거창하게 들렸을 거다. 저자 존 로비슨은 이 책을 통해 그러한 미래를 엿보게 도와준다. 아무도 뇌과학의 미래를 정확히 예측할 수는 없다. 하지만 확실한 건, 그 미래는 곧 도달할 것이며 세상을 영영 바꿔놓으리라는 사실이다.

마르셀 애덤 저스트(Marcel Adam Just)

카네기멜론 대학 D.O. Hebb 심리학과 교수

인지 뇌 영상학 센터 공동 책임자

연구 결과 및 참고 문헌

내 글을 읽은 많은 이들이 이렇게 질문하고는 한다. "TMS 요법의 현주소는 무엇인가요?" 이 책이 출간되는 2016년에 TMS는 FDA의 우울증 치료 요법 승인을 받아 전미 수백 곳의 병원과 클리닉에서 선보일 예정이다. 또한 현재 캐나다와 유럽, 호주와 아시아 일부 지역에서도 TMS 치료 센터를 찾을 수 있다.

한편 자폐와 주의력결핍 과잉행동장애ADHD치료에서는 TMS가 아직 FDA의 공식 승인을 받지 못한 상태다. 하지만 나는 그날이 앞으로 10년 안에 온다고 믿고 있다. 현재는 이 책에서 소개한 과학자들이, 앞에서 여러분이 읽은 선행 연구를 바탕으로 여러 다양한 연구를 진행 중이다. 혹시 나처럼 실험에 참가하고 싶은 마음이 있다면, 과학자들이 항상 자원자들을 찾고 있음을 알아두기 바란다. 나는 이 책에서 몇 명의 뛰어난 과학자들만을 소개했지만, 이 분야에서 일하는 연구자들은 더 있다. 예를 들어 미국에서는 매니 카사노바 박사가 자폐와 TMS에 대한 연구를 활발히 진행 중에 있다. 내가 글을 쓰는 이 시점에서, 그는 미국 내 누구보다도 다양한 실험을 해왔다. 또한 호주의 디킨 대학에서는 피터 엔티코트 박사가 디킨 대학 내 그의 TMS

연구 센터에서 주목할 만한 새 업적을 쌓는 중이다. 또한 영국에서는 케임브리지 대학에서 사이먼 배런-코언 박사 연구팀이 역시 TMS와 자폐에 대한 연구를 하고 있다. 내 개인 홈페이지(johnrobisn.com)에 가면 TMS 연구 센터와 연구 내용에 대한 좀 더 최신 자료 목록이 있으니, 참고하기 바란다.

또한 현재 연구자들은 저 전력의 전극low-power electrodes을 통해 뇌에 에너지를 전달하는 방법도 연구하고 있다. 이 기술은 TDCStranscranial direct current stimulation(경두개 직류 전기자극법)라고 불린다. TDCS의 효과가 TMS의 효과와 비슷하다는 것을 밝힌 여러 연구가 나와 있는 실정이다. 그리고 현재 린지의 연구실에서도 TDCS에 대한 연구가 진행 중이다. 몇몇 과학자들은 두개골을 뚫고 그 밑의 뇌세포 조직에 에너지를 전달하는 특정 주파수의 레이저 빛을 통해 뇌 피질에 에너지를 전달하는 방법을 발견했다고 한다. 이러한 기술들과 TMS의 공통점은 바로 이들이 '순수 에너지 요법pure-energy therapies'이라는 점이다. 모두 비외과적인 안전한 방법으로, 뇌의 국소 부위를 타깃으로 삼는다. 이러한 기술들을 합치면 뇌과학 분야의 역사상 가장 큰 발전이라 해도 과언이 아니다. 하지만 동시에 이는 뇌과학에서 가장 덜 알려진 기술들이기도 하다.

매니 카사노바 박사는 현재 TMS와 뉴로피드백neurofeedback(뇌파를 컨트롤하는 바이오피드백 기술—옮긴이)을 접합하는 연구를 진행 중이다. 뇌의 국소 부위를 자극하는 한편, 뉴로피드백을 이용해 뇌파 패턴을 최적화하는 것이다. 그는 이 둘의 결합이 TMS 단독 시행 때보다 뇌과학에 더 많은 발전을 가져다줄 거라 기대한다고 했다. 언젠가 우리 모두는 뇌 자극, 인지 치료 요법, 그리고 뉴로피드백, 이 세 가지 요법의 결합을 보게 될지도 모른다. 모든 요소가 하나의 강력한 실체 안에 담기는 거다. 거기에 차세대 뇌 영상학까지 결합되면, 그 결과는 우리의 상상을 초월할지도 모른다.

매니는 그런 미래에 대한, 또 TMS의 기능에 대한 자신의 의견을 내 홈페이지에 올리겠다고 약속했다. 앞으로 더 많은 정보와 코멘트를 보려면 내 홈페이지를 주목하기 바란다.

내가 소개한 대부분의 연구는 대학병원 연구실에서 이루어지는 것들이다. 하지만 개인 클리닉에서 관련 연구를 진행하고 있는 개업의들도 있다. 이들의 연구가 현재 FDA의 승인을 받거나 동료 심사peer-review를 통과한 건 아니다. 하지만 나를 비롯한 이들의 경험담에서 보듯이, 그 효과는 여전히 높은 수준이다. 게다가 내 판단으로 TMS는 본질적으로 투약보다 훨씬 안전하다. 물론 약물은 대중 앞에 선보이기 전에 까다로운 테스트 절차를 거친다. 하지만 종종 수십 년이 지난 후에야 예기치 않은 화학 상호작용 등을 발견하기도 하지 않는가. 반면 TMS는 온전히 '에너지 치료'다. 몸에 어떠한 화학 성분도 첨가하지 않는다. 따라서 그러한 부작용은 거의 없다고 봐도 무방하다. 최근 TMS는 우울증 치료에 꾸준한 인정을 받고 있다. 또 부작용이 있다 해도 정신과 약물 치료에 비하면 훨씬 미약한 수준이라고 한다. 따라서 TMS 치료를 염두에 둔 환자라면, 이를 시행하는 의사들의 능력과 자질에 대해 스스로 평가를 내릴 필요가 있다. 나도 그렇게 했다. 평가 심사위원회에서는 베스 이스라엘 같은 큰 병원에서 일하는 의사들에 대한 평가를 하고 있다. 하지만 개업의라면 그렇게 긴밀히 평가가 이뤄지지는 않으므로, 평판을 미리 살펴보는 게 좋다.

내가 의사 및 심리학자들에게 TMS 얘기를 꺼낼 때면, 항상 연구 결과에 대한 질문을 듣는다. "좋은 얘기이긴 합니다만, 동료 심사를 거친 학회지에서는 뭐라고 하던가요?"

2011년 7월에 셜리, 린지, 알바로와 기타 연구원들은 『유럽 뇌과학 저널*European Journal of Neuroscience*』에 처음으로 TMS 연구 결과를 발표했다. '브로카 영역 뇌 자극이 신경전형적neurotypical 성인들 및 아스퍼거 증후군을 지닌 개인들의 명명 능력naming skill을 다르게 조절하는 양상'이라는 다소 거창한 주제 아래 말이다. 나를 비롯한 다른 피험자들의 실험 참가 후 논문을 펴내기까지 3년이란 시간이 걸리는 건 의학 연구계에서는 일반적이다.

연구원들의 논문을 읽는 건 재미있는 일이었다. 왜냐하면 내게는 매우 감정적이었던 변화의 시간을 아주 딱딱한 문체로 써 내려갔기 때문이다. 다른 피험자들에게도 마찬가지의 경험이었으리라. 게다가 피험자들의 TMS 실험 후 몇 시간 혹은 몇 주 후의 경험은 언급도 돼 있지 않았다. 논문은 실험 직전과 직후의 결과, 그리고 그러한 결과 분석이 어떤 의미인지에 대해서만 다루고 있었다.

물론 그러한 접근 방식의 과학적 타당성에 대해 이의를 제기하려는 건 아니다. 하지만 논문에서는 그 뒤에 벌어진 일들에 대해 거의 설명이 되지 않은 수준이다. 과학자들의 논문은 다음과 같이 요약된다.

물체를 명명하는 능력은 좌 판개부left opercularis와 좌 삼각부left pars triangularis, 우 판개부와 우 삼각부를 저주파수의 rTMS 자극, 그리고 거짓 자극 후에 측정하였다. 개개인의 뇌 MRI에 따라 정위법(뇌 연구를 위해 뇌를 3차원적으로 검사하는 방법—옮긴이)의 지침에 맞게 시행했다. 아스퍼거 참가자들의 명명 능력은 거짓 자극에 비교했을 때 좌 삼각부의 자극 이후에 향상되었다. 반면 좌 판개부 주위의 rTMS 자극 후에는 오히려 명명에 시간이 오래 걸렸다. 한편 건강한 피험자에서는 브로카 영역 주위의 자극이 명명 능력에 유의미한 변화를 불러오지 않았다. 전반적으로 이러한 연구 결과는 아스퍼거 증후군을 가진 개인들의 비정상적 언어 신경 네트워크의 역동성에 대한 우리의 가설을 뒷받침한다.

자, 이제부터 이게 무슨 뜻이며 정확히 무슨 일이 있었는지를 쉬운 말로 설명해보겠다. 초기 TMS 연구에서 우리는 컴퓨터 화면의 물체들을 보도록 지시받았다. 그리고 재빠르게 각 물체의 이름을 말해야 했다. 이런 식이었다.

새

청진기

자동차

각도기

이 중 몇몇은 이름을 대기가 쉬웠다. 하지만 어려운 것들도 있었다. 연구 시작 때는 75개 사물들의 이름을 전부 대야 했다. 이는 곧 각각 15개 물체로 구성된 다섯 개의 목록으로 정리되었다. 그리고 매 TMS 실험 직후 피험자들은 이 중 한 가지 목록 아래 15개 물체의 이름을 대야 했다. 피험자들의 반응은 녹화되고, 이후 평가됐다.

자폐 스펙트럼에 속하는 피험자들은 나를 포함해 모두 열 명이었다.(모두 아스퍼거 증후군 진단을 받았고, 대부분 평균 이상의 IQ를 지녔다.) 우리는 비슷한 배경의 비자폐인 열 명과 짝지어졌다. 물론 실험은 모두 혼자 참여했다. 그리고 대체로 서로 만나거나 대화를 나누지 않았다. 흥미롭게도 모두의 명명 테스트 결과는 기준선에서는 대부분 비슷했다. 차이는 TMS 실험 이후에야 나타나기 시작했다. 어떤 부위의 자극 후에는 결과가 향상됐고, 또 어떤 부위의 자극 후에는 결과가 오히려 저조했다. 예를 들어 좌 삼각부 부위의 자극 후에는 아스퍼거군이 대조군보다 결과가 좋았다. 후자에는 자극이 아무런 영향을 미치지 않아서다. 반대로 좌 판개부 부위의 자극 후에는 아스퍼거군의 결과가 저조해졌고, 대조군의 결과는 역시 변하지 않았다. 한편 우뇌 부위의 자극은 명명 능력에 아무런 영향을 미치지 않았다. 하지만 우리 중 몇몇에게는 감정적 통찰력 면에서 지대한 영향을 미쳤다.

TMS 연구의 가장 심오한 효과가 논문에 전혀 실리지 않다니, 흥미로웠다. 우뇌 전두엽의 TMS 자극은 피험자들 몇몇의 감정에 그야말로 봇물이 터지게 했으니까. 사실 연구의 원래 목표와 관련이 없는 부분이긴 하지만 말이다. 아무튼 논문은 상당히 딱딱한 형태였다. 연구원들이 실험으로 검증하려는 가설에 대한 설명과 실험 방법, 그리고 결과가 전부였다. 예기치 못한 결과에 대한 부분은 거의 담지 못했다.

왠지 재미있었다. 만약 독자 여러분이 그 논문을 읽는다면, 내가 이 책에 설명한 실험과 같은 실험인지 전혀 모를 것이다. 혹은 이 책을 읽은 후에 논문을 읽으면, 연구의 원래 목적이 별 상관이 없어졌다고 느낄지도 모르겠다. 만약 그렇다면 "연구의 가장 중요한 결과는 이 책에 쓰여 있는 것 같네요."라고 평할지도 모른다. 적어도 내 관점에서는 그렇다.

또한 린지는 2012년 9월 『유럽 뇌과학 저널』에 「아스퍼거 증후군 성인의 피질 척수 흥분성의 비정상적 조절」이라는 제목의 논문을 싣기도 했다.

이 논문의 연구는 내가 참여한 여러 TMS 실험과 동시에 진행됐다. 이 책의 앞부분에서 말했듯이 린지는 운동 피질을 자극해 피험자들의 손가락을 움직이게 만들었었다. 그다음에 둔화성 TMS를 발사해서 손가락 경련을 잠재웠다. 처음과 마찬가지로 단 한 개의 진동으로 말이다. 그러고 나서 둔화성 발사의 효과가 사그라지는 데 얼마나 시간이 걸리는지를 측정했다.

결과는 흥미로웠다. 자폐와 비자폐 피험자 간의 차이가 뚜렷했기 때문이다. 대부분의 비자폐 피험자들은 15분 안에 손가락 뉴런 반응을 회복했다. 대조적으로 자폐 피험자들은 그 두세 배가 되는 시간이 걸렸다. 나중에 알바로가 내게 설명했다. "TMS의 행동적, 감정적 효과가 자폐인들에서 더 오래 지속된다고 보는 근거가 될 수 있죠. 뇌 가소성에 변화가 강화돼서 오랫동안 행동에 변화를 유도하는 겁니다. 몇몇 피험자들이 경험한 것처럼 말이죠."

이는 안전성 문제를 시사하기도 한다. 사람들이 만약 재미 삼아 TMS를 시도한다면 별로 바람직하지 않은 행동적 변화가 지속될 수도 있다.

TMS 발사 후 피험자가 50분 안에 손가락 움직임을 회복하는가를 근거로 린지는 자폐인과 비자폐인을 구분해냈다. 그 정확도는 93퍼센트나 되었다. 그건 현존하는 대부분의 자폐 진단 테스트보다 높은 수치다. 뇌의 여분의 가소성 정도가 미래에는 자폐 뇌를 구분해내는 특징이 될지도 모른다.

자폐인의 뇌 가소성이라는 주제는 무척이나 중요하다. 미 국립보건원이 알바로 연구실의 연구를 2019년까지 재정 지원하기로 결정했을 정도로 말이다.

만약 알바로의 뇌의 메타모달 이론에 대해 더 알고 싶다면, 「뇌 연구의 발전*Progress in Brain Research*, Vol.134, 2001」이라는 그의 논문을 읽어보길 바란다. 알바로 연구소의 웹사이트인 http://tmslab.org/includes/alvaro_3.pdf에서 찾을 수 있다.

앞서 닉이 참여했던 실험은 2014년 8월에 『인간 뇌과학의 프론티어*Frontiers in Human Neuroscience*』라는 학회지에 실렸다. 「자폐 스펙트럼 장애 아동 및 청소년에 대한 경두개자기자극술에 의한 피질척수 흥분성의 조절」이라는 거창한 제목 아래 말이다.

마르셀과 낸시의 저연결성 이론은 2016년 2월 6일 『뇌과학과 생물

행동적 리뷰*Neuroscience and BioBehavioral Reviews*』라는 학회지에 「후방 전두엽 피질 저연결성 이론」이라는 논문으로 실렸다.

마르셀의 TMS에 대한 이론은 「베르니케 영역Wernicke's Area의 일시적 손상에 대한 신경인지 뇌 반응」이라는 논문으로 『대뇌 피질 학회지*Cerebral Cortex Journal*』 2013년 1월 14일자에 실렸다.

마르셀의 뇌 반응을 토대로 자폐인을 판별하는 연구는 「사회 상호작용에 대한 신경 표상으로 자폐를 판별하기: 자폐의 뇌 인지 지표」라는 제목으로 『미국 공공과학도서관 온라인 학술지*PLOS ONE*』 2014년 12월호에 실린 바 있다.

마르셀의 웹사이트인 psy.cmu.edu/people/just.html에 들어가면 마르셀의 다른 논문 및 글의 색인을 찾을 수 있다.

낸시의 글은 psychiatry.pitt.edu〉node/9841에서 찾을 수 있다.

내가 참여한 자폐 과학 연구에 대해서도 궁금하다면, 정부기관 웹사이트인 iacc.hhs.gov에서 찾아보길 바란다. 정부 부처 자폐협동위원회의 모든 연구 결과를 무료로 다운로드할 수 있다. 우리는 매년 연간 보고서를 써내고 있다. 보고서에서는 발달 상황 및 성취에 대해서 논할 뿐 아니라, 미래에 대한 질문도 짚어내고 있다. 또 정기 모임 결과도 온라인에 공개되어 있다. 미 국립보건원의 자폐 난과 미 질병관리본부Centers for Disease Control 웹사이트를 보면 좀 더 많은 자료를 얻을 수 있을 것이다. '자폐 수용의 달'이었던 2016년 4월에 이 두 단체에서 내가 한 발언도 읽어볼 수 있다.

현재 참여하고 있는 활동 중 하나는 세계보건기구를 위한 국제기능장애 건강분류의 자폐 핵심계획 운영위원회 내에서의 개발이다. 우리 팀은 몇몇 논문을 펴낸 바 있는데, 그 제목은 다음과 같다.

- 기능과 손상의 분류: ICF 핵심 자폐 스펙트럼 장애 증상(2014)
- 자폐 스펙트럼 장애의 능력과 한계: ICF를 적용한 체계적인 문헌 검토, 어린이 및 청소년의 장애 및 건강 버전(2015)

또한 나는 매년 연구회의 학술회의에서 자폐인의 관점에서 발언을 하고 있다. 구글 검색을 하면 연례 자폐성장애연구회IMFAR에서 내가 발언한 영상과 글을 찾을 수 있다. TMS를 만나기 전에는 꿈도 못 꾸던 일이다.

2015년에는 IMFAR 컨퍼런스가 솔트레이크시티에서 열렸다. 나는 거기에 주요 패널로 참석했다. 즉흥 연설을 통해 나는 자폐와 장애 증상에 대해 말하는 한편, 과학과 과학자들이 내 삶에 얼마나 큰 의미인지에 대해 토로했다. 어찌 보면 남들과 다르다는 게 축복일지도 모른다. 하지만 일상을 사는 데 있어서는 고통을 수반한다. 내가 이 책에 묘사한 대로, 과학은 그런 고통 속에 있던 내게 형언할 수 없는 큰 도움을 주었다. 자폐 연구가 내게 미친 영향에 대한 경험담에 IMFAR의 청중들은 상당히 놀랐던 모양이다. 나는 기립 박수를 받았다. IMFAR 역사상 기립 박수는 처음 있는 일이라고 했다. 앞서 언급한 지역 의학협회에서 의사들을 대상으로 발언했던 날 밤과 비슷하게, 청중들 중에서 눈물을 흘리지 않은 이가 없을 정도였다. 그때와 똑같은 현상이 7년 뒤에 IMFAR에서 일어난 것이다. 타인들의 감정을 통해 마음과 마음이 만난다는 건 정말 강렬한 체험이 아닐 수 없다.

이 책의 출간을 준비하는 동안, IMFAR 모임을 주최했던 INSAR에서는 그 문제의 연설 동영상을 대중들이 볼 수 있도록 온라인에 올릴 준비를 하고 있다. 내 홈페이지에도 링크해 놓을 예정이다.

감사의 글

나는 이 책에서 아주 복잡한 과학 이론을 일반인들이 이해하기 쉽도록 풀어 쓰느라 최선을 다했다. 그 과정에서 아래 나열하는 사람들의 노고가 없었다면, 아마 이 책도 없었을 것이다. 그리고 그 사람들의 면면을 보면, 마치 우리 뇌 안의 전선들처럼 얼마나 수많은 사람들이 복잡한 실타래처럼 서로 연결돼 있는지 놀랄 것이다.

가장 먼저 감사의 인사를 드리고 싶은 분은 전 엘름스 칼리지 학장인 제임스 H. 멀런 2세James H. Mullen Jr.다. 그는 현재 앨러게니 칼리지의 학장이자 미국 교육위원회American Council on Education의 의장을 맡고 있다. 그가 나를 엘름스 칼리지에 초대했기에 이 책이 시작될 수 있었던 거나 다름없다. 캐스린 제임스 교수가 엘름스의 자폐 프로그램에 나를 참여시킴으로써 모든 게 시작됐으니까. 그들이 아니었다면 아마 린지도 만날 수 없었을 것이다.

또한 알바로 파스콸-리온 박사와 포닥 연구원인 린지 오버만 박사, 일라리아 미니오 팔루엘로 박사, 셜리 팩토 박사를 비롯한 보스턴 소재 베스 이스라엘 디코니스 병원 내 비외과적 뇌 자극을 위한 베런슨-앨런 센터 담당 스태프들에게 항상 무한히 감사한다. 이들은 모두 똑똑하고 연민 어린, 무엇보다 매우 열정적인 연구원들이다. 알바로는 TMS 연구를 매우 활발히 지속하고 있다. 그의 클리닉은 보스턴 지역에서 주요 치료 요법으로 유명세를 타고 있다. 그는 여전히 세계 유수의 TMS 연구 전문가이다. TMS 실험실을 운영하는 한편, 알바로는 하버드 의대의 신경학과 교수이자 임상중개연구소Clinical and Translational Research의 부학장을 맡고 있다.

린지는 연구 결과에 힘입어 자신만의 연구소를 갖게 됐다. 오늘날 그녀는 브래들리 병원의 뇌 가소성과 자폐 스펙트럼 장애 프로그램의 책임자이자 로드아일랜드 병원이 운영하는 임상 TMS 프로그램의 과학 책임자이다. 또한 로드아일랜드 프로비던스에 소재한 브라운 의대의 정신과 조교수도 맡고 있다. 알바로 연구팀과 함께 하는 TMS와 자폐 연구도 베스 이스라엘 병원과 보스턴 아동병원, 그리고 하버드 의대를 통해 계속해 나가고 있다.

한편 셜리는 하버드에서 포닥 학위를 마치고 캐나다로 돌아갔다. 현재는 퀘벡 소재의 라발 대학에서 인간 인지, 의사결정 및 뇌 가소성 연구팀장을 맡고 있다. 그녀의 현재 연구는 대부분 중독 환자들을 위한 TMS 및 기타 비외과적 뇌 자극 기술에 집중돼 있다.

일라리아도 포닥 학위를 마치고 로마로 돌아갔다. 그곳에서 그녀는 사피엔자 대학의 교수진에 합류했다. 그녀는 여전히 TMS와 자폐에 관심을 두고 있다. 2012년 가을에는 마리팻과 함께 로마를 여행하던 중에 그녀를 만나볼 수 있어 무척 기뻤다.

하버드 과학자들을 만난 이후로, 나는 친구인 방사선 전문의 데이브 리프켄에게 MRI 및 기타 뇌 영상학에 대한 설명을 많이 부탁했었다. 이를테면 내 뇌 스캔 사진의 희한한 점 모양 같은 것 말이다. 아무튼 수많은 괴짜 같은 질문들을 던졌다. 데이브는 한 매사추세츠 종합병원의 협력 병원인 노샘프턴의 쿨리 디킨스 병원의 시니어 방사선의다. 내 친구가 되어주고 나의 뇌 사진을 설명해준 것에 대해(그 외 지난 수년간 여러 가지 일로도) 고맙다는 말을 전하고 싶다.

또한 나의 TMS 여정을 함께해준 킴벌리 홀링스워스 테일러, 마이클, 닉과 그의 가족에게 감사한다. 각자 여정의 기억을 보태준 것도 고맙게 생각한다.

그리고 피츠버그 대학 자폐 센터의 낸시 민슈 박사, 카네기멜론 대학의 마르셀 저스트 박사에게도 감사를 전한다. 그들의 현재 연구는 사람들의 식견을 진정으로 넓혀주고 있다. 또 마리팻과 나를 그들의 연구에 참여하도록 도와줘서 얼마나 감사한지 모른다.

매니 카사노바 박사와 그의 부인 에밀리 카사노바 박사도 TMS계와 루이스빌 대학에서 매우 중요한 인사다. 내가 TMS와 인간 마음의 연구를 이해하도록 곁에서 많이 도와준 두 분에게 무척 감사드린다. 매니는 현재 신경치료협회의 회장을 맡고 있다. 그는 또한 그린빌에 위치한 사우스캐롤라이나 의대의 의생명과학 교수로 재직 중이다.

매니는 내가 생각하는 뇌과학계의 '르네상스적 인간'에 가장 근접한 인물이기도 하다. 린지 같은 연구원을 TMS 기술의 사용자라고 일컫는다면, 매니는 자신이 원하는 바를 얻어내기 위해서 직접 TMS 기계 속으로 한 치의 망설임 없이 뛰어드는 인물이다. 지난 6년 동안 그를 알아오면서, 나는 우리가 좀 더 가까이 살았다면 좋았을 거라고 자주 생각하곤 했다. 그도 동의하며 말했다. "그러게 말입니다. 함께 우리만의 TMS 기계를 만들면 재미있지 않겠어요? 슈퍼 커패시터 뱅크a bank of super capcitors를 사용하고, 몸에 전기 충격이 오지 않도록 조심하면서요. 결과로 나오는 뇌파 변화를 관찰하는 거예요. 마치 오실로스코프에서처럼요."

피터 엔티코트 박사도 이 책에서 중요한 위치를 차지한다. 그의 수고에 감사드리고 싶다. 피터는 이 책의 미국판에 많은 배경적 도움을 주었고, 호주 및 뉴질랜드 판에서는 책머리에 글을 써주기도 했다. 그는 현재 호주 멜버른에 위치한 디킨 대학의 인지 뇌과학 교수이며 세계 유수의 TMS 과학자다.

다음으로는 내가 자폐 과학에 참여토록 이끌어주신 게리 도슨 박사에게 고마움을 전한다. 내 여정에서 정말 좋은 안내자와 멘토가 돼주었다. 내가 국립보건원 연구에 참여했을 때, 모두들 나를 얼마나 반겨주었는지 모른다. NIMH의 책임자인 토머스 인셀Thomas Insel 박사와 NICH의 책임자인 앨런 구트마허Alan Gutmacher 박사, OARC의 대표 수전 대니얼스 박사에게 감사드린다. 또 내가 2012년부터 함께 일하게 되어 영광인 정부 부처 자폐협동위원회의 모든 멤버들에도 고맙다고 인사하고 싶다.

한편 미 질병관리본부에서 마셜린 이어진 알솝Marshalyn Yeargin-Allsopp 박사와 캐시 라이스 박사를 비롯한 많은 이들로부터 격려를 받았다. 내가 궁금한 점이 있을 때마다 성심껏 답해주어 얼마나 감사한지 모른다. 위원회의 일에 참여함으로써 내가 조금이나마 그 빚을 갚았기를 바란다.

5년 전, 게리 박사는 내게 국제자폐연구학회에 자폐인의 관점을 전달해보지 않겠느냐고 제안해왔다. 오늘날 나는 국제자폐연구학회의 투표권을 가진 회원이 되었다. 그리하여 자폐 연구의 가이드로서 자폐인의 역할을 주장하고 있다. 나와 대화하느라 시간을 써주고 내 여정을 독려해준 국제자폐연구학회의 모든 일원들에게 감사의 말씀을 드린다.

또 아이비마운트 학교의 모니카 애들러 워너는 자폐 학생 전문학교의 미래에 대해 설명해주었다. 텍사스 주 휴스턴에 소재한 모나크 학교의 마티 웹 박사도 마찬가지다. 이 두 분이 내게 얼마나 많은 영감을 주었는지 본인들은 모를 거다. 내 수리소에서 진행 중인 고등학생용 프로그램이 그 증거인 셈이다.

2008년에 나를 아이비마운트 학교에 연결해준 리사 그린맨에게도 감사를 표한다. 그녀는 특히 발달장애를 가진 이들을 대변하는 연방국선 변호인이다. 리사는 내게 불순한 의도를 가졌거나 무지한 검사들에 의해 불공평하게 형사 기소된 자폐인들을 위해 대변해줄 것을 설득했다.

한편 모니카는 자폐 스펙트럼 아이들을 실질적으로 도울 방법을 연구하는 조지워싱턴 대학과 연분이 있었다. "의학 연구도 좋지요." 그녀가 내게 말했다. "하지만 지금 현실에서 근근이 버티는 아이들을 가르치는 것도 중요해요." 알고 보니, 그들은 '언스턱Unstuck'이라는 이름의 커리큘럼을 개발 중이었다. 실제 여러 교실에 적용해서 테스트를 거치고 있다고 했다. 나는 교실 풍경에 굉장히 깊은 인상을 받았다. 그래서 『타깃을 향해 언스턱*Unstuck and On Target*』이라는 책의 머리글까지 쓰게 됐다. 요즘은 어디를 가든 이 책을 권하고 다닌다.

또한 윌리엄&메리 대학의 모두에게 감사드린다. 특히 나를 캠퍼스에 처음 초대해준 역사학 교수 카린 불프와 고등교육계에 '신경다양성'이라는 말이 생소할 때부터 이를 신봉해온 교육처장 마이클 홀러런에 감사의 뜻을 전한다. 또한 나를 환영해준 조엘 슈워츠 학장님께도 감사드린다. 그 외에도 조시 버크 교수, 셰릴 딕터 교수, 워레네타 만 교수, 재니스 제만 교수 등을 비롯한 윌리엄&메리의 신경다양성 프로그램 구성원들 모두에게 감사한다. 만나게 되어 무척이나 영광이었다.

또 '더 빅 E' 축제의 회장인 내 오랜 친구 유진 캐시디와 그의 직원들, 특히 존 'JJ' 줄리아노와 제라드 키어넌에게 감사한다. 내가 사진 찍을 멋진 장소를 마련해주고, 다양하고 특별한 동료들을 소개해주었다.

로빈슨 수리소의 매리배스와 마사를 비롯한 전 직원들에게 감사한다. 자폐 관련 프로젝트에 푹 빠져 있을 때, 수리소 운영을 성심껏 도와주었다.

그리고 오랫동안 나를 믿어준 스티브 로스에게 고마움을 전한다. 2007년 크라운 사의 사장이던 그는 내 첫 저서의 원고를 읽고 나를 랜덤하우스 출판사에 소개해주었다. 현재 스티브는 내 출판 에이전트를 맡고 있다. 나는 랜덤하우스 식구들, 특히 편집자 제시카 신들러와 발행인 신디 스피겔과 여전히 함께 일한다. 편집자와 발행인들이 하는 일이 궁금한 이를 위해 간략히 설명하겠다. 이들은 내 '신경다양적인' 마음에서 나온 이런저런 말들을 정리해서, 글의 유연한 흐름을 돕는다. 오늘날 독자 여러분들이 읽는 대로 말이다. 물론 이 책에 실린 모든 글은 내 글이다. 하지만 편집자와 출판인이 여러분이 읽는 지금의 형태로 정리하는 데 주된 역할을 했다. 반복된 말을 없애고, 이상한 문장 스타일을 바로잡고, 몇몇 문장의 순서를 바꾸었다. 마치 TMS 기계의 리듬처럼 매끄럽게 말이다. 한마디로 내 글을 정리해서, 내가 마음에 그리던 책의 비전을 인쇄물로 옮겨주는 것이다. 얼마나 멋진 일인가! 랜덤하우스 식구들의 수고에도 감사드리고 싶다. 홍보 담당자 샐리 마빈, 출판 대리인 톰 페리, 미술 담당자 그렉 몰리카, 편집자 베스 피어슨, 교열 담당자 에이미 모리슨 라이언, 법무팀의 아멜리아 잘크만에게 감사드린다.

마지막으로, 내 사랑스러운 아내 마리팻에게 크나큰 고마움을 전한다. 내가 여태껏 알지 못했던 가정생활을 이끌어주었다. 내가 하는 모든 일 뒤에는 그녀가 있다. 내게 식사를 챙겨주고 늘 사랑과 정성을 쏟아준다. 내가 비록 괴짜처럼 굴더라도 내가 하는 모든 일을 유쾌하게 받아주면서 말이다. 앞서 말했듯이, 우리의 재혼 가정을 사랑으로 하나 되게 해주는 이가 바로 그녀다.

그 외 가족들, 줄리안, 조, 잭과 린지에게 감사한다. 나를 따뜻하게 감싸주고, 책의 집필에 믿음을 보여줬다. 나는 수많은 밤을 2층에 앉아서 자정까지 글을 쓰며 보내곤 했다. 개, 고양이와 놀아주거나 보드게임을 하거나 그 외 잡다한 집안일을 해야 했을, 다시 말해 가족과 좀 더 시간을 보내야 할 시간에 말이다.

이 책은 내가 여태껏 집필한 책 중 가장 쓰기 힘든 책이었다. 등장인물도 다양하고 이야기들도 복잡하게 엉켜서 집필 과정이 단순하지 않았다. 등장인물들이 갑자기 튀어나와서 제멋대로 움직이면, 좌절한 나머지 며칠이나 글쓰기를 중단하기도 했다. 마침내는 등장인물들을 풀로 붙여버리기에 이르렀다. 도구가 필요할 때면 크니펙스 사의 펜치나 스냅온 사의 스크루드라이버를 썼다. 완성된 원고를 매사추세츠 산골짜기에서 뉴욕의 랜덤하우스 출판사로 가져가는 것도 도전이었다. 하지만 내 5톤 화물트럭만 있다면 문제없었다. 브로드웨이 1745번지에 이르렀을 때, 놀란 문지기에게 말했듯이 말이다. "텐-휠ten wheel 바퀴가 달린 차만 있다면 어디든 갈 수 있지요." 그건 머서 삼촌이 40년 전에 가르쳐준 진리다. 그 뒤로 잊은 적이 없다. 앞으로 여러분도 여행을 떠날 때 꼭 기억해두시기 바란다.

저자에 대하여

지은이 존 엘더 로비슨 John Elder Robison

존 엘더 로비슨은 '자폐인의 삶'에 대해 자신의 경험을 세상에 전하면서 세계적으로 인정받은 전문가다. 각종 강연을 통해 소통하는 동시에 현재 윌리엄&메리 대학의 신경다양성 관련 전속 학자로 일하고 있다. 미국 정부의 자폐 스펙트럼 장애 연구의 전략적 계획을 담당하는 '정부 부처 자폐협동위원회', 국립보건원과 질병관리본부, 국제자폐연구학회 등의 기관 위원회에서 일하고 있기도 하다.
존은 'J E 로비슨 서비스J E Robison Service'라는 보쉬 자동차 수리소의 창립자이기도 하다. 이곳은 랜드로버 및 롤스로이스 차량 수리로 미국 전역에서 손꼽히는 서비스 센터다. 뿐만 아니라 TCS 커리어와 평생기술 프로그램도 이곳에서 이루어지고 있다. 이 프로그램에서는 장애를 가진 청소년 및 청년들을 대상으로 자동차 관련 기술을 가르친다. 기계 애호가이자 열정적인 사진가이기도 한 존은 현재 가족들과 함께 매사추세츠 애머스트 지역에서 살고 있다.
저서로 『뉴욕타임스』 선정 베스트셀러 『나를 똑바로 봐』와 『남들과 다르다는 것*Be different*』, 『커비 키우기*Raising Cubby*』가 있다.

johnrobison.com

Facebook.com/JohnElderRobison

@johnrobison